MARTIN CRUZ SMITH

Nacht in Havanna

Buch

Nach dem dramatischen und sinnlosen Tod seiner Geliebten Irina hat Arkadi Renko mit dem Leben abgeschlossen. Nur eine Aufgabe bleibt ihm noch: Das Verschwinden seines alten Gegenspielers Sergej Pribluda aufzuklären. Der einst mächtige Geheimdienstchef arbeitet Ende der 90er Jahre in der sozialistischen Enklave Kuba. Im Reich Fidel Castros spioniert er für die russische Regierung geheime Geldströme aus. Doch dann ist Pribluda eines Tages verschwunden. Und als wenig später eine unbekannte Wasserleiche in der Bucht von Havanna angeschwemmt wird, reist Renko von Moskau auf die Zuckerinsel. Die kubanischen Behörden und die russische Diplomatie möchten die Angelegenheit am liebsten stillschweigend mit der Identifizierung von Pribluda zu den Akten legen. Doch Renkos Skepsis wächst, je länger er sich in dieser ihm unverständlichen Welt bewegt. Er zweifelt an den Todesumständen und an der Polizei. Und er fragt sich, warum man ihn mit aller Gewalt ausschalten möchte. Was also steckt hinter Pribludas Tod? Scheinbar planlos erkundet Renko die letzten Bastionen der Ewiggestrigen und die Winkelzüge der Profiteure für die Zeit danach. Alte Revolutionäre und neue Opportunisten, die Mafia aus Ost und West belauern die Insel wie Piraten ein sinkendes Schiff. Wo ist der rote Faden in diesem tödlichen Spiel aus Verrat, Mord, Musik und Sex? Und kann Arkadi der schönen Polizistin Ofelia vertrauen?

Autor

Martin Cruz Smith, 1943 als Sohn einer Indianerin und eines Jazz-Musikers in Philadelphia geboren, gelang mit dem Roman »Gorki Park« ein Welterfolg. Neben anderen Büchern hat er bislang fünf Romane mit dem abgeklärten und leicht melancholischen Helden Arkadi Renko geschrieben. Cruz Smith lebt mit seiner Frau und drei Kindern in Kalifornien.

Von Martin Cruz Smith außerdem lieferbar:

Gorki Park. Der erste Arkadi-Renko-Roman (44662) · Das Labyrinth. Ein Arkadi-Renko-Roman (44663) · Die schwarze Rose. Roman (43968) · Polar Star. Ein Arkadi-Renko-Roman (44661) · Countdown. Roman (45826) · Treue Genossen. Ein Arkadi-Renko-Roman (C. Bertelsmann, geb.)

Martin Cruz Smith

Nacht in Havanna

Roman

Aus dem Amerikanischen
von Kristian Lutze

GOLDMANN

Die Originalausgabe erschien 1999
unter dem Titel »Havana Bay«
bei Random House, New York

Umwelthinweis:
Alle bedruckten Materialien dieses Taschenbuches
sind chlorfrei und umweltschonend.

Der Goldmann Verlag ist ein
Unternehmen der Verlagsgruppe Random House GmbH

Einmalige Sonderausgabe Mai 2005

Umschlaggestaltung: Design Team München
Umschlagfoto: Corbis/BlueLanternStudio
Druck: GGP Media GmbH, Pößneck
Made in Germany · Titelnummer 46011

ISBN 3-442-46011-5
www.goldmann-verlag.de

Für EM

1

Das Polizeiboot richtete seinen Scheinwerfer auf teerbedeckte Pfähle und tauchte die schwarze Szenerie in gleißendes Weiß. Bis auf eine Reihe von Lichtern entlang der Kaimauer lag Havanna unsichtbar auf der anderen Seite der Bucht. Oben leuchteten die Sterne, unten die Ankerlichter, ansonsten war das Hafenbecken ein stiller Tümpel in der Nacht.

Getränkedosen, Hummerkörbe, Fischerflöße, Matratzen und Styroporstücke mit Algenbärten trieben auf dem Wasser, als die Spurensicherung der Policía Nacional Revolucionaria Blitzlichtaufnahmen machte. In seinen Kaschmirmantel gehüllt, wartete Arkadi zusammen mit Capitán Arcos, einem kleinen Mann mit gewölbter Brust, der aussah, als hätte man ihn in seine Drillichuniform gebügelt, und dem großen, schwarzen, kantigen Sargento Luna.

Criminalista Osorio, die zuständige Kommissarin, war eine kleine, dunkle Frau in einer blauen PNR-Uniform; sie bedachte Arkadi mit dem routiniert feindseligen Blick einer Katze.

Ein Kubaner namens Rufo war als Dolmetscher von der russischen Botschaft abgestellt worden. »Es ist ganz einfach«, übersetzte er die Worte des Capitán. »Sie sehen sich die Leiche an, identifizieren sie und fliegen wieder nach Hause.«

»Klingt einfach genug.« Arkadi bemühte sich, höflich zu sein, obwohl Arcos sich benahm, als drohte jeder Kontakt mit Russen ihn zu verseuchen.

In dem Gesicht der Kommissarin verbanden sich die jugendlichen Züge eines naiven Mädchens mit der ernsten Miene eines Henkers. Sie sagte etwas, und Rufo erklärte: »Criminalista Osorio sagt, dies ist die kubanische Methode, nicht die russische oder die deutsche. Die kubanische Methode. Sie werden sehen.«

Bisher hatte Arkadi noch kaum etwas gesehen. Er war im Dunkeln auf dem Flugplatz gelandet und im Handumdrehen von Rufo abgeschleppt worden. Sie fuhren in einem Taxi Richtung Innenstadt, als Rufo einen Anruf auf seinem Handy erhielt, der sie zur Bucht umleitete. Arkadi hatte schon jetzt das Gefühl, unwillkommen und unbeliebt zu sein.

Rufo trug ein weites Hawaiihemd und erinnerte vage an Muhammed Ali. »Criminalista Osorio sagt, sie hofft, daß Sie nichts dagegen haben, die kubanische Methode zu lernen.«

»Ich freue mich schon darauf.« Niemand sollte Arkadi nachsagen können, er sei kein guter Gast. »Können Sie sie fragen, wann die Leiche entdeckt wurde?«

»Vor zwei Stunden von dem Boot.«

»Die Botschaft hat mir gestern eine Nachricht geschickt, daß Pribluda Probleme habe. Warum haben Sie das gesagt, bevor die Leiche gefunden wurde?«

»Sie sagt, Sie sollen die Botschaft fragen. Sie hat jedenfalls keinen Ermittler erwartet.«

Offenbar ging es um die Berufsehre, und diesbezüglich fühlte Arkadi sich massiv deklassiert. Capitán Arcos spähte ungeduldig in die Dunkelheit wie Kolumbus an Deck seines Schiffs, Sargento Luna stand wie ein bedrohlicher Schatten hinter ihm. Kommissarin Osorio ließ Holzböcke aufstellen und ein Plastikband mit der Aufschrift »No Pase« spannen. Als ein Motorradpolizist mit weißem Helm und Sporen an den Stiefeln auftauchte, verscheuchte sie ihn mit einem gebellten Befehl, der Stahl hätte ritzen können. Sobald das Band aufgewickelt war, tauchten von irgendwoher Männer in T-Shirts auf – was war es, was einen gewaltsamen Tod so attraktiv machte, fragte sich Arkadi. Die meisten Schaulustigen waren schwarz; Havanna war sehr viel afrikanischer, als Arkadi erwartet hatte, obwohl die Schriftzüge auf den T-Shirts amerikanisch waren.

Einer der Männer an der Absperrung hatte ein Radio in der Hand, aus dem es plärrte: »*La fiesta no es para los feos. Que feo es, señor. Super feo, amigo mio. No puedes pasar aqui, amigo. La fiesta no es para los feos.*«

»Was bedeutet das?« fragte Arkadi Rufo.

»Das Lied? Es heißt: ›Diese Party ist nicht für häßliche Leute. Tut mir leid, mein Freund, du kannst nicht kommen.‹«

Und trotzdem bin ich hier, dachte Arkadi.

Hoch am Himmel zeichnete sich ein Kondensstreifen ab, und vor Anker liegende Schiffe schälten sich aus dem Dunkel, wo noch kurz zuvor nur Lichter auszumachen gewesen waren. Auf der anderen Seite der Bucht tauchten die Ufermole und die Häuser Havannas aus dem Wasser, Hafenanlagen breiteten sich aus, und entlang der inneren Bucht stellten Ladekräne sich auf ihre Füße.

»Der Capitán ist empfindlich«, sagte Rufo, »aber wer immer wegen dieser Nachricht recht hat oder nicht, Sie sind hier, und die Leiche ist hier.«

»Es hätte also gar nicht besser auskommen können?«

»Gewissermaßen.«

Kommissarin Osorio gab den Befehl, daß das Boot Abstand halten sollte, damit die Leiche nicht in sein Kielwasser geriet. Der Scheinwerfer des Bootes und der heller werdende Himmel ließen ihr Gesicht strahlen.

»Die Kubaner mögen die Russen nicht«, sagte Rufo. »Das hat nichts mit Ihnen zu tun, es ist einfach kein guter Ort für Russen.«

»Wo wäre denn ein guter Ort?«

»Na ja…« Rufo zuckte die Schultern.

Arkadi erkannte jetzt, daß diese Seite des Hafens eher wie ein kleines Dorf aussah. Ein Hügel mit Bananenstauden erhob sich hinter einer Reihe verlassener Häuser, die einen Wall säumten, der mehr an einen Zementbordstein als an eine Kaimauer erinnerte und sich von einem Kohlendock zur Anlegestelle einer Fähre erstreckte. Ein hölzerner Steg balancierte auf schwarzen Pfählen und fing alles auf, was angeschwemmt wurde. Der Tag würde warm werden. Das erkannte Arkadi am Geruch.

»*Vaya a cambiar tu cara, amigo. Feo, feo, feo como horror, señor.*«

In Moskau wäre die Sonne im Januar wie ein schwaches Licht hinter Reispapier über den Horizont gekrochen. Hier war sie eine lodernde Fackel, die Luft und Bucht in Spiegel verwandelte, zunächst nickelfarben, dann von einem kraftvollen wogenden Rosa. Viele Dinge wurden mit einem Mal sichtbar. Eine malerische Fähre, die die Anlegestelle ansteuerte. Kleine Fischerboote, die beinahe in Reichweite vor Anker lagen. Arkadi bemerkte, daß in dem Dorf hinter ihm nicht nur Bananen wuchsen; die Sonne stöberte Kokospalmen, Hibiskus und rot-gelbe Bäume auf. Das Wasser um die Pfähle begann den schillernden Glanz von Petroleum anzunehmen.

Der Befehl der Kommissarin, die Videokamera zu betätigen, war für die Schaulustigen das Signal, gegen die Absperrung zu drängen. Die Anlegestelle der Fähre füllte sich mit Pendlern, alle Gesichter waren in Richtung Pfähle gewendet, wo im Licht des erwachenden Tages eine Leiche trieb, die genauso schwarz war wie der Schlauch, in dem sie hing. Hemd und Shorts waren durch die Ausdehnung des Körpers aufgeplatzt. Hände und Füße hingen im Wasser, an einem Fuß baumelte eine Schwimmflosse. Der Kopf war augenlos und aufgebläht wie ein schwarzer Ballon.

»*Un neumático*«, erklärte Rufo Arkadi. »Ein *neumático* ist ein Fischer, der mit einem Schlauch fischt oder, genauer gesagt, mit einem Netz, das man über den Reifen spannt. Wie eine Hängematte. Sehr genial, sehr kubanisch.«

»Der Schlauch ist sein Boot?«

»Besser als ein Boot. Ein Boot braucht Benzin.«

Arkadi dachte darüber nach.

»Viel besser.«

Ein Taucher glitt von dem Polizeiboot ins Wasser, während sich ein zweiter Beamter in hohen Gummistiefeln über die Ufermauer hangelte. Sie kletterten und wateten zwischen Hummerkörben und Matratzenfedern umher, bemüht, verborgene Nägel und verunreinigtes Wasser zu meiden, bis sie den Schlauch so weit in eine Ecke getrieben hatten, daß er nicht mehr wegschwimmen konnte. Von der Ufermauer wurde ein Netz heruntergeworfen, um den Schlauch samt Leiche zu bergen. Soweit hätte Arkadi das gleiche gemacht. Manchmal waren die Ereignisse schlicht eine Frage des Glücks.

Der Taucher trat in ein Loch und ging unter. Keuchend tauchte er wieder aus dem Wasser auf und griff zunächst nach dem Schlauch, dann nach dem baumelnden Fuß, der sich sofort von der Leiche löste. Der Schlauch wurde gegen die Spitze einer Matratzenfeder gedrückt und beschädigt, so daß die Luft zu entweichen begann. Als der abgerissene Fuß sich in Gelee verwandelte, rief Kommissarin Osorio dem Beamten zu, er solle ihn ans Ufer werfen: eine klassische Konfrontation zwischen Amtsgewalt und vulgärem Tod, dachte Arkadi. Die Schaulustigen entlang der Absperrung johlten, klatschten und lachten.

»Sehen Sie«, sagte Rufo, »normalerweise ist unser Kompetenzlevel ziemlich hoch, aber Russen haben diese Wirkung. Das wird Ihnen der Capitán niemals verzeihen.«

Die Kamera nahm das Debakel weiter auf, während ein weiterer Polizist ins Wasser sprang. Arkadi hoffte, daß die Linse auch erfassen würde, wie das Licht der aufgehenden Sonne sich in den Fenstern der Fähre spiegelte. Der Schlauch begann zu sinken. Schreie flogen zwischen der Kommissarin und dem Polizeiboot hin und her. Je verzweifelter die Männer im Wasser die Situation zu retten suchten, desto schlimmer wurde sie. Capitán Arcos gab Befehl, die Leiche anzuheben. Als der Taucher den Kopf stabilisieren wollte, verflüssigte der Druck seiner Hand das Gesicht des Toten und ließ es wie die Haut einer Weintraube über den Schädel gleiten, der selbst sauber vom Hals getrennt wurde; es war, als versuchte man einen Mann hochzuhieven, der sich perverserweise in seine Einzelteile auflöste, ohne sich um den Gestank seiner fortgeschrittenen Verwesung zu kümmern. Am Himmel segelte ein Pelikan vorbei, rot wie ein Flamingo.

»Ich befürchte, die Identifizierung wird ein wenig komplizierter werden, als der Capitán sich das vorgestellt hat«, meinte Arkadi.

Der Taucher fing den Kiefer ein, der sich vom Schädel gelöst hatte, und jonglierte mit beiden, während der Polizist die anderen schwarzen, aufgequollenen Gliedmaßen wahllos in den schrumpfenden Schlauch stopfte.

»Feo, tan feo. No puedes pasar aqui, amigo. Porque la fiesta no es para los feos.«

Der Rhythmus war ... wie sollte man ihn beschreiben, fragte sich Arkadi. Gnadenlos.

Auf der anderen Seite der Bucht schien eine goldene Kuppel in Flammen aufzugehen, und die Häuser entlang des Malecón begannen unvermutet in den Farben Limone, Rosé, Purpur und Aquamarin zu leuchten.

Wirklich eine wunderschöne Stadt, dachte er.

Durch die hohen Fenster des Obduktionssaals des Instituto de la Medicina Legal fiel Licht auf drei Stahltische. Auf dem rechten Tisch lagen der Torso sowie Einzelteile des *neumático*, arrangiert wie eine antike Statue, die man in Fragmenten aus dem Meer geborgen hatte. Entlang der Wände reihten sich Emailleschränke, Wagen, ein Leuchttisch für Röntgenaufnahmen, ein Waschbecken, Regale für Gläser mit Präparaten, ein Gefrierschrank, ein Kühlschrank und Eimer. Oberhalb in den Zuschauerrängen hatten Rufo und Arkadi ein Halbrund aus Sitzen für sich. Arkadi war bis jetzt nicht aufgefallen, wie vernarbt Rufos Brauen waren.

»Sargento Luna wäre es lieber, wenn Sie von hier aus zusehen. Der Gerichtsmediziner ist Dr. Blas.«

Rufo machte eine erwartungsvolle Pause, bis Arkadi begriff, daß er eine Reaktion zeigen sollte.

»*Der* Dr. Blas?«

»Höchstpersönlich.«

Blas hatte einen eleganten spanischen Bart und trug Gummihandschuhe, eine Schutzbrille und grüne OP-Kleidung. Erst nachdem er sich vergewissert hatte, einen einigermaßen kompletten Körper vor sich zu haben, maß er ihn und untersuchte ihn sorgfältig auf Spuren und Tätowierungen, eine mühsame Angelegenheit, weil die Haut bei jeder Berührung verrutschen konnte. Eine Autopsie mochte genausogut zwei wie vier Stunden dauern. An dem linken Tisch gingen Kommissarin Osorio und zwei Kriminallaboranten den Inhalt des luftleeren Schlauchs und des Fischernetzes durch; die Leiche war darin transportiert worden, aus Angst, sie weiter zu zerstören. Capitán Arcos stand daneben, Luna einen Schritt hinter ihm. Arkadi fiel auf, daß Lunas Kopf aussah wie eine geballte schwarze Faust mit rotgeränderten Augen, rund und grob. Die Kommissarin hatte bereits eine nasse Rolle amerikanischer Dollarscheine und einen Ring mit Schlüsseln gefunden, die in einer lecken Plastiktüte aufbewahrt worden waren. Mögliche Fingerabdrücke würde es nicht geben, weshalb sie den Schlüsselring umstandslos an einen Beamten weitergab. Dann hängte sie das nasse Hemd, die Shorts und die Unterwäsche auf einen Ständer. Sie strahlte eine reizvolle Energie und Gründlichkeit aus.

Bei der Arbeit sprach Blas in ein Mikrofon, das am Revers seines Kittels klemmte.

»Seit etwa zwei Wochen im Wasser«, übersetzte Rufo und fügte hinzu: »Es war heiß und regnerisch, sehr feucht. Selbst für hiesige Verhältnisse.«

»Haben Sie schon einmal an einer Autopsie teilgenommen?« fragte Arkadi.

»Nein, aber ich war schon immer neugierig darauf. Und natürlich habe ich schon von Dr. Blas gehört.«

Die Obduktion einer Leiche in einem fortgeschrittenen Stadium der Verwesung erforderte ebensoviel Fingerspitzengefühl wie das Sezieren eines weichgekochten Eis. Das Geschlecht des

Toten war offensichtlich, nicht jedoch sein Alter und seine Rasse, genausowenig wie sich bei aufgeblähter Bauch- und Brusthöhle die Größe oder das Gewicht der mit Wasser vollgesogenen Leiche feststellen ließ. Die Hände, die über eine Woche im Wasser gehangen hatten, endeten in Fingerspitzen, die bis auf die Knochen abgenagt waren und zur Abnahme von Fingerabdrücken nicht mehr taugten. Hinzu kam der Druck der Fäulnisgase. Als Blas den Unterleib punktierte, schoß eine Fontäne aus Gasen und Flüssigkeit geräuschvoll heraus, und als er den Y-Schnitt über die Brust und bis zum Unterleib vornahm, schwappte eine Welle aus schwarzem Wasser und verflüssigter Materie über den Tisch, die einer der Laboranten mit einem Eimer geschickt auffing. Ein Gestank von Verwesung – als ob man mit einer Schaufel in Sumpfgas gestoßen hätte – breitete sich im Raum aus und drang in jedermanns Mund und Nase. Arkadi war froh, daß er seinen wertvollen Mantel im Wagen gelassen hatte. Nach dem ersten Schock – fünf Minuten, nicht mehr – waren die olfaktorischen Nerven traumatisiert und taub, doch er hatte seinen Vorrat an Zigaretten schon kräftig dezimiert.

»Riecht ja ekelhaft«, stellte Rufo fest.

»Russischer Tabak.« Arkadi füllte seine Lungen mit Rauch. »Wollen Sie eine?«

»Nein, danke. Ich habe in Rußland geboxt, als ich in der Nationalmannschaft war. Ich habe Moskau gehaßt. Das Essen, das Brot und vor allem die Zigaretten.«

»Und die Russen mögen Sie auch nicht?«

»Ich liebe Russen. Einige meiner besten Freunde sind Russen.« Rufo beugte sich zur besseren Sicht vor, als Blas die Brust für die Kamera aufhielt. »Der Doktor ist sehr gut. So wie die vorankommen, schaffen Sie Ihr Flugzeug noch. Sie müssen nicht mal über Nacht bleiben.«

»Wird die Botschaft wegen dieser Sache kein Theater machen?«

»Die Russen hier? Nein.«

Blas klatschte die breiige Herzmasse auf ein extra Tablett.

»Ich hoffe, Sie denken nicht, daß sie zu unsanft vorgehen«, sagte Rufo.

»O nein.« Der Fairneß halber erinnerte Arkadi sich daran, daß Pribluda Leichen mit der gleichen Begeisterung ausgeweidet hatte, mit der eine Wildsau nach Eicheln suchte. »Stell dir vor, wie überrascht das arme Schwein gewesen sein muß«, hätte er gesagt. »Treibt so vor sich hin, guckt zu den Sternen hoch und, peng, ist er tot.«

Arkadi zündete sich eine Zigarette an der anderen an und sog den Rauch so scharf ein, daß ihm die Augen tränten. Ihm wurde bewußt, daß er an einem Punkt angekommen war, an dem er mehr Tote als Lebende kannte, auf der falschen Seite einer bestimmten Linie.

»Ich habe viel von der Sprache aufgeschnappt, als wir mit der Mannschaft unterwegs waren«, sagte Rufo. »Nach dem Ende meiner Boxkarriere habe ich als Führer für Gesangsgruppen, Tänzer und intellektuelle Gäste der Botschaft gearbeitet. Ich vermisse diese Zeit.«

Kommissarin Osorio breitete systematisch die Vorräte aus, die der Tote mit aufs Meer hinausgenommen hatte: eine Thermoskanne, einen Weidenkorb und Plastiktüten mit Kerzen, Klebebandrollen, Garn, Haken und Ersatzschnur.

Normalerweise nahm ein Gerichtsmediziner einen Schnitt am Haaransatz vor und zog die Stirn über das Gesicht, um zum Schädel vorzudringen. Da jedoch im vorliegenden Fall sowohl Stirn als auch Gesicht bereits abgerutscht waren und sich in die Bucht verabschiedet hatten, machte sich Blas sofort daran, mit einer Knochensäge das Gehirn freizulegen, das sich als von Würmern zerfressen erwies, die Arkadi an die Makkaroni erinnerten, die bei Aeroflot serviert wurden. Als sein Ekelgefühl zunahm, ließ er sich von Rufo zu einer winzigen Toilette mit Kettenzug-Wasserspülung führen, wo er sich übergab. Vielleicht bin ich doch nicht so abgehärtet, dachte er, vielleicht habe ich einfach mein Limit erreicht. Rufo hatte ihn allein gelassen, und als Arkadi zum Obduktionssaal zurückging, kam er an einem

Zimmer vorbei, das nach Formaldehyd roch und mit anatomischen Karten dekoriert war. Auf einem Tisch ragten zwei Füße mit gelben Zehennägeln unter einem Laken hervor. Zwischen den Beinen lag eine überdimensionierte Spritze, die über einen Schlauch mit einer Wanne voll Balsamierflüssigkeit auf dem Boden verbunden war, eine Technik, wie sie in den kleinsten, primitivsten russischen Dörfern angewandt wurde, wenn die elektrischen Pumpen ausfielen. Die Nadel der Spritze war besonders lang und schmal, um in eine Arterie zu passen, die dünner war als eine Vene. Zwischen den Füßen lagen Gummihandschuhe und in einer noch ungeöffneten Plastikverpackung eine weitere Spritze, die Arkadi in seine Jackentasche schob.

Als er auf seinen Platz zurückkehrte, bot Rufo ihm zur Wiedererweckung seiner Lebensgeister eine kubanische Zigarette an. Das Gehirn des Toten war mittlerweile gewogen und beiseite gestellt worden, und Dr. Blas hatte Kopf und Kiefer zusammengesetzt.

Obwohl Rufo nur ein Einwegfeuerzeug aus Plastik besaß, behauptete er, es schon zwanzigmal wieder aufgefüllt zu haben. »Der kubanische Rekord liegt bei über einhundert.«

Arkadi zündete die Zigarette an. »Welche Sorte ist das?«

»›Popular‹. Schwarzer Tabak. Schmeckt sie Ihnen?«

»Perfekt.« Arkadi stieß eine Rauchwolke aus, so blau wie der Auspuffqualm eines Zweitakters.

Rufo knetete mit kräftigen Händen Arkadis Schultern. »Lassen Sie locker. Sie sind ja völlig verspannt.«

Der Beamte, der von der Kommissarin die Schlüssel entgegengenommen hatte, kehrte zurück. Nachdem Blas am anderen Tisch den Schädel zunächst vertikal und dann an der Stirnbreite gemessen hatte, breitete er ein Taschentuch aus und begann mit einer Zahnbürste sorgfältig die Zähne des Toten zu putzen. Akadi gab Rufo die Karteikarte mit dem Zahnschema, die er aus Moskau mitgebracht hatte (die Vorsichtsmaßnahme eines Ermittlers), und der Fahrer präsentierte den Umschlag Blas, der das frisch erstrahlte Lächeln des Schädels den numerierten

Kreisen auf dem Zahnschema zuordnete. Als er fertig war, konferierte er mit Capitán Arcos, der zufrieden grunzte und Arkadi ins Parterre des Obduktionssaals zitierte.

Rufo übersetzte. »Der russische Staatsbürger Sergej Sergejewitsch Pribluda traf vor elf Monaten als Attaché an der russischen Botschaft in Havanna ein. Wir wußten natürlich, daß er ein Oberst des KGB war. Verzeihung, des neuen Auslandsgeheimdienstes SVR.«

»Das ist das gleiche«, sagte Arkadi.

Der Capitán und mit ihm Rufo fuhr fort. »Vor einer Woche hat uns die Botschaft davon unterrichtet, daß Pribluda vermißt wurde. Wir hatten nicht erwartet, daß sie einen leitenden Ermittlungsbeamten aus dem Büro der Moskauer Staatsanwaltschaft einladen würden. Vielleicht einen Verwandten, mehr nicht.«

Arkadi hatte mit Pribludas Sohn gesprochen, der sich geweigert hatte, nach Havanna zu fliegen. Er war Manager einer Pizzeria, ein enorm verantwortungsvoller Posten.

»Der Capitán sagt«, fuhr Rufo fort, »daß die Identifikation, die heute in Ihrem Beisein vorgenommen wurde, glücklicherweise einfach und schlüssig war. Der Capitán sagt, daß ein Schlüssel, den man im persönlichen Besitz des Toten gefunden hat, zur Wohnung des Vermißten paßt, wo man die Tür damit geöffnet hat. Nach Untersuchung der in der Bucht geborgenen Leiche schätzt Dr.Blas, daß es sich bei dem Toten um einen etwa fünfzig bis sechzig Jahre alten weißen Mann von ungefähr einem Meter fünfundsechzig und einem Gewicht von zirka neunzig Kilogramm handelt, was in jeder Hinsicht dem Vermißten entspricht. Darüber hinaus zeigt ein Zahnschema des russischen Staatsbürgers Pribluda, das Sie selbst mitgebracht haben, daß einer der unteren Molaren eine Füllung hat. Der entsprechende Molar im Gebiß der geborgenen Leiche ist ein Stahlzahn, was nach Dr. Blas' Einschätzung laut Capitán Arcos typisch für eine russische Zahnbehandlung ist. Stimmen Sie dem zu?«

»Soweit ich sehen kann, ja.«

»Dr. Blas sagt, daß er keinerlei Verletzungen, Knochenbrüche oder andere Spuren von Gewalteinwirkung entdecken konnte. Ihr Freund ist eines natürlichen Todes gestorben, möglicherweise an einem Schlaganfall, Aneurysma oder Herzinfarkt, was sich bei einer Leiche in diesem Zustand unmöglich feststellen läßt. Der Doktor hofft, daß er nicht lange gelitten hat.«

»Das ist sehr freundlich von ihm«, sagte Arkadi, obwohl der Arzt auf ihn eher selbstgefällig als mitfühlend wirkte.

»Der Capitán fragt seinerseits, ob Sie den Befund dieser Obduktion akzeptieren.«

»Ich würde gern eine Weile darüber nachdenken.«

»Nun, aber Sie akzeptieren den Schluß, daß es sich bei der geborgenen Leiche um den russischen Staatsbürger Pribluda handelt?«

Arkadi wandte sich dem Obduktionstisch zu. Was zuvor ein aufgeblähter Kadaver gewesen war, war nun zerteilt und ausgeweidet. Natürlich hatte es ohnehin weder Gesicht noch Augen gegeben, anhand derer eine Identifikation möglich gewesen wäre, und von Fingerknochen konnte man keine Abdrücke nehmen, doch in diesem zerstörten Körper hatte einmal ein Mensch gelebt.

»Ich finde, ein Reifenschlauch in der Bucht ist ein seltsamer Fundort für einen Russen.«

»Der Capitán sagt, das finden alle.«

»Dann wird es also eine Untersuchung geben?«

»Das kommt darauf an«, sagt Rufo.

»Worauf?«

»Auf viele Faktoren.«

»Welche zum Beispiel?«

»Der Capitán sagt, Ihr Freund war ein Spion. Was immer er getan hat, als er starb, war keineswegs harmlos. Der Capitán kann voraussagen, daß Ihre Botschaft uns bitten wird, gar nichts zu unternehmen. Wir sind diejenigen, die die Sache zu einem internationalen Zwischenfall hochspielen könnten, aber die Mühe lohnt sich nicht, ehrlich gesagt. Wir werden auf unsere Art und in unserem Tempo ermitteln, obwohl es sich das kubanische Volk in dieser speziellen Periode* nicht leisten kann, Ressourcen an Leute zu verschwenden, die sich als unsere Feinde zu erkennen gegeben haben. Verstehen Sie jetzt, was ich meine?« Rufo machte eine kurze Pause, während Arcos einen Moment brauchte, sich wieder zu fassen. »Der Capitán sagt, daß eine Ermittlung von vielen Faktoren abhängt. Die Stellung unseres Freundes an der russischen Botschaft muß in Betracht gezogen werden, bevor voreilige Schritte eingeleitet werden. Hier geht es lediglich um die Identifikation eines Ausländers, der auf kubanischem Hoheitsgebiet gestorben ist. Akzeptieren Sie, daß es sich um den russischen Staatsbürger Sergej Pribluda handelt?«

»Das ist möglich«, sagte Arkadi.

Dr. Blas seufzte, Luna atmete tief ein, und Osorio wog den Schlüssel in ihrer Hand. Arkadi kam sich unwillkürlich vor wie ein schwieriger Schauspieler. »Wahrscheinlich ist es so, aber ich kann nicht mit endgültiger Sicherheit sagen, daß es sich bei dieser Leiche um Pribluda handelt. Es gibt kein Gesicht, keine Fingerabdrücke, und ich habe erhebliche Zweifel, daß sich noch eine Blutgruppe feststellen läßt. Sie haben nur das Zahnschema und einen stählernen Zahn. Er könnte auch ein anderer Russe sein. Oder einer der vielen Kubaner, die einmal in Rußland waren. Oder ein Kubaner, der sich von einem Zahnarzt hat behandeln lassen, der in Rußland ausgebildet wurde. Wahrscheinlich haben Sie recht, aber das reicht nicht. Sie haben Pribludas Wohnung mit einem Schlüssel geöffnet. Haben Sie auch hineingesehen?«

»Haben Sie noch irgendwelche anderen Unterlagen zur Identifikation aus Moskau mitgebracht?« fragte Dr. Blas in präzisem, abgehacktem Russisch.

»Nur das hier. Pribluda hat es vor einem Monat geschickt.«

---

* Anm. d. Ü.: Ein rigides Sparprogramm, das Castro nach Ausbleiben sowjetischer bzw. russischer Unterstützung nach dem Zusammenbruch des Ostblocks verkündete.

Aus seiner Paßhülle zog Arkadi einen Schnappschuß von drei Männern, die an einem Strand standen und in die Kamera blinzelten. Einer von ihnen war so schwarz, daß er aus Gagat hätte gehauen sein können. Er präsentierte einen in allen Regenbogenfarben schillernden Fisch zur Bewunderung der beiden Weißen, einem kleineren Mann, der sein stahlwollenartiges Haar hoch aufgetürmt hatte, und, halb verdeckt von den anderen, Pribluda. Hinter ihnen war Wasser, ein Streifen Strand, Palmen.

Blas betrachtete das Foto und las die auf die Rückseite gekritzelte Notiz: »Havana Yacht Club«.

»Gibt es einen solchen Yacht-Club?« fragte Arkadi.

»Es *gab* einen solchen Club vor der Revolution«, erwiderte Blas. »Ich denke, Ihr Freund hat sich einen Scherz erlaubt.«

»Kubaner lieben pompöse Titel«, sagte Rufo. »Eine ›Trinkgesellschaft‹ können einfach ein paar Freunde in einer Bar sein.«

»Die anderen sehen für mich nicht russisch aus. Sie können Kopien des Fotos machen und sie herumzeigen.«

Das Bild wanderte zu Arcos, der es Arkadi so eilig zurückgab, als wäre es giftig. »Der Capitán sagt«, übersetzte Rufo, »daß Ihr Freund ein Spion war und daß Spione ein böses Ende nehmen, wie sie es verdienen. Das ist typisch russisch, erst so zu tun, als wolle man helfen, und Kuba dann in den Rücken fallen. Die russische Botschaft schickt ihren Spion los und bittet uns, ihn zu finden, wenn er vermißt wird. Wenn wir ihn finden, weigern Sie sich, ihn zu identifizieren. Anstatt mit uns zusammenzuarbeiten, verlangen Sie eine Ermittlung, als ob Sie noch immer der Meister wären und Kuba der Lehrling. Da das jedoch nicht mehr der Fall ist, können Sie Ihr Bild mit zurück nach Moskau nehmen. Die ganze Welt weiß von dem russischen Verrat am kubanischen Volk, und, na ja, er sagt noch ein paar Sachen in derselben Richtung.«

Soviel hatte Arkadi mittlerweile begriffen. Der Capitán sah aus, als wollte er ihn jeden Moment anspucken.

Rufo gab Arkadi einen Schubs. »Ich glaube, es wird Zeit zu gehen.«

Kommissarin Osorio, die das Gespräch bisher schweigend verfolgt hatte, überraschte plötzlich mit fließendem Russisch: »War noch ein Brief bei dem Bild?«

»Nur eine Postkarte mit einem Hallo«, antwortete Arkadi. »Ich habe sie weggeworfen.«

»Idiota«, sagte die Kommissarin, was zu übersetzen sich niemand die Mühe machte.

»Ihr Glück, daß Sie nach Hause fliegen, hier haben Sie nicht allzu viele Freunde«, sagte Rufo. »Die Botschaft hat gesagt, wir sollen Sie in ein Apartment stecken, bis Ihr Flugzeug startet.«

Der Polizeiwagen, in dem sie saßen, fuhr an dreistöckigen steinernen Stadthäusern vorbei, die die Revolution in eine ungleich farbenprächtigere Kulisse von Ruin und Verfall verwandelt hatte, Marmorkolonnaden, die in jeder gerade verfügbaren Farbe gestrichen waren – Grün, Ultramarin, Chartreuse. Nicht einfach ein gewöhnliches Grün, sondern ein lebendiges Spektrum verschiedenster Schattierungen: Meer, Limone, Palme, Grünspan. Andere Häuser waren so blau wie pulverisierter Türkis, öffentliche Badeanstalten oder ein abgeblätterter Himmel, die oberen Stockwerke belebt durch Balkone mit kunstvollen Schmiedearbeiten, verziert von Kanarienvogelkäfigen, bunten Hähnen und aufgehängten Fahrrädern. Selbst die schäbigen russischen Autos waren in einer breiten Farbpalette bemalt, und wenn ihre Kleidung auch trist war, strahlten die meisten Menschen die Würde und Gelassenheit großer Katzen aus. Sie blieben an den Tischen stehen, an denen Guavenpaste, Gebäck, Knollengewächse und Obst feilgeboten wurden. Ein Mädchen hinter einem Eisstand war mit roten und grünen Sirupstreifen bekleckert, ein anderes Mädchen verkaufte aus einem durchscheinenden Zelt heraus Kuchen. Ein Schlüsselmacher strampelte auf einem Fahrrad, das einen Schleifstein antrieb; zum Schutz gegen die herumfliegenden Funken und Späne trug er eine Brille, während er unermüdlich auf der Stelle trat. Musik aus einem Radio, das am Halter eines Sonnenschirms hing, der über einem Handkarren aufgespannt war, erfüllte die Luft.

»Ist das der Weg zum Flughafen?« fragte Arkadi.

»Der Flug geht heute nacht. Normalerweise gibt es im Winter nur einen Aeroflot-Flug pro Woche, den sollten Sie also lieber nicht verpassen.« Rufo kurbelte das Fenster herunter. »Puh, ich stinke schlimmer als Fisch.«

»Obduktionen bleiben an einem kleben.« Arkadi hatte seinen Mantel nicht mit in den Operationssaal genommen und ihn jetzt getrennt von der Tasche verstaut, die Pribludas persönlichen Besitz enthielt. »Wenn Dr. Blas und Criminalista Osorio russisch sprechen, warum sind Sie dann mitgekommen?«

»Es gab eine Zeit, in der es verboten war, englisch zu sprechen. Jetzt ist russisch tabu. Außerdem wollte die Botschaft jemanden dabeihaben, wenn Sie bei der Polizei sind, aber jemanden, der selbst kein Russe ist. Wissen Sie, ich habe noch nie einen Menschen gekannt, der sich so schnell unbeliebt gemacht hat wie Sie.«

»Das ist auch eine Art Auszeichnung.«

»Aber wo Sie nun schon einmal hier sind, sollten Sie sich amüsieren. Möchten Sie die Stadt besichtigen, in ein Café gehen, ins Habana Libre vielleicht? Das war früher das Hilton. Es hat ein Restaurant mit einem phantastischen Ausblick. Und dort servieren sie Hummer. Nur staatliche Restaurants dürfen Hummer servieren, Hummer sind Staatseigentum.«

»Nein, danke.« Die Vorstellung, nach der Obduktion einen Hummer zu knacken, erschien ihm irgendwie unpassend.

»Oder ein *paladar,* ein privates Restaurant. Klein, maximal zwölf Plätze erlaubt, aber das Essen ist viel besser. Oder?«

Vielleicht bekam Rufo nicht oft Gelegenheit, in einem Restaurant zu speisen, doch Arkadi hatte das Gefühl, daß er zur Zeit nicht einmal jemandem beim Essen zuschauen könnte.

»Nein. Der Capitán und der Sargento haben grüne Uniformen getragen, Criminalista Osorio eine grau-blaue. Warum?«

»Sie ist von der Polizei, die beiden anderen vom Innenministerium. Wir nennen es bloß Minint. Die Polizei ist dem Minint unterstellt.«

Arkadi nickte, in Rußland war die Miliz demselben Ministerium unterstellt. »Aber Arcos und Luna treten bei Mordfällen normalerweise nicht in Aktion.«

»Ich glaube nicht.«

»Warum hat der Capitán so auf die russische Botschaft geschimpft?«

»Was er sagt, ist nicht ganz unrichtig. In den alten Tagen haben die Russen sich aufgespielt wie die Herrscher. Bis heute bedarf es einer diplomatischen Note, wenn die Polizei in der Botschaft Fragen stellen will. Manchmal zeigt sich die Botschaft kooperativ und manchmal nicht.«

Der Verkehr bestand hauptsächlich aus russischen Ladas und Moskwitschs, die Wolken von Auspuffgasen verströmten, sowie amerikanischen Wagen aus der Zeit vor der Revolution, die sich schwerfällig wie Dinosaurier in Bewegung setzten. Vor einem zweistöckigen Haus, das mit Skarabäi, Henkelkreuzen und Lotusblüten aus Stuck verziert war wie ein ägyptisches Grabmal, stiegen sie aus. Im Vorgarten stand ein aufgebockter Wagen amerikanischen Fabrikats.

»57er Chevrolet.« Rufo warf einen Blick in das ausgeweidete Innere des Wagens und strich mit der Hand über den fleckigen Lack. Vom Heck – »Heckflossen« – bis zur vorderen Stoßstange – »und Titten«.

Arkadi hatte an dem Schlüssel erkannt, daß Pribluda einen Lada besaß. Russische Autos hatten keine Brüste.

Als sie das Haus betraten und die Treppe hinaufgingen, öffnete sich die Tür der Wohnung im Erdgeschoß so weit, daß eine Frau in einem Hauskleid ihren Aufstieg beobachten konnte.

»Eine Concierge?« fragte Arkadi.

»Eine Schnüfflerin. Aber keine Sorge, abends schaut sie fern und hört gar nichts mehr.«

»Ich fliege doch heute nacht zurück.«

»Ach ja, richtig.« Rufo öffnete die Tür im oberen Stockwerk. »Dies ist ein offizielles Apartment der Botschaft für Gäste der

Regierung. Nun ja, nicht besonders hohe Gäste. Ich glaube, wir hatten seit einem Jahr niemanden mehr hier.«

»Kommt jemand von der Botschaft, um mit mir über Pribluda zu sprechen?«

»Der einzige, der über Pribluda sprechen will, sind Sie. Mögen Sie Zigarren?«

»Ich habe noch nie eine Zigarre geraucht.«

»Nun, wir reden später darüber. Um Mitternacht bin ich zurück, um Sie zum Flugzeug zu bringen. Wenn Sie glauben, der Flug nach Havanna habe lange gedauert, dann warten Sie mal, bis Sie nach Moskau zurückkommen.«

Die Möblierung des Apartments bestand aus einem Satz creme- und goldfarbener Eßzimmerstühle, einer Anrichte mit Kaffeegeschirr, einem klobigen Sofa, einem roten Telefon und einem Bücherregal mit Titeln wie *La Amistad Russo-Cubano* und *Fidel y Arte,* die von erotisch geformten Buchstützen aus Mahagoni gehalten wurden. In einem ausgestöpselten Kühlschrank lag ein Laib Bimbo Bread, der mit Schimmel bedeckt war. Die Lüftung fuktionierte nicht und wies die verkohlten Spuren eines Kabelbrandes auf. Arkadi dachte, daß er wahrscheinlich selbst ein paar Brandspuren aufwies.

Er zog sich aus und duschte in einer gekachelten Duschkabine, in der das Wasser aus allen Hähnen sprudelte. Er wusch den Geruch der Autopsie von seiner Haut und aus seinen Haaren. Er trocknete sich mit dem Fetzen von einem Handtuch ab, der neben der Dusche hing, streckte sich unter seinem Mantel im Dunkel des Zimmers auf dem Bett aus und lauschte den Stimmen und der Musik, die durch die geschlossenen Fensterläden hereindrangen. Er träumte, er würde zwischen spielenden Fischen in der Bucht von Havanna treiben. Er träumte, er würde nach Moskau zurückfliegen und niemals landen, sondern immer weiter in der Nacht kreisen.

Das taten russische Flugzeuge manchmal, wenn ihre Instrumente aus Altersschwäche versagten. Doch auch andere Faktoren konnten eine Rolle spielen. Wenn der Pilot zu einer zweiten Landung ansetzte, mußte er den zusätzlich verbrauchten Treibstoff vielleicht aus eigener Tasche bezahlen, also wagte er es im ersten Anlauf, gut oder nicht. Manchmal waren die Flugzeuge auch überladen oder auf Reserve.

Er war beides.

Kreisen klang gut.

2

Kommissarin Osorio steuerte einen weißen PNR-Lada über eine Straße voller Schlaglöcher. Sie redete, wie sie fuhr, schnell, sicher und jedes ›S‹ der russischen Sprache auslassend, das ihr überflüssig erschien. Da Arkadis Spanischkenntnisse sich auf *gracias* und *por favor* beschränkten, war er nicht allzu kritisch, auch wenn sie am frühen Abend ohne Vorwarnung aufgetaucht war und ihn eilig eingeladen hatte.

»Sie wollten die Wohnung Ihres Freundes sehen«, sagte sie. »Also fahren wir hin.«

»Um mehr habe ich nicht gebeten.«

»Doch, Sie haben um sehr viel mehr gebeten. Ich glaube, Sie weigern sich, Ihren Freund zu identifizieren, weil Sie denken, Sie können uns so zu einer Ermittlung zwingen.«

»Ich nehme an, Sie wollen sichergehen, daß Sie die richtige Leiche nach Moskau schicken.«

»Halten Sie es für unmöglich, daß er so auf dem Wasser unterwegs war, wie wir ihn gefunden haben? Wie ein Kubaner?«

»Es kommt mir zumindest ungewöhnlich vor.«

»Ich finde es ungewöhnlich, daß Sie aufgrund einer Nachricht aus der Botschaft in Havanna alles stehen- und liegenlassen, um herzukommen. Das ist ungewöhnlich. Das muß sehr teuer gewesen sein.«

Hin- und Rückflug hatten die Hälfte seiner Ersparnisse aufgebraucht, aber wofür sparte er schon groß? Jedenfalls kam ihm alles an Havanna ungewöhnlich vor, einschließlich dieser Beamtin, obwohl er die Mischung aus kleinem Wuchs und gebieterischem Auftreten irgendwie rührend fand. Sie hatte zarte, aber klar konturierte Gesichtszüge und dunkle Augen, die vor lauter Argwohn noch dunkler wirkten, als wäre sie ein Teufelslehrling, den man mit einer besonders schwierigen Seele betraut hatte. Außerdem mochte er ihre sportliche PNR-Mütze mit dem Plastikschirm.

»Erzählen Sie mir von Ihrem Freund«, forderte sie ihn auf.

»Interessiert es Sie?« Darauf bekam er keine Antwort. Nun gut, er fischte im trüben. »Sergej Sergejewitsch Pribluda. Arbeitersohn aus Swerdlowsk. Schloß sich in der Armee dem Komitee für Staatssicherheit an. Ausbildung an der Parteischule in Frunse. Acht Jahre in Iwanow stationiert, achtzehn Jahre in Moskau, Aufstieg bis zum Oberst. Held der Arbeit und für besondere Tapferkeit ausgezeichnet. Frau seit zehn Jahren tot; ein Sohn, der Manager in einer Filiale einer amerikanischen Fastfood-Kette in Moskau ist. Ich wußte nicht, daß Pribluda je im Ausland stationiert war oder Spanisch gelernt hat. Politisch reaktionär, Parteimitglied. Interessen: die Eishockeymannschaft der Zentralarmee. Gesundheit: robust. Hobbys: Gärtnern.«

»Kein Trinker?«

»Er destillierte aromatisierten Wodka, das gehört zum Gärtnern dazu.«

»Nichts mit Kultur, den schönen Künsten?«

»Pribluda? Wohl kaum.«

»Sie haben zusammengearbeitet.«

»Gewissermaßen. Er hat versucht, mich umzubringen. Es war eine komplizierte Freundschaft.« Arkadi erzählte ihr die Kurzfassung. »Es ging um einen Mordfall in Moskau mit politischen Implikationen. Damals verdächtigte er eine Dissidentin. Da ich sie für unschuldig hielt, wurde ich selbst zum Verdächtigen, und Pribluda erhielt den Auftrag, mir einen Neungrammbrief in den Hinterkopf zuzustellen, wie wir das nennen. Doch zu diesem Zeitpunkt hatten wir schon geraume Zeit miteinader verbracht, und dabei habe ich entdeckt, daß er eine eigenartig ehrliche Seite besaß, und er konnte feststellen, daß ich, wie Sie sagen, etwas von einem *idiota* hatte. Und als er den Befehl erhielt, mich zu erschießen, tat er es nicht. Ich weiß nicht, ob Sie das eine Freundschaft nennen würden, aber darauf gründete sich unsere Beziehung.«

»Er hat einen Befehl mißachtet? Dafür gibt es nie eine Entschuldigung.«

»Weiß Gott. Er pflanzte sein eigenes Gemüse. Nach dem Tod seiner Frau habe ich ihn manchmal besucht, und wir haben seinen Wodka getrunken und seine Gurken gegessen, während er mich daran erinnerte, daß nicht jeder Gast in den Genuß kommt, mit seinem Henker zu speisen. Rote Essigtomaten, grüne Essigtomaten, Paprika und dunkles Brot zum Essen. Zitronen- und Büffelgras als Aroma für den Wodka.«

»Sie sagten, er war ein Kommunist.«

»Ein guter Kommunist. Er hätte sich dem Putsch der Partei angeschlossen, wenn der nicht, wie er sich ausdrückte, von Schwachsinnigen angeführt worden wäre. Statt dessen trank er, bis alles vorbei war, und zog sich immer mehr zurück. Er hat gesagt, wir seien keine echten Russen mehr, bloß Eunuchen, und daß Castro der letzte wahre Kommunist überhaupt sei.« Arkadi hatte das damals für das Gerede eines Betrunkenen gehalten, ein Detail, das er der Kommissarin gegenüber tunlichst verschwieg. »Er hat gesagt, er wolle sich nach einem Posten außerhalb Moskaus umsehen. Ich hatte keine Ahnung, daß er Kuba meinte.«

»Wann haben Sie den Oberst zum letzenmal gesehen?«

»Vor mehr als einem Jahr.«

»Aber Sie waren doch Freunde.«

»Meine Frau mochte ihn nicht.«

»Warum nicht?«

»Eine alte Rechnung. Warum hat der Capitán das Bild von Pribluda und seinen Freunden zurückgewiesen?« fragte Arkadi.

»Er wird seine Gründe haben«, sagte die Kommissarin in einem Tonfall, der andeutete, daß sie sie ebenfalls nicht begriff.

Jasmin lag auf den Mauern wie Schnee, die Mülltonnen quollen über von Obstschalen, die einen durchdringenden süßlichen Geruch verbreiteten.

Die Bucht wurde eingefaßt vom Malecón, wie Kommissarin Osorio die Hafenmole nannte, die einen sechsspurigen Boulevard und eine Reihe von dreistöckigen Häusern mit Blick aufs Meer schützte. Der Ozean war schwarz, und der Verkehr auf dem Boulevard bestand nur aus den Lichtern vereinzelter Autos. Die Gebäude waren das gleiche grellbunte Ensemble, das Arkadi bei Tagesanbruch von der anderen Seite der Bucht aus gesehen hatte; ohne ihre Farbenpracht und von den Laternen nur schwach beleuchtet sahen sie aus wie bewohnte Ruinen. Im Schatten einer langen Arkade öffnete Osorio eine Haustür und ging über eine Treppe zu einer Stahltür voran, die in ein Wohnzimmer führte, das aussah, als wäre es komplett aus Moskau angeliefert worden: gedämpftes Licht, Stereoanlage, Schachspiel, eine von innen gepolsterte Wohnungstür, Spitzenvorhänge vor den Balkontüren. Die eine Wand war nostalgisch mit Hammer und Sichel auf roter Seide geschmückt. Ein Tablett mit Wassergläsern, ein Salzgefäß. Auf den Regalen reihten sich geschnitzte Andenken: Hähne, Bären, mehrere Figuren des heiligen Basilius. Plastikefeu und -nelken zierten eine Kochnische mit einem Zweiflammengasherd, Kühlschrank und Butangasflaschen. Unter dem Waschbecken standen mehrere Flaschen »Havana Club«-Rum und Stolitschnaja.

Etwas deplaziert wirkte nur ein schwarzer Mann in einem weißen Hemd und einem roten Stirnband um den Kopf sowie Reebok-Basketballschuhen an den Füßen, der auf einem Stuhl in der Ecke saß und einen langen geraden Spazierstock in der Hand hielt. Für einen Moment stockte Arkadi der Atem, bis er erkannte, daß die Figur eine lebensgroße Puppe war. Stirn und Nase, Mund und Ohren waren nur grob angedeutet, so daß die Glasaugen um so echter wirkten.

»Was ist denn das?«

»Changó.«

»Changó?«

»Ein Santería-Geist.«

»Ach so. Und was wollte Pribluda damit?«

»Ich weiß nicht. Deswegen sind wir nicht hier«, sagte Kommissarin Osorio. Sie waren offenbar deshalb gekommen, um zu begutachten, wie sorgfältig sie die gesamte Wohnung auf Fingerabdrücke untersucht hatte, jede Tür, jeden Türrahmen, jeden Knauf. Einige der Abdrücke waren gesichert worden, wie man an den Klebestreifen der Folien erkennen konnte. Doch zahlreiche Abdrücke waren noch als fachmännisch sichtbar gemachte, braune Wirbel zu erkennen.

»Waren Sie das?« fragte er die Kommissarin.

»Ja.«

»Braunes Pulver?«

»Kubanisches Fingerabdruckpulver. In der momentanen speziellen Periode ist importiertes Pulver zu teuer. Wir stellen unser eigenes Pulver aus verbrannten Bananenblättern her.«

Sie hatte keine erfolgversprechende Stelle ausgelassen. Unter der Lampe hockte einsam und traurig eine kleine Schildkröte in einer Schüssel mit Sand. Das perfekte Haustier für einen Spion, dachte Arkadi. Auf dem Panzer prangte ein brauner Fingerabdruck.

»Pribluda hätte eine offizielle Dienstunterkunft bekommen können«, sagte sie, »doch statt dessen hat er hier illegal zur Miete gewohnt; sein Vermieter ist der Kubaner, der unter ihm wohnt.«

»Warum, glauben Sie, hat er das gemacht?«

Als Antwort öffnete sie die Balkontüren, die Vorhänge hoben sich in der hereinströmenden Brise wie Flügel. Arkadi trat zwischen zwei Aluminiumstühlen hinaus an die Marmorbrüstung und blickte in die Kuppel des Nachthimmels und auf den Malecón, der sich als ein elegant geschwungenes Band von Laternen präsentierte. Jenseits der Mole flackerten das Licht eines

Leuchtturms und die Deckbeleuchtung eines Frachters samt Lotsenboot auf, die in die Bucht einliefen. Nachdem seine Augen sich an die Dunkelheit gewöhnt hatten, konnte er auch die blasseren Schandecklampen der Fischerboote und näher am Ufer ein breit gestreutes Schimmern von Kerzen ausmachen.

»Neumáticos«, sagte Kommissarin Osorio.

Arkadi malte sich eine Flotte von Reifenschläuchen aus, die auf der schwarzen Dünung dahintrieben.

»Warum war die Tür nicht polizeilich versiegelt?« fragte er.

»Weil wir nicht ermitteln.«

»Und was machen wir dann hier?«

»Wir sorgen für Ihren Seelenfrieden.«

Sie gab Arkadi ein Zeichen, ihr durch das Wohnzimmer in den Flur zu folgen, vorbei an einem Wäschezimmer in ein Büro, in dem ein uralter Holzschreibtisch mit Computer und Drucker sowie Regale standen, die mit Ordnern des kubanischen Zukkerministeriums und Fotoalben vollgestopft waren. Unter dem Drucker standen zwei Koffer, ein brauner Lederkoffer und ein außergewöhnlich häßlicher grüner Plastikkoffer. Die Wände waren mit Karten von Kuba und Havanna bedeckt. Arkadi erkannte, daß Kuba eine große Insel war, zwölfhundert Kilometer lang, auf der Karte mit Kreuzen markiert. Er schlug eines der Alben auf und fand Fotos von etwas, das aussah wie grüner Bambus.

»Zuckerrohrfelder«, sagte die Kommissarin. »Pribluda wird sie besucht haben, weil wir uns dummerweise von russischen Erntehelfern abhängig gemacht haben.«

»Ach so.« Arkadi legte das Album beiseite und trat vor die Karte von Havanna. »Wo sind wir?«

»Hier.« Sie zeigte auf einen Punkt, wo der Malecón sich ostwärts zum Castillo de San Salvador de la Punta hin wandte, die Mole endete und Havana Vieja und die Bucht begannen. Im Westen lagen Viertel, die Vedado und Miramar hießen, hier hatte Pribluda notiert: Russische Botschaft. »Warum fragen Sie?«

»Ich weiß gern, wo ich bin.«

»Sie reisen heute nacht ab. Es spielt keine Rolle, ob Sie wissen, wo Sie sind.«

»Das stimmt.« Er registrierte, daß auf dem Netzschalter des Computers ein Fingerabdruck sichtbar gemacht und sichergestellt worden war. Saubere Arbeit. »Sind Sie hier fertig?«

»Ja.«

Er schaltete die Maschine und den Monitor an, und der Bildschirm pulsierte in erwartungsvollem, elektrischem Blau. Arkadi hielt sich nicht für einen Computerspezialisten, aber in Moskau gingen die Mörder mit der Zeit, so daß man als Ermittler in der Lage sein mußte, die elektronischen Dateien von Verdächtigen und Opfern zu öffnen. Russen liebten E-Mails, Windows und Spreadsheets; Papierdokumente verbrannten sie auf der Stelle, doch belastende elektronische Informationen ließen sie intakt, mit einem kapriziösen Zugangscode verschlüsselt: der Name der ersten Freundin, einer Lieblingsschauspielerin oder eines Schoßhundes. Als Arkadi auf das Symbol für die Programme klickte, verlangte der Bildschirm ein Paßwort.

»Kennen Sie es?« fragte Osorio.

»Nein. Ein anständiger Spion sollte eine wahllose Zahlenfolge wählen. Da könnten wir ewig raten.«

Arkadi durchkramte die Schreibtischschubladen. Sie enthielten ein Sortiment von Stiften, Briefmarken, Landkarten, Lupen, Brieföffnern, Bleistiften und versiegelbaren braunen Umschlägen für die Diplomatenpost. Kein in einer Streichholzschachtel verborgenes Paßwort.

»Ein Telefon, aber kein Faxgerät?«

»Die Leitungen dieses Amtes stammen noch von vor der Revolution. Zum Empfang oder Versenden von Faxen sind sie nicht störungsfrei genug.«

»Die Telefonleitungen sind fünfzig Jahre alt?«

»Dank des amerikanischen Embargos und der speziellen Periode –«

»Für die die Russen verantwortlich sind, ich weiß.«

»Ja.« Kommissarin Osorio schaltete den Computer ab und

knallte die Schubladen zu. »Hören Sie auf. Sie sind nicht hier, um zu ermitteln. Sie sind nur hier, um zu bestätigen, daß die Wohnung gründlich auf Fingerabdrücke untersucht wurde.«

Arkadi registrierte die Spur von Abdrücken auf Türpfosten und Schreibtischoberflächen, Aschenbecher und Telefon. Osorio bedeutete ihm, ihr weiter den Flur entlang zu einem Schlafzimmer zu folgen, in dem sich ein schmales Bett, ein Nachttisch mit Lampe, eine Kommode mit Kofferradio, ein Bücherschrank und an der Wand ein vergilbtes Porträt der verstorbenen Frau Pribluda befand. Daneben hing ein Foto des Sohnes in einer Schürze, der zu einer schwebenden Scheibe aus Pizzateig aufblickte. In der obersten Schublade lag ein leerer Bilderrahmen in Schnappschußgröße.

»War da auch ein Bild drin?« fragte Arkadi.

Die Kommissarin zuckte die Schultern. Der Lesestoff im Schlafzimmer bestand aus Spanisch-Russisch-Wörterbüchern, Reiseführern, Ausgaben von *Roter Stern, Prawda* und einer russischen Sportzeitung, was das Interessenspektrum eines gesunden, ungewendeten Kommunisten recht gut widerspiegelte. Auf der Kommode stand nichts, doch auch sie war auf Fingerabdrücke untersucht worden. Im Kleiderschrank befanden sich Kleider, ein Bügelbrett und ein Bügeleisen, das ebenfalls auf Fingerabdrücke geprüft worden war. Auf dem Boden des Schranks standen ordentlich aufgereiht ein Paar Gummisandalen, ein Paar Arbeitsschuhe und ein schmaler leerer Koffer. Arkadi blieb einen Moment stehen, als er das Getrommel aus der Wohnung unter ihnen hörte, tektonische Resonanz mit einem Latinobeat.

Osorio öffnete die Tür am Ende des Flurs, die in ein Bad mit rissigen, aber makellos sauberen Fliesen führte. An der Duschstange hingen ein Stück Seife und eine Bürste an einer Kordel. An der Ecke des Medizinschränkchens prangte ein Fingerabdruck, ein weiterer lugte unter dem Spülungshebel der Toilette hervor.

»Sie haben wirklich nichts vergessen«, erklärte er ihr. »Aber ich frage mich, wozu Sie sich die Mühe gemacht haben.«

»Erkennen Sie an, daß das Pribludas Wohnung ist?«

»Es scheint so zu sein.«

»Und daß die Fingerabdrücke, die wir gefunden haben, Pribludas sind?«

»Wir haben sie noch nicht wirklich überprüft, aber nehmen wir es einmal an.«

»Erinnern Sie sich, daß Sie bei der Obduktion zu Capitán Arcos gesagt haben, daß dies für einen Russen eine seltsame Angelmethode wäre?«

»In einem Reifenschlauch auf dem Meer? Ja, ich habe zumindest noch nie zuvor davon gehört.«

Die Kommissarin führte ihn zurück in das Wäschezimmer und schaltete eine von der Decke hängende Glühbirne ein. Jetzt erkannte er neben dem steinernen Waschbecken und der Wäscheleine Angelschnur- und Drahtrollen sowie ein einfaches Regal aus Apfelsinenkisten mit Gefäßen, die nach Größe geordnete Knäuel häßlicher Haken enthielten. Jedes der Gefäße war mit Pulver bestäubt und mit deutlichen Abdrücken übersät. Osorio gab Arkadi eine Karteikarte mit Fingerabdrücken. Sofort erkannte Arkadi einen großen Abdruck mit einem unverwechselbaren, von einer Narbe durchkreuzten Wirbel, der mit den Abdrücken auf den Flaschen identisch war. Auch auf einem der Gefäße entdeckte er denselben sorgfältig präparierten Abdruck.

»Er war Rechtshänder?« fragte sie.

»Ja.«

»An dem Winkel kann man erkennen, wie er das Gefäß gehalten hat, die Abdrücke auf dem Gefäß stammen von seinem rechten Daumen und Zeigefinger und die Abdrücke auf dem Glas von seinem linken Daumen und Zeigefinger. Sie sind in allen Zimmern, auf den Türen, den Spiegeln, überall. Wie Sie also sehen können, war Ihr russischer Freund ein kubanischer Fischer.«

»Wie lange hat die Leiche im Wasser gelegen?«

»Laut Dr. Blas etwa zwei Wochen.«

»Und in der Zwischenzeit ist niemand hier gewesen?«

»Nein. Ich habe die Nachbarn gefragt.«

»Dann muß diese Schildkröte ja ziemlich hungrig sein.«

Arkadi kehrte ins vordere Zimmer zurück und prägte sich aus Gewohnheit den Schnitt der Wohnung ein: Balkon, Wohnzimmer, Wäschezimmer, Büro, Bad und Schlafzimmer. Im Kühlschrank fand er Joghurt, Blattgemüse, Auberginen, marinierte Pilze, gekochte Zunge und ein halbes Dutzend 35-Millimeter-Filmdöschen. Er fütterte die Schildkröte mit Gurkenkraut und warf einen Blick auf die schwarze Puppe in der Ecke. »Ich muß gestehen, daß ich einige neue Aspekte an dem Mann entdeckt habe, den ich zu kennen glaubte. Haben Sie seinen Wagen gefunden?«

»Nein.«

»Kennen Sie die Marke?«

»Lada.« Sie schüttelte nachdrücklich den Kopf. »Es spielt keine Rolle. Ihr Flug geht in vier Stunden. Die Leiche wird für den Transport per Flugzeug vorbereitet. Sie werden sie begleiten. Abgemacht?«

»Ich denke, das werde ich wohl.«

Kommissarin Osorio runzelte die Stirn, als hätte sie in dieser Antwort die Nuance einer Einschränkung gehört.

Auf der Rückfahrt fragte sie ihn: »Sagen Sie, aus reiner Neugier, sind Sie ein einigermaßen guter Ermittler?«

»Nicht besonders.«

»Warum nicht?«

»Aus verschiedenen Gründen. Ich hatte eine recht gute Erfolgsquote, wie Ihr Capitán das wohl nennen würde. Doch das war zu einer Zeit, als die Morde in Moskau noch amateurhafte Angelegenheiten mit Stahlrohren und Wodkaflaschen waren. Heutzutage sind das Profijobs mit schwerer Artillerie. Außerdem war die Arbeit für die Miliz zwar nie besonders gut bezahlt, aber man bekam sein Geld. Aber nachdem die Milizangehörigen seit nunmehr einem halben Jahr kein Gehalt mehr gesehen haben, sind sie einfach nicht mehr mit dem gleichen Eifer bei der

Sache. Und wenn man wirklich Fortschritte bei der Ermittlung eines Auftragsmordes macht, stößt man auf das Problem, daß der Mann, der den Mord befohlen hat, den Staatsanwalt zum Mittagessen einlädt und ihm eine Eigentumswohnung auf Jalta anbietet, worauf die Ermittlungen meist eingestellt werden. Deshalb ist meine Erfolgsquote nichts mehr, worauf man besonders stolz sein könnte. Und meine Fertigkeiten sind ohne Zweifel auch nicht mehr das, was sie einmal waren.«

»Sie haben so viele Fragen gestellt.«

»Reine Gewohnheit.« Er spulte ein mechanisches Programm ab, dachte Arkadi, als ob sein Körper ein Anzug sei, der aus eigenem Antrieb zum Tatort schlurfte, zu jedem Tatort, wo auch immer. Er ärgerte sich mehr über sich selbst als über sie. Warum hatte er überhaupt angefangen herumzuschnüffeln? Es reichte. Kommissarin Osorio hatte recht. Er spürte ihren Blick, aber nur für einen Moment. Weil in dem Viertel der Strom ausgefallen war, mußte sie manche Straßen so behutsam durchfahren, als würde sie ein Boot durch die Dunkelheit steuern. In Arkadis Gedanken lockte die Spritze, die Nadel seines persönlichen Kompasses.

Als sie wegen ein paar Ziegen, die über die Straße spazierten, abbremsen mußte, erfaßten die Scheinwerfer eine Wand mit der Aufschrift *Venceremos!* Arkadi versuchte, das Wort stumm zu lesen, doch die Kommissarin ertappte ihn dabei.

»*Venceremos!* bedeutet: ›Wir werden siegen!‹ Trotz Amerika und Rußland werden wir siegen!«

»Trotz der Geschichte, der Geographie und des Gesetzes der Schwerkraft?«

»Trotz alledem! In Moskau gibt es solche Spruchbänder nicht mehr, oder?«

»Wir haben auch Plakate. Darauf steht jetzt nur ›Nike‹ und ›Absolut‹.«

Der Blick, den sie ihm zuwarf, war auch nicht vernichtender als der Feuerstoß eines Flammenwerfers. Als sie das Apartment der Botschaft erreichten, erklärte die Kommissarin ihm, daß er in zwei Stunden von einem Fahrer abgeholt und zum Flugplatz gebracht werde. »Und Ihr Freund wird Sie begleiten.«

»Wollen wir hoffen, daß es wirklich der Oberst ist.«

Diese Bemerkung traf die Kommissarin mehr, als er beabsichtigt hatte. »Ein lebendiger Russe, ein toter Russe, es ist schwer, den Unterschied zu erkennen.«

»Da haben Sie recht.«

Arkadi ging allein nach oben. Im Haus oder draußen spielte eine Rumba, er wußte nicht mehr zu sagen, wo, wußte nur, daß die permanente Musik ihn erschöpfte.

Er schloß die Tür auf und zündete sich eine Zigarette an, wobei er sorgfältig darauf achtete, daß keine Glut auf seinen Ärmel fiel. Es war der Kaschmirmantel, den Irina ihm zur Hochzeit geschenkt hatte, ein weicher, wehender, schwarzer Umhang, in dem er, wie sie sagte, wie ein Dichter aussah. Und weil er darauf bestand, dazu die dünnen russischen Schuhe und die schäbige Hose zu tragen, wirkte er noch mehr wie ein Künstler. Es war ein Glücksmantel, kugelsicher. Er war wie ein Heiliger in Rüstung durch eine Schießerei auf dem Arbat gewandelt und hatte erst später begriffen, daß niemand auf ihn gefeuert hatte, weil er in seinem Wundermantel weder an einen Gangster noch an einen Polizisten erinnerte.

Doch was noch wichtiger war, an dem Mantel haftete ein vager Hauch von Irinas Parfüm, ein Geheimnis, ein greifbares Gefühl von ihr, und wenn der Gedanke an sie unerträglich wurde, war dieser Duft sein letzter Verbündeter gegen ihren Verlust.

Es war seltsam, daß die Kommissarin ihn gefragt hatte, ob er ein guter Ermittler war. Er hatte ihr nicht erzählt, daß seine Arbeit in Moskau in letzter Zeit unter »Unaufmerksamkeiten« gelitten hatte, wie das offiziell genannt wurde. Wenn er überhaupt zur Arbeit ging. Oft blieb er, den Mantel als Decke über sich gebreitet, tagelang im Bett und stand nur gelegentlich auf, um Teewasser zu kochen. Wartete auf den Abend, bevor er seine Wohnung verließ, um Zigaretten zu holen. Ignorierte die Besuche von Kollegen, die an seine Tür klopften. Die Risse im Putz seiner Zimmerdecke in Moskau erinnerten ihn unbestimmt an die Umrisse Westafrikas, und wenn er nach oben starrte, konnte er den Moment abpassen, wo das Licht so schräg durch das Fenster fiel, daß Unebenheiten im Putz zu Bergen wurden, Risse zu einem Netzwerk aus Flüssen und Nebenflüssen. Seinen schwarzen Mantel als Flagge gehißt, lief sein Schiff jeden Hafen an.

Unaufmerksamkeit war das größte aller Verbrechen. Er hatte alle Arten von Opfern gesehen, von beinahe unberührten Leichen im Bett bis zu niedergemetzelten, monströs entstellten Toten, und er mußte feststellen, daß sie in der Regel noch immer am Leben sein und über einen gut erzählten Witz lachen könnten, wenn jemand einem Messer, einer Schrotflinte oder einer Spritze mehr Aufmerksamkeit geschenkt hätte.

Es war, als würde man an Bord einer Fähre einen schmalen Sund überqueren, und obwohl es nur eine kurze Strecke war, kamen Wind und Wellen auf, und das Schiff sank. Und man stürzte ins kalte Wasser, den Menschen, den man liebte, fest im Arm. Um sein Leben zu retten, mußte man nur darauf achten, ihn nicht loszulassen. Und dann blickte man auf, und die eigenen Hände waren leer. Unaufmerksamkeit. Schwäche. Die aus eigener Schuld Verdammten durchlebten nicht ohne Grund längere Nächte als die anderen. Weil sie ständig versuchten, die Zeit umzukehren, um zu jenem in der Erinnerung verblassenden, schicksalhaften Augenblick zurückzukehren und nicht loszulassen. Vor allem nachts, wenn sie sich konzentrieren konnten.

Im Dunkel seines Zimmers sah er die Poliklinik in einer Seitenstraße des Arbat, wohin er, ganz besorgter Liebhaber, Irina zur Behandlung einer Infektion gebracht hatte. Sie hatte aufgehört zu rauchen – sie hatten gemeinsam aufgehört – und ihn während des endlosen Wartens voll Rastlosigkeit und Nervosität gebeten, ihr an einem Kiosk eine Zeitschrift zu besorgen, *Glamour* oder *Elle,* egal, wie alt. Er erinnerte sich an das lächerliche Klatschen seiner Schuhe auf dem Boden, als er den Raum durchquert hatte. Reklamezettel privater Händler waren an die

Bäume vor dem Gebäude gepinnt worden – »Zu verkaufen! Die besten Medikamente!« –, was eine mögliche Erklärung für den Medikamentenmangel in der Klinik war. Pappelsamen stiegen in das Licht des Sommerabends auf. Was hatte er gedacht, als er selbstzufrieden auf der Treppe der Klinik gesessen hatte? Daß es ihnen endlich gelungen war, ein normales Leben zu führen, einen abgeschlossenen Raum zu schaffen, unberührt vom allgemeinen Chaos?

Derweil wurde Irina von einer Krankenschwester in das Behandlungszimmer geführt. (Seither war er nachsichtiger mit Mördern geworden. Der sorgfältig geplante Hinterhalt, die phantasievolle Verkabelung, ein mit Plastiksprengstoff vollgepackter Wagen, die Mühe, die sie sich machten. Zumindest töteten sie bewußt.) Ihr Arzt erklärte ihr, daß die Klinik ihr übliches Medikament zur Zeit nicht vorrätig habe. Er wollte wissen, ob sie allergisch gegen Ampicillin und Penicillin war. Ja, Irina vergewisserte sich immer, daß diese Information auf ihrem Krankenblatt unterstrichen wurde. Dann hatte in der Tasche des Arztes ein Handy gepiept, und er war in den Flur gegangen, um mit seinem Börsenmakler über einen rumänischen Fonds zu reden, der eine dreihundertprozentige Rendite versprach. Die Krankenschwester im Behandlungszimmer hatte erst vor wenigen Minuten erfahren, daß ihre Wohnung von der Stadt an eine Schweizer Firma für Geschäftsimmobilien verkauft worden war. Bei wem sollte sie sich beschweren? Sie hatte das Wort »Ampicillin« aufgeschnappt. Und da die Tabletten ausgegangen waren, injizierte sie Irina eine Dosis und verließ das Zimmer. Hinrichtungen sollten kurz und gründlich sein.

Als Arkadi die Zeitschrift gekauft hatte und dem hauchdünnen Schleier aus Pappelsamen zurück zur Klinik gefolgt war, war Irina schon tot. Die Krankenschwestern versuchten, ihn am Betreten des Behandlungszimmers zu hindern, ein Fehler. Die Ärzte versuchten seinen Weg zu dem Laken zu versperren, mit dem der Behandlungstisch bedeckt war, und auch das war ein Fehler. Das Ganze endete mit einer umgestürzten Liege und abgeräumten Tabletts, die weißen Hauben des medizinischen Personals fielen zu Boden, wurden zertrampelt, schließlich mußte die Miliz gerufen werden, um den Verrückten zu entfernen.

Es war natürlich das reine Melodrama gewesen. Dabei hatte Irina Melodramen gehaßt, die dämonischen Exzesse eines Rußlands, wo Mafiosi kugelsichere Westen unter ihrer Abendgarderobe trugen und Bräute in durchsichtiger Spitze heirateten, wo der größte Reiz eines öffentlichen Amtes in der Immunität vor Strafverfolgung lag. Irina haßte das alles, und es mußte sie beleidigt haben, inmitten eines solchen russischen Melodramas zu sterben.

Bis zum Start des Flugzeugs blieben ihm noch drei Stunden. Das Problem mit Fluggesellschaften war, daß sie ihren Passagieren das Tragen von Handfeuerwaffen verboten, dachte Arkadi. Sonst hätte er seine Pistole mitbringen und sich vor einer tropischen Kulisse mit fremden Sternkonstellationen und dunklen Dächern erschießen können, zwischen denen sich volle Wäscheleinen spannten wie geblähte Segel.

Was war das letzte Bild gewesen, das Irina in der Klinik gesehen hatte? Die aufgerissenen Augen einer Krankenschwester, die den ganzen Abgrund ihres Fehlers begriffen hatte? Nicht allzu tief, nur intravenös, aber tief genug. Sie mußten es beide begriffen haben. Binnen Sekunden mußten sich auf Irinas Arm ein hervortretender hellroter Kreis gebildet und ihre Augen zu jucken begonnen haben. Später durfte Arkadi ihre Aussagen lesen, eine Geste der Höflichkeit, die er seinem Beruf verdankte. *Irina Asanowa Renkowa öffnete die Tür zum Korridor, unterbrach das Gespräch des Arztes und hielt die leere Ampulle hoch.* Ihr Atem ging bereits pfeifend. Während der Arzt *einen Notfallkoffer anforderte,* zitterte und schwitzte Irina am ganzen Körper, und ihr Herzschlag beschleunigte sich zu einem unregelmäßigen Flattern wie ein Flugdrachen, der von Windböen erfaßt wurde. Bis man den Notfallkoffer gefunden und hereingebracht hatte, stand sie bereits *unter einem starken anaphylaktischen Schock,* ihre Luftröhre war zugeschwollen, und ihr Herz raste, setzte aus und raste weiter. Doch *das Adrenalin, das auf dem Rollwagen bereitliegen sollte,* die Spritze, die ihr Herz wie eine Uhr hätte richtig einstellen und die Verengung in ihren Luftwegen hätte lösen können, war nicht da, verlegt, ein unschuldiger Irrtum. Panisch versuchte der Arzt, den Medizinschrank zu öffnen, *und brach dabei den Schlüssel im Schloß ab,* was ihr Schicksal endgültig besiegelte.

Als Arkadi das Laken von dem Behandlungstisch in der Poliklinik gerissen hatte, war er erstaunt gewesen, was sie in der kurzen Zeit, die er gebraucht hatte, um zum Kiosk zu gehen und eine Zeitschrift zu kaufen, mit Irina angerichtet hatten. Ihr Gesicht lag verzerrt in einem Gewirr aus Haaren, die mit einem Mal so viel dunkler aussahen, als wäre sie ertrunken und hätte einen Tag im Wasser gelegen. Ihr Kleid war bis zur Hüfte aufgeknöpft und verheddert und entblößte ihre von Stößen malträtierte Brust. Sie hatte die Hände im Todeskampf zu Fäusten geballt, die noch warm waren. Er schloß ihre Augen, strich das Haar aus ihrer Stirn und knöpfte ihr Kleid zu, ohne den Arzt zu beachten, der darauf bestand, daß die »Leiche nicht gestört« werden dürfe. Als Antwort packte er den Arzt und warf ihn durch eine Spiegelglasscheibe, die als kugelsicher verkauft worden war. Durch den Aufprall platzten Schränke auf, Instrumente flogen durch die Luft, Alkohol tropfte zu Boden und erfüllte die Luft mit seinem Aroma. Nachdem er das Personal vertrieben und das Behandlungszimmer für sich hatte, bettete er ihren Kopf auf seinen Mantel.

Er hatte sich nie für einen Melancholiker gehalten, nicht nach russischen Maßstäben jedenfalls. Selbstmord lag nicht in seiner Familie – mit Ausnahme seiner Mutter, die jedoch schon immer dramatischer veranlagt gewesen war. Nun, da gab es natürlich auch noch seinen Vater, aber sein Vater war nie etwas anderes als ein Mörder gewesen. Arkadis Widerstand gegen die Idee gründete sich nicht auf Moral, sondern auf gute Manieren, er wollte keine Sauerei hinterlassen. Hinzu kam die praktische Frage des Wie. Erhängen war unverläßlich, und er wollte nicht, daß irgend jemand ihn so fand. Erschießen kündigte sich mit einem prahlerischen Knall an. Das Problem war, daß die Suizidspezialisten nur durch Beispiel lehren konnten, und er hatte schon genug verpfuschte Versuche gesehen, um zu wissen, wie häufig es einen Ausrutscher gab, bevor der Schierlingsbecher die Lippen erreicht hatte. Am besten wäre es, einfach zu verschwinden. In Havanna zu sein, gab ihm das Gefühl, es schon halb geschafft zu haben.

Früher war er ein besserer Mensch. Früher war er mitfühlend gewesen. Er hatte Selbstmörder immer für egoistisch gehalten, weil sie ihre Leichen hinterließen und die anderen erschreckten, die hinter ihnen aufräumen mußten. Er konnte natürlich jederzeit von vorn anfangen, sich einer guten Sache verschreiben und zulassen, daß seine Wunden verheilten. Das Problem war nur, daß er nicht wollte, daß die Erinnerung an sie verblaßte. Solange er sich noch an sie erinnerte, an ihren Atem im Schlaf, die Wärme ihres Rückens, die Art, wie sie sich am Morgen zu ihm umdrehte, solange er noch verrückt genug war zu glauben, er würde neben ihr aufwachen, sie im Nebenzimmer hören oder auf der Straße sehen, gab es für ihn nur das Jetzt. Wenn das anderen Leuten Umstände bereitete, nun, dann tat es ihm leid.

Er zog die sterile Spritze, die er in dem Einbalsamierungszimmer gestohlen hatte, aus der Jacke. Er hatte sie ganz spontan genommen, ohne bewußten Plan oder als ob ein anderer Teil seines Gehirns Gelegenheiten ergriff und die Tagesordnung festlegte, die er erst nach und nach erfuhr. Jeder wußte nur zu gut, daß in Kuba Mangel an medizinischen Geräten herrschte, und er stahl sie auch noch. Er riß die Tüte auf und breitete ihren Inhalt auf dem Tisch aus – eine Fünfzig-Kubikzentimeter-Einbalsamierungsspritze mit einer zehn Zentimeter langen Hohlnadel. Er schraubte sie auf die Spritze und zog den Kolben hoch, um den Zylinder mit Luft zu füllen. Sein Stuhl hatte verschieden lange Beine, so daß er sich auf die Kante setzen mußte, damit er nicht wackelte. Er schob den linken Ärmel von Mantel und Hemd hoch und schlug sich auf die Innenseite des Ellbogens, damit die

Vene deutlicher hervortrat. Wenn er die Luft in den Blutstrom injiziert hatte, würde es etwa eine Minute dauern, bis sein Herz stehenblieb. Nur eine Minute und nicht die fünf, die Irina noch hatte durchleiden müssen. Es mußte nur genug Luft sein, nicht bloß eine Kette von Bläschen, sondern ein stattlicher Wurm aus Luft, weil das Herz sich heftig wehren würde, bevor es aufgab. Die Fensterläden wurden klappernd nach innen geweht. Perfektionist, der er war, stand er auf, um sie aufzustoßen, bevor er wieder am Tisch Platz nahm. Er rieb ein letztes Mal mit dem Mantel über seine Wange und spürte den Kaschmir, weich wie das Fell einer Katze, bevor er den Ärmel erneut hochschob, sich auf den Arm klopfte und die Nadel, als die Vene hervortrat, tief hineinstieß. In dem Kolben der Spritze wurden kleine Blutstropfen sichtbar.

Über dem Pochen seines Herzens hörte er jemanden an die Tür klopfen.

»Renko!« rief Rufo.

Arkadi mußte den Kolben nur noch herunterdrücken, doch er wollte nicht, daß ihn jemand zu Boden fallen hörte. Sein Tod würde der Luftdruckkrankheit von Tiefseetauchern gleichen, und seine Zuckungen würden beträchtlichen Lärm verursachen. Wie ein Taucher unter der Wasseroberfläche wartete er, daß sein Besucher verschwand. Als das Klopfen beharrlicher wurde, rief er: »Gehen Sie weg.«

»Machen Sie die Tür auf.«

»Gehen Sie weg.«

»Lassen Sie mich rein. Bitte, es ist wichtig.«

Arkadi zog die Nadel heraus, band sich ein Taschentuch um den Arm, ließ seinen Ärmel herunter und die Spritze in die Tasche seines Mantels gleiten, bevor er zur Tür ging und sie einen Spalt öffnete.

»Sie sind zu früh.«

»Wir haben doch über Zigarren geredet, wissen Sie noch?« Rufo gelang es, sich Stück für Stück ins Zimmer zu drängen. Er trug jetzt einen einteiligen Jogginganzug und hatte eine Kiste aus hellem Holz in der Hand, auf der ein imposantes Siegel in Form gekreuzter Schwerter prangte. »Montecristos. Handgedreht aus den edelsten Tabakblättern der Welt. Für einen Zigarrenraucher so etwas wie der Heilige Gral.«

»Ich rauche keine Zigarren.«

»Dann verkaufen Sie sie. In Miami könnten Sie diese Kiste für tausend Dollar verkaufen. In Moskau vielleicht sogar für mehr. Für Sie hundert Dollar.«

»Ich bin nicht interessiert, und ich habe keine hundert Dollar.«

»Fünfzig Dollar. Normalerweise würde ich sie nicht so billig weggeben, aber…« Rufo breitete die Hände aus wie ein Millionär, dem vorübergehend das Kleingeld ausgegangen war.

»Ich bin einfach nicht interessiert.«

»Okay, okay.« Rufo war enttäuscht, blieb aber freundlich. »Übrigens habe ich, glaube ich, vorhin mein Feuerzeug hier vergessen. Haben Sie es gesehen?«

Arkadi kam sich vor wie ein Mann, der aus einem Flugzeug springen wollte und ständig zurückgehalten wurde. Im Wohnzimmer war kein Feuerzeug. Arkadi suchte im Bad und im Schlafzimmer – nichts. Als er in den vorderen Raum zurückkam, kramte Rufo in der Papiertüte mit Pribludas persönlichen Sachen.

»Da finden Sie bestimmt kein Feuerzeug.«

»Ich wollte nur sichergehen, daß Sie alles haben.« Rufo hielt das Feuerzeug hoch. »Ich habe es gefunden.«

»Auf Wiedersehen, Rufo.«

»War mir ein Vergnügen. In einer Stunde bin ich wieder da. Vorher werde ich Sie nicht mehr stören.« Rufo tastete sich rückwärts Richtung Tür.

»Sie haben mich nicht gestört. Aber jetzt auf Wiedersehen.«

Sobald Rufo die Treppe hinunterging, schob Arkadi den Ärmel seines Mantels zurück, tastete mit dem Daumen nach seiner Vene und schlug mit einem Finger darauf. Der Drang, die Sache zu Ende zu bringen, war jetzt so stark, daß er dazu an der offenen Tür stehenblieb. Das Licht im Treppenhaus verlosch. Jetzt brauchte Rufo sein Feuerzeug. In dem Licht, das aus seinem Zimmer fiel, wirkte Arkadis entblößter Arm wie aus Marmor. Aus einem anderen Apartment wehten Salsaklänge herüber. Wenn Kuba im Meer versinken würde, würde das Wasser von Musik widerhallen. Seine Kehle war trocken und wund. Er lehnte sich an die Wand, nahm die lange Spritze aus seiner Manteltasche, tastete zögerlich mit der Nadel über seine Vene, bis ein roter Tropfen erschien und an seinem Handgelenk herunterfloß. Er wischte ihn ab, damit der Mantel nicht schmutzig wurde. Im selben Moment hörte er jemanden die Treppe heraufkommen, zog sich, die Spritze in der Hand, in sein Apartment zurück und lehnte sich gegen die Tür. Die Schritte im Flur hielten vor seiner Tür an.

»Ja?« fragte Arkadi.

»Ich habe die Zigarren vergessen.«

»Rufo –«

Sobald Arkadi die Tür geöffnet hatte, katapultierte Rufo ihn vorbei an den creme- und goldfarbenen Eßzimmerstühlen des Apartments gegen die gesammelten Werke Fidels an der gegenüberliegenden Wand und drückte Arkadi mit dem Unterarm an dessen Hals gegen den Schrank. Rufo mochte groß sein, doch er war flinker und leichtfüßiger, als Arkadi erwartet hätte. Er hielt sein Gegenüber mit einem Arm fest und riß den anderen hoch, bis Arkadi begriff, daß sein Mantel mit einem Messer an den Schrank genagelt war, das Rufo für einen zweiten Stoß herauszuziehen versuchte. Arkadis flatternder offener Mantel hatte ihn in die Irre geführt. Rufos anderes Problem war die Spritze, die neben seinem linken Ohr hervorragte, was bedeutete, daß sich die lange Stahlnadel in sein Gehirn gebohrt hatte. Arkadi hatte reflexartig zurückgeschlagen, weil der Angriff so plötzlich erfolgt war. Langsam erregte der Fremdkörper an seinem Kopf die Aufmerksamkeit des Kubaners, seine Augen wanderten nach links, wo er aus ihrem äußersten Winkel den Kolben ausmachen konnte, bevor er verdutzt wieder Arkadi ansah. Rufo machte einen Schritt zurück, um die Spritze zu packen, wie ein Bär, der von einer Biene gepeinigt wurde. Er verdrehte den Kopf und taumelte im Kreis, neigte sich weiter und weiter zur einen Seite, bis er zuletzt auf ein Knie sank. Er stützte sich mit dem anderen Fuß ab und kniff die Augen zusammen, bis er die Nadel schließlich herausgezogen hatte. Unter Tränen blinzelte er auf die lange rote Hohlnadel und blickte fragend auf.

»Du hättest bloß warten müssen«, sagte Arkadi.

Rufo rollte auf den Rücken, die Augen nach wie vor auf die Spritze gerichtet, als würde sie seinen letzten Gedanken enthalten.

3

Nicht, daß sie es Renko erzählen würde, aber Ofelia Osorio hatte einmal auf einem Fabrikschiff gearbeitet, das von den Russen gebaut und komplett mit russischen Beratern geliefert worden war, so daß sie nicht nur geübt im Umgang mit anmaßenden »Großen Brüdern« war, sondern auch durchaus versiert darin, sie, wenn es sein mußte, mit einem Anglermesser abzuwehren. Als noch idealistische Junge Pionierin hatte sie als Delegierte an dem Weltjugendfestival in Moskau teilgenommen und Lenins Grabmal, die Lumumba-Universität und die U-Bahn besichtigt. Sie erinnerte sich noch daran, wie die Fahrgäste beim Anblick einer Schwarzen die Gesichter verzogen hatten. Kubaner berührten nur ihre Unterarme, wenn sie dunkelhäutigen Menschen begegneten, doch die Russen wichen zurück wie vor einer Schlange. Zumindest zu Hause. Auf See waren sie durchaus zu Experimenten bereit.

Und es waren nicht nur die Russen. Vietnamesische Ermittler kamen nach Havanna, und Ofelia bildete sowohl Männer als auch Frauen aus. Als sie Hanoi besuchte, stellte sie fest, daß ihre besten weiblichen Schüler zum Tippen abgestellt worden waren und daß nach dem Abendessen der internationalen Solidarität die Teller, die Ofelia benutzt hatte, zweimal abgewaschen wurden.

Es war interessant, wie europäische und asiatische Männer bei der Begegnung mit kubanischen Mädchen in Kuba zu Vielfraßen in einem Süßigkeitenladen wurden. Gewöhnliche anständige Männer verwandelten sich in Tiere, sobald sie in Kuba gelandet waren. Gab es Schutz? Cartoons auf den Straßen warnten die Mädchen vor Touristen ohne Kondome. Es gab Sittendezernate, die für gewöhnlich von Kommissaren geführt wurden, die selbst ihre eigene Truppe von *jineteras* laufen hatten. *Jinetera* war ein großartiges Wort. Ursprünglich bedeutete es Reiterin und bezeichnete im speziellen ein Mädchen, das auf einem galoppierenden Schwein saß. Zusätzlich zu ihrem Arbeitspensum bei der Mordkommission hatte Ofelia mit lustloser offizieller Unterstützung eine eigene Einheit gegen Korruption innerhalb der Polizei zusammengestellt. Für den Besuch eines russischen Ermittlers, die schlimmste aller möglichen Kombinationen, war sie in jeder Hinsicht gewappnet.

Sie lebte in einem *solar,* einem Komplex von Einzimmerwohnungen, der wegen seiner Neigung, die Hitze des Tages zu speichern, durchaus treffend benannt war. Trotz der späten Stunde lagen Muriel und Marisol, ihre beiden Töchter, träge auf dem kühlen Boden und verfolgten gebannt eine Fernsehsendung über Delphine. Die Mädchen waren acht und neun, und der blaue Schimmer des Fernsehers bedeckte sie bis zum Kinn wie eine Decke. Ihre Mutter lehnte im Schaukelstuhl und tat, als würde sie schlafen, ein stummer Tadel dafür, daß Ofelia so spät nach Hause kam, daß Reis und Bohnen auf dem Herd angebrannt waren. Doch dieses Spiel konnte man auch zu zweit spielen. Es war ein Skandal, daß die Mutter einer Kommissarin der PNR den Tag damit verbrachte, für alle anderen Bewohner des *solar* Botengänge zu machen, für die einen Zigaretten holte und für jemand anderen um ein Paar Schuhe anstand. »Wer nicht rege ist, verhungert«, pflegte die alte Frau auf ihre Einwände zu erwidern. »Bei deinem enormen Gehalt und den Familienrationen würden deine Töchter nur an zwei von drei Tagen etwas zu essen bekommen. Du kennst doch den Witz: ›Was sind die drei großen Errungenschaften der Revolution? Gesundheit, Bildung und Sport. Und was sind ihre drei großen Mängel? Das Frühstück, das Mittagessen und das Abendessen.‹ Man sagt, Fidel würde diesen Witz gern erzählen. Warum wohl?« Ofelia widersprach ihr nur bis zu einem gewissen Grad, weil ihre Mutter recht hatte. Außerdem gab es so viele andere Dinge, über die sie mit ihrer Mutter streiten mußte. In der vergangenen Woche war Ofelia nach Hause gekommen, um festzustellen, daß das Porträt von Che durch ein aus einer Zeitung herausgerissenes Bild von Celia Cruz ersetzt worden war. Wer konnte den größten Märtyrer des zwanzigsten Jahrhunderts gegen eine fette alte Verräterin aus Florida austauschen? Ihre Mutter, und zwar ohne mit der Wimper zu zucken.

Ofelia wickelte den Gürtel um ihr Pistolenhalfter, zog ihre Uniform aus und hängte sie ordentlich über einen Bügel. Als Kommissarin hatte sie die Wahl, in Zivil zur Arbeit zu gehen, doch sie genoß die Sicherheit, die ihr die blaue Hose, das graue Hemd mit dem PNR-Emblem auf der Brusttasche und die Schirmmütze verliehen. Außerdem sparte ihr das Tragen der Uniform Kosten für andere Kleidung, die im wesentlichen aus zwei Jeans bestand. Sie schlüpfte durch den Vorhang in eine Nische, die als Klo, Toilettentisch und Duschkabine genutzt wurde, und schaltete automatisch den Walkman an, der an einem Band hing. Das Radio war ein Schatz, den sie bei einem Familienausflug am Playa del Este gefunden hatten. Sie hatte den Mädchen gesagt, sie sollten die »Liebespärchen« von *jineteras* und Touristen ignorieren, doch nachdem Muriel über etwas so Unglaubliches wie ein Radio von der Größe einer Muschelschale gestolpert war, beobachteten sie und ihre ältere Schwester den Strand wie zwei Geier, die darauf lauerten, im Sand nach Schätzen zu wühlen, sobald ein »Paar« gegangen war.

Der Wasserstrahl glich eher einem lauwarmen Rinnsal, doch das reichte. Es lief über Stirn und Hals und tropfte von den Händen. Sie war insgeheim ziemlich stolz auf ihr Haar, das kurz geschnitten und weich war wie der Kopf eines Persianerlamms. Die Musik war einschmeichelnd und perkussiv. *Deine Zigarre ist hingefallen. Du hast mir erzählt, wie gut sie sei und wie sehr alle Frauen deine große Zigarre mögen. Wir haben kaum angefangen zu rauchen, schon fällt deine Zigarre hin.* Ofelia entspannte ihre Schultern und ließ sie im Rhythmus der Musik kreisen. Zwischen ihren Füßen floß das Wasser in den Abfluß. Ihr Bild im Spiegel über dem Waschbecken begann zu beschlagen. Eine dreißigjährige Frau, die immer noch aussah wie die Tochter eines schwarzen Plantagenarbeiters. Obwohl sie nicht eitel war, haßte sie Bikinistreifen auf sonnengebräunter Haut – da war es schon besser, überall gleich braun zu sein. Sie beugte sich vor und ließ das Wasser wie Glasperlen von ihren Haaren tropfen.

Die Kommissarin in ihr machte sich Gedanken über den toten Russen, den sie im Wasser gefunden hatten. Sie hätte ein sehr viel stärkeres Interesse seiner Botschaft erwartet, und die Tatsache, daß sie offenbar bereit waren, ihn loszuwerden wie einen überfahrenen Hund, war praktisch der Beweis dafür, daß er nichts Gutes im Schilde geführt hatte. Die Bucht war schließlich ein perfekter Ausgangspunkt für Schmuggel, Infiltration und das Ausspionieren von Schiffen. Und der Commandante selbst hatte gesagt, daß man keinen bösartigeren Feind haben konnte, als den, den man einst seinen Freund genannt hat.

Der neue Russe schien ein wenig widersprüchlich. Der vornehme Mantel war ein sicheres Zeichen für Korruption, während der erbärmliche Zustand der übrigen Kleidung auf völliges Desinteresse an seiner äußeren Erscheinung schließen ließ. In einem Moment wirkte er wie ein einigermaßen wacher Ermittler, im nächsten schien er sich in einem privaten Gedankengang zu verflüchtigen. Er war blaß, doch er hatte tief umschattete Augen.

Die Seife war ein Stück, das ihre Mutter von einer Freundin ergattert hatte, die in einem Hotel arbeitete, und ein solcher Luxus, daß Ofelia länger duschte als nötig, weil es trotz der Stimmen aus den anderen Wohnungen des *solar* der intimste Moment ihres Arbeitstages war. Um Batterien zu sparen, genehmigte sie sich sonst nur die Länge eines Liedes.

In Pullover und Jeans machte sie Muriel, Marisol und sich einen Teller mit Reis, Bohnen und dem dunkelbraun gebratenen Knorpel fertig, den zu identifizieren ihre Mutter sich weigerte. Aus dem Kühlschrank nahm sie eine mit gekühltem Wasser gefüllte Plastikflasche.

»Im Kochstudio im Fernsehen haben sie heute gezeigt, wie man ein Steak aus Grapefruitschalen zubereitet«, berichtete ihre Mutter. »Sie haben eine Grapefruitschale in ein Steak verwandelt. Ist das nicht unglaublich? Diese Revolution wird von Tag zu Tag unglaublicher.«

»Ich bin sicher, es war lecker«, sagte Ofelia. »Unter den Umständen.«

»Sie haben es mit Begeisterung gegessen. Mit Begeisterung!«

»Das hier schmeckt übrigens auch gut«, sagte Ofelia und sägte an ihrem Knorpel. »Was sagtest du noch, was es ist?«

»Ein Säugetier. Hast du heute irgendwelche gefährlichen Männer getroffen, jemanden, der dich umbringen und deine Töchter mutterlos machen könnte?«

»Einen. Einen Russen.«

Nun war es an ihrer Mutter, entsetzt zu sein. »Einen Russen, das ist ja noch schlimmer als Grapefruitschalen. Warum bist du bloß zur Polizei gegangen? Ich kann das noch immer nicht verstehen.«

»Um den Menschen zu helfen.«

»Die Leute hier hassen dich. Man trifft nie jemanden aus Havanna, der zur Polizei geht. Immer nur Fremde. Wir waren doch glücklich in Hershey.«

»Da gibt es nichts als Zuckerfabriken.«

»In Kuba, wie überraschend!«

»Man darf nicht ohne Genehmigung nach Havanna umziehen. Ich bin Expertin in Polizeiarbeit. Sie wollen mich hier haben, und ich will hier wohnen und die Mädchen auch.«

Dies war ein Thema, bei dem Ofelia sich immer auf die Unterstützung ihrer Töchter verlassen konnte.

»Wir wollen hier wohnen.«

»Niemand will in Hershey wohnen. Da gibt's bloß Zuckerfabriken.«

»Havanna ist voller Mädchen aus solchen Städten ohne offizielle Zuzugsgenehmigung, und sie verdienen ihre Dollars alle im Liegen. Der Tag wird kommen, an dem ich mich auf die Suche nach Kondomen für meine Enkelinnen machen muß.«

»Oma!«

Ihre Mutter gab nach, und sie sägten alle schweigend an dem Fleisch auf ihrem Teller herum, bis die alte Frau fragte: »Und wie sieht dieser Russe aus?«

Plötzlich fiel es Ofelia ein. »Du hast mir in Hershey einmal einen Priester gezeigt, der sein Amt aufgeben mußte, weil er sich in eine Frau verliebt hatte.«

»Ich bin überrascht, daß du dich daran erinnerst, du warst noch so klein. Ja, sie war eine wunderschöne Frau, sehr fromm, und es war eine durch und durch traurige Geschichte.«

»So sieht er aus.«

»Wirklich unglaublich, daß du dich daran erinnerst«, murmelte ihre Mutter gedankenverloren.

Als Ofelia gerade dachte, die innerfamiliären Spannungen hätten sich soweit abgebaut, daß sie in Ruhe zu Abend essen konnten, klingelte das Telefon. Ihr Telefon war das einzige im ganzen *solar,* und sie hatte ihre Mutter im Verdacht, darüber die Lotterie des Viertels abzuwickeln. Die illegale kubanische Lotterie war der legalen venezolanischen Lotterie angeschlossen, und wer per Telefon Wetten abgeben konnte, war enorm im Vorteil. Ofelia stand auf und ging langsam um die Stühle der Mädchen herum zum Telefon an der Wand, um ihrer Mutter zu demonstrieren, daß sie nicht die Absicht hatte, sich wegen der ruchlosen Geschäfte ihrer Nachbarn zu beeilen. Doch ihre Mutter wahrte die Unschuldsmiene, bis Ofelia aufgelegt hatte.

»Was war denn?«

»Es geht um den Russen«, sagte Ofelia. »Er hat jemanden umgebracht.«

»Ah, ihr seid füreinander bestimmt.«

Als sie in dem Apartment eintraf, knallte Capitán Arcos gerade das Telefon auf die Gabel und brüllte Arkadi an: »Ihre Botschaft kann Ihnen keinen Schutz gewähren. Es wird Unmutsbekundungen des kubanischen Volkes gegen die Verräter geben, die es verkauft haben. Die uns für dreißig Silberlinge den Judaskuß auf die Wange gedrückt haben. Wenn es nach mir ginge, würde ich keinen einzigen Russen auf die Straße lassen. Ich könnte die Sicherheit eines Russen nicht garantieren, nicht einmal in der sichersten Hauptstadt der Welt, so tief geht der kubanische Zorn. Ihr kriecht ins Lager des Feindes und gebt uns Kubanern den Rat, es euch nachzutun. Ihr meint, die Geschichte hätte uns zurückgelassen. O nein! Kuba ist der Motor der Geschichte. Kuba wird weiter Geschichte machen, und dafür brauchen wir keine Belehrungen von unseren früheren Genossen. Das habe ich auch Ihrer Botschaft erklärt.«

Arcos hatte sich dermaßen in Rage geredet, daß sein Gesicht verkniffen war wie eine geballte Faust. Sein schwarzer Sargento Luna lümmelte neben ihm, gleichzeitig gefährlich und gelangweilt. Renko saß, in seinen Mantel gewickelt, ruhig da. Rufo lag in einem silbrigen Jogginganzug auf dem Boden, den Blick auf die Spritze gerichtet, die er mit der linken Hand umklammert hielt. Ofelia war erstaunt, daß keine Kriminaltechniker am Tatort waren. Wo war die übliche Betriebsamkeit von Videofilmern und Lichttechnikern, wo waren die Spurensicherung oder weitere Ermittler? Obwohl sie die Autorität der beiden Männer aus dem Ministerium nicht in Frage stellte, zog sie demonstrativ laut ihre Gummihandschuhe über.

»Der Capitán spricht auch russisch«, erklärte Renko Ofelia. »Es ist ein Abend voller Überraschungen.«

Arcos war etwa Mitte Vierzig, schätzte Ofelia, exakt die Generation, die ihre Jugend damit vergeudet hatte, Russisch zu lernen, und seitdem verbittert war.

»Was er sagt, ist jedoch nicht von der Hand zu weisen«, fuhr Renko fort. »Meine Botschaft scheint in der Tat nicht geneigt, mir zu helfen.«

»Die Aussage, die er gemacht hat, ist unglaubwürdig«, sagte Arcos. »Er behauptet, Rufo Pinero, ein Mann ohne jede Vorstrafe, ein allseits geehrter kubanischer Sportler, Fahrer und Dolmetscher für Renkos eigene Botschaft, habe ihm Zigarren verkaufen wollen und sei, nachdem er abgewiesen wurde, in dieses Apartment zurückgekommen, um Renko ohne jede Vorwarnung oder Provokation mit zwei Waffen gleichzeitig, einem Messer und einer Spritze, anzugreifen. Und dann soll er sich die Spritze in dem anschließenden Gerangel auch noch aus Versehen selbst in den Kopf gebohrt haben.«

»Gibt es irgendwelche Zeugen?« fragte Ofelia.

»Noch nicht«, sagte Arcos, als ob er hoffte, noch einen auszugraben.

Ofelia hatte noch nie mit dem Capitán gearbeitet, doch sie kannte diesen Typ: eher ein verschlagener Taktiker als ein guter Ermittler und weit über seine persönlichen Fähigkeiten hinaus aufgestiegen. Von Luna durfte sie ebenfalls keine Hilfe erwarten; der Sargento schien jedem, einschließlich Arcos, mit der gleichen Mißachtung zu begegnen.

Sie zog den Reißverschluß von Rufos Jogginganzug herunter und stellte fest, daß er darunter noch immer das Hemd und die Hose trug, die er im IML getragen hatte, was bei dem warmen Wetter wenig Sinn ergab. In seiner Hemdtasche steckten eine Plastikhülle und ein Ausweis, auf dem stand: *Rufo Perez Pinero; Fecha de Nacimiento: 2/6/56; Cargo: traductor; Casado: no; Dirección: 155 Esperanza, La Habana; Status Militar: reserva; hemotipo: B.* In der Ecke klebte das Foto eines jüngeren, schlankeren Rufo. In derselben Hülle steckte ein Lebensmittelheft mit Spalten für die einzelnen Monate und Reihen für Reis, Fleisch und Bohnen. Sie leerte die Dollars, Pesos sowie Haus- und Wagenschlüssel aus Rufos Taschen, wobei sie alles nur vorsichtig an einer Ecke anfaßte. Sie meinte sich zu erinnern, daß er auch ein Feuerzeug besessen hatte. So etwas fiel Kubanern auf. Aus irgendeinem Grund war sie außerdem davon überzeugt, daß der Russe Rufos Taschen schon durchsucht hatte, weshalb sie nichts finden würde, was er nicht schon gesehen hatte.

»Hat die Ermittlung jetzt angefangen?« fragte Renko.

»Es wird eine Ermittlung geben«, versprach Arcos, »die Frage ist nur, von *was.* Alles, was Sie tun, ist verdächtig: Ihre Haltung gegenüber der kubanischen Autorität, Ihre Weigerung, die Leiche eines russischen Kollegen zu identifizieren, und jetzt dieser Angriff auf Rufo Pinero.«

»Mein Angriff auf Rufo?«

»Rufo ist schließlich derjenige, der tot ist«, beharrte Arcos.

»Der Capitán glaubt, ich sei aus Moskau gekommen, um Rufo zu attackieren?« fragte Renko Ofelia. »Erst Pribluda und jetzt ich. Wenn das keine Ermittlung wert ist, wird dann hier überhaupt ermittelt?«

Ofelia war unglücklich, weil die Grundregel für einen Mord lautete, den Tatort möglichst unverzüglich auf Spuren zu untersuchen, während Luna noch gar nichts getan hatte. Sie trat einen Schritt zurück, um die Szenerie im ganzen zu betrachten, und sah das Messer, das in Brusthöhe im Seitenteil eines hölzernen Bücherschranks steckte, in dem jedoch kein einziges Buch umgefallen war, nicht einmal *Fidel y Arte,* ein schweres Vorzeigewerk mit kostbaren Drucken. Weder war ein Stuhl zerbrochen, noch hatte Renko einen Kratzer abbekommen, als ob die Konfrontation blitzschnell vorüber gewesen wäre.

»Ihr Freund ist ein Spion, und Sie sind ein Mörder«, herrschte Luna Renko an. »Das ist unerträglich!«

Ohne es herauszuziehen, begutachtete Ofelia das Messer in dem Schrank. Es war ein in Brasilien hergestelltes Schnappmesser mit einem Griff aus Elfenbein, der unten versilbert war, die zweischneidige Klinge rasiermesserscharf.

»Ich habe der Botschaft erklärt, daß Renko wie jeder andere Besucher behandelt wird«, sagte Arcos. »Das heißt, er genießt keinerlei diplomatische Immunität. Dieses Apartment ist wie jedes andere kubanische Apartment und steht nicht unter dem Schutz einer ausländischen Macht. Dies ist eine kubanische Angelegenheit, in der ganz allein wir entscheiden.«

»Gut«, sagte Renko. »Es war auch ein Kubaner, der versucht hat, mich umzubringen.«

»Nun werden Sie bloß nicht spitzfindig. Da die Tatsachen in diesem Fall äußerst nebulös, Sie jedoch lebendig und unverletzt sind, sollten Sie sich glücklich schätzen, wenn Sie Havanna verlassen dürfen.«

»Sie meinen, lebendig verlassen. Nun, den Flug heute nacht habe ich wohl verpaßt.«

»Nächste Woche geht wieder einer. Bis dahin werden wir unsere Ermittlung fortsetzen.«

»Würden Sie das für eine Ermittlung halten?« fragte der Russe Ofelia.

Sie zögerte. Weil sie im Revers seines schwarzen Mantels einen Riß entdeckt hatte, der kein Knopfloch sein konnte. Ihr Zögern erzürnte Arcos.

»Dies ist meine Ermittlung, und ich führe sie so, wie ich es für richtig halte, wobei es etliche Faktoren zu berücksichtigen gilt, wie zum Beispiel, ob Sie Rufo überrascht, ihn mit der Nadel niedergestochen und Sie ihm, nachdem Sie seinen Tod festgestellt hatten, in die Hand gedrückt haben. Möglicherweise können wir Ihre Fingerabdrücke noch nachweisen.«

»Meinen Sie?«

»Die Leichenstarre hat noch nicht eingesetzt. Wir werden sehen.«

Bevor Ofelia ihn aufhalten konnte, kniete der Capitán sich neben die Leiche und versuchte, Rufos Finger von der Spritze zu lösen. Doch Rufo hielt fest, wie es Tote bisweilen tun. Luna schüttelte lächelnd den Kopf.

»Informieren Sie den Capitán, daß es sich nicht um die Leichenstarre, sondern um einen Todeskrampf handelt«, erklärte Renko Ofelia, »aber jetzt werden wir warten müssen, bis die Leichenstarre eingesetzt und wieder nachgelassen hat. Obwohl das natürlich davon abhängt, wie gern der Capitán mit Rufo ringen will.«

Woraufhin Arcos nur noch heftiger zerrte.

Aus Mangel an einer besseren Unterkunft brachten sie Renko zurück in Pribludas Wohnung am Malecón. Er hatte kein Geld für ein Hotel, das Apartment der Botschaft war jetzt ein Tatort, und bis er Pribluda offiziell identifiziert hatte, würde er lediglich in der Wohnung eines vermißten Freundes wohnen.

Eine Minute standen Renko und sie auf dem Balkon und verfolgten den Weg eines einzelnen Wagens auf dem Boulevard und das Plätschern der Wellen gegen die Mole. Auf dem Wasser schimmerten die Lichter von Fischerbooten und *neumáticos.*

»Sind Sie schon einmal auf dem Ozean gewesen?« fragte Ofelia.

»Auf dem Beringmeer, aber das ist nicht das gleiche.«

»Sie müssen kein Mitleid mit mir haben«, sagte sie unvermittelt. »Der Capitán weiß, was er tut.«

Was selbst in ihren eigenen Ohren hohl klang, doch Renko gab nach: »Sie haben recht.« Er war in seinen schwarzen Mantel gehüllt wie ein Schiffbrüchiger mit dem einzigen, was er gerettet hatte. Sie empfand eine Art verschwörerische Vertraulichkeit mit ihm, weil keiner von ihnen Arcos und Luna gegenüber den vorherigen Besuch in Pribludas Wohnung erwähnt hatte.

»Der Capitán ermittelt normalerweise nicht in Mordfällen, oder?«

»Nein.«

»Ich erinnere mich an eine Wochenschau über Castros erste Reise nach Rußland. Er war ein strahlender Revolutionär, der in Barett und Armeekluft auf Bärenjagd ging, während das Politbüro des Kreml hinter ihm hertapste wie ein Haufen fetter, alter, verliebter Matronen. Es war eine Romanze, die ewig dauern sollte. Schwer vorstellbar, daß jetzt die Russen in Havanna gejagt werden.«

»Ich denke, Sie sind ein wenig verwirrt. Ihr Freund ist gestorben, und nun dieser Angriff auf Sie. Das könnte Ihnen ein ziemlich verzerrtes Bild vom Leben in Kuba vermitteln.«

»Das könnte es wohl.«

»Und sehr aufwühlend sein.«

»Auf jeden Fall sehr ablenkend.«

Sie wußte nicht, was er damit meinte.

»Und es gab keine anderen Zeugen?«

»Nein.«

»Sie haben die Tür geöffnet, und Rufo hat Sie ohne jede Vorwarnung angegriffen.

»Genau.«

»Mit zwei Waffen?«

»Ja.«

»Das klingt wenig plausibel.«

»Das liegt daran, daß Sie eine gute Ermittlerin sind. Aber wissen Sie, was ich herausgefunden habe?«

»Was denn?«

»Ich weiß aus eigener Erfahrung, daß – bei Abwesenheit anderer Zeugen – eine einfache, aber beharrlich durchgehaltene Lüge wundervoll schwer zu knacken ist.«

4

Sobald Arkadi in Pribludas Wohnung allein war, ging er ins Büro und schaltete den Computer ein, der unverzüglich das Paßwort verlangte. Ein Zugangscode, der bis zu zwölf Buchstaben und Zahlen kombinierte, war praktisch nicht zu knacken, doch auch an einen Code mußte man sich erinnern, weshalb die Menschen nach Arkadis Erfahrung dazu neigten, ihre Geburtstage oder Adressen zu verwenden. Arkadi probierte den Namen der Frau, des Sohnes und des Schutzheiligen des Oberst (denn obwohl Pribluda Atheist war, hatte er sich an seinem Namenstag stets eine Flasche genehmigt), seine Lieblingsschriftsteller (Scholochow und Gorki) und seine Lieblingsmannschaften (Dinamo und ZSKA). Arkadi gab 06111968 ein, das Datum von Pribludas Parteieintritt, die chemische Formel C12H22011 für Zucker, ein heimwehkrankes 55-45-37-37 für die Koordination (Breiten- und Längengrad in Minuten und Sekunden) von Moskau. Er versuchte geschriebene und in Zahlen transportierte Wörter (obwohl die korrekte Reihenfolge des russischen Alphabets Gegenstand einer Kontroverse war, die sich bis ins einundzwanzigste Jahrhundert erstrecken würde). Der Ventilator des Computers stockte kurz, um dann ruhig weiterzusurren. Er versuchte es, bis er das Flimmern des Bildschirms schließlich gegen die Dunkelheit des Balkons eintauschte, wo er Trost fand in dem regelmäßigen Schwenk des Leuchtfeuers und der Schlaflosigkeit der Nacht.

Arkadi entdeckte, daß er kalkulierte wie ein Mörder, der sich sagte, daß die Wahrheit auch nicht glaubwürdiger klang als seine zugegebenermaßen unplausible Geschichte. Er war auch ein wenig erstaunt über seine eigene Reaktion auf den Angriff. Er hatte sich instinktiv verteidigt, so wie ein Mann, der gerade ins Wasser springen will, sich dagegen wehrt, hineingestoßen zu werden.

Er hatte keine Ahnung, warum er angegriffen worden war, er wußte nur, daß es etwas mit seinem Freund Pribluda zu tun haben mußte. Nicht daß Pribluda ein Freund im gewöhnlichen Sinn des Wortes gewesen wäre. Sie hatten unterschiedliche Vorlieben, Interessen und politische Ansichten. Offen gestanden, war Pribluda in vielerlei Hinsicht im Grunde ein schrecklicher Mensch.

Arkadi konnte sich vorstellen, wie er jetzt den Wodka auspacken und sagen würde: »Arkadi, alter Kumpel, du bist am Arsch. Du bist in einem verrückten Land, von dem du gar nichts weißt und nicht einmal die Sprache verstehst.« Pribluda würde sich vorbeugen, mit ihm anstoßen und sein sonderbares Grinsen aufsetzen. Er hatte die Angewohnheit, bei jedem Glas einen Knopf zu öffnen und Kragen oder Manschetten zu lösen, als ob Trinken harte Arbeit wäre. »Sicher weißt du nur, daß du nichts weißt. Niemand wird dir wegen deiner braunen Augen helfen. Jeder, der vorgibt, ein Freund zu sein, ist ein Feind. Jeder, der dir seine Hilfe anbietet, verbirgt ein Messer hinter seinem Rücken. Prost!« Der Oberst würde mit ausladender Geste den Verschluß der Wodkaflasche ins Meer werfen. Das entsprach seiner Vorstellung von Grandezza. »Magst du Logik?«

»Ich liebe Logik«, würde Arkadi vielleicht antworten.

»Das ist Logik: Rufo hatte keinen Grund, dich zu töten. Rufo hat aber versucht, dich zu töten. Also hat jemand Rufo geschickt. Also wird dieser Jemand einen anderen schicken.«

»Ein netter Gedanke. War das ein Geschenk für zu Hause?« Arkadi würde mit dem Kopf auf die lebensgroße Puppe weisen, die in der Ecke vor sich hin brütete. Die Art, wie ihr Schatten sich bewegte, wenn die Brise vom Meer die Lampe erfaßte, war ein wenig irritierend. »Charmant.« Aus seiner Manteltasche fischte er den Zettel, auf den er Rufos Adresse geschrieben hatte, sowie den Schlüssel, den er der Leiche abgenommen hatte, bevor Luna eingetroffen war.

»Was du meiner Meinung nach tun solltest«, würde Pribluda ihm weiter zusetzen, »ist, dich mit einer Pistole, Apfelsinen, Brot und Wasser und vielleicht einem Eimer für deine persönlichen Bedürfnisse in einem Zimmer der Botschaft zu verschanzen und die Tür nicht zu öffnen, bis du zum Flughafen fährst.«

»Wäre es nicht ein bißchen pervers, eine Woche in Havanna zu verbringen und sich die ganze Zeit in einem Zimmer zu verstecken?« setzte Arkadi den Dialog in Gedanken fort.

»Nein. Rufo zu töten, obwohl du dich selbst umbringen wolltest, *das* ist pervers.«

Arkadi ging durch den Flur ins Büro und kehrte mit einem Stadtplan zurück, den er im Licht einer Lampe ausbreitete.

»Du gehst schon?« Pribluda war immer bestürzt, wenn Arkadi aufgab, bevor die Flasche geleert war.

Arkadi suchte nach einer Straße namens Esperanza. »Ich werde nicht einfach dasitzen und warten«, dachte er. »Deinen Wagenschlüssel habe ich auch. Wenn du mir helfen willst, sag mir, wo der Wagen steht. Oder verrate mir dein Paßwort.«

Pribludas Gesicht verschwand beleidigt. Arkadi hingegen war hellwach.

Mitten in der Nacht in einer fremden Stadt auf die Straße zu gehen, war wie ein Sprung in ein dunkles Becken, von dem man nicht wußte, wie tief es war. Eine Kolonnade erstreckte sich an den Häusern entlang bis zu nächsten Straßenecke, so daß es erst dort in das blasse Gaslicht einer Laterne trat. Er folgte dem Boulevard, weil dessen weiter Bogen am Meer entlang die Orientierung erleichterte.

Obwohl er angestrengt auf Motorengeräusche oder Schritte horchte, hörte er nur sein eigenes Echo und das Rauschen des

Meeres auf der anderen Seite der leeren Straße. Unterwegs kam er an einem dreistöckigen Gebäude vorbei, dessen Seitenfront mit einem Wandgemälde von Castro geschmückt war. Die Gestalt kam ihm vor wie ein durch die Stadt wandelnder Riese, dessen Kopf im Dunkel über der Straße verborgen blieb. Er trug die typische Militärkluft und schien energisch voranzuschreiten, die rechte Hand zum Gruß an ein unsichtbares Gegenüber erhoben, das ein *A Sus Ordenes, Commandante!* gelobte. Arkadi dachte, daß der Commandante und er ein seltsames Paar von Nachtwandlern abgaben, ein Russe auf Schleichpfaden und ein schlafloser Riese auf Patrouille.

Sechs Ecken weiter stand ein Taxi vor einer dunklen Hotelfassade, der Fahrer hatte den Kopf auf das Lenkrad gelegt. Arkadi rüttelte den Mann wach und hielt, als der mit einem Auge blinzelte, den Zettel mit Rufos Adresse und einen Fünfdollarschein hoch.

Arkadi richtete sich auf dem Beifahrersitz kerzengerade auf, als das Taxi wie eine Fledermaus durch das wegen des Stromausfalls stockdunkle Havanna schoß, während der Fahrer den ganzen Weg über gähnte, als ob sich das Aufwachen erst für eine Kollision wirklich lohnen würde. Nur wenn Müllhaufen im Scheinwerferlicht auftauchten, bremste er ab. Rufos Adresse war auf die Fassade eines flachen, fensterlosen Hauses in einer engen Straße geschrieben. Das Taxi tuckerte davon, während Arkadi im Licht von Rufos Feuerzeug den richtigen Schlüssel fand; als er dem Toten vor Benachrichtigung der PNR den Hausschlüssel abgenommen hatte, war Arkadi aufgefallen, daß dieser fast genauso aussah wie sein eigener Haustürschlüssel, ein russisches Design mit einem eingeprägten Stern, zweifelsohne das Andenken an sozialistischen Handel und Wandel. Er dachte, daß Kommissarin Osorio ziemlich frustriert und verärgert gewesen sein mußte, wenn sie versucht hatte, die Wohnung mit dem Schlüssel zu betreten, den er bei Rufo hinterlassen hatte.

Die Tür führte in ein kleines Zimmer, das bei Arkadi sofort leichte klaustrophobische Beklemmungen auslöste. Das brennende Feuerzeug in der Hand, ging er zwischen einer ungemachten Liege, einem flachen Tisch mit einem von einer Nacktfigur verzierten Keramikaschenbecher und einem Turm aus Fernseher, Stereoanlage, Tape-Deck und Videorecorder hindurch. An der Wand stand eine Minibar, die aussah, als wäre sie aus einer Hotelsuite gerissen worden. Auf einem Waschtisch reihten sich Minoxodil, Vitamine und Aspirin. Ein alter großer Kleiderschrank enthielt neben Kleidung Kartons mit Joggingschuhen von Nike und New Balance, Zigarrenkisten, eine Sammlung von Videokassetten und Kopien von Windows 95: ein komplett ausgestattetes Warenlager. Er öffnete eine Tür und warf einen Blick in eine schmutzige Toilette, bevor er sich wieder dem Zimmer zuwandte, um sich systematischer umzusehen. An der Wand hingen Zeitungsausschnitte mit Schlagzeilen wie *Gran Exito de Equipo Cubano* und über einem Foto eines jungen, strahlenden Weltmeisters mit erhobenen Boxhandschuhen die Zeile *Pinero Triunfa en USSR!* Gerahmte Bilder zeigten Truppen junger Männer in einheitlichen Jacketts auf dem Roten Platz, vor Big Ben und dem Eiffelturm. Arkadi drehte die Fotos um und notierte sich die Namen, die er auf der Rückseite entdeckte. Auch an die Wand neben dem Bett waren Namen und Nummern gekritzelt.

Daysi 32-2007
Susy 30-4031
Vi. Aflt. 2300
Kid Choc. 5/1
Vi. HYC 2200 Angola

Das einzig Erhellende, was Arkadi der Liste entnehmen konnte, war die Vermutung, daß er der Besucher gewesen war, der um dreiundzwanzig Uhr mit der Aeroflot angekommen war, um elf Uhr nachts, offenbar wurde zu ähnlich später Stunde ein weiterer Besucher aus Angola erwartet. Jedenfalls bestand die Liste aus einem Haufen von Telefonnummern, obwohl es in dem

Zimmer weder ein Telefon noch eine Buchse gab. Arkadi erinnerte sich, daß Rufo ein Handy bei sich getragen hatte, obwohl er später bei der Leiche keines fand. Rufo war der Typ, der einem ohne Telefon unvollständig vorkam.

An einem Haken hing ein eleganter elfenbeinfarbener Strohhut, dessen Stirnband mit den Initialen RPP und der Aufschrift »Made in Panama« bedruckt war. Er durchsuchte den Schreibtisch, tastete unter Kopfkissen und Matratze, ging die Videokassetten durch, bei denen es sich, den handgeschriebenen Etiketten nach zu urteilen, entweder um Boxvideos oder Pornos handelte. Die Minibar enthielt Tüten mit Nüssen, wie sie in Flugzeugen verteilt wurden, und mehrere Flaschen gesundes Mineralwasser. Arkadi entdeckte keinerlei Anzeichen für einen Besuch von Arcos oder Luna, kein Fingerabdruckpulver aus verbrannten Bananenschalen.

Vor allem jedoch fand er keinen Hinweis darauf, warum Rufo versucht hatte, ihn zu töten. Dabei schien er den Angriff sorgfältig geplant zu haben. Der Jogginganzug erschien unter den Umständen ähnlich sinnvoll wie der Arbeitsanzug eines Anstreichers, und er spürte, daß die Kommissarin das gleiche gedacht hatte. Aber warum sollte sich jemand die Mühe machen, einen Mann zu ermorden, der in wenigen Stunden ohnehin von der Bildfläche verschwinden würde? Hatte Rufo etwas Bestimmtes gewollt, oder war in Havanna einfach die Jagdsaison auf Russen eröffnet?

Als er aus dem Haus trat, ließ das erste Licht der Dämmerung die stierkampfrote Inschrift »Gimnasio Atares« auf der abgeblätterten Wand neben der Wohnung aufschimmern. In einem am Straßenrand geparkten PNR-Wagen saß Kommissarin Osorio. Der Blick, mit dem sie ihn fixierte, war wütend genug, um ihn verlegen zu machen, bevor sie die Hand ausstreckte und sagte: »Der Schlüssel.«

»Tut mir leid.« Arkadi kramte in seiner Tasche und gab ihr den Schlüssel zu seiner Moskauer Wohnung. Er konnte im Notfall einbrechen, wenn er nach Hause kam.

»Steigen Sie ein«, sagte sie. »Ich würde Sie gern in eine Zelle sperren, aber Dr. Blas möchte mit Ihnen reden.«

Mit seinem gestutzten Bärtchen und dem Hauch von Phenolseife, der ihn umgab, wirkte Dr. Blas wie der Pluto seiner persönlichen ureigenen Unterwelt, als er Arkadi erneut im Instituto de la Medicina Legal begrüßte und die Fähigkeiten der Kommissarin pries.

»Unsere Ofelia ist sehr intelligent. Wenn Hamlets Ofelia nur halb so schlau gewesen wäre, hätte er den Mord an seinem Vater, dem König, im Handumdrehen aufgeklärt. Aber dann hätte es natürlich auch kein großes Drama gegeben.« Zwei junge Frauen in enganliegenden IML-T-Shirts kamen den Flur entlang und fanden Wohlwollen in den Augen des Arztes. »Bis zur Revolution sind wir vom FBI in Washington und Quantico ausgebildet worden, dann von den Russen und Deutschen. Aber ich glaube, daß wir unseren eigenen Stil entwickelt haben. Ihr Problem ist es, Renko, daß Sie kein Vertrauen in uns haben. Das ist mir schon bei Ihrem ersten Besuch hier aufgefallen.«

»Das ist es also?« fragte Arkadi.

Er dachte, sein Problem bestünde darin, daß Rufo versucht hatte, ihn umzubringen, aber der Direktor sah das Ganze offenbar in größeren Zusammenhängen. Sie gingen an einer Vitrine mit Großporträts von zwei Männern mit schlaffem Mund und geschlossenen Augen vorbei.

»Vermißte Personen und unidentifizierte Tote. Öffentlich ausgestellt.« Blas nahm den Faden wieder auf. »Wenn Sie an Kuba denken, denken Sie an die Karibischen Inseln, an Orte wie Haiti, ein Land wie Nicaragua. Wenn wir beispielsweise behaupten, wir haben eine Leiche als Russen identifiziert, fragen Sie sich, wie gut ist diese Identifikation, wie qualifiziert sind diese Leute, die mir erzählen wollen, daß ich diese Leiche so akzeptieren und mit nach Hause nehmen soll? Wenn Sie beobachten, wie eine Wasserleiche geborgen wird, so wie Hunde mit Knochen spielen, ziehen Sie die Sorgfalt der hiesigen Polizei in

Zweifel. Deshalb haben Sie auch Rufos Schlüssel gestohlen und sind auf eigene Faust in seine Wohnung gegangen. Ich reise häufig zu internationalen Kongressen und treffe Menschen, die die gleichen Vorurteile haben. Deshalb möchte ich Ihnen ein wenig von mir erzählen. Ich habe einen medizinischen Abschluß von der Universität von Havanna mit dem Spezialgebiet Pathologie. Ich habe an den Instituten für Kriminalistik in Wolgograd, Leipzig und Berlin studiert. Im vergangenen Jahr habe ich auf Interpol-Konferenzen in Toronto und Mexico City Vorträge gehalten. Sie sind also nicht am Ende der Welt abgesetzt worden. Einige Feinde von Kuba wollen uns isolieren, aber wir sind nicht isoliert. Der internationale Aspekt des Verbrechens erlaubt es nicht, daß wir isoliert werden. Ich werde es nicht zulassen.«

Sie kamen an einem Mann vorbei, der in Handschellen auf einem Stuhl saß. Als er aufblickte, sah Arkadi die alten Narben und frischen Blutergüsse in seinem Gesicht.

»Er wartet auf seine psychologische Begutachtung«, erklärte Blas. »Wir haben weitere Spezialisten in forensischer Biologie, Dentalmedizin, Toxologie und Immunologie, auch wenn ein Russe das vielleicht nur schwer glauben kann. Jetzt sind wir die Lehrer in Afrika, Zentralamerika und Asien. Ofelia beispielsweise«, Blas wies mit dem Kopf auf die Kommissarin, die ihnen bescheiden gefolgt war, »hat in Vietnam gelehrt. Hier herrscht keine Ignoranz. Das werde ich nicht zulassen. Deswegen bin ich froh, berichten zu können, daß Havanna die niedrigste Rate ungeklärter Mordfälle von allen Hauptstädten der Welt hat. Wenn ich also eine Leiche identifiziere, dann ist es so, wie ich es sage. Doch Criminalista Osorio berichtet mir, daß Sie erneute Bedenken bezüglich der Identifikation von Oberst Pribluda haben.«

»Das ist eine Reaktion auf den Angriff Rufos«, sagte sie.

»Das hat meine Reaktion bestimmt beeinflußt«, gab Arkadi zu. »Oder die Entdeckung von Pribluda. Oder der Jetlag.«

»Sie haben noch eine weitere Woche hier vor sich«, sagte Dr. Blas. »Sie werden sich akklimatisieren. Es war ziemlich unternehmungslustig von Ihnen, Rufos Wohnung aufzusuchen.

Ofelia meinte, daß Sie das möglicherweise tun würden. Sie ist sehr intuitiv, glaube ich.«

»Das glaube ich auch«, sagte Arkadi.

»Wenn Ihre Aussage wahr ist, hat Rufo sich während eines kurzen, heftigen Kampfes unabsichtlich selbst getötet?«

»Eine Selbsttötung als Folge eines Unfalls.«

»Unbedingt. Aber das beantwortet noch nicht die Frage, warum Rufo Sie angegriffen hat. Ich finde das sehr beunruhigend.«

»Ganz unter uns, das finde ich auch.«

Blas blieb an einem Treppenabsatz stehen, von unten stieg eine säuerliche Kühle auf wie der Geruch von saurer Milch. »Und die Vorgehensweise mit einem Messer und einer Spritze gleichzeitig erscheint mir nach wie vor äußerst seltsam. Hier wurde gestern eine Einbalsamierungsspritze gestohlen, obwohl ich nicht weiß, wann Rufo sie gestohlen haben sollte. Sie waren doch die ganze Zeit bei ihm, oder?«

»Ich bin einmal zur Toilette gegangen. Da hätte er sie an sich nehmen können.«

»Ja, da haben Sie recht. Nun, wahrscheinlich war es diese Spritze, obwohl ich nicht verstehe, warum ein Mörder eine Spritze benutzen sollte, wenn er schon eine bessere Waffe hatte.«

Arkadi dachte darüber nach. »Hatte Rufo ein Vorstrafenregister, das auf eine Neigung zur Gewalttätigkeit schließen läßt?«

»Ich kenne Capitán Arcos' Ansicht in dieser Frage, aber ich will ehrlich sein. Es wäre wahrscheinlich zutreffender zu behaupten, daß Rufo ein Talent hatte, nicht erwischt zu werden. Er war ein *jitinero*, ein Schwarzhändler. Der Typ, der sich in der Nähe von Touristen aufhält und ihnen ein Mädchen oder Zigarren besorgt und ihr Geld wechselt. Angeblich sehr erfolgreich bei deutschen und schwedischen Frauen, Sekretärinnen auf Urlaub. Darf ich direkt sein?«

»Bitte.«

»Man sagt, er habe vor ausländischen Frauen damit geprahlt, ein *pinga* wie eine Lokomotive zu haben.«

»Was ist ein *pinga*?« fragte Arkadi.

»Nun, ich bin kein Psychiater, aber ein Mann mit einem *pinga* wie eine Lokomotive benutzt keine Spritze, um jemanden zu töten.«

»Schon eher eine Machete«, ließ Kommissarin Osorio sich vernehmen.

»Wo gibt es schon noch Macheten? Wie viele Bewohner dieser Stadt haben wohl eine?«

»Jeder Kubaner hat eine Machete«, sagte Blas. »Ich selbst habe drei Stück im Kleiderschrank liegen.«

»Ich besitze eine«, sagte die Kommissarin.

Arkadi sah sich eines Besseren belehrt.

»Und Sie können kein Licht in die Angelegenheit mit der Spritze bringen?« fragte Blas.

»Nein.«

»Sie müssen wissen, ich bin kein Criminalista, ich bin nicht bei der PNR, ich bin lediglich ein forensischer Pathologe, dem seine russischen Ausbilder vor langer Zeit beigebracht haben, analytisch zu denken. Ich glaube, so unterschiedlich sind wir gar nicht, deshalb werde ich Ihnen etwas zeigen, um Ihr Vertrauen in uns zu stärken. Vielleicht können Sie von uns sogar noch etwas lernen.«

»Zum Beispiel?«

Blas rieb sich die Hände wie ein Gastgeber, der sich auf das Besichtigungsprogramm freut, das er für seine Gäste vorbereitet hat. »Wir fangen dort an, wo Sie ins Spiel gekommen sind.«

Die Leichenhalle hatte sechs ausziehbare Fächer, eine Kühltruhe und einen Kühlschrank mit Glastür. Bei allen waren die Griffe abgebrochen, und Kondenswasser tropfte an ihnen herunter. »Die Kühlschränke funktionieren noch«, sagte Blas. »Wir hatten einmal einen amerikanischen Piloten von der Invasion der Schweinebucht. Er ist beim Absturz seines Flugzeugs ums Leben gekommen, und die CIA hat neunzehn Jahre lang behauptet, sie habe noch nie von ihm gehört. Schließlich ist seine

Familie gekommen und hat ihn abgeholt. Aber er war in gutem Zustand. Wir haben ihn immer ›The Cigar‹ genannt.«

Blas zog eine Schublade heraus. Drinnen lag die als Pribluda identifizierte, violette Leiche, neu arrangiert: Schädel, Kiefer und rechter Fuß lagen zwischen den Beinen, ein Beutel voller Organe befand sich dort, wo der Kopf hätte sein sollen. Die offen gelassene Bauchhöhle verströmte ein beißendes Aroma und ließ Arkadis Augen brennen. Die Leiche war im ganzen in eine Zinkwanne gelegt worden, damit das sich verflüssigende Gewebe nicht überschwappte. Arkadi zündete sich eine Zigarette an und atmete den Rauch tief ein. Was er bisher gesehen hatte, war Grund genug zum Rauchen und mehrte sein Vertrauen nicht im geringsten.

»Unsere russischen Freunde hatten versprochen, uns ein neues Kühlsystem zu spenden. Sie verstehen sicherlich, wie wichtig in Havanna die Kühlung ist. Dann meinten sie auf einmal, wir müßten es kaufen.« Blas wandte den Kopf in diese und jene Richtung, um die Leiche genau zu betrachten. »Wissen Sie von irgendwelchen typischen Kennzeichen Pribludas, durch die er sich von dieser Leiche unterscheiden würde?«

»Nein, aber ich glaube, nachdem sie eine Woche tot im Wasser gelegen haben und ihre Körperteile vertauscht worden sind, sehen die meisten Menschen gleich aus.«

»Sargento Luna hat mich angewiesen, keine Biopsie durchzuführen. Da aber immer noch ich der Direktor dieses Instituts bin, habe ich es trotzdem getan. Gehirn und Organe weisen keinerlei Spuren von Drogen oder Toxinen auf. Dieser Nachweis ist jedoch nicht eindeutig, da die Leiche so lange im Wasser gelegen hat, doch dabei hat sich ein anderer Aspekt ergeben. Der Herzmuskel wies definitiv Spuren von Nekrose auf, was ein deutliches Anzeichen für einen Herzinfarkt ist.«

»Ein Herzinfarkt, während er auf dem Wasser trieb?«

»Ein Herzinfarkt nach einem Leben mit russischen Eß- und Trinkgewohnheiten, ein so schwerer Infarkt, daß er nicht einmal Zeit hatte zu zappeln, was erklärt, warum seine Angelausrüstung noch an Bord war. Wußten Sie, daß die Lebenserwartung in Rußland zwanzig Jahre geringer ist als in Kuba? Ich werde Ihnen Gewebeproben mitgeben. Sie können Sie jedem Arzt in Moskau zeigen, und er wird Ihnen das gleiche sagen.«

»Haben Sie je zuvor einen *neumático* gesehen, der an einem Herzinfarkt gestorben ist?«

»Nein, in der Regel sind es angreifende Haie. Aber dies ist auch das erste Mal, daß ich von einem russischen *neumático* gehört habe.«

»Meinen Sie nicht, daß das eine Ermittlung wert wäre?«

»Sie müssen unsere Lage verstehen. Wir haben keinen Tatort und keine Zeugen, was eine Ermittlung wenig erfolgversprechend und sehr teuer macht. Es liegt nicht einmal ein Verbrechen vor. Schlimmer noch, der Tote ist Russe, und seine Botschaft weigert sich, mit uns zu kooperieren. Sie sagen, niemand habe mit Pribluda zusammengerarbeitet, keiner habe ihn gekannt, und er sei lediglich ein harmloser Beobachter der hiesigen Zuckerindustrie gewesen. Wenn wir die Botschaft nur betreten wollen, erfordert das eine diplomatische Note. Trotzdem haben wir um ein Foto von Pribluda gebeten, und da wir es nicht bekommen haben, haben wir die Leiche mit den uns zur Verfügung stehenden Mitteln mit größtmöglicher Sicherheit als die von Pribluda identifiziert. Mehr können wir nicht tun. Wir müssen sie als identifiziert betrachten, und Sie müssen ihn mit nach Hause nehmen. Wir werden hier keine weiteren ›Zigarren‹ dulden.«

»Warum haben Sie die Botschaft um ein Foto gebeten? Ich habe Ihnen doch eins gezeigt.«

»Ihres war nicht gut genug.«

»Ich bezweifle, daß Sie ein Bild finden, das eine größere Übereinstimmung mit seinem jetzigen Aussehen aufweist.«

Blas erlaubte sich ein dünnes Lächeln und schob die Schublade mit der Leiche wieder zu. »Ich habe eine Überraschung für Sie. Ich möchte, daß Sie mit der richtigen Vorstellung von Kuba wieder nach Hause fliegen.«

Im ersten Stock führte Blas Arkadi und Ofelia durch eine Tür mit der verblaßten Aufschrift »Antropologica« in ein Büro.

Zunächst kam Arkadi sich vor wie in einer Katakombe, wo die Überreste von Märtyrern sorgfältig nach Schädeln, Becken, Hüftknochen, ineinandergreifenden Mittelhandknochen und schlangenartig verwickelten Wirbelsäulen in Regale sortiert waren. Staub tanzte um den Schirm einer Lampe, deren Licht sich in zahllosen Kästen mit ordentlich aufgespießten Käfern spiegelte, die in allen Regenbogenfarben schillerten wie Opale. Auf einer mit geöffneten Fangzähnen in ein Präparationsglas gezwängten Lanzenotter thronte eine Tarantel auf Zehenspitzen. Kleine Blöcke, die aussahen wie Dominosteine, erwiesen sich als verbrannte Knochen in verschiedenen Stadien der Verkohlung von Weiß bis Tiefschwarz. An der Wand grinsten das bizarre Gebiß eines Hais und ein menschlicher Kiefer mit angespitzten Zähnen um die Wette. Keine Katakombe, korrigierte Arkadi sich, sondern ein Handelsposten im Dschungel. Auf dem Schreibtisch summte, von einem Laken bedeckt, etwas vor sich hin, und es hätte Arkadi nicht überrascht, wenn es ein großer, grübelnder Affe gewesen wäre.

»Dies ist unser anthropologisches Labor«, sagte Blas. »Nicht besonders groß, aber hier können wir anhand von Knochen und Zähnen das Alter und Geschlecht eines Opfers bestimmen. Und diverse Gifte oder andere Formen der Gewalteinwirkung.«

»In der Karibik gibt es eine Reihe davon, die in Moskau wahrscheinlich weitgehend unbekannt sind«, sagte Kommissarin Osorio.

»Mit Haien kennen wir uns nicht so gut aus«, räumte Arkadi ein.

»Außerdem«, fuhr Blas fort, »können wir anhand von Insektenaktivität bestimmen, wie lange ein Opfer schon tot ist. In anderen Klimazonen werden die verschiedenen Insekten zu verschiedenen Zeiten aktiv. Hier in Kuba fangen sie alle gleichzeitig an, aber in unterschiedlichem Tempo.«

»Faszinierend.«

»Faszinierend, aber vielleicht nicht das, was ein Ermittler aus Moskau ein kriminaltechnisches Labor nennen würde.«

»Es gibt unterschiedliche Labors für unterschiedliche Orte.«

»Genau!« Blas nahm den Kiefer mit den angespitzten Zähnen zur Hand. »Unsere Bevölkerung ist, sagen wir, einzigartig. Es gab eine Reihe von afrikanischen Stämmen, die Hautritzungen und das Anspitzen der Zähne praktizierten. Die Abakua zum Beispiel waren eine geheime Leopardengesellschaft aus dem Kongo. Ihre Mitglieder wurden als Sklaven zur Arbeit auf den Docks hergebracht und kontrollierten binnen kürzester Zeit den gesamten Schmuggel in der Bucht von Havanna. Es bedurfte des Commandante, um sie in einen Folkloreverein zu verwandeln.« Er stellte das Gebiß wieder weg und lenkte Arkadis Aufmerksamkeit auf einen Schädel, der samt einer zweischneidigen Axt mit getrockneten Blutspritzern ausgestellt war. »Für Sie könnte dieser Schädel vielleicht aussehen wie der Beweis einer schweren Körperverletzung.«

»Das wäre durchaus denkbar.«

»Für einen Kubaner hingegen könnten ein Schädel und eine mit Tierblut bespritzte Axt ein religiöses Heiligtum sein. Die Criminalista kann Ihnen alles darüber erklären, wenn Sie wollen.« Die Bemerkung war der Kommissarin sichtlich unangenehm. »Wenn wir also das psychologische Profil einer Person erstellen«, fuhr Blas fort, »verwenden wir natürlich das berühmte Minnesota-Profil, gleichzeitig ziehen wir aber auch in Betracht, ob jemand ein Anhänger des Santería-Kultes ist.«

»Ah ja.« Nicht, daß Arkadi je mit dem berühmten Minnesota-Profil gearbeitet hätte.

»Aber nun«, Blas lüftete das Laken auf dem Schreibtisch, »möchte ich Ihnen beweisen, daß Kuba trotz allen Aberglaubens nach wie vor mit dem Rest der Welt Schritt halten kann.«

Auf dem Schreibtisch thronte nun enthüllt ein 486er Computer, an den ein Scanner, ein Drucker sowie eine Achtmillimeter-Videokamera angeschlossen waren, deren Linse von oben auf ein kleines Podest gerichtet war. In einem Ring auf dem Podest ruhte ein mit Draht zusammengeflickter und zur Kamera aufblickender Schädel mit einem Loch in der Mitte der Stirn. Sein klaffendes zahnlückiges Grinsen erinnerte an eine Zeichentrickfigur.

Arkadi hatte von einem solchen System bisher nur gelesen. »Das ist eine deutsche Identifikationstechnologie.«

»Nein«, erwiderte Blas, »das ist eine kubanische Technologie. Das deutsche System kostet inklusive Software mehr als fünfzigtausend Dollar. Unseres kostet nur ein Zehntel, weil wir ein orthopädisches Programm adaptiert haben. In diesem Fall haben wir zum Beispiel einen Kopf gefunden, dessen Zähne ausgeschlagen worden waren.« Blas tippte auf die Tastatur, und auf dem Bildschirm erschien das Farbbild eines mit Palmwedeln vollgestopften Mülleimers, der von einem abgeschlagenen Kopf gekrönt wurde. Auf Tastendruck verschwanden Polizisten und Mülleimer, um durch die Farbfotos von vier Männern ersetzt zu werden: einer auf seiner Hochzeit, ein zweiter, der auf einer Party feurig tanzte, ein dritter mit einem Basketball in der Hand und der letzte auf dem Rücken eines Pferdes. »Vier vermißte Männer. Welcher könnte es sein? Früher konnte ein Mörder vielleicht darauf vertrauen, daß man ein Gesicht ohne Zähne im fortgeschrittenen Zustand der Verwesung nicht mehr mit irgendwelchen Fotos oder anderen Dokumenten in Übereinstimmung zu bringen vermochte. Schließlich ist die Natur hier auf Kuba ein sehr effizienter Leichenbestatter. Heutzutage jedoch brauchen wir nur ein deutliches Foto und einen sauberen Schädel. Sie sind unser Gast, wählen Sie.«

Arkadi entschied sich für den Bräutigam, und sofort nahm sein Bild den ganzen Monitor ein, seine nervös hervortretenden Augen, seine Haare, sorgfältig drapiert wie die Rüschen seines Hemdes. Dr. Blas zog eine Maus über ein Pad, fuhr an den Konturen seines Kopfes entlang und löschte mit einem Mausklick Hemd und Schultern. Auf einen weiteren Tastaturbefehl wurde der Kopf auf die linke Seite des Bildschirms verschoben, während rechts der Schädel auftauchte, der in die Videokamera starrte wie ein Patient, der auf den Bohrer des Zahnarztes wartet. Blas rückte den Schädel so zurecht, daß er in exakt dem gleichen Winkel in die Kamera blickte wie das Gesicht, das er auf den Maßstab des Schädels vergrößerte. Dann vertiefte er die Schatten, bis das Fleisch zu schmelzen schien und die Augen in Höhlen versanken. Er plazierte weiße Pfeile am Kiefer und am Scheitel sowie an beiden Schläfen, in Augen- und Nasenhöhlen, entlang der Jochbogen und am Kinn. Verglichen mit der mühsamen Rekonstruktion von Gesichtern, die Arkadi aus Moskau kannte, bei der langwierig Plastikmasse auf einen Gipsknochen aufgetragen wurde, geschah diese Manipulation mit Lichtgeschwindigkeit. Blas fügte die gleichen Pfeile an den gleichen Stellen des Fotos ein und rief per Tastaturbefehl eine Reihe von Pixeln auf, die den Abstand zwischen den sich jeweils entsprechenden Pfeilen angaben. Mit einem letzten Druck auf die Tastatur verschmolzen die beiden Köpfe zu einem verschwommenen Bild, in dem eine Reihe von Zahlen über die Pfeile geschoben wurde.

»Die Zahlen markieren die Diskrepanzen, die sich zwischen dem Vermißten und dem Schädel des Opfers ergeben, wenn man sie genau übereinanderlegt. Damit haben wir wissenschaftlich bewiesen, daß es sich nicht um denselben Mann handeln kann.«

Blas begann von vorn, diesmal mit Bild Nummer drei, einem stolz lächelnden Jungen in einem Chicago-Bulls-T-Shirt, der in einer Hand einen Basketball hielt. Blas stellte den Kopf des Jungen frei, vergrößerte ihn und rückte den Schädel auf dem Bildschirm zurecht. Die Abstände zwischen den Pfeilen waren praktisch identisch, und als Blas die beiden Bilder übereinanderblendete, schossen die Zahlen auf Null, und vom Bildschirm blickte ihnen ein einziges, gleichzeitig totes und lebendiges Gesicht entgegen.

»Jetzt wird unser Vermißter nicht mehr vermißt, und Sie haben gesehen, daß wir in Kuba auch das vermeintlich Unmögliche möglich machen.«

»Deshalb wollten Sie ein Foto von Pribluda?«

»Um es mit der Leiche, die wir aus der Bucht gefischt haben, zu vergleichen, ja. Aber das Foto, das Sie mitgebracht haben, reicht nicht aus, und die russische Botschaft weigert sich, ein anderes zur Verfügung zu stellen.«

Es entstand eine erwartungsvolle Pause, bis Arkadi sein Stichwort aufnahm.

»Ich brauche keine diplomatische Note, um die Botschaft aufzusuchen.«

Blas tat so, als wäre ihm der Gedanke vollkommen neu. »Wenn Sie wollen. Die Revolution braucht ständig Freiwillige. Ich kann Ihnen die Adresse der Botschaft aufschreiben, und für zwei Dollar wird Sie wahrscheinlich jedes Auto, das Sie auf der Straße sehen, hinfahren. Wenn man amerikanische Dollar hat, ist es das beste Verkehrssystem der Welt.«

Die Gabe des Arztes, alles in rosigem Licht zu sehen, beeindruckte Arkadi. Er wandte sich wieder dem Bildschirm zu. »Womit wurde der Kopf abgeschlagen?«

»Der in dem Mülleimer?« fragte Blas. »Mit einer Machete. Die Machete hinterläßt eine unverkennbare Wunde. Kein Sägemuster.«

»Haben Sie auch die Mörder identifiziert?«

»Noch nicht«, sagte die Kommissarin. »Aber das werden wir.«

»Wie viele Mordfälle pro Jahr, sagten Sie, gibt es?«

»In Kuba? Etwa zweihundert«, sagte Blas.

»Wie viele im Affekt?«

»Alles in allem einhundert.«

»Und bei wie vielen von den übrigen ist Rache das Motiv?«

»Bei etwa fünfzig.«

»Raub?«

»Etwa vierzig.«

»Drogen?«

»Fünf.«

»Womit fünf übrigbleiben. Wie würden Sie die charakterisieren?«

»Organisiertes Verbrechen, zweifelsohne. Auftragsmorde.«

»Wie organisiert? Welche Waffen wurden in diesen Fällen benutzt?«

»Gelegentlich eine Pistole. Die brasilianische Taurus ist sehr populär, aber meistens wurden die Opfer erwürgt oder mit einem Messer oder einer Machete getötet. Wir haben hier keine echten Banden, nichts wie die Mafia.«

»Macheten?« Das klang für Arkadi nicht nach modernem Mord. Natürlich erinnerte er sich an die Zeit, als ein russischer Mörder, der sein Messer abwischte, nachdem er seinem Opfer die Kehle durchgeschnitten hatte, als ein Ausbund von Raffinesse galt, doch das war in den seltsam unschuldigen Tagen vor dem weltweiten Geldtransfer und der Einführung von ferngezündeten Bomben gewesen. Womit Kuba, was seine kriminelle Evolution anging, etwa auf der Stufe der Galapagosinseln angekommen war. Mit einemmal war das Instituto de la Medicina Legal wieder auf Normalmaß geschrumpft.

»Bei Mord haben wir eine Aufklärungsrate von achtundneunzig Prozent«, sagte Blas. »Die beste der Welt.«

»Freuen Sie sich«, sagte Arkadi.

5

Die russische Botschaft war ein dreißigstöckiger Turm, der von der Architektur her eine viereckige Brust und einen gepanzerten Kopf andeutete, die sich über der Stadt erhoben wie ein steinernes Ungetüm, das Kontinente durchquert und Ozeane durchwatet hatte, um schließlich knöcheltief in den grünen Palmen Havannas steckenzubleiben. An der Fassade glitzerte Spiegelglas, doch im ganzen stand das Gebäude in seinem eigenen Leichentuch aus Schatten und Stille.

Zahlreiche Büros im Innern waren bis auf die Telefonbuchsen in der Wand leer. Kahle Stellen an den Wänden, Flecken auf den Läufern, staubige Flaschen, die sich in den Fluren reihten, und ein Lüftungssystem, das den Gestank von uralten Zigaretten verteilte, verbreiteten die Aura eines Geisterhauses. Aus dem Büro des Vizekonsuls Vitali Bugai blickte Arkadi auf eine Welt aus säulengerahmten Villen, die französische, italienische und vietnamesische Botschaft, mit aufwendigen Dipolantennen auf den Dächern und von rosafarbenen Hibiskusblüten umrankten Satellitenschüsseln in den Gärten.

Bugai war ein junger Mann, dessen Züge sich in der Mitte seines weichen Gesichts zusammendrängten. Er trug eine Seidenrobe zu chinesischen Sandalen und schien im Raum zu schweben, angetrieben – so kam es Arkadi vor – von widersprüchlichen Regungen: einerseits Erleichterung, daß nicht ein weiterer russischer Staatsbürger tot war, andererseits verärgert, daß er sich mit dem Überlebenden eine weitere Woche herumschlagen mußte, und vielleicht auch ein wenig überrascht, daß ein Überbleibsel russischer Autorität in der Lage gewesen war, sich selbst zu verteidigen.

»Die Häuser stammen alle aus der Zeit vor der Revolution.« Bugai trat zu Arkadi ans Fenster. »Es waren reiche Leute. Die größte Cadillac-Niederlassung der Welt war in Havanna. Als die Revolution kam, war die Straße zum Flughafen von zurückgelassenen Cadillacs und Chryslers gesäumt. Stellen Sie sich einmal vor, als Rebell in einem kostenlosen Cadillac zu sitzen.«

»Ich glaube, ein paar von den Wagen habe ich schon gesehen.«

»Trotzdem ist das hier kein düsteres Loch. Ein düsteres Loch wäre ein Posten in Guyana oder Surinam. Hier gibt es Musik, Strände und Einkaufsmeilen auf den nur eine Stunde entfernten Bahamas.« Bugai präsentierte stolz die goldene Rolex an seinem Handgelenk. »Havanna liegt auf Höhe des Meeresspiegels, was für mich wichtig ist. Aber natürlich ist es nicht Buenos Aires.«

»Nicht mehr wie in den alten Tagen, was?« fragte Arkadi.

»Kein bißchen. Mit Technikern und militärischen Beratern hatten wir zwölftausend Russen hier sowie weitere tausend Mann an diplomatischem Personal, Attachés, Stellvertreter, Kulturbeauftragte, KGB, Sekretärinnen, Sachbearbeiter, Kommunikationsoffiziere, Kuriere und Sicherheitsleute. Es gab sowjetische Wohnungen, sowjetische Schulen und Ferienlager für russische Kinder. Und warum auch nicht? Wir haben dreißig Milliarden Dollar nach Kuba gepumpt. Pro Person hat Kuba mehr Auslandshilfe von der UDSSR bekommen als irgendein anderes Land der Welt. Man muß sich schon fragen, wer mehr dazu beigetragen hat, die Sowjetunion zum Einsturz zu bringen, als Fidel.« Bugai bemerkte Arkadis Blick. »Oh, die Wände haben Ohren. Die Kubaner sind ausgezeichnet in elektronischer Überwachung. Wir haben sie ausgebildet. Die einzigen wirklich sicheren Telefonleitungen sind in der Botschaft. Man muß einfach aufhören, sich darüber Sorgen zu machen. Wie dem auch sei, jetzt umfaßt unser diplomatisches Personal ganze zwanzig

Personen. Dies ist ein Geisterschiff. Es spielt keine Rolle, daß wir uns ruiniert haben, um diesen schwimmenden Zirkus zu finanzieren, und unser ganzes System zusammengebrochen ist, während die hier Salsa getanzt haben. Entscheidend ist, daß das Verhältnis zu den Kubanern nie schlechter war als heute, und nun sagen Sie mir, daß Sie Pribludas Leiche nicht identifizieren können!«

»Nicht zweifelsfrei.«

»Für die Kubaner war es doch eindeutig genug. Ich habe mit einem Capitán Arcos gesprochen, und in Anbetracht der Tatsache, daß er einen Russen aus dem Hafen von Havanna gefischt hat, wirkte er sehr vernünftig.«

»Einen toten Russen.«

»Soweit ich weiß, wurde der Tod durch einen Herzinfarkt verursacht, ein tragisches, aber natürliches Ereignis.«

»An der Tatsache, daß Pribluda in die Bucht getrieben ist, kann ich nichts Natürliches finden.«

»Bei Spionen kommt so was vor.«

»Offiziell war er als Zuckerattaché hier.«

»Genau. Nun, alles, was er zu tun hatte, war, auf der Insel herumzufahren, ein paar Zuckerfelder zu besichtigen und festzustellen, daß die Kubaner ihre Zuckerquote nicht erfüllen, weil sie das noch nie getan haben. Was die geheimdienstliche Aufklärung betrifft, so bewegt die kubanische Armee ihre Raketen jetzt mit Ochsenkarren statt mit LKW, mehr muß man darüber nicht wissen. Je schneller wir diese kleine Episode hinter uns bringen, desto besser.«

»Da wäre noch die andere kleine Episode mit Rufo und mir.«

»Nun, wer weiß, wer Sie sind? Dank Ihnen haben wir einen Fahrer und ein Apartment verloren.«

»Ich bleibe solange in Pribludas Wohnung, sie ist leer.«

Bugai schürzte die Lippen. »Das wäre vielleicht nicht die schlechteste Lösung. Ich habe die Absicht, dieses Problem soweit wie möglich von der Botschaft fernzuhalten.«

»Noch bevor die Kubaner die Leiche gefunden haben, hat

irgend jemand hier in der Botschaft gewußt, daß Pribluda Probleme hatte, und mir ein Fax geschickt. Wer könnte das gewesen sein?«

»Ich wünschte, ich wüßte es.«

»Sie können es nicht herausfinden?«

»Ich habe nicht genug Personal, um gegen mein eigenes Personal zu ermitteln.«

»Wer hat mir Rufo zugeteilt?«

»Rufo wurde uns vom kubanischen Innenministerium zugeteilt. Er war deren Mann, nicht unserer. Sonst stand gerade niemand zur Verfügung, als Sie mitten in der Nacht ankamen. Ich wußte nicht genau, wer Sie sind, und das weiß ich immer noch nicht. Ich habe in Moskau angerufen, und dort hat man möglicherweise schon einmal von Ihnen gehört, aber womit Sie genau betraut sind, weiß ich nicht. Verbrechen ist nicht mein Spezialgebiet.«

»Ich bin betraut mit der Identifizierung Pribludas. Die Kubaner haben um Fotos von ihm gebeten und wollten zur Botschaft kommen, was Sie verweigert haben.«

»Nun, dies ist mein Gebiet. Zum einen hatten wir keine Fotos. Und zum anderen benutzen die Kubaner jede Gelegenheit, um Zutritt zur Botschaft zu erlangen und in sensiblen Bereichen herumzuschnüffeln. Einst waren wir Genossen, jetzt sind wir Verbrecher. In der Nacht werden unsere Reifen zerstochen, und man winkt uns zum Filzen an den Straßenrand, sobald die Polizei ein russisches Nummernschild sieht.«

»Wie in Moskau.«

»Aber in Moskau hat die Regierung keine Kontrolle, das ist der Unterschied. Ich muß sagen, vor Ihnen hatten wir nie Ärger mit Rufo.«

»Wo ist der Botschafter?«

»Wir sind in einer Phase zwischen zwei Botschaftern.«

Arkadi griff nach einem Notizblock und schrieb: »Wo hält sich der hiesige Geheimdienstoffizier auf, dem Pribluda Bericht erstattet hat?«

»Das ist kein großes Geheimnis«, sagte Bugai. »Der Kommandeur der Sicherheitstruppe ist vor Ort, aber er ist nichts als ein besserer Schläger. Der Sicherheitschef hingegen hält sich seit dem letzten Monat in Moskau auf, wo er Bewerbungsgespräche für eine Position im Hotelmanagement führt, und hat mir sehr deutlich zu verstehen gegeben, daß er in seiner Abwesenheit ›keine roten Flaggen‹ wünscht. Und was mich anbelangt, so habe ich nicht die Absicht, mich wegen eines Spions, der beim Herumpaddeln im Dunkeln einen Herzinfarkt erlitten hat, nach Moskau zurückrufen zu lassen.«

»Hat Pribluda für die Kommunikation eine sichere Leitung benutzt?«

»Wir haben verschlüsselte Botschaften über eine Maschine geschickt, die keine Spuren hinterläßt, nach dem Löschen nicht einmal einen Abdruck auf der Festplatte. Aber es werden ohnehin nicht viele Nachrichten verschlüsselt. Die üblichen Faxe, Anrufe und E-Mails laufen in Klartext über normale Maschinen, und ich hätte liebend gern einen Reißwolf, der auch funktioniert.« Arkadi zückte das Foto vom Havana Yacht Club, um nach Pribludas kubanischen Freunden zu fragen, doch der Vizekonsul würdigte es kaum eines Blickes. »Wir haben keine kubanischen Freunde. Früher war es ein Ereignis, wenn ein russischer Künstler Havanna besuchte. Die Leute schauen sich sowieso bloß amerikanische Filme im Fernsehen an. Fidel stiehlt und zeigt sie. Manche Leute haben auch Satellitenschüsseln, mit denen sie Miami empfangen können. Und dann gibt es noch Santería. Er ist bereit, Voodoo zu fördern, um die Massen bei Laune zu halten. Afrikanischer Aberglaube. Je länger ich hier bin, desto afrikanischer werden die Menschen.«

Arkadi steckte das Yacht-Club-Foto weg. »Die Kubaner brauchen ein besseres Bild von Pribluda. Die Botschaft muß doch ein Sicherheitsfoto von ihm haben.«

»Das müßte unser Freund in Moskau entscheiden. Wir werden warten müssen, bis er von seiner Jobsuche zurückkehrt, und das könnte noch einen weiteren Monat dauern.«

»Einen Monat?«

»Oder länger.«

Bugai war Schritt für Schritt zurückgewichen, und Arkadi war ihm Schritt für Schritt gefolgt, bis er auf einen Bleistift trat, der mit einem lauten Knacken zerbrach. Der Vizekonsul zuckte zusammen und sah mit einem Mal nicht mehr so kühl aus wie eine Qualle, mehr wie ein Eigelb beim Anblick einer Gabel. Bugais Nervosität erinnerte Arkadi daran, daß er einen Mann getötet hatte; und ob nun in Notwehr oder nicht, war ein Totschlag eine Gewalttat, die wohl kaum neue Freunde anziehen würde.

»Woran hat Pribluda, Ihr Zuckerattaché, gearbeitet?«

»Das kann ich Ihnen unmöglich sagen.«

»Woran hat er gearbeitet?« fragte Arkadi noch einmal lauter.

»Ich glaube nicht, daß Sie die Autorität haben«, setzte Bugai an und fügte, als Arkadi sich anschickte, um den Tisch herumzugehen, hinzu: »Also gut, aber das ist vertraulich. Es gibt ein Problem mit dem Zuckerprotokoll, eine kommerzielle Angelegenheit, die Sie ohnehin nicht verstehen würden. Im Prinzip geht es darum, daß die Kubaner uns Zucker schicken, den sie nirgendwo sonst verkaufen können. Dafür liefern wir ihnen Öl und Maschinen, die wir andernorts nicht loswerden.«

»Das klingt soweit normal.«

»Es gab ein Mißverständnis. Im vergangenen Jahr verlangten die Kubaner die Nachverhandlung bereits unterschriebener Vereinbarungen. Da die Stimmung zwischen den beiden Ländern so schlecht ist, haben wir den Kubanern erlaubt, eine dritte Seite in die Verhandlungen einzubringen, eine panamaische Handelsfirma namens AzuPanama. Alles wurde geklärt. Ich weiß nicht, warum Pribluda sich dafür interessiert hat.«

»Pribluda, der Zuckerexperte?«

»Ja.«

»Und ein Foto von Pribluda?«

»Lassen Sie mich nachsehen«, sagte Bugai, bevor Arkadi einen weiteren Schritt machen konnte. Er wich bis zum Bücherregal zurück, aus dem er ein ledergebundenes Album zog, das er auf dem Schreibtisch aufklappte, wo er begann, die mit Fotos beklebten Seiten durchzublättern. »Gäste und gesellschaftliche Ereignisse. Maifeiertag. Der mexikanische Cinco de Mayo. Ich habe Ihnen ja gesagt, daß Pribluda zu solchen Anlässen nicht kam. Vierter Juli mit den Amerikanern. Die Amerikaner haben keine Botschaft, nur eine sogenannte Interessenvertretung, die größer ist als eine Botschaft. Oktober, der Tag der Sklavenbefreiung. Wußten Sie, daß Fidels Vater ein spanischer Soldat war, der gegen Kuba gekämpft hat? Dezember. Vielleicht finden wir da eines. Wir hatten immer eine traditionelle Neujahrsfeier mit Großväterchen Frost für russische Kinder, ein größeres Ereignis. Jetzt haben wir nur noch wenige Kinder, und die wollen einen Nikolaus und eine Weihnachtsfeier.«

Auf dem Foto saßen zwei Mädchen mit Schleifen im Haar auf dem Schoß eines bärtigen Mannes in einem dicken roten Mantel, eine rundliche Gestalt, deren Wangen mit Rouge zu einem munteren Leuchten gebracht worden waren. Unter einem mit Lametta behängten Baum lagen Geschenke ausgebreitet. Hinter den Kindern war ein Buffet aufgebaut, an dem eine Reihe von Erwachsenen Käseteller, Weihnachtsgebäck und Gläser mit süßem Sekt balancierte. Am hinteren Ende schob sich ein Mann, der Sergej Pribluda gewesen sein könnte, die ganze Hand in den Mund.

»Die Hitze in dieser Montur war unerträglich.«

»Sie haben sie getragen?« Arkadi betrachtete das Bild genauer. »Sie sehen nicht gut aus.«

»Rechtsherzinsuffizienz. Eine Funktionsstörung des rechten Ventrikels.« Seinen Arm knetend, ging Bugai um den Schreibtisch und kramte in den Schubladen. »Bilder. Ich werde eine Liste mit möglichen Namen und Adressen erstellen. Mostowoi ist ein Amateurfotograf, und dann ist da noch Olga.«

»Sie sollten in Moskau sein.«

»Nein, ich habe mich extra nach Kuba beworben. Hier mag es an Medikamenten mangeln, aber es gibt ausgezeichnete Ärzte, mehr Ärzte pro Kopf als irgendwo sonst auf der Welt, und sie operieren jeden, einen General, einen Bauern, einen kleinen Mann, der Zigarren dreht, es ist ganz egal. Moskau? Wenn man kein Millionär ist, wartet man mindestens zwei Jahre auf eine Operation. Ich wäre längst tot.« Bugai blinzelte durch einen Film aus Schweiß. »Ich kann Kuba nicht verlassen.«

Elmar Mostowoi hatte das runde Gesicht eines Affen, geschwungene Fingernägel und ein lockiges orangefarbenes Haarteil, das auf seinem grauen Kopf saß wie ein Souvenir. Arkadi schätzte ihn auf Mitte Fünfzig, aber noch gut in Form, der behaarte Typ, der Liegestütze auf den Fingerspitzen machte und sich an eine strenge Diät aus Vitaminen und genug Zigaretten hielt, um seine Zähne braun wie Holz aussehen zu lassen. Er lebte in Miramar, dem Viertel, in dem auch die Botschaft ihren Sitz hatte, in einem Hotel am Meer namens Sierra Maestra, das viel Ähnlichkeit mit einem sinkenden Frachter hatte: schräge Balkone, verrostete Geländer und ein Blick aufs Wasser. Mostowois Apartment war jedoch recht feudal eingerichtet, mit vanillefarbenen Ledersesseln und einem Ledersofa auf einem weichen, langflorigen Teppich. Inmitten dieses Ensembles thronte Mostowoi in einer Fotografenweste aus Khaki mit zahlreichen Reißverschlüssen.

»Hier werden Polen, Deutsche und Russen untergebracht. Sie nennen es das ›Sierra Maestra‹, ich nenne es ›Zentraleuropa‹.« Mostowoi steckte eine Marlboro in eine Zigarettenspitze aus Elfenbein. »Haben Sie den Popcornautomaten in der Halle gesehen? Absolut Hollywood.«

Mostowois Wohnung war dekoriert mit Filmplakaten (*Lolita*, *Jenseits von Eden*), den Fotos eines freiwilligen Exilanten (ein Pariser Bistro, ein Segeltörn, jemand, der dem Londoner Tower zuwinkt), Büchern (Graham Greene, Lewis Carroll, Nabokov) und Souvenirs (eine verstaubte Wahlkampfmütze, Bronzeglöckchen und Elfenbeinphalli in verschiedenen Größen).

»Interessieren Sie sich für Fotografie?«

»Ja.«

»Sind Sie ein Kenner?«

»Auf meine Weise.«

»Mögen Sie Natur?« Es war sehr natürlich. Mostowoi besaß Schachteln mit Schwarzweißabzügen von jungen nackten Mädchen, von Palmwedeln halb verborgen, in den Wellen tollend oder hinter einem Bambus hervorblickend. »Eine Kreuzung zwischen Lewis Carroll und Helmut Newton.«

»Haben Sie irgendwelche Fotos von Ihren Kollegen an der Botschaft?«

»Bugai liegt mir ständig in den Ohren, ich solle Bilder von seinen sogenannten kulturellen Ereignissen machen, aber ich habe keine Lust. Man kann Russen einfach nicht dazu bringen, so zu posieren. Man kann sie nicht einmal dazu bewegen, sich auszuziehen.«

»Vielleicht eine Frage des Klimas.«

»Nein, nicht einmal hier.« Mostowoi betrachtete sinnierend das Foto eines dünn mit Sand panierten Mädchens. »Hier gelingt es den Leuten irgendwie, Sozialismus und Naivität miteinander in Einklang zu bringen. Und indem ich mit Kubanern verkehre, entgehe ich der Paranoia, die den Rest unserer schrumpfenden Gemeinde ergriffen hat.«

»Was für eine Paranoia?«

»Die Paranoia der Ignoranz. Wenn ein Geheimdienstagent wie Pribluda mitten in der Nacht im Hafen rumschwimmt, was sollte er anderes tun als spionieren? Wir ändern uns nie. Es ist widerlich. So ergeht es den Europäern im Paradies, wir bringen uns selbst um und geben den Eingeborenen die Schuld. Ich hatte gehofft, Pribluda hätte mehr Verstand gehabt. Der KGB hat früher sehr zivilisierte Leute hervorgebracht, wissen Sie. Ich habe einmal etwas auf französisch zu Pribluda gesagt, und er hat mich angesehen, als ob ich chinesisch reden würde.«

Mostowoi öffnete eine weitere Schachtel. Das oberste Bild zeigte ein Mädchen, das einen Volleyball an sich drückte. »Meine Sportserie.«

»Haben Sie noch mehr von dieser expressiven Sorte.«

Die nächste Aufnahme war ein Akt eines hellhäutigen Mädchens, das im Schoß einen Totenkopf hielt. Sie warf der Kamera durch eine Lockenmähne, die ihre Brüste nur halb bedeckte, einen schwül-finsteren Blick zu. Um sie herum waren heruntergebrannte Kerzen, Trommeln und Rumflaschen drapiert.

»Das ist die falsche Schachtel«, sagte Mostowoi. »Meine ›Regnerischer-Tag‹-Serie. Wir haben sie hier drinnen aufgenommen und mußten mit den Requisiten arbeiten, die gerade zur Hand waren.«

Der Schädel war eine billige Kopie, die vor allem um Augen- und Nasenhöhle Details vermissen ließ. Doch Arkadi war trotzdem beeindruckt, wie viele Gegenstände ein ernsthafter Fotograf für einen regnerischen Tag bereithalten mußte. Im nächsten Bild modellierte ein nur mit einer Baskenmütze bekleidetes Mädchen Ton.

»Sehr künstlerisch.«

»Danke, sehr nett von Ihnen. Es gibt Gespräche über eine Ausstellung in der Botschaft, aber Bugai hält mich hin. Doch das ist mir egal. Ich hoffe nur, daß ich mit meiner Kamera zur Stelle bin, wenn er seinen Herzinfarkt hat.«

Sie war stämmig, fast drall, mit dünnem, einst blondem Haar, das zu einem Grau verblaßt war, und kleinen, von der Erinnerung ein wenig feuchten Augen. Obwohl ihre Klimaanlage nicht funktionierte, war Olga Petrownas Wohnung ein kleines Stück Rußland mit einem orientalischen Teppich an der Wand, Blumentöpfen mit wuchernden Geranien und einem quietschgelben Kanarienvogel, der in einem Käfig vor sich hin trillerte. Der Tisch war mit dunklem Brot, Bohnensalat, Sardinen, Krautsalat mit Granatapfelkernen und drei Sorten saurem Eingelegten gedeckt. Neben einem elektrischen Samowar standen ein Gefäß mit Gelee und Teegläser in silbernen Haltern. Sie ging für Arkadi ihre Fotoalben durch, während sie sich immer wieder damenhaft ihr Kleid zurechtzupfte.

»Die reichen fünfundzwanzig Jahre zurück. Was für ein Leben das war. Unsere eigenen Schulen mit den besten Lehrern, gutes russisches Essen. Es war eine richtige eigene Gemeinde. Niemand hat spanisch gesprochen. Die Kinder hatten ihre Pionierlager, alles auf russisch, mit Bogenschießen, Bergsteigen und Volleyball. Nicht dieser Baseballschwachsinn der Kubaner. Unsere eigenen Strände, unsere eigenen Clubs, und natürlich gab es ständig Geburtstage und Hochzeiten, richtige Familienfeste. Man war stolz darauf, ein Russe zu sein, stolz darauf, daß man hier auf dieser Insel weit weg von zu Hause den Sozialismus gegen die Amerikaner verteidigt hat. Kaum zu glauben, wie stark und selbstbewußt wir waren.«

»Sind Sie so etwas wie die inoffizielle Chronistin der Botschaft?«

»Die Mutter der Kompanie. Ich bin länger hier als irgend jemand sonst. Ich bin gekommen, als ich noch sehr jung war. Mein Mann ist tot, und meine Tochter hat einen Kubaner geheiratet. In Wirklichkeit bin ich die Geisel meiner Enkelin. Wenn ich nicht wäre, würde sie überhaupt kein Russisch sprechen. Wer kann sich so etwas vorstellen? Sie heißt Carmen. Ist das ein Name für ein russisches Mädchen?« Sie goß Arkadi Tee ein und gab mit einem verschwörerischen Lächeln einen Löffel Gelee dazu. »Wer braucht schon Zucker?«

»Vielen Dank. Ist Ihre Enkelin auch auf der Weihnachtsfeier der Botschaft gewesen?«

»Hier ist sie.« Olga Petrowna schlug die ersten Seiten des offenbar aktuellsten Albums auf und wies auf ein Mädchen mit lockigen Haaren und einem weißen Kleid, das die Kleine aussehen ließ wie eine wandelnde Hochzeitstorte.

»Wirklich hübsch.«

»Finden Sie?«

»Unbedingt.«

»Es ist schon eine interessante Mischung, russisch und kubanisch. Sie ist sehr altklug und ein klein wenig exhibitionistisch veranlagt. Carmen – alle Kinder – wollten unbedingt einen amerikanischen Nikolaus. Das kommt vom Fernsehen.«

Schnappschuß für Schnappschuß folgte Arkadi dem Weg des kleinen Mädchens auf den Schoß des Nikolaus, der ihr irgend etwas ins Ohr flüsterte, bevor sie zum Buffet ging. Arkadi wies auf einen breiten Rücken an einem der Tische. »Ist das nicht Sergej Pribluda?«

»Woran haben Sie das erkannt? Carmen war es, die ihn überredet hat, mit auf die Feier zu kommen. Er arbeitete immer soviel.«

Olga Petrowna sprach mit höchster Wertschätzung von Pribluda: eine starke Persönlichkeit, ein echtes Mitglied der Arbeiterklasse, ein Patriot, nie betrunken, aber auch nicht nüchtern, still, aber klug, offensichtlich ein Agent, aber nicht die Sorte, die geheimnisvoll tat. Auf jeden Fall kein Schwächling wie Vizekonsul Bugai.

»Erinnern Sie sich noch an das Wort ›Genosse‹?« fragte Olga Petrowna.

»Nur zu gut.«

»So würde ich Sergej Sergejewitsch bezeichnen, im besten Sinn des Wortes. Und so kultiviert.«

»Ach, wirklich?« Diese Sichtweise von Pribluda erschien ihm so neu, daß er sich fragte, ob sie von ein und demselben Mann sprachen. Trotz ihrer großen Achtung vor dem Oberst hatte Olga Petrowna leider keine weiteren Fotos von ihm.

»Oh, da ist sie ja!« rief sie mit einem Mal unvermittelt. In der Tür stand ein etwa achtjähriges Mädchen in einem zu kleinen, verwaschenen braunen Schulpullover. Sie zog die Brauen zusammen und musterte Arkadi mißtrauisch. »Carmen, das ist unser Freund, Bürger Renko.«

Das Mädchen machte drei entschlossene Schritte nach vorn, rief »Hai!« und setzte zu einem Tritt an, der nur Millimeter vor seiner Brust endete. »Onkel Sergej kann Karate.«

»Wirklich?« Arkadi hatte Pribluda eher für einen Liebhaber des gepflegten Nierenhakens gehalten.

»In seinem Koffer hat er einen schwarzen Gürtel.«

»Hast du den mal gesehen?«

»Nein, aber ich weiß es.« Sie schlug einen Karatehieb in die Luft, und Arkadi wich zurück. »Hast du gesehen? *Fists of Fear.*«

»Ich denke, das ist jetzt genug«, sagte Olga Petrowna. »Du mußt bestimmt noch Schularbeiten machen.«

»Wenn er ein Freund von Onkel Sergej ist, will er es bestimmt sehen.«

»Es reicht, junge Dame.«

Carmen musterte Arkadi von oben bis unten und sagte: »Blöder Mantel.«

Olga Petrowna klatschte in die Hände, bis das Mädchen das Kinn senkte und ins Nachbarzimmer marschierte. »Tut mir leid, aber so sind Kinder heutzutage.«

»Wann haben Sie Sergej Sergejewitsch zum letztenmal gesehen?«

»An einem Freitag nach der Arbeit. Ich war mit Carmen zum Malecón gegangen, um ein Eis zu essen. Er redete mit einem Kubaner. Ich weiß noch, daß Carmen gesagt hat, sie habe irgendwas brüllen gehört, und Sergej Sergejewitsch sagte, daß sein Nachbar einen Löwen halten würde, der kleine Mädchen frißt. Sie wurde so nervös und ängstlich, daß wir nach Hause gehen mußten. Normalerweise haben sie sich großartig verstanden.«

Als Arkadi sich auf dem Stadtplan die Stelle zeigen ließ, zeigte sie auf den Malecón in Höhe von Pribludas Wohnung. »Sergej Sergejewitsch hatte eine Kapitänsmütze auf, und der Kubaner trug einen dieser riesigen Reifenschläuche, mit denen sie fischen gehen. Ich kann mich nur noch daran erinnern, daß es ein Schwarzer war.«

»Haben Sie auch ein Brüllen gehört?«

»Irgendwas in der Richtung, schon möglich.« Als sie die Alben wieder wegräumte, fragte sie: »Wie ist Sergejewitsch gestorben?«

»An einem Herzinfarkt, heißt es.«

»Aber Sie haben Ihre Zweifel?«

»Ich möchte nur gern sichergehen.«

Olga Petrowna seufzte. In der Zeit, die sie in Havanna verbracht hatte, war die Stadt ein zweites Haiti geworden. Und Moskau war von Tschetschenen und Banden überrannt worden. Wohin konnte man noch gehen?

Arkadi nahm ein Taxi zurück zum Malecón und ging die letzten paar Blocks zu Pribludas Wohnung zu Fuß, vorbei an Jungen, die ihn um Kaugummi anbettelten, und Männern, die ihm Mulatinnen anboten, ohne das *»Amigo, que hora es? De que pais? Momentico, amigo«* zu beachten, mit dem die Leute Gespräche anzuknüpfen versuchten. Auf den Balkonen über der Straße, Arabesken aus gußeisernen Dornen und Topfpflanzen, saßen Frauen in Hauskleidern und Männer in Unterwäsche mit Zigarren. Musik wehte von Fenster zu Fenster. Überall war Verfall, überall Hitze und verblaßte Farben, die sich mühten, den bröckelnden Putz und die salzzerfressenen Balken zusammenzuhalten.

Einen Moment lang glaubte er, einen Mann gesehen zu haben, der in der dunklen Arkade mit ihm Schritt hielt. Wurde er verfolgt? Er wußte es nicht. Es war schwer, einen einzelnen Schatten auszumachen, wenn alle außer einem selbst sich in den Straßen auskannten und heimisch aussahen, auf einer Seite das Meer, auf der anderen ein Labyrinth von Schutthaufen, an den Straßenrand geschleppte Autowracks und Schlangen von Menschen, die auf Eis, einen Bus, Brot oder Wasser warteten.

Also stapfte er weiter in seinem Mantel und zog die Blicke auf sich wie ein Mönch auf der Via Dolorosa.

6

Ofelia war Arkadi, und Dr. Blas spielte Rufo. Sie rückten die Tische zurecht und markierten Wände, Bücherregale und Türen des Botschaftsapartments mit Klebeband auf dem Boden des Konferenzzimmers des Instituto de la Medicina Legal, damit sie den »Hergang von Rufo Pineros Tod« – zur eigenen Information – »rekonstruieren« konnten.

Diese »Rekonstruktion der Ereignisse« unterschied die forensische Medizin in Kuba von der amerikanischen, russischen oder deutschen Methode. Blas hatte schon in kubanischen Labors, nicaraguanischen Regenwäldern und den staubigen Steppen Angolas zur Verblüffung nicht nur der Richter, sondern auch der Verbrecher selbst Morde nachgestellt. Eine Rekonstruktion der Todesumstände des russischen *neumático* könnte sich wegen der Strömungen in der Bucht und dem Verfall seiner Leiche als unmöglich erweisen. Rufos Tod hingegen hatte sich nicht auf offener See, sondern in einer Wohnung abgespielt und nicht zu leugnende Indizien hinterlassen: Rufos Leiche mit einer großen Spritze in der Hand, ein Messer mit Rufos Fingerabdrücken, das in einem Bücherregal steckte, keine Blutergüsse oder sonstigen Verletzungen an der Leiche, keine zerrissenen oder zerknitterten Kleidungsstücke, keinerlei Anzeichen für etwas anderes als eine schnelle tödliche Auseinandersetzung.

Trotzdem schien der Pathologe mit seinem Latein am Ende und atmete schwer. Sie hatten die Tatsache berücksichtigt, daß

Rufo, ein ehemaliger Sportler, größer und gut zwanzig Kilo schwerer war als Renko. Der Russe war von der Reise erschöpft, verwirrt, offensichtlich kein Sportler, aber auch nicht völlig wehrlos, was, wie Blas fand, eine einigermaßen adäquate Beschreibung Renkos war.

Sie inszenierten verschiedene Variationen des Angriffs, bei denen Rufo auf einem Stuhl saß, schon im Zimmer wartete oder zur Tür hereinkam. Egal, wie Blas es, Schere und Bleistift als Messer und Spritze in der Hand, auch versuchte, es gelang ihm nicht, Ofelia wirksam oder schnell zu erledigen. Das lag zum einen daran, daß sie so flink auf den Beinen war. In der Schule war sie die hundert Meter gelaufen und hatte seitdem kaum ein Kilo zugenommen. Sie hatte die Angewohnheit, ihr Gewicht ständig von einem Fuß auf den anderen zu verlagern, was Blas zusehends ärgerte.

Das zweite Problem war, daß es sich augenscheinlich um einen Überraschungsangriff gehandelt hatte. Doch wenn Blas mit »Messer« und »Spritze« gleichzeitig angriff, war er langsam und ungelenk. Allein die Tatsache, daß der Mörder zwei Waffen statt einer zücken mußte, ließ dem Opfer Zeit zu reagieren. Rufo hätte ihm durch den Raum nachjagen müssen, wobei Tische und Stühle in alle Richtungen geflogen wären, wenn Ofelia das potentielle Opfer gewesen wäre.

»Vielleicht hat er ihn spontan attackiert«, sagte Blas.

»Rufo trug einen wasserdichten Trainingsanzug über seinem Hemd und seiner Hose. Daran ist rein gar nichts spontan. Er wußte, was er tun würde.«

»So schwer zu erwischen, sieht Renko gar nicht aus.«

»Vielleicht wurde er mit einer Waffe bedroht.«

»Mit zwei Waffen.«

»Nein«, entschied Ofelia, »Rufo hatte eine Waffe, das Messer. Die Spritze war die Überraschung für ihn.« Sie sprach drängend weiter, weil sie bloß eine Kommissarin und Blas ein für seine strenge Methodologie bekannter Pathologe war. Trotzdem konnte sie förmlich vor sich sehen, wie sich der Kampf abgespielt hatte. »Sie wissen doch, daß der Russe immer diesen albernen Mantel trägt. Ich glaube, das Messer hat den Mantel ans Bücherregal genagelt. Im Revers des Mantels ist ein Riß, und an dem Messer haben wir Faserspuren gefunden. Ich glaube, in diesem Moment wurde Rufo getötet.«

»Mit der Spritze?«

»In Notwehr.«

Blas ergriff Ofelias Hand, die in seiner nach Seife riechenden Pranke schmächtig aussah. »Was so wunderbar an Ihnen ist, ist Ihr Einfühlungsvermögen für die seltsamsten Menschen. Dies ist aber keine Ermittlung. Wir beide befriedigen lediglich unsere professionelle Neugier bezüglich der Indizien eines Todesfalls.«

»Aber kommen Sie nicht trotzdem ins Grübeln?«

»Nein.« Blas' Miene drückte aus, daß er keineswegs ein Sexist, jedoch der Ansicht war, daß Frauen häufig den Blick fürs Wesentliche verloren. »Sie machen sich Sorgen wegen der Spritze? Also gut, wir vermissen eine in unserem Labor. Renko oder Rufo könnte sie gestohlen haben. Aber warum sollte Renko so etwas tun? Wegen Drogen? Ich habe in der Spritze keine Drogen gefunden. Als Waffe? Wenn er um sein Leben fürchtete, hätte er nicht nach Havanna kommen müssen. Wir sollten methodischer vorgehen und beispielsweise den Charakter der Beteiligten berücksichtigen. Rufo ist ein Schwarzhändler, der Gelegenheiten ergreift, wenn sie sich ihm bieten. Er hat die Spritze gesehen und genommen. Renko ist ein phlegmatischer Russe. Für ihn ist alles eine innere Debatte, das kann ich Ihnen versichern. Und dann ist da noch der Aspekt der körperlichen Kraft. Fragen Sie sich, ob Renko geglaubt hat, daß er einen so kräftigen Mann wie Rufo überwältigen könnte. Selbst in Notwehr.«

»Vielleicht hat er nicht überlegt, sondern einfach nur reagiert.«

»Und die Spritze hatte er bereits zur Hand? Eine Spritze, für die er keine Verwendung hatte? Eine Spritze, die wir in Rufos Hand gefunden haben?«

Sie zog ihre Hand zurück. »Rufo hat sie sich aus dem Kopf gezogen. Das würde ich auch tun.«

»Vielleicht? Würde? Sie spekulieren. Die Wahrheit offenbart sich eher der Logik als der Intuition.« Blas war wieder einigermaßen zu Atem gekommen. »Wir versuchen die Rekonstruktion erneut. Nur diesmal bewegen Sie sich ein wenig langsamer. Sie vergessen, daß Renko ein Raucher ist, wahrscheinlich auch ein Trinker, jedenfalls bestimmt nicht in Form. Sie hingegen sind alles andere als außer Form, jünger und wacher. Vielleicht ist Rufo ausgerutscht. Fertig?«

Rufo war nicht der Typ, der ausrutschte, dachte Ofelia.

An der Universität hatte sie eine gute Freundin namens Maria gehabt. Einige Jahre später heiratete Maria einen Dichter, der sich für die Einhaltung der Menschenrechte in Havanna einsetzte.

Kurz darauf sah Ofelia im Fernsehen, daß er wegen Körperverletzung zu zwanzig Jahren Gefängnis verurteilt und Maria wegen Prostitution verhaftet worden war. Als Ofelia sie im Gefängnis besuchte, erzählte Maria ihr eine andere Geschichte. Sie sagte, sie sei eines Morgens aus dem Haus gekommen, als ein Mann sie gepackt und begonnen habe, ihr vor ihrer eigenen Haustür die Kleider vom Leib zu reißen. Als ihr Ehemann hinzugeeilt war, um ihr zu helfen, schlug der Passant ihn zu Boden und trat ihm die Zähne ein. Erst in diesem Moment tauchte ein Polizeiwagen mit einem einzelnen Beamten am Steuer auf, der nur die Aussage des Mannes aufnahm, der behauptete, Maria habe ihm ein unsittliches Angebot gemacht, was er abgelehnt habe, worauf ihr Ehemann ihn angegriffen habe. Maria erinnerte sich noch an zwei weitere Details: Die Rückbank des Polizeiwagens war bereits mit einer Plastikplane bedeckt, und als der Mann, der ihren Ehemann zusammengeschlagen hatte, vorn einstieg, nahm er zwei Zigarrenhülsen aus Aluminium von dem Sitz und steckte sie in seine Hemdtasche. Sie gehörten ihm, er hatte sie zur Sicherheit beiseite gelegt. Der Dichter und Maria erhängten sich später am selben Tag in ihren jeweiligen Zellen.

Aus reiner Neugier war Ofelia hingegangen und hatte den Bericht über die Verhaftung nachgelesen, in dem stand, daß der zufällig vor der Tür vorbeispazierende unbescholtene Bürger Rufo Pinero war.

Rufo brauchte nicht einmal eine Waffe, geschweige denn zwei.

Wenn die Sache mit der Spritze sie beschäftigte und Marias Tod sie erschütterte, machte der Russe sie wütend. Die Arroganz, Rufos Schlüssel zu stehlen, als wüßte er, was er im Zimmer eines Kubaners finden würde. Die Anmaßung zu glauben, er könnte in Pribludas Büro vor einem Stadtplan Havannas stehen und mehr als ein Stück Papier sehen.

Für Ofelia war jede auf der Karte verzeichnete Straße und Ecke eine Erinnerung. An ihren ersten Schulausflug nach Havanna zum Beispiel, wo sie auf der ehemaligen Hunderennbahn in Miramar Hürden gelaufen, abends mit Ptolomeo Duran dorthin zurückgekehrt war und ihre Jungfräulichkeit verloren hatte. Das war für sie Miramar. Oder das Kino in Chinatown, wo ihr Onkel während eines Pornofilms erstochen worden war. Oder der Eissalon Coppelia in der La Rampa, wo sie ihren ersten Mann Humberto kennengelernt hatte, als sie drei Stunden auf einen Bissen Essen gewartet hatten. Oder die El-Floridita-Bar in Habana Vieja, wo sie Humberto mit einer mexikanischen Frau erwischt hatte. Mehr als eine Ehe war daran zerbrochen, daß Touristinnen auf der Jagd nach kubanischen Männern in dieses Land kamen. Eine Scheidung war leicht zu kriegen in Kuba. Sie hatte Freundinnen, die vier- oder fünfmal geschieden waren. Was konnte ein Russe darüber schon wissen?

»Immer noch zu schnell«, keuchte Blas.

7

Havanna war im Schatten des Abends versunken, als Arkadi den Malecón erreichte. Das Meer brandete schwarz gegen die Mole, Schwalben schossen durch die Arkade. Als er die Treppe hinaufging, hörte er im Erdgeschoß das Radio seines Nachbarn und nicht direkt einen brüllenden Löwen, aber ein spürbares Vibrieren.

Lichtstreifen fielen durch die Jalousien auf die Wand von Pribludas Wohnzimmer und die schwarze Puppe, die in der Ecke saß. Vielleicht lag es an dem Widerschein der tiefstehenden Sonne auf dem Wasser, aber die Wohnung wirkte minimal verändert: die Decke tiefer, der Tisch breiter, ein Stuhl verrückt. Seit seiner Kindheit hatte Arkadi die Stühle immer leicht vom Tisch weggewendet, als würden sie ein stummes Gespräch miteinander führen. Eine kindische Angewohnheit, aber so war es nun mal.

Außer durch die Tür konnte man sich nur über den Balkon und einen Luftschacht in der Mitte des Flurs Zutritt zur Wohnung verschaffen. Als Arkadi die Lampe anknipste, verminderte die Stromreduzierung ihr Licht auf das von flackernden Kerzen. Er hängte seinen Mantel in den Kleiderschrank im Schlafzimmer und steckte seinen Paß in einen Schuh, bevor er seine Reisetasche öffnete. Vielleicht waren die Hemden ein wenig anders gefaltet.

Wenn jemand in der Wohnung herumgeschnüffelt hatte, hatte er das russische Vorratslager im Kühlschrank unangetastet gelassen. Arkadi goß sich ein Glas gekühltes Wasser aus einem

Krug ein. Blasses Licht fiel aus dem Kühlschrank auf die Gläser auf dem Tisch, die Schüssel der Schildkröte und die Glasaugen der Puppe. Die schwarze Farbe ließ Changós Züge seltsam lebendig erscheinen. Arkadi schob das rote Stirnband hoch, um sein Gesicht zu berühren. Es war aus Pappmaché und grob modelliert; der nur angedeutete Mund schien im Begriff, etwas zu sagen, die primitive Nase sah aus, als ob sie gerade einen Atemzug tun, die Hände, als ob sie im Aufstehen den Gehstock von sich stoßen wollten. Puppen sollten weniger gegenständlich sein, dachte Arkadi, nicht ganz so lebensecht und wachsam. Schweißtropfen rannen an seiner Wirbelsäule herab. Er würde aufhören müssen, in Havanna einen Mantel zu tragen.

Der Lärm von unten erinnerte ihn daran, daß er vorgehabt hatte, den Bewohner dort in der einen oder anderen Sprache zu befragen. Laut Kommissarin Osorio war er die Person, die Pribluda die Räume im ersten Stock illegal vermietet hatte. Die Vorstellung des Illegalen fand Arkadi reizvoll. Außerdem fragte er sich, warum der Nachbar nicht beide Etagen für sich beanspruchte. Das Getöse wäre stereophoner gewesen.

Als der Lärm schließlich aufhörte, fand er es interessant festzustellen, daß es in einer mit Fensterläden verschlossenen Wohnung klingen konnte wie in einer Meeresmuschel. Das kaum hörbare Rauschen der Autos, das Plätschern des Wassers gegen die Mole, das Pochen seines Herzens. Vielleicht hatte er sich wegen der Stühle und der Tasche geirrt, dachte Arkadi. Ansonsten schien alles an seinem Platz. Der Radau von unten ging wieder los, und Arkadi nahm sein Glas mit zum Telefon in Pribludas Arbeitszimmer und studierte die Liste mit Nummern, die er von Rufos Wand abgeschrieben hatte.

Daysi 32-2007
Susy 20-4031
Vi. Aflt. 2300
Kid Choc. 5/1
Vi. HYC 2200 Angola

Nach erneutem Nachdenken fragte er sich, warum er davon ausgegangen war, daß *Vi.* für das englische Wort »Visitor«, Besucher, stand. Zugegeben, er war ein Besucher gewesen, der mit der Aeroflot gekommen war, aber Rufo hatte gewußt, daß er kam. Wäre es nicht wichtiger gewesen zu wissen, an welchem Wochentag? Er schlug in Pribludas spanisch-russischem Wörterbuch das spanische Wort für Freitag nach. »Viernes.« *Vi.* hieß Freitag. Was darauf schließen ließ, daß an einem anderen Freitag um zehn Uhr abends mit einer Person oder an einem Ort mit den Initialen *HYC* irgend etwas geschehen würde, was einen Bezug zu *Angola* hatte. War das hinreichend vage?

Arkadi wählte die Namen auf der Liste. Schon nach dem ersten Klingeln nahm jemand ab.

»Digame.«

»Hallo, ist dort Daysi?« erwiderte Arkadi auf russisch.

»Oye, quien es?«

Auf englisch. »Ist dort Daysi?«

Si, es Daysi.«

Sprechen Sie englisch?«

»Un poco, si.«

»Sind Sie eine Freundin von Rufo?«

»Muy poco.«

»Kennen Sie Rufo Pinero?«

»Rufo, si.«

»Könnten wir uns treffen und uns unterhalten?«

»Que?«

»Reden?«

»Que?«

»Kennen Sie jemand, der englisch spricht?«

»Muy poco.«

»Danke.«

Er legte auf und versuchte es bei Susy.

»Hi.«

»Hallo. Sprechen sie englisch?«

»Hi.«

»Könnten Sie mir sagen, wo ich Rufo Pinero finden kann?«

»El coño Rufo? Es amigo suyo? Es cabrón y comemierda. Oye, hombre, singate y singa tu madre tambien.«

»Das habe ich nicht ganz mitbekommen.«

»Y singate a tu perro. Cuando veas a Rufo, preguntale, donde esta el dinero de Susy? O mi regalito de QVC?«

»Also gut, sagen wir, Sie kennen Rufo. Kennen Sie irgend jemanden, der englisch oder russisch spricht?«

»Y dile que chupe el bollo!«

Während er versuchte, *chupe* im Wörterbuch zu finden, legte Susy auf.

Ein Geräusch lockte ihn ins Wohnzimmer, wo er jedoch nur Changó antraf, der ihn von seinem Stuhl aus finster anblickte. Die Puppe war ein wenig in sich zusammengesunken, wirkte jedoch immer noch mürrisch und topplastig. Hatte sie ihren Kopf gewendet, seit er zum letztenmal im Zimmer gewesen war, und die Augen zu einem langen Seitenblick gehoben? Aus irgendeinem Grund mußte er an den riesigen Commandante denken, dessen Wandgemälde er in der Nacht zuvor begegnet war, daran, wie die Gestalt über den Laternen zu schweben schien wie ein allwissender, alles sehender Geist oder ein Theaterregisseur, der in den hinteren Reihen im Dunkeln saß. Arkadi kam sich sehr klein und uninformiert vor.

Er goß sein Glas noch einmal voll und ging zurück ins Arbeitszimmer und zu dem Stadtplan von Havanna über dem Schreibtisch. Als er ihn betrachtete, erkannte Arkadi das ganze Ausmaß seiner Ignoranz. Viertel, die Havana Vieja, Vedado und Miramar hießen. Das klang hübsch, aber er hätte genausogut auf Hieroglyphen starren können. Gleichzeitig war es eine Erleichterung, aus Moskau weg zu sein, wo jede Straße ihn an Irina oder ein Journalistencafé erinnerte, in das sie gern gegangen war, die Abkürzung zum Marionettentheater, die Eisbahn, auf der sie ihn überredet hate, noch einmal Schlittschuh zu laufen. An jeder Ecke erwartete er, daß sie auftauchen würde mit ihrem energischen Gang, ihrem wie eine Fahne im Wind wehenden Haar und ihrem Schal. Er war sogar zu der Klinik zurückgekehrt, hatte seinen Weg Schritt für Schritt zurückverfolgt, wie um den einen Punkt zu finden, jenen entscheidenden Irrtum, und alles umzukehren. Doch das Gefühl von Nutzlosigkeit breitete sich aus, während die Tage heranrollten wie Wellen, ein schwarzer Kamm nach dem anderen, und der Abstand zwischen ihm und dem Augenblick, als er sie zum letztenmal gesehen hatte, nur größer wurde.

Im Grunde erinnerte ihn gerade seine Arbeit daran, daß die Zeit eine Einbahnstraße war. Ein Mord bedeutete *per definitionem,* daß irgend jemand zu spät gekommen war. Natürlich war es vergleichsweise leicht, ein Verbrechen aufzuklären, das bereits geschehen war. Aber ein Verbrechen vorauszuahnen, das noch nicht passiert war, die Linien zu erkennen, bevor sie sich kreuzten, erforderte möglicherweise besondere Fähigkeiten.

Eine Diele knarrte, Arkadi blickte auf und sah Luna in der Tür zum Arbeitszimmer stehen. Es war nicht nur das Geräusch, dachte Arkadi, es war vielmehr so, als hätte ein komplettes Kraftfeld die Schwelle überschritten. Er erkannte Luna nicht sofort, weil der Sargento Jeans, ein Sweatshirt und eine Mütze mit der Aufschrift »Go Gators« trug. Seine Füße steckten in Air Jordans, seine muskulösen Hände spannten sich um einen langen Metallschläger, als wollte er ihn zerquetschen. Seine Arme und sein Hemd waren schmutzig, als wäre er direkt von einem Spiel gekommen. Auf dem Schläger stand »Emerson«.

»Sargento Luna. Ich habe Sie gar nicht hereinkommen hören.«

»Das liegt daran, daß ich mich leise bewege und einen Schlüssel habe.« Zum Beweis hielt Luna den Schlüssel hoch, bevor er ihn in seiner Tasche verschwinden ließ. Seine Stimme klang wie feuchter Zement, der mit einer Schaufel gewendet wurde. Die schmale Mütze betonte seine runde Kopfform und die Art, wie die Muskeln an Stirn und Kiefer arbeiteten. Sein Bizeps ballte sich vor Wut.

»Sie sprechen auch russisch.«

»Ich habe ein bißchen was aufgeschnappt. Ich dachte, wir sollten uns mal ohne den Capitán und die Criminalista unterhalten, ganz unter uns.«

»Gern.« Luna war im Beisein von Capitán Arcos so schweigsam gewesen, daß Arkadi froh über die Gelegenheit war, ihn auszuhorchen. Nur der Baseballschläger beunruhigte ihn. »Ich hole Ihnen etwas zu trinken.«

»Nein, nur reden. Ich will wissen, was Sie machen.«

Zunächst probierte Arkadi es mit einer ehrlichen Antwort.

»Ich weiß es selbst nicht genau. Ich hatte bloß das Gefühl, daß die Identifikation der Leiche nicht eindeutig war. Und seit Rufo mich angegriffen hat, glaube ich, daß es vielleicht noch mehr gibt, was man herausfinden könnte.«

»Sie denken, das war dumm von Rufo?«

»Vielleicht.«

»Wer sind Sie?« Luna stieß ihn mit dem breiten Ende des Schlägers an.

»Sie wissen, wer ich bin.«

»Nein, ich meine, wer sind Sie?« Luna stieß ihm erneut in die Rippen.

»Ich bin ein Ermittler bei der Staatsanwaltschaft. Ich wünschte, Sie würden damit aufhören.«

»Nein, hier können Sie kein Ermittler sein. Hier können Sie ein Tourist sein, kein Ermittler. Haben Sie verstanden?« Luna umkreiste ihn. Arkadi hatte das Gefühl, mit einem Hai zu sprechen.

»Absolut.«

»Ich würde ja auch nicht nach Moskau kommen und Ihnen erzählen, wie Sie die Dinge anpacken sollen. Das zeigt einen Mangel an Respekt. Außerdem haben Sie einen kubanischen Staatsbürger getötet.«

»Es tut mir leid wegen Rufo.« Obwohl sich mein Mitleid in Grenzen hält, dachte Arkadi.

»Mir scheint, Sie sind ein ziemlich schwieriger Typ.«

»Wo ist Capitán Arcos? Hat er Sie geschickt?«

»Machen Sie sich über Capitán Arcos keine Gedanken.«

Der Sargento versetzte ihm einen weiteren Stoß mit dem Schläger.

»Sie sollten damit aufhören.«

»Verlieren Sie sonst die Beherrschung? Wollen Sie einen Beamten des Innenministeriums angreifen? Ich denke, das wäre keine sehr gute Idee.«

»Was würden Sie denn für eine gute Idee halten?« fragte Arkadi, bemüht, das Positive zu betonen.

»Es wäre eine gute Idee, wenn Sie begreifen würden, daß Sie kein Kubaner sind.«

»Ich schwöre, daß ich bestimmt nicht denke, ich wäre Kubaner.«

»Sie kennen und wissen hier gar nichts.«

»Ich bin absolut Ihrer Meinung.«

»Sie tun gar nichts.«

»Das tue ich mehr oder weniger ohnehin schon.«

»Dann werden wir uns verstehen.«

»Das ist gut.«

Arkadi hatte das Gefühl, daß er sich überaus liebenswürdig verhielt, weich wie Butter, doch Luna umkreiste ihn weiterhin.

»Ist das ein Baseballschläger?« fragte Arkadi.

»Baseball ist unser Nationalsport. Wollen Sie mal sehen?« Luna hielt ihm den Griff des Schlägers hin. »Holen Sie mal aus.«

»Danke, das ist nicht nötig.«

»Nehmen Sie ihn.«

»Nein.«

»Dann nehme ich ihn«, sagte Luna und schlug Arkadi mit dem Schläger auf das linke Bein oberhalb des Knies. Arkadi sank zu Boden, und Luna trat hinter ihn. »Sehen Sie, man muß einen Schritt nach vorn machen, um dem Ball den nötigen Drive zu geben. Haben Sie es gespürt?«

»Ja.«

»Sie müssen sich in den Ball drehen. Sind Sie aus Moskau?«

»Ja.«

»Ich werde Ihnen etwas erzählen, was ich Ihnen schon früher hätte sagen sollen. Ich stamme aus Oriente, dem Osten Kubas.« Als Arkadi versuchte aufzustehen, verpaßte ihm Luna einen gezielten Schlag in die Kniekehle des anderen Beins, so daß Arkadi nach hinten in den Flur fiel, wo er in Richtung des Wohnzimmers zu kriechen begann, um den Sargento von der Liste mit Telefonnummern wegzulocken. Immer wohlüberlegt, sagte Arkadi sich. Luna folgte ihm. »Die Männer aus Oriente sind kubanischer als die anderen Kubaner. Entweder sie mögen einen oder nicht. Wenn sie Sie mögen, haben Sie einen Freund fürs Leben. Wenn nicht, haben sie ein Problem. Dann sind Sie am Arsch.« Luna gab Arkadi einen Tritt, daß er auf seinem Gesicht landete. »Ihr Problem ist, daß ich die Russen nicht leiden kann. Ich mag nicht, wie sie reden, ich mag nicht, wie sie riechen, und ich mag nicht, wie sie aussehen. Ich *mag* sie einfach nicht.« Der Flur war zu schmal, um richtig mit dem Schläger auszuholen, doch Luna stieß weiter in Arkadis Rippen, um seinen Ausführungen Nachdruck zu verleihen. »Als sie Kuba in den Rücken gefallen sind, haben wir sie *rausgeschmissen*. Jeden *Tag* sind Hunderte von Russen aus Havanna geflohen. In der Nacht, bevor der KGB rausgeworfen wurde, hat jemand die Reifen sämtlicher Botschaftsfahrzeuge zerstochen, damit sie zum Flughafen *laufen* mußten. Es ist *wahr*. Die Wichser mußten im letzten Moment andere Autos auftreiben. Stellen Sie sich die Peinlichkeit vor, wenn Russen die zwanzig Kilometer zum *Flughafen* hätten laufen müssen.«

Arkadi rief um Hilfe, obwohl ihm bewußt war, daß er es in der falschen Sprache tat und ihn bei dem Gehämmere von unten ohnehin kein Mensch hören würde. Nachdem er das Wohnzimmer erreicht hatte, stemmte er sich an einer Wand hoch und versetzte Luna auf schwankenden Beinen sogar einen Faustschlag, den der größere Mann mit einem erstaunten Grunzen zur Kenntnis nahm. Bei dem anschließenden Handgemenge fiel die Schüssel mit der Schildkröte vom Tisch. Schließlich gelang es dem Sargento, sich so weit zu befreien, daß er erneut mit dem

Schläger ausholen konnte. Als Arkadi wieder zu sich kam, fand er sich auf dem Teppich wieder. In dem Bewußtsein, ein paar Sekunden seiner Erinnerung und die eine oder andere Gehirnzelle eingebüßt zu haben, blinzelte er aus blutverklebten Augen. Er spürte einen Fuß auf seinem Hals, als Luna sich herabbeugte, um Arkadis Brust- und Hosentaschen zu durchsuchen. Arkadi sah nur den Teppich und Changó, der seinen Blick starrend erwiderte. Gnadenlos.

»Wo ist das Bild?«

»Welches Bild?«

Der Fuß drückte auf Arkadis Luftröhre. Nun, Arkadi gab zu, daß das eine dumme Antwort gewesen war. Es gab nur ein Bild. Den Havana Yacht Club.

»Wo?« Luna lockerte den Druck, um ihm eine zweite Chance zu geben.

»Erst wollten Sie es nicht und jetzt doch?« Als Arkadi spürte, daß seine Luftröhre wieder abgeklemmt wurde, fügte er rasch hinzu: »In der Botschaft. Ich habe es dort abgegeben.«

»Wem?«

»Soschtschenko.« Soschtschenko war Arkadis Lieblingshumorist, und er fand, daß die Situation ein wenig Heiterkeit gebrauchen konnte. Er hoffte, daß es in der Botschaft keinen armen Soschtschenko gab. Er hörte, wie Luna mit dem Schläger nachdenklich auf seine offene Hand klopfte.

»Wollen Sie, daß ich Ihnen den Arsch aufreiße?«

»Nein.«

»Wollen Sie, daß ich Ihnen mal so richtig ernsthaft den Arsch aufreiße?«

»Nein.«

»Weil Sie dann ein für allemal am Arsch sind.«

Obwohl Arkadi sich vorkam wie ein aufgespießtes Insekt, versuchte er zu nicken.

»Wenn Sie nicht wollen, daß ich Sie fertigmache, bleiben Sie hier. Von jetzt an sind Sie ein Tourist, der all seine Touren in diesem Zimmer unternimmt. Ich werde jeden Tag was zu essen vorbeischicken. Sie verlassen die Wohnung nicht. Sie bleiben hier. Sonntag fliegen Sie nach Hause. Ein ganz ruhiger Urlaub.«

Da klang hinreichend ruhig, soviel hatte Arkadi begriffen.

Befriedigt nahm Luna den Fuß von Arkadis Hals, zog seinen Kopf an den Haaren hoch und verpaßte ihm einen letzten Hieb mit dem Schläger, als wollte er einen jungen Hund erschlagen.

Als Arkadi wieder zu sich kam, war es dunkel, und er klebte am Teppich. Er riß seinen Kopf hoch und drehte ihn zur Wand, um zu sehen und zu horchen, bevor er sich wieder vorwagte. Frisches Blut sickerte aus einer Wunde über einem Auge. Die Möbel waren eine Ansammlung von Schatten. Die Arbeitsgeräusche aus der Wohnung unter ihm hatten aufgehört, statt dessen wehten Fetzen eines Boleros nach oben. Luna war verschwunden. Alles in allem ein echt beschissener Urlaub, dachte Arkadi. Und auf jeden Fall der mieseste Selbstmordversuch, den er je gesehen hatte.

Einfach nur aufzustehen, erwies sich als ein komplizierter Balanceakt, als hätte der Baseballschläger des Sargento alle Flüssigkeit von einem Innenohr zum anderen getrieben, doch er schaffte es, die Wohnungstür mit einem Stuhl zu verbarrikadieren.

Nachdem er das Blut abgewaschen hatte, sah sein Kopf im Badezimmerspiegel gar nicht mehr so übel aus, eine Platzwunde am Haaransatz, die er rasieren und mit einem Klammerpflaster aus dem Medizinschrank verschließen mußte, ansonsten eine neue topologische Erhebung an seinem Hinterkopf, ein leicht geschwollenes Nasenbein, eine Beule an der Stirn, ein bleibender Abdruck des Teppichs auf seiner Wange, Schluckbeschwerden, aber immerhin noch alle Zähne. Seine Beine fühlten sich an wie gebrochen, aber sie funktionierten noch. Luna hatte ziemlich gute Arbeit dabei geleistet, den Schaden auf ein paar Blutergüsse und Demütigungen zu begrenzen. Er humpelte zum Kleiderschrank im Schlafzimmer und stellte fest, daß die Taschen seines Mantels gewendet worden waren, sein Paß mit dem Foto des Havana Yacht Club jedoch noch in seinem Versteck in dem

Schuh lag. Ihm war schwindlig und ein wenig übel, Symptome einer leichten Gehirnerschütterung.

Schlammfarbene Blutflecken verunzierten den Teppich. Wie bei jeder Party war das Aufräumen das Schlimmste, dachte Arkadi. Er würde sich später darum kümmern. Eins nach dem anderen. In einer Schublade in der Küche fand er ein Anglermesser mit schmaler Klinge, die er sorgfältig schärfte. Auf den Sitz des Stuhles, mit dem er die Tür verbarrikadiert hatte, drapierte er eine Tüte mit leeren Konservendosen, eine Mischung aus Alarmsystem und Dummerjungenstreich. Er drehte alle Birnen im Wohnzimmer und im Flur heraus, damit Luna sich, sollte er zurückkehren, im Dunkeln zurechtfinden mußte, während er selbst vom hereinfallenden Licht konturiert werden würde. Das Fenster zum Luftschacht konnte Arkadi lediglich mit einem Stock verrammeln. Das Beste, was er für seinen Kopf tun konnte, war, sich hinzulegen. Und genau das hatte er vor, als er ohnmächtig wurde.

Er fühlte sich kein bißchen erholt. Er hatte keine Ahnung, wie spät es war, denn das Zimmer war dunkel. Er hätte auch nicht gewußt, welches Zimmer, wenn er nicht die rauhen Fasern des Teppichs an seiner Wange gespürt hätte. Wie ein Betrunkener war er sich nicht vollkommen sicher, wo oben und unten war.

Sein Körper hatte sich in der am wenigsten schmerzhaften Position zusammengerollt – alles war relativ – und ganz wie ein zusammengebrochener Stuhl offenbar nicht die Absicht, sich wieder zu erheben. Er tat es trotzdem, weil ein wenig Durchblutung lädierten Gliedmaßen wahrscheinlich guttat. Die Schildkröte trottete in Zeitlupe an ihm vorbei. Arkadi folgte ihr auf allen vieren zum Kühlschrank, nahm das Wasser heraus und verweilte einen Moment in dem weichen, unbedrohlichen Schein seiner Innenbeleuchtung.

Rein objektiv war es interessant, wieviel schlechter er sich fühlte. Trinken tat weh. Seinen Kopf mit einem feuchten Tuch zu berühren, war eine Mischung aus Höllenqualen und Linderung.

»Sei vorsichtig, was du dir wünschst«, hatte Irina immer gesagt. Und dabei natürlich sich selbst gemeint. Nachdem er sie verloren hatte, hatte er sich nur noch ein Ende seiner Schuldgefühle gewünscht, aber er hatte eigentlich nicht gemeint, zu Tode geprügelt zu werden. In Moskau wurde man zumindest allein gelassen, wenn man sich umbringen wollte, aber in Havanna hatte man keinen Moment Ruhe.

Die Telefonschnur war aus der Wand gerissen. Arkadi hätte ohnehin nicht gewußt, wen er anrufen sollte. Die Botschaft, damit sie dem Ärger, den einer ihrer Landsleute verursachte, aus dem Weg gehen konnte?

Die Dunkelheit war so still, daß er den Lichtstrahl des Leuchtturms, der über die Bucht schwenkte und die Fensterläden streifte, fast hören konnte.

Verlassen Sie die Wohnung nicht, hatte Luna gesagt.

Das hatte Arkadi nicht vor. Er legte seinen Kopf in den Kühlschrank und schlief ein.

Als er wieder aufwachte, strömte Morgenlicht in die Wohnung. Arkadi hob seinen Kopf behutsam wie ein gesprungenes Ei. Die Fehlzündungen und Rufe auf dem Malecón klangen laut und heiß, wie von der Sonne verstärkt.

Er stolperte durch den Flur zum Spiegel im Bad. Die Nase sah nicht besser aus, und seine Stirn hatte die dunkle Tönung einer Sturmwolke. Er ließ die Hosen herunter, um die Blutergüsse an seinen Beinen zu begutachten.

Ruhe und viel Wasser, verordnete er sich. Er nahm eine Handvoll Aspirintabletten, wagte es jedoch nicht zu duschen, aus Angst auszurutschen oder die Wohnungstür nicht zu hören und aus Angst vor Schmerzen.

Zwei Schritte, und ihm wurde schwindlig, doch er schaffte es bis ins Arbeitszimmer. Er hatte es auf allen vieren verlassen, als Luna begonnen hatte, seine Fertigkeiten im Umgang mit einem

Baseballschläger zu demonstrieren, um den Sargento von der elenden Liste mit Rufos Telefonnummern wegzulocken. Seltsamerweise lag die Liste noch dort, wo Arkadi sie zurückgelassen hatte, in dem spanisch-russischen Wörterbuch, was bedeutete, daß Luna entweder nicht wußte, wie man eine Wohnung durchsuchte, oder nur wegen des Fotos vom Havana Yacht Club gekommen war.

Die jetzt im Überfluß zur Verfügung stehende Zeit würde ein echter Ermittler nutzen, um Spanisch und das Reparieren von Telefonen zu lernen, damit er es noch einmal bei Daysi und Susy versuchen konnte, dachte Arkadi. Statt dessen rutschte er, das Messer in der Hand, an der Wand hinunter, bis er auf dem Boden saß. Daß er eingeschlafen war, merkte er erst, als ihn eine laute Fehlzündung auf der Straße hochschrecken ließ.

Nicht, daß er Angst gehabt hätte.

Zwei junge, uniformierte Polizisten, ein Schwarzer und ein Weißer, patrouillierten auf der Mole. Obwohl sie Funkgeräte, Pistolen und Schlagstöcke bei sich trugen, hatte man ihnen offenbar vor allem erklärt, was sie nicht tun durften: nicht an die Mauer lehnen, keine Musik hören, nicht mit den Mädchen flirten. Obwohl sie das Haus nicht besonders zu beachten schienen, hielt Arkadi es für klüger, erst am Abend zu fliehen.

Er säuberte den Teppich, weil der Anblick seines eigenen getrockneten Blutes ihn deprimierte. Von unten drangen jetzt die Töne einer antreibenden Salsa vermischt mit denen eines Schlagbohrers nach oben. Arkadi wußte nicht, ob er über einer Fabrik oder einer Wohnung hauste. Das Blut ließ sich nicht ganz vom Teppich entfernen; der verbleibende Rest sah aus wie eine pointillierte Rose.

Derweil konnte Luna seinen Baseballschläger säubern, und Arkadi war sich sicher, daß die gesamte Mannschaft zu beeiden bereit war, daß er die ganze Zeit mit ihr auf dem Spielfeld verbracht hatte. Aus wie vielen Spielern bestand ein Baseballteam? Zehn, zwanzig? Mehr als genug Zeugen. Bugai würde keine Beschwerde einreichen. Und selbst wenn er den Mut aufbrachte, bei wem außer bei Arcos und Luna sollte er sich beschweren? Die einzige Kommunikation, die zwischen der Botschaft und Luna zustande kommen konnte, war die Frage: »Arbeitet bei Ihnen ein Soschtschenko? Nein? Vielen Dank.«

Zur Stärkung seiner Moral rasierte Arkadi sich, die Blutergüsse in seinem Gesicht sorgfältig umgehend, und versuchte, sein Haar über die Platzwunde an der Stirn zu kämmen. Als die Übelkeit nachließ, zog er eine saubere Hose und ein frisches Hemd an, um zumindest das ordentlich gekleidete Opfer eines Gewaltverbrechens abzugeben. Dann band er ein weiteres Messer an einen Besenstil, um ihn im Bedarfsfall als Speer zu benutzen, und trat, durch diese kleinen Fortschritte übermütig geworden, ans Fenster, um durch die Läden zu spähen.

Etwa alle vierzig Minuten fuhr ein Streifenwagen der PNR vorbei. In der Zwischenzeit kämpften die Polizisten ihren eigenen Kampf gegen die Langeweile, rauchten verstohlen Zigaretten, starrten aufs Meer und bewunderten die vielen kubanischen Mädchen, die in Hot pants und Plateauschuhen vorbeischlenderten.

Am späten Nachmittag erwachte Arkadi mit brennendem Durst und Kopfschmerzen, die durch den Lärm von unten noch verstärkt wurden. Er schluckte ein paar Aspirin und trank Wasser, während er Pribludas Sortiment an eingelegten Knoblauchzehen und Pilzen betrachtete. Doch im Moment war ihm einfach nicht nach Essen zumute, und als er sich vom Kühlschrank abwandte, fiel ihm auf, daß Changó verschwunden war.

Wann? Während Lunas Lehrstunde über die Feinheiten des Baseballsports? Auf Veranlassung des Sargento oder aus eigenem freien Willen? Die fehlende Puppe erinnerte ihn daran, daß der Streifenwagen jede Minute vorbeikommen mußte und Luna überfällig war. Durch die Läden sah er zwei Mädchen in identischen, in allen Farben eines Pfauenschwanzes schillernden Leggings, die die PNR-Streife neckten.

Es gab Urlaube, die sich endlos hinzogen, während andere wie im Flug vergingen, so daß einem nicht einmal Zeit blieb, sich um seinen Teint zu kümmern. Wenn mannsgroße Puppen begannen herumzuspazieren, wurde es auch für ihn Zeit zu gehen und sein Lager in der Botschaft aufzuschlagen, entschied Arkadi, egal, ob er dort willkommen war oder nicht. Oder auf dem Flughafen. Die Moskauer Flughäfen waren voll von Menschen, die nirgendwohin wollten.

Arkadi zog seinen kostbaren Mantel über, steckte die Liste mit den Telefonnummern und das Foto in eine, Schlüssel und Messer in die andere Tasche und räumte den Stuhl mit der Dosentüte vor der Tür weg. Er hatte immer noch Pribludas Autoschlüssel. Möglicherweise war er sogar in der Verfassung zu fahren. Als er nach unten stolperte, pulsierten die Stufen unter seinen Füßen.

Von der Haustür aus sah er die Mädchen mit den beiden Streifenpolizisten schäkern und scherzen. Hinter ihnen erstrahlte der kubanische Himmel in dunkelblau eingefaßtem Gold, kein simpler Sonnenuntergang, sondern eher eine Kreuzung aus Tag und Nacht. Als ein Wagen vorbeituckerte, ein zweisitziger Saporoschez, der schwarzen Qualm hustete, schlüpfte Arkadi in den langen Schatten der Arkade.

8

Ofelia saß in einem kirschroten rückenfreien Top und abgeschnittenen Jeans mit Minnie-Mouse-Aufnäher auf der Gesäßtasche in einem aquamarinblauen 55er DeSoto vor dem Hotel Rojo und fragte sich, ob es der Zigarrenqualm war, der die Männer verrückt machte. Oder irgendwas in dem Rum oder die zwei Löffel Zucker im Café Cubano. Wenn sie noch ein junges kubanisches Mädchen am Arm eines fetten, kahlköpfigen, mittelalten, spanisch stammelnden Touristen sah, würde sie zur Mörderin.

Sie hatte schon genug von ihnen eingebuchtet. Manche waren Familienväter, die noch nie untreu gewesen waren, es jedoch plötzlich unnatürlich gefunden hatten, eine Woche in Havanna ohne *chica* zu verbringen. Doch die meisten von ihnen gehörten zu dem menschlichen Abschaum, der wegen der kubanischen Mädchen kam, so wie sie zuvor nach Bangkok oder Manila gereist waren. Es war kein Mädchenhandel mehr, es war offener Sextourismus. Und um Weiß ging es ohnehin nicht. Was die Touristen auf Kuba wollten, waren *mulattas* oder *negritas*. Je weiter aus dem Norden ein Europäer kam, desto größer war seine Lust auf schwarze Mädchen.

Das Hotel Rojo war ursprünglich ein Motel, zehn Einheiten mit Terrassen und Schiebetüren aus Aluminium um einen Swimmingpool. Eine stämmige Frau in einem Hauskleid saß lesend auf einem Metallstuhl in einem geteerten und grüngestrichenen

Vorgarten. Im Büro gab es ein Gästebuch sowie eine Auswahl an Kondomen, Bier, Rum und Tropicola. Das sichere Anzeichen dafür, daß etwas nicht stimmte, war das saubere Wasser des Pools. Das war für die Touristen.

Gäste kamen und gingen. Inzwischen war Ofelia Expertin darin, einen Deutschen (rosa) von einem Engländer (bläßlich) oder einem Franzosen (Safarishorts) zu unterscheiden, doch worauf sie wartete, war eine kubanische Uniform. Das Gesetz war nutzlos. Das kubanische Recht entschuldigte sexuelle Annäherungsversuche seitens der Männer, weil man das für einen unabänderlichen maskulinen Charakterzug hielt, so daß die Beweislast, daß ein Mädchen diesen Annäherungsversuch initiiert hatte, bei Ofelia lag. Und jede Kubanerin, die älter als zehn war, wußte, wie man einen Mann dazu brachte, den ersten Schritt zu tun; selbst ein heiliger Hieronymus wäre davor nicht gefeit.

Die Polizei war noch schlimmer als nutzlos, sie belauerte die Mädchen und verlangte Geld dafür, daß sie ihnen Zutritt zu Hotellobbys gewährte, sie in den Yachthäfen herumspazieren ließ und ihnen erlaubte, Touristen mit ins Hotel Rojo zu nehmen, das eigentlich den ehelichen Aktivitäten kubanischer Paare vorbehalten war, die zu Hause nicht genug Privatsphäre hatten. Nun, die *jineteras* hatten das gleiche Problem und konnten mehr zahlen.

Gäste kamen und gingen, die Mädchen steuerten ihre Freier in die Rezeption wie kleine Schlepper. Ofelia ließ sie ziehen. Irgend jemand mit Macht und Einfluß hatte die Casa del Amor eingerichtet, und mehr als alles andere wünschte Ofelia sich, daß irgendein schmieriger PNR-Offizier seinen kleinen Betrieb überprüfte, sie in dem Wagen sitzen sah und sie einlud, sich seiner Herde von Pferdchen anzuschließen. In der Strohtasche lagen ihre Dienstmarke und eine Waffe. Was für ein Gesicht würde er wohl machen, wenn sie sie zückte? *Vaya*.

Manchmal hate Ofelia das Gefühl, daß sie einen Kampf gegen die ganze Welt führte, einen mickrigen kleinen Privatfeldzug gegen eine inzwischen beinahe offizielle Industrie. Das kubanische Ministerium für Tourismus riet von wirklich durchgreifenden Maßnahmen gegen die *jineteras* dringend ab, weil das die wirtschaftliche Zukunft des Landes gefährde. Und wenn Prostitution offiziell mißbilligt wurde, warum fügte man dann stets hinzu, daß die kubanischen Prostituierten die schönsten und gesündesten auf der Welt seien?

In der vergangenen Woche hatte sie eine zwölfjährige *jinetera* auf der Plaza de Armas aufgegriffen. Nur drei Jahre älter als Muriel. War das die Zukunft?

Sie hatte kaum an Renko gedacht, bis sie ihre Überwachungsaktion am Ende des Tages aufgab und im IML vorbeischaute, um nachzusehen, ob der tote Russe transportbereit war. Als sie feststellte, daß dem nicht so war, machte sie sich auf die Suche nach Dr. Blas. Schließlich fand sie den Direktor an einem Labortisch bei der Arbeit.

»Ich untersuche etwas«, sagte Blas. »Keine offizielle Ermittlung, aber Sie haben so auf der Spritze herumgeritten, daß ich glaube, daß Sie es besonders interessant finden werden.«

Er arbeitete mit einem auf ein Mikroskop montierten Camcorder. Das Okular war entfernt worden, so daß die Kamera direkt auf einen mit grauer Paste bedeckten Objektträger gerichtet war. Der Camcorder war über ein Kabel mit einem Zwölfzollmonitor verbunden, auf dem man eine vergrößerte Version der Paste mit Farbabstufungen von Teerschwarz bis Kalkweiß sah. Vor dem Monitor lag die Balsamierspritze.

»Rufos Nadel?« fragte Ofelia.

»Ja, die Spritze, die aus diesem Institut, aus meinem eigenen Labor, gestohlen wurde. Peinlich, aber auch aufschlußreich, denn das Gewebe in einer Hohlnadel ist als Probe so gut wie jede Biopsie, müssen Sie wissen.«

»Sie haben es herausgedrückt und untersucht?«

»Aus reiner Neugier. Weil wir Wissenschaftler sind«, sagte Blas, während er den Objektträger millimeterweise unter der Linse der Kamera bewegte. »Von hinten nach vorn: Hirngewebe und Blut, das Rufos Blutgruppe entspricht, Knochen, Cochleagewebe aus dem Innenohr, Haut und dann wieder Blut und Haut. Interessant ist das letzte Blut, das eigentlich das erste Blut in der Hohlnadel war. Sagen Sie mir, was Sie sehen.«

Der Bildschirm war wie ein Fischteich von Zellen, größeren roten sowie kleineren mit weißen Kernen.

»Blutzellen.«

»Schauen Sie genauer hin.«

Bei Blas lernte man immer etwas, dachte sie. Auf den zweiten Blick schienen zahlreiche der roten Zellen zerquetscht oder aufgeplatzt wie überreife Granatäpfel. »Irgendwas stimmt nicht mit ihnen. Eine Krankheit?«

»Nein. Was Sie sehen, ist ein Schlachtfeld«, erklärte er, »ein Schlachtfeld mit ganzen Blutzellen, Fragmenten von Blutzellen und Klumpen von Antikörpern. Dieses Blut ist im Zustand der Hämolyse, es führt Krieg.«

»Gegen sich selbst?«

»Nein, diese Art Krieg findet nur statt, wenn zwei verschiedene Bluttypen miteinander in Kontakt kommen. Pineros und...?«

»Renkos?«

»Höchstwahrscheinlich. Ich hätte liebend gern eine Blutprobe des Russen.«

»Er sagt, er sei nicht verletzt worden.«

»Ich sage das Gegenteil.« Er klang entschieden, und wenn Blas eine derart entschiedene Diagnose verkündete, hatte er fast immer recht.

»Werden Sie die Proben auf Drogen untersuchen?« fragte Ofelia.

»Das ist nicht nötig. Sie waren bei der Obduktion nicht dabei, aber ich kann Ihnen sagen, daß wir an Rufos Armen Spuren früherer Einstiche gefunden haben. Wissen Sie, was eine neue Spritze für einen Konsumenten wert ist? Das beweist, daß Rufo zwei Waffen hatte.«

»Aber Renko lebt, und Rufo ist tot.«

»Das ist zugegebenermaßen wirklich verblüffend.«

Ofelia dachte an den Riß in Renkos Mantel. Der stammte von dem Messer. Warum sollte der Russe eine Wunde, die ihm mit der Nadel zugefügt worden war, unerwähnt lassen?

Blas hatte mittlerweile registriert, daß sie immer noch ihr rückenfreies Top und die Shorts trug. Ihre schwarzen Locken glänzten, ihre braune Haut schimmerte. »Im nächsten Monat findet übrigens in Madrid ein Treffen statt, an dem ich teilnehmen muß. Ich könnte jemanden brauchen, der mir mit dem Projektor und den Schaubildern hilft. Sind Sie schon einmal in Spanien gewesen?«

Der Doktor war beliebt bei den weiblichen Mitgliedern des Personals. Eine Einladung, ihn zu einer internationalen Konferenz zu begleiten, war am Institut heiß begehrt. Er war hoch angesehen, manchmal sogar ehrfurchtgebietend, hatte Verbindung in höchste Regierungskreise, und alles, was Ofelia ernsthaft gegen ihn vorbringen konnte, war seine Unterlippe, die, halb verborgen in seinem sauber gestutzten Bart, immer feucht war. Doch das reichte irgendwie.

»Das klingt sehr nett, aber ich muß mich um meine Mutter kümmern.«

»Criminalista Osorio, ich habe Sie jetzt schon zu zwei Konferenzen eingeladen, beide wichtig und beide an faszinierenden Orten. Und jedesmal sagen Sie, daß Sie sich um Ihre Mutter kümmern müssen.«

»Sie ist wirklich sehr gebrechlich.«

»Nun, ich hoffe, sie erholt sich bald wieder.«

»Danke.«

»Wenn Sie nicht mitkommen können, können Sie nicht mitkommen.« Blas schob das Mikroskop und die Kamera beiseite wie ein kalt gewordenes Essen. Ofelias Augen jedoch waren weiter auf den Bildschirm gerichtet, auf ein vergrößertes Schlachtfeld sich bekämpfender Blutzellen, auf dem sie eine neue Antwort sah.

9

Auf dem Malecón waren mehr PNR-Streifen postiert, als Arkadi erwartet hatte. Er nahm die erste Seitenstraße, die vom Wasser wegführte, mied einen weiteren an der nächsten Ecke geparkten Streifenwagen und landete auf der Rückseite der Häuserzeile, die er gerade verlassen hatte, in einer Gasse, in der ein uralter, rot lackierter, flachfrontiger amerikanischer Jeep stand. Dahinter parkten zwei weitere Jeeps, grün und weiß, beide mit neuem Überrollbügel und Polstern. Sie glänzten im Licht von Lampen, die an einen Generator angeschlossen waren, der in einer offenen Garage stand, in der ein Mann im Overall einen Reifenschlauch betrachtete, den er in eine Wanne mit Wasser getaucht hatte. Er hob sein freundliches weißes Gesicht und trug den Schlauch zu einer Luftpumpe.

»Reifen braucht Luft«, sagte er.

»Da haben Sie recht, ein Reifen braucht Luft.«

In der von einer vergitterten Glühbirne beleuchteten Garage war ein weiterer Jeep aufgebockt, unter dem ein arbeitender Mechaniker lag. Als der Motor aufheulte, leitete ein am Auspuffrohr befestigter Schlauch weißen Qualm in die Gasse. Auch das Fehlen von Arbeitsgruben und Hebebühnen ließ auf die provisorische Natur der Werkstatt schließen. An einem Stahlträger hing ein Motor an Ketten über einem Durcheinander von Kanistern, Werkzeugschränken, Ölkannen, Amperemetern, Reifen, Wagenhebern und Felgen. Hinter einer Werkbank stand ein

Klappstuhl, an einem Brett an der Wand hingen Schlüsselringe, überall waren Schraubzwingen, Klemmen und ölige Lappen verteilt. Ein Perlenvorhang trennte einen privaten Bereich ab, und Arkadi begriff, daß er sich direkt unter Pribludas Wohnzimmer befand. Neben dem Jeep bemühte sich ein plärrendes Radio, den Motor zu übertönen. Da die Haube aufgeklappt war, konnte Arkadi den verpflanzten Lada-Motor erkennen, der in dem großen Motorraum rappelte wie eine einzelne Erbse in einer Dose. Unter dem Wagen tauchten eine Strickmütze, ein verschmiertes Gesicht und ein schmutziger Bart sowie funkelnde Augen auf, die Arkadi aus der Froschperspektive musterten.

»Russe?«

»Ja.«

»Hatten Sie einen Unfall?«

»Gewissermaßen.«

»Mit dem Auto?«

»Nein. Ich bin die Treppe runtergefallen.«

Der Mechaniker blickte zum Objekt seiner Arbeit auf.

»Wenn Sie einen Wagen brauchen, können Sie es auch schlechter treffen als mit dem hier. Ein 48er Jeep. Versuchen Sie mal, Ersatzteile für einen 48er Jeep zu bekommen. Ein Lada 2101 ist das Beste, was ich zu bieten habe. Ich mußte das Differential überbrücken und die Bremsen anpassen. Jetzt machen mich nur noch die Ventile und Dichtungen wahnsinnig.« Er spähte angestrengt unter den Wagen, offenbar um nach etwas zu greifen. Der Motor lief auf Hochtouren, und der Mechaniker verzog das Gesicht. »Scheiße, immer noch undicht.«

»Sie sprechen russisch.«

»Klug erkannt.« Der Mechaniker rollte wieder unter den Wagen und rief: »Sehen Sie irgendwo Klebeband?«

Arkadi fand Schraubenschlüssel, eine Schutzbrille, Schweißhandschuhe und Sandeimer, aber kein Klebeband.

»Ist Mongo nicht da?«

»Was ist ein Mongo?« Wegen der lauten Musik war Arkadi sich nicht sicher, den Mann richtig verstanden zu haben.

»Mongo ist ein Schwarzer in einem Overall und einer grünen Baseballkappe.«

»Kein Mongo.«

»Und Tico? Ein Mann, der an einem Reifen arbeitet?«

»Der ist da.«

»Er sucht nach einem Loch. Wahrscheinlich ist er noch den ganzen Tag damit beschäftigt.« Nach einigen, wie Arkadi annehmen mußte, kräftigen spanischen Flüchen sagte der Mechaniker: »Nun, dann müssen wir wohl durch den Arsch rein, um am Herzen zu operieren. Suchen Sie mir einen Hammer und einen Schraubenzieher, und schnappen Sie sich eine Ölwanne.«

Arkadi gab ihm die Werkzeuge. »Mögen Sie Jeeps?«

Der Mechaniker verschwand wieder unter dem Wagen. »Ich bin auf Jeeps spezialisiert. Die anderen amerikanischen Wagen sind zu schwer. Da muß man schon Wolgamotoren einbauen, und Wolgas sind schwer zu bekommen. Ich mag einen zähen kleinen Jeep mit einem kleinen Ladaherzen, das takatakatakataka macht. Sind Sie sicher, daß Sie kein Auto wollen?«

»Ganz sicher.«

»Lassen Sie sich von der äußeren Erscheinung nicht abschrekken. Die Insel ist ein veritabler ›Cour de Miracles‹ wie im mittelalterlichen Paris, wo die Lahmen wieder gehen und die Blinden wieder sehen konnten, weil all diese Autos nach fünfzig Jahren immer noch fahren. Das liegt daran, daß kubanische Mechaniker aus schierer Notwendigkeit die besten der Welt sind. Können Sie das Radio ein bißchen lauter stellen?«

Der Lautstärkeregler ließ sich tatsächlich noch weiter aufdrehen, vielleicht ein kubanisches Radio, dachte Arkadi. Die heftigen Schläge, die unter dem Jeep hervorhallten, ließen seine Schläfen pochen.

»Sie verkaufen also Autos?« rief Arkadi.

»Ja und nein. Einen alten Wagen von vor der Revolution, ja. Um einen neuen Wagen zu kaufen, braucht man eine Genehmigung von den höchsten Stellen, den allerhöchsten. Das Schöne an unserem System ist, daß auf Kuba kein Auto aufgegeben wird. Es sieht vielleicht manchmal so aus, aber der Schein trügt.« Noch ein Schlag. »Die Wanne, die Wanne, die Wanne!«

Mit einer einzigen Bewegung zog der Mechaniker die Ölwanne unter die Karosserie, während er selbst auf seinem Rollwagen unter dem Fahrzeug hervorschoß, mit den Händen an einem Turm aus Reifen abbremste und sich aufrichtete. Er war ein robuster Typ mit dem Grinsen eines Mannes, der gerade knapp einer Katastrophe entronnen war. Er sah überhaupt aus wie ein Testpilot nach einer interessanten Landung, so daß Arkadi erst mit einiger Verzögerung bemerkte, daß der Overall des Mechanikers mit Lederflicken an den Knien endete. Als der Mann sich das Gesicht abwischte und seine Mütze abnahm, stellte sich sein Haar zu einer graumelierten Mähne auf, die so einzigartig war, daß Arkadi ihn sofort als den kleinen Mann auf Pribludas Foto vom Havana Yacht Club wiedererkannte, nur daß er noch viel kleiner war, als Arkadi erwartet hatte.

»Erasmo Aleman«, stellte er sich vor. »Sie müssen der neue Russe sein.«

»Ja.«

»Ich habe schon auf Sie gewartet.«

Erasmo bewegte sein Rollbrett mittels zweier mit Reifenprofil beschlagener Holzböcke in Höchstgeschwindigkeit durch seine Werkstatt. Er wusch sich an einem tiefer montierten Waschbecken die Hände und trocknete sie an einem Haufen Lappen ab. Das Radio lief jetzt nur noch auf halber Lautstärke.

»Ich habe gesehen, wie eine Polizistin Sie vor ein paar Tagen in Sergejs Wohnung gebracht hat, aber Sie sehen irgendwie verändert aus.«

»Jemand hat versucht, mir Baseball beizubringen.«

»Offenbar nicht Ihr Sport.« Erasmos Blick wanderte von dem Bluterguß auf Arkadis Wange zu dem Pflaster an seinem Haaransatz.

»Ist das Sergej?« Arkadi zog den Schnappschuß von Pribluda und dem Yacht-Club hervor.

»Ja.«

»Und?« Arkadi zeigte auf den schwarzen Fischer.

»Mongo«, sagte Erasmo, als wäre das offensichtlich.

»Und Sie.«

Erasmo bewunderte das Foto. »Ich sehe gut aus.«

»Der Havana Yacht Club«, las Arkadi die Rückseite vor.

»Ein Witz. Wenn wir ein Segelboot gehabt hätten, hätten wir uns als Marine bezeichnet. Wie dem auch sei, ich habe von der Leiche gehört, die man auf der anderen Seite der Bucht gefunden hat. Ich glaube nicht, daß das Sergej ist. Er ist zu stur und zu zäh. Ich habe ihn seit Wochen nicht gesehen, aber er könnte jederzeit hereinspazieren und irgendeine Geschichte über ein Schlagloch erzählen, in das er in Oriente gefahren ist. In Oriente gibt es viele Schlaglöcher, die man noch vom Mond aus sehen kann.«

»Wissen Sie, wo sein Wagen ist?«

»Nein, aber wenn er irgendwo herumstände, würde ich ihn erkennen.«

Erasmo erklärte, daß die Nummernschilder für das diplomatische Korps schwarz auf weißem Grund waren und Pribludas Kennzeichen 060 016 lautete; 060 für die russische Botschaft und 016 für Pribludas Rang. Kubanische Nummernschilder waren entweder blau, rot, weiß und grün für staatseigene Fahrzeuge oder gelb für Privatautos.

»Ich will es mal so sagen«, erklärte Erasmo, »es gibt staatseigene Wagen, die sich nie von der Stelle bewegen, damit die Privatautos fahren können. Ein Lada, der hier ankommt, ist wie ein Organspender, damit Willys Jeeps nie stillstehen. Sie entschuldigen mich.« Er drehte eine Salsa leiser, die außer Kontrolle zu geraten drohte. »Das Radio läuft, damit die Polizei behaupten kann, sie würde mich nicht hören, weil man seine Wohnung eigentlich nicht in eine Werkstatt verwandeln darf. Und Tico hat es sowieso gern laut.«

Arkadi glaubte, Erasmo zu verstehen, der Typ Maschinist, der fröhlich unter Deck eines lecken Schiffs arbeitete, die Kolben schmierte, das Wasser abpumpte und das Schiff irgendwie in Bewegung hielt, während es schon in den Wellen versank.

»Beschweren sich die Nachbarn nicht über den Lärm?«

»In diesem Gebäude wohnen nur Sergej und eine Tänzerin, und die sind beide ständig unterwegs. Im Nebenhaus auf der einen Seite ist ein privates Restaurant, das keine Polizeivisiten gebrauchen kann, weil sie das günstigenfalls ein Abendessen kosten würde. Auf der anderen Seite lebt ein Santero, und den will die Polizei ganz bestimmt nicht behelligen. Seine Wohnung ist wie ein Atomraketensilo voll afrikanischer Geister.«

»Ein Santero?«

»Ein Anhänger des Santería-Kults.«

»Und er ist ein Freund von Ihnen?«

»Auf dieser Insel ist es immer gut, einen Santero zum Freund zu haben.«

Arkadi betrachtete das Bild des Havana Yacht Club, weil er immer noch davon überzeugt war, daß sich darin eine geheime Botschaft verbarg, die er nicht verstand. Wenn er dafür schon zusammengeschlagen wurde, wollte er wenigstens wissen, warum.

»Wer hat das Foto gemacht?«

»Irgendein Passant. Wissen Sie, als Mongo und ich Sergej zum erstenmal gesehen haben, stand er neben seinem qualmenden Auto am Straßenrand«, sagte Erasmo. »Niemand hält für einen Wagen mit russischen Nummernschildern, aber ich habe eben ein weiches Herz für alte Genossen. *Pues*, wir haben den Wagen repariert, nur eine neue Schelle für einen der Schläuche; und als wir uns unterhalten haben, ist mir aufgefallen, wie wenig dieser Mann von Kuba gesehen hatte. Zuckerrohrfelder, Traktoren, Kombinate, ja. Aber keine Musik, keinen Tanz, keinen Spaß. Er war wie ein wandelnder Toter. Ich hatte, ehrlich gesagt, nicht geglaubt, ihn je wiederzusehen. Doch gleich am nächsten Tag war er in der Avenida Primera, als ich dort mit einem Drachen gefischt habe.»

»Mit einem Drachen?«

»Eine wundervolle Art zu fischen. Jedenfalls merkte ich, daß dieser Russe, dieser Bär von einem Mann, auf dem Bürgersteig stand und mir zusah. Also habe ich ihm gezeigt, wie es geht. Dazu muß ich erklären, daß man Russen sonst nie allein trifft, sie bewegen sich immer in Gruppen und passen aufeinander auf. Sergej war anders. Im Gespräch hat er dann erwähnt, wie sehr er sich eine Wohnung am Malecón wünschte. Ich hatte die Zimmer oben, die ich sowieso nie benutzt habe, und so führte eins zum anderen.« Für einen Behinderten war Erasmo geradezu permanent in Bewegung. Er rollte rückwärts zum Kühlschrank und kam mit zwei gekühlten Dosen Bier zurück. »51er Kelvinator, der Cadillac unter den Kühlschränken.«

»Danke.«

»Auf Sergej!« schlug Erasmo vor. Sie tranken, während seine Augen den Schaden an Arkadi taxierten. »Das muß aber eine ziemlich lange Treppe gewesen sein, die Sie hinuntergefallen sind. Schicker Mantel. Vielleicht ein bißchen warm?«

»In Moskau ist es jetzt Januar.«

»Ach so.«

»Sie sprechen sehr gut russisch.«

»Ich war als Sprengstoffexperte der kubanischen Armee in Afrika, wo ich zur Arbeit mit den Russen abkommandiert wurde. Ich kann auf zehn verschiedene Arten auf russisch sagen: ›Tritt nicht auf die verdammte Landmine.‹ Aber russische Jungen sind ja so stur, also hat der Gute sich in sehr kleine Stücke gesprengt, und ich habe dabei beide Beine verloren. Als lebendes Symbol der internationalistischen Pflichterfüllung und zur Kompensation meiner fehlenden Glieder wurde ich mit meinem eigenen Lada geehrt. Aus diesem Lada habe ich zwei Jeeps gemacht, und plötzlich hatte ich eine Werkstatt. Dafür muß ich ihm danken.«

»Gott?«

»El Commandante.« Erasmo beschrieb eine Geste, als würde er über seinen Bart streichen.

»Fidel?«

»Genau der. Kuba ist eine große Familie mit einem wunderbaren, fürsorglichen, paranoiden Papa. Vielleicht könnte man so auch Gott beschreiben, wer weiß? Wo haben Sie gedient?«

»In Deutschland. Berlin.« Arkadi hatte dort zwei Jahre lang die Funksprüche der Alliierten überwacht.

»Vorposten und Schutzwall des Kommunismus.«

»Der bröckelnde Damm.«

»Zu Staub zerfallen. Bleibt nur noch das arme Kuba, eine Frau, nackt und bloß vor der ganzen Welt.«

Darauf tranken sie, die erste Nahrung, die Arkadi seit einem Tag zu sich genommen hatte, mit dem Alkohol als leichtem Betäubungsmittel. Er dachte an den schwarzen Fischer, den Olga Petrowna mit Pribluda gesehen hatte. Zur Botschaft gehen und sich verstecken konnte er auch noch später.

»Ich würde Mongo gern kennenlernen.«

»Hören Sie ihn nicht?« Erasmo schaltete das Radio ab, und Arkadi vernahm etwas, das sich anhörte wie Steine in der Brandung, wenn sie sich nach einem Rhythmus bewegen würden.

Als er die Wohnung des Santero betrat, war Arkadi unvorbereitet. Wenn man Russen etwas über Kuba lehrte, lasen sie nur von weißen Männern wie Fidel und Che. Von Schwarzen hörten Russen nur im Zusammenhang mit den westlichen Verbrechen des Imperialismus und der Sklaverei. Die einzigen Schwarzen, die man in Moskau traf, waren die erbärmlich frierenden afrikanischen Studenten, die man an die Patrice-Lumumba-Universität importiert hatte, und die sahen aus wie frisch geschorene Schafe.

Die Musiker in dem vorderen Zimmer des Santero waren anders. Es waren schwarze Männer mit faltigen Gesichtern, die hinter dunklen Brillen und ihrer eigenen Schwärze verborgen blieben, mit kleinen optischen Ausrufezeichen wie weißen Golfmützen, Rastalocken oder Mongos grüner Baseballkappe, aber in einen im Kerzenlicht zitternden Umhang aus Schatten gehüllt. Der ganze Raum schwebte auf dem fließenden Licht von vierzig bis fünfzig Kerzen, die auf einem Beistelltisch, dem

Kaminsims und entlang des Sockels aufgestellt waren. Zum Aufwärmen klatschte ein Trommler träge auf die Holzkiste, auf der er saß, zwei andere neigten den Kopf, um großen, schmalen Trommeln zu lauschen, während Mongo eine mit Muscheln behängte Kürbisflasche schüttelte. Zu Füßen der Musiker lagen Glocken, Stäbe und Rasseln. Mongo legte die Flasche beiseite und nahm eine Metallplatte zur Hand, auf die er mit einem stählernen Stab schlug und dabei so helle und leise Töne hervorbrachte, daß Arkadi eine Weile brauchte, bis er das Instrument als die Klinge einer Hacke erkannte. An der Wand hing ein Spiegel, der mit einem Tischtuch verhängt war. Als Arkadi versuchte, Mongo anzusprechen, scheuchte ein dicker, in eine Wolke aus Zigarrenqualm gehüllter Mann ihn und Erasmo fort.

»Der Santero«, erklärte Erasmo Arkadi. »Keine Sorge, sie wärmen sich erst auf.«

Der Mechaniker hatte seinen Overall gegen ein gebügeltes weißes Hemd ausgewechselt, das er eine *guayabera* nannte, »der absolute Gipfel kubanischer Abendgarderobe«, doch mit den verräterischen Ölspuren an seinen Händen und seinem Bart sah er aus wie ein Korsar im Rollstuhl. Er drängte weiter und führte Arkadi auf einen Hinterhof, wo eine alte schwarze Frau in einem weißen Rock und einem Michael-Jordan-Pullover unter zwei kärglichen, sich kreuzenden Palmen saß und in einem Kessel rührte, dessen Inhalt über einem Kohlenfeuer vor sich hin köchelte. Ihr Haar war grau und kurz wie Baumwolle geschnitten.

»Das ist Abuelita«, sagte Erasmo. »Abuelita ist nicht nur jedermanns Großmutter, sondern auch die für die Überwachung dieses Häuserblocks zuständige *responsable de vigilancia* des CDR, des Komitees zur Verteidigung der Revolution. Normalerweise sind das Spitzel, aber wir haben großes Glück mit Abuelita. Sie guckt pflichtschuldig von sechs Uhr morgens an aus dem Fenster und sieht den ganzen Tag nichts.«

»Hat sie Pribluda je gesehen?«

»Fragen Sie sie selbst, sie spricht englisch.«

»Aus der Zeit vor der Revolution.« Ihre Stimme klang jung

und wispernd. »Es gab jede Menge Amerikaner, und ich war ein sehr sündhaftes Mädchen.«

»Haben Sie den Russen, der hier wohnt, schon mal gesehen?«

»Nein. Wenn ich ihn je gesehen hätte, hätte ich ihn melden müssen, weil er eine Wohnung von einem Kubaner gemietet hat, was gegen das Gesetz verstößt. Aber er war ein netter Mann.«

In dem Kessel schwamm ein Schweinekopf. Irgend jemand reichte Erasmo eine Flasche, er nahm einen großen Schluck und gab sie an Abuelita weiter, die schüchtern daran nippte, bevor sie sie Arkadi anbot.

»Was ist das?« fragte er.

»Rum für die Kampfkraft.« Ihre Augen registrierten das Pflaster an seinem Kopf. »Die können Sie doch brauchen, *no*?«

Arkadi hatte eigentlich gedacht, daß er mittlerweile sicher im Keller der Botschaft sitzen und vielleicht einen Tee schlürfen würde. Aber dies hier war nur ein kleiner Umweg. Er trank und hustete.

»Was ist denn da *drin*?«

»Rum, Chili, Knoblauch, Schildkrötenhoden.«

Ständig trafen weitere Menschen ein, ebenso viele Weiße wie Schwarze. Arkadi war die gedämpften Versammlungen der russisch-orthodoxen Kirche gewohnt. Die Kubaner hingegen strömten auf den Hof, als ob sie zu einer Party kamen, manche mit der ernsten Hingabe wahrer Gläubiger, die meisten jedoch mit der fröhlichen Erwartung von Theaterbesuchern. Der einzige Neuankömmling, der bar jeden Ausdrucks schien, war ein blasses, schwarzhaariges Mädchen in Jeans und einem Trikot mit der Aufschrift »Tournee de Ballet«. Ihr folgte ein hellbrauner Kubaner mit blauen Augen und silbergrauen Schläfen in einem eleganten kurzärmligen Hemd.

»George Washington Walls«, stellte Erasmo ihn vor. »Arkadi.«

Kein Kubaner, sondern ein amerikanischer Name, der ihm vage bekannt vorkam. Hinter Walls erschien ein Tourist mit einem Ahornblattanstecker und der letzte Mensch, den Arkadi treffen wollte: Sargento Luna. Ein für das Nachtleben herausgeputzter Luna in Leinenhosen, weißen Schuhen und einem Muscleshirt, das die geschmeidigen Muskeln seines athletischen Oberkörpers auf eine Art betonte, die Arkadi unwillkürlich zusammenzucken ließ.

»Mein guter Freund, mein lieber guter Freund, ich wußte nicht, daß Sie sich schon wieder so wohl fühlen.« Luna legte einen nackten Arm um Arkadi, den anderen um ein Mädchen mit wilder Mähne und glatter Haut von der gleichen bernsteinfarbenen Tönung, eine exotische Schönheit mit dunkelrot lakkierten Fingernägeln in glänzenden engen Shorts und einem knappen Top, die so heftig in Lunas Umarmung zappelte, daß Arkadi sich nicht gewundert hätte, in ihrem Bauchnabel einen Aufziehschlüssel zu entdecken. »Hedy. *Mujer mia.*« Der Sargento beugte sich verschwörerisch zu Arkadi hinüber. »Ich muß Ihnen was erzählen.«

»Bitte.«

»Bei der russischen Botschaft gibt es gar keinen Soschtschenko.«

»Ich habe gelogen. Es tut mir leid.«

»Aber Sie haben gelogen, und Sie haben die Wohnung verlassen, obwohl ich es Ihnen verboten hatte, verstehen Sie? Doch heute abend sollen Sie sich ruhig amüsieren. Ich möchte nicht, daß Sie irgend jemandem den Spaß verderben. Dann werden wir beide uns darüber unterhalten, wie Sie zum Flughafen kommen.« Luna kratzte sich mit einem kurzen Eispickel am Kinn. Arkadi begriff das Dilemma des Sargento. Eine Hälfte von Luna wollte ein guter Gastgeber sein, die andere wollte jemandem den Eispickel ins Gesicht rammen.

»Ich kann auch laufen«, meinte Arkadi.

Hedy lachte, als ob er etwas sehr Kluges gesagt hätte, was Luna gar nicht gefiel. Er sagte etwas auf spanisch zu ihr, das sie schlagartig erbleichen ließ, bevor sie sich wieder Arkadi zuwandte. Luna grinste breit und präsentierte seine weißen Zähne und jede Menge rosiges Zahnfleisch.

»Sie können auch laufen?«

»Ja. Ich habe erst sowenig von Kuba gesehen.«

»Und Sie wollen noch mehr sehen?«

»Mir scheint, es ist eine wunderschöne Insel.«

»Sie sind verrückt.«

»Das könnte sein.«

Das Mädchen in dem Ballett-Trikot hieß Isabel und sprach sehr gut russisch. Sie fragte Arkadi, ob es stimmte, daß er sich in Pribludas Wohnung eingerichtet habe. »Ich wohne über ihm. Sergej sollte einen Brief aus Moskau für mich entgegennehmen. Ist er schon angekommen?«

Lunas Anwesenheit hatt Arkadi so aus der Fassung gebracht, daß er erst nach einer längeren Pause antwortete: »Nicht, daß ich wüßte.«

Der Sargento schien andere Pflichten zu haben. Nachdem Walls kurz mit Luna gesprochen hatte, versicherte er seinem Freund mit dem Ahornblattanstecker. »Gleich geht's richtig los.«

»Ich wünschte, ich würde spanisch sprechen.«

»Das brauchen Sie nicht, Sie sind Kanadier. Investoren müssen kein Spanisch können«, versicherte Walls ihm. »Und hierher kommen Investoren aus der ganzen Welt. Kanadier, Italiener, Spanier, Deutsche, Schweden, sogar Mexikaner. Alle außer den Amerikanern. Hier wird der nächste große Wirtschaftsboom dieser Erde stattfinden. Gesunde, gutausgebildete Menschen. Eine technologische Grundlage. Lateinamerika ist ganz heiß. Steigen Sie ein, solange Sie noch die Gelegenheit haben.«

»Seit zwei Tagen versucht er, mir was zu verkaufen«, sagte der Kanadier.

»Er klingt ziemlich überzeugend«, meinte Arkadi.

»Heute«, sagte Walls, »haben wir für unseren Freund aus Toronto einen folkloristischen Abend organisiert.«

»Ich finde es widerlich«, sagte Isabel zu Arkadi.

»Isabel, wir reden jetzt für unseren Freund englisch«, bat Walls sie in der leutseligen Art eines Mannes, dem es durchaus ernst ist. »Ich habe dir doch Englischunterricht gegeben. Sogar Luna spricht englisch. Kannst du nicht ein bißchen englisch reden?«

»Er behauptet, daß er mich nach Amerika bringt«, sagte Isabel. »Dabei gelingt es ihm nicht mal, selbst nach Amerika zu kommen.«

»Ich glaube, die Vorstellung geht jeden Moment los.« Walls bat die Gäste zurück ins Haus, wo das Getrommel eine neue Intensität erreichte. »Arkadi, ich muß irgendwas verpaßt haben. Was tun Sie hier?«

»Ich versuche bloß, nicht unangenehm aufzufallen.«

»Sehr gut«, meinte Walls und hielt ihm einen gereckten Daumen entgegen.

Jede Trommel war anders – eine große Tumba, eine an ein Stundenglas erinnernde Báta, zwei Congas –, jede benannt nach einem anderen Geist der Santería oder Abakua, Maracas, um Changó zu wecken, eine Bronzeglocke für Ochún, alle im Vielklang vereint, als ob man Drinks mischen würde, vielleicht ein bißchen gefährlich, fragte selbst Erasmo sich, während er erklärte. Mongo schlug unter Strömen von Schweiß mit glänzenden Augen auf seine Klinge ein, sein Ruf in einer Sprache, die nicht Spanisch war, wurde von den Trommlern und ihren Instrumenten simultan beantwortet, als ob jeder der Männer zwei Stimmen hätte. Alle waren in den Raum gedrängt und drückten sich nun an die Wände. Erasmo wiegte auf seinem Stuhl hin und her, als könnte er ihn durch die schiere Kraft seiner Arme zum Schweben bringen, um Arkadi zu erzählen, daß dies der wahre Reichtum Kubas war, eine Geschichte aus spanischem *Bolero* und französischer *Quadrille,* die auf den afrikanischen Kontinent gestoßen waren, was eine tektonische Explosion zur Folge hatte. Die Kisten, auf denen sie saßen und trommelten, waren Beweis des kubanischen Genius. In Afrika hatten die geheimen Abakua »sprechende Trommeln«, erzählte Erasmo. Als sie in Ketten eintrafen, um auf den Docks von Havanna zu arbeiten, und ihre Herren ihnen die Trommeln abnahmen, waren sie einfach auf Kisten ausgewichen, und *presto* war Havanna wieder voller Trommeln. Ein kubanischer Musiker ließ sich genau wie ein kubanischer Fischer durch nichts aufhalten! Arkadi hatte in Moskau einmal eine Kassette mit kubanischer Musik gehört, doch verglichen mit den lebendigen Klängen war es wie der Unterschied zwischen dem Betrachten eines Fotos vom Meer und einem Bad in der brausenden Brandung. Mongo machte mit seiner tiefen Stimme weiter den Vorsänger, und der gesamte Raum antwortete und wogte im Rhythmus der fremden Worte mit, die Congas hielten den Takt, während die Hände auf Kisten Synkopen setzten. Luna stand mit verschränkten Armen an der Tür und nickte lächelnd. Sosehr sich Arkadi auch nach einem Fluchtweg umsah, der Sargento stand stets zwischen ihm und dem Ausgang.

»Kennen Sie den Mann?« fragte Erasmo.

»Wir sind uns schon mal begegnet. Er ist ein Sargento im Innenministerium. Was tut er auf einem solchen Folkloreabend?«

»Jeder tut verschiedene Dinge, es ist einfach eine Notwendigkeit und keineswegs ungewöhnlich.«

»Inszenierte Santería?«

Erasmo zuckte die Achseln. »So ist das Kuba von heute. Außerdem ist es eigentlich eher Abakua als Santería. Abakua ist anders. Wenn meine Mutter hörte, daß Abakua in der Gegend waren, durfte ich nicht auf die Straße, weil sie dachte, daß sie kleine weiße Kinder für ihre Zeremonien einfangen würden. Jetzt lebt sie in Miami und glaubt es immer noch.«

»Aber Sie haben doch gesagt, daß dies das Haus eines Santero ist.«

»Abends zelebriert man keine Santería«, sagte Erasmo, als ob das selbstverständlich wäre, »weil nach Einbruch der Dunkelheit die Toten unterwegs sind.«

»Jetzt sind die Toten unterwegs?«

»Nachts ist Kuba eine ziemlich dichtbevölkerte Insel«, erwiderte Erasmo und mußte selbst über die Vorstellung lächeln.

»Wie dem auch sei, Luna muß irgendwas mit Abakua zu tun haben. Jeder hat entweder mit Santería oder mit Abakua oder mit sonst was zu tun.«

»Warum kommt mir der Name seines Freundes George Washington Walls so bekannt vor?«

»Er war einmal eine Berühmtheit. Der Radikale, der Flugzeugentführer.«

Sogar sehr berühmt, wie Arkadi sich jetzt erinnerte. Er hatte das Zeitungsfoto eines jungen Amerikaners mit Afrofrisur und Schlaghosen vor Augen, der auf einer Flugzeugrampe eine kleine Fahne verbrannte.

»Was für Investitionen kann Walls denn auf Kuba anbieten? Wenn die Toten nicht unterwegs sind?«

»Gute Frage.«

Arkadi hatte nicht mitbekommen, wann der Rhythmus sich verändert und Luna und seine goldene Freundin Hedy die Bühne betreten hatten. Sie tanzten, nicht wie zwei getrennte Wesen, sondern Körper an Körper mit wiegenden Hüften. Während der Sargento seine Hände über ihren Rücken wandern ließ, wölbte sie sich ihm mit glänzenden Augen und Lippen entgegen und entglitt seinem Griff nur hin und wieder, um ihn noch näher heranzuziehen. Arkadi hatte keine Ahnung, ob das ein religiöser Tanz war oder nicht; er wußte nur, daß in einer russischen Kirche ob solcher Darbietungen die Ikonen von den Wänden gefallen wären. Als alle anderen ebenfalls zu tanzen begannen, manövrierte Walls Hedy von Luna weg auf den Kanadier zu, der tanzte, als würde er Eishockey ohne Schläger spielen. Jetzt war es noch schwieriger, die Tür zu erreichen.

Erasmo gab Arkadi einen Stoß. »Los, auf die Tanzfläche mit Ihnen.«

»Ich tanze nicht.« In seinem Zustand war es schon eine Leistung, sich aufrecht auf zwei Beinen zu halten, dachte er.

»Alle tanzen.« Der Rum schien Erasmus plötzlich mit voller Wucht zu treffen. Er wippte zu dem Rhythmus auf seinem Rollstuhl hin und her, rutschte von dem Sitz und tanzte mit Abuelita wie ein Mann, der kraftvoll durch eine starke Brandung watet. »Keine Beine, und ich bewege mich noch beser als Sie«, sagte er zu Arkadi.

Peinlich, aber wahr, dachte Arkadi. Außerdem fand er das Getrommel, die Dunkelheit und den Geruch aus Rauch, Rum und Schweiß so überwältigend wie ein zu kräftig geschürtes Feuer. Die Trommeln spielten unisono, trennten sich und kamen wieder zusammen, atemlos, synkopisch, gegen den Takt. Als Mongo die Kürbisflasche schüttelte, wanden sich die Muschelketten um ihren Bauch wie eine Schlange. Der Gesang war ein Frage-und-Antwort-Spiel zwischen der Menge und Mongo, dem Vorsänger mit der dunklen Brille und der vulkantiefen Stimme. Seine Hände verschwammen in der Bewegung, während er seinen Körper langsam hin und her wiegte. Der Rhythmus breitete sich aus und verzweigte sich immer weiter wie strömende Lava. Vielleicht war es auch nur der Rum auf leerem Magen. Arkadi schlich in den Flur, wo er feststellte, daß Isabel ihm gefolgt war.

»Dafür habe ich nicht klassischen Tanz studiert«, erklärte sie Arkadi.

»Es ist nicht gerade das Bolschoi, aber ich glaube, in so etwas ist das Bolschoi auch nicht besonders gut.«

»Denken Sie, ich bin eine Hure?«

»Nein.« Er war perplex. Das Mädchen sah im Kerzenschein eher aus wie eine Heilige.

»Ich gebe zu, daß ich mit Walls zusammen bin, weil er mir helfen kann. Aber wenn ich eine echte Hure wäre, würde ich Italienisch lernen. Russisch nutzt einem gar nichts.«

»Vielleicht sind Sie ein wenig unnachsichtig mit sich selbst.«

»Wenn ich unnachsichtig mit mir wäre, würde ich mir die Kehle durchschneiden.«

»Tun Sie das nicht.«

»Warum nicht?«

»Ich habe festgestellt, daß nur sehr wenig Menschen sich selbst gut die Kehle durchschneiden können.«

»Interessant. Ein kubanischer Mann hätte gesagt: ›Oh, aber es ist doch eine so hübsche Kehle.‹ Bei ihnen läuft alles auf Sex hinaus, sogar Selbstmord. Deswegen mag ich die Russen, bei denen ist ein Selbstmord ein Selbstmord.«

»Unser besonderes Talent.«

Isabel blickte nachdenklich zur Seite. Sie hatte den ausgezehrten Charme eines Picasso, blaue Periode. Wundervoll, die beiden depressivsten Menschen im Haus hatten einander angezogen wie Magneten. Er registrierte Walls' nervösen Blick in ihre Richtung und bemerkte gleichzeitig, daß Luna sich weiter in der Nähe der Tür hielt.

»Wie lange bleiben Sie in Havanna?« fragte Isabel.

»Noch eine Woche, dann fliege ich zurück nach Moskau.«

»Schneit es dort jetzt?« Sie rieb sich die Arme, als wäre ihr kalt.

»Bestimmt. Sie sprechen ausgezeichnet russisch.«

»Ja? Nun, in meiner Familie war Moskau das, was Rom für Katholiken ist, mein Vater war dort stationiert, als ich klein war. Und vor der speziellen Periode war es durchaus nützlich, Russisch zu können. Sind Sie ein Spion wie Sergej?«

»Das scheint ja kein großes Geheimnis gewesen zu sein. Nein.«

»*Claro*, er ist kein besonders guter Spion. Er sagt, wenn die in Havanna einen guten Agenten gebraucht hätten, hätten sie ihn nie hergeschickt. Er wollte mir helfen, nach Moskau zu kommem, und von dort aus könnte ich natürlich überallhin. Vielleicht können Sie mir helfen.« Sie kritzelte eine Adresse auf ein Stück Papier und gab sie ihm. »Wir unterhalten uns morgen früh. Können Sie genau um diese Zeit kommen?«

Bevor Arkadi ablehnen konnte, gesellte sich Walls zu ihnen. »Du verpaßt ja alles«, erklärte er Isabel.

»Schön wär's«, sagte sie. »Wir sprachen gerade über Sergej.«

»Ach, wirklich?« fragte er Arkadi. »Wo steckt der gute Genosse eigentlich?«

»Ich wünschte, ich wüßte es.«

Im Wohnzimmer hörte man Schreie, und Sekunden später stürzte Hedy an ihnen vorbei in den Flur. Der Santero und der Kanadier folgten ihr.

»O nein«, stöhnte Walls. »Das sollte doch nur eine Show sein.«

»Wie meinen Sie das?« fragte Arkadi.

»Sie ist besessen.«

Isabel wirkte unbeeindruckt. »Das passiert dauernd. Die ganze Insel ist besessen.«

Der Hof war dunkel, doch Hedy hatte den Suppenkessel umgestoßen, und Funken regneten auf ihre Haare herab. Sie wandte sich von den Kohlen ab, ihre glänzenden Shorts matt von Asche, ihr goldenes Haar zerzaust. Der Santero folgte ihr und versuchte, einen unsichtbaren Gegenstand aus ihrem Körper zu ziehen. Der Kanadier sah aus, als würde er sich am liebsten an ein friedliches, entlegenes Plätzchen verkrümeln. Als Luna auf den Hof stürzte, breitete der Santero hilflos die Arme aus und schob Hedy zwischen sich und den Sargento.

Erasmo zwängte sich in seinem Rollstuhl nach draußen und erklärte Arkadi: »Luna sagt, er würde den Santero umbringen, wenn er den Geist nicht aus Hedy austreibt. Doch der Santero sagt, das könne er nicht.«

»Vielleicht sollte er es noch mal probieren.« Arkadi sah den Eispickel in Lunas Hand.

Als Luna Hedy zur Seite zerrte, riß ein Träger ihres Oberteils, und eine Brust quoll heraus wie ein loses Auge. Luna packte den Santero am Hals und bog seinen Körper, Bauch nach oben, in Richtung der Palmen. Der Kanadier drängte sich durch die auf den Hof strömende Menge und schubste Arkadi nach vorn. Niemand rührte sich, bis auf Abuelita, die mit den Händen ins Feuer griff, sich auf die Fußspitzen stellte und einen hellen Strom glühender Kohlen über Lunas Rücken rieseln ließ. Als Luna zu ihr herumfuhr, bekam Arkadi sein Handgelenk zu fassen, ein Gefühl, als würde er in das eiserne Rad einer Lokomotive greifen. Er drehte Lunas Arm in dem bewährten Abführgriff, der auf der Polizeischule der Moskauer Miliz gelehrt wurde, auf den Rücken und rammte ihn mit dem Kopf gegen die Wand. Luna prallte zurück und hinterließ einen pinkfarbenen Abdruck auf dem Zement. Blut war auf seine Hose und seine weißen Schuhe gespritzt.

Arkadi dachte, daß er den Sargento nicht hart genug angefaßt hatte.

»Jetzt bist du *de verdad* am Arsch.« Luna grinste ihn mit roten Zähnen an. Er atmete nicht einmal schwer, er hatte kaum richtig angefangen.

Parate. Eine kleine Frau mit einer stahlharten Stimme trat zwischen sie. Da sie keine PNR-Uniform, sondern nur ein knappes Oberteil und Shorts trug, brauchte Arkadi eine Weile, bis er seine neue Mitstreiterin als Kommissarin Osorio erkannte. Woher sie gekommen war und wie lange sie die Szene schon mit ihren grimmigen kleinen Augen verfolgt hatte, wußte er nicht. In einer Hand hielt sie eine Strohtasche, in der anderen eine Neun-Millimeter-Makarow, er erkannte die Waffe sofort. Sie hatte sie nicht erhoben oder angelegt, doch Luna war sie auch nicht entgangen. Er hob die Hände, nicht aus Schüchternheit oder um zu kapitulieren, sondern eher, um anzudeuten, daß auch er die Komplikationen der neuen Situation erkannt und sich seiner Pflichten als Polizist erinnert hatte, jedoch mit Arkadi noch lange nicht fertig war.

»Voll am Arsch«, sagte er im Hinausgehen zu Arkadi.

Abuelita klopfte sich die Asche von den Händen. In der Mitte des Hofs starrte Hedy auf ihren abgerissenen Träger und den Dreck auf ihren glänzenden Shorts und brach in Tränen aus. Arkadi ging zurück ins Haus, um nach Mongo und den Trommlern zu sehen, doch sie waren alle gegangen. Die Kommissarin folgte ihm mit einer Miene, die auszudrücken schien, daß die Welt voller Narren war.

10

Während er und die Kommissarin Erasmo ins Bett brachten, sah sich Arkadi in dem Raum um, den sich der Mechaniker als privates Wohnquartier eingerichtet hatte: eine kleine Kammer, die nur dadurch ein wenig größer wirkte, daß Pritsche, Anrichte, Tisch und Stühle auf halbe Höhe gestutzt waren. Auf einem mit goldenem afrikanischen Stoff bezogenen Kissen lag eine Sammlung von militärischen Orden und Bändern. Die Fotos an der Wand kündeten von größerem Ruhm, als Erasmo verraten hatte. Ein Bild zeigte Erasmo im Krankenbett mit zwei Besuchern in Drilchuniformen. Der eine war groß und dunkelhäutig, trug eine Pilotensonnenbrille und wäre in Rußland als Armenier durchgegangen, der andere war älter, mit Vollbart und buschigen Brauen, einzigartig und unverkennbar der Commandante persönlich. Keiner der beiden Männer trug Abzeichen des Offiziersrangs; es war schließlich eine egalitäre Armee. Castro wirkte aufgeplustert wie ein stolzer Vater, während der zweite Besucher voll Mitleid Erasmos verkürzte Gliedmaßen zu betrachten schien.

»Der kubanische General in Angola«, sagte Osorio.

Auf einem weiteren Bild sah man die gleichen vornehmen Freunde an Deck eines Fischerboots, diesmal war Erasmo auf einen Stuhl geschnallt. Familienfotos zeigten wohlhabende Männer und Frauen an Swimmingpools, Bridgetischen und beim Tanz, Kinder auf Baseballfeldern, Ponys oder Fahrrädern, manchmal auch die gesamte Verwandtschaft in Anzügen und

Abendkleidern auf Weihnachtsfeiern oder Sektempfängen. In einer breiten Fotomontage drängten sie sich zusammen mit Hunderten ähnlich aussehender Menschen auf einer großen Doppeltreppe, die zu einer weißen Villa führte.

»Er wird sehr lange schlafen«, sagte die Kommissarin.

»Das Wort heißt ›bewußtlos‹.«

Wenn Luna der letzte Mensch gewesen war, den Arkadi hatte treffen wollen, dann war Pribludas Wohnung der letzte Ort, an den zurückzukehren er erwartet hatte, doch auf Osorios Beharren stieg er zusammen mit ihr die Treppe hinauf. Er hatte gedacht, er hätte ziemlich gut aufgeräumt, doch sobald er das Licht anknipste, bemerkte die Kommissarin die Veränderungen.

»Getrocknetes Blut auf dem Teppich. Was ist hier passiert?«

»Das wissen Sie nicht? Sie arbeiten doch mit Luna und Arcos zusammen.«

»Nur in diesem Fall, weil ein Russe darin verwickelt ist.«

»Sie waren nicht überrascht zu sehen, daß der Sargento mit einem Eispickel auf mich losgegangen ist?«

»Ich habe nur gesehen, wie Sie ihn gegen eine Mauer geschleudert haben.«

»Wir haben eine etwas angespannte Beziehung. Er hat mich immerhin mit einem Baseballschläger verprügelt. Ich glaube jedenfalls, daß es ein Baseballschläger war, das hat er gesagt.«

»Er hat Sie geschlagen?«

»Davon wissen Sie nichts?«

»Das ist ein schwerwiegender Vorwurf.«

»Anderswo vielleicht, hier nicht. Nach meiner Erfahrung wird hier praktisch nie ermittelt.«

»Um genau zu sein«, entgegnete Kommissarin Osorio, »habe ich Ihren Freund Erasmo gefragt, was mit Ihnen passiert ist, bevor er ohnmächtig geworden ist. Er hat gesagt, Sie hätten ihm erzählt, Sie wären die Treppe runtergefallen.« Das war die Strafe dafür, je etwas anderes als die ganze Wahrheit gesagt zu haben, dachte Arkadi. Ihr Blick fiel auf den leeren Stuhl in der Ecke. »Was haben Sie mit Changó gemacht?«

»Was ich mit Changó gemacht habe?« fragte Arkadi. »Mit der Puppe? So eine Frage kann einem auch nur in Kuba gestellt werden. Ich weiß es nicht. Entweder hat Luna ihn mitgenommen, oder Changó ist allein gegangen. Wie haben Sie mich gefunden?«

»Ich habe Sie gesucht. Als Sie nicht hier waren, bin ich den Trommeln gefolgt.«

»Natürlich.« Arkadi faßte sich behutsam ans Ohr, das noch immer von Lunas Faustschlag dröhnte, und strich sich über seinen Haaransatz, um festzustellen, ob die Wunde wieder aufgeplatzt war.

Kommissarin Osorio stellte ihre Tasche auf den Wohnzimmertisch. »Lassen Sie mich Ihren Kopf mal sehen. Alle anderen Beweise für den angeblichen Überfall haben Sie ja vernichtet.«

»Ich bin erst den dritten Tag hier, Criminalista, und habe schon mit angesehen, wie sich die PNR vor der Untersuchung von zwei gewaltsamen Todesfällen gedrückt hat. Ich glaube kaum, daß Sie jetzt wegen bloßer Körperverletzung eine Ermittlung beginnen.«

Sie zog seinen Kopf nach unten und drehte ihn energisch in diese und jene Richtung, während sie mit den Fingern über seine Kopfhaut strich. »Was, behaupten Sie, hat Luna gesagt?«

»Der Sargento erwähnte, daß es ihm lieber wäre, wenn ich das Haus nicht verlasse.«

»Nun, Sie haben es trotzdem getan.«

Er verzog das Gesicht, als sie das Haar um die Platzwunde beiseite strich. »Weit bin ich nicht gekommen.«

»Was sonst noch?«

»Gar nichts.« Arkadi hatte bestimmt nicht vor, sich auszuziehen, um ihr die Blutergüsse auf seinem Rücken und an seinen Beinen zu zeigen, und er würde ihr auch das Foto von dem Yacht Club nicht geben, auf daß sie es postwendend beim Sargento abliefern konnte. Daß er es überhaupt noch besaß, war dem schieren Glück zu verdanken, daß er den Paß mit dem Bild wieder in die Tasche geworfen hatte, die Luna schon durchsucht hatte.

Die Kommissarin ließ seinen Kopf los. »Sie sollten zum Arzt gehen.«

»Danke, das hilft mir wirklich sehr.«

»Werden Sie nicht beleidigend. Hören Sie, ich meine ja nur, daß es hier keine Indizien gibt, die Sie nicht schon manipuliert haben, und sich Ihre Geschichte schon einmal geändert hat und weil Offiziere des Innenministeriums keine ausländischen Besucher verprügeln, nicht einmal Russen, ist eine andere Erklärung naheliegender.«

Er fragte sich, warum sie darauf bestanden hatte, mit in die Wohnung zu kommen. Außerdem fragte er sich, warum sie wie ein Vamp in Platteauschuhen herumlief und eine große Strohtasche dabeihatte. »Criminalista, warum sind Sie hier?«

»Weil ich will, daß Sie lebendig wieder nach Hause fliegen.«

Während er noch nach einer passenden Erklärung suchte, wurde das Licht im Zimmer erst schwächer, bevor es schließlich ganz verlosch. Er trat auf den Balkon und sah, daß das Problem nicht in der Wohnung lag, eine Reihe von Gebäuden entlang des Malecón war dunkel.

Im Licht von Rufos Feuerzeug fütterte Arkadi Pribludas Schildkröte, bevor er sich eine Zigarette anzündete und den wunderbar schmerzlindernden Rauch in seine Lungen sog. Osorio war im Dunkeln am Tisch sitzen geblieben.

»Stromausfall«, sagte sie.

»Ich kenne das.«

»Sie sollten aufhören zu rauchen.«

»Sie meinen, das wäre mein größtes Problem?« Über dem Waschbecken fand er ein paar Kerzen, zündete die dickste davon an und setzte sich wieder zu der Kommissarin.

»Wen außer Ihrem Freund von unten und dem Sargento kannten Sie von den Gästen des Santero?«

»Niemanden«, antwortete Arkadi. »Ich hatte von Walls gehört.«

»Jeder in Kuba kennt George Washington Walls.«

»Luna hat die Vorstellung für ihn arrangiert, und ich denke, er wird auch für mich eine Vorstellung arrangieren. Vielleicht sind Sie hier nicht sicher.« Arkadi hatte eigentlich selbst nicht vorgehabt, in der Wohnung zu bleiben. Sie griff in ihre Tasche und legte eine Neun-Millimeter-Makarow auf den Tisch, die gleiche Waffe, mit der auch die Polizisten in Moskau ausgerüstet waren. »Hätten Sie die gegen Luna eingesetzt?«

»Er weiß, daß ich auch Munition habe. Die Streifenpolizisten, die man auf der Straße sieht, haben zwar Pistolen, aber keine Munition.«

»Das ist beruhigend.« Er sah, wie sie einen Beutel mit Toilettenartikeln neben die Waffe legte. »Was soll denn das?«

»Ich übernachte hier.«

»Das ist wirklich sehr zuvorkommend, Criminalista, aber Sie müssen doch irgendeinen Ort haben, wo Sie hingehören. Ein Zuhause, eine Familie, ein Haustier.«

»Beleidigt es Sie, sich von einer Frau beschützen zu lassen? Ist es das? Leiden Russen an Machismo?«

»Ich nicht. Aber warum sollten Sie das tun, wenn Sie mir wegen Luna sowieso nicht glauben?«

»Es ist nicht Luna, der mir Sorgen macht. Dr. Blas hat die Spritze untersucht, von der Sie behaupten, daß Rufo Sie damit angegriffen habe. Das hätte er eigentlich nicht gedurft, aber er hat es trotzdem getan, um nach Spuren von Drogen zu suchen.«

»Und hat er welche gefunden?«

»Nein, nur Blut und Hirngewebe von Rufo und Spuren eines ganz anderen Bluttyps.«

»Vielleicht hat er damit noch jemanden gestochen.«

»Meinen Sie? Woher hatte Rufo die Spritze?«

»Dr. Blas hat gesagt, er habe sie im Institut gestohlen.«

»Ja, das hat der Doktor gesagt, aber ich habe eine andere Theorie. War das nicht Rufos Feuerzeug, das Sie eben benutzt haben?«

»Ja, ich glaube schon.«

»Machen Sie es noch einmal an.«

Er tat es, und die Flamme warf einen flackernden Lichtschein zwischen sie. Kommissarin Osorio streckte die Hand aus und schob die Ärmel seines Mantels und Hemdes nach oben, um zwei dunkle Blutergüsse auf Arkadis Arterie zu entblößen.

»Deshalb bin ich zurückgekommen.«

Arkadi betrachtete die Male mit dem Ausdruck eines Mannes, der überrascht eine Tätowierung an seinem eigenen Körper entdeckt.

»Rufo muß mich in dem Handgemenge gekratzt haben.«

Sie strich behutsam mit dem Finger über die Arterie. »Das sind Einstiche, keine Kratzer. Warum sind Sie eigentlich nach Havanna gekommen?«

»Ich wurde gebeten, wenn Sie sich erinnern.«

Er blies die Flamme des Feuerzeugs aus, spürte jedoch ihren wachsamen Blick weiter auf sich. Er wußte auch nicht mehr, warum er einem Ruf gefolgt war, den er problemlos hätte ignorieren können, und den Grund dafür wieder auszugraben, war mehr, als er für die Policía Nacional Revolucionaria zu tun bereit war. Trotzdem war die Kontrolle der Situation offensichtlich in die Hände der Kommissarin übergegangen.

Wegen der Hitze bereiteten sie sich ein Lager auf den Metallstühlen auf dem Balkon. Die Laternen brannten noch, und vom Balkon aus konnte man zumindest beobachten, ob sich Luna von der Meerseite des Malecón näherte. Doch Ofelia Osorio schien andere Sorgen zu haben, sie folgte jeder Bewegung Arkadis mit wachsamem Blick, als hätte sie Angst, er könnte sich plötzlich aufs Pflaster hinunterstürzen. Vielleicht waren bonbonfarbene Oberteile und Hot pants ja die aktuelle *Jinetera*-Mode – sie hatte ihm kurz von ihrer Überwachungsaktion berichtet –, doch sie unterstrichen die Zartheit ihres Körpers, die kurzen Locken und die von endlos langen Wimpern eingerahmten Augen nur, so daß er sich vorkam, als würde er von einem Kind beschützt. Warum er hier mit ihr saß, anstatt ans Portal der russischen Botschaft zu klopfen und um Asyl zu bitten, wußte er nicht.

Eine Welle brach sich an der Hafenmole, und er fragte sich, ob die Lichter der Fischer weiter draußen mit der Ebbe oder der Flut trieben. Das kleine Dorf Casablanca auf der anderen Seite der Bucht konnte er nicht sehen, doch der Leuchtturm beim Castillo El Morro warf in regelmäßigen Abständen seinen Strahl über das Wasser, und am entfernten Horizont war ein lautloses Wetterleuchten auszumachen.

Die Kommissarin stieß ihn an, und er sah auf der Mole das Mädchen, das bei dem Santero besessen gewesen war. Hedy wirkte frisch herausgeputzt und hatte auch schon die Aufmerksamkeit eines nächtlichen Spaziergängers, eines europäischen Urlaubers in elegant gebauschtem Hemd, erregt.

»Die offizielle Sprache der *jineteras* ist Italienisch«, sagte Ofelia leise.

»Das habe ich auch schon gehört. Es ist Hedy, das Mädchen von der Santería-Zeremonie. Zumindest ist sie wieder auf den Beinen.«

»Bestimmt nicht lange«, sagte die Kommissarin so bestimmt, als wollte sie eine sichere Wette eingehen.

Manchmal sprach sie mit der grimmigen Befriedigung eines Henkers, dachte Arkadi. »Was genau ist eigentlich mit ihr passiert? Sie war besessen, und der Santero konnte ihr nicht helfen?«

»Die Trommler waren Abakua.«

»Und?«

»Abakua stammt aus dem Kongo, und sie wurde von einem Geist aus dem Kongo heimgesucht. Santeros haben mit Kongogeistern nichts zu tun.«

»Ach, wirklich? Ich finde, das klingt nach einem ziemlich strikten System der Zuständigkeiten.«

Ofelia Osorio kniff die Augen zusammen und sah ihn an. »Wir können an Santería, Palo Monte, Abakua oder den Katholizismus glauben. Oder an eine beliebige Kombination. Halten Sie das für unmöglich?«

»Nein. Die Dinge, an die ich glaube, sind genauso eigenartig:

Evolution, Gammastrahlen, Vitamine, Poesie von Achmatowa, Lichtgeschwindigkeit, und die meisten davon glaube ich blind.«

»Woran hat Pribluda geglaubt?«

Arkadi überlegte eine Weile, die Frage gefiel ihm. »Er war hart und durchtrainiert und hat am Tag hundert Sit-ups gemacht, aber er glaubte, der Schlüssel zu einem gesunden Leben wären Knoblauch, schwarzer Tee und bulgarischer Tabak. Er mißtraute Rothaarigen und Linkshändern. Er mochte lange Zugfahrten, weil er da Tag und Nacht einen Schlafanzug tragen konnte. Er hat nie einen giftigen Pilz gepflückt. Er nannte Lenin immer noch ›Iljitsch‹. Er hat einen stets davor gewarnt, den Namen des Teufels laut auszusprechen, weil er dann kommen könnte. Im Badehaus hat er sich erst gewaschen und dann ein Dampfbad genommen, was auf jeden Fall höflicher ist. Er hat immer gesagt, Wodka ist Nahrung für die Seele.«

Hedy und ihr neuer Freund spazierten außer Sichtweite. Osorio streckte ihre Beine aus und legte ihre Füße auf das Balkongeländer, offenbar in der Absicht, es sich bequem zu machen, obwohl die Gartenstühle wenig Komfort boten. Arkadi sah, daß ihre Fußsohlen zartrosa waren.

»Ich weiß, daß Dr. Blas festgestellt hat, daß Pribluda einen Herzinfarkt hatte«, sagte er. »Und ich gebe zu, daß die unbeschädigte Angelausrüstung für die Hypothese spricht. Aber vielleicht hatte er nicht nur eine Angelausrüstung bei sich. Wenn Sie mir erzählt hätten, Pribluda wäre bei einem Marathon zusammengebrochen, hätte ich Ihnen vielleicht geglaubt. Aber nicht beim Aalen auf dem Wasser. Darf ich Sie fragen, wie gut Sie Dr. Blas kennen? Können Sie sich auf seine Ehrlichkeit verlassen?«

Sie zögerte mit ihrer Antwort. »Blas ist zu eitel, um sich zu irren. Wenn er sagt, es war ein Herzinfarkt, war es ein Herzinfarkt. Sie können die Leiche ja in Rußland untersuchen lassen, wenn Sie wollen. Die Ärzte dort werden Ihnen das gleiche sagen.«

»Aber es gibt andere Fragen, die sich nur hier beantworten lassen.«

»Es wird keine Ermittlungen geben«, sagte Osorio.

»Keine Ermittlungen wegen Rufo?«

»Nein.«

»Gegen Luna?«

»Nein.«

»Wegen irgendwas?«

»Nein.«

Ihre Verachtung hätte jeden Mann mit einem Rest von Feingefühl verstummen lassen.

Eine schwarze Dünung bewegte sich im Licht des Leuchtturms. Manchmal konnte er das Meer, das sich zu ihm ausstreckte wie ein wunderbarer traumloser Schlaf, beinahe spüren. Der Balkon ging nach Norden hinaus, so daß er einige vertraute Sternbilder wiedererkannte. In Wahrheit glaubte er nicht mehr an die Ausdehnung des Universums, er glaubte, daß das Universum implodierte, alles strömte mit rauschender Macht durch einen himmlischen Abfluß auf einen einzelnen Punkt des absoluten Nichts zu. Er spürte, daß Osorio ihn beobachtete.

»Ich habe zwei Töchter, Muriel und Marisol«, sagte sie. »Haben Sie Kinder?«

»Nein.«

»Sind Sie verheiratet?«

»Nein.«

»Dann verheiratet mit Ihrer Arbeit? Voller Hingabe? Che war so. Er war verheiratet und hatte Kinder, doch er hat sich für die Revolution geopfert.«

»Von meiner Arbeit bin ich eher geschieden. Nicht wie Che, nein.«

»Weil Sie die gleichen …«

»Die gleichen was?«

»Nichts.« Nach einer Pause sagte sie. »Mögen Sie kubanische Musik?«

»Sie hat einen gewissen Rhythmus.«

»Rhythmus?«

Es entstand eine noch längere Pause.

»Dann spielen Sie vielleicht Schach?« versuchte Osorio erneut ihr Glück.

Arkadi zündete sich eine Zigarette an. »Nein.«

»Sport?«

»Nein.«

»Kuba hat Baseball erfunden.«

»Was?«

»Kuba hat Baseball erfunden. Die Indianer, die hier lebten, als Kolumbus gelandet ist, haben ein Spiel mit einem Ball und einem Schläger gespielt.«

»Oh.«

»Haben Sie das nie gelesen?«

»Nein, in Moskau habe ich vielmehr gelesen, daß Rußland Baseball erfunden hat. Es gibt ein altes russisches Spiel mit einem Ball und einem Schläger. In dem Artikel hieß es, russische Emigranten hätten das Spiel nach Amerika gebracht.«

»Einer von uns hat bestimmt recht.«

»Der Unterschied ist nur, daß Sargento Luna einen Stahlschläger benutzt hat.«

»Aluminium.«

»Ich bitte um Verzeihung.«

Die Kommissarin schlug ihre Beine wieder übereinander. Arkadi lehnte sich zurück und stieß eine große Rauchwolke aus.

»Wenn es eine Ermittlung geben würde«, fragte sie schließlich, »was würden Sie machen?«

»Ich würde versuchen, eine Chronologie der Ereignisse zu rekonstruieren. Pribluda wurde zum ersten Mal um acht Uhr morgens von einer Nachbarin gesehen, einer Tänzerin, zum letzten Mal zwischen vier und sechs Uhr nachmittags von einer Kollegin aus der Botschaft. Sie hat gesagt, er habe sich auf der Straße mit einem *neumático* unterhalten, einem Schwarzen. Wenn ich Spanisch könnte, würde ich mit diesem Bild den Malecón auf und ab laufen, bis ich jeden gefunden hätte, der ihn an jenem Tag gesehen hat.«

»Ich nehme an, wir könnten mit dem *responsable de vigilancia* sprechen.«

»Ich weiß, wer das ist.«

»Okay, dann machen wir das.«

»Und ich würde mir die Fundstelle der Leiche noch einmal genauer ansehen.«

»Aber wir haben sie auf der anderen Seite der Bucht in Casablanca gefunden. Sie waren dabei.«

»Nicht bei Tageslicht.«

»Dies ist keine Ermittlung.«

»Nein, auf gar keinen Fall.«

»Haben Sie keine Angst, noch einmal angegriffen zu werden?«

»Ich habe ja Sie.«

Ihre Augen schienen noch dunkler zu werden. *»Que idiota.«*

Das schien ihr Name für ihn zu sein.

Schließlich schlief er auf seinem Stuhl ein, ihr Parfüm in der Nase, ein leichter Hauch von Vanille, der die Luft durchzog wie ein Tropfen Tinte klares Wasser.

11

Die anbrechende Dämmerung tauchte den Malecón in ein Unterwasserlicht, als ob die Stadt über Nacht im Meer versunken wäre. Arkadi und Ofelia Osorio folgten der blassen Glut der Morgenzigarre, die Abuelita an ihrem Fenster rauchte. Sie lud sie in ihre Wohnung ein, deren Wände mit mehreren Schichten abblätternder Farbe abgenutzt waren wie getragene Kleider. Sie bot ihnen einen Café Cubano in schweren dunklen Gläsern an und forderte sie auf, vor einer Statue der Heiligen Jungfrau mit einer Pfauenfeder im Rücken Platz zu nehmen. Zu Füßen der Ikone lag eine Kupferkrone, in der Sandelholz und Dollarscheine steckten. Arkadi fühlte sich gut, regelrecht verjüngt ob der Tatsache, daß Luna nicht mitten in der Nacht mit einem Baseballschläger oder einem Eispickel zurückgekommen war. Kommissarin Osorio hatte sich wieder in ihre PNR-Uniform und ihre gewohnt düstere Stimmung gehüllt. Abuelita benahm sich wie ein junges Mädchen und begann sofort mit Arkadi zu flirten. Sie bedankte sich dafür, daß er ihr am Vorabend zu Hilfe gekommen war, ließ sich von ihm ihre Zigarre wieder anzünden, und obwohl der Qualm, der Geruch und das goldene Licht ihn irritierten, gelang es ihm, ihr zu erklären, daß sie, auch ohne offizielle Untersuchung von Pribludas Tod, neugierig waren, wie der Russe gelebt hatte, und wissen wollten, ob sie als wachsames Mitglied des Komitees zur Verteidigung der Revolution seinen üblichen Tagesablauf schildern könnte.

»Langweilig. Manchmal war Ihr Freund wochenlang verschwunden, *claro,* aber wenn er hier war, war es immer das gleiche. Er verließ morgens um sieben mit einem Aktenkoffer das Haus und kam abends gegen sieben zurück. Außer donnerstags. Donnerstags kam er schon am Nachmittag zurück, ging wieder aus und kam erneut zurück. Samstags ging er im Diplomercado einkaufen, denn er hat mir immer eine Kleinigkeit mitgebracht. Schokolade oder Gin. Ein freundlicher Mensch. Sonntags ging er mit Mongo vor der Mole fischen oder verstaute die Reifenschläuche in seinem Auto, um sonstwohin zu fahren.«

»Sie sind eine sehr gute Beobachterin.«

»Das ist meine Pflicht. Ich bin im CDR.«

»Und donnerstags war sein geschäftiger Tag?«

»O ja.« Sie riß die Augen auf, und ihr Lächeln wurde breiter.

Arkadi war bewußt, daß er irgendeine Andeutung übersah, doch er drängte weiter. »Und gab es außer der Tatsache, daß er am Nachmittag noch einmal ausging, sonst noch etwas, was die Donnerstage auszeichnete?«

»Nun, er hat den anderen Koffer mitgenommen.«

»Den ›anderen‹ Koffer?«

»Den häßlichen grünen Plastikkoffer. Kubanisch.«

»Nur an diesem Tag?«

»Ja.«

»Und wann haben Sie ihn zum letzten Mal gesehen?«

»Da muß ich nachdenken. *Hijo,* lassen Sie mich überlegen.«

Arkadi war vielleicht ein wenig verwirrt, aber er war nicht blöde. »Wofür ist das Geld in der Krone?« fragte er.

»Opfer von Menschen, die spirituellen Rat wünschen oder für die ich die Muscheln werfe oder die Karten lege.«

»Ich brauche einen Rat wegen Pribluda.« Er steckte fünf Dollar in die Krone. »Und er muß auch nicht spirituell sein.«

Abuelita konzentrierte sich. »Nun, wenn ich darüber nachdenke, war das letzte Mal, glaube ich, Freitag vor zwei Wochen. Er ist ein wenig früher als üblich gegangen und ein wenig früher zurückgekommen, so gegen vier.«

»Vier Uhr nachmittags?«

»Ja, nachmittags. Gegen sechs ist er wieder gegangen. Ich erinnere mich daran, weil er sich Shorts angezogen hatte. Er trug immer Shorts, wenn er mit Mongo in die Bucht hinauspaddelte. Aber Mongo war nicht bei ihm.«

Kommissarin Osorio konnte sich nicht länger beherrschen. »Sehen Sie, alles weist daraufhin, daß Pribluda die Leiche ist.«

»Bis jetzt.«

Arkadi war ebenfalls zufrieden, denn nun besaß jeder etwas. Er hatte eine Version von Pribludas letztem Tag, die Kommissarin ihren Augenblick des Triumphs. Und Abuelita hatte fünf Dollar.

Draußen nahte der Tag, eher als ein wahrnehmbarer Schatten denn als helles Licht. Als Arkadi und Osorio den Malecón entlanggingen, entpuppte sich eine Gruppe Männer, die zusammenstanden, als vier Polizisten, die verstohlen rauchten. Aus reiner Neugier kamen sie auf Arkadi zu, bis sie Osorios Uniform erkannten und die Kommissarin ihnen einen Blick zuwarf, der sie eilig den Rückzug antreten ließ. In ihrer Uniform mit Mütze, dem schweren Gürtel und dem Pistolenhalfter bildete sie ihre eigene kleine bewaffnete Marschkolonne, dachte Arkadi. Oder einen kleinen Panzer mit Laseraugen.

Das einzige Boot im ganzen Hafen war die Fähre aus Casablanca, die die Anlegestelle in Havanna ansteuerte. Ihre Fenster schienen im Licht der tiefstehenden Sonne in Flammen aufzugehen, bis nach einer Weile blinzelnde Pendler hinter dem Glas sichtbar wurden. Das Boot stampfte gegen sein eigenes Kielwasser an und schrammte an einem mit Reifen gepolsterten Pier entlang. Sobald die Landungsbrücke herabgelassen war, strömten die Passagiere von Bord, manche ausgestattet mit Aktenkoffern für einen Tag im Büro, andere mit Säcken voller Kokosnüsse und Bananen beladenen Fahrrädern, die sie an einem Schild vorbeischoben, das die »verehrten Fahrgäste« aufforderte, keine Waffen mit an Bord zu bringen.

Ein Gegenstrom neuer Passagiere drängte an Bord und trug Arkadi und die Kommissarin mit sich. Im Inneren herrschten Temperaturen knapp unter dem Siedepunkt, an den Seiten gab es Sitze, am Heck Abstellplätze für Fahrräder, unter der Decke sich kreuzende Balken zum Daranhängen. Arkadis Mantel zog die Blicke auf sich, doch das war ihm egal.

»Mögen Sie Boote auch so gern wie ich?«

»Nein«, sagte sie.

»Segelboote, Fischerboote, Ruderboote?«

»Nein.«

»Vielleicht ist es typisch männlich. Ich glaube, der Reiz liegt in der scheinbaren Verantwortungslosigkeit, dem Gefühl, irgendwohin zu treiben, während das Gegenteil wahr ist. Man muß schuften wie ein Hund, um nicht unterzugehen.« Die Kommissarin antwortete nicht. »Was ist los? Was haben Sie?«

»Es verstößt gegen das Gesetz der Revolution, daß ein Ausländer Zimmer mietet. Abuelita hätte ihn melden müssen. Er hat sich unter der Bevölkerung versteckt, weil er ein Spion war.«

»Ich bezweifle, daß Pribluda als Kubaner durchgegangen ist, wenn Sie das tröstet. Er wollte einen Blick aufs Meer haben. Das kann ich verstehen.«

Je mehr Arkadi vom Hafen sah, desto beeindruckter war er sowohl von seiner Größe als auch von dem Mangel an Aktivität, ein Panorama des Stillstands. Auf der einen Seite Havannas Werften und Frachtbüros, auf der anderen die grüne Steilküste von Casablanca mit einer pinkfarbenen Wetterstation und einer weißen Christusstatue. Entlang der Bahía de la Habana sah Arkadi ein paar vereinzelte Frachter, eine starre Herde von Lastkränen und die qualmenden Fackeln der Raffinerien. Nur ein schwarzes kubanisches Torpedoboot von buckeliger russischer Bauart mit einer automatischen Kanone auf dem Achterdeck steuerte aufs offene Meer hinaus. Er bemerkte, daß Ofelia Osorio seinen Kopf betrachtete.

»Wie sehe ich aus?«

»Reif. Ihre Botschaft sollte Sie einsperren.«

»Mit Ihnen bin ich doch sicher.«

»Ich bin nur bei Ihnen, weil Sie nach Casablanca wollen und kein Wort Spanisch sprechen. *Viejo,* ich habe andere Dinge zu tun.«

»Nun, ich amüsiere mich jedenfalls prächtig.«

Das Dorf Casablanca sah aus, als hätte es ursprünglich zu Christi Füßen auf der Kuppe des Hügels gestanden und wäre dann zur Wasserkante hinuntergepurzelt: übereinandergestapelte Hütten aus Betonblöcken und Blechplatten über vornehmeren Häusern aus der Kolonialzeit. Dunkelrote Bougainvillea wucherte über Mauern, Jasminduft machte die warme Luft schwer und klebrig. Von der Anlegestelle der Fähre stiegen Arkadi und Osorio zu einem Straßenbahndepot mit Schienenräumern für den Landeinsatz hinauf. Sie kamen durch eine Hauptstraße, in der die Läden zum Schutz gegen die Sonne heruntergelassen waren, auch die einer PNR-Station waren fest verrammelt. Sie folgten den Überresten einer geschwungenen Treppe zu einem von Unkraut überwucherten Park mit betonierten Wegen und einem Blick auf die Bucht, das pechschwarze Wasser, die Pfähle, Müllhaufen und Tonnen, wo der *neumático* vor drei Tagen gefunden worden war.

Bei Tag, ohne Scheinwerfer, die gaffende Menge, die Musik und Capitán Arcos, der hektisch Fehlanweisungen brüllte, wirkte die Szenerie vollkommen anders. Im Licht der Sonne wurden architektonische Details an den eleganten Häusern entlang des Ufers sichtbar, obwohl sie im ganzen so marode waren, daß sie Arkadi an Ruinen griechischer Tempel erinnerten. Er erkannte jetzt auch, wie baufällig der Steg war, der über das Wasser zu einem halben Dutzend Fischerboote führte. Alle Schiffe hatten lange Masten, die sich wie Antennen himmelwärts reckten, und waren für den Fall, daß sie unversehens in die große weite Welt aufbrechen sollten, mutig mit der Aufschrift ihres Heimathafens Casablanca versehen worden.

»Hier wurde er zwar angeschwemmt, aber gestartet ist er woanders. Hier gibt es nichts zu finden«, sagte die Kommissarin.

Das Dock verschwand hinter dem Zaun eines Schuppens, den Arkadi bei seinem ersten Besuch gar nicht bemerkt hatte. Er ging um das Gelände herum zu einem Tor auf der Rückseite, das auf einen Hof führte, der aussah wie ein Stück der Teufelsinsel. Er beherbergte neben schlafenden Katzen ein unübersehbares Durcheinander von aufgebockten Wracks und geflickten Schiffsrümpfen. Auf Deck eines der Boote bellte ein Hund. Zwei Männer mit nackten Oberkörpern bogen eine Schraubenwelle gerade, während Hühner zu ihren Füßen nach Körnern scharrten. Das war wahre Autarkie, dachte Arkadi, eine Werft, die aus Strandgut ein seetüchtiges kleines Schiff bauen konnte und nebenbei noch frische Eier im Angebot hatte. Die beiden Männer blickten angestrengt in die andere Richtung, was jedoch auch an Osorios stahlhartem Blick liegen mochte. Aus dem Dunkel des Schuppens tauchte der Noah dieser kleinen Werft auf. Sein Name war Andres, er trug eine zuversichtlich in die Stirn gedrückte Kapitänsmütze und stieß einen Schwall offenbar blumiger Erklärungen aus, bis die Kommissarin seinen Redefluß stoppte.

Das Boot, das zur Zeit repariert werde, erklärte er, sei in Spanien gebaut worden und als Hilfskreuzer und Frachter im Einsatz gewesen, bevor es für technologisch überholt erklärt und vor zwanzig Jahren für einen Spottpreis an Kuba verkauft worden sei. Arkadi vermutete, daß weitere Andeutungen über Schmuggel und Meeresstürme in der Übersetzung verlorengingen. Im Gegensatz zu anderen Kubanern, deren Gesichter jede emotionale Regung verzeichneten wie ein Seismograph, wirkte das der Kommissarin beinahe ausdruckslos.

»Hat Andres von der Leiche gehört, die hier gefunden wurde?«

»Er sagt, sie reden seit Tagen über nichts anderes. Er fragt sich, warum wir zurückgekommen sind.«

»Hat er an der Stelle, wo der *neumático* entdeckt wurde, sonst noch etwas im Wasser gefunden?«

»Er sagt, nein.«

»Hat er eine Karte von der Bucht?« Arkadi bahnte sich um stinkende Berge von aus dem Meer geborgenen Dosen und Flaschen einen Weg zum Steg.

»Wie Sie wissen, wurde die Leiche nur hierher angetrieben. So etwas wie einen Tatort haben wir nicht.«

»Ich würde eher sagen, daß wir einen sehr großen Tatort haben.«

Andres kehrte mit einer Karte zurück, auf der sich die Bucht von Havanna als ein Kanal entpuppte, der die Stadt mit dem Castillo El Morro verband und drei voneinander getrennte Buchten mit Wasser versorgte: im Westen, der Innenstadt Havannas am nächsten, Atares, in der Mitte Guanabacoa und im Osten Casablanca. Arkadi folgte mit dem Finger den Spuren der Fahrrinnen, Fährrouten, Baken, Bojen und der wenigen Hindernisse und begriff, warum der Hafen von Havanna der Umschlagplatz der lateinamerikanischen Besitztümer Spaniens gewesen war. Aber für Andres war es bloß ein »großer Sack von einer Bucht«.

»Was hineintreibt, kann auch wieder hinausgetrieben werden, sagt er. Das kommt auf die Gezeiten an: rein bei Flut, raus bei Ebbe. Und auf den Wind: rein bei Nordwest, raus bei Südost. Und auf die Jahreszeit: Im Winter werden die Winde allgemein kräftiger, im Sommer ziehen die Wirbelstürme Wasser aufs Meer hinaus. Wenn alles ausgeglichen wäre, könnte eine Leiche ewig in der Mitte der Bucht kreiseln, aber meist weht ein starker Nordwestwind und treibt die Leiche direkt in seine Werft. Deshalb findet man in Havanna lebendige und in Casablanca tote *neumáticos*.«

Arkadi setzte prüfend einen Fuß auf den brüchigen Steg, der ihm aus irgendeinem Grund vielversprechend erschien. Andres' eigenes Boot, die »El Pinguino« war in einem koketten Blau gestrichen und bot zwei Personen Platz, wenn sie sich zwischen Maschinenkasten, Netzkorken, Eimern, Gaffel und Pinne quetschten. Auf dem Vorderdeck war zwischen Fischgalgen ein Segel aufgetucht. Auf dem Heckbalken, der vom Töten der

Fische mit einem Kreuzstichmuster überzogen war, lagen Tau und Draht. Keine Satellitenverbindung, kein Sonargerät, keine Fischlupe, kein Radar oder Funk.

Die Kommissarin folgte ihm. »Der äußere Anschein kann täuschen, sagt Andres. Er behauptet, es sei genug Boot, um bis nach Key West zu kommen und wegen des Fangs von amerikanischem Marlin verhaftet zu werden. Das erste Hemingway-Gedächtnisturnier im Hochseefischen in Havanna«, fügte sie hinzu, »hat übrigens Fidel gewonnen.«

»Warum überrascht mich das nicht?«

Von dem Boot angezogen, überquerte Arkadi die Planken des Stegs, die so weit auseinanderlagen, daß er sein eigenes Spiegelbild im Wasser sehen konnte. Was er nicht begriff, waren die Schwimmer, die von orangefarbenen Spießen durchbohrt waren, die mindestens drei Meter aus dem Wasser ragten.

»Das«, erklärte Andres via Osorio, »ist das kubanische System.« Der Fischer drehte die Karte um und skizzierte mit einem Bleistiftstummel eine wellige Wasseroberfläche mit in regelmäßigen Abständen aufrecht im Wasser treibenden Pfählen. Sie waren durch eine »Mutterleine« zu einer langen Kette verbunden. »Das Problem mit Fischen ist, daß sie zu unterschiedlichen Zeiten in unterschiedlichen Tiefen schwimmen. In Vollmondnächten suchen Thunfische in größerer Tiefe nach Nahrung, während Schnapper und Knurrhahn näher an der Wasseroberfläche jagen.« Genau wie Schildkröten natürlich, obwohl man die nur fangen konnte, während sie kopulierten, und die entsprechende Saison dauerte nur einen Monat. Außerdem war das ohnehin verboten, weswegen er es auch nie tun würde. Doch mit dem kubanischen System konnte man nach allen Fischarten gleichzeitig angeln, indem man an verschiedenen Stellen der Mutterleine Haken in unterschiedlicher Tiefe herabließ, vierzig, dreißig oder zehn Meter. »Jeder legt verschiedene Leinen aus, und auf diese Weise durchkämmen wir das ganze Meer.«

»Fragen Sie ihn nach einer Strömung, die einen *neumático* vom Malecón in die Bucht getrieben hätte.«

»Er sagt, daß dort die meisten Boote sind, weil man in den Strömungen auf Fische stößt. Die Boote fischen nicht die gesamte Bucht ab, sondern nur diesen Korridor aus Mutterleinen und einer Skala von Angelhaken.«

»Und jetzt fragen Sie ihn, was er nicht hier bei der Werft, sondern im Wasser gefunden hat. Und ich meine nicht Fische.«

Andres machte eine Pause, um Luft zu holen. Ein Mann, der in Florida wilderte, mußte dazu neigen, sich zu übernehmen, dachte Arkadi.

»Er fragt, ob Sie meinen, ob er etwas aus der Bucht gefischt hat. Etwa zur gleichen Zeit, als der arme Mann bei der Werft gefunden wurde. Als wollte er seiner Erinnerung auf die Sprünge helfen, sah Andres sich zu den beiden Männern um, die an der Schraubenwelle gearbeitet hatten, doch seine Freunde waren verschwunden. »Abfall vielleicht, der sich versehentlich an einem der Haken verfangen hat?«

»Genau.«

Mittlerweile hatte die Kommissarin begriffen, woher der Wind wehte, und folgte Andres, als der sich in seinen Schuppen zurückzog. Sie kamen mit einer Plastiktüte und etwa fünfzig Zetteln zurück, die aussahen wie Lotterielose und offensichtlich durchgeweicht und zum Trocknen aufgehängt worden waren. Auf ihnen stand grün auf weiß und kaum noch lesbar: »Montecristo, Habanos, Hecho a mano.«

»Das sind offizielle staatliche Siegel für Zigarrenkisten, noch ungeschnitten und nicht gummiert«, erklärte sie. »Mit diesen Etiketten hätte man gewöhnliche Zigarren als Montecristos ausgeben können. Das ist eine sehr ernste Angelegenheit.« Jetzt sprudelten die Erklärungen nur so aus Andres heraus. »Er sagt, die Siegel hätten sich etwa eine Woche, bevor die Leiche gefunden wurde, am Haken eines Fischers verfangen, an dessen Name er sich nicht mehr erinnern kann. Die Siegel waren ruiniert, weil die Tüte ein Loch hatte. Außerdem ist kurz danach das Wetter umgeschlagen, niemand ist zu ihren Booten gekommen, deshalb haben sie die Siegel einfach vergessen. Er hat sie nur getrocknet, um sie zu entziffern und festzustellen, ob es sich lohnte, den Fund zu melden, was er gerade tun wollte.«

Die Vorstellung von derart kostbaren Zigarren amüsierte Arkadi. Zucker und Zigarren, die Diamanten und das Gold Kubas.

»Können Sie ihn nach der genauen Stelle fragen, wo die Tüte aus dem Wasser gefischt wurde?«

Andres markierte eine Stelle etwa fünfhundert Meter vor dem Malecón zwischen dem Hotel Riviera und Pribludas Wohnung. »Er sagt, nur ein Verrückter würde regierungsamtliche Siegel stehlen, aber er glaubt, daß ein *neumático* an sich schon ein verzweifelter Mensch sein muß. Sich auf einem Schlauch aus Luft und Gummi auf dem Wasser treiben zu lassen? Nachts? Bei Ebbe oder einer Strömung, die ihn aufs offene Meer hinausziehen kann? Ein kleiner Riß? Haie? So jemand ist eine Schande für alle Fischer.«

Kommissarin Osorio war von Casablanca gründlich angewidert. In der örtlichen PNR-Station, die so düster war, daß einem Che als ein verstaubtes Gespenst erschien, ließen sich die Beamten nur mit Mühe dazu bewegen, Andres' Aussage aufzunehmen und ihr eine Quittung für die Siegel zu geben.

Arkadi hingegen war zufrieden, weil er etwas halbwegs Professionelles geleistet hatte. Auf der Rückfahrt kaufte er eine Papiertüte mit gerösteten Erdnüssen und drängte die Kommissarin, sie mit ihm zu teilen.

Ihre Haltung hatte sich ein wenig geändert. »Dieser Andres hat uns die gefundenen Siegel nur gezeigt, weil er Ihnen in die Augen gesehen hat. Sie wußten, daß er etwas zu verbergen hatte. Wie haben Sie das gemacht?«

Tatsächlich hatte Arkadi sich von dem Moment an, in dem er die Werft betreten hatte, von dem Boot und den speerartigen Pfählen der »Mutterleine« angezogen geführt. Er hätte sagen können, daß es die Art gewesen war, wie die Arbeiter die Kommissarin gemieden hatten, aber nein, es war, als ob »El Pinguino« seinen Namen gerufen hätte.

»Ein Augenblick der Klarsicht.«

»Es war mehr als das. Sie haben ihn sofort durchschaut.«

»In Mißtrauen bin ich bestens geschult. Das ist die russische Methode.«

Ofelia Osorio warf ihm einen unergründlichen, humorlosen Blick zu. Aus der Kommissarin wurde er noch immer nicht schlau. Die Tatsache, daß Luna von ihm abgelassen hatte, als sie im Hof des Santero aufgekreuzt war, konnte bedeuten, daß sie auf derselben Seite arbeiteten, aber auch das Gegenteil. Sie konnte einfach eine kleine Version des Mannes sein, der Arkadi mit einem Baseballschläger zusammengeschlagen hatte, doch manchmal war ihm, als würde er eine vollkommen andere, verborgene Person belauschen, die sich in ihr regte. Die Fähre legte den Rückwärtsgang ein und versetzte das Deck in leichte Schwingung, als sie an der Anlegestelle andockte.

»Und nun sollten wir zum Arzt gehen«, sagte Ofelia. »Ich kenne einen guten.«

»Danke, aber jetzt habe ich endlich eine Mission. Ihr Dr. Blas braucht ein besseres Foto von Sergej Pribluda. Ich habe mich bereit erklärt, eines aufzutreiben, oder es wenigstens zu versuchen.«

Hinter der Adresse, die Isabel ihm am Abend zuvor zugesteckt hatte, verbarg sich ein altes Stadthaus, das wie eine würdevolle ältere Dame in einem edlen, aber zerschlissenen Kleid den vergeblichen Anschein europäischer Kultur wahrte. Die Marmortreppe war von einem gußeisernen Geländer eingefaßt. Lünetten aus farbigem Glas tauchten den Fußboden eines Empfangsraums voller Frauen in weißen Hauskitteln in ein rotblaues Licht.

Arkadi folgte den Klängen Tschaikowskys, hellen klirrenden Tönen von einem verstimmten Klavier, auf einen sonnendurchfluteten Hof, wo er den Tänzerinnen durch ein offenes Fenster beim Proben zusehen konnte.

Ihre Oberkörper glichen denen halbverhungerter Waisenkinder, wurden aber von einer kraftvollen Muskulatur getragen, die in ihrem Kreuz begann, ihre Oberschenkel modellierte und sich bis zu den Füßen fortsetzte. Während russische Ballerinen eher dem Typ teigiger, blasser Blondinen zuneigten, hatten die Kubanerinnen windhundschmale, von schwarzen Haaren gerahmte Gesichter mit dunklen Augen, die die Arroganz von Flamencotänzerinnen ausstrahlten. In der Art, wie sie sich in ihren Trikots mit vogelartigen Schritten von steifer Eleganz in geflickten Spitzenschuhen über den mit Linoleumstücken ausgebesserten Parkettboden bewegten, lag eine erstaunliche Mischung aus Armut und Anmut.

Als Russe brauchte er einen Moment, um sich an den Anblick zu gewöhnen. Er war mit der Einstellung aufgewachsen, daß die großen Tänzer – Nijinskij, Nurejew, Makarowa, Barischnikow – *per definitionem* Russen waren, ihr Examen an Schulen wie der Waganowa-Akademie in Sankt Petersburg machten und am Kirow oder Bolschoi tanzten, bis sie in den Westen flüchteten. Auch wenn sie heute genau wie Eishockeyspieler selbständige Unternehmer waren, war die Tradition an sich immer noch russisch. Doch hier war ein Raum voller Tänzerinnen, die so exotisch waren wie Gewächshausorchideen. Vor allem Isabel, die jede Bewegung schwerelos erscheinen ließ, sich mit unendlicher Leichtigkeit drehte und bis in die letzte Reihe alle Blicke auf sich zog. Schließlich klatschte die Ballettmeisterin in die Hände und entließ die Klasse, woraufhin Isabel ihr Sweatshirt und ihre Tasche nahm, zu Arkadi herüberkam und auf russisch nach einer Zigarette verlangte.

Sie setzten sich an einen Tisch in der Ecke des Hofs. Isabel inhalierte mit Inbrunst, während sie Arkadi von oben bis unten musterte. »An die dreißig Grad, und Sie tragen noch immer Ihren Mantel. Das hat Klasse.«

»Ein Stil. Sie sind sehr gut«, versicherte Arkadi ihr.

»Das spielt keine Rolle. Ich werde immer nur erste Tänzerin sein, egal, wie gut ich bin. Wenn ich nicht die Beste wäre, würden sie mich gar nicht in die Kompanie lassen.«

»Warum nicht?«

»Weil mein Vater, als ich noch klein war, in eine Verschwörung geraten ist und als Verräter verurteilt wurde, obwohl er unschuldig war.«

Wieder fielen Arkadi die Melancholie in ihrer Stimme und ihr langer Hals auf, die feinen schwarzen Härchen, die sich in ihrem Nacken auf schneeweißer Haut kräuselten. Und ihre bis aufs Nagelbett abgekauten Fingernägel. Sie sog hungrig an ihrer Zigarette, als sei Rauchen ihr Ersatz für Essen. »Es gefällt mir, daß Sie dünn sind.«

Arkadi zündete sich eine Zigarette an und genoß das unvermutete Kompliment.

»Sie sehen ja, unter welchen Bedingungen wir arbeiten müssen«, sagte Isabel.

»Das scheint Sie aber nicht abzuhalten. Tänzer tanzen, egal, was, oder?«

»Sie tanzen, um zu essen. Das Ballett ernährt uns besser als die meisten Kubaner. Und dann gibt es immer noch die Möglichkeit, sich von einen verknallten Spanier aus Bilbao eine Wohnung mieten zu lassen, wofür wir nur die Hose herunterlassen müssen, wenn er in der Stadt ist. Die anderen Mädchen würden sagen: ›O Gloria, du kannst dich glücklich schätzen.‹ Aber ich würde mir eher die Kehle durchschneiden, als so zu leben. Die anderen bekommen immerhin von Zeit zu Zeit die Chance, zu reisen und entdeckt zu werden, während ich hier verrotte. Sergej wollte mir helfen.«

»Eine Ballerina, die *nach* Rußland überläuft?«

»Sie lachen?«

»Das ist mal was anderes. Ich wußte gar nicht, daß Pribluda sich für Ballett interessiert hat.«

»Er hat sich für mich interessiert.«

»Das ist etwas anderes«, räumte Arkadi ein. Ihre Ichbezogenheit war so vollkommen, daß sie sein lädiertes Gesicht noch gar nicht bemerkt hatte. »Sie standen sich nahe?«

»Was mich betrifft, bloß gute Freunde.«

»Er wäre Ihnen gern nähergekommen?«

»Das nehme ich an.«

»Hatte er irgendwelche Fotos von Ihnen?« Arkadi dachte an das Bild in Pribludas Schreibtischschublade, das Isabel in einer hingebungsvollen Pose zeigte. Die echte Isabel war stahlhart.

»Ich glaube schon.«

»Hatten Sie irgendwelche Fotos von ihm?«

»Nein.« Offenbar fand sie die Frage lachhaft.

»Oder von Ihnen beiden zusammen?«

»Ich bitte Sie.«

»Ich frag' ja nur.«

»Sergej wollte eine andere Beziehung, aber er war so alt, nicht gerade der attraktivste Mann auf der Welt und auch nicht besonders kultiviert.«

»Er konnte ein Plié nicht von... was auch immer unterscheiden?«

»Genau.«

»Aber er wollte etwas für Sie tun.«

»Ich habe Ihnen doch erzählt, daß Sergej für mich mit Moskau verhandelt hat. Sind Sie sicher, daß kein Brief oder ein E-Mail gekommen ist?«

»Weswegen?«

»Um aus diesem elenden Land rauszukommen.«

Arkadi hatte das Gefühl, mit einer Märchenprinzessin zu reden, die in einem Turm gefangengehalten wurde.

»Wann haben Sie Sergej zum letzten Mal gesehen?«

»Vor zwei Wochen. Es war der Tag der Premiere von *Cinderella.* Eine der Solotänzerinnen war krank geworden, ich mußte als eine der häßlichen Stiefschwestern einspringen, und es gab Probleme mit meiner Perücke, weil die häßlichen Stiefschwestern hier in Kuba blond sind. Das heißt, es war ein Freitag.«

»Um wieviel Uhr?«

»Morgens so gegen acht. Ich habe auf dem Weg nach unten geklopft, und er ist mit Gordito an die Tür gekommen?«

»Mit Gordito?«

»Seine Schildkröte. Den Namen habe ich ihr gegeben. Es bedeutet ›Dickerchen‹.«

Arkadi konnte sich vorstellen, wie Pribluda die Tür öffnete. Hatte der Oberst sich in die Rolle eines fahrenden Ritters geträumt, der Isabel von ihrer Insel der Verbannung retten würde?

»Sie wohnen direkt über Pribluda«, sagte Arkadi, »ist Ihnen aufgefallen, wer ihn besucht hat?«

»Wer würde schon einen Russen besuchen, wenn man weiß, daß sein Haus beobachtet wird?«

»Wer beobachtet es denn?«

Sie faßte sich ans Kinn, als könnte auf ihrer zarten Haut plötzlich ein Bart sprießen. »*Er* beobachtet. Er beobachtet *alles.*«

»Als Sie Pribluda zum letzten Mal gesehen haben, hat er da gesagt, was er an diesem Tag vorhatte?«

»Nein, er hat nie rumgeprahlt wie George, der immer große Töne spuckt. Aber Sergej hat Sie geschickt.«

»Er hat mich nicht geschickt, ich bin einfach gekommen.« Arkadi versuchte, das Gespräch wieder in die richtige Bahn zu lenken. »Haben Sie Sergej je mit einem Sargento Luna vom Innenministerium gesehen?«

»Ich weiß, wen Sie meinen. Nein.« Isabel belohnte ihn mit einem Lächeln. »Sie haben Luna gestern abend die Stirn geboten. Ich habe Sie gesehen.«

»Eher kläglich.« Arkadi erinnerte sich vor allem daran, daß die Situation durch die Ankunft von Criminalista Osorio gerettet worden war.

»Und Sie werden mich retten«, sagte sie und legte ihre kühle Hand auf seine, als ob sie zu einer Übereinkunft gekommen wären. »Wenn der Brief aus Moskau kommt, brauche ich sofort eine Einladung nach Rußland. *Pues*, das müssen Sie über eine Kulturinstitution einfädeln, eine Tanzkompanie, ein Theater, egal, was. Sehen Sie, wo Kubaner heute überall tanzen? In New York, Paris, London. Es muß für den Anfang gar nicht das Bolschoi sein, wenn Sie mich nur hier rausholen.«

Über Isabels Schulter hinweg sah Arkadi, wie George Washington Walls beim Betreten des Hofs stolperte und beinahe hinfiel. Seine blasse Gesichtsfarbe wurde für einen Moment noch blasser, bevor er sich wieder im Griff hatte. Der energische Gang des Amerikaners verlangsamte sich zu einem kubanischen Schlendern, kombiniert mit der selbstbewußten Lässigkeit eines Schauspielers. Er trug gebügelte Jeans und einen makellos weißen Pullover über braunen Muskeln. Der Mann mußte um die Fünfzig sein, dachte Arkadi, doch im Film wäre er noch als jugendlicher Held durchgegangen. Warum auch nicht? Arkadi erinnerte sich vage an die Antikriegsproteste, den Marsch auf Washington und das Flugzeug. Beim Überqueren des Hofs klopfte Walls hier auf eine Schulter und lächelte dort strahlend in eine Runde. Einzig Isabel, die sich seinem Kuß entzog, schien unzugänglich für seinen Charme. »Oh, oh«, sagte er und setzte sich neben Arkadi, »ich bin schon so gut wie passé. Offenbar sind Sie der neue Liebling der Stadt, Arkadi.«

»Comemierda«, zischte Isabel über den Tisch gebeugt, bevor sie ihre Zigarette ausdrückte und zurück zum Proberaum marschierte.

»Wollen Sie, daß ich das übersetze?« fragte Walls Arkadi.

»Nein.«

»Gut. Sie kann so bösartig sein, wie sie schön ist, und sie ist eine wunderschöne Lady.« Als sie verschwunden war, widmete Walls Arkadi seine volle Aufmerksamkeit. »Interessieren Sie sich für Ballett? Ich trage natürlich zu der guten Sache hier bei, wo ich kann, aber ich persönlich bin mehr ein Boxfan. Ich sehe mir ständig Kämpfe an. Sie auch?«

»Eher selten.«

»Aber hin und wieder.« Walls begutachtete die Reparaturen an Arkadis Kopf. »Und was ist mit Ihnen passiert?«

»Ich glaube, es war Baseball.«

»Was für ein Spiel! Hören Sie, ich wollte mich dafür bedanken, daß Sie Luna gestern abend aufgehalten haben.«

»Ich denke, daß Sie auch dazu beigetragen haben.«

»Nein, Sie waren es, und das war richtig so. Der Sargento ist durchgedreht. Das kommt vor auf Kuba. Wissen Sie, wer ich bin?«

»George Washington Walls.«

»Ja, das sagt alles, nicht wahr? Und da sitze ich nun und horche jeden aus, mit dem Isabel redet. Ich muß zugeben, daß Sie mich überrascht haben. Gestern abend bin ich auch nicht besonders nett rübergekommen. Mein Problem ist, daß ich zwar so etwas wie der Elder Statesman aller Radikalen bin, die auf der Flucht in Kuba gelandet sind; aber wenn es um Isabel geht, bin ich wie ein wütender kleiner Junge.«

»Das ist schon in Ordnung«, meinte Arkadi und wechselte das Thema. »Wie war das denn so, ›auf der Flucht‹ zu sein?«

»Nicht übel. In Ostdeutschland, der guten alten Demokratischen Republik, haben die blonden Hildas und Ilsen Schlange gestanden, um unter dem schwarzen Kommandanten zu dienen. Ich hielt mich für einen Gott. Und jetzt versuche ich verzweifelt, Isabel auch nur ein Lächeln zu entlocken.«

»Sie sind schon eine Weile hier.«

»Ich bin schon seit einer Ewigkeit hier. Ich weiß auch nicht, was zum Teufel ich mir dabei gedacht habe. Die Wahrheit ist, daß mein Mundwerk mir immer ein bißchen voraus ist. Mein Mund sagte: ›Ich gehe nicht in den Krieg, ich werde nicht zulassen, daß ihr meine schwarzen Brüder im Süden rumschubst, ich entführe dieses Scheißflugzeug.‹ Und der Rest von mir sagte: ›Das war doch alles gar nicht so gemeint, schlag mich bitte nicht noch einmal.‹ Ich habe nicht geglaubt, daß sie mich wirklich nach Havanna bringen würden. Aber ich war so total mit Speed zugeknallt, daß mir die Augen fast aus dem Kopf quollen, dazu habe ich im Cockpit mit einer dicken Cowboyknarre rumgewedelt, und da müssen die wohl gedacht haben, daß ich ein verdammt gefährlicher Bursche bin. Ich stieg also hier aus dem Flugzeug, und eine der Stewardessen gab mir eine kleine amerikanische Flagge. Was ging bloß in deren Kopf vor? Ich weiß es nicht. Scheiße, ich hab' sie verbrannt. Was sonst? Das Bild wurde überall gebracht. Hat das FBI ganz schön auf die Palme getrieben. Sie haben mich zum meistgesuchten Verbrecher der USA erklärt, während ich für die andere Hälfte der Welt ein Held war. Und das bin ich jetzt seit fünfundzwanzig Jahren, ein Held. Sie haben es zumindest versucht. Sie dachten, sie hätten es mit einem knallharten Revolutionär zu tun, und haben mich in ein Lager mit den gefährlichsten Männern der Welt gesteckt, Palästinensern, Iren, Roten Khmer. Dabei hat sich herausgestellt, daß ich bloß ein junges Großmaul aus Athens, Georgia, war, mächtig über Mao tönen konnte und wahrscheinlich ein Rhodes-Stipendium in Oxford gekriegt hätte, wenn ich nicht stattdessen in Kuba gelandet wäre. Diese Typen haben mir wirklich Angst gemacht. Echte Scheißangst. Kennen Sie die Sorte?«

»Ich versuche, sie mir vorzustellen.«

»Tun Sie's nicht. Am Ende haben sie aufgegeben, mich zurück nach Havanna gebracht und mir einen lauen Job als Übersetzer gegeben. Das war natürlich ein Abstieg, aber ich war immer noch voll des revolutionären Eifers und habe dreißig Seiten am Tag übersetzt, bis mich eines Tages einer meiner kubanischen Kollegen beiseite nahm und fragte: ›Jorge, was ist mit dir los, verdammt noch mal? Wir übersetzen jeder drei Seiten am Tag. Du ruinierst die Quote.‹ Ich glaube, an dem Tag, an dem ich diese Worte hörte, habe ich Kuba begriffen. Das Licht der Erkenntnis dämmerte. Marx war am Strand angekommen, und der Alte wollte bloß einen kalten Daiquiri und eine Zigarre. Solange die Sowjetunion noch gezahlt hat, war das hier eine einzige große Party, müssen Sie wissen. Das Problem ist nur, daß die Party jetzt vorbei ist.«

»Trotzdem …« Arkadi versuchte immer noch, das Bild des welterschütternden Revolutionärs mit dem des windigen Geschäftemachers zusammenzubringen.

Walls bemerkte seinen Blick. »Ich weiß, ich war einmal eine große Nummer. Aber das waren Eldrige Cleaver und Stokely Carmichael auch. Bruder Cleaver ist zurück in die Staaten gekrochen, um seine Zeit abzusitzen, und Stokely ist als Wanze in

Afrika gelandet, wo er in Uniform und mit Gewehr verkleidet in Kissidougou darauf wartet, daß die Revolution an seine Tür klopft. Also, sagen Sie mir, hat Isabel Sie gebeten, sie aus Kuba rauszuholen?«

»Ja.«

»Nun, sie ist besessen von der Idee und besessen von Männern, von denen sie denkt, sie könnten ihr helfen. Und sie hat vollkommen recht. Hier werden sie sie nie zur Primaballerina machen, und rauslassen werden sie sie auch nie. Lieben Sie sie?«

»Ich habe sie gerade erst kennengelernt.«

»Aber ich habe Sie beide zusammen gesehen. Männer verlieben sich sehr schnell in sie, vor allem wenn sie sie tanzen sehen. Manchmal überschlagen sie sich förmlich, um ihr zu helfen.«

»Ich würde ihr helfen, wenn ich könnte.«

»Ah, das heißt, Sie haben keine Ahnung von der Situation.«

»Nicht die geringste«, gab Arkadi zu. »Kennen Sie Sergej Pribluda?«

»Ich kannte ihn. Ich habe gehört, daß man ihn aus der Bucht gefischt hat. Sind Sie auch ein Spion?«

»Ermittler des Staatsanwalts.«

»Aber ein Freund von Sergej?«

»Ja.«

»Lassen Sie uns draußen weiterreden.« Walls führte Arkadi am Empfang vorbei über einen kleinen Hof mit kargen Büschen auf die Straße, wo ein schnittiges, weißes, amerikanisches Cabriolet mit roten Ledersitzen parkte. Die abgerundeten Heckflossen waren mit silbernen Ringen verziert, und auf dem Kofferraumdeckel zeichnete sich die Andeutung eines Ersatzreifens ab. »Ein 57er Chrysler Imperial. Dreihundertfünfundzwanzig PS, V-8-Zylinder, Torque-Flite-3-Gang-Automatik, Torsion-Aire-Aufhängung. Ernest Hemingways Wagen.«

»Sie meinen, ein Wagen wie Hemingways?«

Walls strich zärtlich über die Stoßstange. »Nein, ich meine Hemingways Wagen. Früher hat er Papa Hemingway gehört, jetzt gehört er mir. Ich möchte mit Ihnen über den Brief reden,

den Isabel aus Rußland erwartet. Hat sie Ihnen von ihrer Familie erzählt?«

»Ein wenig.«

»Und natürlich auch, daß ihr Vater unschuldig war.«

»Ja.«

Walls senkte die Stimme. »Ich liebe die Kubaner, aber sie halten sich nicht immer an die reine Wahrheit. Hören Sie, dieses Volk hat Rußland ruiniert. Und irgendwann mußte Rußland sagen: ›Wir sollten dafür sorgen, daß da endlich Vernunft einkehrt.‹«

Warum, fragte Arkadi sich. In Rußland hatte auch nie Vernunft geherrscht. Warum ausgerechnet in Kuba? »Wovon reden Sie?«

Walls sprach schnell weiter. »Lazaro Lindo war die Nummer zwei der kubanischen Partei und in Moskau postiert, eine durchaus logische Wahl. Es sollte ein stiller Staatsstreich werden, eine glatte Machtübernahme mit Hausarrest für Fidel. Lindo flog in einem schwarzen Flugzeug aus Moskau zurück und hörte schon unterwegs die Nachrichten von Truppenmobilisierung und auffahrenden Panzern. Und stellen Sie sich vor, als das arme Schwein aus dem Flugzeug steigt, erwartet ihn Fidel an der Gangway. Und in derselben Nacht setzt die Botschaft in Moskau Señora Lindo und die zweijährige Isabel in ein weiteres Flugzeug nach Havanna.«

»Fidel hat es gewußt?«

»Von Anfang an. Er ließ die Verschwörer gewähren, um zu sehen, wer sich ihnen anschließen würde. Das ist einer der Gründe, warum der Commandante so lange überlebt hat.«

»Was geschah mit Isabel?«

»Ihre Mutter wurde verrückt und fiel unter einen Bus. Isabel wurde unter einem anderen Namen von ihrer Tante erzogen, was der einzige Grund ist, warum sie überhaupt für die Ballettschule ausgewählt wurde. Das kubanische Ballett ist wie der kubanische Sport ein Wunder, bis man herausfindet, wie es gemacht wird. Sie suchen das ganze Land nach vielversprechenden

Talenten ab, und sie war schon mit zwölf ein Star. Können Sie sich die Aufregung vorstellen, als herauskam, daß es sich um Lazaro Lindos kleine Tochter handelte? Jetzt zeigen sie auf sie und sagen: »›Seht ihr, wir lassen die Kinder unserer Feinde in die Gesellschaft zurückkehren.‹ Doch sie werden nicht erlauben, daß der Name Isabel Lindo ganz oben steht, sie werden sie nie zur Primaballerina machen, und sie werden sie nie auf Tournee gehen lassen.«

»Lebt ihr Vater noch?«

»Er ist im Gefängnis gestorben. Jemand hat ihm einen Stein auf den Kopf fallen lassen. Was ich sagen will, ist, daß die Nachricht, die Isabel aus Moskau erwartet, keine gewöhnliche Nachricht ist und daß es dem Boten leid tun könnte, dazu beigetragen zu haben, Staub aufzuwirbeln. Das wird *sie* Ihnen nicht erzählen, aber ich tue es.«

»Sehr freundlich.«

»Ich weiß, daß sie schwierig ist. Sie könnten ihr helfen.«

»Wie kann ich das?«

»Indem Sie ihr keine allzu großen Hoffnungen machen.«

»Hat Pribluda ihr Hoffnungen gemacht?«

»Sergej wollte für mich arbeiten.«

»Als Fahrer?«

»Nein, Security.«

»Welche Sicherheit kann Ihnen denn ein Russe auf Kuba bieten? Ist die russische Mafia auch schon hier?«

»Ganz in der Nähe. In Antigua, auf den Caymans, in Miami. Aber nicht in Havanna, noch nicht. Eigentlich mache ich mir mehr Sorgen wegen Luna. Haben Sie den Sargento heute schon gesehen?«

»Noch nicht. Aber Luna meinte, wir würden uns wiedersehen, und ich glaube nicht, daß er ein Mann leerer Drohungen ist. Ich bezweifle, daß der Sargento überhaupt weiß, was eine leere Drohung ist.«

Walls ging zur Beifahrertür und öffnete das Handschuhfach. Darin lag ein riesiger, in Sämischleder gewickelter Colt. »Ein

45er Colt Combat Commander, ein Klassiker, Fidels Lieblingswaffe. Luna war nützlich. Er hat viele interessante Verbindungen. Aber Sie haben ja gestern abend gesehen, wie er manchmal einfach außer Kontrolle gerät. Ich muß mich von ihm trennen, und das würde mir leichterfallen, wenn mir jemand den Rücken freihält. Vielleicht wären Sie interessiert.«

Arkadi mußte lächeln. In letzter Zeit hatte ihn nicht viel amüsiert, aber dieses Angebot belustigte ihn. »Im Moment habe ich alle Hände voll zu tun, meinen eigenen Rücken freizuhalten.«

»So sehen Sie aber nicht aus. Sie strahlen so eine unterkühlt-lässige Leck-mich-am-Arsch-Haltung aus. Sie könnten sich auch um allgemeine Sicherheitsfragen kümmern.«

»Ich spreche kein Spanisch.«

»Das würden Sie lernen.«

»Eigentlich ist mir eine ungefährlichere Arbeit lieber.«

»Der Job ist absolut ungefährlich. Die Wahrheit ist, Arkadi, ich werde in diesem tropischen Paradies nur geduldet. Es gibt Leute, die jede Gelegenheit ergreifen, jede Schwierigkeit ausnutzen würden, um zu sagen: ›George Washington Walls kann uns mal, der Mann ist von gestern, wenn die Amerikaner ihn immer noch haben wollen, schickt ihn zurück.‹ In meiner Situation gilt die Devise, je stiller, desto besser.«

»Nun, das ist wirklich sehr interessant, aber ich bin nur für ein paar Tage in Kuba.«

»Das behaupten die Leute immer. Sie sagen, sie sind nur auf der Durchreise, aber Sie wären überrascht, wie viele am Ende hier hängenbleiben. Wenn jemand um die halbe Welt an einen Ort wie Havanna kommt, ist das kein reiner Zufall. Es gibt immer einen Grund.«

12

Arkadi erwartete, daß Luna sich jeden Moment von einem Straßenschild herabhangeln oder aus einem Kanalschacht klettern würde, um sein Versprechen wahrzumachen, ihm »den Arsch aufzureißen«. Das lag dicht bei Ermorden, aber es war nicht das gleiche. Es hatte eine zusätzliche sexuelle Konnotation, die Andeutung rauher Paarung, als ob ein fehlendes Ohr oder Auge ein angemessener Tribut für den Geschlechtsverkehr wäre. Morden war sauber, Arsch aufreißen klang nach einer größeren Sauerei.

Seltsamerweise fühlte Arkadi neue Lebensgeister in sich erwachen. Er war nicht direkt glücklich, aber die Suche nach dem Foto und die damit verbundene Erlaubnis, Fragen nach Pribluda zu stellen, gaben ihm neue Kraft. Außerdem amüsierte ihn das in Zeiten der Depression reichlich absurde Angebot, einen amerikanischen Radikalen wie George Washington Walls zu beschützen. Vielleicht fühlte Arkadi sich so unverwundbar, weil ihm Havanna so unwirklich vorkam, wie ein Mann, der weiß, daß er nur schlecht träumt. Luna war jedenfalls eine Figur direkt aus einem Alptraum. Luna war perfekt.

Zurück in Pribludas Wohnung, verbarrikadierte er die Wohnungstür und nahm eine Flasche gekühltes Wasser mit ins Arbeitszimmer, wo er den Computer anschaltete und, als die Maschine das Paßwort verlangte, GORDO eingab.

Die Maschine zwitscherte, und auf dem Bildschirm leuchteten verschiedene Icons auf: PROGRAMME, STARTUP, SYSTEMORDNER, DRUCKER. Fünfundzwanzig Jahre beim KGB, und ein Agent benutzte den Namen einer Schildkröte als Paßwort. Lenin würde weinen.

Nach wie vor an Pribludas letztem Tag interessiert, klickte sich Arkadi über den Systemordner in den Kalender ein. Stunden, Tage und Monate rollten ohne Termin rückwärts, doch welch seltsamer Trost, dachte er. Er sprach kein Spanisch, aber er konnte auf der universellen Schreibtischoberfläche eines PCs navigieren. Hinter CUMIN verbargen sich das kubanische Ministerium für Zucker sowie etliche Tabellen, hinter RUSMIN das russische Handelsministerium, hinter SUGFUT die Kurse von kubanischem, brasilianischem und indischem Zucker im Wettkampf an den entsprechenden Handelsbörsen. Derweil ließ der aus dem Erdgeschoß nach oben dringende Lärm darauf schließen, daß Erasmo, der Mechaniker, wieder bei der Arbeit war. Arkadi wollte mit Mongo reden und ein Foto von Pribluda auftreiben, doch eins nach dem anderen, solange er noch in der Materie war.

Er öffnete SUGHAB, die Havanna in hundertfünfzig Zuckerfabriken aufteilte. Die letzte abgespeicherte Datei hieß COMFUEG.

Die Commune Camilo Cienfuegos ist die ehemalige Zuckerfabrik von Hershey im Osten Havannas. Besuch der Felder ergab schlechte kubanische Wartung der antiquierten Maschinen. Wir müssen jedoch auch offen eingestehen, daß russische Schiffe mit Ersatzteilen bis jetzt noch nicht aufgetaucht sind, zuletzt ein Frachter, der in der vergangenen Woche in Havanna erwartet wurde. Man nimmt an, daß der Kapitän des Schiffes einen anderen Hafen entlang der südamerikanischen Küste angelaufen hat und seine Fracht zu einem besseren Preis verkauft hat. Das macht die Verhandlungen mit dem Zuckerministerium bedauerlicherweise noch schwieriger.

Arkadi konnte sich vorstellen, daß die Kubaner darauf gereizt reagiert hatten. Er begann nach dem Havana Yacht Club zu suchen. Nichts. Rufo Pinero. Nichts. Sargento Luna und obendrein noch Capitán Arcos. Nichts. Er öffnete den Eingangs- und Ausgangsordner für E-Mails. Leer.

Ein Dokument namens AZUPANAMA fiel ihm ins Auge, weil Vizekonsul Bugai Verhandlungen zwischen Rußland und Kuba erwähnt hatte, die dank der Vermittlung eines panamaischen Zuckerhändlers jenes Namens erfolgreich zum Abschluß gebracht worden waren. Arkadi dachte, es wäre aufschlußreich zu sehen, welche Rolle der Handelsattaché Sergej Pribluda in dem Ganzen gespielt hatte. Er öffnete die Datei, um eine kurze, traurig einseitige Korrespondenz aus ihrem Grab zu heben.

serg@dit.com/IntelWeb/ru Wed Aug 5 1996
A. I. Serkow, Manager
Diamond International Trading
1123 Smolenski Sq., Suite 167
Moskau

Lieber Serkow,
Grüße aus dem Land der Mambo Kings. Ich gewöhne mich gerade erst daran, Post via Internet zu verschicken. Ich hoffe also, es geht Euch allen gut usw. Das Wetter ist angenehm, danke. Schick mir eine Bestätigung, wenn diese Mail Dich sicher erreicht.

Dein
S. S. Pribluda

Es war, als würde man jemandem zusehen, der Fahrradfahren lernte.

A. I. Serkow
Diamond International Trading
Lieber Serkow,
Fortschritt.
Dein
S. S. Pribluda

Das gefiel Arkadi. Fortschritt! Fortschritt hörte sich gut an! Und so durch und durch russisch! Interessant war auch, daß die Mail keine Adresse und keinen Vermerk über die Sendezeit trug, was darauf hindeutete, daß es lediglich der Entwurf für die eigentliche Nachricht war, die über die verschlüsselte Maschine in der Botschaft geschickt werden sollte.

serg.@dit.com/IntelWeb/ru Mon Oct 1 1996
Serkow,
der chinesische Kontakt hat Früchte getragen. Du wirst sehen, daß der Fuchs errötet ist! Ein Fuchs und ein Wolf!
Pribluda.

Was für ein Wortschmied. Pribluda war offensichtlich im Siegestaumel gewesen. »Erfolg!« war alles, was ein Agent zu vermelden hatte. Der »chinesische Kontakt« war auch schon fast ein bißchen dick aufgetragen, zumal Arkadi kein Teil von China bekannt war, der unmittelbar an Havanna grenzte.

Laut einer Tabelle waren Pribludas Finanzen streng geregelt, ein fester monatlicher Betrag für Nahrung, Wäsche, persönliche Dinge, Benzin und Autoreparaturen. Die einzig unerklärliche Ausgabe waren hundert Dollar, die jeden Mittwoch gezahlt wurden. Wenn es um Sex ging, hätte Pribluda es versteckt, dachte Arkadi; als ungewendeter Kommunist hatte der Oberst zwar eine schiefe, aber eiserne Moral. Nein, die Zahlung konnte für seinen chinesischen Kontakt sein. Oder für Karatestunden. Laut der kleinen Carmen hatte Pribluda in seinem Koffer einen schwarzen Gürtel mit sich herumgetragen.

Die wesentlich aufschlußreichere Tatsache war die, daß Pribluda sehr viel mehr Geld gehabt hatte, als man in dem Reifenschlauch bei ihm gefunden hatte. Arkadi schaltete den Computer aus und durchsuchte die Wohnung erneut, was mehr seiner Arbeitsweise entsprach. Diesmal leerte er alles einschließlich der Schuhe und Hutbänder. In einer Hose im Kleiderschrank fand er zwei abgerissene Eintrittskarten. Im Medizinschrank entdeckte er zweitausendfünfhundert amerikanische Dollar, die neben ein paar Tabletten zusammengerollt in einem weißen Aspirinröhrchen steckten.

Was ihn auch nicht viel weiterbrachte. Trotzdem war Arkadi zufrieden, irgendwas gefunden zu haben. Er holte sich ein Messer aus der Küche und ließ sich vom Blau des Meeres nach draußen auf einen Balkonstuhl locken. In einem Moment war er noch voller Energie, im nächsten kaum noch in der Lage, seine Beine zu bewegen. Waren es die sechs Stunden Zeitunterschied zu Moskau? Angst? Eine leichte Brise wehte, und das Gewicht des Messers drückte beruhigend auf seinen Bauch, als er, abgekühlt durch den Schweiß auf seinem Gesicht, einschlief.

Er erwachte von anschwellendem Sirenengeheul. Die Sonne war auf die andere Seite des Malecón gewandert, auf dem Boulevard rauschte eine Vorhut von vier Motorrädern heran, deren Weg durch Polizisten freigeräumt worden war, die plötzlich an allen Kreuzungen aufgetaucht waren, sämtlichen Verkehr gestoppt und Fahrräder und Rikschas aus dem Weg gescheucht hatten. Den Motorrädern folgte ein lautlos vorbeigleitender Konvoi, der die Leute auf dem Bürgersteig anhalten ließ. Alle Augen wanderten von Wagen zu Wagen, von dem kastenförmigen Landrover über den breiten HMMWV bis zu dem kleinen Lada des Innenministeriums, der wie ein Schoßhündchen vor zwei schwarzen Mercedes 280 mit getönten Scheiben und den schwankenden Panzerfahrzeugen her tuckerte, von Übertragungs- und Krankenwagen über den nachfolgenden Landrover bis zu der Nachhut von vier Motorrädern – ein energetischer Wirbelsturm, der das gesamte Volk auf dem Malecón wie in Trance erstarren und erst wieder erwachen ließ, als der Zug vorbei war.

Vom Bürgersteig wurde Arkadis Name gerufen, und er sah Erasmo, der sich in seinem Rollstuhl zurücklehnte.

»Hast du ihn gesehen, *bolo*?« Erasmo faßte sich in Anspielung auf El Líder, El Commandante an den Bart, Fidel persönlich.

»Das war er?«

»In einem der beiden Mercedes. Oder sein Doppelgänger. Das weiß niemand, die Termine des Commandante und die Routen seiner Kolonne werden nie vorher bekanntgegeben. Das ist im Grunde das einzig Überraschende in Kuba.« Erasmo grinste und schwenkte den Rollstuhl hin und her. »Sie haben gesagt, Sie wollten mit Mongo reden. Nun, er ist nicht zur Arbeit gekommen.«

»Hat er Telefon?«

»Sehr witzig. Kommen Sie runter, dann suchen wir ihn. Es ist ein zu schöner Tag, um drinnen zu hocken. Ich werde Ihnen die kubanische Sicht der Dinge zeigen.«

Arkadi dachte, daß es draußen vielleicht sehr schön sein könnte, wenn man nicht gerade in einer gepanzerten Limousine mit Gefolge unterwegs war, doch solange Luna dort draußen lauerte, fühlte er sich in der Wohnung sicherer.

»Hören Sie«, gab Erasmo zu, »ich brauche einen Fahrer.«

In einem Jeep mit voll aufgedrehtem Radio über den Malecón zu brausen, während Erasmo halb über der Wagentür hing und lautstark Freunde begrüßte, vermittelte Arkadi in der Tat eine andere Sicht der Dinge. Die PNR-Streife bedachte der Mechaniker gleich mit einer obszönen Geste.

»Professionelle *hijos de putas*«, erklärte er. »Ich bin ein *capitalino*, gebürtig aus Havanna. Wir verachten die Polizisten, das sind alles Bauerntrottel. Und die können uns nicht leiden. Es ist Krieg.«

»Okay.«

Einige Häuser waren spanische Schlösser aus rosafarbenem Sandstein oder Bürogebäude mit Reihen von schrägen Fensterläden. Die Sonne löste sich in Licht und Farben auf. Während Arkadi nach Luna Ausschau hielt, kommentierte Erasmo den Gegenverkehr. »Ein 50er Chevy Styleline, ein 52er Buick Roadmaster, ein 58er Plymouth Savoy, ein 57er Cadillac Fleetwood. Sie können sich glücklich schätzen, so einen zu sehen.« Außerdem nötigte er Arkadi, bei jedem Mädchen abzubremsen, das am Straßenrand den Daumen hoch hielt. Mit ihren knalligen Leggings, Tops und Haarspangen sahen sie alle aus wie Madonna, die Sängerin, nicht die Muttergottes.

»Ist es nicht gefährlich für Mädchen, per Anhalter zu fahren?« fragte Arkadi. In Moskau wagten das nur Prostituierte oder alte Frauen.

»Wenn die Busse nicht fahren, müssen die Mädchen eben andere Mitfahrgelegenheiten finden. Außerdem sind die kubanischen Männer vielleicht Machos, aber sie haben auch Ehrgefühl.« Alle Mädchen, die Arkadi sah, steckten mitten in der Pubertät, trugen bauchfreie Tops oder enge bunte Trikots und streckten ihre Daumen offenbar für Eunuchen heraus. Erasmo entdeckte eine Anhalterin in flammendem Orange. »Wenn man so ein Mädchen sieht, sollte man wenigstens hupen.«

»Hat Pribluda gehupt?«

»Nein. Russen haben keine Ahnung von Frauen.«

»Glauben Sie?«

»Wie würden Sie eine Frau beschreiben?«

»Intelligent, humorvoll, künstlerisch.«

»Reden Sie von Ihrer Großmutter, oder was? Ich meine, eine Frau. Wie die Frauen hier. *Criolla*: sehr spanisch, sehr weiß. Wie Isabel, die Tänzerin. *Negra*: afrikanisch, schwarz, was sehr abstoßend, aber auch sehr sexy sein kann. Dazwischen *mulatta*: caramelfarben, eine Haut weich wie Kakao, Augen wie eine Gazelle. Wie Ihre Freundin, die Criminalista.«

»Sie haben sie gesehen?«

»Sie ist mir aufgefallen.«

»Warum beschreiben Männer Frauen immer in Kategorien des Genießbaren?«

»Warum nicht? Und für die meisten kubanischen Männer die beste: *china*, eine *mulatta* mit einem leichten chinesischen Einschlag, sehr exotisch! Und jetzt beschreiben Sie eine Frau für mich.«

»Ein Messer im Herz.«

Sie fuhren eine Weile schweigend weiter.

»Das ist nicht schlecht«, sagte Erasmo.

»Als Sie mich von der Straße aus gerufen haben, haben Sie mich *bolo* genannt. Was bedeutet das?«

»Bowlingkugel. So nennen wir die Russen. *Bolos*.«

»Wegen unserer ...?«

»Körperlichen Eleganz.« Erasmo grinste mit einem Augenzwinkern. Der Mechaniker hatte ein breites Gesicht mit lebhaftem Ausdruck und mächtige Schultern. Mit Beinen wäre der Mann ein wahrer Herkules gewesen, dachte Arkadi.

»Apropos chinesisch«, sagte er, »gibt es donnerstags in Havanna irgendwelche chinesischen Veranstaltungen?«

»Chinesische Veranstaltungen? Da sind Sie in der falschen Stadt, mein Freund.«

Unbestreitbar, dachte Arkadi.

Sie fuhren an Hochhäusern vorbei, die schmuddelig waren wie abgegriffene Postkarten, bis der Malecón von einem Tunnel verschluckt wurde. Als sie in Miramar wieder herauskamen, dirigierte Erasmo Arkadi über eine öde Straße am Wasser entlang, die Avenida 1. Sie kamen am Sierra Maestra vorbei, dem Apartmenthaus, in dem Arkadi den Fotografen Mostowoi befragt hatte. Erasmo wies ihn auf ein Kino namens El Teatro Karl Marx hin, das früher das Teatro Charlie Chaplin gewesen war, und wenn es ein besseres Beispiel für sozialistischen Humor gab, fiel es Arkadi nicht ein. Hinter dem Kino stand eine Reihe von Häusern in abblätternden Pastellfarben mit verwitterten Familienwappen und Terrassen mit neuen Betonbänken. Erasmo wies Arkadi an, den Wagen auf dem Bürgersteig zu parken, weil das sicherer sei als auf der Straße.

»Zumindest für die Reifen«, fügte der Mechaniker hinzu. »Dies ist eine Insel von Kannibalen. Erinnern Sie sich an *Überleben!*? Der Film mit dem Flugzeugabsturz? Fidel ist unser Pilot, aber er würde einen Absturz wohl eher eine ›spezielle Periode‹ nennen.«

Erasmo hatte einen zusammenklappbaren Rollstuhl mit Fahrradreifen, und sobald das Gefährt von der Ladefläche geholt war und er darin Platz genommen hatte, machte er Arkadi ohne viel Worte deutlich, daß der sich unterstehen sollte, ihm Hilfe anzubieten. Der Mechaniker navigierte in halsbrecherischem Zickzackkurs über zerbrochene Flaschen zu einer Reihe Swimmingpools mit brackigem Wasser, unter denen sich nur einen Schritt tiefer ein Korallenriff mit Meerwasserbecken von unruhigem Grün erstreckte. Zwischen den Betonblöcken, die dem Riff als Wellenbrecher vorgelagert waren, und den Korallen schnorchelten Taucher im Meer.

»Sie jagen mit Speeren nach Tintenfischen«, sagte Erasmo, als Arkadi ihn eingeholt hatte. »Vor der Revolution konnte man hier in Süß- oder Salzwasserbecken oder im Meer schwimmen. Eine permanente Party, amerikanische Freunde, die den Mambo lernten.« Er wies mit dem Kinn auf ein Haus, wo auf einem hölzernen Balkon im zweiten Stock Laken wie Segel auf einer Leine flatterten. »Das Haus meiner Großmutter. Sie trug eine Zobeljacke und hatte statt einer Brille eine Lorgnette, wie es für Frauen einer bestimmten Klasse üblich war. Hier bin ich mit einem Dreirad mit Fähnchen am Lenker rumgekurvt, was ich gewissermaßen noch immer tue.«

»Haben Sie noch Verwandte hier?«

»Sie haben das Land alle schon vor langer Zeit verlassen. Mit dem Flugzeug, einer Yacht oder einem Paddelboot. Und wenn man weggeht, ist man offiziell natürlich ein Verräter, ein *gusano*, ein Wurm. Man kann nicht einfach anderer Meinung als Fidel sein, dann ist man *gegen* Fidel, *gegen* die Revolution, ein Verbrecher, ein Schwuler oder ein Zuhälter. Auf diese Weise ist nur der Abschaum gegen Fidel.«

Arkadi betrachtete das Haus. Es war ziemlich imposant. Erasmos Haar und Bart waren vom Wind zerzaust.

»Sie wollten hier nicht leben?«

»Ich habe früher hier gewohnt. Ich habe es gegen eine Wohnung getauscht, wo eine Garage nicht so auffällig ist. Mongo wohnt jetzt hier.«

»Sie sind alte Freunde?«

»Alte Freunde. Er kommt häufiger nicht zur Arbeit, müssen Sie wissen, aber bisher hat er mir jedesmal Bescheid gesagt.«

Sie manövrierten den Rollstuhl rückwärts eine Treppe hinauf und durch Wohnzimmer, Eßzimmer, Hof und einen weiteren Salon, die alle in getrennte Wohnungen unterteilt worden waren, die größeren Räume mittels Sperrholz und Laken sogar in zwei, so daß das Haus eine veritable *ciudadela* war, wie Erasmo es nannte, eine kleine Stadt. Er klopfte an eine der Türen im hinteren Teil des Hauses. Als niemand antwortete, bat er Arkadi, auf dem Türrahmen nach dem Schlüssel zu tasten.

»Dies war mein Zimmer, wenn ich zu Hause geschlafen habe. Manche Dinge verändern sich nie. Ich habe es geliebt. Hier war ich Captain Kidd.«

Das Zimmer hatte einen derart weiten Blick auf das Meer, daß es für einen Jungen, der mit Piratengeschichten aus der Karibik aufgewachsen war, ein Theater der Phantasie gewesen sein mußte, dachte Arkadi. Ansonsten war der Raum beengt: eine Pritsche, eine Seekiste, ein Schreibtisch und ein Regal mit Abenteuerromanen wie *Don Quijote*, *Ivanhoe* und *Die Schatzinsel* sowie einem CD-Player und einem mit rotem Samt eingefaßten Spiegel. Auf den Fensterbänken lagen Kokosnußschalen und Muscheln, daneben stand ein von Papierblumen umkränzter Plastikheiliger. Von der Decke hing ein Lkw-Reifenschlauch, der gleichzeitig als Puffer und Kronleuchter diente. An Fischernetzen entlang der Wände hingen Schwimmflossen, Angelrollen, Kerzen, Stöcke und Gefäße mit nach Größe geordneten Angelhaken. Unter dem Bett standen ein Werkzeugkasten, Öldosen, Trommeln und Kürbisflaschen. An einem Haken über dem Bett hingen so etwas wie eine Armbrust ohne Bogen, ein langer hölzerner Lauf mit einem Pistolengriff und Abzug sowie drei dicke Gummibänder.

»Eine Harpunenbüchse«, sagte Erasmo. Er ließ Arkadi die Waffe herunternehmen und zeigte ihm, wie man das verlängerte Ende in die Hüfte stemmte und die Gummibänder spannte. Der Speer selbst war ein Stahlbolzen mit abnehmbarer doppelzinkiger Spitze. »Der kubanische Fischer stellt seine Beute an allen Fronten.«

Arkadi interessierte sich mehr für die Fotos von Boxern an der Wand.

»Kid Chocolate, Kid Gavilan, Teofilo Stevenson. Mongos Idole«, sagte Erasmo.

Unter einem Zeitungsfoto von Fidel in einer Sparringspose mit einem großen hageren Kämpfer stand die Unterschrift: *El Jefe con el joven pugilista Ramon Bartelemy.*

»Sie haben doch gesagt, sein Name wäre Mongo.«

Erasmo zuckte die Achseln, als ob das keiner Erklärung bedurfte. »Ramon, Mongo, das ist dasselbe. Und wenn man ihn am dringendsten braucht, ist er der Wendige Mongo. So haben wir ihn genannt, als er noch geboxt hat.«

Das Bild der kubanischen Boxer vor dem Eiffelturm war identisch mit dem Foto, das Arkadi in Rufos Zimmer gesehen hatte, nur daß er jetzt erkannte, daß der Boxer neben Rufo Ramon »Mongo« Bartelemy war.

»Was glauben Sie, wo er sich aufhält, wenn er nicht hier ist?«

»Ich weiß es nicht. Sein Schlauch ist hier. Arkadi, haben Sie etwas dagegen, wenn ich Sie nach der Polizei frage. Bis zu der Vorstellung beim Santero standen zwei Streifenbeamte vor dem Haus. Ich weiß, daß sie keine Russen mögen, aber wollen Sie mir vielleicht was darüber erzählen? Schließlich lebe ich auch dort.«

Arkadi fand, daß das eine verständliche Frage war. »Möglicherweise hat Sargento Luna etwas damit zu tun.«

»Luna. Dieser Luna, er ist wie der Neumond, unsichtbar, aber präsent. Ein Mann, dem man besser nicht in die Quere kommt, ganz zu schweigen von einer Demütigung vor seinen Freunden. Als Feind eine erlesene Wahl. Und jetzt sind die Polizisten verschwunden. Möglicherweise wäre es Ihnen doch lieber, sie wären noch da, für den Fall, daß er zurückkommt.«

»Den Gedanken hatte ich auch schon.«

»Sind Sie derart wild entschlossen, Sergej zu finden?«

»Entweder das, oder ich kriege heraus, was mit ihm passiert ist.«

»Sie sollten anfangen, darüber nachzudenken, was Ihnen passieren könnte. Sie haben keinerlei Autorität und tun zum Glück nicht einmal so, als würden Sie unsere Sprache sprechen. Ermitteln können Sie also sowieso nicht, Sie könnten bloß in etwas verwickelt werden.«

»In was?«

»Kuba ist sehr kompliziert. Aber einfach ausgedrückt, wenn Sie Ihren Kopf nicht in einem Eimer wiederfinden wollen, halten Sie sich von Luna fern. Ich sage Ihnen das, weil ich mich für gestern abend ein wenig verantwortlich fühle. Ich will nicht noch mehr Schuldgefühle haben müssen.«

Arkadi stieß die Läden weiter auf. Unter einer tiefstehenden Sonne schlugen Wellen gegen eine ablandige Brise, und zwei *neumáticos*, die auf dem Kamm einer Welle ritten, kamen in Sicht. Sie tauchten nacheinander unter der Woge durch und im nächsten Wellental wieder auf wie Reiter auf versunkenen Pferden. »Und wo ist Mongo, wenn sein Schlauch hier ist?«

»Das bedeutet nicht, daß er nicht fischen ist.«

Als Arkadi und Erasmo wieder ans Ufer kamen, navigierten die *neumáticos* mit kurzen Paddeln um die Wellenbrecher herum. Gischt brodelte zwischen dem Riff und den Steinen. Die Fischer mußten den Schwung der Brandung ausnutzen, und Arkadi dachte, daß das Riff ein ausgezeichneter Ort wäre, um sich den Kopf anzuschlagen.

»Wann geht Mongo aufs Meer?«

»Das weiß man nie. *Neumáticos* fischen bei Tag oder Nacht, an einer Stelle der Bucht oder einer anderen. Ich denke, man muß das Fischen in einem Reifenschlauch als die hohe Kunst der

Improvisation betrachten. Man kann dicht am Ufer bleiben oder meilenweit aufs Meer hinauspaddeln, wo die Charterboote nach Marlinen fischen. Den Skippern gefällt es natürlich gar nicht, wenn ein paar Kubaner ihren Touristen den Fang vermasseln.«

»Die *neumáticos* versuchen Marline zu fangen?«

»Sie könnten es zumindest. Sie sind wie Bojen, sie lassen sich so lange von dem Fisch ziehen, bis er müde ist. Vielleicht könnte ein Fisch sie bis nach Florida schleppen, wer weiß? Aber sie müssen den Fisch natürlich zurückbringen, stimmt's? Würden Sie gern in einem Reifenschlauch einen Marlin an Land ziehen? Nein. Ein weiteres Problem sind die Barrakudas, weil die nach allem schnappen. Ein Barrakuda auf dem Schoß ist kein Vergnügen. Also jagen sie normalerweise nach kleineren Fischen. Mit einigem Erfolg, vor allem nachts, aber dann muß man wieder Taschenlampen und Laternen mitnehmen, außerdem locken die Reifenschläuche nachts Haie an, das würde mir auch nicht gefallen. Deswegen fahren *neumáticos* immer zu zweit los, zur Sicherheit.«

»Immer zu zweit?«

»Unbedingt, falls einem der beiden schlecht wird oder er seine Schwimmflossen verliert.«

»Haben sie Funkgeräte dabei?«

»Nein.«

»Und was genau könnte ein *neumático* tun, wenn sein Freund von einem Hai gefressen wird?«

Erasmo zog langsam die Brauen hoch. »Nun, in Kuba haben wir eine große Auswahl an Religionen.«

Was Arkadi gefiel, war die Unaufdringlichkeit der Fischer, die Art, wie sie eins wurden mit der Bewegung des Meeres, auftauchten und wieder aus dem Blickfeld verschwanden wie Zauberkünstler, die sich in Luft auflösten. Sie lehnten sich in ihre Reifen zurück, zogen ihre Flossen aus, richteten sich auf und hoben die Paddel aus dem Wasser. Einer ruhigeren Stelle folgte eine Rinne mit Treibsand, hinter der sich drei neue Wellen auftürmten. Beide Männer entschieden sich für denselben Wellenkamm, auf dem sie mit langen Zügen um die Wellenbrecher herum auf das Riff zuschwammen. Der erste hielt mit einer Hand seinen Reifen und stützte sich mit der anderen an den Felsen ab, während er bäuchlings an Land gespült wurde. Der zweite war ein älterer Mann mit einem Strohhut, der seine Landung so genau mit der Brandung synchronisierte, daß er sich von der Welle direkt auf die Koralle tragen ließ, wo er aufrecht stehenblieb. Die ausgefranste Krempe seines Hutes zitterte in der Brise, sein Hemd und seine Hose waren ausgebleicht, schwarze Unterschenkel endeten in grauen, schwieligen Füßen. Er fand ein kleines, von der Flut hinterlassenes Becken, in dem er seinen Fang lagerte, während er seine Ausrüstung zwischen dem Reifen und dem Netz verstaute, aus denen sein Einpersonenboot bestand. Trotz des Gewichts des tropfenden Reifens, den er auf dem Kopf balancierte, gelang es ihm, ein Streichholz anzureißen und den Zigarrenstummel in seinem Mund anzuzünden.

Arkadi zückte das Foto vom Havana Yacht Club, damit Erasmo es dem Fischer zeigen konnte. Der Mann wies mit einem Finger zuerst auf Mongo und dann zum Himmel.

»Pe'cando con cometa. Con cometa.«

»Das dachte ich mir.« Erasmo machte Arkadi auf einen Punkt am Himmel aufmerksam. »Sehen Sie den Drachen? Der alte Mann sagt, daß er Mongo dort vielleicht hat fischen sehen. Selbst aus der Luft fängt der fleißige Kubaner seinen Fisch.«

Arkadi dachte an Pribludas Herzinfarkt. »Könnten Sie ihn fragen, ob er auch bei Regen fischt?«

»Er sagt, ›klar‹.«

»Und bei Gewitter?«

Der Alte schüttelte schweigend den Kopf. »Nie.«

»Und wann war das letzte Gewitter über der Bucht?«

»Er sagt, vor einem Monat.«

Sie nahmen den Jeep. Da der Drachen jedoch zu weit über dem Wasser stand, um ihn von der Straße aus im Auge zu behalten, blieb Arkadi stehen, um erneut nachzusehen. Von einer Strandtreppe aus sah er etwa zweihundert Meter entfernt eine dünne Gestalt mit einer Mütze, die auf den Stufen einer Betontreppe stand und an einer Leine zog, die in einer eleganten Kurve himmelwärts verschwand. Etwa dreihundert Meter über dem Wasser segelte ein Drachen im ablandigen Wind. Der Jeep hupte.

»Tut mir leid, aber Sie hätten sie sehen sollen«, erklärte Erasmo, als Arkadi zum Wagen zurückkehrte. Arkadi drehte sich um und sah zwei langbeinige Blondinen auf Rollschuhen auf der Straße verschwinden. »*Jineteras* auf Rädern, der Traum eines Mechanikers.«

»Wir suchen Mongo.«

»Richtig. Also, um mit einem Drachen zu fischen, braucht man zwei Schnüre«, sagte Erasmo, als sie weiterfuhren. »Eine für den Drachen und eine für den Haken. Die erste Schnur zieht die zweite mit nach oben, und wenn der Drachen weit genug über dem Meer ist, um die Fische zu fangen, nach denen sie angeln, ziehen sie an der zweiten Leine, und die fällt ins Wasser.«

»Was ist mit den Charterbooten?«

»Sehr amüsant. Die Touristen spielen Hemingway, und plötzlich läßt ein armes kubanisches Schwein vom Strand aus einen Haken vom Himmel fallen.«

Obwohl Mongo von der Straße aus nicht zu sehen war, führte die Drachenschnur sie, als sie näher kamen, zu zwei limonengrünen Strandhäusern mit verrammelten Fenstern, die wie siamesische Zwillinge im ersten Stock miteinander verbunden waren. Auf dem Dach sprießte Unkraut. Arkadi hievte Erasmo in seinen Rollstuhl, und sie gingen über einen Weg, der zwischen den Häusern hindurch an einen von Fischschuppen glänzenden Felsstrand führte. In einem Riß zwischen den Betonstufen steckte das Blatt einer Schaufel. An ihrem hölzernen Schaft drehten sich zwei Spulen, zwei Schnüre spannten sich summend zu dem Drachen über dem Meer. Auf dem Griff des Spatens flatterte eine grüne Baseballmütze. Arkadi war sich nicht sicher, ob er Mongo oder den Schaufelgriff gesehen hatte. Und das Hupen war sicherlich auch nicht hilfreich gewesen.

»Wohin könnte er so schnell verschwunden sein?« fragte Arkadi.

»Er ist flink. Deshalb haben Sie ihn im Ring ja auch den ›Wendigen Mongo‹ genannt.«

»Warum sollte er davonrennen?«

»Sie hätten ihn was gefragt, aber die Leute halten sich von polizeilichen Ermittlungen fern, wenn sie können.«

»Würden Sie Mongos Mütze erkennen?«

»Natürlich.«

Als Arkadi danach griff, wehte eine Bö die Mütze aufs Wasser, wo sie trieb, bis sie von einer Strömung nach unten gezogen wurde. Im selben Moment waren die Spulen an dem Schaft leer, Drachen- und Angelschnur erhoben sich in die Lüfte und hätten ebensogut Fäden der Sonne sein können, so unerreichbar waren sie.

Es war Januar. In Moskau wäre das Wasser gefroren gewesen, und er hätte aufs Eis treten und die Mütze aufheben können, sagte Arkadi sich. In Moskau hatten Drachen keine Haken, Puppen machten sich nicht selbständig, und auch wenn dort manchmal Menschen unter Räder gerieten, verwandelten sie sich immerhin nicht in Schaufeln. Das war ein weiterer Unterschied.

13

Ofelia fand Renko in der Wohnung am Malecón. Nachdem er die Tür wieder mit einem Stuhl verbarrikadiert hatte, führte er sie durch den Flur ins Arbeitszimmer, wo der Computer eine traurige, aber wahre Geschichte erzählte.

> *Amerikanische Versuche, das kubanische Staatsoberhaupt zu ermorden, haben sich explodierender Zigarren und Muscheln, vergifteter Füller, Pillen, Tauchanzüge, Zigarren und Zuckerstücke sowie Mini-U-Boote, Heckenschützen und Kopfgeldjäger bedient. Es wurden Kubaner, kubanische Amerikaner, Venezolaner, Chilenen, Angolaner und amerikanische Gangster angeheuert. Der kubanische Geheimdienst hat 600 Verschwörungen zur Ermordung des Präsidenten aufgedeckt. Die CIA hat es mit halluzinogenen Sprays in Fernsehstudios versucht, aus denen der Präsident gesprochen hat, sowie mit Enthaarungspulvern, um seinen Bart ausfallen zu lassen. Aus diesen Gründen wohnt der Präsident abwechselnd in einer Reihe von sicheren Residenzen und gibt seinen Terminplan nie im voraus bekannt.*

»Sie haben Pribludas Paßwort gefunden.«

»War das nicht brillant von mir?« sagte er. »Das wurde am fünften Januar geschrieben, die vorletzte Datei, die Pribluda eingegeben hat, und ich frage mich, was das mit Zucker zu tun hat?«

»Das ist etwas, was ohnehin jeder Kubaner weiß. Das Leben des Commandante ist ständig in Gefahr.«

»Am Tag seines Verschwindens, vielleicht zwei Tage vor seinem Tod, überkommt Sergej Pribluda der Drang, eine kurze Geschichte der versuchten Attentate zu schreiben?«

»Offensichtlich. Er war ein Spion. Warum interessiert Sie das?«

»Ich fische nach der kubanischen Methode, ich lege überall Haken aus.«

Ofelia hatte zu Hause geduscht und war in Jeans, einem über dem Bauch geknoteten Hemd, bequemen Sandalen und mit ihrer ausgebeulten Strohtasche über der Schulter gekommen, doch sie wahrte ihre professionelle Haltung. »Haben Sie für Dr. Blas ein Foto von Pribluda gefunden?«

»Nein.«

»Aber Sie sind beschäftigt gewesen.« Neue und alte Stadtpläne Havannas, herausgegeben vom Ministerium für Tourismus, Rand McNally und Texaco, bedeckten den Schreibtisch.

»Ein kultureller Besuch beim Ballett, eine angenehme Fahrt über den Malecón. Und Sie?«

»Ich habe schließlich auch noch andere Fälle, *no*?« Sie betrachtete Pribludas Computer. »Diese Maschine steht auf kubanischem Hoheitsgebiet.«

»Ja, aber das Gedächtnis dieser Maschine ist durch und durch russisch.« Er ließ seine Finger wie ein Klaviervirtuose über die Tasten fliegen, schloß die Datei, schaltete den Computer aus und fügte, als Bildschirm und Zimmer dunkel wurden, hinzu: »Nutzlos ohne den Code.«

»Sie verfügen weder über die Autorität noch über die Sprachkenntnisse, noch über den Hintergrund, um hier zu ermitteln.«

»Ich würde das, was ich tue, kaum ermitteln nennen. Aber Sie ermitteln ja auch nicht.«

Es fiel ihr nicht leicht, ihr Temperament in Gegenwart dieses Mannes zu zügeln. Sie öffnete die Tasche und holte einen Schraubenzieher, Schrauben und einen Riegel heraus. Der

Schraubenzieher war ihr eigener, doch sie hatte eine Stunde auf dem Flohmarkt vor dem Hauptbahnhof herumgestöbert, bevor sie den Bolzen und die Schrauben gefunden hatte.

»Das habe ich für Ihre Tür mitgebracht.«

»Danke, das ist sehr aufmerksam. Was bin ich Ihnen schuldig?«

»Ein Geschenk des kubanischen Volkes.« Sie drückte ihm die Sachen in die Hand.

»Ich bestehe darauf, es zu bezahlen.«

»Ich bestehe noch mehr darauf, es Ihnen zu schenken.«

»Dann vielen Dank. Ich werde schlafen wie ein Baby. Nein, noch besser als ein Baby, wie eine zweischalige Muschel.«

Was immer das heißen mochte, dachte sie.

Nachdem er Bolzen und Riegel festgeschraubt hatte, feierte Renko seine »erhöhte Sicherheit«, wie er das nannte, indem er eine Flasche von Pribludas Rum öffnete und ein Tablett mit sauren Gurken, marinierten Pilzen und anderen russischen Unverdaulichkeiten zurechtmachte, das er auf den Balkon trug. Sie saß auf einem Aluminiumstuhl und suchte die Straße nach drohenden Gefahren ab, während er sein Gesicht dem Licht des Halbmonds zuwendete, der am Ende eines silbrigen Pfads über das Wasser am Horizont balancierte. Hin und wieder klapperte ein Lada vorbei, als ob ein Schlagzeug angeliefert würde. *Jineteras* in greller Kunstfaserkleidung flanierten auf der Mole. Ein alter Mann verkaufte Möhren aus einem Koffer, der, wie Renko feststellte, genauso aussah wie Pribludas Plastikkoffer und aus kubanischer Herstellung stammte, wie Ofelia erklärte. Ein *neumático* auf seinem Weg zum nächtlichen Fischfang balancierte einen riesigen aufgepumpten Reifenschlauch auf dem Kopf und ging den Malecón entlang wie eine zweibeinige Schnecke, die ihr Haus spazierentrug. Fahrradfahrer sausten auf ihren Rädern über den Bürgersteig, und sie beobachtete, wie ein Junge an einer Touristin vorbeischoß und ihr so geschickt die Handtasche von der Schulter streifte, daß sie noch auf dem Boden suchte, als er längst den Boulevard überquert hatte und samt Tasche in einer Seitenstraße verschwunden war. Streifenpolizisten kamen hinzu, um den letzten Akt des Dramas zu komplettieren, bevor die Touristin desillusioniert in ihr Hotel zurückkehrte und sich das Gleichgewicht des Malecón wieder einpendelte. Nächtliche Taucher stiegen über die Felsen aus dem Wasser, eine Taschenlampe in einer, einen Tintenfisch in der anderen Hand. Kleine Hunde balgten sich um den Kadaver einer Möwe. Männer tranken aus Papiertüten. Paare zogen sich in die Schatten zwischen den Säulen zurück.

Aus dem Hauseingang drang ein langsames, ländliches *son,* ein für sechsseitige Gitarre und Gesang vertontes Gedicht von Guillén. *»Maria Belén, Maria Belén, Maria Belén, ich sehe deine Hüften kreisen und wiegen von Camagüey bis Santiago, von Santiago bis Camagüey.«*

Renko zündete sich eine Zigarette an. »Sargento Luna hat mich offenbar vergessen. Dabei hat er gar keinen vergeßlichen Eindruck auf mich gemacht. Guter Rum.«

»Kuba ist bekannt für seinen Rum. Wußten Sie das Paßwort für den Computer schon, als ich Sie zum erstenmal hierhergebracht habe?«

»Nein.«

Ofelia war auch gar nicht davon ausgegangen, was bedeutete, daß er es seit seinem Einzug in die Wohnung entdeckt haben mußte. Dabei hatte sie überall nachgesehen, als sie die Fingerabdrücke genommen hatte. Sie unterdrückte den Impuls, sich umzudrehen, und spürte, daß er sie genau beobachtete.

»Ich habe nachgedacht. Vielleicht wäre es sicherer, wenn Sie zur Botschaft zurückgehen und dort unter Bewachung bleiben würden.«

»Und mir so meinen kubanischen Urlaub verderbe? O nein.«

Selbst in dem schwachen Licht konnte sie den Schorf und das Pflaster an seinem Haaransatz erkennen. Aus irgendeinem unerklärlichen Grund fühlte sie sich für seine Gesundheit verantwortlich und war wie üblich wütend über die Art, wie er dem Gespräch eine andere Wendung gab.

»Aber Sie behaupten nach wie vor, daß der Sargento Sie angegriffen hat. Glauben Sie, es gibt eine Verschwörung gegen Sie?«

»O nein, das wäre verrückt. Nach Rufo *und* Luna würde ich jedoch sagen, eine Spur von Feindseligkeit.«

»Rufo ist eine Sache«, behauptete sie. »Aber die Beschuldigung, daß ein Beamter Sie angegriffen habe, ist ein Versuch, Kuba als ein rückständiges Land darzustellen.«

»Warum? In Rußland könnte einem so etwas genauso passieren. In der Duma wimmelt es von Mafiosi, die regelmäßig mit Knüppeln, Stühlen und Pistolen aufeinander losgehen.«

»Nicht in Kuba. Ich glaube, Sie haben sich das mit Sargento Luna nur eingebildet.«

»Ich habe mir eingebildet, daß der Sargento Air Jordans trägt?«

»Warum ist er dann nicht wiedergekommen?«

»Ich weiß es nicht. Vielleicht Ihretwegen.«

Sie war sich nicht sicher, wie sie das auffassen sollte.

»Sie haben gemeint, Dr. Blas sei ehrlich, und wenn er behauptet, daß der Herzmuskel des Mannes, den Sie aus der Bucht gefischt haben, Symptome für einen Herzstillstand aufweist, dann würde er die Wahrheit sagen?«

»Wenn er es sagt.«

»Mal angenommen, ich glaube ihm. Was ich nicht glauben kann, ist, daß ein gesunder Mann ohne Grund einen Herzinfarkt bekommt. Wenn er auf dem Wasser von einem Blitz getroffen worden wäre, wäre das eine andere Sache. Könnte Dr. Blas die Leiche nicht auf Blitzschlag untersuchen?«

»Sonst noch was?« Es sollte sarkastisch klingen.

»Sie könnten herausfinden, mit wem Rufo gesprochen hat, nachdem er mich abgesetzt hat und bevor er zurückgekommen ist, um mich zu töten. Überprüfen Sie seine Telefonunterlagen.«

»Rufo hatte kein Telefon. Außerdem gibt es keine Ermittlung.«

Die kubanische Gitarre war die lieblichste auf der Welt, ihre

Töne flirrten wie Licht auf dem Wasser. Sie beobachtete, wie er sich eine neue Zigarette an der alten anzündete.

»Haben Sie je versucht, mit dem Rauchen aufzuhören?«

»Natürlich.« Er blies genüßlich eine Rauchwolke in die Luft. »Aber ich kenne einen Arzt, der sagt, der optimale Zeitpunkt, mit dem Rauchen anzufangen, wäre mit Mitte Vierzig, weil man die Wirkung des Nikotins dann wirklich brauchen könnte, um sich zu konzentrieren und der Senilität Einhalt zu gebieten. Er sagt, es dauert in der Regel etwa zwanzig Jahre, bis sich die Folgen – Krebs, Gefäßprobleme, Emphyseme – bemerkbar machen, und dann ist man ohnehin bereit abzutreten. Aber er ist natürlich ein russischer Arzt.«

Obwohl sie es für eine schlechte Angewohnheit hielt, hörte Ofelia sich sagen: »Manchmal habe ich mir gewünscht, auch zu rauchen. Meine Mutter pafft Zigarren, guckt mexikanische Telenovelas und brüllt die Figuren an: ›Glaub ihr nicht, glaub dem Miststück kein Wort!‹«

»Wirklich?«

»Meine Mutter ist hellhäutig, sie stammt aus einer Familie von Tabakpflanzern, und obwohl sie einen schwarzen Plantagenarbeiter, meinen Vater, geheiratet hat, hat sie stets ihre kulturelle Überlegenheit gegenüber den einfachen Arbeitern herausgekehrt. In den Zigarrenfabriken werden die großen Geschichten der Weltliteratur während der Arbeit laut vorgelesen. *Madame Bovary*, *Don Quijote*. Glauben Sie, in einem Zuckerrohrfeld würde jemand *Madame Bovary* lesen?«

»Wohl kaum.«

Ofelia öffnete ihre Tasche, legte die Makarow auf die Knie und eine Kette aus weißen und gelben Perlen um ihren Hals.

»Sehr hübsch«, sagte Renko.

Dr. Blas hätte sein Mißfallen geäußert. Gelb stand für Ochún, die Göttin des frischen Wassers und der süßen Dinge, die Farbe von Honig und Gold und Ochúns glänzender *Mulatta*-Haut. Doch in Anwesenheit des Russen trug Ofelia sie ganz entspannt, weil er keine Ahnung hatte.

»Bloß Perlen«, sagte sie. »Stört Sie die Musik?«

Eine Melodie wehte durch die Arkade unter ihnen. Havanna war so übervölkert, daß es ein Problem mit der Privatsphäre gab. Manchmal suchten Liebende die Dunkelheit eines Hauseingangs am Malecón, um zu vollziehen, was sie sonst nirgends tun konnten. Im Lied hieß es: *»Eros, blinder Mann, ich zeige dir den Weg. Ich sehne mich nach deinen starken Händen, nach deinem Körper, heiß wie Flammen, der mich entfaltet wie die Blütenblätter einer Rose.«*

»Nein«, sagte Arkadi.

»Sie verstehen überhaupt kein Spanisch?«

»Honig und Absinth strömen aus deinen Adern in meine brennende Ritze und machen mich verrückt.« Zusammen mit dem Lied drangen Gemurmel und Geraschel nach oben. Die Paare auf der Mole rückten enger zusammen.

»Kein Wort.«

»Wissen Sie«, sagte Ofelia, »es gibt Unterschiede zwischen Rumba, Mambo, Son, Songo und Salsa.«

»Bestimmt.«

»Aber alles basiert auf Trommeln zum Tanzen.«

»Nun, ich bin kein großer Tänzer.«

Nicht jeder mußte ein Tänzer sein, dachte Ofelia. Nicht daß sie ihn attraktiv fand. Ihre Mutter würde wahrscheinlich fragen, ob er den Tag wohl überleben würde. Ofelias erster Mann Humberto war schwarz wie ein Dominostein, ein Baseballspieler und phantastischer Tänzer. Der zweite, ein Musiker, war der Typ, den alle *chino* nannten, weil er nicht nur eine attraktive Rassenmischung, sondern auch allseits beliebt war. Er spielte Bongos, und dafür mußte man aus sich herausgehen können. Bis er schließlich so weit aus sich herausging, daß er nicht mehr zurückkam. Trotzdem ein noch besserer Tänzer als Humberto. Ihre Mutter verachtete beide und nannte sie schlicht Primero und Segundo, womit hinreichend Raum für weitere Anfügungen blieb. Verglichen mit ihnen sah Arkadi, trotz der Hitze in seinen Mantel gehüllt, aus wie ein Krüppel.

»So kommunizieren die Geister miteinander«, erklärte sie. »Sie sind in den Trommeln. Wenn man nicht tanzt, können die Geister nicht herauskommen.«

»So wie bei Hedy?«

»Ja.«

»Dann finde ich es sicherer, nicht zu tanzen.«

»Dann sind Sie schon tot.«

»Da haben Sie allerdings recht. Ist Abakua eine Version von Santería?«

»Sie könnten gar nicht verschiedener sein. Santería stammt aus Nigeria, Abakua aus dem Kongo.« Das war, als würde man Deutschland und Sizilien verwechseln.

»Blas hat gesagt, sie hätten früher geschmuggelt.«

Ofelia begann zu lernen, wie Renko sich hinter einer Unschuldsmiene zu verbergen verstand, wenn er vorhatte zuzuschlagen. Sie würde gar nicht erst anfangen, ihm zu erklären, daß es zwei verschiedene Formen der Abakua gab, eine öffentliche mit aufrechten Anhängern, die auch Professoren oder Parteimitglieder sein konnten, und eine geheime, kriminelle Variante. Diese zweite Abakua war selbstredend nur für Männer und pflegte eine Art Diebesmoral. Die Ermordung eines Außenstehenden war erlaubt, während der Verrat eines anderen Abakua eine Todsünde war. Und die Kubaner glaubten, daß der Arm der Abakua überallhin reichte. Ofelia kannte einen Spitzel, der sich auf einen Posten in Finnland hatte versetzen lassen, um aus Havanna zu entkommen. Er starb, als er durch das Eis brach, und die Leute sagten: »Abakua!« Der Polizei war es nie gelungen, die Abakua zu unterwandern. Im Gegenteil, immer mehr Polizisten – schwarze wie weiße – wurden Mitglieder. Aber all das mit einem Russen zu erörtern, war so ziemlich das letzte, was sie wollte.

»Wir müssen nicht darüber reden«, sagte Arkadi.

»Es war nur die Art, wie Sie gefragt haben.«

»Habe ich selbstgefällig geklungen? Das ist nur meine Ignoranz. Es tut mir leid.«

»Wir werden nicht über Religion sprechen.«

»Weiß Gott.«

Das Kofferradio in dem Hauseingang verbreitete das tiefe Dröhnen einer Trommel, einer großen *iyá* mit einem in der Mitte dunkelrot gefärbten Fell, wie Ofelia wußte, begleitet von dem bohrenden Rhythmus einer bauchigen Kürbisflasche. Darüber erhob sich schmeichelnd ein einzelnes Horn wie ein Mann, der eine Frau zum Tanz auffordert.

»Außerdem ist es nicht schlimm, besessen zu sein«, sagte Ofelia.

»Nun, ich habe einen phantasielosen russischen Verstand, ich glaube nicht, daß es mir je passieren wird. Wie ist das?«

»Rein theoretisch?« Sie suchte in seinem Gesicht nach Anzeichen für Herablassung.

»Rein theoretisch.«

»Sie haben bestimmt als Kind manchmal die Arme ausgebreitet, den Kopf in den Nacken gelegt und im Regen getanzt. Sie fühlen sich durchnäßt, sauber und schwindlig. So ähnlich ist es, besessen zu sein.«

»Und danach?«

»Dreht sich einem noch immer der Kopf.«

In der Arkade stieg eine *abwe* mit ein, die Triangel des armen Mannes. Es war bloß die Klinge einer Hacke, die mit einem Eisenstab gespielt wurde, doch ihr Klang war wie das Ticken im Kopf, wenn man die kräftigen Hände eines Mannes um die Hüften spürte. Als ein Saxophon seine Linien darum zu weben begann, zitterte die *shekere*, die Trommel setzte aus und wie ein Herzschlag wieder ein. Das waren die Schlingen, die für die dummen Mädchen gelegt wurden, die sich im Schatten herumdrückten. Aber nicht für Ofelia. Sie stellte sich einen klaren Verstand vor.

Sie warf einen Blick auf den Arm, an dem sie die Blutergüsse entdeckt hatte. »Sie klingen schon besser. Sie waren in einer ziemlich schlechten Verfassung, als Sie hierhergekommen sind.«

»Jetzt nicht mehr. Ich bin neugierig wegen Pribluda, Rufo

und Luna. Ich habe gewissermaßen einen neuen Lebenssinn gefunden.«

»Aber warum wollten Sie sich weh tun?«

Sie stellte sich schon auf eine verächtliche Zurückweisung ein, doch Renko sagte: »Andersherum wird ein Schuh daraus.«

Die nächste Frage drängte sich Ofelia instinktiv auf, und sie stellte sie, ohne zu überlegen: »Haben Sie einen Menschen verloren? Nicht hier, in Moskau?«

»Ich verliere dauernd Menschen.« Er zündete sich einen neue Zigarette an der alten an. »Die meisten Boote, die auf Grund laufen, tun das nicht mit Absicht. Es ist keine Stimmung, es ist bloß Erschöpfung. Erschöpfung vom Selbstmitleid. Man ist mit jemandem zusammen«, fügte er hinzu, »und aus irgendeinem Grund fühlt man sich lebendiger, auf einer anderen Ebene. Die Dinge haben Geschmack und Farbe. Man denkt zur selben Zeit das gleiche, und es ist, als würde man doppelt leben. Und wenn man es dann schafft, diesen Menschen auf eine brutal unwiderrufliche Art zu verlieren, geschieht etwas Seltsames. Man läuft herum und hält nach einem Wagen Ausschau, der einen überfährt, damit man abends nicht nach Hause gehen muß. Deshalb ist der Zwischenfall mit Rufo auch so interessant für mich, weil ich offenbar nichts dagegen habe, von einem Auto überfahren zu werden, aber absolut nicht damit einverstanden bin, wenn jemand *versucht*, mich zu überfahren. Ein feiner Unterschied, aber so ist es.«

Als Ofelia in der Nacht aufwachte, waren die Liebespaare verschwunden und der Mond beschwichtigt. In der vollkommenen Windstille stieg ihr ein Dufthauch in die Nase, ein Parfüm, das sie zu Renkos weichem schwarzen Mantel zurückverfolgte, zu dem Ärmel des Mannes, der von sich behauptete, noch nie besessen gewesen zu sein.

14

Ofelia Osorio verließ ihn noch vor Anbruch der Dämmerung, und sobald sie gegangen war, erwartete Arkadi, daß Luna die Fassade des Gebäudes erklimmen oder durch den Luftschacht kriechen würde. Es war nicht so sehr, daß Arkadi der Kommissarin nicht traute, er verstand sie einfach nicht. Warum sie die Nacht auf einem Metallstuhl mit dem unbeliebtesten Russen der Insel verbringen wollte, war ihm ein Rätsel; es sei denn, sie arbeitete mit Luna zusammen und versuchte, sich in die Wohnung einzuschleichen. Und wenn das der Fall war, würde kein Schloß der Welt helfen.

Um acht Uhr lag der Malecón im Licht der Sonne da wie eine beleuchtete Bühne. Jungen hockten im blauen Schatten der Mole und spulten Angelschnüre auf. Männer öffneten Kisten mit selbstgebastelten Haken und Gewichten, die sie zum Verkauf anboten. Ganze Familien rollten auf Fahrrädern vorbei, der Vater auf dem Sattel, ein Junge auf dem Lenker und die Mutter samt Baby auf einem Brett über dem Gepäckträger. Und noch immer kein Sargento Luna.

Arkadi ging nach unten, klopfte jedoch, anstatt das Haus zu verlassen, vorsätzlich gegen den Rhythmus, der aus dem Radio der Werkstatt dröhnte, an Erasmos Tür, bis Tico ihm öffnete und ihn in Erasmos Privatquartier mit dem abgesägten Bett und Tisch führte.

»Erasmo ist nicht da.« Tico trug einen Overall und hatte einen Reifenschlauch über der Schulter und eine Tropicola in der Hand.

»Sie sprechen russisch?« brüllte Arkadi über den Lärm des Radios hinweg.

»Ich spreche russisch«, bestätigte Tico und klang dabei, als wäre ihm das selbst gerade erst aufgefallen. Er war ungefähr genauso alt wie sein Freund Erasmo, doch die Zeit schien an ihm weniger Spuren hinterlassen zu haben, sein Haar war noch dunkel und dicht wie Fell, sein glattes, zutrauliches Gesicht noch nicht von Sorgen- und Altersfältchen gezeichnet.

»Haben Sie was dagegen, wenn ich das Haus durch die Werkstatt verlasse?«

»Von mir aus. Aber Sie können nicht zurückkommen. Die Werkstatt ist geschlossen.«

Arkadi schob den Perlenvorhang beiseite. Tico hatte die Wahrheit gesagt. Die Türen der Werkstatt waren geschlossen, die Jeeps standen Stoßstange an Stoßstange in der Halle.

»Die Werkstatt ist geschlossen, weil Erasmo nicht möchte, daß ich Autos verkaufe, während er weg ist«, sagte Tico.

»Keine Sorge, ich will nur den Hinterausgang benutzen.« Um wachsame Augen auf der Vorderseite zu meiden, dachte Arkadi.

»Erasmo ist bei den Chinesen. Er ist bei den Chinesen.«

»Ach ja? Welche Chinesen?«

»Die toten Chinesen. Er wird den ganzen Tag dort sein, und ich soll keine Autos verkaufen. ›Funkstille!‹ hat er gesagt. Ich soll mit niemandem reden.«

»Wo sind die toten Chinesen?«

»Funkstille!«

»Natürlich. Das ist ein Problem.«

»Ich sollte nicht mal die Tür aufmachen.«

»Sie waren bloß höflich.« Arkadi kramte einen Bleistift aus seiner Manteltasche und legte ein Stück Papier auf eine Kühlerhaube. »Können Sie es aufschreiben?«

»Ich kann so gut schreiben wie jeder andere. In Druckschrift jedenfalls.«

»Dann sagen Sie mir nicht, wo ich Erasmo und die Chinesen finden kann, sondern Sie schreiben es in Druckschrift auf diesen Zettel.«

»Das ist ziemlich leicht, sie sind tot.«

»Gut.« Während Tico sich über das Papier beugte und in Blockbuchstaben mühsam eine Adresse aufschrieb, fragte Arkadi beiläufig: »Wissen Sie, wo Mongo ist?«

»Nein.«

»Wissen Sie, was mit Sergej passiert ist?«

»Nein.« Tico gab ihm mit besorgter Miene den Bleistift zurück. »Gehen Sie jetzt direkt zu Erasmo? Wenn Sie direkt gehen, wird er wissen, daß ich es war.«

»Nicht direkt.«

Ticos Miene hellte sich auf. »Wohin gehen Sie jetzt?«

»Zum Havana Yacht Club.«

»Wo ist denn der?«

Arkadi hielt einen Stadtplan hoch. »In der Vergangenheit.«

Er verließ das Haus durch die Werkstatt und folgte ein gutes Stück der Seitenstraße, bevor er sich wieder auf den Malecón wagte. Im Lauf weniger Tage war ihm der Boulevard vertraut geworden, die hustenden Lkw, die Jungen, die von der Mole Netze auswarfen, die schmuddeligen Hunde, die am Kadaver einer plattgefahrenen Möwe nagten. Ein Streifenpolizist an der Ecke widmete seine volle Aufmerksamkeit einer mit weiblichen Teenagern beladenen Fahrraddroschke. Kein Luna weit und breit.

In der Hand hielt Arkadi Pribludas vierzig Jahre alten, faltbaren Texaco-Stadtplan, der noch den Präsidentenpalast, die amerikanische Botschaft, den kubanisch-amerikanischen Jokkey-Club mit angeschlossener Rennbahn, Woolworth sowie den Biltmore Country Club eines untergegangenen Havanna verzeichnete. Dabei war die Stadt auch so schon hinreichend surreal. Die Häuser entlang des Malecón waren Phantasien: griechische Giebel auf maurischen Säulen mit Lilien in verblaßten Blau- und Pinktönen. Wenn Venedig im Meer zu versinken drohte, dann sah Havanna aus, als wäre es bereits untergegangen und wieder aufgetaucht.

Arkadi war überrascht, wie sehr das Havanna der Gegenwart noch der Stadt auf der vierzig Jahre alten Karte ähnelte. Er ging an dem monumentalen Hotel Nacional und dem verwinkelten Glasturm des Hotel Riviera vorbei, beide laut Hinweis »bei amerikanischen Urlaubern beliebt«. An der ehemaligen Texaco-Tankstelle mit »Fire-Chief-Service« ließen sich *neumáticos* ihre Schläuche mit Luft füllen.

Arkadi brauchte neunzig Minuten, um die gesamte Länge des Malecón abzugehen, den Almendares mit seinen kleinen Werften und dem Abwassergestank zu überqueren und in westlicher Richtung weiterzuwandern, vorbei an Miramar, dem Haus von Erasmos Familie und der Stelle, wo Mongo verschwunden war. Er hätte unterwegs überall ein Taxi nehmen können, und er wußte inzwischen, daß auch die Hälfte der Privatautos sich nur zu gern anhalten ließ, wenn es ein paar amerikanische Dollars zu verdienen gab. Doch er wollte nicht in die Vergangenheit fahren, er wollte Schritt für Schritt darin versinken.

Am Ende von Miramar kam er an einen Kreisverkehr mit einer weiteren ehemaligen Texaco-Tankstelle, einer einstigen Hunderennbahn, und – laut Pribludas Stadtplan – dem Havana Yacht Club.

Eine Auffahrt führte an einer Reihe Königspalmen entlang und weiter um eine Rasenfläche zu einer klassizistischen Villa mit imposanten Säulen, einer ausladenden Doppeltreppe und einer breiten Kolonnade. Über dem Haus lag die gespenstische Ruhe eines nach einem Staatsstreich verlassenen, kolonialen Gouverneurspalastes, dessen Bewohner evakuiert worden waren. Fenster, die das Sonnenlicht gebrochen spiegelten, und ein fehlender Dachziegel in der Walm waren erste Anzeichen des Verfalls. Über dem Giebel einer zentralen Veranda prangte ein in Stein gehauenes Wappen mit einem Schiffssteuerrad. Bis auf das leise Rascheln der Palmwedel rührte sich nichts an diesem Ort, doch Arkadi konnte sich gut vorstellen, wie die gesellschaftliche Elite Havannas auf dieser Treppe posierte, weil er es auf Erasmos Familienfotos gesehen hatte.

Er stieg eine Treppe hinauf und öffnete eine Mahagonitür, die in eine weißgetünchte Halle mit Sandsteinboden führte. Unter einem gußeisernen Kronleuchter saß eine ältere Frau auf einem Aluminiumstuhl und starrte ihn durch ihre dicke Brille an, als wäre er von einem Raumschiff abgesetzt worden. Neben ihr stand ein rotes Telefon, und der Anblick des fremden Besuchers veranlaßte sie zu wählen und mit irgend jemandem in undeutlichem Spanisch zu reden, während Arkadi durch hohe Flügeltüren einen leeren Saal betrat. In einer Reihe miteinander verbundener Empfangsräume hallten seine Schritte wider wie in einer hellen, geräumigen Gruft. Er ging auf eine Bar zu, deren geschwungener Tresen ohne Hocker, Stühle und Flaschen ganz nackt aussah. Über einer leeren Vitrine, die einst Regattatrophäen, Ranglisten und Modellschiffe beherbergt haben mußte, hing ein Porträt von Che. Die nautische Motivik war nur noch in Wandmedaillons mit dem Steurrad erhalten. Von der Bar führte eine Tür in einen Garten mit Bühne für eine Band, die sogar Amerikanern den Mambo beibringen konnte.

Er ging wieder hinein und stieg in den ersten Stock. Am Ende der Treppe stand ein hoher Admiralsstuhl aus schwarzem Mahagoni. Ansonsten war die Inneneinrichtung abtransportiert und bis auf die Metallstühle der Revolution auch durch nichts Neues ersetzt worden. Er trat auf eine Veranda mit Blick auf das Meer und eine kleine private Bucht.

Eine Promenade, so breit wie eine städtische Plaza, erstreckte sich bis zu einer Reihe Strohsonnenschirmen und fächerförmigen Palmen, die zu einem weißen Sandstrand mit einer flachen, von breiten Anlegestegen eingefaßten Bucht führten. Dahinter lagen genug weitere Ankerplätze für eine ganze Regatta. Doch die einzigen Wasserfahrzeuge, die Arkadi sah, waren *neumáticos*, kleine Punkte am Horizont. Am Strand spielten ein paar Jungen Fußball.

Arkadi zog Schuhe und Socken aus, um den feinen Sand unter den Füßen zu spüren. Die Jungen beachteten ihn nicht. Er erklomm die Stufen eines weißen Betonpiers und schritt die fünfzig Meter bis zu seinem Ende ab. Havanna war verschwunden. Der Club beherrschte einen Uferstreifen von gut hundert Metern, im Westen grenzte er an das Gelände der alten Hunderennbahn, im Osten an ein Gebäude mit hufeisenförmigen Bogen und einem maurischen Turm, der aussah, als hätte man ihn aus Granada hierher verpflanzt. Am Strand war kein Mensch zu sehen, und obwohl der breite Sandstreifen auf eine Landspitze mit dichtem Gestrüpp zulief, die aussah wie eine verlassene Wüsteninsel, kam Arkadi die Örtlichkeit seltsam bekannt vor. Er zog das Foto von Pribluda, Mongo und Erasmo mit denselben Sträuchern im Hintergrund heraus. Er stand an der Stelle, wo das Bild aufgenommen worden war. Am Havana Yacht Club.

Die Jungen am Strand winkten, und Arkadi dachte, sie meinten ihn, doch dann hörte er ein Brummen, drehte sich um und sah ein Motorboot um einen der Wellenbrecher kurven. Die Windschutzscheibe glitzerte in der Sonne, als es über die Wellen glitt, bis Arkadi am Steuer George Washington Walls in kurzärmeligem Hemd und Sonnenbrille erkannte. Er zog eine Schleife wie ein Eisläufer und steuerte das Boot dann mit gedrosseltem Motor parallel auf den Anlegesteg zu, wobei er einen sicheren Abstand zu den Pfählen hielt. Das Boot, ein Innenborder, war flach und eckig mit Rumpf und Deck aus glänzendem schwarzen Mahagoni sowie einem messingverkleideten Bug. Vor den Kabinenfenstern hingen schwarze Vorhänge. Das Armaturenbrett strahlte den Glanz und die Patina von Alter und liebevoller Pflege aus. Am Bugflaggenstock flatterte eine Piratenfahne mit gekreuzten Säbeln.

»Hemingways Boot?« fragte Arkadi.

Walls schüttelte den Kopf. »Vielleicht Al Capones. Das ist das zum Rumschmuggler umgebaute ehemalige Begleitschiff eines Wasserflugzeugs.«

»Capone war auch hier?«

»Er hatte hier ein Haus.«

Arkadi war wieder einmal beeindruckt. »Woher wußten Sie, daß ich hier bin?«

»Die Basis der Kommunikation auf dieser Insel sind alte Frauen mit Handys. Warum sind Sie hier?«

»Reine Neugier. Ich wollte den Yacht-Club sehen.«

»Gibt's nicht.«

»Ich wollte schon immer mal einen Ort sehen, den es nicht gibt.«

»Da sind Sie in Kuba richtig«, gab Walls zu. Er blickte zu dem Club und dann auf die Schuhe in Arkadis Hand. »Ja, Sie sehen aus, als ob Sie sich langsam einleben würden. Haben Sie ein paar Minuten Zeit? Was halten Sie von einer Tasse Kaffee mit gleich *zwei* Männern, die mal auf der FBI-Liste der meistgesuchten Verbrecher gestanden haben?«

»Klingt unwiderstehlich.« Arkadi zögerte. »Ist Luna auch eingeladen?«

»Nicht zu dieser Party. Keine Trommeln, kein Tanz, kein Luna. Steigen Sie ein.«

Walls legte den Rückwärtsgang ein und wendete das Boot, auf der anderen Seite des Hecks prangte der Namenszug »Gavilan«. Arkadi sprang an Bord, ohne sich ein Bein zu brechen, und während er noch in einen Ledersitz glitt, verließ das Boot bereits den Anlegesteg.

Es war nur eine kurze Fahrt, sie glitten geschmeidig über die Wellen aus der Bucht in tiefere, blauere Gewässer, wo Walls das Boot sanft wie der Chauffeur einer Limousine zum Stehen brachte. Er machte Arkadi ein Zeichen zu warten, verschwand in der Kabine und kehrte mit einer Tischplatte zurück, die sich an Deck in eine Verankerung einrasten ließ. Er verschwand erneut und kam mit einem Messingtablett zurück, auf dem Butterwecken, eine Kanne Kaffee und drei kleine Porzellantassen mit der Aufschrift »Gavilan« standen. Die Kabinentür öffnete sich erneut, und heraus trat ein kleiner silberhaariger Mann in einem schwarzen Schlafanzug und Pantoffeln. Er stieg die paar Stufen an Deck und nahm gegenüber Arkadi Platz. Er lächelte wie ein Mann, der gleichzeitig der Zauberer und das Kaninchen in seinem Zylinder ist.

»John«, sagte Walls, »darf ich dir Arkadi Renko vorstellen. Arkadi, John O'Brien.«

»Es ist mir ein großes Vergnügen.« O'Brien ergriff Arkadis Hand mit beiden Händen. Als er dessen Blick auf seinen Schlafanzug bemerkte, meinte er: »Nun, es ist mein Boot, und ich kleide mich, wie es mir gefällt. Wußten Sie, daß Winston Churchill immer im Adamskostüm herumspaziert ist. Ich erspare Ihnen die Einzelheiten. Und Sie tragen diesen ziemlich erstaunlichen Mantel, von dem George mir schon erzählt hat. Ich bitte um Verzeihung, daß ich nicht schon früher an Deck gekommen bin, aber wenn George die »Gavilan« aufdreht, bleibe ich lieber unten. Über Bord zu gehen, würde mein Stolz womöglich nicht verkraften. Ich hoffe, Sie mögen Café Cubano?«

Walls goß ein. Arkadi schätzte O'Brien auf knapp siebzig, doch er hatte eine jugendliche Stimme, gewinnende Augen und ein ovales Gesicht, das mit feinen Sommersprossen übersät war wie das Ei eines Küstenvogels. Er trug einen Ehering und eine silberne Breitling am Handgelenk.

»Wie gefällt Ihnen Havanna?« fragte er Arkadi.

»Sehr schön, interessant, warm.«

»Die Frauen sind unglaublich. Mein Freund George ist bis über beide Ohren verliebt. Das kann ich mir nicht leisten, weil ich noch eine Familie auf Long Island, New York, habe, eine vollkommen andere Insel. Ich glaube nun mal an Treue und daran, daß ich, so Gott will, eines Tages nach Hause zurückkehren werde.«

»Gibt es diesbezüglich zur Zeit Probleme?« fragte Arkadi, bemüht, das Thema so taktvoll wie möglich anzusprechen.

O'Brien wischte einen Krümel vom Tisch. »Die eine oder andere juristische Hürde. George und ich hatten das Glück, hier in Kuba eine Heimat fern der Heimat zu finden. Es tut mir übrigens leid, was ich von Ihrem Freund Pribluda gehört habe. Die Polizei glaubt, er ist tot?«

»Ja. Kannten Sie ihn?«

»Natürlich. Er wollte in Sicherheitsfragen mit uns zusammenarbeiten. Ein schlichter Mann, würde ich sagen. Kein besonders guter Spion, fürchte ich.«

»Es ist nicht meine Aufgabe, Spione zu beurteilen.«

»Nein, Sie sind natürlich nur ein bescheidener Ermittler«, erwiderte O'Brien augenzwinkernd und mit dem Hauch eines irischen Akzents. Er klatschte in die Hände. »Was für ein Tag! Wenn man schon ein Justizflüchtling ist, wo wollte man lieber sein?«

»Sind Sie die einzigen Flüchtlinge auf Kuba?«

»Kaum. Wie viele von uns gibt es hier?« O'Brien warf Walls einen schwärmerischen Blick zu.

»Vierundachtzig.«

»Vierundachtzig Amerikaner auf der Flucht. Nun, das ist allemal besser als ein Leben in einem Bundesgefängnis mit Mindestsicherheitsstandards, wo man nur Anwälte, Kongreßabgeordnete und Drogenhändler trifft, also den üblichen Querschnitt der amerikanischen Bevölkerung. Für einen Geschäftsmann wie mich ist das hier eine Gelegenheit, vollkommen neue Menschen kennenzulernen. In den Staaten hätte ich nie die Chance gehabt, so nahe an George heranzukommen.«

»Das heißt, Sie versuchen, sich zu betätigen?«

»Wir versuchen, am Leben zu bleiben«, sagte O'Brien. »Sehr nützlich. Sagen Sie, was tun Sie hier, Arkadi?«

»Das gleiche.«

»Indem Sie den Havana Yacht Club besuchen? Erklären Sie mir, was das mit einem toten Russen zu tun hat.«

»Ein Vermißter an einem Ort, den es nicht mehr gibt? Für mich klingt das absolut perfekt.«

»Er ist ein wenig zurückhaltend«, sagte Walls zu O'Brien.

»Nein, er hat vollkommen recht«, sagte O'Brien und tätschelte Arkadis Knie. »Arkadi ist ein Mann, der sich gerade zum

Kartenspielen an den Tisch gesetzt hat und weder die Regeln des Spiels noch den Wert seiner Chips kennt.« O'Briens schwarzer Pyjama hatte Taschen, aus denen er eine dicke Zigarre fischte, die er zwischen den Fingerspitzen hin und her rollte. »Kennen Sie den kubanischen Schachgroßmeister Capablanca? Er war ein Genie, das zehn oder elf Züge vorausdachte. Er rauchte beim Spielen natürlich kubanische Zigarren. Bei einem Titelkampf nahm ihm sein Gegner das Versprechen ab, nicht zu rauchen. Trotzdem zückte Capablanca seine Zigarre, drückte darauf herum, leckte sie ab und roch daran, bis sein Gegner durchdrehte, das Spiel verlor und anschließend erklärte, nicht zu wissen, *ob* Capablanca seine Zigarre anzünden werde, sei schlimmer gewesen, als wenn er geraucht hätte. Auch ich liebe kubanische Zigarren, obwohl der Scherz auf meine eigenen Kosten geht, weil mein Arzt mir das Rauchen verboten hat. Ich quäle mich nur selbst, das ist alles. Wie dem auch sei, sagen wir, der Grund, der Sie zu dem Club geführt hat, ist Ihre Zigarre. Wir müssen bloß darauf warten, daß Sie sie anzünden. Für den Augenblick belassen wir es einfach dabei, daß Sie neugierig waren.«

»Oder erstaunt.«

»Worüber?« fragte Walls.

»Daß der Club die Revolution überlebt hat.«

»Wir sprechen hier vom Havana Yacht Club«, sagte O'Brien. »Die Franzosen haben zwar Ludwig enthauptet, aber doch nicht Versailles niedergebrannt. Fidel hat den Club, die großartigste und wertvollste Immobilie des gesamten Landes, einfach einer Bauarbeitergewerkschaft überlassen und erhebt nun von jedem Kubaner, ob schwarz oder weiß, für das Betreten des Strandes eine Gebühr von einem Peso. Sehr demokratisch und kommunistisch, wirklich bewundernswert.«

Walls wies auf den maurischen Turm. »Das Casino La Concha auf der einen Seite der Bucht ging an die Gewerkschaft für Nahrung, Genuß und Gaststätten, und die Hunderennbahn wurde in einen Sportplatz umgewandelt.«

»Ich habe weiß Gott großen Respekt vor Idealismus«, sagte

O'Brien, »aber lassen Sie es mich so formulieren. Das Potential dieser Immobilien ist wegen derlei ehrenwerter Bestrebungen längst nicht vollkommen ausgeschöpft. Hier bietet sich die Möglichkeit, etwas von großem Wert für das kubanische Volk zu schaffen.«

»Und an dem Punkt kommen Sie ins Spiel?«

»Hoffentlich. Ich bin Immobilienmakler und Bauunternehmer, Arkadi, und das bin ich noch immer. Ich bin ein ehrlicher Geschäftsmann, das kann George Ihnen bestätigen. Disney, das ist ein Immobilienhai. Wenn die anfangen, irgendwo Land aufzukaufen, gründen sie eine kleine Firma, die daherkommt wie ein freundlicher Nachbar, der ein kleines Naturschutzgebiet einrichten will und dafür hier ein paar Hektar und dort ein paar Hektar kauft, und dann wacht man eines Morgens auf, und vor dem Fenster steht eine siebzig Meter hohe Mickey Mouse. Ich lege meine Karten offen auf den Tisch. Jeder große Bauunternehmer möchte sich ein Denkmal errichten, seinen eigenen Eiffelturm, sein persönliches Disneyland. Ich möchte den Havana Yacht Club wieder zum Mittelpunkt der Karibik machen, größer und besser denn je.

Sehen Sie, die Regierung hat Varadero Beach und Cayo Largo hochgezogen, weil sie die Touristen so weit wie möglich von den Kubanern trennen wollte«, fuhr Walls fort. »Aber die Touristen wollen Havanna. Sie wollen die Mädchen im Tropicana, einen Spaziergang durch Habana Vieja und die ganze Nacht im Palacio de la Salsa tanzen. Die Regierung kommt endlich auf den Trichter, sie restauriert den Malecón und baut die alten Hotels wieder auf, weil die Touristen es gern stilvoll haben. Glücklicherweise befindet sich der Havana Yacht Club wie durch ein Wunder in erstklassigem Zustand.

Der Erhalt kostet den Staat eine halbe Million Pesos pro Jahr. Erklär ihm, daß die Anlage dem Staat jährlich dreißig Millionen Dollar einbringen könnte, George.«

»Das stimmt«, sagte George.

O'Brien wies auf den Strand und den Club. »Das könnten ein

Konferenzzentrum, Restaurant, Nachtclub und zwanzig Suiten werden, dazu kämen neu zu bauende Ferienwohnungen und Apartmentkomplexe. Plus Kuranlagen, Ankerplätze für Boote, Anlegestellen für Luxuskreuzfahrtschiffe. Was ich Ihnen schildere, Arkadi, ist eine Goldmine, die darauf wartet, daß jemand die Schaufel in die Hand nimmt.«

Arkadi fragte sich unwillkürlich, warum zwei hochgestellte amerikanische Flüchtlinge ihre kühnsten Hoffnungen mit ihm teilen wollten, doch er spürte, daß O'Brien die Sorte Verkäufer war, der die eigene Vorstellung genoß wie ein Schauspieler, der im augenzwinkernden Einverständnis mit seinem Publikum die absurdesten Verse vorträgt. Da Arkadis Erfahrungen mit dem Bausektor sich auf seine Zeit in Sibirien beschränkten, fühlte er sich mit der Kostenrechnung eines Luxusprojekts leicht überfordert. »Den Club in ein Hotel umzuwandeln, könnte teuer werden.«

»Zwanzig Millionen«, nahm Walls den Faden auf. »Wir würden die Investoren auftreiben, ohne daß die kubanische Regierung auch nur einen einzigen Peso oder Dollar aufbringen müßte.«

»Viele Menschen«, warf O'Brien bescheiden ein, »würden das ein Geschenk nennen.«

»Und was wollen Sie als Gegenleistung?« fragte Arkadi.

»Raten Sie mal«, sagte O'Brien.

»Ich habe nicht die leiseste Ahnung.«

O'Brien beugte sich vor, als schickte er sich an, ein großes Geheimnis mit Arkadi zu teilen. »Im letzten Jahr hat ein indianisches Kasino in Connecticut, am – verzeihen Sie – Arsch der Welt ohne Sex, Sonne und Stil hundert Millionen Dollar Gewinn gemacht. Was glauben Sie, was ein Kasino, das inmitten von Palmen, Kreuzfahrtschiffen, Millionen-Dollar-Yachten und dem berühmten wiedereröffneten Havana Yacht Club liegt, einbringen könnte? Ich weiß es nicht, aber ich würde es gern herausfinden.«

»Wir verlangen eine fünfundzwanzigjährige Pacht des alten

La-Concha-Kasinos. Dafür teilen wir die Gewinne sauber mit der kubanischen Regierung«, sagte Walls. »An sich ein absolut risikoloses Geschäft, aber es gibt ein politisches Problem, weil man nach der Revolution ein so großes Gewese um die Schließung der Kasinos gemacht hat.«

»Sie haben die Kasinos dichtgemacht und die Mafia«, sagte O'Brien. »Deswegen hat die Mafia mit Hilfe der CIA auch versucht, den Präsidenten zu töten.«

»Er meint Castro«, erklärte Walls. »Und es ist nicht leicht, die Kubaner zu einer Kursänderung zu bewegen. Wenn auch nur der Verdacht irgendwelcher mafioser Verwicklungen auftaucht, egal, ob Amerikaner oder Russen, könnte das ganze Projekt platzen. Unser Kasino muß absolut sauber sein.«

»In diesem frühen Stadium«, sagte O'Brien, »ist jedes Projekt wie eine Seifenblase, alles kann sie zum Platzen bringen. Ihr Freund Pribluda sollte unser Schutz gegen die Art Russen sein, die die Karibik mittlerweile überfluten wie die Westgoten, das können Sie mir glauben. Wenn die falschen Leute zur falschen Zeit aufkreuzen, kann die Blase platzen. Deshalb habe ich George gesagt, wir sollten das Boot nehmen und einen gewissen russischen Ermittler am Anlegesteg des Yacht-Clubs einsammeln, bevor sonst noch jemand erfährt, daß Sie dort waren.«

»Was uns zu der Ausgangsfrage zurückbringt«, erinnerte Walls Arkadi. »Warum waren Sie bei dem Club?«

Arkadi kam sich vor wie eine Dose zwischen zwei routinierten Dosenöffnern. Das Foto des Havana Yacht Club steckte in seiner Tasche. Doch er wollte nicht irgendwelchen Fremden freiwillig zeigen, was er mit seinem eigenen Leben gegen den Sargento verteidigt hatte.

»In vier Tagen bin ich wieder in Moskau, und dann spielt es keine Rolle mehr, warum ich in dem Club war.«

»Warum wollen Sie zurück?« fragte O'Brien. »Warum bleiben Sie nicht hier?«

»Pribluda ist weg«, sagte Walls, »das klingt vielleicht taktlos, aber wir haben jetzt eine Vakanz.«

Arkadi brauchte einen Moment, um die neue Wendung des Gesprächs zu begreifen. »Eine Vakanz für mich?«

»Vielleicht«, betonte O'Brien. »Sie haben doch bestimmt nichts dagegen, wenn wir Sie erst ein wenig besser kennenlernen, bevor wir Ihnen eine Position anbieten?«

»Eine Position?« frage Arkadi. »Das klingt ja noch besser als Arbeit. Sie kennen mich doch überhaupt nicht.«

»Ach, wirklich nicht?« sagte O'Brien. »Lassen Sie mich raten: Mitte Vierzig, richtig? Enttäuscht von Ihrer Arbeit. Sie sind offensichtlich intelligent, aber warum sind Sie noch immer ein einfacher Ermittler? Ein wenig unbesonnen, immer am Rande der Katastrophe arbeitend. Bis auf den Mantel billige Kleidung, billige Schuhe, Anzeichen eines ehrlichen Mannes. Aber so wie die Dinge in Moskau jetzt liegen, müssen Sie sich vorkommen wie ein Idiot. Und Ihr Privatleben? Ich stochere im Nebel, aber ich würde die Behauptung wagen, Sie haben keins. Keine Frau, vielleicht nicht mal Kinder. Nichts, null, Sackgasse. Und Sie können es nicht erwarten, in nur vier Tagen dorthin zurückzukehren? Ich versuche nicht, Sie in etwas Illegales hineinzuziehen; ich öffne Ihnen eine Tür im Erdgeschoß des größten Projekts in der Karibik. Vielleicht möchten Sie sich lieber in Wodka konservieren und in Moskau erbärmlich erfrieren, ich weiß es nicht. Ich kann Ihnen nur die Chance auf ein neues Leben anbieten.«

»Nicht schlecht geraten.«

O'Brien lächelte keineswegs unfreundlich. »Fragen Sie sich, ob Sie in Moskau jemand vermissen würde, Arkadi. Gibt es irgend jemanden, von dem Sie sich nicht auch am Telefon verabschieden können? Gibt es irgend jemanden, der Ihnen fehlen würde?«

»Ja«, sagte Arkadi, einen Moment zu spät.

»Sicher. Ich möchte Ihnen von dem traurigsten Bild der Welt erzählen. Das traurigste Bild der Welt hängt im Prado in Spanien. Gemalt hat es Goya, und es ist das Bild eines Hundes im Wasser. Man sieht bloß seinen Kopf in den schlammigen, strudelnden Fluten und die großen Augen des Hundes, die aus dem

Bild herausblicken. Der Hund könnte auch schwimmen, doch Goya hat das Bild ›Ertrinkender Hund‹ genannt. Wenn ich Sie ansehe, sehe ich diese Augen. Sie ertrinken, und ich reiche Ihnen die Hand, um Sie aus dem Wasser zu ziehen. Haben Sie die Kraft, sie zu ergreifen?«

»Und das Geld?« fragte Arkadi, um die Phantasie weiterzuspinnen.

»Vergessen Sie das Geld. Ja, Sie wären reich, hätten eine kubanische Villa, ein Auto, Mädchen, was auch immer, aber darum geht es nicht. Es geht darum, daß Sie ein Leben hätten, das Sie genießen könnten.«

»Wie würde ich das machen?«

»Ihr Visum läßt sich verlängern«, übernahm Walls. »Wir haben Freunde, die das regeln, und dann können Sie so lange bleiben, wie Sie wollen.«

»Und Sie würden sich keine Sorgen mehr machen, daß ich am Havana Yacht Club herumlungere?«

»Nicht, wenn Sie mit im Team sind.«

»Wir bieten Ihnen keinen Freifahrtschein«, sagte O'Brien, »aber Sie wären Teil von etwas Großem, etwas, worauf man stolz sein kann. Als Gegenleistung erwarten wir von Ihnen nur einen kleinen Vertrauensbeweis. Warum waren Sie am Havana Yacht Club? Wie sind Sie auf die Idee gekommen?«

Bevor Arkadi antworten konnte, war das Boot mit einem Mal von heller werdendem Licht umgeben. Er blickte über die Reling und sah im Wasser tausend Löffel, in denen sich die Sonne spiegelte.

»Bonitos«, sagte O'Brien.

»Ziehen sie immer von Ost nach West?« fragte Arkadi.

»Gegen die Strömung«, sagte Walls. »Thunfische schwimmen gegen die Strömung, also tun es die Marline auch, und irgendwann auch die Boote.«

»Eine kräftige Strömung?«

»Klar, der Golfstrom.«

»Und er treibt auf die Bucht zu?«

»Ja.«

Die Fische schossen aus dem Wasser, erst einer, dann Dutzende. Die »Gavilan« war von schillernden glasigen Bogen umgeben, und ein feiner Salzwassernieselregen ging auf sie nieder. Binnen Sekunden hatte sich der gesamte Schwarm zerstreut und war durch einen länglichen Schatten mit blauen Brustflossen ersetzt worden.

»Ein Marlin«, sagte Walls.

Scheinbar mühelos hielt der große Fisch mit dem Schatten des Bootes mit, dabei zog er einen blassen pinkfarbenen Schleier hinter sich her.

»Er läßt sich Zeit«, bemerkte Arkadi.

»Er versteckt sich«, sagte Walls. »Er ist ein Killer, ein Heckenschütze. Das ist seine Taktik. Er schlitzt erst einen ganzen Schwarm Thunfische auf, um dann später zum Fressen zurückzukommen.«

»Angeln Sie?«

»Mit einer Harpune. Da sind die Chancen gerechter verteilt.«

»Und Sie?« fragte Arkadi O'Brien.

»Kaum.«

Von oben sah das Schwert des Marlin aus wie die feine Linie eines Zeichners, gezückt, doch beinahe unsichtbar. Die Männer beobachteten ihn gebannt, bis der Fisch schließlich abtauchte, blau in blau.

Sie brachten Arkadi nicht zum Havana Yacht Club zurück, sondern bahnten sich einen Weg zwischen den Fischerbooten vor dem Westufer der Bucht. Am äußeren Steg der Marina Hemingway winkte ein Trio von Grenzschützern in Drillichuniform träge ein Boot in den Yachthafen. Die »Gavilan« steuerte den inneren Anlegesteg an, wo zwischen den Strohsonnenschirmen und der Discobühne einer Cafeteria, aus der der Geruch gegrillter Hühnchen und ein plärrender Beatles-Song drangen, ein Haken zum Wiegen von Fischen hing. Obwohl mit Netzkork ein Schwimm- und Tauchbecken markiert war, hatten sich die Schnorchler entlang des Kanals versammelt, als Walls einen freien Liegeplatz ansteuern wollte. Nicht Hemingway, aber immerhin ein alter Mann mit Hut und einer zu einer Kette zusammengebundenen Schlange von Minibierdosen versuchte Walls zu verscheuchen, während er den Badenden wütend zurief: *»Peligroso! Peligroso!«*

Walls machte einen weiten Bogen um die Taucher, folgte dem Kanal und wendete. Fischerboote mit Halterungen für Angelruten und offenen Steuerständen glitten vorbei, Rennboote, flach und farbig wie Sonnenblenden, Luxusyachten mit Sonnendeck und niedrigem Freibord für Wasserskiläufer, ozeantaugliche Paläste des Überflusses und Müßiggangs aus weißem Fiberglas. Die Rufe, die von dem Volleyballnetz herüberdrangen, waren rein amerikanisch.

»Texaner«, sagte Walls. »Segler vom Golf. Sie lassen ihre Boote das ganze Jahr über hier.«

Entlang des gesamten Kanals wienerten Menschen ihre Boote, trugen Taschen mit Lebensmitteln und Wäsche oder schoben Karren mit Gasflaschen vor sich her. Walls legte am Ende des inneren Kanals an, wo ein Supermarkt Sonnenschutzcreme und Johnnie Walker feilbot. Vor dem Laden saß ein kubanisches Mädchen in einem Nike-Hemd neben einem blonden Jungen, dessen T-Shirt mit einem Che-Porträt geschmückt war.

Erneut ergriff O'Brien Arkadis Hand mit beiden Händen und schüttelte sie überschwenglich. »Sie wohnen neben dem Santero, soweit ich weiß. Morgen reden wir weiter.«

»Über eine ›Position‹ für mich? Ich glaube, mir fehlt die Qualifikation. Ich weiß nichts über Kasinos.«

»Die Art, wie Sie mit Sargento Luna umgegangen sind, schien mir äußerst qualifiziert. Und was Kasinos betrifft, morgen machen wir mit Ihnen eine große Tour durch die Lasterhöhlen von Havanna. Stimmt's George?«

»Sie könnten Ihr eigenes Boot hier haben«, sagte Walls. »Nachts kommen die Mädchen und klopfen. Sie machen auch sauber und kochen, nur um an Bord bleiben zu dürfen.«

Arkadi sah sich unter seinen potentiellen Yachtbesitzernachbarn um. »Und wie sind die Amerikaner so?«

Walls lächelte leicht gequält. »Nun, einige sind Freigeister, andere sind die gleichen stiernackigen Rassisten, denen ich vor dreißig Jahren entkommen wollte. Ein Mistkerl aus Alabama hat mich gebeten, ihm ein Autogramm auf meinem Fahndungsplakat zu geben. Er meinte, es wäre ein Sammlerstück. Ich hätte ihm am liebsten den Sack aufgeschlitzt und seine Eier eingesammelt.«

»Tja«, meinte O'Brien, »zum Souvenir zu verkommen muß auch eine Art Tod sein. Sie werden es sich überlegen, Arkadi?«

»Es ist ein ziemlich unglaubliches Angebot.«

»Denken Sie ernsthaft darüber nach«, sagte O'Brien. »Ich verstehe, daß es einem schwerfällt, von einem Schiff zu springen, selbst wenn es sinkt.«

Es gab solche und solche Tode. Als er den Yachthafen durch das Tor zur Straße verließ, kam Arkadi ein Fischer entgegen, der unter dem Gewicht eines auf eine riesige Holzplatte montierten Marlins taumelte. Der Fisch war im Sprung konserviert worden, die Rückenflosse aufgefächert, sein Schwert herausfordernd gen Himmel gereckt, das ganze Tier in einem so unwirklichen metallischen Blau, daß es auch ein Mini-U-Boot hätte sein können, und Arkadi erinnerte sich, daß er in Moskau einmal mit Pribluda am Fluß entlang bis zur Erlöserkirche gegangen war. Es war Frühling, der Fluß führte hohes, reißendes Wasser, und unter der Alexanderbrücke standen Männer, die mit langen, peitschenartigen Ruten angelten. »Welcher halbwegs normale Mensch würde einen in Moskau gefangenen Fisch essen?« hatte Pribluda gefragt. »Der muß ja zäh sein wie eine Stiefelsohle. Wenn du mich je mit einer Angelrute mitten in Moskau erwischst, Renko, tu mir einen Gefallen. Erschieß mich.«

15

Ofelia erreichte den Pool der Casa del Amor und hörte aus einem der Zimmer ein Radio plärren, Los Van Van sangen »Muevete!«, die hölzernen *claves* tanzten über ihren Rücken, und sie dachte nicht zum erstenmal, wie sehr sie der Musik mißtraute. Es war also ein Schock gewesen, ihren Finger auf die Vene des Russen zu legen und den Rhythmus seines Pulsschlags zu spüren. »Willst du ihn nicht reinlassen, darfst du dich nicht einlassen«, war einer der Lieblingssprüche ihrer Mutter. Genauso: »Wer nicht angegrapscht werden will, darf nicht mit dem Arsch wackeln.« Mit dem Arsch zu wackeln, war die kubanische Methode, dachte sie manchmal. Das Leben war deshalb ein solches Durcheinander, weil ihr Gehirn zu den ungünstigsten Zeitpunkten und bei den unmöglichsten Männern irgendein Signal aussandte, das ihr befahl: »Muevete!« Der 57er Dodge Coronet mit den privaten Nummernschildern, den man ihr für Überwachungen zugeteilt hatte, parkte im Schatten eines Kapokbaums am Straßenrand. Die vordere Stoßstange hing nach zu vielen Zusammenstößen nur noch an Drähten. Sie kannte das Gefühl.

Da der Strand an diesem Teil des Malecón aus flachen Felsen und Korallenschotter bestand, war die Casa del Amor um einen Swimmingpool mit Terrasse gebaut worden, die bis auf zwei Tischtennis spielende Jungen menschenleer war. Am frühen Nachmittag unternahmen die meisten *jineteras* und ihre neuen Freunde eine Rickschafahrt durch Alt-Havanna, schlürften *mo-*

jitos in der Bodeguita del Medio oder lauschten auf der Plaza de la Catedral romantischer Musik. Später folgten ein Boutiquenbummel und ein Abendessen in einem *paladar*, wo ein Teller mit Reis und Bohnen den Wochenlohn eines Kubaners kostete, dann ein bißchen Sex in der Casa del Amor und anschließend ein langer Abend in einem der Tanzclubs.

Wenn Kubaner zur Casa del Amor kamen, um ihrer Leidenschaft zu frönen, waren immer alle Zimmer belegt. Aber für die »Liebespaare« aus *jineteras* und Touristen gab es jederzeit ein Zimmer mit frischen Laken, Handtüchern und einer Vase mit einer langstieligen Rose. Ofelia hatte festgestellt, daß Beschwerden bei den Behörden ergebnislos blieben, was bedeutete, daß die Polizei das Motel schützte. Neunzig Dollar pro Nacht und Zimmer, der Preis eines Zimmers der gehobenen Kategorie im Hotel Nacional, waren Grund genug, die Hand über eine solche Goldgrube zu halten, selbst wenn das Gold mit dem Schweiß kubanischer Mädchen erkauft wurde.

Eine schwergewichtige Frau in einem Overall fegte die Straße in dem gleichmäßigen Rhythmus von zwei Besenstrichen pro Minute. Ofelia bezog Position neben der Eismaschine unter der Treppe zum ersten Stock und lauschte der Musik und gelegentlichen Schritten aus den Räumen über ihr. Lediglich die beiden mittleren Zimmer waren belegt, was ihr in Anbetracht der begrenzten Einsatzkräfte und wenigen Zeit nur recht war. Die beiden Jungen an der Tischtennisplatte beendeten ein Spiel und begannen ein neues.

Sie hatte entschieden, daß der Russe ein Desaster war, das es zu meiden galt. Schon das Licht in seinen Augen war wie die Glut eines fast gelöschten Feuers, die davor warnte, sie zu schüren. Es war schon schlimm genug, daß er eine Gefahr für sich selbst darstellte, aber seine Geschichte über Luna war der reine Wahnsinn. Hier war ein Mann, der Luna gegen eine Mauer schleuderte und sich dann bescheiden überrascht zeigte, wenn der Kopf des Sargento aufplatzte. Wie Renko sich den Kopf aufgeschlagen hatte, wußte sie nicht. Vielleicht war an seiner Geschichte mit dem Schläger etwas dran. Doch ihrer Ansicht nach war Renko eine Ziege, die die brillante Idee gehabt hatte, einen Tiger zu fangen, indem sie selbst als Köder fungierte. Er würde den Tiger schon anlocken, möglicherweise sämtliche Tiger des Dschungels, aber was dann? Eigentlich schade, denn er war ein guter Ermittler. Mit ihm nach Casablanca zurückzukehren und zu beobachten, wie er Andres, dem Fischer, die Informationen entlockt hatte, war eine Lehrstunde in Polizeiarbeit gewesen. Er war nicht dumm, bloß verrückt, und im Moment hatte sie ebensoviel Angst, mit ihm zusammenzusein, wie ihn allein zu lassen.

Die Straßenfegerin steckte den Besen in eine Tonne. Über Ofelias Kopf fiel eine Tür zu, und zwei Paar Schritte gingen über den Balkon. Ofelia folgte ihnen und versteckte sich hinter der Treppe, als sie nach unten kamen. Erst als das Pärchen die Ebene des Pools erreicht hatte, bemerkten sie Ofelia, die sich in ihrer grau-blauen PNR-Uniform so aufrecht wie möglich hielt, und die Straßenkehrerin, die ihnen mittlerweile ebenfalls in Uniform und mit gezückter Waffe gegenüberstand.

Der Tourist war ein rothaariger Mann in Hemd, Shorts, Sandalen und einer Prada-Tasche um seinen Stiernacken. Einen seiner dicken Arme hatte er wie ein sommersprossiges Würstchen um die Schulter des Mädchens gelegt. »Scheiße«, sagte er, als er die Kommissarin sah.

Ofelia erkannte Teresa Guiteras. Das Mädchen war schwarz, kleiner als Ofelia, mit einer lockigen Mähne und einem gelben Kleid, das ihren Hintern kaum bedeckte. »Diesmal ist es Liebe«, erklärte sie der Kommissarin.

In einem Anfall hektischer öffentlicher Bautätigkeit hatte Kuba in den dreißiger Jahren Polizeireviere wie Wüstenforts erbaut. Die Wache am westlichen Ende des Malecón war der Sonne besonders ausgesetzt, Farbe blätterte von den Zinnen, auf dem Dach thronte ein Funkmast, und ein Wachmann stand im Schatten des Eingangs. Für eine Lüftung hatte es nie gereicht, so daß sich im Innern stickige Luft mit dem noch zu erahnenden Geruch von alter Pisse und altem Blut vermischte. Die Polizei führte in regelmäßigen Abständen Razzien gegen die *jineteras* durch und vertrieb sie vom Malecón und der Plaza de Armas. Doch am nächsten Abend waren dieselben Mädchen wieder da, nur daß sie jetzt noch ein bißchen mehr für den Polizeischutz bezahlen mußten. Da Ofelias kleiner Feldzug sich weniger gegen die Mädchen als vielmehr gegen korrupte Beamte richtete, war sie bei den anderen, ausschließlich männlichen Kommissaren, mit denen sie ihr Büro teilte, nicht besonders beliebt. Als sie mit dem Mädchen auf das Revier zurückkehrte, stellte sie fest, daß die Wand hinter ihrem Schreibtisch mit einem Poster von Sharon Stone verziert worden war, die rittlings auf einem Stuhl saß. In die Mitte des Posters waren die Bestimmungen zum Schutz gegen übereilten Waffengebrauch geklebt. Ofelia stopfte das Poster in einen Papierkorb und stellte ein Tonbandgerät mit zwei Mikrofonen auf den Tisch. Die dritte Person im Raum war Dora, die Streifenbeamtin, die am Pool Wache gehalten hatte, eine ältere Frau mit einem durch Erfahrung traurigen Gesicht.

Teresa Guiteras Marin war vierzehn, eine Achtkläßlerin aus dem kleinen Städtchen Ciego de Avila. Ofelia hatte sie bereits einmal verwarnt, keine Touristen unweit der Marina Hemingway anzusprechen. Ofelia fragte das Mädchen, wo es seinen Freund getroffen habe (zufällig auf dem Malecón), ob er ihm Geld oder Geschenke angeboten habe (nichts bis auf eine Swatch, eine Freundschaftsgabe), wessen Idee es gewesen war, die Casa del Amor aufzusuchen (seine), wer an der Rezeption gezahlt hatte und wieviel (er, und sie wußte nicht, wieviel, doch er hätte ihr auch eine Rose gekauft, die sie gern noch aus dem Zimmer holen würde). Als letztes fragte Ofelia, ob sie irgendeinen Angehörigen der PNR gesehen, ihn bezahlt oder in irgendeiner anderen Weise Kontakt mit ihm gehabt habe. Nein, schwor Teresa, das habe sie nicht.

»Dir ist doch klar, daß du eine Strafe von hundert Pesos bezahlen mußt und auf die Liste der Prostituierten gesetzt wirst, wenn du nicht mit uns zusammenarbeitest. Und das mit vierzehn.«

Teresa streifte ihre Platteausandalen ab und legte ihre Beine auf einen Stuhl. Dabei spulte sie ihr ganzes Kleinmädchenrepertoire vom Schmollmund bis zum unschuldigen Augenaufschlag ab.

»Ich bin keine Prostituierte.«

»Das bist du doch. Er hat dir zweihundert Dollar bezahlt, damit du eine Woche lang mit ihm zusammenbleibst.«

»Hundertfünfzig.«

»So billig verkaufst du dich.«

»Wenigstens kann ich mich verkaufen.« Teresa wickelte eine Locke um ihren Finger. »Das ist mehr, als Sie je kriegen werden.«

»Mag sein. Aber du mußtest dir eine gefälschte Aufenthaltsgenehmigung kaufen, um in Havanna zu bleiben. Du mußtest illegal einen Raum zum Schlafen mieten und dann ein Zimmer in der Casa del Amor, um dort zu bumsen. Und vor allem mußt du die Polizei bezahlen.«

»Nein.« In diesem Punkt wirkte Teresa sehr entschieden.

»Hast du einen Freund, der sich darum kümmert?«

»Vielleicht.«

Es war dieses gespaltene Bewußtsein, das Ofelia wahnsinnig machte. Teresa hielt sich nicht für eine Prostituierte, nein. *Jineteras* waren Studentinnen, Lehrerinnen oder Sekretärinnen, die sich lediglich ein bißchen was dazuverdienten. Manche Eltern waren regelrecht stolz darauf, daß ihre kleinen Teresas dazu beitrugen, die Familie zu ernähren; ja, es gab sogar regelmäßige Besucher, die es nicht wagten, ohne ein Geschenk für die Mutter, den Vater und den kleinen Bruder ihrer Lieblings*chica* nach Kuba zu kommen. Das Problem war Aids, und es war, als würde man junge Mädchen in den Schlund eines Drachens stoßen. Nur daß man sie nicht stoßen mußte, sie standen freiwillig Schlange, um zu springen.

»Jetzt arbeitest du also schon an zwei verschiedenen Orten«, sagte Ofelia, »tagsüber in der Casa del Amor und abends bei den Booten. Ist das das Leben, das du führen möchtest?«

Teresas Augen funkelten durch ihre Haare. »Besser als Schule.«

»Auch besser als das Krankenhaus? Hast du deinen deutschen Freund untersucht?«

»Er war sauber.«

»Ach, hast du ein kleines Labor?«

Es war, als ob man mit einem Kind diskutierte. Sie würden sich nie anstecken, sie nahmen schließlich Vitamine, Anis und Essig. Und die Männer weigerten sich, Kondome zu benutzen, weil sie schließlich nicht um die halbe Welt geflogen waren, um nur eine halbe Zigarre zu rauchen.

»*Hija*, hör mir gut zu. Wenn du mir nicht den Namen der Polizisten nennst, die Geld von dir bekommen, setze ich dich auf die Liste der Prostituierten. Dann wirst du bei jeder Razzia einkassiert. Und wenn man dich dann noch mal erwischt, kommst du für mindestens zwei Jahre in ein Umerziehungslager. Das ist kein schöner Ort zum Aufwachsen.«

Teresa zog ihre Knie an den Körper und starrte Ofelia finster an. Ihr Schmollmund war genau wie Muriels, und sie war nur drei Jahre älter.

Herr Lohmann hatte in einem Verhörzimmer gewartet. Er verschränkte die Arme und lehnte sich zurück, als Ofelia seine Visa betrachtete. Er sprach eine Art Lederhosenspanisch. »Also habe ich ein Zimmer im Hotel Capri und ein weiteres in der Casa del Amor, na und? Ich habe für beide bezahlt. Doppeltes Geld für Kuba.«

»Woher wußten Sie überhaupt von der Existenz der Casa del Amor?«

»Das Mädchen hat mir davon erzählt. Sie ist nicht direkt eine Jungfrau, wissen Sie.«

»Um das klarzustellen«, sagte Ofelia, »Sie sind neunundvierzig und hatten Sex mit einer vierzehnjährigen Schülerin, und zwar trotz der kubanischen Gesetze zum Schutz von Kindern. Ist Ihnen bewußt, daß Sie dafür sechs Jahre in einem kubanischen Gefängnis verbringen könnten?«

»Das bezweifle ich stark.«

»Sie haben also keine Angst.«

»Nein.«

Sie klappte seinen Paß auf und blätterte durch die abgestempelten Seiten. »Sie reisen ziemlich viel.«

»Geschäftlich.«

»Nach Thailand und den Philippinen?«

»Ich bin Verkäufer.«

»Wohnort?«

»Hamburg.«

Sein Paßfoto zeigte Kopf und Schultern eines respektablen Bürgers mit dunklem Anzug und Krawatte.

»Verheiratet?«

»Ja.«

»Kinder?«

Keine Antwort.

»Grund Ihres Besuchs?«

»Geschäfte.«

»Sie sind nicht zum Vergnügen hier?«

»Nein. Aber mir gefallen andere Kulturen.« Er hatte ein Pferdegebiß. »Ich war an der Bar des Hotel Riviera, und dieses Mädchen hat mich gefragt, ob ich ihr eine Cola spendiere.«

»Um die Lobby des Riviera zu betreten, muß sie in Begleitung eines Mannes gewesen sein. Wer war es?«

»Ich weiß es nicht. Ich werde in Havanna ständig von Männern angesprochen, die wissen wollen, ob ich einen Wagen, eine Zigarre oder was auch immer brauche.«

»Haben sich in der Halle Polizisten aufgehalten?«

»Ich weiß es nicht.«

»Ihnen ist bewußt, daß es gegen kubanisches Recht verstößt, wenn ein kubanischer Staatsbürger ein Hotelzimmer aufsucht.«

»Tatsächlich? Manchmal wohne ich in einem Hotel auf dem

Land, das von der kubanischen Armee geführt wird. Wenn ich ein Mädchen mitbringe, muß ich einfach den doppelten Preis bezahlen. Sie sind die erste, die deswegen einen solchen Aufstand macht.«

»Sie haben das Riviera verlassen und sind mit Teresa in die Casa del Amor gegangen, wo Sie sich als ihr Ehemann, Señor Guiteras, eingetragen haben.«

»Darum hat sich Teresa gekümmert. Ich habe die Rezeption gar nicht betreten.«

Ofelia warf einen Blick auf die Notizen, die sie sich während eines Telefonats gemacht hatte. »Laut Angaben des Riviera sind Sie dort mit einem Freund angekommen, einem Italiener.«

»Ja, einem männlichen Freund.«

»Namens Mossa. Er hat das Zimmer neben Ihrem genommen.«

»Und?«

»Hatte er nicht auch in der Casa del Amor das Zimmer nebenan?«

»Und?«

»Sie haben Teresa und ihre Freundin zusammen getroffen?«

»Falsch. Ich habe Teresa getroffen. Und er hat selbst Anschluß gefunden.«

»Sie haben sie gefunden?«

»Oder sie mich. Das ist doch scheißegal. Hier entwickeln sich die Mädchen halt schneller.« Er strich sein Haar zurück. »Hören Sie, ich bin stets ein Anhänger der kubanischen Revolution gewesen, und Sie können mich nicht verhaften, weil ich mich von kubanischen Mädchen angezogen fühle.«

»Haben Sie ein Kondom benutzt?«

»Ich glaube, ja.«

»Wir haben in den Papierkörben nachgesehen.«

»Okay, nein.«

»Ich denke, wir werden Sie in Ihrem eigenen Interesse ärztlich untersuchen und den medizinischen Befund Ihrer Botschaft zukommen lassen.«

Sein Lächeln erstarrte. Als er sich vorbeugte, öffnete sich sein Hemd. Er trug ein goldenes Kettchen um den Hals, sein Körper verströmte Wärme und den Geruch eines billigen Rasierwassers. »Wissen Sie«, flüsterte er, »Sie sehen sogar noch besser aus als Teresa.«

In diesem Moment überkam Ofelia die Phantasie, Renko wäre bei ihr und würde den Deutschen packen, so wie er Luna gepackt hatte, und ihn gegen die Wand schleudern.

»Der Doktor wird Sie gründlich untersuchen«, sagte Ofelia und verließ den Raum.

Als sie in das Dienstzimmer zurückkehrte, war der Raum nicht mehr leer. Das Sharon-Stone-Poster hing wieder an der Wand, und Teresa warf einen Seitenblick auf die beiden Kommissare in Zivil, Soto und Tey, zwei flott gekleidete Männer, die, über den Papierkram auf ihren Schreibtischen gebeugt, ein verstohlenes Grinsen austauschten. Wenn Ofelia das Mädchen in irgendeinem anderen Raum hätte verhören können, hätte sie es getan.

»Singa tu madre«, verkündete Teresa. »Ich sage nichts gegen meine Freunde.«

»Gutes Mädchen«, sagte Soto. »Mit den richtigen Freunden brauchst du auch gar nichts zu sagen.«

»Osorio bringt Sex und Verbrechen durcheinander«, meinte Tey. »Sie ist gegen beides.«

»Es ist schon so lange her, stimmt's?« sagte Soto.

»Ich würde ihrer Erinnerung gern auf die Sprünge helfen«, bot Tey an.

»Sie können mir gar nichts anhaben«, erklärte Teresa Ofelia. »Ich muß Ihnen nichts sagen.«

»Hör nicht auf sie.« Ofelia spürte, wie ihr Nacken brannte.

»Hör nicht auf *sie*? Sie sind diejenige, die mir das Leben schwermacht. Sie sind das Miststück, nicht die beiden. Ich verdiene zehnmal soviel wie Sie. Warum sollte ich auf Sie hören?«

»Herzlichen Glückwunsch, ich setze dich auf die offizielle Liste der Nutten. Du wirst von einem Arzt untersucht und aus Havanna verwiesen.«

»Das können Sie nicht machen.«

»Es ist schon so gut wie erledigt.«

Aber als sie mit Dora auf den Flur trat, mußte Ofelia an ihre beiden Töchter denken und brachte es nicht übers Herz, die Aufnahme von Teresas Namen in die Liste zu verfügen.

»Aber sag ihr trotzdem, ich hätte es getan«, befahl sie. »Und laß sie von einem Arzt untersuchen. Er soll sich auch den deutschen Touristen gründlich ansehen und ihm Blut abnehmen, und es darf ruhig ein bißchen weh tun.«

»Und was soll das Ganze, wenn wir sie sowieso wieder laufen lassen?« Dora hatte die Nase voll vom Straßenkehren.

»Es geht mir nicht um die Mädchen, ich bin korrupten PNR-Beamten auf der Spur.«

»Das heißt, Männern, und von denen gibt es in der PNR Tausende, und nur ein paar von uns. Von ganz oben an abwärts gibt es nur ein großes Augenzwinkern. Alle halten Sie für eine Fanatikerin, und wissen Sie, was Ihr eigentliches Problem ist? Sie sind es nicht.«

Ofelia kehrte zur Casa del Amor zurück, denn auch wenn sie Teresa vielleicht verloren hatte, bestand immer noch die Chance, daß sich Lohmanns italienischer Freund und sein Mädchen weiter im Motel aufhielten. Diesmal würde sie die beiden gleich auf dem Zimmer vernehmen und sich nicht noch einmal in die Nähe der Wache begeben. Das war zwar gegen die Vorschriften, aber die Vorschriften brachten einem nur Demütigungen und Niederlagen ein. Sie brauchte Dora nicht, sie brauchte niemanden. Das war ganz allein ihre Sache.

Wenn Ofelia wütend war, machte sie immer zwei Schritte auf einmal. Der Eingang zu den Zimmern des Motels lag aus Gründen der Diskretion hinter Trennwänden, die den Flur unterteilten, und am Türknauf des Zimmers neben Lohmanns hing ein Plastikschild mit der Aufschrift »Do not disturb«. Die beiden Jungen spielten ihr endloses Tischtennisspiel, ansonsten war niemand da. Vielleicht war es Glück. Vielleicht war es Dummheit. Sie würde bestimmt nicht begeistert empfangen werden, nicht, wenn das Mädchen auch nur ein bißchen Ähnlichkeit mit Teresa hatte. Welches arme kubanische Mädchen würde nicht glauben, daß es in einem Motel wie diesem im Himmel war? Vor allem, wenn danach ein Einkaufsbummel winkte, bei dem ein neuer Badeanzug für sie abfallen könnte, der ihren süßen Hintern noch besser zur Geltung bringen würde? Oder zumindest die Gelegenheit, Ray-Ban-Sonnenbrillen oder einen Gucci-Schal anzuprobieren?

Sie klopfte an die Tür. »Zimmerservice.«

Das Radio lief noch immer. Der Pool lag da wie eine blaue Linse. Die Jungen spielten weiterhin Tischtennis, man hörte das trockene Ploppen des Balls gegen ihre Schläger. Eine leichte Brise strich durch die trägen Palmwedel, Ofelia atmete tief ein, es roch vage nach Metzger und Scheunenhof.

»Polizei!« sagte sie.

Die Tür war nicht abgeschlossen, aber blockiert, und weil irgend jemand die Lüftung ausgeschaltet hatte und im Zimmer Temperaturen um die dreißig Grad herrschten, war es, als würde sie sich Zutritt zu einem Ofen verschaffen, aus dem ihr der satte Geruch von Blut und Exkrementen entgegenschlug. Mit dem Öffnen der Tür hatte sie eine Leiche beiseite geschoben und versuchte jetzt, sich zwischen einem umgefallenen Stuhl, ausgeleerten Kommodenschubladen, Kleidern und Laken einen Weg zum Fenster zu bahnen, wo sie die Vorhänge aufzog, so daß Licht ins Zimmer strömte.

Die Leiche, über die sie gestiegen war, war ein nackter dunkelhaariger Europäer, dessen Kopf, Arme, Seiten und Rücken aufgeschlitzt waren. Ofelia hatte einmal die Leiche eines Mannes gesehen, der in einem Kombinat in die Klingen eines Mähdreschers geraten, zermalmt und wieder ausgespuckt worden war, und genauso sah dieser Mann aus, mit dem Unterschied, daß die unterschiedliche Länge und Form der Wunden unverkennbar das Werk einer Machete waren. Auf dem Bett lag eine nackte Frau mit gespreizten Armen und Beinen, ihr Kopf war halb abgeschlagen und verdreht wie der einer Puppe. Bett und Teppich waren dunkelrot, als ob jemand kübelweise Blut verschüttet hätte. Ein Blutkranz schmückte die Wand über dem Kopf des Bettes, doch es gab keine zerbrochenen Möbel oder verschmierte Blutspritzer an den Tapeten, die auf einen Kampf hingedeutet hätten.

Als erster an dem noch unberührten Schauplatz eines Mordes einzutreffen, war ein Geschenk, hatte Dr. Blas stets doziert. Wenn man kein entschlossener Ermittler war, wenn man die einzigartige Chance, als erster am Tatort zu sein, nicht ergreifen und sich nicht mit allen Sinnen und dem Verstand darauf einlassen konnte, wenn sich die Augen oder Gedanken auch nur ein wenig vor dem Schatten des Mörders verschlossen, dann sollte man diese Tür nicht öffnen. Man sollte Kinder großziehen, einen Bus fahren, Tabakblätter rollen, was auch immer, aber dieses Geschenk nicht jenen Männern und Frauen wegnehmen, die die nötige Disziplin und den Mumm für den Job hatten.

Bei beiden Leichen hatte die Totenstarre bereits eingesetzt, sie mußten also seit mindestens vier Stunden tot in der Hitze Havannas liegen. Die Wunden des Mannes sahen aus, als ob man sie ihm zugefügt hatte, während er in Richtung Tür robbte. Wenn er dazu in der Lage gewesen war, warum hatte er dann nicht geschrien? Wer war zuerst gestorben? Die Beine des Mädchens lagen in einer Blutlache. Haar und Schamhaar waren von derselben honigfarbenen Tönung, und obwohl ihr Gesicht ins Kissen gedreht war, erkannte Ofelia in ihr eine besudelte Version Hedys, des schönen Mädchens, das besessen über glühende Kohlen getanzt war.

Nachdem sie getan hatte, was sie ohne Gummihandschuhe tun konnte, ging Ofelia, die blutigen Schleifspuren auf dem Boden sorgfältig meidend, ins Bad und übergab sich in die Toilette. Als sie die Spülung betätigte, bildete sich ein strudelnder Rückstau aus Erbrochenem und hellrotem Wasser. Bevor er überquoll, griff sie mit der Hand so tief wie möglich in die Schüssel und löste einen blutgetränkten Ballen Klopapier, der sich in dem

Abfluß verkeilt hatte. Unter trockenem Würgen legte sie ihren Fund auf ein Handtuch: einen durchgeweichten italienischen Paß auf den Namen Franco Leo Mossa, 43, aus Mailand, und den kubanischen Ausweis einer Hedy Dolores Infante, 25, aus Havanna. Dazu ein ziemlich zerfleddertes Foto, ein Schnappschuß, der offenbar vor dem Flughafen in einem Gewimmel von Taxis, Koffern und verhärmten russischen Gesichtern gemacht worden war. Das Motiv war Renko in seinem schwarzen Mantel mit einem wehmütigen Lächeln im Gesicht. Ofelia wußte nicht, warum, aber sie steckte das Foto instinktiv ein, bevor sie aus dem Schlafzimmer an die frische Luft auf dem Balkon mit Blick auf die Bucht und die auf dem Wasser treibenden *neumáticos* taumelte.

16

Ein Chihuahuapärchen lief Arkadi auf dem Weg voraus, sie verdrehten die Augen, warfen ihm schmachtende Blicke zu, tänzelten hier um einen Weihnachtsstern und schnupperten dort an einem Grabstein, bis sie ihn unter einen Schleier aus herabhängenden Tamarindenzweigen führten, wo drei Chinesen mit nacktem Oberkörper einen Marmordeckel schrubbten, den sie von einem Sarkophag gehoben hatten. In dem Grab hockte Erasmo mit einem Sack voller Werkzeuge.

»Es gibt nicht viele Jobs, bei denen es ein Vorteil ist, keine Beine zu haben«, meinte Erasmo. »Die Arbeit in einem Sarg gehört zufälligerweise dazu. Sie sehen nicht besonders glücklich aus.«

»Ich komme gerade vom Havana Yacht Club«, sagte Arkadi. »Sie haben mir erzählt, der Havana Yacht Club sei bloß ein Witz, nur ein paar Angler, Sie, Mongo und Pribluda. Aber das Bild wurde beim Yacht-Club gemacht, und Sie haben nie erwähnt, daß dieser Club tatsächlich existiert.«

Erasmo runzelte die Stirn und kratzte sich am Bart. »Er existiert und existiert nicht. Das Gebäude steht noch, der Strand ist noch da, aber man kann es wohl kaum noch einen Club nennen. Es ist kompliziert.«

»Wie Kuba?«

»Wie Sie. Warum haben Sie mir nicht erzählt, daß Sie Rufo Pinero getötet haben. Ich habe es auf der Straße erfahren.«

»Es war ein Unfall.«

»Ein Unfall?«

»Eine Art Unfall.«

»Ja, das ist, als würde man sagen, russisches Roulette wäre eine Art Spiel. Wir tun also auf unterschiedliche Weise das gleiche. Ich habe Sie jedenfalls nicht angelogen. Als wir uns Havana Yacht Club genannt haben, war das wirklich ein Witz. Wir fanden das damals komisch.«

»Ein toller Club. Pribluda ist möglicherweise tot, Mongo wird möglicherweise vermißt, und Sie sind vielleicht das letzte noch lebende Mitglied.«

»Ich gebe zu, daß es nicht komisch klingt, wenn Sie es so ausdrücken.«

»Es sei denn, es sind noch mehr. Gibt es noch andere Mitglieder, von denen Sie mir nichts erzählt haben?«

»Nein.«

»Rufo?«

»Nein.«

»Luna?«

»Nein, nur wir drei, sonst niemand. Wissen Sie was, Sie gehen mir auf die Nerven. Und Sie machen meine Freunde hier sehr nervös.«

Die Chinesen verfolgten das Gespräch mit ebenso großer Besorgnis wie Verständnislosigkeit. Erasmo stellte Arkadi kühl vor, die drei Chinesen waren Brüder namens Liu mit stacheligem schwarzen Haar und einer Zigarette zwischen den Zähnen. Arkadi ließ seinen Blick über die stille Anarchie des Friedhofs schweifen: ein Marmorkreuz, das an einem buddhistischen Altar lehnte, Tafeln mit chinesischen Schriftzeichen und Trauergirlanden, Grabsteine, auf denen die Fotografien von Verstorbenen durch verschmutzte ovale Scheiben blickten. Ein schöner Ort zum Sterben, dachte Arkadi, ruhig, kühl und malerisch.

»Das ist also der Chinesische Friedhof?«

»Ja«, bestätigte Erasmo. »Ich habe den Lius erzählt, daß Sie ein Experte in Verbrechensbekämpfung sind und daß Sie deshalb so wütend sind. Jetzt fühlen sie sich schon viel besser.«

»Gibt es viele Verbrechen auf einem Friedhof?«

»Auf diesem schon.«

Arkadi erkannte, daß zahlreiche Grabsteine Risse aufwiesen und mit Zementfugen und Stahlbändern verstärkt worden waren. Einige der Schäden waren der Zeit und den sich ausbreitenden Wurzeln von Bäumen zuzuschreiben, doch es gab auch Anzeichen von Vandalismus, Marmor war durch Betonblöcke ersetzt, und diverse Gruften waren mit Vorhängeschlössern gesichert worden, wahrscheinlich nicht, um die Toten einzusperren, dachte Arkadi.

»Mögen die Kubaner die Chinesen nicht?«

»Die Kubaner lieben die Chinesen, das ist das Problem. Und manche Kubaner brauchen Glücksknochen.«

»Wozu?«

»Für ihre Zeremonien. Wenn sie Geld brauchen, graben sie die Knochen eines Bankiers aus, wenn sie gesund werden wollen, die eines Arztes.«

»Klingt logisch.«

»Zum großen Bedauern der Chinesen gelten ihre Knochen als die besten Glücksbringer. Deshalb machen sich gewisse Leute mit Stemmeisen und Schaufeln auf den Weg, was die chinesischen Familien, die ihre Ahnen verehren, sehr beunruhigt. Tot oder lebendig, sie wollen ihren Großvater in einem Stück. Ich hatte ja keine Ahnung, daß sich Erfahrungen im Umgang mit Sprengstoff im zivilen Leben als so nützlich erweisen würden. Woher wußten Sie, wo Sie mich finden können?«

»Tico hat Funkstille gewahrt, aber ich habe ihn überredet, es mir aufzuschreiben.« Arkadi warf einen Blick auf den Sarg, wo Erasmo einen Bohrer, eine Schweißmanschette, eine Schweißerbrille und einen Mundschutz auf einem Handtuch ausgebreitet hatte. Aus einer Sporttasche nahm er ein Gefäß mit feinkörnigem schwarzen Inhalt. »Schießpulver?«

»Nur eine Prise. Ohne wäre das Leben langweilig.«

Die Gebrüder Liu hatten offenbar beschlossen, eine Pause zu machen. Sie schlitzten eine Papaya auf und setzten sich zum Essen zwischen die Grabsteine, wo sich die Chihuahuas zu Füßen marmorner Löwen zusammengerollt hatten. War das der »chinesische Kontakt«, von dem Pribluda gesprochen hatte, ein Ort, zu dem man kam, um Glücksknochen zu holen?

Sein Problem war, daß er das Gefühl hatte, rückwärts zu fahren und statt mehr immer weniger zu wissen. Er wußte nicht, wie oder wo Pribluda gestorben war, geschweige denn, warum. Pribludas Bekanntenkreis wurde ständig größer, aber niemand hatte etwas mit den Zuckerpreisen zu tun, womit der Oberst vermeintlich betraut gewesen war. Arkadi hatte nie zuvor eine solche Bandbreite vollkommen zusammenhangloser Menschen und Ereignisse angetroffen: Männer in Reifenschläuchen, Amerikaner auf der Flucht, ein Verrückter aus Oriente, eine Ballerina und jetzt Chinesen und Chihuahuas. In Wahrheit, dachte Arkadi, gab es mit der möglichen Ausnahme von Grabschändung keinerlei Anzeichen für ein Verbrechen, von den Angriffen auf seine Person einmal abgesehen, und das war schlicht schlechtes Timing gewesen, sie hätten bloß warten müssen. Und jetzt? Sein Kopf wurde langsam wieder klar, die Blutergüsse an seinen Beinen hatten sich von Blau zu einem ermutigenden Grün verfärbt, und er fand die absolut amorphe Beweislage recht interessant. Er mußte sie interessant finden, denn solange er beschäftigt war, war er wie ein Mann, der über tiefes schwarzes Wasser wandelte. Er mußte einfach immer weitergehen.

Erasmo zog die Schutzmaske über seine Nase und setzte die Brille auf, bevor er eine Dose mit einem Plastikdeckel aufhob.

»Noch mehr Schießpulver?« fragte Arkadi.

»Ein anderer Sprengstoff.« Erasmo öffnete den Deckel und schloß ihn sofort wieder, als würde die Dose Plutonium enthalten. »Geriebene *habaneros,* der schärfste Chili der Welt. In Afrika habe ich alle möglichen Bomben entschärft. Bomben, die aussahen wie Türknäufe, Wecker, Toilettensitze, Spielzeugflugzeuge oder Puppen. Man muß kreativ sein.« Er drehte die leere

Dose zwischen seinen Schenkeln auf den Kopf und bohrte ein kleines Loch in den Boden, in das er das Schießpulver schüttete und festdrückte.

»Ich habe in Ihrem Zimmer ein Bild von Ihnen und ...« Arkadi probierte die Geste mit dem imaginären Bart für den Namen, den er nicht aussprechen durfte, nur um sich kubanischer zu fühlen.

»Fidel«, sagte Erasmo müde.

»Und ein weiterer Offizier mit Brille.«

»Unser befehlshabender General in Angola.«

»Sie haben eine Menge militärischer Auszeichnungen bekommen.«

»Die Orden? Ach ja. Nun, was hätte ich wohl lieber, die Orden oder meine Beine? Dreimal dürfen Sie raten. Dabei war ich früher so stolz. Fidel sagte, wir würden nach Afrika gehen, und ich salutierte und sagte: ›Zu Befehl, Commandante!‹ Ich wußte nicht, daß er auch noch Befehle erteilen würde, wenn wir erst einmal dort waren. Fidel saß hier in Havanna und studierte Karten von Angola, die nichts von dem wiedergaben, wo wir uns befanden. Wir hockten zwischen Hügeln und Flüssen, die auf Fidels Karten nicht verzeichnet waren; aber das spielte keine Rolle, er gab Befehl, die Streitkräfte dorthin zu verlegen, wo immer sein Finger landete. Manchmal mußten wir ihn ignorieren, weil es der reine Selbstmord gewesen wäre. Als er das erfuhr, war er furchtbar wütend. Es gab ein kleines Dorf, wahrscheinlich nur ein Fleckchen auf seiner Landkarte. Er sagte, wir müßten es erobern und dort einen Kommandoposten für unser Bataillon einrichten. Wir erklärten ihm, daß es sich bloß um ein paar Hütten, eine Garage und einen Brunnen handeln würde und daß wir selbst durch unsere Feldstecher erkennen könnten, daß die Südafrikaner es komplett vermint zurückgelassen hatten. Wir könnten um das Dorf herumgehen und später dorthin zurückkehren, wann immer er wollte; doch Fidel schickte den Befehl, daß jeder Offizier unserer Einheit des Hochverrats angeklagt werden würde, wenn das Dorf nicht binnen vierundzwanzig Stunden genommen wäre. Also haben Tico, Luna und ein Junge namens Richard die Vorhut gebildet, um den Weg freizuräumen. Vielleicht langweilt diese Geschichte Sie.«

»Nein.«

»Also gut. Das Dorf war ausstaffiert und behängt wie ein Weihnachtsbaum. Kleine Plastikminen, in denen man mit dem Fuß hängenbleiben konnte. ›Bouncing Betties‹, die einem den Oberkörper wegreißen. Claymores mit Stolperdrähten zu so harmlosen Dingen wie einer leeren Dose, die man achtlos aus dem Weg tritt. In der Garage stand ein Wagen, nicht mit Zündschlüssel, das wäre zu offensichtlich gewesen. Ein 54er Ford-Kombi mit Armaturenbrett aus Echtholz. Sie können sich nicht vorstellen, wie wertvoll so ein Fahrzeug in dem Land war. Nur um in die Garage zu kommen, mußten wir ein ganzes Blumenkränzchen von Minen ausgraben. Dann haben wir unter dem Wagen nachgesehen, zuerst mit einem Spiegel, dann auf dem Rücken. Wir haben die Kühlerhaube aus sicherer Distanz mit einem Draht geöffnet, den Motor und jedes Kabel der Elektrik inspiziert. Wir haben das Handschuhfach und den Kofferraum geöffnet, automatische Fensterheber, Sitze und Felgen überprüft. Der Wagen war in einem erstklassigen Zustand, glänzende Felgen, Weißwandreifen. Wir haben die ganze Garage geräumt, bevor ich die Zündung kurzgeschlossen habe. Er ist sofort angesprungen, auch wenn das Benzin ziemlich schnell wieder alle war, aber die Batterie war okay, und alles schien in Ordnung. Alle kamen johlend in die Garage gelaufen, und Richard trat gegen einen der Reifen. Das war das einzige, was ich nicht überprüft hatte, die Reifen.« Erasmo drückte eine Pappscheibe auf das Schießpulver. »Das war das Ende von Richard. Außerdem hat sich die Stoßstange gelöst, ist wie ein Hubschrauber durch die Luft rotiert und hat Tico erwischt. Wir haben über Funk einen Krankenwagen gerufen. Unterwegs fuhr er in eines der Löcher, wo wir eine Mine ausgegraben hatten, kam von der Straße ab und schoß direkt in das Minenfeld. Irgendwie schafften sie es, keine Mine zu erwischen, doch der Krankenwagen saß fest, und Tico wäre verblutet, wenn Luna ihn nicht durch das Minenfeld zur Ambulanz getragen hätte. So haben wir auf persönlichen Befehl des Commandante ein angolanisches Dorf befreit.«

»Und deshalb ist Tico so vorsichtig mit Reifen.«

»Er ist *sehr* vorsichtig mit Reifen.«

Erasmo ließ die Dose fallen, und Arkadi hob sie auf.

»Kann ich Ihnen irgendwie helfen?«

»Nein danke«, sagte Erasmo. »Kennen Sie das größte Minenfeld der Welt? Der amerikanische Stützpunkt hier in Guantanamo, dank der U.S. Marines und besonders dank unserer russischen Freunde, die unsere Seite des Minenfelds entworfen und die Pläne dann mit nach Hause genommen haben. Keine weitere Hilfe, bitte.« Er öffnete die Dose mit den Chilischoten und goß den Inhalt in die größere Dose. »Aha! Wenn ein Grabräuber das öffnet, erwartet ihn eine tödliche Dunstwolke. Ich finde, Husten, tränende Augen, Niesen und vorübergehende Blindheit sind eine sehr humane Art, mit Grabräubern zu verfahren. *Asi,* eine kubanische Lösung für ein kubanisches Problem.«

»Luna als Lebensretter von Tico, das ist ein ganz anderes Bild des Sargento.«

»Nein, das ist es nicht. Es ist nur die Kehrseite. Die Menschen hier haben zwei Seiten, die, die man sieht, und das Gegenteil.«

»Das ist kompliziert.«

»Es ist real. Das verstehen Sie nicht. Kuba war mal etwas Besonderes. Wir waren idealistisch und haben dem mächtigsten und rachsüchtigsten Land der Erde die Stirn geboten. Aber Kuba ist als Land einfach nicht groß genug für ihn, und wir anderen können nicht ewig Helden sein. Hören Sie auf, Fragen zu stellen, Arkadi. Zu ihrem eigenen Besten, fahren Sie einfach nach Hause.«

Die Lius blickten erwartungsvoll auf; vielleicht hatten sie die Worte nicht verstanden, doch sie hatten bemerkt, daß das Gespräch zu einem Ende gekommen war. Die Chihuahuas blinzelten aus ihren murmelgroßen Augen und setzten dann einer

Eidechse nach. Sie jagten sie einen Bougainvilleaast hinauf bis auf eine hüfthohe Pagode, und als der jüngste Liu lachte und einen Karatetritt vorführte, fiel Arkadi noch etwas ein.

»Gibt es in Havanna Kampfsportstudios.«

»In Chinatown«, sagte Erasmo.

Manches mußte man einfach beiseite schieben, dachte Ofelia. Sie ignorierte die Kriminaltechniker, die zuerst die kleinen Indizien einsammelten – Klumpen, Haare, Kulturbeutel, Gläser, mehrere Flaschen Havana-Club –, um zuletzt Kleidung und Laken in große Plastiksäcke zu stopfen. Sie beachtete auch nicht die Fotografen um die Frau herum, die auf dem Bett ausgebreitet lag wie »Die nackte Maja« von Goya. Ofelias ganze Aufmerksamkeit galt Dr. Blas. Der Pathologe beugte sich über die Leiche, um Ofelia zu zeigen, warum der sterbende Mann, obwohl er von oben bis unten mit eigenem Blut bedeckt war und die Spuren auf dem Teppich seinen qualvollen nutzlosen Weg zur Tür nachzeichneten, nicht um Hilfe geschrien hatte.

»Das Radio lief. Leute, die diese Zimmer mieten, neigen dazu, Krach zu machen, das haben Sie selbst gesagt; und wer weiß, wieviel Alkohol sie getrunken hatten? Karotis und Arteria fibularis wurden durchtrennt, doch er war noch lebendig genug, um es bis zur Tür zu schaffen, vermutlich nachdem sein Angreifer das Zimmer schon wieder verlassen hatte. Trotzdem hat ihn niemand um Hilfe rufen hören. Warum? Es lag nicht am Radio.« Mit der Spitze eines Bleistifts ertastete er einen dunklen Fleck unterhalb des Adamsapfels des Toten und schob den Bleistift halb hinein. »Ein Loch in der Luftröhre. Mit einem Loch in der Luftröhre bringt man keinen Ton heraus. Am Hals der Frau haben wir keine entsprechende Wunde gefunden, ihr wurde schlicht und einfach die Kehle durchgeschnitten. Aber ich bin mir sicher, daß dies die erste Wunde war, die dem Mann zugefügt wurde.«

»Und der Stich stammt nicht von einer Machete.«

»Nein, die Wunde ist vollkommen rund. Trotzdem ist eine

solche Sauerei typisch für ein ›Verbrechen aus Leidenschaft‹. Sie haben gut daran getan, nicht das ganze Hotel in Aufruhr zu versetzen, außerdem hatten Sie Glück, daß Sie auf solch unorthodoxe Art auch noch die Dokumente gefunden haben.«

Damit gab Blas ihr subtil zu verstehen, daß er wußte, daß sie sich in die Toilette übergeben hatte. Der Doktor fühlte sich im Anblick des Todes auf eine Art entspannt, die ihr, das wurde zunehmend klarer, vollkommen abging. Ein zerstückelter Körper war wie eine Blume in der Blüte, er verströmte einen Geruch, der wie Blutstropfen in den Nebenhöhlen klebte und die Zunge belegte. Trotzdem hatte sie eine Skizze und Notizen zu Papier gebracht, die sie dem zuständigen Beamten überreichen wollte, den das Innenministerium schicken würde; denn es ging hier nicht mehr allein um einen Fall von Prostitution, und das Innenministerium überließ Gewaltverbrechen, in die ausländische Besucher verwickelt waren, nicht einem einfachen PNR-Kommissar.

»Ich werde auch den sexuellen Aspekt untersuchen«, sagte Blas. »Sie war eine Prostituierte.«

Ofelia blickte auf das Bett. Für ein Mädchen, dem man den Kopf halb abgeschlagen hatte, wirkte Hedy, auf beinahe unzerwühlten Laken von Blut gerahmt, geradezu friedlich entrückt. »Der Mörder hatte keinen Sex mit ihr.«

»Wenn man ein Mädchen im Bett ermordet, ist das für mich sexuell.«

Das war zumindest ein Hauch von Einsicht, dachte Ofelia.

»Ich habe die Frau gestern bei einer Santería-Zeremonie gesehen.«

»Was ist los mit Ihnen? Sie haben soviel Potential, warum geben Sie sich mit solchem Hokuspokus ab?«

»Das Mädchen war besessen.«

»Das ist doch albern.«

»Sind Sie noch nie besessen gewesen?«

Blas wischte seinen Bleistift ab. »Natürlich nicht.«

»Mir ist es einmal passiert. Sie mußten es mir hinterher erzählen.« Die gesamte Nacht war ein blinder Fleck in ihrer Erinnerung geblieben.

»War dieser Italiener auch bei der Zeremonie?«

»Nein.«

»Gut. Dann ist sie später noch irgendwo anders hingegangen, wo sie ihn aufgegabelt hat. An Ihrer Stelle würde ich nicht von Santería anfangen, wenn es nicht einen sehr guten Grund dafür gibt. Wir befinden uns in einem auf Touristen spezialisierten Hotel, wie immer man dazu stehen mag. Sollen wir allen erzählen, daß religiöse Fanatiker von Zimmer zu Zimmer rennen und die Leute massakrieren?«

»Was glauben Sie, was der Russe sagen wird?«

»Renko? Warum sollte der irgendwas sagen?«

»Er war gestern abend auch bei der Zeremonie. Er hat das Mädchen gesehen.«

»Er wird trotzdem nichts sagen, weil wir ihm nichts davon erzählen werden. Glauben Sie, die Russen würden uns über jeden Mord informieren?« Blas strich mit den Wachsfingern der Gummihandschuhe über die Rückseite der Beine des Italieners, die wegen der durchtrennten Arterien bewegungsunfähig gewesen waren, so daß er sie beim Kriechen hinter sich hergezogen haben mußte. »Renko ist nicht unser Kollege. Im Grunde wissen wir nicht genau, was er ist. Die Tatsache, daß ein Ermittler nach Havanna kommt, ist ein sicheres Zeichen dafür, daß noch etwas anderes dahintersteckt. Ich will von ihm nur ein besseres Foto von Pribluda.«

Das Foto von Renko am Flughafen steckte in ihrer Tasche. Bei all dem Durcheinander in dem Zimmer blieb immer noch genug Zeit, es wiederzufinden.

»Hat Sargento Luna Ihnen je ein Bild von Renko gezeigt?« fragte sie.

»Nein.« Blas strich über die Arme des Toten. »Rechtshänder, der Muskulatur nach zu urteilen. Gepflegte Fingernägel.«

Die Zickzackspur von Schnittwunden auf dem Rücken des Toten ließ darauf schließen, daß der Angreifer über ihm gestanden und rechts und links auf ihn eingehackt hatte. Ofelia überlegte, ob sie die beiden runden Blutergüsse erwähnen sollte, die sie an Arkadis Arm entdeckt hatte, doch irgendwie hatte sie das Gefühl, daß das ein Vertrauensbruch gewesen wäre.

»Vielleicht sollten wir den toten Russen noch einmal untersuchen. Ist es möglich, daß er vom Blitz getroffen wurde? Es hat in jener Woche geregnet.«

»Aber es gab keine Blitze über der Bucht. Ich bin Ihnen einen Schritt voraus. Ich habe die meteorologischen Unterlagen auf Blitzschlag und die Leiche auf Spuren von Verbrennungen untersucht. Machen Sie sich wegen Renko keine Sorgen.« Blas kniff in den Arm des Toten. »Ich habe schon öfter mit Russen zu tun gehabt. Jeder von ihnen, darunter auch eine Frau, mit der ich intim war, war ein Spion. Jeder war das genaue Gegenteil von dem, was er oder sie zu sein vorgab.« Er schmunzelte in seinen Bart und kam Ofelia in diesem Moment vor wie ein Mann, der ein wenig zu verliebt in seine eigenen Erinnerungen war. »Was behauptet Renko zu sein?«

»Ein Idiot.«

»Nun, sein Fall bildet möglicherweise eine Ausnahme.«

Blas drehte die Leiche auf den Rücken. Der Blutverlust hatte schließlich zur Bewußtlosigkeit geführt, und obwohl das Haar des Italieners zerzaust und blutverklebt war, erinnerte sein Gesichtsausdruck an den eines Menschen, der vom Schlaf übermannt worden war. Ofelia strich eine Strähne aus seiner Stirn, um eine längliche Narbe am Haaransatz zu entblößen.

»Sieht aus, als hätte er sich vor ein paar Tagen den Kopf gestoßen«, sagte Blas. »Das ist jetzt das geringste seiner Probleme.«

»An wen erinnert er Sie?«

»An niemanden.«

»Wie würden Sie ihn beschreiben?«

Blas legte den Kopf zur Seite wie ein Schreiner, der einen Kostenvoranschlag machen soll. »Europäer, Mitte Vierzig, mittelgroß, schwarze Haare, braune Augen, hohe Stirn, beginnende Geheimratsecken.«

»Renko?«

»Jetzt, wo Sie es sagen.«

Sie mußten die Leiche vor der Tür wegräumen, als das Ermittlungsteam des Innenministeriums kam, angeführt von Capitán Arcos und Sargento Luna. Arcos begaffte die Leiche am Boden. Luna trat an den Fuß des Bettes und starrte auf Hedy. Seine Haut wurde grau, seine Lippen waren leicht geöffnet, und er atmete durch seine zusammengepreßten Zähne, während Ofelia Bericht erstattete. Wo ist Ihr Eispickel, wollte sie ihn fragen, doch statt dessen schlüpfte sie aus der Tür, als Blas übernahm.

Die Casa del Amor hatte sich geleert. Beim Anblick von PNR-Ladas und einem Transporter der Pathologie mit dem Emblem der Justitia auf der Tür waren die Gäste nur kurz zurückgekehrt, um sich ihre Reisetaschen zu schnappen und das Weite zu suchen. Am Fuß der Treppe fand Ofelia einen Schlauch, mit dem sie zunächst ihre Schuhsohlen und dann ihr Gesicht und ihre Hände abspritzte.

Das Kriminallabor des Innenministeriums war im Antiguo-Hotel Via Blanca untergebracht, einem Sandsteinpalast aus dem neunzehnten Jahrhundert, den die Spanier in einer irrigen Aufwallung imperialen Selbstvertrauens kurz vor der ersten kubanischen Revolution errichtet hatten. In den dunklen Mauern und schmalen Fenstern des Gebäudes nistete noch immer eine düster iberische Stimmung.

Während an Blas' Instituto de la Medicina Legal Autopsien durchgeführt wurden, analysierten die Labors des Innenministeriums Drogen und Gifte, Schußwaffen und Sprengstoffe, Fingerabdrücke, Dokumente und Währungen. Die Arbeit wurde zwar für die PNR erledigt, doch die Uniformen waren olivgrün wie beim Militär.

»Fidel liebt Uniformen«, behauptete ihre Mutter immer. »Steck jemanden in eine Uniform, und du hast einen Idioten mehr, der seine Nachbarn beobachtet und fragt: ›Woher hat der seinen Dollar? Woher hat die diese Hühner?‹« Das brachte ihre

Mutter stets so heftig zum Lachen, daß sie zum WC watscheln mußte. »*›Socialismo o Muerte?‹* Irgend jemand sollte Fidel endlich darüber aufklären, daß das kein Entweder-Oder ist.«

In der Asservatenkammer lagerten Waffen in Regalen, die auf der Unterseite noch den Stempel des FBI trugen. Die Gewehre waren Schrotflinten von Bauern; militärische Waffen wurden in der Armee oder der Miliz wiederverwendet. Genug Macheten, um ein ganzes Zuckerrohrfeld zu roden, Äxte, Messer und selbstgebastelte Kuriositäten: eine Mörteltrommel aus Bambus und Speere aus Zuckerrohr. Auf der gegenüberliegenden Seite lagen weitere sichergestellte Beweisstücke: Kleidung in Säcken, Umschläge mit Ringen und Ohrringen, Centavos in Gläsern, Schuhe, Sandalen sowie ein frisch verpacktes Paar Schwimmflossen neben einem Reifenschlauch.

Irgend jemand hatte die Flossen abgespült, und als Ofelia die linke ins Licht hielt, glaubte sie, in dem Riemen eine winzige Spur von Verbrennung zu erkennen, was jedoch auch an ihrer Einbildung oder Renkos Einfluß liegen konnte. Sie legte die Flossen sorgfältig ins Regal zurück, so wie man eine Frage zurückstellt.

Sie ging ins Archiv, wo Papierstaub unter dem Neonlicht tanzte. Die beiden funktionierenden Computer auf dem Tisch waren belegt, aber in einer Nische hinter einem mit einem verblaßten Band zusammengehaltenen Stapel Akten fand sie ein drittes Terminal, wo sie die Datei über ihre Freundin Maria aufrief.

Maria Luz Romero, Alter: 23, Adresse: Vapor 224, Centro Habano, La Habana, beschuldigt der Aufforderung zu einer sexuellen Handlung vor obiger Adresse. José Romero Gomez, 22, gleiche Adresse, beschuldigt des tätlichen Angriffs. Des weiteren waren Ehestand, Ausbildung und Anstellungsverhältnis angegeben, bevor die Aussage des Zeugen folgte.

> *Ich war auf dem Weg zur Universität, als diese Frau* (Zeuge weist auf Maria Romero) *aus ihrer Tür kam und mich nach der Uhrzeit fragte. Dann fragte sie, wohin ich wollte, und*

legte ihre Hand auf mein Geschlechtsteil. Ich sagte, zur Universität. Als sie versuchte, mich zu erregen, sagte ich, nein, ich sei nicht interessiert, ich hätte keine Zeit. Daraufhin begann sie zu schreien, und dieser Mann (Zeuge weist auf José Romero) *stürzte fluchend aus dem Haus und ging mit einem Bleirohr auf mich los. Ich verteidigte mich, bis die Polizei vorbeikam.*

Unterzeichnet
Rufo Pinero Perez

Rufos Name hatte ihrem Gedächtnis auf die Sprünge geholfen. Ein ehemaliger Boxer auf seinem unschuldigen Weg zur Universität. Zu einer Lyrikvorlesung, fragte Ofelia sich. Oder einem Seminar für Nuklearphysik?

Die Aussage wird durch den Beamten bestätigt, der die Verhaftung vornahm und bei Ausübung seiner Pflicht von den Eheleuten Romero ebenfalls bedroht und tätlich angegriffen wurde.

Unterzeichnet
Sargento Facundo Luna, PNR

Ofelia erinnerte sich, daß Maria gesagt hatte, daß der Rücksitz des Polizeiwagens mit einer Plastikplane abgedeckt war, weil Luna wußte, daß er blutüberströmte Menschen transportieren würde, und daß Rufo seine Zigarren aus dem Handschuhfach genommen hatte, wo er sie vorher verstaut hatte, damit sie in dem Handgemenge nicht zerdrückt werden würden. Luna und Rufo hatten das Ganze geplant.

Sie glaubte zu wissen, was in der Casa del Amor geschehen war. Blas hatte ein Verbrechen aus Leidenschaft vermutet, ein kubanischer Freund, der den Italiener und das kubanische Mädchen in einem Anfall unkontrollierbarer Wut getötet hatte. Doch vor ihrem inneren Auge sah Ofelia Franco Mossa und Hedy im Dunkeln trinken, zur Musik aus dem Radio tanzen, lachen. Es war unwahrscheinlich, daß Hedy über große Italienischkenntnisse verfügt hatte, aber wieviel brauchte sie? Sie verzog sich ins Bad, kehrte nackt zurück, ein vollbusiges, honigfarbenes Mädchen. Sie schlüpfte ins Bett und eilte, sobald er im Bad verschwunden war, zum Balkon, wo sie für einen Freund die Tür öffnete. Hedy konnte nicht viel gesehen haben, aber sie mußte das saugende Geräusch gehört haben, als der Eispickel aus dem Hals des Italieners gezogen wurde. Was hatte Hedy geglaubt, was geplant war? Erpressung war das übliche Spiel mit den Touristen. Sie mußte stumm und überrascht gewesen sein, als die Machete aus der Dunkelheit auf sie zugeschwirrt war und den Kopf halb von ihrem Hals abgetrennt hatte. Nach getaner Arbeit mußte der Mörder blutüberströmt wie eine Schlachthauswand gewesen sein. Die Frage war: Warum die Fotografie des Russen? Wer hatte sie bei sich gehabt, Hedy oder ihr Freund? Hatte es einen Moment gegeben, wo er das Badezimmerlicht angemacht und zu seiner Überraschung festgestellt hatte, daß er einen Italiener namens Franco statt eines Russen namens Renko massakriert hatte?

Da sie schon einmal an der Maschine saß, ließ sie eine Suche nach weiteren Verbindungen zwischen Rufo Pinero und Facundo Luna durchlaufen. Neben Marias Fall tauchten zwei weitere auf. Vier Jahre zuvor hatte sich eine Gruppe von Kriminellen zusammengefunden, um unter dem Vorwand, eine politische Opposition zu organisieren, Drogen zu verteilen. Als Mitglieder der Gemeinschaft von diesem Plan erfuhren, stürmten sie das Haus des Rädelsführers und verlangten die Herausgabe der Drogen. In einem Handgemenge, das der Rädelsführer und seine Familie provoziert hatten, hatten die beiden Patrioten sich verteidigen müssen, und sie hießen zufällig Rufo Pinero und Facundo Luna. In jüngerer Zeit hatte eine Zelle sogenannter Demokraten eine Demonstration geplant, bei der sie in Wahrheit ansteckende Krankheitserreger freisetzen wollten, woran sie von wachsamen Bürgern gehindert worden waren, darunter der aufmerksame Luna und Pinero.

Ofelia war durchaus der Ansicht, daß Kubaner das Recht hatten, ihre Feinde zu bekämpfen, weil die Gangster in Miami vor nichts zurückschrecken würden: Attentate, Bomben, Propaganda. Die bloße Existenz Kubas erforderte Wachsamkeit. Doch die Rolle, die Rufo und Facundo in diesen Fällen gespielt hatten, beunruhigte Ofelia. Sie schaltete den Computer ab und wünschte beinahe, sie hätte ihn gar nicht erst angemacht.

Auf dem Weg nach draußen bemerkte sie, daß die Beamten, die an dem Tisch gearbeitet hatten, verschwunden waren. Statt dessen saß Luna dort. Sie war überrascht, daß er die Casa del Amor bereits verlassen hatte. Er hielt seine Arme so über der Brust verschränkt, daß sein Hemd über den Muskeln spannte. Sein Gesicht lag im Schatten seiner Mütze, während sein Kiefer malmte. Er hatte den Stuhl ein wenig vom Tisch abgewendet, so daß er den Weg zur Tür halb versperrte.

Auf einmal war sie wieder in Hershey, auf den Viehwiesen, wohin die Silberreiher von ihren Schlafplätzen entlang des Flusses kamen. Die Vögel waren weiß wie Seifenspäne, und wenn sie den schwarzen Rauch aus den Schornsteinen der Zuckerfabriken kreuzten, galt ihre Angst der Reinheit der Silberreiher. Trotzdem landeten sie auf der Wiese und belauerten das Vieh, unempfindlich gegen Schmutz. Sie hatte die Vögel so gebannt beobachtet, daß sie nicht bemerkt hatte, daß inzwischen ein Bulle auf die Wiese gelassen worden war, genausowenig wie der Bauer sie gesehen hatte. Aber der Bulle erspähte sie.

Es war das größte Tier, das ihr je unter die Augen gekommen war. Milchweiß mit nach unten gebogenen Hörnern, zwischen denen sich cremefarbene Locken kringelten, muskelpralle Schultern und ein Hodensack bis zu den Knien, rotunterlaufene Augen, von der gelangweilten Trägheit eines gewalttätigen Königs. Aber nicht dumm, nicht in dieser Situation. Denn er hatte die Kontrolle, er regierte. Und er wartete darauf, daß sie den ersten Schritt machte.

Bis er von irgendwas abgelenkt wurde. Ofelia wandte den Kopf und sah eine Gestalt in Schwarz, die über den Zaun gesprungen war, mit beiden Armen winkte und von einem Fuß auf den anderen hüpfte. Es war der Priester der Stadt, ein blasser Mann, der immer so traurig wirkte. Seine Soutane flatterte, als er um das Tier herumtanzte, es verspottete und reizte und mit Lehmbrocken bewarf, bis der Bulle angriff. Dann hob der Priester seine Soutane an und machte die längsten Schritte, die Ofelia je gesehen hatte. Er sprang über den Zaun, vor dem Bullen, der einen tief eingelassenen Pfahl rammte und seine Frustration dann weiter an dem Holz ausließ, während Ofelia zum Zaun rannte. Sie erinnerte sich an ihren ersten tiefen Atemzug auf der sicheren Seite und daran, daß sie ohne Pause bis nach Hause gelaufen war.

»Capitán Arcos hat gefragt, ob Sie uns alle in dem Motel sichergestellten Beweismittel übergeben haben«, sagte Luna.

»Ja.«

Luna verlagerte sein Gewicht, so daß sein massiger Körper ihr nun vollends den Weg versperrte, und ließ einen dicken Arm schlaff herunterhängen.

»Alles?«

»Ja.«

»Sie haben uns alles gesagt, was Sie über die Sache wissen?«

»Ja.«

Der Sargento blickte zu der Nische mit dem Computer.

»Was haben Sie gesucht?«

»Nichts.«

»Vielleicht kann ich Ihnen helfen.«

»Nein.«

Der Sargento bewegte sich nicht. Sie mußte sich an seinem Arm vorbeiquetschen, als wäre er die Linie, die genau festlegte, wo sie stand.

17

Arkadis Weg nach Chinatown führte ihn vorbei an der aquariumhaften Stille verlassener Warenhäuser, dem Schaufenster einer *perfumeria,* in dem nichts weiter ausgestellt war als eine Dose Mückenspray, und einem Juwelierladen, dessen Belegschaft an leeren Vitrinen lehnte. Doch auf der Calle Rayo tobte das Leben: rote Laternen, ein ganzes geröstetes Schwein, gebratene Paradiesfeigen und Pfannkuchen, Berge von Orangen, Zitronen, aufgeschnittene schwarze Knollengewächse mit weißem Fruchtfleisch, rote Paprika, grüne Tomaten in Papier, Avocados und tropische Früchte, für die Arkadi keinen Namen hatte, obwohl er an den Preisschildern mit Dollarzeichen erkannte, daß dieser Markt mitten im Zentrum von Havanna für private Händler war. Fliegen summten benommen im süßlichen Geruch reifer Ananas und Bananen. Salsaklänge aus einem tragbaren Radio konkurrierten mit wehmütigen kantonesischen Fünftonskalen, und Kunden mit vagen, aber noch deutlich erkennbar chinesischen Zügen redeten in kubanischem Spanisch auf die Händler ein. An einem Stand an der Ecke spaltete ein Metzger den Kopf eines Schweines. Eine Zuckerwatteverkäuferin, deren Haar mit blauen Zuckerfäden verziert war, die aus einer Trommel aufstiegen, las Arkadis Zettel und zeigte auf einen Aufgang, über dem das Schild »Karate Cubano« prangte.

Arkadi hatte sich beeilt. Er war vom Chinesischen Friedhof zurück zu Pribludas Wohnung und von dort nach Chinatown gegangen, weil sein Verstand endlich wieder normal funktionierte. Abuelita, das wachsame Auge des Komitees zur Verteidigung der Revolution, hatte gesagt, daß Pribluda die Wohnung am Malecón donnerstags mit seinem häßlichen kubanischen Koffer verlassen hatte. Das Mädchen Carmen hatte behauptet, daß Onkel Sergej donnerstags Karate übte. Und laut seiner eigenen Kostentabelle war Donnerstag der Tag von Pribludas ungeklärter Hundert-Dollar-Ausgabe. Paßte das nicht alles zusammen? War es nicht möglich, daß der Spion Sergej Pribluda jeden Donnerstag in einem gewöhnlichen kubanischen Koffer nicht seinen schwarzen Gürtel, sondern einen Briefumschlag voller Geld mit sich herumgetragen hatte, um in einem Karatestudio in Chinatown seinen »chinesischen Kontakt« zu treffen? Wahrscheinlich bewahrte der Oberst in einem Spind einen Trainings- oder Karateanzug auf, ein hinreichender Vorwand, um die Umkleidekabine zu betreten, wo in Arkadis Vorstellung kein Wort gewechselt werden mußte, wenn der Kontaktmann den gleichen Koffer besaß. Die beiden Koffer ließen sich im Handumdrehen austauschen, und der anonyme Kontakt würde schon wieder auf der Treppe sein, bevor Pribluda seine Schuhe aufgebunden hatte, um die tödlichen Tritte zu trainieren, die er Carmen gezeigt hatte. Die gesamte Transaktion würde schnell, leise und professionell über die Bühne gehen. Arkadi hatte den Koffer, und heute war Donnerstag.

Doch als Arkadi keuchend die Treppe zu der Tür hinaufstieg, hinter der sich das Studio befinden sollte, entdeckte er darüber ein Schild mit der Aufschrift »Evita – La Salon Nueva de Belleza«. Drinnen saßen zwei Frauen mit blauen Schlammasken im Gesicht auf Friseurstühlen, während Arbeiter noch damit beschäftigt waren, einen dritten Stuhl im Boden festzuschrauben. Arkadi ging wieder zu dem Markt zurück, wo er erneut seinen Zettel vorzeigte, nur um noch einmal die gleiche Fehlinformation zu erhalten.

In einem chinesischen Restaurant, in dem niemand Chinese war und wo Frühlingsrollen mit einem Klecks Ketchup serviert wurden, fand Arkadi einen Kellner, der genug Englisch sprach, um ihm zu erklären, daß alle Kampfsportstudios in Chinatown zugemacht hatten, obwohl es in Havanna noch etwa zwanzig von ihnen geben mußte. Ihm blieben vier Tage. Er sollte Pribludas Sohn anrufen für den Fall, daß der Junge zum Flughafen kommen wollte, vorausgesetzt, er konnte seine Pizzaöfen ein paar Stunden lang verlassen. Weitere Pläne hatte Arkadi nicht. Er war am Ende. Er hatte den klaren Blick eines Mannes, der überhaupt keine Pläne mehr hatte.

Nun, da war immer noch das Foto von Pribluda, das er finden sollte, und einen Moment lang hatte Arkadi das Gefühl, Pribludas Geist zwischen Bergen exotischer Früchte gesehen zu haben. Die Wände des Restaurants waren bordellrot, an einer von ihnen hing das übliche Bild von Che Guevara, der mit seiner Baskenmütze so sehr wie Christus aussah, daß er schon fast unirdisch wirkte. Bei seinen Spaziergängen durch die Straßen hatte Arkadi in die offenen Fenster geblickt und festgestellt, daß die Leute viel mehr Porträts von Che als von Castro aufgehängt hatten, obwohl Ches Martyrium Fidel erst bestätigt hatte. Aber Märtyrer hatten den Vorteil, auf romantische Weise jung zu bleiben, während von Fidel, dem Überlebenden, zwei Versionen existierten: die des leidenschaftlichen Revolutionärs, dessen Zeigefinger jeden Punkt seiner flammenden Reden unterstrich, und die des in Gedanken versunkenen Graubarts.

Arkadi fühlte sich von Dummheit verfolgt. Es war aufregend gewesen, einen Moment lang an die wiedergefundene Macht der Deduktion zu glauben, so als würde man in einer verfallenen Fabrik eine alte Dampfmaschine finden und glauben, man könnte die Kolben wieder zum Leben erwecken, indem man ein Streichholz unter den Kessel hielt. Hier stampften keine Kolben mehr, dachte er. Gott sei Dank, daß Kommissarin Osorio nicht Zeugin dieses Fiaskos geworden war.

Er verließ das Restaurant, drängte sich über den Markt und machte einen Bogen um eine Gruppe von Jungen, die vor einem Kino standen und sich gegenseitig anrempelten. Es war ein schäbiges, chinarot gestrichenes Eckkino mit einem pagodenartigen

Dachfuß und Plakaten, die einen Karatemeister im Sprung zeigten. Der Titel des Films war auf chinesisch und spanisch angegeben, doch in der Ecke des Posters stand in eckigen Klammern auf englisch *Fists of Fear*! Arkadi erinnerte sich an den Ticketabriß in Pribludas Hose. Also das hatte die kleine Carmen gemeint, als sie ihn gefragt hatte, ob er *Fists of Fear* gesehen hatte. Er stellte sich vor der Kasse an, zahlte vier Pesos und erklomm die roten Stufen in die Dunkelheit.

Drinnen roch es nach Zigaretten, Bier und Räucherstäbchen. Die Sitze waren abgewetzt und geflickt. Arkadi setzte sich in die letzte Reihe, um die Zuschauer im Blick zu haben. Reihen von Köpfen wippten auf und ab und johlten vor Begeisterung über den Film, der bereits angefangen hatte und in dem es offenbar um einen eifrigen jungen Mönch ging, der seine Schwester gegen Gangster aus Hongkong verteidigen mußte. Die Dialoge waren nicht etwa in spanisch, sondern in chinesisch mit Untertiteln in einem anderen chinesischen Dialekt. Das Lachen der Schauspieler war gräßlich, und jeder Tritt klang, als ob man eine Melone spalten würde. Arkadi hatte kaum den Koffer auf seinen Schoß gelegt, als sich ein kleiner Mann mit spitzer Nase und Brille neben ihn setzte, der den gleichen Koffer trug.

»Kommen Sie von Sergej?« flüsterte er auf russisch.

»Ja.«

»Wo sind Sie gewesen? Wo ist er gewesen? Ich war letzte Woche den ganzen Tag hier, und heute habe ich den Film auch schon einmal gesehen.«

»Wie lange läuft der Film schon?«

»Einen Monat.«

»Das tut mir leid.«

»Das will ich meinen. Ich bin schließlich derjenige, der alle Risiken auf sich nimmt. Und das ist ein Film für Kretins. Es ist schon schlimm genug, daß ich es überhaupt mache, aber mich so zu behandeln.«

»Das ist nicht in Ordnung.«

»Es ist entwürdigend. Das können Sie Sergej ausrichten.«

»Wessen Idee war es?«

»Sich hier zu treffen? Meine, aber ich hatte nicht vor, hier ganze Tage zu verbringen. Die müssen mich für pervers halten.« Auf der Leinwand streifte der Gangsterboß einen Handschuh mit Schlagbohrer über und demonstrierte seinen Einsatz an einem unglücklichen Spießgesellen. »In den alten Tagen war dies mal das beste Pornokino Havannas.«

»Was ist passiert, als sie auf Karatefilme umgestellt haben?«

»Wir haben unsere Freundinnen mitgebracht und gevögelt. Die Chinesen haben nie auf uns geachtet.«

Es war dunkel, und Arkadi wollte seinen neuen Bekannten nicht zu offensichtlich mustern, doch was er bei einem kurzen Seitenblick sah, war ein Bürokrat, Mitte Sechzig, mit grauem Schnurrbart und leuchtenden Vogelaugen.

»Sie haben schon viel Zeit in diesen Räumen verbracht.«

»Ich leide unter einer ganz speziellen persönlichen Geschichte. Überrascht, einen Chinesen in Kuba zu treffen?«

»Ja.«

»Sie wurden hergebracht, als der Sklavenhandel zusammenbrach. Hier ist Rauchen verboten«, sagte der Mann, um zu erklären, warum er die Glut seiner Zigarette mit der Hand abschirmte. Er tauschte die Koffer aus und steckte seinen Kopf im Licht der Zigarette in den Koffer, den Arkadi ihm gegeben hatte, um das Geld zu zählen, die gleichen hundert Dollar, die Pribluda jede Woche ausgegeben hatte. »Sie müssen das verstehen, ich stehe unter enormem Druck. Wenn ich gewußt hätte, was der Kauf eines Autos alles mit sich bringt, hätte ich mich nie darauf eingelassen.«

»Sie können sich ein Auto kaufen?«

»Gebraucht natürlich. Ein 55er Chevrolet mit Originalledersitzen.« Auf der Leinwand stürmten die Gangster ein Atelier, in dem das Mädchen gerade damit fertig geworden war, eine Taube aus weißem Marmor zu modellieren. Als die Gangster die Flügel der Taube abbrachen, brach ihr Bruder auf einem Motorscooter durch das Atelierfenster. »Wo ist Sergej?«

»Es geht ihm nicht gut«, sagte Arkadi, »aber ich werde ihm ausrichten, daß Sie ihm rasche Genesung wünschen.«

Der Mönch war der reinste Wirbelwind, er erledigte die Schurken mit einer Reihe von Sprüngen und Tritten, und Arkadis Kopf pochte bei jedem blutspritzenden Tritt. Als der Gangsterboß seinen Handschuh überstreifte, stand Arkadi auf.

»Sie wollen schon gehen?« fragte sein Freund. »Jetzt kommt die beste Stelle.«

Ofelia kam zu spät zu einem Treffen mit Muriels Lehrerin.

Sie hatte sich beeilt, weil sie überzeugt davon war, daß der italienische Begleiter von Hedy nur niedergemetzelt worden war, weil er Renko ähnelte. Sie war rechtzeitig in die Klinik zurückgekehrt, um Lohmann, den Kaufmann aus Hamburg, zu erwischen, der noch immer untersucht wurde, und er hatte trotzig bejaht, daß sein Freund Franco sich vor ein paar Tagen an einem dieser lächerlich niedrigen Türstürze in Habana Vieja den Kopf gestoßen hatte. Die arme Hedy war ohnehin nicht die hellste gewesen, dazu hatte sich alles, Ort, Zeit, Aussehen, Namen und ein einfacher Kratzer am Kopf des Italieners, gegen sie verschworen.

Ofelia sehnte sich nach einer Dusche. Sie spürte den Tod wie einen Film auf ihrer Haut. Und auch wenn die anderen ihn nicht wahrnahmen, sie konnte ihn riechen.

Eine Fußgängerbrücke führte von der Quinta de Molina zu der Schule, modern und luftig mit pastellfarbenen Wänden, die mit Selbstporträts der Schüler in ihren braunen Uniformen verziert waren, die Mädchen in Röcken, die Jungen in Shorts. Daneben Wandgemälde zum Thema »Widerstand!«, auf denen Kinder mit Gewehren hilflose amerikanische Jets vom Himmel schossen.

Muriels Klasse hatte vor kurzem eine Bananenplantage besichtigt, und das Klassenzimmer war mit Papierbananen dekoriert. Ofelia fragte sich, woher sie das Papier hatten. In der Schule mußten sich drei Schüler ein Lehrbuch teilen, in der Bibliothek hatte es seit drei Jahren keine Neuanschaffungen mehr gegeben, und im Chemieunterricht fehlten die Chemikalien. »Sie lernen eben abstraktes Denken«, meinte ihre Mutter spöttisch; trotzdem war die Schule sauber und ordentlich. Ofelia entschuldigte sich wortreich bei Señorita Garcia, Muriels Lehrerin, einer älteren Frau mit zerbrechlichen Gliedern und Augenbrauen so dünn wie Spinnenbeine.

»Ich hatte schon fast geglaubt, daß Sie nicht mehr kommen.« Die hochgezogenen Brauen signalisierten milde Verzweiflung.

»Es tut mir wirklich sehr leid.« Gab es etwas Demütigenderes als das Treffen eines Elternteils mit einem Lehrer, fragte Ofelia sich. »Wollten Sie mich wegen etwas Speziellem sprechen?«

»Natürlich. Warum hätte ich Sie sonst hergebeten?«

»Es gibt ein Problem, *no*?«

»Ja. Ein großes Problem.«

»Macht Muriel ihre Hausaufgaben nicht?«

»Sie gibt ihre Hausaufgaben regelmäßig ab.«

»Und sind sie gut?«

»Durchschnittlich.«

»Hat sie sich in der Schule falsch verhalten?«

»Ihr Betragen ist normal. Deswegen durfte sie ja mit auf den Ausflug. Aber tief in ihr, tief in der Seele dieses kleinen Mädchens verbirgt sich etwas Verdorbenes.«

»Verdorben?«

»Verfault.«

»Hat sie jemanden geschlagen, hat sie gelogen?«

»Nein, nein, nein, nein. Versuchen Sie nicht, so leicht davonzukommen. Tief in ihrem Herzen nagt ein Wurm.«

»Was hat sie denn angestellt?«

»Sie hat mein Vertrauen mißbraucht. Ich habe nur meine besten Schülerinnen mit auf die Plantage genommen, damit sie den Kampf auf dem Land kennenlernen. Statt dessen hat sie sich als diebische Antirevolutionärin entpuppt.« Señorita Garcia stellte eine Papiertüte auf den Tisch. »Auf der Rückfahrt ist ihr das hier unter dem Hemd hervorgerutscht. Ich habe es fallen hören.«

Ofelia blickte in die Tüte. »Eine Banane.«

»Gestohlene Waren. Gestohlen von der Tochter einer PNR-Beamtin. Damit fängt es an.«

»Genaugenommen eine Bananenschale, *no?*« Ofelia hielt sie an einem Ende hoch. Die Schale war braun und fleckig, an der Grenze zur Fäulnis.

»Banane oder Bananenschale, das macht keinen Unterschied.«

»Hat sie sie gegessen oder nicht?«

»Das spielt keine Rolle.«

»Sie haben sie hinfallen hören. Es ist ziemlich unwahrscheinlich, daß Sie in einem fahrenden Bus gehört haben, wie eine Bananenschale zu Boden gefallen ist.«

»Darum geht es nicht.«

»In wessen Obhut hat sich die Banane befunden? Möglicherweise ist mehr als eine Person in die Sache verwickelt, vielleicht ein ganzer Verbrecherring. Ich werde die Banane gründlich auf Fingerabdrücke untersuchen lassen. Ich bin froh, daß Sie mich auf den Fall aufmerksam gemacht haben. Machen Sie sich keine Sorgen, wir werden sie alle erwischen. Wollen Sie, daß ich das tue?«

»Nun ja…« Señorita Garcia lehnte sich zurück und fuhr sich mit der Zungenspitze über die Mundwinkel. »Sie war natürlich in meiner Obhut. Ich weiß nicht, wie es zu ihrem Verzehr gekommen ist.«

»Das können wir ermitteln. Wir könnten dafür sorgen, daß die Übeltäter ihr Gesicht nie wieder an dieser Schule zeigen. Wollen Sie das?«

Señorita Garcia blickte zur Seite und ließ die Augenbrauen sinken. »Ich nehme an, ich war hungrig«, sagte sie mit einer vollkommen veränderten Stimme.

Jetzt fühlte Ofelia sich noch mieser. Es lag keinerlei Befriedigung darin, eine Lehrerin einzuschüchtern, die nicht einmal merkte, daß sie langsam verhungerte. Señorita Garcias Problem war ihre revolutionäre Reinheit; sie mußte der einzige Mensch sein, den Ofelia kannte, der nicht irgendein kleines Nebengeschäft unterhielt. Als nächstes würde die arme Frau zu halluzinieren beginnen und Che durch die Flure wandeln sehen. Ofelia schämte sich so sehr, daß sie es kaum erwarten konnte, sich Muriel vorzuknöpfen.

Arkadi öffnete den Aktenkoffer und legte den Inhalt auf Pribludas Schreibtisch, Fotokopien von Dokumenten, die natürlich ausschließlich in spanisch verfaßt waren. Wenn er in der Schule bloß Spanisch anstatt Englisch und Deutsch gelernt hätte, die einem nur in den Naturwissenschaften, in Medizin, Philosophie, bei internationalen Geschäften und für das Verständnis von Shakespeare und Goethe weiterhalfen. Bei Zucker war offenbar Spanisch der Schlüssel. Arkadi versuchte es trotzdem:

Ein Dokument trug den Titel »Negociacion Russo-Cubano« und enthielt Namenlisten: russische für das »Ministerio de Commercio Exterior de Rusia« (Bykow, Plotnikow, Tschenigowskij), kubanische für das kubanische »Ministerio de Azucar« (Mesa, Herrera, Suarez) und eine dritte Liste der panamaischen Vermittler von der AzuPanama (Ramos, Pico, Arenas).

Ein »Certificado del Registro Publico« für die AzuPanama, S. A., mit einer Liste der »directores«, die identisch mit den Vermittlern waren, die Señores Ramos, Pico und Arenas.

Eine »Referenzia Bancaria« von der AzuPanama für die Bank for Creative Investments, S. A., »Zona Libre de Colón«, unterzeichnet vom Generaldirektor der Bank, John O'Brien.

Kopien der kubanischen Pässe von Ramos, Pico und Arenas inklusive Paßfotos.

Kubanische Flugtickets von Havanna nach Panama für Ramos, Pico und Arenas.

Eine Rechnung des Hotel Lincoln, Zona Libre, Colón, für die Zimmer von Ramos, Pico und Arenas. Rechnungsempfänger war das kubanische Zuckerministerium.

Eine lange Liste russischer Verpflichtungen, zahlbar in Waren und Bargeld im Gesamtwert von zweihundertzweiundfünfzig Millionen Dollar für kubanischen Zucker.

Eine überarbeitete Liste nach Vermittlung der AzuPanama im Gesamtwert von zweihundertzweiundsiebzig Millionen Dollar.

Ein Einzahlungsbeleg über fünftausend Dollar auf den Namen Vitali Bugai bei der Bank for Creative Investments, S. A., Zona Libre, Colón, Republica de Panama.

Mit anderen Worten, die Vermittler Ramos, Pico und Arenas waren Kubaner, die neutrale AzuPanama war eine Schöpfung des kubanischen Zuckerministeriums und der Bank for Creative Investments. Arkadi sprach zwar kein Spanisch, aber seine arithmetischen Grundkenntnisse reichten aus, um zu begreifen, daß Kuba Rußland um weitere zwanzig Millionen Dollar betrogen hatte, ein Bettler, der einen anderen bestahl. Und er begriff auch, daß der stille Teilhaber dieses Betrugs der Pirat war, dem Capones Boot gehörte.

Von nahem wirkte die Iris in Muriels dunklen Augen wie das aufflackernde Licht der Sonne, das erschreckende Einblicke in ihre neunjährige Seele erlaubte. Ofelias Befragung fiel kurz aus, weil ihre Tochter ein Vergehen zugab, das schlimmer war als die Vorwürfe der Lehrerin. Sie hatte die Banane gekauft.

»Die Arbeiter auf der Plantage haben sie verkauft. Ich hatte einen Dollar von Großmutter. Wir haben ein ganzes Bündel gekauft.«

»Ein Bündel? Señorita Garcia hat nur eine Banane gefunden.«

»Jeder aus der Klasse hat eine Banane versteckt. Sie hat nur meine gefunden.«

Ofelias Mutter wippte auf ihrem Schaukelstuhl hin und her. »Wir haben alle anderen bekommen, keine Sorge.«

»Darum geht es nicht«, sagte Ofelia wütend. »Du hast meine Töchter zu Schwarzhändlerinnen gemacht.«

»Eine Lektion in Kapitalismus.«

»Die Arbeiter auf den staatlichen Plantagen dürfen keine Bananen verkaufen.«

»Eine Lektion in Kommunismus.«

»Meine Klasse besucht eine Fabrik, in der Bälle gemacht werden«, sagte Marisol, Ofelias jüngere Tochter. »Ich kann welche besorgen.«

»Gut«, sagte Ofelias Mutter, »vielleicht können wir sie kochen.«

In ihrer Phantasie sah Ofelia die militante Señorita Garcia drohend über ihren Töchtern stehen, während ihre Mutter sie verteidigte wie eine Glucke im Hauskittel, das Universum der Familie, im Inneren und Äußeren umkämpft.

»Ich gehe duschen.«

»Und was dann?« fragte ihre Mutter.

»Ich muß noch mal weg.«

»Um diesen Mann zu treffen?«

»Er ist kein Mann, er ist ein Russe.«

Arkadi ertappte sich dabei, auf die Kommissarin gewartet zu haben, auf ihren inquisitorischen Blick, ihren Anblick in Shorts und Pullover, ihre Strohtasche mit der Pistole. Er hatte alle Azu-Panama-Dokumente außer Sichtweite geräumt, so daß sie ihren Blick nach Herzenslust schweifen lassen konnte.

»Haben Sie heute ein Foto von Pribluda aufgetrieben?«

»Nein.«

»Nun, ich habe ein Foto für Sie gefunden«, erklärte sie, seine Überraschung offensichtlich genießend. »Erinnern Sie sich an Hedy?«

»Wie könnte ich Hedy vergessen?«

Kommissarin Osorio berichtete ihm von den beiden Leichen in der Casa del Amor, Hedy Guzman und ein Italiener namens Franco Leo Mossa. Sie beschrieb den Zustand des Zimmers, die Position der Leichen, die Beschaffenheit der Wunden und die vermutete Todeszeit.

»Macheten?« fragte Arkadi.

»Wie haben Sie das erraten?«

»Reine Statistik. Es gab kein Geschrei?«

»Nein, der Mörder hat vorher mit einer runden scharfen Waffe die Luftröhre des Italieners punktiert.«

»Mit einer Waffe wie einem Eispickel?«

»Ja. Anfangs dachte ich, dieses Blutbad wäre das Resultat eines gescheiterten Erpressungsversuchs. Manchmal geht eine *jinetera* mit einem Touristen, und wenn er die Hose heruntergelassen hat, taucht ihr sogenannter Freund auf, und sie rauben ihn aus.«

»Wir wissen, wer ihr Freund ist.«

»Dann dachte ich, der Tote sieht aus wie Sie.«

»Das ist ein Kompliment, das man nicht alle Tage hört. War es der Mann, den wir neulich abends mit ihr auf der Straße gesehen haben?«

»Ich bin mir ziemlich sicher. Haben Sie mit Hedy getanzt?«

»Nein. Wir wurden einander nur kurz vorgestellt. Von Sargento Luna.«

»Haben Sie mit ihr geredet?«

»Eigentlich nicht. Sie war nicht mehr ganz nüchtern, und später war sie natürlich … besessen.«

»Hedy hat sich nach der Santería gewaschen und umgezogen und ist hierher zurückgekehrt. Wir beide haben sie gesehen. Damals habe ich mich gefragt, warum. Ich meine, es war alles vorbei. Der Sargento war weg, und dies war nicht der Ort, wo sie üblicherweise Touristen aufgegabelt hat. Ich glaube, Sie waren der Grund, warum sie hier war.«

»Ich hatte sie doch erst kurz vorher kennengelernt.«

»Vielleicht wollte sie Sie wiedersehen.«

»Der Unterschied zwischen einem gutgekleideten Italiener und mir wäre ihr bestimmt aufgefallen. Warum sollte sie überhaupt an mich denken?«

»Das habe ich in dem Zimmer gefunden.« Sie gab ihm das Foto.

Eine Kamera verewigte den Blickwinkel des Fotografen, und es war immer eigenartig, sich so zu sehen, wie ein anderer einen gesehen hatte, dachte Arkadi. Und wenn dieser andere tot war, verlieh das einem einfachen Schnappschuß eine gewisse Endgültigkeit. Er sah Autos, Gepäck, schwere Mäntel, eine Schar Russen vor dem Scheremetjewo-Flughafen. Nur er war scharf zu erkennen. Er hatte dem Oberst ein Abschiedslächeln zugeworfen, es hatte keine wodka- und tränenselige Umarmung gegeben, dafür war ihre Geschichte zu kompliziert. Vielleicht hatte Pribluda am Ende nur jemanden gewollt, der ihn so gut kannte und ihn trotzdem noch verabschiedete. Das Foto erinnerte Arkadi an den leeren Rahmen, den er in Pribludas Schreibtischschublade gefunden hatte.

»Das hat Pribluda gemacht, als ich ihn zum Flughafen gebracht habe. Er meinte, er würde es um der guten alten Zeiten willen als Zielscheibe benutzen. Das haben Sie in dem Hotelzimmer gefunden?«

»Hedy war keine große Leuchte. Außerdem war sie wahrscheinlich immer noch benommen von der Santería-Zeremonie. Ich glaube, daß ihr das möglicherweise jemand gegeben hat, damit sie Sie wiedererkennen konnte.«

»Sie meinen, der Mann auf diesem Bild würde als Italiener durchgehen?«

»Im Dunkeln sind manche Menschen schwer zu unterscheiden. Habe ich Ihnen erzählt, daß der Tote Franco hieß?«

»Ja.«

»Ein Europäer namens Franco, der aussah wie Renko, dessen Name klang wie Renko, den sie vor Renkos Wohnung getroffen hat und der wie Renko an der Stirn eine Platzwunde aufwies, war wahrscheinlich Renko genug für Hedy. Ich halte es für möglich, daß der Mord an diesem Italiener der zweite Anschlag auf Ihr Leben war.«

»Das ist vor zwei Nächten passiert?«

»Ja.«

Arkadi erinnerte sich, daß Luna gesagt hatte, er würde zurückkommen, um ihm den Arsch aufzureißen, und was dem armen Franco Mossa passiert war, klang so, als hätte man ihm so gründlich den Arsch aufgerissen, wie es nur ging.

»Weiß Sargento Luna von der korrekten Identifikation des Toten?«

»Er weiß es jetzt. Er und Arcos haben die Ermittlung übernommen.«

Luna würde zurückkommen. Die Tage entweder des Heils oder der Gnade waren vorüber.

»Warum wurde auch Hedy getötet?« fragte Arkadi.

»Ich weiß es nicht.«

»Warum sollte der Mörder das Foto bei ihrer Leiche zurücklassen?«

»Das hat er nicht getan, er hat es ins Klo geworfen und abgezogen.«

»Und woher haben Sie es dann?«

»Es war in Klopapier eingewickelt, das den Abfluß verstopft hat.« Sie beschrieb die tiefen Schnittwunden, die blutverschmierten Laken und die blutgeschwängerte Luft, die schon seit anderthalb Tagen in der Sonne gebacken hatte, und gestand ihre Übelkeit. »Das war unprofessionell von mir.«

»Ganz im Gegenteil, es ist ein Berufsleiden«, sagte Arkadi. »Ich habe die Obduktion auch nur verlassen, weil ich mich übergeben mußte. Sehen Sie, wir haben eine gemeinsame Schwäche. Schon nach Ihrer Beschreibung brauche ich dringend eine Zigarette.«

»Dr. Blas ist noch nie schlecht geworden.«

»Das glaube ich gern.«

»Dr. Blas sagt, wir sollten Gerüche als Informationen willkommen heißen. Das fruchtige Bouquet einer Leiche könnte auf Amylnitrit hinweisen. Ein Hauch von Knoblauch auf Arsen.«

»Mit dem Mann ist bestimmt wunderbar essen gehen.«

»Wie dem auch sei, ich habe geduscht.«

»Geduscht und sich die Zeit genommen, ihre Zehennägel zu lackieren. Die Mühe würden sich viele Kommissare nicht machen. Sie sind ein Risiko eingegangen.«

Mehr als das, dachte er; indem die Kommissarin das Foto an sich genommen hatte, hatte sie einen Tatort manipuliert und stillschweigend zugegeben, daß sie Luna genauso verdächtigte wie er. Das Wissen über die Existenz des Fotos mit ihm zu teilen, war trotz lackierter Fußnägel und allem anderen ihr erster wirklicher Schritt auf ihn zu. Jetzt war er an der Reihe, so war die Etikette. Er konnte seine Informationsfetzen zurückhalten, bis er sicher wieder in Moskau war, wo der Inhalt des Aktenkoffers, den er in dem chinesischen Kino entgegengenommen hatte, Bugai zum Verhängnis werden und zu mit hochrotem Kopf vorgetragenen Beschuldigungen zwischen dem russischen Ministerium für Außenhandel und dem kubanischen Zuckerministerium führen konnte. Wegen Geld, versteht sich. Aber dann würde er nie erfahren, welches Schicksal Pribluda ereilt hatte.

»Haben Sie je von einer panamaischen Zuckergesellschaft namens AzuPanama gehört?«

»Ich habe darüber gelesen.« Ihr Blick wurde kühl. »In der *Granma,* der Parteizeitung. Es gibt Probleme mit den Russen wegen des Zuckervertrags, und die AzuPanama soll helfen.«

»Sie soll vermitteln?«

»Soweit ich weiß.«

»Weil die AzuPanama neutral ist.«

»Ja.«

»Panamaisch?«

»Natürlich.«

Er führte sie ins Arbeitszimmer, öffnete den grünen Koffer und legte seinen Inhalt Stück für Stück auf den Schreibtisch.

»Kopien der Listen der Beteiligten aus Rußland, Kuba und von der AzuPanama. Eine Liste von Geschäftsführern der AzuPanama und auf dieselben Namen ausgestellte kubanische Pässe, Tickets und Hotelquittungen. Dazu eine Überweisung von John O'Brien, wohnhaft in Kuba, sowie ein Einzahlungsbeleg der Bank für Vizekonsul Bugai, zur Zeit ebenfalls in Kuba.«

Alles schien bestens zu laufen, dachte Arkadi. Als nächstes konnte er sie mit den Plänen von O'Brien und George Washington Walls vertraut machen und dann mit deren Beziehung zu Luna und Pribluda. Die Kommissarin räusperte sich und ordnete die einzelnen Dokumente, wobei sie sie anfaßte wie jemand, der mit Feuer hantiert.

»Ich dachte, Sie wollten für Dr. Blas ein Bild von Pribluda besorgen«, sagte sie.

»Oh, ich bin dabei. Ich bin nur zufällig vorher auf das hier gestoßen.«

»Wo kommen diese Dokumente her?«

»Warum sehen Sie sich nicht an, worum es sich handelt?«

Kommissarin Osorios Russisch wurde leicht zischend. »Ich sehe, worum es sich handelt. Es ist offensichtlich. Das sind Unterlagen, die fabriziert wurden, um Kuba zu diskreditieren.«

»Wenn Sie die Namen auf diesem Handelsregisterauszug mit den Pässen vergleichen, können Sie feststellen, daß die AzuPanama gar keine panamaische Firma ist. Die AzuPanama wurde in Kuba gegründet, mit Hilfe einer Bank, die von dem amerikanischen Flüchtling John O'Brien kontrolliert wird. Dem war Pribluda auf der Spur, als er starb. Bis jetzt hat die AzuPanama Rußland zwanzig Millionen Dollar zusätzlich gekostet. Männer sind schon für weniger gestorben.«

»An einem Herzinfarkt?«

»Nein.«

»Dr. Blas sagt aber, daß es ein Herzinfarkt war.«

»Wie dem auch sei«, fuhr Arkadi fort, »wir können die Namenliste der AzuPanama mit der Liste der Angestellten des Zuckerministeriums vergleichen. Das hätte Pribluda als nächstes getan.«

»Wir werden gar nichts tun.« Die Kommissarin trat einen Schritt zurück. »Sie haben mich angelogen.«

»Hier sind die Dokumente.«

»Ich sehe Sie an, und ich sehe einen Mann, der behauptet, er würde nach einem Foto von seinem toten Freund suchen, während er in Wahrheit allerlei antikubanisches Material zusammenträgt. Ich bin gekommen, um Ihnen zu helfen, und Sie halten mir diese Papiere unter die Nase, ohne mir zu sagen, woher Sie sie haben. Ich werde sie nicht anfassen.«

Der Abend nahm einen anderen Verlauf, als Arkadi gehofft hatte.

»Sie können sie überprüfen.«

»Ich helfe Ihnen nicht. Ich weiß eigentlich gar nichts über Sie. Ich habe nur Ihr Wort und ein Foto als Beweis dafür, daß Sie Pribludas Freund sind. Mehr weiß ich nicht. Ich habe nur Ihr Wort.«

»Nein, das stimmt nicht.« Ihre Worte hatten eine Frage herauskristallisiert, die ihn zuvor nur vage beschäftigt hatte. Wie war sein Foto aus Pribludas Wohnung zu Hedy gelangt? »Haben Sie Luna Pribludas Foto von mir gegeben?«

»Wie können Sie so etwas fragen?«

»Weil es logisch wäre. Lassen Sie mich raten. Nach der Autopsie sind Sie hierhergekommen, um Fingerabdrücke zu sichern, und haben das Foto dieses elenden Russen gefunden, der gerade angekommen war. Natürlich haben Sie Luna angerufen, der Sie angewiesen hat, ihm das Foto mitzubringen.«

»Niemals.«

»Luna wiederum hat es der armen Hedy gegeben. Haben Sie Luna die ganze Zeit geholfen?«

»Nicht auf diese Weise.«

»Haben alle kubanischen Polizisten einen Eispickel und einen Baseballschläger bei sich?«

»Wenn Sie Luna mit einer Machete sehen, *bolo,* dann ist es Zeit, sich zu fürchten. Sie hätten in Moskau bleiben sollen. Dann würden einige Menschen noch leben.«

»Da haben Sie allerdings recht.«

Kommissarin Osorio schnappte sich ihre Tasche. Sie war schon aus der Tür, bevor er sich fragen konnte, ob er die Sache mit der AzuPanama wirklich optimal angegangen war. Warum sollten bloße Beweise einen Kubaner beeindrucken? Schließlich waren sie in Havanna, einem Ort, wo Zuckerattachés in der Bucht trieben, ein Havana Yacht Club nicht oder doch oder nur vielleicht existierte, einem Ort, wo ein Mädchen in zwei aufeinanderfolgenden Nächten den Kopf verlieren konnte. Die Lüge der Kommissarin wegen des Fotos war einfach eine Absurdität zuviel gewesen. Trotzdem hatten seine Worte eine häßliche Schärfe gehabt, die er bedauerte.

Als sie die Straße erreicht hatte, fiel Ofelia ein, daß Renko bis auf den Riegel vor seiner Tür schutzlos war, falls Luna zurückkommen sollte. Sie hatte dem Russen nicht erzählt, wie Luna ausgesehen hatte, als er sich in dem Liebesmotel über Hedys Leiche gebeugt hatte, wie seine Augen rot geworden waren und seine Gesichtsmuskeln gezuckt hatten wie eine geballte Faust. Oder daß der Sargento später im Archiv auf sie gewartet hatte und sie das Gefühl nicht losgeworden war, einen brodelnden Vulkan vor sich zu haben, als sie sich an ihm vorbeigedrück hatte.

Der abends ohnehin spärliche Verkehr auf dem Malecón war praktisch zum Erliegen gekommen. Selbst die Paare, die normalerweise die Mole entlangschlenderten, waren verschwunden. Ofelia war zornig auf Renko, doch noch viel wütender war sie auf sich selbst. Sie hatte das Foto vom Tatort entfernt. Sie hatte gegen die Vorschrift verstoßen. Und warum? Damit er sie beschuldigen konnte, dasselbe Bild aus Pribludas Wohnung gestohlen zu haben? Inzwischen kannte sie seinen Hang zu frivolen Details, meist gefolgt von einer völlig unerwarteten Frage, die keinen Zusammenhang erkennen ließ. Was die Dokumente anging, die er aus dem Koffer geholt hatte, überraschte es sie keineswegs, wie weit die Russen gingen, um Kuba zu diskreditieren. Sie mußte nur dafür sorgen, daß Renko am Leben blieb, bis sein Flugzeug nach Moskau startete, sagte Ofelia sich. Sie wollte ein reines Gewissen haben.

Entschlossen, sich nicht wieder provozieren zu lassen, betrat Ofelia erneut das Haus. Auf halber Treppe hörte sie über sich Schritte und ein leises Klopfen an Renkos Tür. Als er öffnete, fiel das Licht aus der Wohnung auf eine außergewöhnlich hellhäutige, barfüßige Frau mit geflochtenem schwarzen Haar in einem mexikanischen Kleid. Sie war wie eine langstielige Rose, eine strahlendschöne weiße Blume mit einem leichten Blaustich.

Ofelia erkannte sie von der Santería-Zeremonie wieder, die Freundin von George Washington Walls, die Tänzerin.

Ofelia beobachtete, wie Isabel Renko ihr Gesicht entgegenreckte und ihn küßte. Bevor die beiden sie entdecken konnten, zog sie sich ins Dunkel des Treppenhauses zurück und wurde immer kleiner, bis sie wieder auf der Straße stand.

18

Sie machen einen Fehler«, erklärte Arkadi Isabel.

»Nein, kein Fehler.«

Sie führte seine Hand zwischen ihre Beine, damit er sie durch den Baumwollstoff fühlen konnte, küßte ihn und schlüpfte an ihm vorbei ins Wohnzimmer. Vielleicht ein Test auf Lebenszeichen, dachte er. Das Kleid war dünn und betonte ihren schlanken Körper und die dunklen Spitzen ihrer Brüste, und wenn er ein normaler Mann wäre, würde er eine gesunde Lust empfinden. Er spürte tatsächlich ein erstes Regen, als er ihren Atem an seinem Hals fühlte und den Mandelduft ihres schwarzseidenen geflochtenen Haars roch. Ihre blasse Haut ließ ihre Lippen noch röter erscheinen.

»Kein Fehler«, wiederholte Isabel. »Ich habe Sie gebeten, etwas für mich zu tun. Ein fairer Handel. Gordo bewahrt den Rum über dem Waschbecken auf.«

»Ich dachte, Gordo sei der Name für die Schildkröte.«

»Für beide, Sergej und die Schildkröte.«

»Wie nennen Sie George Washington Walls?«

»Ich nenne ihn passé. Ich habe einen neuen Freund, *no*?«

»Ich kann mir nicht vorstellen, wer das sein sollte.«

Isabel strich über den Mantel, der über einer Stuhllehne hing, und sagte, als er ihre Hand wegzog: »Entspann dich. So ein seltsamer Mann, aber ich mag dich.« Sie fand den Rum selbst und spülte zwei Gläser aus. »Ich mag starke Männer.«

»Das bin ich nicht.«

»Laß mich das beurteilen.« Sie reichte ihm ein Glas. »Ich weiß, daß du von meinem Vater gehört hast.«

»Ich habe gehört, daß es eine Verschwörung gegeben hat.«

»Das stimmt. Es gibt immer eine Verschwörung. Jeder klagt, und er...« Sie wies auf ihr Kinn, »... läßt sie gewähren, solange sie nicht wirklich etwas *tun.* Solange sie sich nicht organisieren. Trotzdem gibt es jedes Jahr eine Verschwörung und bei jeder Verschwörung ein gesundes Verhältnis von Verschwörern und Informanten. So funktioniert die kubanische Demokratie, und so werden wir eines Tages unser Wahlrecht ausüben, wenn selbst die Spitzel beschließen, daß es reicht, und die Klappe halten und unser Land erlöst sein wird.« Sie fuhr mit dem Finger über Arkadis Wange. »Aber noch ist es nicht soweit, denke ich. Dies ist der erste Ort auf der Welt, an dem die Zeit nicht existiert. Menschen werden geboren und sterben, ja, aber die Zeit verstreicht nicht, weil die Zeit frische Farbe, neue Autos und Kleider verlangt. Oder vielleicht auch einen Krieg oder beides. Aber nicht diesen Zustand zwischen Leben und Tod, der weder das eine noch das andere ist. Du trinkst ja gar nichts.«

»Nein.« Isabel und Alkohol waren das letzte, was er brauchte.

»Darf ich?« Sie nahm eine Zigarette.

»Ja, sicher.«

»Mein Vater hat sich überhaupt nur auf den Staatsstreich eingelassen, weil seine russischen Freunde ihm versichert haben, daß er ihre volle Unterstützung habe.«

»Er hätte es besser wissen müssen.«

»Ich glaube, ich treffe eine klügere Wahl.« Sie inhalierte, als wollte sie den Rauch bis in die Zehenspitzen ziehen, blies ihn wieder aus und fuhr mit ausgebreiteten Armen herum, so daß ihr Kleid an ihrem Körper haftete und der Rauch ihr hinterher wehte. »Ich glaube, wir sind die besten. Englische Tänzer sind zu steif, die Russen sind zu ernst. Wir haben das Niveau, aber gleichzeitig werden wir schon mit Musik geboren. Es gibt keine Grenzen, wenn ich erst meinen Brief und mein Ticket habe.«

»Der Brief ist noch nicht gekommen.«

»Er wird kommen. Er muß. Ich habe George erzählt, daß wir darüber nachdenken würden, gemeinsam zurück nach Moskau zu fliegen.«

»Sie und ich?«

»Ja, wäre das nicht das einfachste?« Isabel lehnte sich an den Mantel, und Glut von ihrer Zigarette fiel auf den Ärmel. »Bist du verheiratet?«

Arkadi klopfte die Glut ab und packte Isabel am Handgelenk. Es war ein schlankes, geschmeidiges Handgelenk, aber er führte sie trotzdem zur Tür. »Es ist spät. Ich verspreche, daß ich Ihnen Bescheid gebe, wenn etwas für Sie ankommt.«

»Was machst du?«

»Ich wünsche Ihnen eine gute Nacht.«

»Ich bin noch nicht fertig.«

»Aber ich.«

Er schob sie hinaus. Im trüben Licht des Hausflurs sah sie plötzlich aus wie eine zerdrückte Motte. Er schloß leise die Tür hinter sich.

»Du mieser Dreckskerl!« rief sie von draußen. »Du Wichser, *coño.* Genau wie dein Freund Sergej. Der wollte immer nur über diese alberne Verschwörung reden, die meinen Vater das Leben gekostet hat. Du bist genauso, noch ein *maricon. El bollo de tu madre.«*

Arkadi schob den Riegel vor. »Tut mir leid. Ich spreche kein Spanisch.«

Er hatte wirklich eine erstaunliche Art, mit Frauen umzugehen, dachte er, ein echter Charmeur. Er wickelte sich in seinen Mantel und zitterte. Warum war auf Kuba allen warm außer ihm?

Es war Mitternacht, und Dunkelheit hatte sich der Stadt bemächtigt, als Arkadi gerade nicht hingesehen hatte. Ein von Luna arrangierter Stromausfall, oder dehnte sich seine Phantasie im Dunkeln aus? Auf dem Malecón gab es keine Straßenlaternen, nur ein paar blasse Autoscheinwerfer wie die leuchtenden

Fische, die man in Meeresgräben antrifft. Obwohl er die Fensterläden schloß und eine Kerze anzündete, sickerte eine kompakte, zähe Dunkelheit ins Zimmer.

Lautes Autohupen weckte ihn. Es hörte nicht auf, bis er die Balkontür öffnete und sah, daß der Morgen schon vor Stunden begonnen hatte. Das Meer war ein heller Spiegel des weiten Himmels, an dem die Sonne so hoch stand, daß die Schatten zu kleinen Tintenklecksen geschrumpft waren. Auf der anderen Seite des Malecón zupfte ein Junge kleine silbrige Köder aus einem Netz und warf sie einem Partner zu, der mit einer Angelrute auf der Mole stand. Ein anderer Junge nahm auf dem Bürgersteig Fische aus und warf ihre Eingeweide einer schwebenden Möwe zu. Direkt unter dem Balkon stand eine stromlinienförmige Wolke aus Chrom und Lack. Hemingways Chrysler-Imperial-Cabriolet, am Steuer George Washington Walls, neben ihm John O'Brien mit Golfmütze und Hawaiihemd.

»Schon vergessen!« rief Walls nach oben. »Wir wollten über eine mögliche Anstellung reden und Ihnen einige der berühmten Lasterhöhlen zeigen.«

»Können Sie mir das nicht einfach erzählen?«

»Betrachten Sie uns als Ihre persönlichen Führer«, sagte O'Brien. »Stellen Sie sich vor, es wäre eine große Stadtrundfahrt.«

Arkadi musterte Walls auf Anzeichen, daß Isabel ihren mitternächtlichen Besuch gemeldet, und O'Brien auf eine Andeutung, daß ihn die Nachricht über die Unterlagen der Azu Panama via Osorio schon erreicht hatte, doch nur strahlende Jacketkronen und dunkle Brillen blitzten ihm entgegen. Eine Anstellung in Havanna? Das mußte ein Witz sein. Aber wie konnte er sich eine Gelegenheit entgehen lassen, mehr über die AzuPanama und John O'Brien zu erfahren? Was sollte einem überdies in Hemingways Wagen schon passieren?

»Geben Sie mir eine Minute.«

In der Schreibtischschublade lagen Briefumschläge. In einen

von ihnen steckte Arkadi all seine weltbewegenden Indizien: Rufos Hausschlüssel, Pribludas Autoschlüssel, die Unterlagen über die AzuPanama und das Foto des Havana Yacht Club. Arkadi klebte sich den Umschlag ins Kreuz und zog sein Hemd und seinen Mantel über: ein Mann, der für alle Gelegenheiten und Klimazonen gerüstet war.

Der Wagen fuhr sogar wie eine Wolke, die Haut klebte an den warmen Polstern. Selbst auf dem Rücksitz bemerkte Arkadi die Dreigangautomatik mit Tastenwahl. Wer könnte so etwas übersehen? Sie sausten über den Malecón, während Walls über andere berühmte Autos plauderte, Fidels Faible für Oldsmobiles und Ches 60er Chevrolet Impala.

Arkadi blickte sich um. »Haben Sie Luna gesehen?«

»Der Sargento ist nicht mehr mit uns assoziiert«, sagte Walls.

»Ich glaube, der Mann ist ziemlich unausgeglichen«, meinte O'Brien.

»Luna ist ein total durchgeknallter Scheißkerl«, meinte Walls. Er schob seine Sonnenbrille in die Stirn und sah Arkadi mit seinen blauen Augen an. »Wann werden Sie endlich diesen Mantel ablegen?«

»Man kommt sich vor, als würde man mit dem alten Abe Lincoln rumkutschieren«, sagte O'Brien. »Ehrlich.«

»Wenn mir warm wird.«

»Lesen die Russen Hemingway?« fragte Walls.

»Er ist sehr populär bei uns. Jack London, John Steinbeck und Hemingway.«

»Als die Schriftsteller noch Raufbolde waren«, sagte O'Brien. »Ich muß jedesmal an *Der alte Mann und das Meer* denken, wenn ich die Fischerboote ausfahren sehe. Ich habe das Buch geliebt und den Film auch. Spencer Tracy war großartig. Er spielt zwar den Iren überzeugender als den Kubaner, aber großartig.«

»John liest alles«, sagte Walls.

»Filme liebe ich auch. Wenn ich Heimweh bekomme, lege ich mir ein Video ein. Capra, Ford, Minnelli.«

Arkadi dachte an den Vizekonsul Bugai und den Einzahlungsbeleg über fünftausend Dollar auf seinen Namen bei O'Briens panamaischer Bank.

»Haben Sie auch russische Freunde hier?«

»So viele Russen sind gar nicht mehr übrig. Aber ich muß zugeben, daß ich sie vorsichtshalber meide.«

»Parias«, sagte Walls.

»Die russische Mafia würde liebend gern hier Fuß fassen. Sie sitzen schon in Miami, Antigua und auf den Caymans, also gleich nebenan, aber Russen sind bei Fidel ein derart wunder Punkt, daß es wirklich unsinnig wäre, sich mit ihnen zusammenzutun. Aber was noch wichtiger ist, sie sind einfach dumm. Nichts für ungut, Arkadi.«

»Kein Problem.«

»Wenn ein Russe Geld will, sagt er, ich werde einen reichen Mann entführen, ihn bis zum Hals eingraben und ein Lösegeld verlangen. Vielleicht zahlt seine Familie, vielleicht aber auch nicht. Beiderseitig ein sehr kurzfristiges Geschäft. Wenn ein Amerikaner Geld will, sagt er, ich schicke eine Massenwurfsendung raus, in der ich ein Investment mit unwiderstehlicher Rendite anbiete. Vielleicht zahlt sich die Investition aus, vielleicht auch nicht, aber solange ich Anwälte habe, werden diese Leute für den Rest ihres Lebens zahlen. Und wenn sie tot sind, besorge ich mir einen Titel für ihr Erbe. Sie werden sich *wünschen,* ich hätte sie bis zum Hals vergraben.«

»Das haben Sie gemacht?« fragte Arkadi.

»Ich sage nicht, daß ich das gemacht habe, ich sage nur, daß so etwas in den Staaten gemacht wird.« Er hob seine Hand und setzte sein breitestes Grinsen auf. »Das ist die reine Wahrheit. Ich habe vor Bezirksgerichten in Florida und Georgia und vor Bundesgerichten in New York und Washington ausgesagt, und ich habe nie gelogen.«

»Da haben Sie aber vor ganz schön vielen Gerichten die Wahrheit gesagt«, erwiderte Arkadi.

»Dabei«, fuhr O'Brien fort, »sind mir glückliche Investoren

viel lieber. Ich bin zu alt, um mich von wütenden bärtigen Männern verfolgen zu lassen oder gerichtlichen Vorladungen von Typen aus dem Weg zu gehen, die *ihr* ganzes erbärmliches Leben lang keinen Fuß mehr in die Tür bekommen werden. He, wir sind da!«

Walls bog vor dem entgegenkommenden Verkehr in die Auffahrt eines luftigen Hotelhochhauses, eines kantigen Turms aus blauen Balkonen, an dessen Basis sich eine bunte Kuppel schmiegte. Arkadi war schon einmal an dem Hotel vorbeigekommen, doch erst jetzt fiel ihm auf, daß die Architektur den amerikanischen Stil der fünfziger Jahre in Reinkultur verkörperte. Und sie waren in dem genau dazu passenden Wagen gekommen, der jetzt vor einem Eingang mit Markise neben einer Statue hielt, die vielleicht ein Seepferd und eine Sirene darstellte und aus dem größten aller Walknochen geschnitzt war. Der Begeisterung des Türstehers nach zu urteilen war dies nicht John O'Briens erster Besuch in dem Etablissement.

»Das Riviera«, erklärte er Arkadi im Flüsterton, als wären sie im Begriff, den Vatikan zu betreten. »Die amerikanische Mafia hat auch andere Hotels gebaut, aber das Juwel war das Riviera.«

»Und was hat das mit mir zu tun?« fragte Arkadi.

»Ein wenig Geduld, bitte. Es wird sich alles fügen.«

O'Brien nahm respektvoll seine Golfmütze ab, bevor sie die Treppe hinaufstiegen und durch Glastüren in eine flache, in weißem Marmor gehaltene Lobby mit Oberlichtern traten, die unregelmäßig wie Sterne an der Decke verteilt waren.

Sofas so lang wie Güterwaggons erstreckten sich bis zu einer verglasten Grotte mit riesigen Farnen. Von einer Wand war das an- und abschwellende Gemurmel einer Bar zu hören, am Ende der Halle wand sich eine an dicken Drähten hängende Treppe um eine abstrakte Freiplastik aus schwarzem Stein, eine gleißende Spiegelglasfront führte zu einem Pool. O'Brien durchquerte gemessenen Schrittes, fast geräuschlos die Halle. »Alles vom Feinsten. Eine Küche wie ein Kreuzfahrtschiff, wunderbar ausgestattete Zimmer. Und das Kasino!«

Walls war O'Brien einen Schritt voraus und öffnete die Messingtüren zu einem Tagungssaal, der mit den farbenprächtigen und ausdrucksstarken Logos spanischer, venezolanischer und mexikanischer Banken dekoriert war. Umgestoßene Schautafeln und Staffeleien mit Tabellen sagten die Trends der karibischen Wirtschaft voraus. Visitenkarten und vierfarbige Broschüren waren auf dem Fußboden verstreut. Bei einem besonders geräumigen Stand mit Stuhlreihen vor einem riesigen Monitor blieb O'Brien stehen.

»Es ist eine Schande«, sagte er. »Projizierte Marktentwicklung, Zinsraten, Kapitalgarantien, Multilingualität. Sehen Sie sich das an.« Er versuchte den Monitor einzuschalten. »Verdammt, funktioniert nicht.«

»Vielleicht hiermit.« Arkadi nahm eine Fernbedienung vom Tresen des Standes und drückte auf ON. Sofort liefen Bilder von ernsten Männern und Frauen in teuren Anzügen und Kostümen über den Bildschirm. Aus ihren Taschen flossen Dollars, Pesetas und D-Mark wie elektrische Funkenströme.

»Genau«, sagte O'Brien. »Diese Leute wissen, wie man sein Geld weltweit gewinnbringend anlegt. Das Problem ist nur, daß dies nicht die Welt ist. Dies ist Kuba. Wissen Sie, was Fidel über Kapitalisten sagt? Erst wollen sie den kleinen Finger, dann die ganze Hand, dann den Arm und Stück für Stück auch den ganzen Rest. Er hat sich entschieden. Also haben die Banken auf den langen Weg und ihre kleine Präsentation für Fidel verzichtet, stellen Sie sich das vor. Danke, Arkadi.«

Arkadi schaltete den Monitor mit der Fernbedienung wieder aus.

»Wie dem auch sei«, sagte O'Brien, »jetzt wollen die Banken es umgekehrt. Heutzutage sind die Menschen nicht mehr an einer langsam anwachsenden Dividende ihrer Einlagen interessiert. Sie wollen den Jackpot, das große Los, den Zahltag. Schauen Sie sich um, man kann es noch sehen.« Er lenkte Arkadis Aufmerksamkeit auf die prunkvollen creme- und goldfarbenen Wände und die Art, wie die abgehängte Decke die darüberliegende Kuppel verbarg, die er von außen gesehen hatte. Wenn das Riviera der Vatikan war, war dies die Sixtinische Kapelle. Als O'Brien seine dunkle Brille abnahm und sich einmal langsam um die eigene Achse drehte, geschah ein kleines Wunder; die Falten auf seiner hohen Stirn schienen zu verschwinden, und Arkadi sah einen Hauch des Rotschopfs, der O'Brien einmal gewesen war. »Das Golden-Leaf-Kasino. Sie müssen sich vorstellen, wie es einmal war, Arkadi. Vier Roulette-, zwei Seven-Eleven, ein Bakkarat- und vier Blackjacktische mit Mahagonigeländer. Alles wurde zweimal am Tag gewienert. Kein Aschekrümel. Der Croupier auf einem Bischofsstuhl. Es war das Treffen zweier Klassen, der Reichen und des organisierten Verbrechens. Die Franzosen haben ein Wort dafür: *frisson.* Und es hat weiß Gott geglitzert. Kronleuchter, die gefunkelt haben wie gefüllte Champagnergläser. Frauen mit Diamanten von Harry Winston, und ich meine echte Klunker. Filmstars, Rockefellers, was immer Sie wollen.«

»Keine Kubaner?«

»Kubaner haben hier *gearbeitet.* Man hat kubanische Buchhalter engagiert und sie zu Croupiers und Kartengebern ausgebildet. Man hat ihnen Benehmen und Haltung beigebracht, ihnen Anzüge gekauft und sie so gut bezahlt, daß sich Unehrlichkeit nicht lohnte. Natürlich wurden sie am Ende eines Arbeitstages trotzdem auf Chips untersucht.«

Arkadi hatte schon Kasinos gesehen. In Moskau gab es sie auch. Russische Mafiosi liebten es, enge Lederjacken über unbequemen Holstern zu tragen, damit sie sich an einen Tisch drängeln und lautstark im großen Stil verlieren konnten.

»Vergessen Sie nicht, daß es in Havanna immer Glücksspiel gegeben hat«, sagte O'Brien. »Die Mafia hat es nur ehrlich gemacht und Präsident Batista einen fairen Anteil gegeben. Batista und seine Frau bekamen den Erlös aus den Geldspielautomaten, die Mafia die Tische, und es gab auf der Welt kein ehrlicheres Unternehmen. Dazu die größten Namen der Unterhaltungsbranche, Sinatra, Nat King Cole. Wunderschöne Strände, ideale

Bedingungen zum Hochseefischen, und die Frauen waren unglaublich. Das sind sie noch immer.«

»Schwer zu glauben, daß es eine Revolution gegeben hat.«

»Man kann es nicht allen recht machen«, meinte O'Brien. »Aber ich möchte Ihnen meinen persönliche Favoriten zeigen. Kleiner, aber historischer. Amerikas letzte Bastion.«

Sobald sie das Riviera hinter sich gelassen hatten, säumten malerisch verfallene Häuser die Straße, wie Arkadi sie eher in einem Mangrovensumpf vermutet hätte; die Bürgersteige buckelten sich über den Wurzeln von Feigenbäumen.

»Und was für Geschäfte machen Sie hier?« fragte Arkadi. »Investment?«

»Investment, Consulting, was auch immer«, sagte O'Brien. »Wir lösen Probleme.«

»Zum Beispiel?«

Walls und O'Brien sahen sich an, und Walls sagte: »Zum Beispiel brauchen kubanische Lkw Ersatzteile, weil die russische Fabrik, die sie früher hergestellt hat, inzwischen Schweizer Armeemesser produziert. Also haben John und ich eine russische Lkw-Fabrik in Mexiko gefunden und den ganzen Laden nur wegen der Ersatzteile gekauft.«

»Was ist für Sie dabei herausgesprungen?«

»Ein Finderlohn, Spesen. Wissen Sie, ich dachte, weil ich Marxist war, würde ich den Kapitalismus verstehen. Aber ich hatte keine Ahnung. John spielt es wie ein Spiel.«

»Mir ist schon immer aufgefallen, daß die Leute aus dem sozialistischen Lager Geld viel zu ernst nehmen«, sagte O'Brien. »Man sollte seinen Spaß haben.«

»Das Zusammensein mit John ist wie eine zweite Collegeausbildung.«

»Ach ja?« Arkadi war durchaus bereit, sich weiterzubilden.

»Wie die Sache mit den Stiefeln«, sagte Walls. »Den Kubanern gingen die Stiefel aus. Wir haben erfahren, daß die USA einen Überschuß an Stiefeln für einen Dollar das Paar loswerden wollten. Wir haben den Posten komplett aufgekauft, weswegen die kubanische Armee heute in amerikanischen Kampfstiefeln marschiert.«

»Sie müssen hierzulande sehr beliebt sein.«

»Ich denke, daß George und ich von den Leuten geschätzt werden«, sagte O'Brien.

»Aber wie machen Sie das von Kuba aus? Man sollte meinen, daß es dazu einer dritten Partei bedarf.«

»In einem Drittland, natürlich.«

»In Mexiko, Panama?«

O'Brien rutschte auf seinem Sitz hin und her. »Arkadi, Sie müssen aufhören, ständig den Polizisten raushängen zu lassen. Ich habe im Lauf der Jahre vielen Polizisten in Ihrer Lage geholfen, aber es ist eine Sache von Geben und Nehmen. Sie wollen dies und jenes wissen, aber Sie haben mir noch immer keine glaubwürdige Erklärung dafür gegeben, wie Sie auf dem Pier des Havana Yacht Clubs gelandet sind.«

»Ich habe einfach Orte besucht, an denen Pribluda gewesen sein könnte.«

»Und was hat Sie auf den Gedanken gebracht, daß er dort gewesen sein könnte?«

»In seiner Wohnung hing ein Stadtplan, und der Club war markiert.« Was durchaus der Wahrheit entsprach, aber nicht so sehr wie das Foto. »Es war ein alter Stadtplan.«

»Nur ein alter Stadtplan? So haben Sie vom Havana Yacht Club gehört? Erstaunlich.«

Das Hotel Capri war eine Miniaturausgabe des Riviera, ein Hochhaus ein wenig abseits des Malecón, nicht im schicken Miramar und auch ohne Kuppel und Wendeltreppe, dafür mit einer schlichten Lobby, die mit Glas und Chrommöbeln ausgestattet war. Im ersten Stock hatten Kubaner keinen Zutritt; sie saßen unten und schlürften Cola, als würden sie, wenn nötig, den ganzen Tag darauf warten, daß eine Verabredung eintraf. Ventilatoren rotierten über Topfpflanzen.

»Ich komme einfach nicht über diesen Mantel hinweg«, sagte Walls zu Arkadi. »Was dagegen, wenn ich ihn mal anprobiere?«

»Nur zu.«

Obwohl Arkadi nicht wollte, daß andere Menschen den Mantel auch nur anfaßten, half er Walls hinein. Der Mantel spannte ein wenig an den Schultern. Er strich mit den Händen über den Kaschmirstoff und das Seidenfutter und tastete Innen- und Außentaschen ab.

O'Brien beobachtete die Modenschau und fragte: »Was denkst du?«

»Ich denke, er ist ein Mann mit leeren Taschen.« Walls gab Arkadi den Mantel zurück. »Aber schick. Konnten Sie sich den von Ihrem Ermittlerlohn leisten? Gut für Sie.«

»Ein gutes Zeichen für uns alle.« O'Brien führte sie aus der Lobby durch eine Tür in ein kleines, verdunkeltes Theater, in dem Arkadi Ränge, Bühne, Lautsprecher und farbige Deckenstrahler nur in Umrissen erkennen konnte. »El Salon Rojo. Das war damals kein Cabaret, sondern etwas Besseres. Bemühen Sie Ihre Phantasie, und stellen Sie sich rote Vorhänge, einen roten Teppich und rote Samtlampen vor. In der Mitte vier Blackjack- und vier Roulettetische. In den Ecken Seven-Eleven und Bakkarat. Mädchen, die Zigarren verkaufen, und ich meine wunderschöne Mädchen, die kubanische Zigarren verkaufen. Vielleicht auch ein bißchen Kokain, aber wer braucht das schon? Man hört die Roulettekugel rollen, die Aufregung um einen Würfeltisch. Der Croupier sagt: *Faites votre jeu,* und die Menschen setzen. Spielen Sie, Arkadi?«

»Nein.«

»Warum nicht?«

»Ich habe kein Geld zum Verlieren.«

»Jeder hat Geld zum Verlieren. Die Armen spielen ständig. Was Sie meinen, ist, Sie verlieren nicht gern.«

»Vermutlich.«

»Nun, Sie sind ungewöhnlich, die meisten Menschen brauchen es. Wenn sie zufällig gewinnen, spielen sie so lange weiter, bis sie verlieren. Heute wird auf der ganzen Welt mehr gespielt als je zuvor in der Geschichte der Menschheit.« O'Brien zuckte die Achseln, als könnte er sich dieses Phänomen auch nicht erklären. »Vielleicht liegt es an der Jahrtausendwende. Als ob die Leute alle irdischen Güter loswerden wollten, nicht in einer Kirche, sondern in einem Kasino. Die Leute sind bereit, alles zu verlieren, solange sie sich dabei amüsieren. Es ist unwiderstehlich. Es ist menschlich. Der übelste Nepp auf der Welt ist ein Kasino, wo sie einem das Geld nicht abnehmen.«

»Waren Sie vor der Revolution schon einmal hier?«

»Ein dutzendmal. Gott, das ist lange her.«

»Haben Sie gespielt?«

»Ich bin wie Sie, ich verliere nicht gern. Ich habe in der Hauptsache die Organisation bewundert. Wissen Sie, wen ich meiner Frau einmal gezeigt habe? Jack Kennedy, in einem Arm eine Wasserstoffblondine, im anderen eine laszive *mulatta.* Während der Kubareise habe ich mich gefragt, ob Jack je an diesen Abend zurückgedacht hat.«

»Es gab auch noch andere Kasinos«, sagte Walls.

»Das Deauville, das Sans Souci, das Montmartre, das Tropicana«, zählte O'Brien auf. »Die Mafia hatte den großen Plan, Havanna abzureißen und neu zu erbauen, sie wollten die Stadt komplett modernisieren und zwischen Miami, Havanna und Yucatán ein Tourismusdreieck aufziehen, eine internationale Zone des Wohlstands. Diese Entwicklung ist durch die Revolution gestoppt worden, womit ich nicht sagen will, daß eine Revolution nicht überfällig war, aber ökonomisch gesehen hat Kuba vierzig Jahre verloren.«

»Ist Ihr Plan, die alten Kasinos wiederzueröffnen?«

»Nein«, sagte O'Brien, »dagegen gibt es noch zu viele Ressentiments. Aber egal, der Havana Yacht Club samt Kasino kann zehnmal größer sein als all die anderen.«

»Sie sind ein ehrgeiziger Mann.«

»Sie nicht?« fragte Walls. »Der Kalte Krieg ist vorbei. Ich war ein Held in diesem Krieg, und sehen Sie, was es mir eingebracht hat. Ich sitze hier fest.«

»Was für ein Leben erwartet Sie in Moskau?« fragte O'Brien. »Wachen Sie auf. Sie sind in ein Paradies gesegelt und wollen wieder in See stechen? Tun Sie es nicht. Bleiben Sie hier, und arbeiten Sie für uns.«

»Ich soll für Sie arbeiten? Ich soll Pribludas Platz einnehmen?«

»Genau«, sagte Walls.

»Warum kann ich Ihr Angebot bloß nicht ernst nehmen?«

»Weil Sie mißtrauisch sind«, sagte O'Brien. »Das ist die typisch russische Haltung. Sie müssen positiv denken. Alle Millionäre, die ich getroffen habe, waren Optimisten. Jeder Außenseiter und Verlierer erwartet nur das Schlimmste. Wir haben eine neue Welt, Arkadi, warum keine großen Pläne schmieden?«

»Sie würden Ihre kubanische Goldmine mit jemandem teilen, den Sie eigentlich gar nicht kennen?«

»Ich kenne Ihren Typ. Sie sind der Mann am Ende des Piers, der entweder ins Wasser springt oder sein Leben umkrempelt.« O'Briens Augen glänzten, obwohl Arkadi nicht zu sagen gewußt hätte, wovon. War es die perfekte Show eines guten Verkäufers oder der Eifer eines Priester, womit er all seine Anstrengungen auf diesen einen Moment konzentrierte, in dem sein absolut lächerlicher Vorschlag plausibel klingen könnte. »Ändern Sie Ihr Leben. Geben Sie sich eine Chance.«

»Wie?«

»Als ein Partner.«

»Ein Partner? Das wird ja immer besser.«

»Aber eine Partnerschaft verlangt Vertrauen«, sagte O'Brien. »Sie begreifen doch, was Vertrauen heißt, oder, Arkadi?«

»Ja.«

»Aber Sie zeigen uns keins. Seit zwei Tagen warte ich jetzt darauf, daß Sie so offen zu George und mir sind wie wir zu Ihnen. Erzählen Sie uns nichts von alten Stadtplänen. Sargento Luna hat uns von dem Bild vom Havana Yacht Club erzählt. Wir wissen davon. Ein Foto eines toten Russen am Havana Yacht Club ist genau das, was wir im Moment nicht brauchen können.«

»John würde sich besser fühlen, wenn er es hätte«, sagte Walls.

»Wenn ich es hätte, müßte ich mir deswegen keine Sorgen machen. Und ich wüßte, daß Sie uns Ihr Vertrauen geschenkt hätten wie wir Ihnen unseres. Können Sie das tun, Arkadi, können Sie mir das Bild anvertrauen?« O'Brien streckte die Hand aus.

Arkadi spürte den Umschlag mit dem Foto in seinem Rücken. »Ich weiß nichts über Geschäftspartnerschaften, ich habe immer direkt für den Staat gearbeitet. Aber wie wäre es damit? Wenn ich Ihr Angebot annehme, für Sie arbeite und nach einem Jahr eine Villa, ein Boot und ein befriedigendes Sozialleben habe, gebe ich Ihnen das Foto. Und bis dahin ist es sicher, weil wir, wie Sie sagen, Partner sein werden.«

»Hörst du das?« fragte Walls. »Der Kerl fängt an zu feilschen.«

»Er sträubt sich.« O'Brien ließ die Hand sinken. Mit einemmal sah er so alt aus, wie er war, ein wenig verbraucht, sein silbernes Haar klebte an seinen Schläfen, die feucht waren wie Schweiß am Rand der Maske eines Schauspielers, der ein leidenschaftliches Drama für ein teilnahmsloses und taubes Publikum gespielt hatte. »Ich werde Ihnen das nachsehen, Arkadi, weil Sie Russe sind. Es ist eine völlig neue Denkweise für Sie, Teil eines gemeinsamen Plans zu sein.«

»Apropos, welcher Teil wäre ich denn?« fragte Arkadi.

»Security, für den Fall, daß die Mafia auftaucht, das hat George Ihnen doch gesagt.«

»Darüber müßte ich nachdenken. Ich bin mir nicht sicher, ob ich wirklich ein so harter Bursche bin.«

»Das ist schon okay«, meinte Walls. »Die Leute denken, Sie wären tough.«

»Und mit einem entsprechenden Auftreten kann man es weit bringen«, sagte O'Brien. »Ich will Ihnen erzählen, warum das Capri mein Lieblingskasino ist. Die Mafia hatte einen Schauspieler angeheuert, der das Capri als ihr Strohmann führte,

George Raft. Raft hatte so oft Gangster gespielt, daß die Leute glaubten, er sei einer gewesen. Er hielt sich selbst für einen. In der Nacht der Revolution begannen die Leute die Kasinos zu plündern. Daraufhin stellte George Raft sich persönlich vor den Eingang und sagte mit seiner Gangsterstimme: ›Ich laß mir doch von ein paar wildgewordenen Schlägern nicht mein Kasino auseinandernehmen.‹ Und sie sind gegangen. Er hat sie verscheucht. Amerikas letzte Bastion.«

19

Die *bodega* war ein Lagerhaus mit dem düstersten Licht in ganz Havanna, und die Tatsache, daß die Schlangen kurz waren und Ofelia als Lastesel den Sack vietnamesischen Reis und eine Dose Öl zum Kochen nach Hause tragen würde, verbesserte die Laune ihrer Mutter kein bißchen.

»Entweder kommst du spät nach Hause oder gar nicht. Wer ist dieser Mann?«

»Er ist kein Mann«, sagte Ofelia.

»Er ist kein Mann?« Ihre Mutter gab ihrer Verwunderung in einer Lautstärke Ausdruck, die offenbar möglichst viele Umstehende in ihr Gespräch einbeziehen sollte.

»Jedenfalls kein Mann in dem Sinn.«

»Wie die Musiker? Tolle Ehemänner. Wo ist der letzte jetzt noch gleich, massiert Schwedinnen in Key Largo?«

»Gestern abend bin ich nach Hause gekommen. Alles ist in Ordnung.«

»Alles ist wunderbar. Hier sitze ich mit dem größten fiktionalen Werk der Welt.« Sie schlug auf ihr Heft mit Lebensmittelkarten. »Was könnte besser sein? Ich wüßte zum Beispiel gern, warum du immer so spät nach Hause kommst.«

»Es ist eine Polizeisache.«

»Mit einem Russen! *Hija,* du weißt doch, daß das russische Boot längst aus dem Hafen ist! Wie hast du ihn überhaupt gefunden? Ich würde diesen gestrandeten Lothario ja gern mal sehen.«

»Mama«, flehte Ofelia.

»Oh, du trägst deine Uniform, es ist dir peinlich, mit mir gesehen zu werden. Ich kann den ganzen Tag Schlange stehen, damit du rumrennen und die Welt sicherer machen kannst für ...« Sie deutete einen Bart an.

»Wir sind gleich dran«, sagte Ofelia und heftete ihren Blick auf den Tresen.

»Wir sind nirgendwo. Hier ist nirgendwo, *hija.* Erinnerst du dich noch an den Jungen, mit dem du zur Schule gegangen bist, der mit dem Aquarium?«

Ofelia nickte mit zusammengepreßten Lippen.

»Nichts als dreckiges Wasser und zwei Drachenfische, die sich nie bewegt haben. Guck dir mal die beiden Angestellten da an.«

Hinter der Theke, auf der Listen lagen und eine Waage bereitstand, befanden sich zwei Frauen mit Oberlippenbärtchen, die so sehr aussahen wie diese beiden Drachenfische, daß es Ofelia schwerfiel, ein ernstes Gesicht zu machen. Im Dämmerlicht der *bodega* waren vier Theken verteilt, jede mit einer Tafel, die die Waren und Preise, die Ration pro Person oder Familie und den Verkaufstag verzeichnete. Die Spalte unter »Verkaufstag« war so häufig geändert und überschrieben worden, daß man sie kaum lesen konnte.

»Nächste Woche gibt es Tomaten«, sagte Ofelia. »Das ist doch eine gute Nachricht.«

Ihre Mutter stieß ein lautes Lachen aus. »Mein Gott, ich habe eine Idiotin großgezogen. Es wird keine Tomaten geben, kein Milchpulver, kein Mehl und vielleicht auch keine Bohnen und keinen Reis. Dies ist eine Falle für Schwachsinnige. *Hija,* ich weiß, du bist eine brillante Ermittlerin, aber Gott sei Dank hast du mich, um die Einkäufe zu erledigen.«

Eine Frau hinter ihnen zischte: »Ich werde diese konterrevolutionäre Propaganda melden.«

»Verpiß dich«, gab Ofelias Mutter zurück. »Ich habe am Playa Giron gekämpft. Und wo warst du? Wahrscheinlich hast du für die amerikanischen Bomber deine Titten geschwenkt, vorausgesetzt du hattest mal welche.«

Ihre Mutter war großartig darin, Leute zum Schweigen zu bringen, Playa Giron war, was der Rest der Welt die Schweinebucht nannte. Seltsamerweise war sie tatsächlich in der Armee gewesen und hatte einen der Invasoren erschossen, obwohl sie heute behauptete, sie hätte ihn lieber dazu zwingen sollen, sie mit nach Florida zu nehmen, solange sie ihm mit vorgehaltener Waffe gegenüberstand.

»Ich möchte dich etwas fragen«, sagte Ofelia.

»Bitte, ich lese die Tafel. Zwei Dosen grüne Erbsen pro Familie und Monat. Sie sind bestimmt köstlich. Zucker ist erhältlich. Wenn es keinen Zucker mehr gibt, ist das Ende nah.«

»Über saure Gurken.«

»Ich sehe keine sauren Gurken.«

»Wo könnte ich welche finden?« Der Ostblock hatte versucht, saure Gurken in Gläsern an Kuba zu verkaufen, aber Ofelia hatte seit Jahren keine mehr gesehen.

»Hier jedenfalls nicht. Man kann auf dem freien Markt Gurken kaufen und sie einlegen.«

»In unterschiedlichen Größen?«

»Eine Gurke ist eine Gurke. Warum sollte irgend jemand eine kleine Gurke kaufen wollen?« An der Theke ließ sich ihre Mutter mit großem Theater ihr Zuteilungsheft abstempeln und verkündete dann lautstark: »Wissen Sie, wenn Sie von Ihren Rationen leben, genießen Sie eine sehr ausgewogene Diät.«

»Das stimmt«, war eine der Verkäuferinnen dumm genug, ihr zuzustimmen.

»Man ißt zwei Wochen und hungert zwei Wochen.« Nachdem sie ihren Torpedo abgeschossen hatte, drehte sich ihre Mutter um und segelte Richtung Ausgang, so daß Ofelia unter den starren Blicken der anderen Wartenden mit dem schweren Sack und der Öldose zusehen mußte, wie sie hinterherkam.

Als sie den Laden verlassen hatten, schlug ihre Mutter ungerührt den Heimweg ein.

»Du bist unmöglich«, sagte Ofelia.

»Das will ich doch hoffen. Diese Insel macht mich verrückt.«

»Diese Insel macht dich verrückt? Du bist doch nie von dieser Insel heruntergekommen?«

»Und sie macht mich verrückt. Dazu die Tatsache, daß ich eine Tochter habe, die eine von *denen* ist.« Ihre Mutter war von der Polizei aufgegriffen worden, weil sie von Tür zu Tür ging und selbstgemachte Kosmetika verkaufte. Man hatte sie natürlich gehen lassen, als sich herausstellte, daß Kommissarin Osorio ihre Tochter war. »Dein Onkel Manny hat mir geschrieben, daß auf der Veranda in Miami ein Schaukelstuhl auf mich wartet.«

»Aus dem du jeden Abend beobachten kannst, wie aus fahrenden Autos geschossen wird, das hat er mir geschrieben.«

»In seinem Brief sagt er, daß er Muriel und Marisol nehmen könnte. Er meint, South Beach würde ihnen gefallen. Wir könnten alle zusammen hinfahren, und die Mädchen könnten bleiben.«

»Wir werden nicht darüber reden.«

»Miami würde ihnen zu Füßen liegen. Sie sind hübsch, und sie sind hellhäutig.«

Wie mit einem Messer in einer offenen Wunde konnte ihre Mutter Ofelia mit der Andeutung treffen, daß sie wegen ihrer dunkleren Hautfarbe herausstach, daß sie anders als ihre Töchter und umgekehrt eine lebenslange bittere Enttäuschung für ihre Mutter war. Und Ofelia wußte, daß ihre Mutter die rote Glut auf ihren Wangen sah.

»Die Mädchen bleiben bei mir. Wenn du nach Miami willst, geh meinetwegen.«

»Ich sage ja nur, es ist eine neue Welt. Und ein Russe kommt darin wahrscheinlich nicht vor.«

Arkadi ließ sich von Walls und O'Brien ein paar Straßen vor dem Malecón absetzen. Weil er das Gefühl hatte, Luna könnte sich jeden Moment mit einer Machete oder einem Eispickel über die Mole schwingen, hielt er sich, als er den Boulevard erreicht hatte, im Schatten der Kolonnaden, bis er das Haus mit dem dreifarbigen Banner des Komitees zur Verteidigung der Revolution erreichte, an Abuelitas Tür klopfte und ihre Wohnung betrat.

»Kommen Sie rein.«

Mit ihm drängte sich ein Lichtstrahl in den beengten Raum und fiel auf die verhüllte dunkelhäutige Heilige Jungfrau und ihre schillernde Pfauenfeder. Der Duft von Zigarren und Sandelholz kitzelte in seiner Nase. Abuelita saß vor der Jungfrau und legte mit ernster Miene Karten aus. Tarot? Arkadi blickte der alten Frau über die Schulter. Patience. Heute hatte sie einen Pullover mit der Aufschrift »New York Stock Exchange« an. Arkadi bemerkte, daß auch die Statue etwas Neues trug, eine gelbe Kette wie die von Kommissarin Osorio.

»Darf ich?«

»Nur zu.« Als er die Perlen der Kette berührte, sagte Abuelita: »In der Santería ist die Jungfrau auch der Geist Ochún, und ihre Farbe ist Gelb wie Honig und Gold. Ochún ist ein sehr erotischer Geist.«

Das war kaum die treffende Beschreibung für die Kommissarin, dachte Arkadi, doch er hatte keine Zeit, sich in religiöse Fragen zu vertiefen.

»Ich habe Sie heute morgen in diesem großen weißen Auto wegfahren sehen, dieser Nobelkarosse mit Heckflossen«, sagte Abuelita. »Der ganze Malecón hat es beobachtet.«

»Haben Sie zufällig auch gesehen, ob ein großer schwarzer Sargento aus dem Innenministerium das Gebäude betreten hat, nachdem ich weg war?«

»Nein.«

»Niemand, auf den diese Beschreibung paßt und der eine Machete oder einen Baseballschläger dabeihatte?« Er steckte fünf Dollar in die Krone zu Füßen der Heiligen Jungfrau.

Abuelita seufzte und nahm das Geld heraus. »Ich weiß, wen Sie meinen. Der Mann, der die Abakua organisiert hat. Ich war wie immer an meinem Fenster, aber um ehrlich zu sein, schlafe ich manchmal im Stehen ein. Manchmal wird mein Körper alt.«

Arkadi steckte das Geld wieder zurück. »Dann habe ich eine andere Frage. Ich brauche für die Polizei noch immer ein Foto von Sergej Pribluda, und ich suche nach engen Freunden, die eins besitzen könnten. Aber niemand scheint eins zu haben. Bei unserer ersten Begegnung haben Sie erwähnt, daß Sergej Pribluda ein Mann war, der seine sauren Gurken teilte. Gestern war ich auf einem Markt, auf dem Gemüse verkauft wurde, darunter auch Gurken, aber nicht wie die selbsteingelegten Gurken in Pribludas Kühlschrank. Denn Sie haben recht, es gibt nichts, was mit russischen sauren Gurken zu vergleichen wäre. Hatte er einen besonderen Besucher?«

Abuelita spreizte ihre Hand wie einen Fächer und verbarg ein Grinsen. »Das hört sich schon anders an. Es gab eine Frau, eine Russin, die manchmal mit, manchmal ohne Korb kam.«

»Können Sie sie beschreiben?«

»Oh, eine fette kleine Taube. Sie kam immer donnerstags, manchmal allein, manchmal mit einem Mädchen.«

Ofelia stieg die Leiter zu Hedy Infantes Zimmer hinauf, eine Plattform unter der Decke eines Rokkoko-Foyers. Der drei mal drei Meter große Dachboden beherbergte eine Pritsche, ein Regal mit Kleidern und Stretchhosen, einer elektrischen Birne und Kerzen, Kosmetika und Schuhen, ein Fenster mit Blick auf den Kronleuchter und den Marmorboden tief unten, darunter ein Eimer an einem Seil. Das Haus war von einem Zuckermagnaten mit Geschmack für das Seichte erbaut worden, und der weiße Stuck an der Decke vermittelte einem das Gefühl, den Wolken nahe zu sein.

Hedys Inneneinrichtung war ähnlich phantasievoll. Sie hatte die Wand mit aus Zeitschriften ausgeschnittenen Fotos beklebt: eine selbstgemachte Tapete aus Los Van Van, Julio Iglesias und Gloria Estefan, die, in Stroboskoplicht getaucht, seelenvoll in ihre Mikrofone schluchzten oder die Hände zu ihren Fans ausstreckten. Auf das Bild einer Sängerin hatte sie ihr eigenes Gesicht geklebt, was Ofelia wieder an den wahren Zustand von Heyds Hals erinnerte. Dieser Dachboden war nicht die Art Zimmer, in die eine Prostituierte ihren Freier mitnehmen würde, es war ihr ganz privater Bereich.

Diese Privatsphäre wurde durch die Spuren, die die Kriminaltechniker hinterlassen hatten, verletzt, das Plastikband, das man um ihre Kleider gewickelt hatte, das Fingerabdruckpulver auf dem Spiegel, das subtile Durcheinander, das entsteht, wenn nicht Frauen, sondern Männer Dinge wegräumen. Hedy hatte Hotelseifen, Besteck und Bierdeckel gesammelt. Um ein Foto von ihrer *quince,* der Feier zu ihrem fünfzehnten Geburtstag, hatte sie einen Rahmen aus Muscheln gebastelt; das Bild zeigte den Zuckergußkuchen, den das Geburtstagskind vom Staat bekam, dazu Bier und Rum. Auf einem anderen Foto trug Hedy blaue Rüschen und den Schal einer Anhängerin von Yemaya, der Göttin des Meeres, und an der Wand hing tatsächlich eine Statue der Jungfrau von Regla, die gleichzeitig Geist und Heilige war. In einer Zigarrenkiste hatte sie Schnappschüsse von diversen Touristen aufbewahrt, die ihr in Cafés auf der Plaza Vieja, Plaza de Armas oder Plaza de la Catedral mit Daiquiris oder *mojitos* zuprosteten. Hedys Lieblingsbilder schienen jedoch zwei Fotos von sich und Luna zu sein, die sie an ein herzförmiges Kissen gepinnt hatte. Was mochten die Kriminaltechniker wohl gedacht haben, als sie das tote Mädchen zusammen mit dem leitenden Beamten dieser Ermittlung gesehen hatten? Die Fotos waren offenbar an verschiedenen Tagen aufgenommen worden, wie man an der unterschiedlichen Kleidung erkennen konnte, jedoch beide vor einem Gebäude, auf dem in rostiger, fleckiger Schrift der Name Centro Russo-Cubano prangte. Auf der Rückseite des Kissens hing ein dritter Schnappschuß von Hedy, Luna und der kleinen *jinetera* Teresa auf dem Rücksitz eines weißen Chrysler Imperial. Doch weder um das Bett noch in der Zigarrenkiste, noch an der Wand fand Ofelia Adressen oder Telefonnummern.

In dem Gebäude selbst gab es keine Nachbarn, die sie befragen konnte, also ging Ofelia über die Straße zu einer Yerbera, wo eine Tafel Guaven gegen Durchfall, Oregano gegen Verstopfung und Petersilie gegen Blähungen anpries. Über einem Coca-Cola-Spiegel waren Andenken angeklebt, unter anderem eine Postkarte aus Mexiko, die Illustration einer Tänzerin mit der Art Rüschenrock, heller Hautfarbe und schwarzem Haar wie die Frau, die Renko geküßt hatte. Ofelia persönlich konnte das kaum gleichgültiger sein, aber sie war verärgert, daß der *bolo* nach all ihren Bemühungen, ihn zu beschützen, einfach irgend jemanden in seine Wohnung bat. Ofelia erinnerte sich daran, wie die Frau sich an Renko geschmiegt und sein Gesicht zu sich heruntergezogen hatte.

»Hija?« Die Yerbera regte sich auf ihrem Stuhl.

»Oh, ja.« Ofelia kaufte einen Beutel Mahagonibaumrinde gegen den Rheumatismus ihrer Mutter, bevor sie Hedy erwähnte.

»Yerba buena«, erinnerte sich die Yerbera an die Arznei, die Hedy immer gekauft hatte. »Ein hübsches Mädchen, aber ein nervöser Magen. Eine Tänzerin. Wirklich eine Schande.«

Die Frau kannte Hedy aus einer lokalen Tanzgruppe, die beim Karneval auftrat. Sechzig Tänzer, Trommler und Männer, die riesige Hüte auf dem Kopf balancierten, alle in der Farbe Yemayas gekleidet, blaue Wellen, die den Prado hinaufrollten, wo der Comandante persönlich die Parade abnahm. Sie erinnerte sich auch an Hedys Freund, der mit seinem Blick ein Loch in Holz brennen konnte.

»Da, das ist er.«

Ein Lada des Innenministeriums hielt vor Hedys Haus, und Luna stieg eiliger als gewöhnlich aus. Ofelia stellte sich mit dem Rücken zur Tür, nahm ihre Mütze ab und beobachtete die Straße im Spiegel, was bedeutete, daß sie weitere Empfehlungen der Yerbera und den Anblick der blöden Postkarte aus Mexiko ertragen mußte; aber es dauerte nur eine Minute, bevor der Sargento mit Hedys herzförmigem Kissen wieder aus dem Haus kam.

Doch es spielte keine Rolle, daß keiner der Kriminaltechniker, die Hedy Infantes Dachboden durchsucht hatten, das Kissen und die Fotos rechtzeitig sichergestellt hatte. Es spielte keine Rolle, ob sie Hedys kindische Habseligkeiten auf Fingerabdrücke untersucht hatten. Denn trotz all ihrer Erfahrung würde keiner von ihnen Hedy so gut verstehen, wie Ofelia es tat.

Ofelia lebte in zwei Welten. Die eine war die normale Welt des Schlangestehens in Lebensmittelläden und an Bushaltestellen, eine Welt voller Müll und blauer elektrischer Funken, wenn Fidel über den Fernsehschirm flimmerte, eine Welt bedrückender Hitze, die ihre beiden Töchter dazu veranlaßte, sich wie Schmetterlinge auf den kühlen Bodenfliesen auszubreiten. Die andere Welt war ein tieferes Universum, das ebenso real war wie die Adern unter der Haut, das Universum der sinnlichen Ochún, der mütterlichen Yemaya, des grollenden Changó, gute und böse Geister, die einem das Blut in die Wangen trieben, den Geschmack auf die Zunge, Farbe in die Augen und die in allen Menschen schlummerten, bis sie geweckt wurden. Genauso wie die Trommeln einen *Kola*-Samen in sich trugen, der die Seele der Trommel war, die ihre Stimme erhob, wenn die Trommel geschlagen wurde. Jeder Mensch trug einen Geist in sich, der durch seinen Herzschlag zu ihm sprach, wenn er nur zuhörte. So verbarg Ofelia Osorio das Feuer der Sonne unter ihrer dunklen Maske und sah in ihrem durchdringenden Licht die doppelten Welten Havannas.

Diesmal traf Arkadi Olga Petrowna in einem Hauskleid und mit Lockenwicklern im Haar an. In diesem Aufzug ordnete sie im vorderen Zimmer ihrer Wohnung Säcke mit Nahrungsmitteln. Sie warf ihm das gequälte Lächeln einer hübschen Frau zu, einer älteren hübschen Frau, die überrascht worden war. Eine fette kleine Taube? Vielleicht.

»Ein Nebengeschäft«, sagte sie.

»Ein gesundes Nebengeschäft.«

Das vormals gemütliche russische Eckchen war durch Reihen

von weißen Plastiktüten verdeckt, die zum Bersten mit Dosen italienischen Kaffees, chinesischem Geschirr, Toilettenpapier, Bratöl, Seife, Handtüchern, tiefgefrorenen Hühnern und Flaschen spanischen Weins gefüllt waren. Jede Tasche war mit einem Stück Klebeband markiert, auf dem ein anderer kubanischer Name stand.

»Man tut, was man kann«, sagte sie. »In den alten Tagen, als es noch eine richtige russische Gemeinde gab, war alles soviel einfacher. Die Kubaner konnten sich auf uns verlassen, wenn es um ein anständiges Angebot von Dollarwaren aus den Diplomatenläden ging. Als die Botschaft alle nach Hause geschickt hat, haben wir Zurückgebliebenen eine schwere Last übernommen.«

Gegen einen angemessenen Anteil, dachte Arkadi. Zehn Prozent? Zwanzig? Doch es wäre vulgär gewesen, eine derart perfekte russische Matrone danach zu fragen.

»Ich bin gleich wieder da«, versprach sie und verschwand im Schlafzimmer, das ein Aroma von Duftkissen verströmte. »Reden Sie mit Sascha!« rief sie durch die Tür. »Er hat gern Gesellschaft.«

Auf einer Stange hockte ein Kanarienvogel, der Arkadi auf einen Schwatz hin zu mustern schien. Arkadi warf einen Blick in die Küche. Ein Samowar auf einer Wachsdecke, eine Wachsdecke auf dem Tisch. Ein Kalender mit dem Bild einer nostalgisch verschneiten Landschaft. Salz in einer Schale, Papierservietten in einem Glas. Ein Regal mit blitzenden Gläsern selbstgemachten Gelees, eingelegter Gurken und Bohnensalat. Als Olga Petrowna in Rekordzeit mit ordentlich frisiertem, aschblondem Haar wieder auftauchte, war er bereits zurück im Wohnzimmer.

»Ich würde Ihnen gern etwas anbieten, aber meine kubanischen Freunde werden bald hier sein. Wenn sie Fremde sehen, werden sie nervös. Ich hoffe, es dauert nicht lange. Sie verstehen doch.«

»Natürlich. Es geht um Sergej Pribluda. Bei unserem ersten

Gespräch sagten sie, daß einige Frauen von der Botschaft vermutet hätten, daß er sich mit einer Kubanerin eingelassen habe, weil sein Spanisch soviel besser geworden sei.«

Olga Petrowna gestattete sich ein Lächeln. »Sergej Sergejewitschs Spanisch war nie besonders gut.«

»Ich vermute, da haben Sie recht, weil er so russisch war. Russisch bis ins Mark.«

»Wie ich Ihnen gesagt habe, ein ›Genosse‹ im alten Sinn des Wortes.«

»Und je länger ich ermittle, desto deutlicher wird mir, daß die Frau, die er möglicherweise so tief verehrt hat, genauso russisch gewesen sein muß wie er selbst. Meinen Sie nicht auch?«

Während Olga Petrowna weiter nichtssagend lächelte, blitzte so etwas wie Trotz in ihren Augen auf. »Ich denke, schon.«

»Die Anziehung muß geradezu unvermeidlich gewesen sein«, fuhr Arkadi fort. »Vielleicht mit Erinnerungen an die Heimat, einem echten russischen Abendessen und, weil Affären innerhalb des Botschaftspersonals nicht gern gesehen werden, der Notwendigkeit, die Treffen so zu planen, daß sie entweder geheim blieben oder zufällig wirkten. Zum Glück wohnte er weit weg von den anderen Russen, und sie konnte immer einen Vorwand finden, auf den Malecón zu gehen.«

»Durchaus möglich.«

»Aber sie wurden von Kubanern beobachtet.«

Es klopfte. Olga Petrowna öffnete die Tür einen Spalt, flüsterte jemandem etwas zu, schloß die Tür leise, kehrte an den Tisch zurück, bat Arkadi um eine Zigarette und Feuer, nahm einen tiefen Zug, setzte sich und stieß genußvoll den Rauch aus. Mit einer neuen Stimme, die aus der Tiefe ihres Körpers zu kommen schien, sagte sie: »Wir haben nichts Unrechtes getan.«

»Das sage ich auch gar nicht. Ich bin nicht nach Havanna gekommen, um irgend jemandes Leben zu zerstören.«

»Ich habe keine Ahnung, was Sergej gemacht hat. Er hat es nicht erzählt, und ich war klug genug, ihn nicht danach zu fragen. Wir haben uns gegenseitig geschätzt, das war alles.«

»Ich bin sicher, das war genug.«

»Was wollen Sie dann?«

»Ich glaube, daß jemand, der Pribluda so nahestand, der sich um ihn gesorgt hat, bestimmt ein besseres Foto von ihm hat als das, das Sie mir bei meinem ersten Besuch gezeigt haben.«

»Das ist alles?«

»Ja.«

Sie stand auf und kehrte einen Moment später mit einem Farbfoto zurück, das einen sonnengebräunten und glücklichen Oberst Sergej Pribluda in Badehose zeigte, das warme karibische Meer im Rücken, Sand auf den Schultern und mit einem Grinsen, das ihn zehn Jahre jünger aussehen ließ. Für Blas' Zwecke war das Foto perfekt.

»Es tut mir leid, ich hätte es Ihnen schon vorher gegeben, aber ich dachte, Sie würden bestimmt ein anderes finden, und es ist das einzige gute Bild von ihm, das ich besitze. Bekomme ich es zurück?«

»Ich werde darum bitten.« Er schob das Foto in seine Tasche. »Haben Sie Pribluda je gefragt, was er in Havanna gemacht hat? Hat er Ihnen gegenüber je eine Person oder Unternehmung erwähnt?«

»Männer wie Sergej führen besondere Aufträge aus. Er hätte nie darüber gesprochen, und es ist nicht meine Art, neugierige Fragen zu stellen.«

Gesprochen wie eine wahre Gläubige, dachte Arkadi und erkannte, wie gut Pribluda und Olga Petrowna zueinander gepaßt hatten.

»Sie sind diejenige, die mir aus der Botschaft eine Nachricht nach Moskau geschickt hat, oder? ›Sergej Sergejewitsch Pribluda steckt in Schwierigkeiten. Sie müssen sofort kommen.‹ Das Fernschreiben war nicht unterzeichnet.«

»Ich habe mir Sorgen gemacht, und Sergej hat immer so respektvoll von Ihnen gesprochen.«

»Wie haben Sie das geschafft? Um Nachrichten nach Moskau zu schicken, braucht man doch bestimmt eine Genehmigung!«

»Offiziell, aber wir sind hoffnungslos unterbesetzt. Man verläßt sich darauf, daß ich mehr und mehr Aufgaben übernehme, und in gewisser Weise wird es dadurch leichter, bestimmte Dinge zu erledigen. Und hatte ich recht, oder nicht? Er steckte in Schwierigkeiten.«

»Haben Sie sonst noch jemandem davon erzählt?«

»Wem sollte ich es erzählen? Der einzige echte Russe an der Botschaft war Sergej.« In ihren Augen standen jetzt Tränen. Sie atmete tief ein und blickte zur Tür. »Was die Kubaner nicht verstehen, ist, daß wir, auch wenn wir vielleicht nicht soviel singen und tanzen wie sie, doch genauso leidenschaftlich lieben können, oder?«

»Ja, das können wir.«

Das würde auch Kommissarin Osorio gewiß nie begreifen, dachte Arkadi. Er fühlte sich seltsam erleichtert, der explosiven Mischung aus revolutionärem Eifer und Santería-Geistern für eine Weile entronnen zu sein, sich in einer solideren Welt zu bewegen, in der eine postsowjetische Romanze über sauren Gurken und Wodka erblühen konnte, in der man Motive in Dollar messen konnte, die Knochen der Toten unter der Erde blieben und Morde einen logischen Sinn ergaben.

Der Anblick eines auftauenden Tiefkühlhühnchens in einer Plastiktüte holte Olga Petrowna auf die Erde zurück. Sie seufzte inbrünstig, drückte ihre Zigarette in einem Aschenbecher aus und verwandelte sich wieder in eine Geschäftsfrau, die das Bild einer netten, ordentlichen und in Würde ergrauten Großmutter im Spiegel überprüfte.

Während Arkadi sich an den wartenden Menschen im Treppenhaus vorbeidrängte, kam Olga Petrowna ein ganz neuer Gedanke.

»Vielleicht bin ich auch schon zu lange hier«, rief sie ihm nach, »vielleicht werde ich langsam kubanisch!«

20

Aus Angst, sich einen Platten zu holen, parkte Ofelia den DeSoto in der Nähe der Docks. Havanna war der Hafen, wo die Schatzflotten des spanischen Königreichs ausgerüstet worden waren. Im Lauf der Zeit waren Gold und Silber durch amerikanische Autos und diese wiederum durch russisches Öl ersetzt worden. All das war über die Lagerschuppen eines *barrio* namens Atares abgewickelt worden, und als es die alte Sowjetunion nicht mehr gab, waren auch Teile von Atares abgestorben. Ein baufälliges Lagerhaus zog das andere zu Boden, welches ein drittes destabilisierte und Stahl und Balken auf die Straßen spuckte, bis sie aussahen wie eine Stadt, die belagert worden war: Haufen zerbröckelten Steins, Girlanden aus verbogenem Stahl, ganz zu schweigen von den Schlaglöchern, der Scheiße und den Eingängen, aus denen durchdringender Uringestank herüberwehte. Ofelia hatte im Rahmen ihrer Ausbildung in Atares das Erstürmen von Gebäuden trainiert und erinnerte sich, wie realistisch sie es empfunden hatte, einen scheinbar Verwundeten durch eine Landschaft des Verfalls zu schleppen. Es war kein Viertel, in das man gern fuhr.

Das einzige noch stehende Gebäude war das Centro Russo-Cubano an der Ecke, ein ehemaliges Hotel und geselliger Treffpunkt für sowjetische Schiffsoffiziere. Seine Architektur war einem dreistöckigen Deckhaus nachempfunden, mit Bullaugenfenstern und roten sowjetischen Flaggen aus Glas, die in Höhe der Brücke in die Zementmauern eingelassen waren. Doch das Schiff schien mittlerweile in schwere See geraten und auf Grund gelaufen zu sein. Vor der Eingangstreppe stapelte sich Müll, die eiserne Reling war abgerissen. Ofelia war überrascht, wie leicht sich die Türen öffnen ließen.

Im Innern fielen blasse Lichtstreifen durch die Fenster in eine Lobby. Ein geschwungener Empfangstresen aus kubanischem Mahagoni wurde auf der einen Seite von einem Mädchen aus schwarzem Marmor flankiert, das eine Garbe Zuckerrohr aus Messing schnitt, auf der anderen von einem Matrosen aus Bronze, der ein Netz auswarf. Die Zuckerrohrschnitterin war barfuß mit auf ihren Körper modellierter Arbeitskleidung. Der Matrose trug heroische slawische Züge, und sein Netz quoll über von Fischen. Russo-Cubano fürwahr! Kubaner hatten den Club nie betreten dürfen, Einlaß nur für Russen. Alle Schilder, EMPFANG, BUFFET, DIREKTOR, waren auf russisch. Unter dem Staub erkannte Ofelia ein Bodenmosaik mit Hammer und Sichel vor einem kaum erkennbaren blauen Wellenmuster. Das einzige Anzeichen für Aktivitäten jüngeren Datums war ein Lada mit Diplomatenkennzeichen, der in der Lobby stand. Durch eine der gläsernen russischen Fahnen in der Fassade fiel ein staubmatter roter Lichtstrahl auf den Wagen.

Ein Klicken lenkte ihren Blick auf eine Glühbirne an einer Kordel, Büsten von Martì, Marx und Lenin, die eine Galerie im Zwischengeschoß säumten, und schließlich eine Ziege, die am Geländer der Galerie entlangtrippelte. Die Ziege starrte voller Verachtung nach unten. Nur eine Ziege hätte die Treppe erklimmen können, denn sie war durch die herausgerissene Fahrstuhlkabine blockiert. Kein großer Verlust, dachte Ofelia. Seit sich die Stromausfälle zu häufen begonnen hatten, trauten die Leute Fahrstühlen ohnehin nicht mehr. Statt dessen führte eine ausziehbare Leiter von der Lobby auf die Galerie. Weitere Ziegen tauchten auf.

Am Steuer des Lada saß ein schwarzer Mann, der den Kopf in ihre Richtung verdreht hatte und sie anstarrte. Als er nicht antwortete oder ausstieg, zog sie ihre Waffe und öffnete die Tür. Heraus fiel Changó, die Puppe, mit dem nur angedeuteten Gesicht und den Glasaugen. Er trug Hemd, Hose und ein rotes Stirnband. Sie warf einen Blick in den Wagen. Auf dem Armaturenbrett waren rote Kerzen zu Wachstränen heruntergebrannt. Am Rückspiegel hingen eine Muschelkette und ein Rosenkranz. Das Läuten eines Glöckchens lenkte ihre Aufmerksamkeit wieder zur Galerie, wo eine rötliche Ziege sich vorgedrängt hatte, den Hals reckte und in die Lobby stierte. Plötzlich erstarrte die ganze Herde und stob dann mit lautem Hufgetrappel auseinander, nicht ihretwegen, wie Ofelia klarwurde, sondern weil hinter ihr noch jemand aufgetaucht war.

Ofelia bekam kaum mit, daß sie geschlagen wurde, sie spürte nur, daß sie zu Boden fiel und irgendwann später in einem Sack aufwachte, blind wie ein für den Markt verpacktes Kaninchen. Sie hatte ihre Pistole verloren, und eine große Hand lag fest um ihren Hals, um ihr klarzumachen, daß sie nicht schreien sollte. Als sich die Finger lockerten, explodierte süßer, milchiger Kokosnußgeruch in ihrem Mund.

Manchmal ist Ignoranz besser als Wissen. Isabels lang erwartete E-Mail aus Moskau leuchtete auf Pribludas Monitor.

> *Lieber Segej Sergejewitsch, was für eine Freude, von Dir zu hören, und was für eine Überraschung! Ich hätte Dir schon vor langer Zeit schreiben sollen, um Dir zu sagen, wie bestürzt ich war, als ich von Maria Iwanowas Tod gehört habe, die immer gütig zu allen war. Du kannst dich glücklich schätzen, eine solche Frau gehabt zu haben. Ich kann mich noch an den Tag erinnern, als wir von einem Auftrag zurückkamen und so verfroren waren, daß wir kein Wort herausbrachten. Wir konnten nur auf die Frostbeulen auf unseren Nasen zeigen. Sie hat uns im Bad eine richtige* banja *bereitet mit Kräutern, Birken, kochendheißem Wasser und*

einer gekühlten Flasche Wodka. An jenem Tag hat sie uns das Leben gerettet. Die besten Menschen sind alle gegangen, das ist wahr. Und jetzt sitzt Du in den Tropen, und ich bin immer noch hier, obwohl ich kaum mehr als ein Bibliothekar bin. Allerdings ziemlich beschäftigt, jeden Tag will irgend jemand dieses oder jenes Geheimdokument einsehen. In der letzten Woche hatte ich Besuch vom Anwalt einer westlichen Nachrichtenagentur, der verlangte, daß ich ihm die sensibelsten KGB-Unterlagen öffnete, als ob es nur ein Familienalbum wäre. Ist denn gar nichts mehr heilig? Ich meine das halb im Spaß, halb im Ernst. Wir können nicht mehr einfach sagen: »Die, die wissen, wissen.« Diese Tage sind vorüber. Trotzdem muß man ein einmal gegebenes Versprechen auch halten, das ist mein Motto. Wenn diese Enthüllungen der Gesellschaft und der historischen Wahrheit dienen, wenn Verräter nicht mehr gefeiert und der Ruf ehrenwerter Männer nicht mehr zerstört wird, wenn unschuldige Menschen, die geglaubt haben, unter nicht selten gefährlichen Bedingungen nur ihre Pflicht zu tun, nicht mehr Opfer der neuen Maßstäbe werden, ja!, dann bin ich der erste, der alle Fakten ans Licht zieht.

Was mich zu Deiner Anfrage über den ehemaligen Führer der kommunistischen Partei Kubas, Lazaro Lindo, bringt. Du fragst speziell, ob Lindo an einer sogenannten Parteiverschwörung gegen den kubanischen Staat beteiligt war. Soweit ich mich erinnere, hat Castro behauptet, daß ein kleiner Kreis innerhalb der KP Kubas, der glaubte, Castro würde seine Landsleute in politische Abenteuer stürzen, sich mit der UDSSR gegen ihn verschworen hätte. Ob wahr oder falsch, die Konsequenzen waren massiv. Die Beziehungen zwischen Kuba und der Sowjetunion waren stark belastet, einige der treuesten kubanischen Parteimitglieder, unter ihnen auch Lazaro Lindo, wurden verhaftet. Die ganze Sache ist und bleibt eine höchst sensible Angelegen-

heit. Du verlangt von mir Beweise, daß es eine derartige Verschwörung nicht gegeben hat oder, wenn doch, daß Lindo nichts damit zu tun hatte. Wenn ich Dich richtig verstehe, könnte das seiner Tochter helfen, eine Reisegenehmigung zu bekommen. Leider kann ich Dir damit nicht dienen. Aber es war eine wundervolle Überraschung, von einem so alten Freund zu hören.
Mittlerweile ist übrigens das ganze Land ein Käse voller Maden. Aber du bist ja weit weg, hast es warm und hoffentlich trocken.

Roman Petrowitsch Rosow
Archivleiter
Zentraler Sicherheitsdienst
Rosowe@RRFISarch.org.

Arkadi druckte den Brief aus, um ihn Isabel zu geben, aber Pribludas alter Waffenbruder hatte sowohl die Verschwörung als auch Lindos Verwicklung darin praktisch zugegeben, und obwohl Arkadi Isabel nicht kannte und nicht einmal besonders mochte, hatte er Angst davor, ihr den Brief zu überlassen, weil er die Verzweiflung in ihrem Kuß gespürt hatte. Warum hätte sie ihn sonst küssen sollen?

Der Kuß hatte ihn wütend gemacht, weil er eine Travestie echten Begehrens gewesen war, ihr harter Mund, der sich auf seinen gepreßt hatte, bis er sie weggestoßen hatte. Trotzdem fragte er sich, ob auch ein Kubaner sie zurückgewiesen hätte. Oder irgendein anderer warmblütiger Mann?

Die andere Antwort, vor der er sich fürchtete, lag in dem Foto, das er Olga Petrowna abgelockt hatte, dem Bild, mit dessen Hilfe sich die Leiche im Leichenschauhaus schlüssig als Sergej Pribluda identifizieren ließ oder nicht. Seine Erleichterung darüber, Blas nicht in seinem Büro anzutreffen, war verräterisch gewesen. Arkadi hatte das Foto hinterlegt, anstatt auf den Pathologen zu warten, um mit Gewißheit zu erfahren, daß sich die Leiche in der Schublade Pribluda befand.

Arkadi faltete den Ausdruck aus Moskau zusammen und schob ihn unter Isabels Tür hindurch.

Auf wie viele verschiedene Arten konnte ein Mann ein Feigling sein?

Sie lag, die Arme an den Ellbogen gefesselt, in einem Sack im Kofferraum eines Wagens unter weiteren Jutesäcken. Ofelia hatte gedroht und gefleht, doch wer immer sie in den Kofferraum gesperrt hatte, hatte kein Wort gesagt, sondern war, wie sie an den sich entfernenden Schritten hören konnte, einfach weggegangen. Sie hatte nicht gesehen, ob es ein Schwarzer oder ein Weißer war, aber etwas tief in ihr hatte seinen Geruch gewittert, seinen Atem gehört, seine Geschmeidigkeit und seine Größe registriert und gewußt, daß es Luna war.

Sie schrie sich die Kehle wund, doch die Säcke, die man über sie gelegt hatte, dämpften ihre Stimme, so daß sie bezweifelte, daß man sie mehr als drei Meter entfernt überhaupt noch hören konnte, geschweige denn auf der Straße. Sie beschloß zu warten, bis sie jemanden hörte, obwohl sie nicht einmal die Erschütterungen eines vorbeifahrenden Autos spürte. Wer würde auch schon zum Centro Russo-Cubano fahren? Sie hätte genausogut auf dem Grund des Meeres liegen können.

Mit jedem Atemzug klebte das Sackleinen an ihrem Gesicht, Hanf- und Kokosfasern kratzten in ihrem Mund und in ihrer Nase, und ihr wurde bewußt, daß sie bei den vielen sich über ihr stapelnden Säcken den größten Teil des Sauerstoffvorrats in dem Kofferraum bereits verbraucht haben mußte. Sie hatte nie eine ungewöhnliche Angst vor beengten Räumen empfunden, doch jetzt erforderte es all ihre Konzentration, nicht zu hyperventilieren und so die noch verbleibende Luft zu verschwenden. Sie spürte, daß sie auf ihrer Pistole lag, die sich jedoch außerhalb des Sacks befand. Zumindest verspürte sie noch keinen Druck auf der Blase und dankte Gott für diese kleine Gefälligkeit.

Irrelevante Kleinigkeiten kamen ihr in den Sinn. Sie fragte

sich, ob der Kofferraum sauber war und was ihre Mutter für Muriel und Marisol zu essen kochen würde. Irgendwas mit Reis. Sie schmeckte ihre Tränen und ihren Schweiß.

Ofelia dachte an die Statue von dem Zuckerrohr erntenden Mädchen. Das Haar stimmte nicht, war lang und wallend, anstatt drahtig, aber der Gesichtsausdruck stimmte, vor allem die ängstlich und überrascht aufblickenden Augen.

Auf die Russen war immer Verlaß. Natürlich gab es keinen Ersatzreifen, so daß sich Nut und Bolzen, mit denen er gesichert gewesen wäre, schmerzhaft in ihren Rücken bohrten. Sie wand sich hin und her und versuchte, das Seil, mit dem ihre Arme gefesselt waren, unter den Bolzen zu haken, doch es war, als würde man sich in einem Leichentuch winden.

Die mögliche Identifizierung von Pribludas Leiche deprimierte ihn mehr, als er erwartet hätte. Ursprünglich hatte Arkadi sich nur geweigert, die Leiche zu identifizieren, um die Kubaner zu einer Art Ermittlung zu provozieren, doch jetzt stellte er fest, daß auch er sich auf einer bestimmten Bewußtseinsebene irrational und wider alle Beweise weigerte, den Tod des Obersts zu akzeptieren. Wie konnte ein so harter und häßlicher Mann sterben? Er war ein brutaler Schläger gewesen, doch Arkadi kam sich vor wie sein Einpersonen-Begräbniszug, und sei es nur aus egoistischen Gründen. Sergej Pribluda war der Mensch auf der Welt, den Arkadi am besten kannte, und auf seine Weise eine von Arkadis letzten Verbindungen zu Irina.

Als er sie in Weiß gehüllt auf der Bahre gesehen hatte, die Haare gebürstet, die Augen nachdenklich geschlossen, den Mund zu einem Lächeln verzogen, hatten die Ärzte ihm versichert, es sei normal zu glauben, ein geliebter Mensch würde noch atmen. Die Kälte kühlte seinen Schweiß. Er erinnerte sich an Puschkins Zeilen über den Liebenden:

Er kann es kaum ertragen,
Wie langsam Stund um Stunde schleicht.
Da schlägt es zehn, und mit dem Wagen
Hat er im Flug ihr Tor erreicht.

Und es war ein Tor, das sich nie öffnen würde. Er rannte wieder und wieder dorthin, japsend wie ein Schuljunge, um sie noch einmal atmen zu sehen, doch das Tor blieb verriegelt.

Starben die Menschen an Liebe? Arkadi hatte einen Mann auf einem Fabrikschiff im Beringmeer gekannt, einen Mörder, der sich in eine Hure verliebt hatte, die auf dem Meer gestorben war. Er tilgte sich selbst vom Antlitz der Erde, indem er seine Kleider auszog und durch das Eis sprang. Der Schock des eisigen Wassers auf nackter Haut mußte unglaublich gewesen sein, doch der Mann war enorm kräftig und tauchte immer tiefer, weiter weg vom Licht. Für Mörder, Senatoren, Huren und gute Ehefrauen erwies sich die Liebe nicht als die Lampe am Bug des Schiffs, sondern als das Schiff selbst; und wenn dieses Licht verloschen war, konnte ein Mensch nirgendwo mehr hin, sondern nur noch untergehen.

Arkadi war kein Experte in Sachen Liebe, doch er war ein Fachmann für den Tod, und er wußte um die Möglichkeit eines relativ schmerzlosen Todes für den Taucher. Was geübte Schwimmer, die in ihren Pools unter Wasser ihre Runden zogen, umbrachte, war nicht ein gewaltsames Ersticken an Wasser, sondern das sanfte Vergessen des Sauerstoffmangels. Am Ende zuckten sie nur ganz sacht, auch wenn ihre letzte, noch wache Gehirnzelle sie glauben ließ, noch immer kraftvoll weiterzuschwimmen.

Ofelia betete. Es gab eine ganze Reihe von Geistern und Heiligen, die ihr helfen könnten, wenn sie nur von ihrer Notlage wüßten. Die süße Yemayá, die die Ertrinkenden rettete. Die sanfte Santa Barbara, die sich von einem Moment zum nächsten in den in Blitze gehüllten Changó verwandeln konnte. Doch

Ofelias Schutzgeist war schon immer Ochún gewesen, obwohl er ihr in der Vergangenheit nicht direkt geholfen hatte, wenn man nach ihren Ehemännern ging. Aber nicht die Menschen wählten sich ihre Götter, sondern die Götter erwählten sich ihre Menschen, und Ochún war die nutzlose Göttin der Liebe. Manchmal sah sich Ofelia als kleinen dunklen Fels in einem Strom aus sinnloser Liebe. Was sie aber jetzt brauchte, war ein scharfes Messer. Wenn sie nicht bald aus diesem Kofferraum herauskam, würde sie ersticken, und Blas würde zur Erbauung neuer Bewunderer Hanffäden aus ihrem Rachen ziehen. Allein die Vorstellung, nackt auf dem Untersuchungstisch des Arztes zu liegen, war schon schlimm genug, aber sie hatte selbst schon Leichen gesehen, die ein oder zwei Tage in einem warmen Kofferraum gelegen hatten, und die Erinnerung reichte aus, um das Seil erneut an dem Bolzen zu scheuern, auch wenn sie sich dabei schnitt.

Sie versuchte an eine Musik zu denken, die ihr einen schwungvollen Rhythmus gab, doch ihr kam nur ein berühmtes Schlaflied von Merceditas in den Sinn. Es hieß »Drume Negrita«: *»Schlaf ein, mein kleines schwarzes Mädchen, schlaf ein. Wenn du schläfst, bring' ich dir eine neue Wiege, und ich bring' dir ein neues Glöckchen. Du bist mein Liebling, meine Perle, mein geliebtes Mädchen, drum weine nicht mehr.«* Und seltsamerweise hörte sie in ihrem Kopf die Stimme ihrer Mutter singen.

Als Arkadi seine Gedanken in das Dunkel über dem Bett schweifen ließ, erinnerte ihn der Schein der Deckenlampe an Rufos geflochtenen Strohhut, made in Panama, mit Rufos goldenen Initialen auf dem Schweißband. Das hatte Arkadi damals nichts gesagt, weil er es noch nicht mit der AzuPanama S. A. in Verbindung gebracht hatte. Jetzt fragte er sich, was er in Rufos Zimmer noch alles gesehen und nicht verstanden hatte. Die Tatsache, daß weder Luna noch Osorio gekommen waren, um sich Rufos Schlüssel aushändigen zu lassen, ließ vermuten, daß sie seither nicht in seiner Wohnung gewesen waren.

Würde Luna noch warten, oder würde er kommen? Da die Chancen fünfzig zu fünfzig standen, zog Arkadi seinen Mantel an, seinen schützenden Schatten, und ging auf die Straße hinunter. Er lief bis zur nächsten Straßenecke und hielt ein Auto an. Er wußte Rufos Adresse nicht mehr, doch er erinnerte sich noch an die verblaßte Inschrift auf der Wand neben der Haustür und fragte nach dem Gimnasio Atares.

»*Te gustan los pugilistas?*« Der Fahrer deutete einen Fausthieb in die Luft an.

»Genau«, sagte Arkadi ohne die leisteste Ahnung, was der Fahrer meinen könnte.

Faustkämpfer. Die unüberdachte Boxarena neben Rufos Haus war zum Leben erwacht, und über die Köpfe einer Menschenschlange hinweg, die sich durch das Tor drängte, sah Arkadi einen Boxring, der von herabhängenden Deckenscheinwerfern beleuchtet wurde. Unter einer dicken Schicht aus Qualm und einem Kaleidoskop einheimischer Insekten johlten Zuschauer, bliesen auf Trillerpfeifen und läuteten mit Kuhglocken. Offenbar befand man sich in einer Pause zwischen zwei Runden, zwei schweißglänzende Boxer saßen in gegenüberliegenden Ecken auf Hockern, während ihre Trainer heftig auf sie einredeten. Als der Gong die nächste Runde einläutete und sich alle Augen zur Mitte des Rings wandten, schloß Arkadi Rufos Haustür auf und schlüpfte hinein.

Seit seinem ersten Besuch hatte es einige Veränderungen gegeben. Bett, Tisch und Waschbecken standen an Ort und Stelle. Rufos Hut hing noch an seinem Haken, die Fotos der Boxmannschaft bevölkerten noch immer die Wände, und neben dem Sofa prangte nach wie vor die für einen Mann ohne Telefon eigenartige Liste mit Nummern. Fernseher und Videorecorder waren ebensowenig verschwunden wie die Kartons mit Joggingschuhen und die Zigarren, aber die Minibar war weg.

Mit einem besonderen Auge auf Souvenirs aus Panama durchsuchte Arkadi erneut Kleiderschrank und Schubladen,

Schuhkartons und Zigarrenkisten. Das Rogaine stammte aus einer panamaischen Apotheke, ein Bierdeckel aus einem Club in Panama City, doch ansonsten fand er nichts von Bedeutung.

Arkadi hielt es durchaus für möglich, daß ein Mann, der einen Besuch zum Eiffelturm festgehalten, vielleicht auch seine Reise nach Panama auf Video gebannt hatte. Er machte den Fernseher an, schob eine Kassette in den Videorecorder und schaltete sofort den völlig überdrehten spanischen Kommentar leiser, der zwei Boxer begleitete, die sich in einem Ring unter ihren Nationalflaggen gegenseitig verprügelten. Das Band hatte die fleckigen Farben eines alten ostdeutschen Films und die Sprunghaftigkeit von zuwenig Bildern pro Sekunde, doch er konnte einen jungen Rufo sehen, der auf seinen Gegner eindrosch, bis der Ringrichter seinen Handschuh packte und in die Höhe reckte. Im nächsten Kampf trat Mongo an, und Arkadi erkannte, daß Boxer im Grunde Trommler waren, jeder versuchte seinen Rhythmus als *den* Takt vorzugeben: Ich bin der Trommler, und du bist die Trommel. Ein Dutzend anderer Kassetten zeigten internationale Turniere, andere waren Lehrfilme, die einem beibrachten, wie man korrekt mit dem Seil trainierte, einen Sandsack bearbeitete und sich bewegte, ohne zu Boden zu gehen.

Die anderen Kassetten hatten Hochglanzetiketten mit pornographischen Bildern und Titeln in verschiedenen Sprachen. Eine Reihe von französischen Filmen war in Havanna gedreht worden und zeigte Paare, die es auf verlassenen Stränden trieben. Er erkannte niemanden. Ein Band mit dem Titel »Sucre Noir« war an einem regnerischen Tag aufgenommen worden und zeigte Paare unterschiedlicher Hautfarbe in einem mit Filmplakaten dekorierten Wohnzimmer. Arkadi interessierte sich besonders für die Inneneinrichtung, weil ihm klarwurde, daß er schon einmal in diesem Zimmer gewesen war. Bis hin zu den gestapelten Fotoalben, der Sammlung von Bronzeglöckchen und den nach Größe arrangierten Elfenbeinphalli erkannte er das Apartment von Mostowoi wieder, dem Amateurfotografen der russischen Botschaft. An der Wand zwischen den Postern hingen dieselben gerahmten Fotografien von Freunden in Paris und London, die ihm von einem Boot aus zuwinkten. Arkadi hielt das Band an. Er entdeckte ein Foto, das nicht an der Wand gehangen hatte, als er bei Mostowoi war, fünf Männer, deren Gesichter zu unscharf waren, um sie zu erkennen, die mit Gewehren um etwas knieten, das aussah wie ein totes Rhinozeros: ein Erinnerungsstück à la Hemingway, das der Mittelpunkt von Mostowois Sammlung gewesen war. Warum hatte er es versteckt?

Jemand wollte die Tür aufschließen. Arkadi schaltete den Videorecorder aus und hörte, wie jemand versuchte, von außen einen Schlüssel in den Zylinder zu schieben, gefolgt vom leisen Fluch einer vertrauten Stimme.

Arkadi konnte ihn förmlich denken hören. Der Sargento besaß wahrscheinlich den Schlüssel, den Arkadi Osorio gegeben hatte, und der paßte perfekt in das Schloß von Arkadis Wohnung in Moskau. Das wußte Luna nicht, er wußte nur, daß Schlüssel nicht plötzlich *aufhörten* zu funktionieren, so daß entweder das Schloß ausgetauscht worden war oder er den falschen Schlüssel hatte. Er würde seine Schlüssel erneut betrachten. Nein, dies war der Schlüssel, den die Kommissarin ihm gegeben hatte. Vielleicht hatte er ihn vorher nicht benutzen müssen. Nach seinem ersten Besuch hatte Arkadi die Tür einfach zugezogen, so daß man nur den Knauf hätte drehen müssen, um das Zimmer zu betreten. Irgend jemand hatte genau das getan, denn einige Gegenstände waren verschwunden, und bei Arkadis Rückkehr war die Tür verriegelt gewesen, obwohl man dafür nicht unbedingt einen Schlüssel brauchte, sondern nur einen Knopf gedrückt halten mußte. Vielleicht war dies also das erste Mal, daß Luna den Schlüssel ausprobierte.

Arkadi wurde bewußt, daß das Gimnasio Atares inzwischen still war, der Lärm der Trillerpfeifen und Glocken war verstummt. Wenn Luna schon verärgert gewesen war, daß Arkadi sich bis zu dem Santero vorgewagt hatte, wie unglücklich würde er erst sein, wenn er ihn in Rufos Zimmer antraf?

Die Tür wackelte, als sie von einer Faust getroffen wurde. Arkadi spürte, wie Luna das Schloß anstarrte. Schließlich hörte er sich entfernende Schritte, begleitet von einem Geräusch von Metall, das über Stein kratzte. Als Arkadi die Tür schließlich vorsichtig öffnete, war Luna schon ein ganzes Stück entfernt unter einer Laterne, deren Licht bräunlich schimmerte. Zwei Boxer in Trainingsanzügen schlurften schmerzgebeugt durch das Tor der Arena, gefolgt von einem Trainer, der sich mit einem Handtuch das Gesicht abwischte. Als sie Rufos Tür erreicht hatten, schlüpfte Arkadi vor ihnen aus dem Haus, so dicht vor ihnen, daß sein Schatten mit ihrem verschmolz. Im Schutz des Trios, das ganz auf seine eigenen Schmerzen konzentriert war, ging er bis zur Ecke, wo er stehenblieb und sich umdrehte.

Luna kam zurück. Das metallische Geräusch war eine Karre mit Eisenrädern gewesen, die der Sargento vor Rufos Haus geschoben hatte. Er trug zivile Kleidung und hielt sich diesmal gar nicht erst mit einem Schlüssel auf, sondern rammte den Eispickel in das Schloß und stemmte sich mit der Schulter gegen die Tür, bis sie aufsprang. Luna wußte offenbar genau, was er suchte, denn er schleppte Fernseher, Videorecorder und die Kartons mit Joggingschuhen zu der Karre und rollte seine Ladung unter in der ganzen Straße widerhallendem Geschepper davon. Wegen des Lärms und weil er nur langsam vorankam, war Luna leicht zu verfolgen.

Der Sargento schaffte es, immer verlassenere und verfallenere Straßen zu finden. Er mußte seinen Karren um große Geröllhaufen steuern, die Havanna aussehen ließen wie ein Erdbebengebiet. Einige der Lagerhäuser waren schon vor so langer Zeit eingestürzt, daß aus ihren Fenstern Palmen wuchsen. Die beiden Männer legten etwa zehn Blocks zurück, bevor Luna an der bisher dunkelsten Ecke des Weges haltmachte und die Karre stehenließ, um ein Brett über die Eingangstreppe eines Eckgebäudes zu legen, über das er die Karre vor ein großes Doppelportal schob. Dann hörte Arkadi die Karre über Stein rollen und etwas, das ihn an blökende Ziegen erinnerte.

Er folgte Luna die Treppe hinauf. Offenbar war das Gebäude

irgendwie an die Stromversorgung angeschlossen, denn in dem dunklen Gewölbe schimmerte das bernsteinfarbene Licht einer einzelnen, von der Decke herabhängenden Glühbirne. Luna war in den Tiefen des Gebäudes verschwunden; Arkadi hörte die Karre durch einen Flur rumpeln.

Arkadi hatte das Gefühl, ein sowjetisches Mausoleum zu betreten. Unter einer Staubschicht war der Boden mit einem Hammer-und-Sichel-Mosaik bedeckt, dunkle Wandleuchter in Form von roten Sternen säumten die Mauern, Büsten von Marx und Lenin die Galerie, doch statt eines Sarkophags stand in der Lobby ein Lada mit dem Nummernschild 060016: Pribludas Wagen. Aufgelockert wurde die Inneneinrichtung nur von zwei Statuen an beiden Enden eines Empfangstresens aus dunklem Holz. Die schwarze Frau wirkte zu schmächtig, um die Zuckerrohrgarbe zu tragen, die sie geschnitten hatte, während der Weiße ein russischer Supermann war, der gerade die Schätze des Meeres geborgen hatte: Flundern, Krabben und Tintenfische, alles in einem Netz. Ein Klopfen ließ Arkadi erneut zu dem Zwischengeschoß aufblicken. Zwischen Marx und Lenin waren die schmalen Augen mehrerer Ziegen aufgetaucht. Obwohl er in dem Wagen niemanden erkennen konnte, schwankte das Fahrzeug deutlich hin und her, und das war nicht nur eine optische Täuschung aufgrund des schwachen Lichts.

Der Schlüssel zu Pribludas Wagen befand sich seit der Autopsie in Arkadis Besitz. Er öffnete den Kofferraum und fand einen Haufen Jutesäcke. Der unterste Sack war schwer und mit einer Kordel zugebunden. Unter dem Geblöke der Ziegen löste Arkadi den Knoten. Kommissarin Osorio hob den Kopf, war jedoch noch zu steif, um aus eigener Kraft aufzustehen. Als er sie aus dem Kofferraum hob, ging die Tür zur Lobby auf, und das Glöckchen einer Ziege bimmelte. Luna war nicht durch die Halle zurückgekommen, sondern durch die Tür, die auch Arkadi benutzt hatte. Diesmal trug der Sargento keinen Baseballschläger, sondern eine Machete. Er sagte irgend etwas auf spanisch, was ihm offenbar enorme Befriedigung bereitete.

Die Kommissarin drückte ihren Mund an Arkadis Ohr. »Meine Pistole.«

Er sah die Makarow im Kofferraum, und während Ofelia sich an seinen Hals klammerte, ergriff er die Waffe und richtete sie auf den Sargento. »Aus dem Weg.«

»Nein.« Luna schüttelte den Kopf. »Das glaube ich nicht.« Arkadi zielte über den Kopf des Sargento und drückte ab. Die Mühe hätte er sich sparen können, denn der Hammer klickte ins Leere. Luna zog die Tür hinter sich zu. »Sie müssen irgendwie verrückt sein. Ich bin das Gesetz.«

Arkadi verfrachtete die Kommissarin auf den Beifahrersitz des Wagens und setzte sich selbst hinters Steuer. Ladas waren nicht unbedingt für ihre Kraft bekannt, aber sie sprangen verläßlich an. Arkadi ließ den Motor an und schaltete das Licht ein. Geblendet blieb Luna einen Moment stehen, bevor er mit zwei Sätzen den Raum durchquerte und mit der Machete auf den Wagen einhieb. Arkadi hatte den Rückwärtsgang eingelegt, so daß der Schlag nur die Kühlerhaube traf, doch Luna riß die Klinge zur Seite und teilte die Windschutzscheibe in zwei undurchsichtige Scheiben aus Sicherheitsglas. Ohne etwas zu sehen, legte Arkadi den Vorwärtsgang ein und hoffte, ein Stück des Sargento zu erwischen, doch er rammte nur den Tresen frontal. Das Rückfenster zersplitterte unter einem Schlag der Machete. Arkadi setzte zurück und riß das Steuer herum, um Luna aus dem Weg zu schleudern. Die Klinge der Machete bohrte sich durch das Wagendach, stieß ins Leere und verschwand wieder. Als Arkadi gerade dachte, der Kubaner würde auf dem Wagen hocken, barsten nacheinander beide Frontscheinwerfer. Eine Leiter stürzte um und krachte auf die Beifahrerseite.

Um etwas zu sehen, riß Arkadi ein kleines Stück der Windschutzscheibe heraus. Die umstürzende Leiter hatte die Glühbirne gestreift, und unter dem schwankenden Licht schwankten auch Ziegen, Statuen und Treppe hin und her. Der Wagen fuhr rückwärts gegen eine der Säulen, so daß die Galerie bebte, schoß wieder nach vorn auf Luna zu, dessen Silhouette durch Glassplitter konturiert wurde. Er verfehlte ihn, doch im Licht der flackernden Birne sah Arkadi eine Fahrbahn aus glitzernden Scherben, die zur Tür führte, und folgte ihr. Die Türen krachten auf, und der Lada landete seitlich auf den Stufen, kippte wieder auf seine Räder und holperte durch die Geröllhaufen vor dem Eingang. Die Stoßstange war vorn links eingedrückt, Linkskurven fürs erste unmöglich. Er fuhr auf eine Laterne zu und weiter die Straße hinunter. Erst eine Ecke weiter wagte er es, sich umzublicken, und sah, daß Luna die Verfolgung zu Fuß aufgenommen hatte. Arkadi trat das Gaspedal durch, bis der Sargento außer Sichtweite war.

Die Straße endete schließlich an der Kaimauer und dem tiefen Schwarz und den schwankenden Lichtern des Hafens. Luft drang durch die Windschutzscheibe und die Seitenfenster, Scherben glitzerten in Arkadis und Osarios Schoß. Der Lada holperte über ein Eisenbahngleis, bog in eine Gasse, wo er eine Katze mit leuchtenden grünen Augen aufschreckte und schließlich ruckend zum Stehen kam.

Im selben Moment schlug eine schwarze Hand Arkadi von hinten auf die Brust. Er packte sie am Gelenk, fuhr herum und sah Changó. Die mannsgroße Puppe war auf dem Rücksitz mitgefahren. In der linken Hand hielt sie noch immer den Spazierstock, um den Kopf trug sie das rote Stirnband, ihre düstere Miene strahlte das stumme Entsetzen eines Entführungsopfers aus. Ofelia zielte mit der Makarow, geladen oder nicht, auf die Puppe.

»*Dios mio.*« Sie ließ die Waffe sinken.

»Genau.« Arkadi stieg mit zittrigen Beinen aus dem Wagen.

Er zählte die Schlitze im Dach und an der Seite des Wagens. Die Front des Fahrzeugs war eingedrückt, die Scheinwerfer waren leere Höhlen.

»Wenn es ein Boot wäre, würde es sinken«, sagte er. »Ich werde Sie zu einem Arzt bringen.«

»Nein«, sagte Ofelia.«

»Dann zur Polizei.«

»Was sollen wir denen erzählen? Daß ich polizeiliche Vorschriften mißachtet habe? Daß ich Beweismaterial versteckt habe und dazu noch einem Russen helfe?«

»Wenn Sie es so ausdrücken, klingt es tatsächlich nicht so gut. Was dann? In Pribludas Wohnung würde Luna uns früher oder später aufstöbern.«

»Ich weiß, wohin wir gehen können.«

In Anbetracht der nächtlichen Stunde war das Arrangement, das Ofelia traf, gar nicht übel. Sie ließen den Lada stehen, stiegen samt Changó in ihren DeSoto um und fuhren zum Rosita, einem Liebesmotel an der Playa del Este, fünfzehn Meilen außerhalb der Stadt und nur eine Straße vom Strand entfernt. Die Apartments des Rosita waren freistehende, stuckverzierte weiße Häuschen aus den fünfziger Jahren mit Air-condition, Kochnische, Fernseher, Topfpflanzen, sauberen Laken und Handtüchern zu einem Preis, den sich nur die erfolgreichen *jineteras* leisten konnten.

Sobald sie auf dem Zimmer waren, duschte Ofelia, um die Jute- und Kokosfasern von ihrem Körper zu waschen. In ein Handtuch gewickelt, bat sie Arkadi, die Glassplitter aus ihrem Haar zu zupfen. Ihre Locken waren weich wie Wasser und nicht so drahtig, wie er erwartet hatte, was seine Finger um so klobiger und unbeholfener erscheinen ließ. Die Haut zwischen ihren Schulterblättern war wundgerieben und ebenfalls mit winzigen Splittern übersät. Sie verzog keine Miene. Er sah, wie sie ihn im Badezimmerspiegel beobachtete, bemerkte den natürlichen Lidstrich um ihre Augen.

»Sie hatten recht, was das Foto betrifft, das Pribluda von Ihnen gemacht hat«, sagte sie. »Ich habe es gefunden, als ich in seiner Wohnung Fingerabdrücke sichergestellt habe. Ich war diejenige, die es Luna gegeben hat.«

»Nun, ich habe Ihnen nie gesagt, daß das, was Luna eigentlich von mir wollte, ein Foto war, das Pribluda den Havana Yacht Club nannte. Wir sind also quitt.«

»*Claro*, wir sind beide Lügner. Schauen Sie uns an.«

Was er sah, war ein ungleiches Paar, eine Frau glatt wie Speckstein und einen abgerissenen Mann.

»Was hat Luna eigentlich gesagt, als er zurückgekommen ist?« fragte er.

»Er hat gesagt, Rufos Fernseher sei noch warm gewesen, deshalb wußte er, daß Sie dagewesen waren. Warum haben Sie daran nicht gedacht?«

»Das habe ich, um ehrlich zu sein.«

»Und Sie sind ihm trotzdem gefolgt?«

»Kann man Sie überhaupt zufriedenstellen?«

»Ja«, sagte sie.

21

Sie war eine dunkle Elfe, doch im Bett war sie eine Frau. Sie hatte kleine Brüste mit rosafarbenen Brustwarzen, ihr Bauch war glatt bis zu ihrem Dreieck aus Zobel. Er drückte seinen Mund auf ihren, und es war so lange her, daß er mit einer Frau zusammengewesen war, daß es ihm vorkam, als müßte er das Essen neu lernen. Vor allem weil der Geschmack anders war, betörend und kräftig, als wäre sie mit einer süßen Likörschicht überzogen.

Er war hilflos in seiner Gier, während sie ihn langsam in sich hineinzog. Es lag etwas Verzweifeltes in diesem Festmahl für die Verhungernden, die das Fastengelübde abgelegt hatten.

Er hätte behauptet, daß ihm die Menschen am Herzen lagen, daß er ihnen alles Gute wünschte und sein Bestes für sie tat, doch er war tot gewesen. Aber sie hätte Lazarus erweckt, als sie ihre Beine um ihn schlang, als wollte sie ihn nie wieder loslassen. Sie küßte seine Stirn, seine Lippen und die Blutergüsse an seinem Innenarm, als hätte jeder Kuß heilsame Wirkung. Sie war hart und gleichzeitig geschmeidig und weich und bei weitem ungehemmter in ihrer Lust als er. Das schien auf Kuba erlaubt zu sein.

Von draußen hörte er das Meer murmeln: Dies ist die Welle, die den Strand wegspülen, die Gebäude einreißen und die Straßen überfluten wird. Dies ist die Welle. Dies ist die Welle.

Arkadi breitete Pribludas Foto vom Havana Yacht Club, die Unterlagen der AzuPanama, die rekonstruierte Chronologie von Pribludas letztem Tag und die Liste mit Terminen und Telefonnummern von Rufos Wand auf dem Bett aus. Während Ofelia die Dokumente studierte, betrachtete Arkadi den blaugestrichenen Zementboden, die pinkfarbenen Wände mit Cupidos aus Pappmaché, die Plastikrosen in einem Eiskübel und die Lüftung, die röchelte wie eine startende Iljuschin. Sie hatten Changó auf einen Stuhl in der Ecke gesetzt, der Kopf der Puppe lehnte schwer am Küchentresen, seine Hand balancierte auf dem Spazierstock.

»*Wenn* diese Dokumente echt wären«, sagte Ofelia, »*entonces,* kann ich verstehen, warum ein Russe zu der Ansicht kommen könnte, daß die AzuPanama eher ein Instrument des kubanischen Zuckerministeriums als eine ursprünglich panamaische Firma ist.«

»Es hätte ganz den Anschein.«

Arkadi erzählte ihr von O'Brien und den mexikanischen Lkw-Ersatzteilen, den amerikanischen Stiefeln und dem echten Havana Yacht Club.

»Er ist ein Charmeur, ein Intrigant, er wechselt ständig seine Geschichte. Man kommt sich vor, als ob man an der Nase herumgeführt würde.«

»Genauso ist es.«

Er war abgelenkt durch die Tatsache, daß sie nur seinen Mantel und ihre gelben Perlen trug. Er hatte nicht bemerkt, wann sie die Kette umgelegt hatte. Der Mantel war ihr viel zu groß, und es war, als würde man das Foto einer Frau in einem Rahmen betrachten, der immer das Bild einer anderen enthalten hatte. In jeder Sekunde, die der Mantel auf ihrer Haut lag, nahm er ihren Duft und ihre Hitze an, so daß eine Erinnerung die andere überlagerte.

Ofelia wußte das. Obwohl wissen vielleicht zuviel gesagt wäre, doch man konnte ihr durchaus vorwerfen, daß sie, nachdem sie seine Trauer erkannt und seinen Verlust vermutet, die

Zärtlichkeit, mit der er diesen Mantel behandelte, beobachtet und den Hauch von Parfüm an dessen Ärmel gerochen hatte, entschlossen gewesen war, diesen Mantel selbst zu tragen. Warum? Weil hier ein Mann war, der eine Frau so sehr geliebt hatte, daß er bereit war, ihr in den Tod zu folgen.

Vielleicht war er aber auch nur der melancholische Typ – eben ein Russe. Doch sie mußte sich eingestehen, daß der einzige Mensch, der ihr als möglicher Retter eingefallen war, als sie in einem Sack verschnürt und kaum noch atmend im Kofferraum des Wagens gelegen hatte, dieser Mann gewesen war, den sie noch nicht einmal eine Woche lang kannte. *Muevete!* sagte Ofelia sich. Zieh dich an und lauf. Statt dessen sagte sie: »In Panama kann fast alles passieren. O'Briens Bank befindet sich in der panamaischen Freihandelszone Colón, wo *alles* möglich ist. Trotzdem war er in der Vergangenheit immer ein Freund Kubas, und ich kann nicht erkennen, was Zucker mit dem Havana Yacht Club, Hedy oder Sargento Luna zu tun hat.«

»Ich auch nicht, aber man versucht nicht, einen Mann umzubringen, der in einer Woche ohnehin wieder abreist, wenn das, was geplant ist, nicht bald passieren soll. Hinterher wird natürlich alles vollkommen klar sein.«

So derangiert in einem weißen Hemd mit aufgekrempelten Ärmeln, eine Zigarette zwischen den langen Fingern, war er Ofelias Bild von einem russischen Musiker. Ein Musiker, der neben einem steckengebliebenen Bus irgendwo im Ural am Straßenrand saß. »Noch mal ganz langsam: Du sagst, Rufo, Hedy, Luna, alles, was bisher geschehen ist, ist geschehen, um ein Verbrechen zu tarnen, das bis jetzt noch gar nicht stattgefunden hat?«

»Betrachte es als Herausforderung. Den größten Vorteil, den ein Ermittler normalerweise hat, ist die Tatsache, daß er weiß, wie das Verbrechen begangen worden ist, das ist sein Ausgangspunkt. Aber wir beide sind zwei professionelle Ermittler. Vielleicht können wir mit einer Kombination aus der russischen und der kubanischen Methode etwas verhindern, bevor es passiert.«

»Okay. Nehmen wir also theoretisch an, daß irgend jemand

irgendwas plant, was wir nicht wissen. Doch du zwingst sie zum Handeln, als du mit einem Foto auftauchst, das Pribluda mit seinen beiden Freunden, den Kfz-Mechanikern, am alten Havana Yacht Club zeigt, der im übrigen seit der Revolution Círculo Social de los Trabajadores de la Construcción heißt, aber das nur am Rande. Rufo versucht dich wegen dieses Fotos zu ermorden. Es wäre viel leichter gewesen, dich einfach zu ignorieren, also müssen wir dem Beachtung schenken. Als du den Havana Yacht Club besuchst, tritt erneut jemand auf den Plan: Walls und O'Brien tauchen auf, um dich an dem Bootssteg einzusammeln und dir eine Art Anstellung anzubieten, die übrigens so lächerlich ist, daß es sich nicht lohnt, auch nur einen Gedanken daran zu verschwenden. Wieder wäre es einfacher gewesen, dich gar nicht zu beachten. Drittens schlägt dich Luna mit einem Baseballschläger zusammen, aber er bringt dich nicht um, vielleicht weil er das Foto nicht finden kann. Versucht derweil irgend jemand, dich wegen AzuPanama zu töten? Nein. Versucht irgend jemand, dir wegen AzuPanama auch nur ein Haar zu krümmen? Nein. Vergiß AzuPanama, es geht nur um dieses Bild«, sagte sie und zeigte mit dem Finger darauf.

»Das ist eine mögliche Sichtweise.«

»Gut. Aber was dieses Bild mit der Zukunft zu tun hat, wissen wir beide nicht. Du spielst nur gern Spielchen mit der Zeit.«

Damit hatte sie allerdings nur zu recht, dachte Arkadi. Sie hatte in vielen Dingen recht. »Es gibt zwei Wege herauszufinden, was mit Pribluda passiert ist«, sagte er. »Einer führt über Mongo und der andere, glaube ich, über O'Brien und Walls.«

»Nun, dein Freund O'Brien ist verrückt, wenn er glaubt, daß er hier ein Kasino eröffnen wird. Nicht, solange Fidel noch lebt. Keine Kasinos. Das wäre die totale Kapitulation. Und ich will dir noch etwas sagen: Zwei Männer wie O'Brien und Walls werden ihr Vermögen nicht einfach so mit jemandem teilen, der zufällig einem Flugzeug aus Rußland entstiegen ist.« Ofelia zögerte, bevor sie fragte: »Hast du einen Plan?«

»Laut einer Notiz an Rufos Wand passiert morgen abend im

Yacht-Club etwas, das irgendwas mit Angola zu tun hat.« Er blickte auf seine Uhr und verbesserte sich: »Heute abend. Wir könnten vorbeischauen.«

»Angola? Was hat denn Angola mit all dem zu tun?«

»Rufo hat geschrieben: ›Vi. HYC 2200 Angola‹.«

»Das ist ja ein toller Plan.«

»Außerdem würde ich gern Rufos Handy finden.«

»Er hatte keins. In Havanna stammen alle Handys von Cubacell, einem Joint-venture zwischen Mexiko und Kuba. Jeder, der Dollars besitzt, kann eins erwerben, aber ich habe Cubacell persönlich angerufen, und dort gibt es keinen Eintrag für einen Rufo Pinero.«

»Er hatte ein Telefon, wir haben es bloß noch nicht gefunden. Ich würde gern auf die Nummernspeicher dieses Handys drücken, um zu erfahren, wer seine besten Freunde waren.«

So war er auch auf der Werft gewesen, dachte Ofelia. Absolut sicher über etwas Unsichtbares. Aber auch für sie stand fest, daß für einen Schwarzhändler und Schieber wie Rufo ein Telefon eine schlichte Notwendigkeit war.

Sie hörten Gelächter, als ein Paar an ihrem Apartment vorbeiging, und Ofelia fühlte sich gedrängt, ihm zu erklären, woher sie das Rosita kannte und wie das System aus *jineteras* und Polizisten funktionierte. Aus dem Innenministerium konnte ein Beamter wie Luna seine schützende Hand über Hedy und einen ganzen Stall von Mädchen in Touristenbars, Hotels und Yachthäfen halten. Das Rosita war sicher, weil es unter dem Schutz der Polizei in Playa del Este stand. »Luna tut auch einiges für seinen persönlichen Schutz«, fügte sie hinzu. »Er und Rufo waren in politische Aktivitäten verwickelt, bei denen es darum ging, Dissidenten mundtot zu machen. Vielleicht waren einige dieser Menschen wirklich antikubanisch, doch Luna und Rufo sind zu weit gegangen.«

»Mongo auch?«

»Nein.«

»Capitán Arcos?«

»Ich glaube, nicht.«

»Und haben sie alle etwas mit Santería zu tun wie bei der Zeremonie, bei der ich dabei war?«

»Das war keine Santería.« Ofelia berührte ihre Kette. »Überlaß die Geister ruhig mir.«

Das zweite Mal war weniger leidenschaftlich, aber genauso süß. Die lange Entfremdung von der Lust machte die Haut zu einer Landkarte der Sinne, die von der Rundung ihrer Brust über ihre rosafarbene Zunge bis zu den feinen Härchen auf ihrer Stirn in allen Einzelheiten erkundet werden mußte.

Sie hatte eine ganze Reihe spanischer Kosenamen für ihn. Er mochte schlicht den Namen Ofelia, die Art, wie er den Mund füllte und nach Verträumtheit und Blumen klang.

Beim zweitenmal fanden sie einen langsamen Rhythmus, der den Rücken hinaufwanderte. Er kannte den Takt nicht, doch Ofelia kannte ihn, das gleichmäßige Wiegen der großen Trommel, das gegenläufige Schwingen der *shekere,* das drängendere Tempo der *batás* und zuletzt das dem Höhepunkt zustrebende Accelerando der *iyá,* der größten Trommel mit der tiefsten Stimmung und einem roten harzigen Kreis in der Mitte des Fells, der sich ausdehnte, je wärmer er wurde, bis sie sich atemlos und zum Reißen gespannt fühlte, während er bei ihr blieb mit pochendem Herzen, das arbeitete wie eine Maschine, die seit Ewigkeiten nicht mehr gelaufen war.

»Jetzt weiß ich alles«, murmelte Ofelia. »Ich weiß alles über dich.«

Sie legte ihren Kopf an seine Schulter. Das Seltsame war, wie gut sie paßte, dachte er. Als er in die Dunkelheit starrte, hatte er das Gefühl, losgelöst dahinzutreiben, so weit weg von Moskau, wie ein Mann nur sein konnte.

»Was bedeutet *peligroso?*« fragte er.

»*Gefährlich.*«

»Das hat ein Mann an der Marina Hemingway gesagt. Hast du was dagegen, wenn wir dort anfangen?«

In der Dunkelheit erzählte Ofelia ihm von dem Priester aus Hershey, der Stadt, in der sie aufgewachsen war.

Der Priester war nicht nur Spanier, sondern wirkte auch so zerbrechlich, daß es hieß, er werde nur von seinem Rock aufrecht gehalten. Doch er verursachte einen Skandal, als er sich in die Frau eines Fabrikdirektors verliebte. Der Fabrikdirektor und seine Frau waren Amerikaner. Hershey war amerikanisch. Die Zuckerfabrik hatte zwei große Schornsteine, die schwarzen Rauch über die Holzschuppen der Arbeiter bliesen, doch in der Stadtmitte gab es eine schattige Allee und kühle Steinhäuser mit Fensterläden für die Amerikaner. Diese Straße durften nur Amerikaner und Kubaner mit Arbeitsgenehmigung betreten. Die Amerikaner unterhielten eine Baseball- und eine Basketballmannschaft, amerikanische Lehrerinnen unterrichteten kubanische und amerikanische Kinder. Auch die Frau des Fabrikdirektors und der Priester lehrten an der Schule der Stadt.

Sie hatte engelsgleiches blondes Haar, das durch die Mantilla schimmerte, die sie beim Kirchgang trug. Von ihrem Mann wußte Ofelia nur, daß sein Oldsmobile immer glänzte, weil es ständig gewaschen wurde. Das Problem in Hershey war der dicke Ruß, der beim Verbrennen der Bagasse entstand, wie das Zuckerrohr nach dem Auspressen des Saftes genannt wurde. Bagasse brannte sehr heiß und produzierte einen Ruß dick wie Fell. Unter den Mädchen, die in den Häusern der Amerikaner arbeiteten, war es kein Geheimnis, daß der Fabrikdirektor trank und, wenn er betrunken war, seine Frau schlug. Als er eines Tages zur Schule kam und seine Frau aus ihrer Klasse zerren wollte, trat der Priester zwischen die beiden, und in diesem Moment wurde wahrscheinlich allen klar, daß der Priester und die Frau des Fabrikdirektors ineinander verliebt waren. Jeder konnte es sehen, alle wußten es.

Noch in derselben Nacht verschwanden alle drei. Wochen später, als die Männer die Asche aus den Brennöfen der Zuckerfabrik abtransportierten, fanden sie Knochenreste und ein Kruzifix. Sie identifizierten es als das Kreuz, das der Priester immer um den Hals getragen hatte. Alle waren davon überzeugt, daß der Fabrikdirektor ihn getötet, seine Leiche in den Ofen geworfen und seine Frau mit zurück in die Staaten genommen hatte, bis ein Jahr später jemand von einer Reise nach New York zurückkehrte und behauptete, er habe die Frau des Fabrikdirektors auf der Straße gesehen, Arm in Arm mit dem Priester, der gar nicht gekleidet gewesen wäre wie ein Priester, sondern wie ein ganz normaler Mann. Jeder in Hershey lachte über diese Geschichte, weil sie sich daran erinnerten, wie zaghaft der Priester gewesen war. Nur Ofelia glaubte sie, weil sie gehört hatte, daß derselbe Priester gegen einen Bullen gekämpft hatte.

22

Ofelia war am frühen Morgen ausgegangen, und als sie in hautengen Jeans, weißem Stretchtop und einer großen Sonnenbrille mit weißem Rand, beladen mit Tüten voll Kaffee, Zucker und Orangen, zurückkam, erkannte er sie zuerst nicht wieder. Sie hatte eine blendende neue Aura, dachte er, wie ein Atomreaktor, dessen Kontrollstäbe durchgebrannt waren. Für ihn hatte sie ein mit einer Polospielerfigur besticktes Hemd, einen schmalkrempigen Strohhut und eine modische Sonnenbrille besorgt.

»Wo hast du denn das her?«

»In Playas del Este gibt es Dollarboutiquen. Ich habe das Geld von deinem Freund Pribluda genommen, ich denke, er hätte bestimmt nichts dagegen, *no*?«

Er hielt das Hemd hoch. »So was paßt überhaupt nicht zu mir.«

»Du hast keine Wahl. Luna hat ein Foto von dir. Wir müssen dein Aussehen verändern für den Fall, daß er es verbreitet.«

»Ich werde nie wie ein Kubaner aussehen.«

»Nein, nicht wie ein Kubaner. Aber wenn die Leute einen Touristen mit dir verwechseln können, werden sie dich vielleicht auch für einen Touristen halten.«

Die Wahrheit gestand sie nur sich selbst ein: Als sie mit soviel Geld durch die Boutiquen geschlendert war, hatte sie eine fast sündhafte Erregung verspürt. In ihrer Strohtasche hatte sie auch einen neuen Kamm und eine Bürste, die für ihre Verkleidung einfach notwendig gewesen waren. Und das Vergnügen, einen Mann einzukleiden, hatte sie zutiefst genossen.

Sie faltete seinen Mantel zusammen und legte ihn über einen Stuhl. »Wir haben für zwei Nächte bezahlt, wir können deinen Mantel also fürs erste hierlassen.«

Die Playas del Este waren eine überwältigende Einöde aus Sand, Meer und Häusern, die eher die sonnengebleichte Erinnerung an Farbe trugen als eigentliche Farbe. Ein Schild kündigte den bevorstehenden Bau eines französischen Hotels durch eine »sozialistisch-leninistische Arbeitsbrigade« an. Am Strand ragte ein bereits fertiggestellter Hotelklotz in die Höhe. Ofelia fuhr, und Arkadi entdeckte, daß in Ofelias DeSoto zu fahren, einem steinalten Ungetüm mit keilförmigen Heckflossen, ihn praktisch unsichtbar machte. Ein weißer Tourist mit einer attraktiven Kubanerin wurde sofort in eine bestimmte Kategorie eingeordnet und nicht weiter beachtet. Zum erstenmal fiel er nicht auf, weil es überall Paare wie ihn und Ofelia gab: ein großgewachsener Holländer mit einem beinahe zwergenhaften kleinen schwarzen Mädchen, die an einem Tisch unter einem einsamen Cinzano-Sonnenschirm saßen, der das hiesige Strandcafé darstellte, ein Mexikaner mit einer blonden *jinetera,* die die frische Luft in einer Fahrradrikscha genossen, ein pummeliger Engländer mit einem Mädchen, das in seinen neuen Plateauschuhen dahinstolperte. Ofelia konnte ihre Nationalität auf einen Blick erkennen. Arkadi fiel auf, daß zwar alle Pärchen Händchen hielten, sich jedoch nicht unterhielten.

»Jeder hängt seinen eigenen Phantasien nach«, sagte Ofelia. »Er dem Traum, daß er seinem normalen Leben entfliehen und wie ein reicher Mann auf einer Insel wie dieser leben kann. Sie der Phantasie, daß er sich in sie verlieben und sie in die Welt mitnehmen wird, die sie für real hält. Es ist besser, daß sie nicht miteinander reden können.«

Doch auch Ofelia genoß ihre Unsichtbarkeit. Mit dunkler Brille, Jeans und stolz gerecktem Kinn war sie das Abbild einer absolut glaubwürdigen *jinetera* mit einem Touristen, der vielleicht ein wenig attraktiver war als der Durchschnitt.

Als er ein kubanisches Mädchen nahen sah, machte der Wachmann vor der Marina Hemingway Anstalten, aus seinem Verschlag zu kommen, verzog sich jedoch sofort wieder, als er sah, wie Arkadi sie um die Absperrung herumführte. Sie gingen zu dem Supermarkt und über eine Wiese zu dem Anlegesteg, an dem George Washington Walls ihn nach seinem Besuch beim Havana Yacht Club abgesetzt hatte. Offenbar war noch immer dasselbe lautstarke Volleyballspiel im Gange. Andere Amerikaner rannten mit Säcken voller Wäsche hin und her. Ein Junge in abgeschnittenen Jeans trug Bierkästen zu einer blauen Yacht von der Größe eines Eisbergs. Doch der Anblick der millionenschweren Luxusyachten, die in den drei Kanälen vor Anker lagen, ließ Ofelia in etwa so ungerührt wie Kleopatra eine Inspektion ihrer Barkassen. Vielleicht war sie schon wegen des kubanischen Mädchens nicht besonders beeindruckt, das sich in einer Hängematte räkelte, die an einem Mastbaum befestigt war.

»Und was soll hier so gefährlich sein?« fragte sie.

»Ich weiß nicht. Bist du schon einmal hiergewesen?«

»Ein- oder zweimal. Geh du vor. Ich sehe mich um, ich suche jemanden.«

Die dunkle Silhouette der »Gavilan« stach aus der Eintönigkeit der Fiberglasrümpfe hervor. Arkadi entdeckte sie an einem Anlegeplatz, den Walls ansteuern wollte, bevor ihn ein Hafenmeister verscheuchte, der den Schnorchlern *»Peligroso!«* zugerufen hatte. Jetzt waren keine Schwimmer im Wasser, und Arkadi konnte auch nicht ausmachen, worin eine mögliche Gefahr bestanden haben sollte. Das ehemalige Begleitboot des Wasserflugzeugs schmiegte sich friedlich an den Anlegesteg, Stromleitungen führten von einem Stromkasten am Ufer über die Messingreling des Bootes. Keine Schwimmer, kein Geschrei, nur das sonore Tuckern einer Motoryacht auf dem Kanal.

Er ging weiter am Kanal entlang, ohne irgendwelche Hindernisse im Wasser oder Treibgut auf dem Dock zu entdecken. Ein verzinktes Rohr leitete Wasser zu jeder Anlegestelle; eine ausländische Mannschaft schrubbte eine dreigeschossige Superyacht, die Matrosen bespritzten einander und tranken sogar von dem Wasser. Die amerikanischen Boote auf Kuba bildeten eine interessante Gemeinschaft, gleißende weiße Paläste lagen neben ordinären, verdreckten Fischerbooten, und alle miteinander brachen sie schon durch ihre bloße Anwesenheit das Gesetz. Arkadi kannte sich mit Yachten nicht aus, doch er hatte in Wladiwostok einige Zeit in der Nähe von Fabrik- und Schleppnetzschiffen verbracht und wußte ein wenig über die Stromversorgung an Bord. Deshalb fielen ihm auch die etwa hüfthohen Verteilerkästen entlang des Anlegestegs der Marina Hemingway ins Auge, weil nur die wenigsten über normale Steckdosen verfügten. Statt dessen waren die losen Kabelenden aus den Stromkästen mit blanken Kabelenden verbunden, die von den Schiffen herunterhingen, notdürftig mit Klebeband isoliert und mit durchsichtigen Plastiktüten gegen das Wasser geschützt. Er ging bis zu einer leeren Bar am Ende des Stegs. Mindestens die Hälfte der Kabelverbindungen hing zwischen der Zementmauer des Docks und dem Rumpf des jeweiligen Bootes, nur mit Klebeband und einer Tüte umwickelt, im Wasser.

Das Heckwerk der »Alabama Baron« war mit Fischeingeweiden und Schuppen verschmiert, obwohl die *jinetera* in der Hängematte auf Ofelia nicht den Eindruck einer passionierten Anglerin machte. Das Mädchen sah aus wie Julia Roberts in *Pretty Woman,* was in Kuba gerade ziemlich angesagt war, wallende Mähne, Silberblick und Schmollmund. Sie verfolgte eine Werbesendung, in der ein Armband angepriesen wurde, die auf einem tragbaren Fernseher lief, der mit einer kleinen auf Deck montierten Satellitenschüssel verbunden war. Ofelia erkannte den Sender, Home Shopping Network, zur Zeit ebenfalls sehr populär unter Kubanern, die Zugang zu einer Satellitenantenne hatten. Die Frau auf dem Bildschirm legte das Armband auf ihr

Handgelenk, um zu demonstrieren, wie das Licht auf den Edelsteinen funkelte. Der Ton war abgedreht, doch der Preis blinkte am Bildrand auf.

»Das ist wunderschön«, sagte Ofelia.

»Nicht wahr? Und außerdem noch ein guter Preis.«

»Diamanten?«

»So gut wie. In der letzten Woche hatten sie ein Fußkettchen mit den gleichen Steinen. Du denkst, es wäre ein guter Preis, aber warte.« Die Frau auf dem Bildschirm legte das Armband auf eine Samtunterlage und gab noch ein Paar Ohrringe dazu. »Siehst du, ich wußte es. Wenn man zu früh bestellt, kriegt man die Ohrringe nicht dazu. Man muß abwarten, und dann muß man sich ans Telefon hängen und seine Kreditkartennummer durchgeben, und in zwei Tagen gehört einem das Armband.« Julia Roberts blickte zur Seite. »Du bist neu hier.«

»Ich suche Teresa.«

Die Fernsehfrau strich ihre Haarpracht zurück, um die Ohrringe zu präsentieren, von links, von rechts und von vorn. Ein weiteres Mädchen in Top und Tanga kam aus der Kabine. Ihr Haar war fast so kurz wie Ofelias, aber wasserstoffblond. »Du kennst Teresa?«

»Ja. Luna hat mir gesagt, sie sei hier.«

»Du kennst Facundo?« Das Mädchen in der Hängematte richtete sich auf.

»Ich hab' ihn schon mal getroffen.«

»Teresa ist echt fertig.« Die Blonde kniete sich an die Reling und fuhr flüsternd fort. »Sie war im Zimmer nebenan, als man Hedy die Kehle durchgeschnitten hat. Die beiden waren echt gute Freundinnen.«

»Sie ist auch festgenommen worden«, sagte Julia Roberts. »Irgend so eine blöde Kuh von der Polizei hat ihr die Hölle heiß gemacht. Nur weil sie mithilft, ihre Familie zu ernähren, weißt du.«

»Ich weiß«, sagte Ofelia.

»Teresa hat Angst«, sagte die Blonde. »Sie ist zurück nach

Hause aufs Land. Ich glaube nicht, daß sie in nächster Zeit hier auftauchen wird.«

»Hat sie Angst vor dem Sargento?« fragte Ofelia.

»Du hast ihn doch getroffen, was denkst du denn?« sagte Julia Roberts. »Ich meine, alles, was recht ist, aber was denkst du denn? Ich bin bloß mit ihm bekannt, aber Teresa und Hedy waren seine privaten Mädchen, verstehst du?«

Die Blonde musterte Ofelias Aufzug. »Bist du nicht ein bißchen alt für diese Arbeit? Wie alt bist du, vierundzwanzig, fünfundzwanzig?«

»Neunundzwanzig.«

»Nicht übel.«

»Ich versuche zu schlafen«, dröhnte eine tiefe Stimme aus dem Inneren des Bootes, und eine schwerfällige Gestalt schleppte sich die Treppe zum Unterdeck hinauf. Es mußte der Baron aus Alabama persönlich sein, dachte Ofelia. Er trug eine Houston-Astros-Mütze, Shorts und ein Hawaiihemd, das seine sonnenverbrannte Wampe nur unzureichend verbarg. Er kühlte sie, indem er eine kalte Bierdose darauf hin- und herrollte. Er beugte sich über die beiden kubanischen Mädchen auf seinem Boot. »Plapper-plapper-plapper-plapper-mein-Gott-was-ihr-Frauen-plappern-könnt. Wow«, sagte er, als er Ofelia erblickte, »vielleicht ist der Talentwettbewerb doch noch nicht abgeschlossen.«

»Sie gehört zu mir«, sagte Arkadi. Er war bis zu dem Beiboot des Wasserflugzeugs und der Segelyacht, die direkt nebeneinanderlagen, den Steg entlanggeschlendert. »Wir haben nur die Boote bewundert.«

Der Baron sah sich zwischen den Bierdosen auf seinem Deck um, bis er bemerkte, daß Arkadi die »Gavilan« meinte.

»Ja, das ist ein verdammter Klassiker. Ein echter Rumschmuggler, komplett mit allem, außer Einschußlöchern.«

Rumschmuggler? Das hörte sich gut an, das schmeckte nach Capone.

»Schnell?«

»Ich denke schon. Wir reden hier immer über einen V-12-Zylinder, vierhundert PS, sechzig Knoten, schneller als ein Torpedoboot. Nur daß man bei einem Holzboot den ganzen Tag mit Schleifen, Lackieren und Polieren beschäftigt ist.«

»Das ist allerdings ein Nachteil«, stimmte Arkadi ihm zu.

»Man hat gar keine Zeit mehr zum Angeln. Natürlich kümmern *sie* sich um die ganze Instandhaltung. Er kriegt eine Sonderbehandlung. Wo kommen Sie her?«

»Chicago.«

»Wirklich?« Das mußte der Baron erst einmal verdauen. »Angeln Sie?«

»Ich wünschte, ich könnte. Aber ich habe nicht genug Zeit.«

»Halten die Einheimischen Sie anderweitig beschäftigt?« Der Blick des Barons wanderte zu Ofelia zurück, die ihn ansah, als verstünde sie nichts.

»Sehr.«

»Na ja, man kann nur fischen oder ficken, so sieht's doch aus. Und das kann ich Ihnen sagen, das letzte, was ich mir wünsche, ist, daß das Embargo aufgehoben wird. Kuba ist billig, schön und dankbar. Wenn das Embargo passé ist, wird es in einem Jahr nur noch ein zweites Florida sein. Ich lebe von meiner Pension, verdammt noch mal, und davon könnte ich mir so was wie Susy hier bestimmt nicht leisten.« Er wies mit der freien Hand auf das Mädchen in der Hängematte, das wieder die Werbesendung verfolgte, in der jetzt ein neues Objekt angeboten wurde, eine Uhr in einem Kristallelefanten. Arkadi erinnerte sich an Rufos Liste mit den Namen und Telefonnummern. Susy und Daisy. Färbte das andere Mädchen seine Haare, um möglichst daisyhaft auszusehen? Arkadi sah, daß der Name auch Ofelia aufgefallen war.

»Was meinen Sie mit ›Sonderbehandlung‹?«fragte er den Baron.

»Der Besitzer des Bootes ist George Washington Walls. *Deren* Held. He, ich war zwanzig Jahre Feuerwehrmann, und ich kenne mich mit Helden aus. Helden halten einem Piloten keine Pistole an die Schläfe.«

»Sie sind nicht bloß ein…?« Arkadi zog ein wenig pikiert die Brauen hoch.

»Ein Rassist? Ich doch nicht.« Zum Beweis wies der Baron auf Ofelia und die *jineteras.*

»Und was für eine Sonderbehandlung zum Beispiel?«

»Zum Beispiel.« Jetzt kam der Baron richtig in Fahrt. Er hielt sich an einem Spanndraht fest und wies mit der freien Hand auf das Stromkabel des Nachbarboots. »Gucken Sie sich mal die Stromleitung an, die gestern extra für ihn gelegt wurde. Und danach schauen Sie sich mal meine an.« Wo das Stromkabel der »Alabama Baron« ins Wasser hing, konnte man die typisch improvisierte Isolierung in einer Plastiktüte erkennen, die noch schmutziger war als die anderen. »Soweit ich weiß, sind das ja ganz clevere Kerlchen hier. Es gibt amerikanische und europäische Boote, und alle haben andere Anschlüsse und eine andere Spannung, und eigentlich müßten sie für jedes Boot einen neuen Anschluß installieren. Ich bin Feuerwehrmann, und ich kenne mich mit stromführenden Kabeln im Wasser aus. Wenn diese Leitung im Wasser hängt und ein kleines Leck hat, kann man sich ein paar verdammt überraschte Fische braten. Ich meine ja nur, wie kommt es, daß Señor Walls den einzigen Anlegeplatz mit einem neuen Stromanschluß im ganzen Yachthafen hat?«

»Und wenn jemand im Wasser schwimmen würde?«

»Würde es ihn umbringen.«

»Herzinfarkt?«

»Es würde einfach aussetzen.«

»Und würde man Brandspuren finden?«

»Nur wenn er die Leitung berührt. Ich habe schon Leichen gesehen, die mit einem Fön in der Badewanne gelegen haben, das ist im Prinzip das gleiche. Schauen Sie nur«, der Baron nickte Ofelia aufmunternd zu, »als ob sie alles verstehen würde.«

Die Aussage, daß Teresa nach Hause aufs Land gegangen sei, ließ Ofelia vermuten, daß die *jinetera* sich irgendwo in Havanna in der Wohnung von Freunden versteckte. Aus ihrem DeSoto versuchte Ofelia die Nummern zu erreichen, die Rufo für Daisy und Susy aufgelistet hatte. Nachdem sich unter keiner der Nummern jemand gemeldet hatte, rief sie Blas an.

»Es ist nicht wie ein Blitzschlag, aber«, stimmte der Pathologe ihr zu, »wenn ein stromführendes Kabel ins Wasser fällt, würde es natürlich einen Stromschlag geben.«

»Wie stark?«

»Das kommt darauf an. Im Wasser verbreitet Elektrizität sich je nach der Entfernung zu der Stromquelle exponential. Weitere Faktoren sind die Größe und der körperliche Zustand des Opfers und die Besonderheiten jedes einzelnen Herzens.«

»Ein tödlicher Stromschlag?«

»Je nachdem. Wechselstrom ist beispielsweise gefährlicher als Gleichstrom. Salzwasser ist ein besserer Leiter als Süßwasser.«

»Würde ein Stromschlag Spuren hinterlassen?«

»Das kommt drauf an. Bei einem direkten Kontakt würde es Verbrennungsspuren geben. Weiter entfernt würde ein Mensch möglicherweise nur ein Kribbeln in den Gliedmaßen spüren. Aber das Herz und das Atmungszentrum im Hirn werden von elektrischen Impulsen gesteuert, und ein Elektroschock kann zu Fibrillationen führen, ohne daß es notwendigerweise zu Beschädigungen des Gewebes kommt.«

»Das bedeutet«, sagte Ofelia, »daß jemand, der sich nicht zu nah und nicht zu weit von einem stromführenden Kabel entfernt im Wasser aufhält, einen Herzinfarkt erleiden könnte, ohne daß man irgendwelche Ein- und Austrittsmale, Verbrennungen oder sonst etwas finden würde?«

Am anderen Ende der Leitung wurde es still. Verkehr rauschte über den Malecón. Arkadi schien seine Zigarette sehr zu genießen.

»So könnte man es ausdrücken«, sagte Blas schließlich.

»Warum haben Sie das nicht früher gesagt?«

»Man muß alles im Zusammenhang betrachten. Wo sollte ein *neumático* mitten im Meer auf ein stromführendes Kabel stoßen?« Man hörte ein Knacken und Rauschen, und Blas wechselte das Thema. »Haben Sie den Russen gesehen?«

»Nein«, sagte sie und blickte Arkadi tief in die Augen.

»Nun«, meinte Blas, »er hat ein neues Foto von Pribluda dagelassen.«

»Haben Sie es schon mit der Leiche verglichen?«

»Nein. Wie Sie wissen, gibt es auch noch andere Morde.«

»Aber Sie werden es versuchen? Es ist ihm wichtig. Er scheint nämlich doch kein kompletter Idiot zu sein, wissen Sie.«

Da sie das Frühstück ausgelassen hatten, hielten sie an und aßen an einem Tisch in einem Park ein Eis. Große lederartige Bäume breiteten ihre Äste über einen Spielplatz und einen Schießstand. Ofelia wollte nach Teresa suchen, und Arkadi hatte vor, sich noch einmal in Mostowois Wohnung umzuschauen, doch im Moment sah die Kommissarin mit ihren von Eiscreme pinkfarbenen Lippen aus wie ein Filmstar an der Riviera.

»Wir können uns später wiedertreffen und zum Abendessen noch ein Eis kaufen«, sagte Arkadi. »Um sechs? Und wenn wir uns verfehlen, dann um zehn Uhr am Yacht-Club. Da werden wir dann auch erfahren, was das alles mit Angola zu tun hat.«

Ofelia war mißtrauisch. »Was willst du in der Zwischenzeit machen?«

»Ein Russe namens Mostowoi hat ein Foto von einem toten Rhinozeros, das ich mir gern ansehen würde.«

»Warum?«

»Weil er es mir vorher nicht gezeigt hat.«

»Das ist alles?«

»Ein ganz normaler Besuch. Und du?«

»Du hast gesagt, daß Luna, als du ihn gestern verfolgt hast, eine Karre geschoben hat, die offenbar mit Schwarzmarktwaren beladen war. Nun, was für Waren? Vielleicht sind sie noch da. Irgend jemand muß sich darum kümmern.«

»Du willst doch nicht allein gehen?«

»Sehe ich aus, als wäre ich verrückt? Nein, ich werde jede Menge Verstärkung mitnehmen, das kannst du mir glauben«, sagte Ofelia. Einen Moment lang wirkte sie sehr gelassen, bevor sie plötzlich erschrocken ihre Brille ins Gesicht zog.

Arkadi drehte sich um und sah zwei Mädchen in braunen Schulpullovern. Sie hatten grüne Augen und Haare mit goldgelben Strähnen. In der Hand hielten sie beide eine Waffel mit Eis, das nah genug war, um ihm auf die Schulter zu tropfen. Eine energische grauhaarige Frau in einem Kittel und Turnschuhen marschierte entschlossen hinter ihnen her.

»Mama?« fragte Ofelia. »Warum sind die Mädchen nicht in der Schule?«

»Sie sollten eigentlich in der Schule sein, doch sie sollten auch von Zeit zu Zeit ihre Mutter sehen, meinst du nicht auch?« Ofelias Mutter taxierte Arkadi. »O mein Gott, es stimmt also wirklich. Jeder trifft einen netten Spanier oder einen kleinen Engländer, und du findest einen Russen. Mein Gott.«

»Ich habe sie nur gebeten, mir ein paar Toilettenartikel zu bringen«, erklärte Ofelia Arkadi.

»Sie macht einen unglücklichen Eindruck«, sagte Arkadi.

»Biete ihr bloß nicht deinen Stuhl an!«

Aber es war schon passiert, und ihre Mutter machte es sich auf Arkadis Platz bequem.

»Meine Mutter«, murmelte Ofelia, um sie einander vorzustellen.

»Mein Gott«, sagte ihre Mutter.

»Angenehm«, erwiderte Arkadi.

Mit unverhohlenem Stolz sagte Ofelia: »Meine Töchter Muriel und Marisol. Arkadi.«

Die Mädchen stellten sich auf die Zehenspitzen, damit er ihnen einen Kuß geben konnte.

»Wo hast du bloß einen Russen aufgetrieben?« fragte ihre Mutter. »Ich dachte, die wären alle weg, praktisch ausgestorben.«

»Er ist Chefermittler aus Moskau.«

»Gut. Hat er etwas zu essen mitgebracht?«

»Sie sehen genauso aus wie du«, erklärte Arkadi Ofelia.

»Du bist so schick angezogen.« Muriel musterte Ofelia von oben bis unten.

»Das sind neue Sachen«, stellte Ofelias Mutter fest und begutachtete die Kleider genauer.

»No hablo Español«, sagte Arkadi.

»Das ist auch besser so«, versicherte Ofelia ihm.

»Hat er die Sachen gekauft?«

»Wir arbeiten zusammen.«

»Das ist etwas anderes. Ihr seid Kollegen, die zum Ausdruck gegenseitiger Wertschätzung Geschenke austauschen. Das eröffnet ganz neue Möglichkeiten.«

»Es ist nicht, wie du denkst.«

»Bitte, belehre mich nicht, wenn ich Hoffnungen hege. Er ist gar nicht so übel. Ein bißchen mager vielleicht. Ein oder zwei Wochen Reis und Bohnen, und ihm geht es prächtig.«

»Magst du ihn?« fragte Marisol Ofelia.

»Er ist ein netter Mann.«

»Puschkin war ein russischer Dichter«, sagte ihre Mutter. »Er hatte afrikanisches Blut.«

»Das weiß er bestimmt schon.«

»Puschkin?« Arkadi dachte, er hätte etwas gehört, an das er anknüpfen konnte.

»Hat er eine Pistole?« fragte Muriel.

»Er hat keine Pistole bei sich.«

»Aber er kann schießen?« fragte Marisol.

»Er ist der Beste.«

»Der Schießstand!« riefen die Mädchen wie aus einem Mund.

»Sie sehen dich so selten«, sagte Ofelias Mutter. »Du solltest ihnen den kleinen Spaß nicht verderben, und dein russischer Meisterschütze kann ein bißchen angeben.«

Der Schießstand war ein ausgeweideter Bus auf Blöcken, die Rückseite war durch einen Tresen mit Luftgewehren ersetzt worden. Hinter dem Tresen war ein Arsenal von aus Blechdosen gefertigten amerikanischen Kampfbombern und Sturmtruppen aufgebaut. Den Hintergrund bildete ein schwarzes Tuch, auf das ein Künstler Sterne und Kometen sowie eine Ansicht des Malecón mit aus Cabriolets schießenden Fahrern geklebt hatte. Die Geräuschkulisse kam von einer Kassette mit Maschinengewehrgeknatter. Die Schwestern schoben Arkadi zu einem freien Platz am Tresen.

»Er müßte sich wie zu Hause fühlen«, sagte Ofelias Mutter.

Marisol drückte ihm das Gewehr in die Hand.

»Du mußt es erst laden«, sagte Ofelia, als sie zahlte.

»Zuerst die Flugzeuge, zuerst die Flugzeuge!« rief Marisol.

Es war ein Spielzeuggewehr mit einem wulstigen Visier. Er schoß auf ein besonders gefährlich aussehendes Flugzeug, und der Fallschirmjäger daneben hüpfte.

»Worauf zielst du denn?« fragte Ofelia.

»Ich ziele auf alles.«

Das falsche Ziel war noch das beste, was er schaffte. Die Kinder um ihn herum ließen Flugzeuge rotieren und tanzen, aber trotz all der glänzenden Invasoren gingen all seine anderen Schüsse mit einem schändlichen Ploppen ins Nichts.

»Er muß ein ziemlich hochrangiger Polizist sein«, meinte Ofelias Mutter. »Ich glaube nicht, daß er in seinem Leben schon mal auf irgendwas geschossen hat.«

Die Mädchen drückten Ofelia ein Gewehr in die Hand. Sie lud zweimal kurz durch und zielte auf einen großen Tropicolabomber.

»Ich glaube, das Visier ist nicht ganz gerade«, meinte Arkadi.

Man hörte die Kugel auf Blech prallen, und der Bomber rotierte.

»Nein, Mama«, quengelte Marisol. »In die Mitte.«

Ofelia schob ihre Sonnenbrille auf die Stirn und drückte den Schaft des Gewehrs fester gegen die Wange, bevor sie in gleichmäßigerem Rhythmus lud und schoß. Silbrige Flugzeuge pendelten, Fallschirmjäger sangen und tanzten. Die Brille rutschte vor ihre Augen, aber das war egal, mittlerweile rotierte die Hälfte aller Ziele. Arkadi dachte an das Flugzeug, das ihn vor nicht einmal einer Woche hergebracht hatte, und es erschien ihm wie eine Ewigkeit. Hier befand er sich auf offener Straße, während Luna ihn suchte, doch welch bessere Tarnung konnte es geben als eine kubanische Familie? Was konnte seltsamer und gleichzeitig natürlicher sein? Mit zwölf Treffern bei zwölf Schüssen hatte Ofelia eine Dose Feuerzeugbenzin gewonnen, die ihre Mutter sofort in einer Netztasche verschwinden ließ. »Alles zählt«, meinte sie.

Besänftigt ließen sich die Mädchen von Ofelia küssen und von ihrer Großmutter an die Hand nehmen. Vorher kramte sie noch einen Kulturbeutel aus Plastik und etwas aus ihrer Tasche, das in fettiges Zeitungspapier eingewickelt war.

»Bananenbrot aus Muriels Bananen. Du erinnerst dich an die Bananen?«

»Ich kann dieses Brot nicht annehmen.«

Muriel und Marisol machten große Augen.

»Okay, okay. Vielen Dank, Mädchen.«

Es gab eine Runde von Abschiedsküssen.

»Fütter ihn damit«, riet ihre Mutter. »Und paß gut auf ihn auf.«

23

Arkadi erinnerte sich, daß das Hotel Sierra Maestra im fünften Stock eine Galerie besaß, die mit Fahrrädern zugeparkt war. Er erinnerte sich auch an Mostowois Apartment mit den Filmplakaten, den afrikanischen Kunstwerken, dem weichen langflorigen Teppich, dem Ledersofa und dem Balkon mit Meerblick. Er wußte auch noch, daß die Eingangstür mit einem Schloß und einem Riegel gesichert war, in Anbetracht der Kameras und der Ausrüstung eine durchaus vernünftige Vorsichtsmaßnahme. Und für den Fall, daß Arkadi je daran gedacht haben sollte, sich athletisch mit einem Seil vom Dach des Hotels auf Mostowois Meerblickbalkon zu schwingen, war die Glasschiebetür ebenfalls mit einem Stahlriegel gesichert, wie ihm in Rufos Video »Sucre Noir« aufgefallen war. Die neuen Sondereinsatzkommandos wußten alles darüber, wie man sich durch Glastüren schwang; Arkadi wußte es nicht. Außerdem ging es nicht nur darum, in das Apartment einzudringen, sondern auch darum, Mostowoi herauszulocken, damit Arkadi einen weiteren Blick auf die Fotos an der Wand werfen konnte.

Mostowoi hatte durchaus recht, wenn er das Hotel das »Zentraleuropa« nannte. Café und Boutique des Sierra Maestra waren russisch, die Graffiti auf der Fahrstuhltür polnisch und die gesamte Lobby menschenleer. Selbst der Geruch nach ranzigem Öl aus der Popcornmaschine am Fuß der Treppe konnte den abgestandenen Kohlgeschmack nicht überdecken.

Als Arkadi das letztemal bei Mostowoi war, hatte der das Safaribild gegen das Foto eines Segelboots ausgetauscht. Vielleicht hat er das Rhinozeros seit den Dreharbeiten zu »Sucre Noir« auch verschenkt, oder er war es leid gewesen, das immer gleiche tote Tier an seiner Wand zu betrachten. Doch das Safaribild hatte ausgesehen wie der exotische Mittelpunkt seiner privaten Galerie, und Arkadi wollte selbst einen Blick darauf werfen, bevor Mostowoi Gelegenheit hatte, seine Bilder erneut umzuhängen. Sein Plan sah also vor, Mostowoi in großer Eile aus seinem Apartment zu locken.

Arkadi war weder ein Scharfschütze, noch verfügte er über die Schlagkraft eines Sondereinsatzkommandos, doch er hatte im Lauf seines Lebens die wertvolle Erkenntnis gewonnen, daß sich fast überall etwas fand, womit sich ein Chaos anrichten ließ. Hinter einer Tür mit der Aufschrift »Entrada Prohibida« lagen schmutzige Vorhänge auf einem dreibeinigen, mit schwarzem Kunstleder bezogenen Stuhl, der zwischen Plastiktüten voll Mais und Kartoffelchips und Kanistern mit Speiseöl eingeklemmt war. Arkadi vergewisserte sich, daß die Ausgänge der Lobby unverschlossen waren, bevor er zunächst den Stuhl und die Vorhänge, dann die Chips und das Öl zu dem Popcornautomaten schleppte. Er öffnete die Kanister, goß das zähflüssige Öl über die Treppe des Hotels, breitete die Vorhänge und die Tüten mit Kartoffelchips darüber, bevor er die letzte Tüte mit seinem Feuerzeug in Brand setzte. Oder mit Rufos Feuerzeug, um genau zu sein. Die Plastiktüte fing sofort Feuer, und die trockenen, fettgetränkten Kartoffelchips waren so ziemlich der beste Zunder auf der Welt. Stuhl und Vorhänge waren aus Polyuretan, einer Art festem Petroleum. Speiseöl brannte erst ab einer bestimmten Temperatur, doch wenn es erst einmal Feuer gefangen hatte, war es schwer wieder zu löschen. Danach machte Arkadi sich auf den Weg die Treppe hinauf.

Er nahm sich Zeit. Der Alarm, ein altmodischer Klöppel mit Glocke, ertönte, als er noch nicht einmal halb oben war. Vor der Treppenhaustür auf Mostowois Stockwerk blickte er nach unten, wo die Chips leuchtend orangefarben loderten, während dunklere Flammen an den Vorhängen und dem Stuhl züngelten. Die Bewohner drängten sich auf den Balkonen, um das Spektakel eines nahenden Feuerwehrwagens samt Wassertank zu bestaunen, der von einer Motorradeskorte der Polizei angeführt wurde. Das Hotel lag nur wenige Straßen von der Reihe der Botschaftsgebäude in Miramar entfernt, und Arkadi hatte eine rasche Reaktion erwartet. Ein kahlköpfiger Mostowoi in Shorts spähte aus seiner Tür, wagte sich mit den anderen Bewohnern bis ans Geländer der Galerie vor und stürzte zurück in sein Apartment, bevor die Tür hinter ihm zufiel. Die Schaulustigen auf dem Bürgersteig stoben auseinander, als das Öl mit einer gelben Stichflamme vom Popcornautomaten bis auf die Straße hinaus Feuer fing. Der vom Meer wehende Wind, der über das Hotel hinwegstrich, erzeugte ein Vakuum, das eine schwarze Rauchwolke in das Gebäude saugte. Plastikseide wurde aufgeweht, und ein Feuerwehrmann mit Megaphon machte den Zuschauern auf den Galerien Zeichen, das Gebäude zu räumen. Arkadi hielt sich ein wenig abseits, um nicht von hinunterstürmenden Familien niedergetrampelt zu werden. Mostowois Wohnung lag auf der anderen Seite der Galerie und näher an der Treppe. Der Fotograf schlüpfte, mit Hemd, Hose und Toupet bekleidet, wieder auf den Flur, seine Schuhe in der Hand, diverse Kamerataschen über den Schultern – der elegante Typ, der sich ungern hetzen ließ. Noch während Mostowoi zur Treppe ging, trat Arkadi vor seine Tür und zog Pribludas Brieftasche aus seiner neuen Gürteltasche. Beladen mit Ausrüstung, hatte Mostowoi sich nicht die Mühe gemacht, die Tür zu verriegeln, so daß sie nur eingeklinkt war. Arkadi nahm eine Kreditkarte; er hatte so etwas schon in Filmen gesehen, doch noch nie selbst ausprobiert. Wenn es nicht funktionierte, mußte er eben auf Mostowois Rückkehr warten. Er schob die Karte vor den Schnapper und bewegte sie vorsichtig hin und her, während er gleichzeitig an dem Knauf drehte, bis die Tür aufsprang.

Die Wohnung sah wieder aus wie die Residenz eines mittelrangigen russischen Diplomaten im Ausland, verziert mit den Souvenirs eines Mannes, der viel von der Welt gesehen hatte, seine Wohnung sauberer hielt als die meisten Junggesellen, sich für Bücher und die schönen Künste interessierte und seine eigenen kreativen Bemühungen nicht an die große Glocke hing. Das Foto, das Arkadi in dem Video aufgefallen war, hing wieder an seinem Platz an der Wand zwischen dem Bild eines Kollegen am Tower von London und einem anderen mit Freunden in Paris.

Das Foto zeigte fünf Männer mit Sturmgewehren um ein totes Rhinozeros, einer stand, vier knieten. Arkadi erkannte, daß die Füße des armen Tiers zerfetzt worden waren und sein Bauch von bloßliegenden Eingeweiden glänzte. Die Männer waren keine Jäger, sondern Soldaten, ein russischer Soldat und drei Kubaner. Ein zwanzig Jahre jüngerer Mostowoi, schon damals mit hoher Stirn. Erasmo, dessen Bart kaum mehr war als ein jungenhafter Flaum. Ein grünschnabelhaft wirkender, schlanker Luna mit einer AK-47 im Arm. Tico mit dem breiten, verwegenen Lächeln eines Anführers statt des kurzsichtigen Zwinkerns eines Mannes, der Löcher in einem Reifenschlauch sucht. Und hinter ihnen, stehend, in einer Safarijacke mit zahllosen Taschen: George Washington Walls. »Der beste Sprengstofftrupp in Angola zeigt einem revolutionären Genossen sein neues Minensuchgerät.« Bis zu den Knien waren die Beine des Rhinozeros ein einziger Brei. Arkadi dachte an die qualvollen Schmerzen, die Panik und die Verwirrung des Tieres, als es auf das Minenfeld gestolpert war, und an die Gefühllosigkeit, die Männer entwickeln, wenn sie um ihr Überleben kämpfen. Tico und Mostowoi rahmten die kleine Gruppe ein. Neben Ticos Knie lag der abgeflachte Kessel einer Tretmine, neben Mostowoi das nach außen gewölbte Rechteck einer Claymore, einer Antipersonenmine mit der englischen Warnung »This Side to Enemy«. Es war ein gutes Foto, wenn man bedachte, daß Mostowoi wahrscheinlich den Selbstauslöser betätigt und dann an seinen Platz geeilt war, auch in Anbetracht des besonderen afrikanischen Lichts und der Tatsache, daß die Minen wahrscheinlich noch überall herumlagen. Arkadi konnte beinahe die Fliegen hören.

Er sah sich in der übrigen Wohnung um, bevor Mostowoi zurückkehrte. Im Flur hingen handsignierte Fotos von Mostowoi zusammen mit berühmten russischen Regisseuren sowie eine offenbar in seinem Bett aufgenommene, erotische Boudoirserie von kubanischen Mädchen, die Arkadi bei seinem ersten Besuch gar nicht aufgefallen war. Er sah im Sekretär, auf dem Nachttisch und unter dem Kopfkissen nach. Auf einem Beistelltisch standen ein Laptop, ein Scanner und ein Drucker. Der Laptop verweigerte ihm gleich nach dem Einschalten den Zugang, und die Chance, Mostowois Paßwort zu finden, war verschwindend gering. Weder in der Schublade noch unter dem Bett lag eine Pistole.

Arkadi ging weiter den Flug entlang in ein kleines Zimmer, das mit einem schwarzen Vorhang hinter der Tür zu einer Dunkelkammer umgewandelt worden war. Rotes Licht brannte, als wäre Mostowoi beim Entwickeln gestört worden. Arkadi zwängte sich zwischen einem Vergrößerer und Wannen mit säuerlich riechendem Fixierbad und Entwickler hindurch. Roter Film hing an einer Wäscheleine. Arkadi hielt ihn ins Licht, doch es waren nur Aufnahmen vom Freikörper-Volleyball. Die bereits entwickelten und an eine Pinnwand gehefteten Bilder waren Botschaftsaufträge: Russen, die ein Zuckerkombinat besuchten, Postkarten von den Kindern Moskaus überbrachten oder mit Wodkagläsern kubanischen Redakteuren zuprosteten. Die Russen sahen tatsächlich aus wie *bolos.*

Wieder im Flur, mußte Arkadi sich an weiteren Fotoschränken vorbeidrücken. Er blätterte durch Kontaktbogen von Urlauben in Italien und der Provence. Keine Nackten, kein Afrika. In der Küche öffnete er den Kühlschrank und entdeckte eine Vichysoisse, eine offene Dose Oliven, chilenischen Wein, Farbfilmdöschen und hinter einer Tüte mit Eiern eine Neun-Millimeter-Astra, eine spanische Pistole mit einem röhrenförmigen Lauf. Er entleerte das Magazin neben dem Waschbecken, setzte erneut den Clip ein, wischte die Waffe ab und legte sie wieder hinter die Eier. Im Waschbecken lag ein leerer Eiswürfelbehälter. Arkadi füllte die Fächer mit Kugeln und Wasser und legte den Behälter ins Gefrierfach, bevor er sich ins Wohnzimmer setzte und auf Mostowois Rückkehr wartete.

Er hatte das Gefühl, daß die Zeit ablief, zumindest nach Rufos Kalender, das heißt nach der Dringlichkeit, mit der jener versucht hatte, einen Mann zu töten, der nur eine Woche in der Stadt bleiben wollte. Seine eigene Zeit lief in jedem Fall ab. Morgen abend würden sie den Heimflug antreten, er und Pribluda, doch er hatte das Gefühl, daß das Ereignis noch bevorstand, das dem Havana Yacht Club, Rufo, Hedy und dem besten Sprengstofftrupp in Afrika einen Sinn geben würde.

Ofelia nahm niemanden mit. Sie achtete sorgfältig darauf, sich ihre neuen Schuhe nicht schmutzig zu machen, als sie die Treppe zum Centro Russo-Cubano hinaufstieg, und steckte ihre Sonnenbrille in die Tasche mit dem Bananenbrot, als sie die Lobby betrat, die sich seit dem Vortag verändert hatte: Die Statuen der Zuckerrohrschnitterin und des Fischers waren kopfüber auf die Fliesen gestürzt, die Leiter spannte sich über einen zersplitterten Empfangstresen, und in der Halle stand auch kein Auto mehr. Staub kletterte an dem Lichtstrahl empor, der durch das farbige Glas über ihr hereinfiel. Centro Russo-Cubano? Nach allem, was sie über den Ort wußte, waren Kubaner zu Zeiten, als sich die Russen noch für Wegbereiter der glorreichen Zukunft hielten, nur in Ausnahmefällen zugelassen gewesen.

Ofelia atmete tief ein. Sie wollte sehen, was Luna am Abend zuvor hergekarrt hatte, weil sie niemand anderen in die Sache verwickeln wollte, bevor sie wußte, welche Beweise sich finden ließen. Ein Polizist der PNR beschuldigte einen Beamten des Innenministeriums nicht leichtfertig. Das war die offizielle Begründung. Der eigentliche Grund war persönlicher Natur. Nichts demütigte Ofelia so sehr wie ihre eigene Angst, und im Kofferraum dieses Lada hatte sie beinahe vor Angst geweint. Sie hatte zusätzliche Übungseinheiten am Schießstand von Guanabo genommen, damit sie in solchen Situationen keine Angst empfand. Über dem Tresen hing ein verstaubter Spiegel. Ihr Blick streifte ihr Spiegelbild, als sie die Pistole aus ihrer Strohtasche nahm und hin und her schwenkte. Waffe und Körper waren eins in der Bewegung einer gefährlichen kleinen *jinetera.*

Als sie so in der Lobby stand, schmeckte sie wieder Kokosnußfasern und -milch. Und genauso hatte Luna sie aufgehoben, wie eine Kokosnuß in einen Sack gesteckt und in den Kofferraum geworfen. Auf dem Weg zum Gebäude hatte sie nach dem Lada gesucht, doch er war verschwunden und wurde vielleicht schon in einem Lagerhaus von Atares ausgeschlachtet. Eine glänzende Spur markierte den Weg des Karrens über das Bodenmosaik aus Hammer und Sichel zu einem düsteren Korridor mit Zementwänden und Türen aus kubanischem Hartholz.

Ofelia stieß die erste Tür auf und betrat einen leeren Gepäckraum, sicherte ihn mit der Waffe ab und kehrte in den Flur zurück, bevor irgendwer in ihrem Rücken auftauchen konnte. An der nächsten Tür prangte der Titel »Direktor«, was mehr Geräumigkeit und Licht versprach als der enge, dunkle Flur. Sie hatte die Waffe nachgeladen, aber keine Taschenlampe mitgenommen. Daran hätte sie denken müssen.

Dies war die Art Situation, in der man abschätzen mußte, was einen höchstwahrscheinlich erwartete. Ein Sargento aus dem Innenministerium trug die gleiche Waffe wie sie, doch ein Mann aus Oriente hatte vielleicht mehr Vertrauen in eine Machete. Außerdem kannte er den Grundriß des Gebäudes und sie nicht. Wie ein überdimensionierter Kobold konnte er jeden Moment aus einer Ecke hervorschnellen.

Ofelia stieß die Tür mit dem Fuß auf, schlüpfte in das Zimmer und kauerte sich an eine Wand. Als ihre Augen sich an die Lichtverhältnisse gewöhnt hatten, erkannte sie, daß Schreibtisch, Stühle und Teppich aus dem Büro geräumt worden waren. Zurückgeblieben waren nur eine Leninbüste auf einem Sockel und rote und schwarze Streifen, die auf die Wände, die Fenster und Lenins Gesicht gesprüht worden waren. Sie hörte ein Geräusch aus dem Flur.

Ofelia kam der Gedanke, daß sie vielleicht wieder ihre Uniform hätte anziehen sollen. Was würden die Kollegen von der PNR denken, wenn man sie in diesem Aufzug fand? Und Blas? Er würde sich vorstellen, wieviel Spaß sie in Madrid hätten haben können.

Auf einem Knie kroch sie aus dem Büro und schwenkte den Lauf der Waffe von links nach rechts. Was immer das Geräusch verursacht hatte, es war weg, obwohl Luna aus jeder Richtung kommen konnte. Nun zahlten sich die Schießübungen zumindest so aus, daß sie die schwere Waffe eine Weile ruhig halten konnte. Ihr kam in den Sinn, daß es ziemlich albern war, das Bananenbrot mit sich herumzuschleppen, und sie dachte daran, sich dieser Last zu entledigen. Aber die Mädchen hatten geholfen, es zu backen.

Das nächste Büro war bis auf Maiskörner und Federn am Boden ebenfalls leer. Sie hörte hinter sich Schritte, zögernd und zurückhaltend, und sie versuchte so weit in die Hocke zu gehen, daß sie die Umrisse einer Gestalt ausmachen konnte. Sie durchquerte den Flur und betrat ein ehemaliges Sitzungszimmer ohne Tisch, Stühle und Fenster, das nur mit einer Galerie von gerahmten, blassen Russengesichtern und Schiffen möbliert war. Wenn sie von mehr als einer Person verfolgt wurde, wäre dies die ideale Gelegenheit, von beiden Seiten die Tür zu verschließen und sie damit so gründlich wegzusperren, daß sie ebensogut in einer Gruft liegen konnte.

Langsamer, sagte sie sich, doch sie mußte gegen ihre Schweißtropfen anblinzeln, atmete durch den Mund, ebenfalls kein gutes Zeichen, und ihre Schulter schmerzte vom Gewicht der Waffe. Sie bewegte sich durch das Dunkel, bis sie die Tür zu einer Wäschekammer erreichte, wo das Licht durch unzerbrochene Fenster auf noch immer weiße Regale fiel, in denen Laken und Kopfkissenbezüge aufbewahrt worden waren. Sogar der Staub war weiß wie Talkum. Auf dem Boden lag ein kopfloses Huhn in einem Kreis aus getrocknetem Blut. Sie ließ die Tür offen, damit Licht in den Flur fiel, und folgte einem Schild, das den Weg zum »Buffet« wies. Sie blickte in eine Speisekammer, die leer war bis auf eine Liste an der Wand, die auf russisch Fleisch, Milchprodukte und Wäschestärke verzeichnete, die vor sechs Jahren erwartet worden waren. Eine gewisse Lena wurde schriftlich angewiesen, »keine kubanischen, sondern russische Kartoffeln« zu verwenden. Historische Dokumente, die verblaßten, als die Tür zur Wäschekammer zufiel.

Als sie den Flur wieder betrat, kam sie sich vor, als würde sie in einen Abgrund hinabsteigen. Hinter ihr war nichts als Schwarz, und vor sich sah sie nur den blassen Lichtschein, der die Umrisse der Buffettür markierte. Sie konnte die Schritte hinter sich ebensogut spüren wie hören, so nah waren sie inzwischen. Ihr Vater hatte auf den Zuckerrohrfeldern gearbeitet, sie wußte, wie die Schnitter vorgingen. Erst ein Hieb knapp über dem Boden, dann ein zweiter, um den Kopf abzuschlagen. Arkadi hatte gesagt, daß Luna Rechtshänder war, was bedeutete, daß er, beengt durch den Flur, seinen Hieb von rechts oben nach links unten führen würde. Sie machte sich auf der rechten Seite des Korridors so klein wie möglich.

Sie spürte einen fremden Atem. Ein haariges Gesicht berührte das ihre, und als sie die Hand ausstreckte, ertastete sie zwei kurze Hörner. Eine Ziege! Die Ziegen hatte sie ganz vergessen. Die anderen waren verschwunden oder hatten keinen Weg ins Erdgeschoß gefunden. Eine kleine Ziege mit einem kratzigen Bart, spitzen Rippen und einem neugierigen Maul, das sie in Ofelias Tasche steckte. Das Bananenbrot natürlich, dachte Ofelia. Sie legte die Waffe zwischen ihre Füße auf den Boden, wickelte das Brot aus und teilte es in zwei Hälften. Sie konnte die Ziege nicht sehen, doch hören, wie sie das Brot verschlang, als hätte sie tagelang nichts zu fressen bekommen. Der Geruch des Brots mußte eine unwiderstehliche Spur durch das Gebäude gezogen haben. Sie war froh, daß ihr Russe das nicht gesehen hatte.

Als die Ziege versuchte, auch noch das restliche Brot zu ergattern, gab Ofelia ihr einen nicht unfreundlichen Tritt und kratzte sie zum Trost an ihrem dürren Hals. Sie war schließlich in Hershey aufgewachsen und hatte gelernt, mit Ziegen, Hühnern und gefräßigen Schweinen umzugehen.

Entmutigt wich die Ziege mit einem zittrigen Meckern zurück. Ofelia hatte erwartet, daß sie auf dem Weg, auf dem sie gekommen war, zu ihrer Herde zurückkehren würde, doch irgend etwas schien sie in eine andere Richtung zu ziehen. Sie konnte die Ziege nicht sehen, doch sie hörte, wie sich ihre Hufe der Tür des Speisesaals näherten, angezogen von längst verwehten Essensgerüchen. Es war eine Schwingtür, und die Ziege stieß sie mit der Nase auf. Das kurz aufflackernde, schwache Licht lockte sie weiter, und sie trottete gemächlich über die Schwelle. Die Tür schwang zweimal hin und her und ging dann in Rauch und Flammen auf.

Obwohl sie im Augenblick der Detonation geschützt war, dröhnten Ofelias Ohren, und ihr Gesicht fühlte sich versengt an. Kurzfristig blind und taub schwenkte sie ihre Pistole hin und her, bis sich der Zementstaub so weit gesetzt hatte, daß sie das schwache Licht an den Rändern der Tür wieder erkennen konnte. Sie kroch vorwärts, ertastete eine Schnur, die schlaff von der Tür herabhing. Sie stieß sie auf.

Es war nur eine Splittergranate gewesen, dachte Ofelia, doch in der unmittelbaren Umgebung hatte sie ihre Mission gründlich erfüllt. Eine Hälfte der Ziege lag neben der Tür, die andere auf der anderen Seite des Flurs wie ein Fehlschuß aus einer Kanone. Eine Wand war mit Einschlagnarben von Metallsplittern übersät. Brandspuren auf der anderen Seite zeigten an, wo die Granate in Fußbodenhöhe montiert gewesen und durch die Schnur an ihrem Ring ausgelöst worden war. Weiche Klumpen tropften von der Decke.

Der Flur mündete in einen Speisesaal, in dem russischen Kapitänen zur See und ihren Offizieren dereinst Cognac und Kuchen serviert worden waren. Dahinter konnte Ofelia eine große

Küche mit einem Dunstabzug erkennen, den irgend jemand von außen aufzubrechen versucht hatte. Die untere Lüftungsklappe war ein wenig verbogen, so daß ein fingerbreiter Lichtstrahl in das dämmrige Halbdunkel fiel.

Ofelia wartete darauf, daß sich ihre Nerven beruhigten, um weiterzugehen. Es konnte sich nur um Sekunden handeln.

Arkadi versäumte die Verabredung mit Ofelia im Park. Er saß mit Blick auf die Tür in Mostowois Wohnzimmer und blätterte durch ein Adreßbuch, das er auf dem Nachttisch gefunden hatte. Pinero, Rufo, Luna, Sgt. Facundo. Guzman, Erasmo. Walls. Einen Tico konnte Arkadi nicht finden, aber ansonsten war der Trupp vollständig versammelt. Dazu Vizekonsul Bugai, Hotels und Kfz-Werkstätten in Havanna, französische Filmlabors und zahllose Mädchennamen mit Bemerkungen über Alter, Hautfarbe und Größe.

Acht Uhr. Mostowoi ließ sich reichlich Zeit mit seiner Rückkehr. Der Alarm war lange vorbei, die Feuerwehr abgerückt, die Bewohner befanden sich wieder in ihren Apartments.

Arkadi hatte sich vorgestellt, daß Mostowoi seine Wohnung betreten, überrascht sein und beim Anblick des Eindringlings Empörung vortäuschen würde. Arkadi würde ihm Fragen über Luna und Walls stellen, und zwar auf eine Weise, die Mostowoi veranlassen sollte, zu der Pistole im Kühlschrank zu greifen. Nach Arkadis Erfahrung wurden erregte Menschen sehr viel redseliger, wenn sie das Gefühl hatten, das Blatt zu ihren Gunsten gewendet zu haben. Und wenn Mostowoi tatsächlich den Abzug drückte, war das auch eine Information. Allerdings hing dieses Szenario davon ab, daß Mostowoi in einer seiner Kamerataschen nicht noch eine Waffe aufbewahrte.

Arkadi mußte nur die Augen schließen, um die Bilder vor sich zu sehen. Pribludas Havana Yacht Club. Olga Petrownas Pribluda und Pribludas Abschiedsfoto von ihm selbst. Der beste Sprengstofftrupp in Afrika. Die Bilder, die wir mit uns herumtragen. Angehörige primitiver Stämme, die zum erstenmal

Fotografien sahen, glaubten, es wären gestohlene Geister. Arkadi wünschte, das wäre wahr. Er wünschte, er hätte mehr Fotos von Irina gemacht, doch er sah ihr Bild ohnehin ständig vor sich, wenn er allein war. Und in Havanna zu sein, war, als ob man in einem vergilbten, schlecht kolorierten Foto gelandet wäre.

Neun Uhr. Der Tag war vergangen, während er auf einen Mann wartete, der nicht zurückkam. Arkadi legte das Adreßbuch vorsichtig an die Stelle, wo er es gefunden hatte, die Fotos in ihre Kästen und schlich wieder auf die Galerie, wo sich Knirpse, die längst im Bett sein sollten, Fahrradrennen lieferten. Auf der anderen Seite von Miramar starrten die Lichter der russischen Botschaft herüber. Er nahm den Fahrstuhl nach unten. Der Popcornautomat war verschwunden, und die untersten Stufen waren verkohlt, ansonsten schien nichts mehr an seine Anwesenheit zu erinnern.

Er folgte der Avenida Primera bis zum Wasser und setzte – so kam es ihm vor – wie ein Segelschiff, das bei Windstille von Ruderbooten in den Hafen geschleppt wird, einen Fuß vor den anderen. Erst als er am Haus von Erasmos Familie vorbeikam, wurde ihm bewußt, daß seine Beine ihn zu seiner Verabredung mit Ofelia beim Havana Yacht Club trugen. »Vi. HYC 2200 Angola.« Heute war der Abend.

Oder vielleicht auch nicht. Er war spät dran, als die Königspalmen an der Auffahrt des Yacht-Clubs in Sicht kamen, Ofelias DeSoto war nirgends zu sehen. Der Club war dunkel, lediglich zwei Männer mit Taschenlampen patrouillierten auf der langen Einfahrt. Man hörte nur die Autos in dem Kreisverkehr und das Singen eines Vogels, der in einer der Palmen hockte. Soviel zu seiner brillanten Idee, seiner Hoffnung, den Geschehnissen zuvorzukommen. Was immer das Ereignis sein mochte, es fand an einem anderen Freitag statt. Er suchte die Zufahrtsstraßen des Kreisverkehrs nach Ofelia ab. Obwohl ihm eine halbe Stunde Verspätung in Kuba nicht besonders viel erschien, war sie nicht mehr da.

Ein Taxi hielt, und Arkadi ließ sich auf den Sitz neben den Fahrer fallen, einem alten Mann mit einer kalten Zigarre.

»Adonde?«

Gute Frage, dachte Arkadi. Er war an allen Orten gewesen, die ihm einfielen. Zurück zu Mostowois Wohnung? Oder an die Playas del Este zu Ofelia? Da war es wieder. Genauso hatte er Irina verloren, dachte er. Unaufmerksamkeit. Wie sonst konnte ein Mann es schaffen, nicht bloß eine, sondern gleich zwei Verabredungen zu verpassen? »Ich suche jemanden«, sagte er auf englisch.

»Vielleicht können wir einfach ein bißchen rumfahren.«

»Adonde?«

»Wenn wir einfach ein bißchen rumfahren könnten, um den Yacht-Club.«

Der alte Mann nahm die Zigarre aus dem Mund und hauchte das Wort aus, als wären es Rauchkringel. »Wohin?«

»Gibt es hier irgendwo in der Nähe irgendwas mit Angola?«

»Angola? Quieres Angola?«

»Ich will nicht zur angolanischen Botschaft.«

»No, no. Entiendo perfectamente.« Er machte Arkadi ein Zeichen zu warten, zog einen Packen Visitenkarten aus der Hemdtasche, suchte eine heraus und zeigte sie Arkadi. Es handelte sich um eine reichlich abgegriffene Pappkarte mit einer tropischen Sonne über den Worten »Angola, Una Paladar Africana en Miramar.«

»Muy cerca.«

»Ist es in der Nähe?«

»Claro.« Der Fahrer stopfte die Karten wieder in seine Hemdtasche.

Arkadi kannte das Spiel. Wenn ein Taxifahrer in Moskau einen Touristen zu einem Restaurant fuhr, hatte er eine Vereinbarung mit den Besitzern und kassierte ein kleines zusätzliches Trinkgeld. Das gleiche galt offenbar für Havanna. Arkadi dachte, daß er sich einfach hinfahren lassen würde für den Fall, daß der DeSoto dort parkte.

Das Angola lag in einer nur eine Minute entfernten, dunklen Straße mit spanischen Villen aus der Kolonialzeit. Über einem hohen Eisentor hing eine Neonsonne, die so golden schimmerte, daß sie beinahe zu tropfen schien. Der Taxifahrer warf einen Blick darauf und fuhr weiter.

»*Lo siento, no puedes. Esta reservado esta noche.*«

»Fahren Sie noch einmal dran vorbei.«

»*No pomedos. Es lo que digo, completemente reservado. Otro dia, si?*«

Arkadi sprach zwar kein Spanisch, doch er verstand, was *completemente reservado* bedeutete. Trotzdem wiederholte er: »Fahren Sie einfach dran vorbei.«

»*No.*«

Arkadi stieg an der Ecke aus, gab dem Fahrer genug Dollar für eine gute Zigarre und ging unter einem Dach aus dramatisch zerklüfteten Zedernästen zurück zum Eingang des *paladar.* Auf beiden Seiten der Straße parkten neue Nissans und Range Rover, in einigen saßen Fahrer wie in Bereitschaft. Auf dem Bürgersteig konnte er tiefere Schatten im Schatten ausmachen und die orangefarbenen Lichtbogen von Zigaretten, die während leiser Gespräche geraucht wurden. Die Stimmen verstummten, als Arkadi seine Schritte verlangsamte, um ein weißes Imperial-Cabriolet zu bewundern, auf dessen Kühlerhaube sich die Neonsonne spiegelte. Als er das Tor aufstieß, tauchte eine Gestalt aus dem Dunkel auf, um ihn aufzuhalten. Capitán Arcos in Zivil; ohne seine Uniform sah er aus wie ein Gürteltier ohne Panzer.

»Das geht schon in Ordnung.« Arkadi wies auf einen Tisch jenseits des Tors. »Ich gehöre zu ihnen.«

Das Angola war ein Gartenrestaurant mit von unten beleuchteten Farnen und großen afrikanischen Statuen. Zwei Männer in weißen Schürzen arbeiteten an einem offenen Grill, und obwohl man Arkadi erklärt hatte, daß ein *paladar* maximal zwölf Gäste bewirten durfte, saßen an den um den Grill aufgestellten Tischen gut zwanzig Gäste, alles Männer Mitte Vierzig bis Mitte Fünfzig, überwiegend weiß, ihrem Gebaren nach mächtig, reich und erfolgeich und alle bis auf John O'Brien und George Washington Walls Kubaner.

»Ich wußte es.« O'Brien winkte Arkadi heran. »Ich habe George gesagt, daß Sie auftauchen würden.« Er ließ einen weiteren Stuhl bringen. Sogar der Bauunternehmer trug eine kubanische Guayabera, die offenbar die Uniform des heutigen Abends darstellte. Die beiden Kubaner an dem Tisch sahen O'Brien fragend an; obwohl es harte, reife Männer waren, schien O'Brien bei ihnen den Status eines Priesters unter Schuljungen zu genießen. Alle Gäste waren verstummt, darunter auch der zwei Tische entfernt in seinem Rollstuhl sitzende Erasmo und seine alten Waffenbrüder Tico und Mostowoi, der einzige andere Nichtkubaner. Derart herausgeputzt, wirkten die Mechaniker fast fremd. »Es ist perfekt, daß Sie hier sind.« O'Brien machte einen wirklich zufriedenen Eindruck. »Alles fügt sich.«

»El nuevo bolo«, sagte Walls zu dem Kubaner neben ihm.

Erleichterung breitete sich auf allen Gesichtern aus, außer dem von Erasmo. Er warf Arkadi einen düsteren Blick zu. Mostowoi salutierte.

»Ich bin der neue Russe?« fragte Arkadi.

»Damit gehören Sie zum Club«, sagte O'Brien.

»Zu welchem Club?«

»Zum Havana Yacht Club, was sonst?«

Kellner schenkten Rum und Wasser aus, obwohl an vielen Tischen Kaffee ebenso gefragt war, was Arkadi in Anbetracht der späten Stunde seltsam fand. »Woher wissen Sie, daß ich in Rufos Wohnung war?«

»George ist ein großer Boxfan, müssen Sie wissen. Er hat sich heute ein paar Sparringskämpfe im Gimnasio Atares angesehen, und ein Trainer hat ihm von einem weißen Mann in einem schwarzen Mantel erzählt, den er gestern abend aus Rufos Haus kommen gesehen hat. George ist reingegangen, und da stand es, mitten auf der Wand, ein Hinweis, den ein so intelligenter Mann wie Sie nicht übersehen würde. Oder vielleicht doch, aber wir müssen vorsichtig sein. Denken Sie immer daran, daß ich das

Ziel von mehr Polizeieinsätzen gewesen bin und in mehr Hinterhalte gelockt wurde, als Sie sich vorstellen können. Sie sollten übrigens beachten, daß die meisten unserer Freunde hier der russischen Sprache noch mächtig sind. Also passen Sie auf, was Sie sagen.«

Walls musterte Arkadis neue Kleidung. »Ein enormer Fortschritt.«

Die Köche nahmen Hummer aus einem riesigen Sack und plazierten sie auf ein Hackbrett neben dem Grill, wo die Tiere aufgeschnitten und die Unterseite ihrer Schwänze gereinigt wurde, bevor man sie lebendig auf den Grill legte und mit Stöckchen zurückstieß, wenn sie krabbelnd den Flammen zu entkommen suchten. Arkadi sah keine Speisekarten und kein afrikanisches Essen. Die beiden Kubaner an Arkadis Tisch schüttelten seine Hand, ohne sich vorzustellen. Einer war weiß, der andere ein Mulatte, doch sie hatten beide den Körperbau, den direkten Blick und die zwanghaft kurzgeschnittenen Fingernägel und Haare von Militärs.

»Was macht dieser Club?« wollte Arkadi wissen.

»Sie können alles machen«, erwiderte O'Brien. »Die Leute fragen sich, was mit Kuba passiert, wenn Fidel stirbt. Wird es ein karibisches Nordkorea? Oder wird die Bande aus Miami einfach zurückkehren und ihre alten Häuser und Zuckerrohrfelder beanspruchen? Wird die Mafia einfallen? Oder gibt es die totale Anarchie, ein zweites Haiti? Die Amerikaner fragen sich, wie Kuba ohne eine Infrastruktur von gelernten Betriebswirten und Managern überhaupt überleben will.«

Die Hummer waren riesig, die größten, die Arkadi je gesehen hatte. Sie verfärbten sich zwischen den Flammen und Funken rot.

»Aber das Schöne an einer Revolution ist«, fuhr O'Brien fort, »daß man sie nicht aufhalten kann. Man eliminiert die Privatwirtschaft. Man macht die Armee zum bevorzugten Karriereweg für idealistische junge Männer. Man schickt sie in Kriege im Ausland, ohne ihnen genug Geld zum Kämpfen zu geben. Man zwingt sie dazu, es sich selbst zu verdienen. Man läßt sie mit Elfenbein und Diamanten handeln, damit sie genug Munition haben, um sich zu verteidigen, und am Ende hat man eine interessante Gruppe junger Unternehmer. Dann läßt man die heimkehrende Armee in die Landwirtschaft, die Hotelbranche und die Zuckerindustrie gehen, weil es billige Arbeitskräfte sind. Man setzt Kriegshelden ein, um die Tourismus-, die Zitrusfrüchte- und die Nickelindustrie zu managen. Und ich kann Ihnen sagen, einen Vertrag mit einer Baufirma aus Mailand auszuhandeln, ist so gut wie zwei Jahre an der Harvard Business School. Die heute hier Versammelten sind die Crème de la crème.«

»Der Havana Yacht Club?«

»Der Name gefällt Ihnen«, sagte Walls. »Eine rein gesellschaftliche Angelegenheit.«

Als die ersten Hummer fertig waren, nahm ein Koch eine Glasschüssel mit Papierröllchen, entrollte vier von den Zetteln und las sie laut vor, bevor er den Hummer zu einem Tisch bringen ließ. Woher wußte der Koch, wer was bestellt hatte? Und warum gab es nur die Wahl zwischen Hummer oder keinem Hummer?

»Ich dachte, Privatrestaurants dürfen keinen Hummer servieren«, sagte Arkadi.

»Vielleicht ist heute abend eine Ausnahme«, erwiderte O'Brien.

Arkadis Blick fiel erneut auf Mostowoi. »Warum bin ich der neue Russe? Warum kann es nicht Mostowoi sein?«

»Dieses Unternehmen braucht mehr als einen Pornographen. Sie sind der Ersatz für Pribluda. Das kann jeder akzeptieren.« O'Brien schlug einen nachsichtigen Ton an. »Und Sie können das Foto, das Pribluda Ihnen geschickt hat, behalten. Es wäre nett gewesen, wenn Sie es als Zeichen Ihres Vertrauens irgendwann freiwillig herausgegeben hätten, aber jetzt gehören Sie zum Team.«

»Für dieses Foto ist Rufo gestorben.«

»Gott sei Dank, Sie sind mir viel lieber. Ich meine, es hat sich doch alles wunderbar gefügt.«

»Arbeiten einige dieser Leute hier vielleicht im Zuckerministerium? Haben einige von ihnen mit AzuPanama zu tun?«

»So haben wir uns kennengelernt, ja. Dies sind die Männer, die die Entscheidungen treffen, soweit irgend jemand außer Fidel überhaupt Entscheidungen treffen kann. Manche sind stellvertretende Minister, andere noch immer Generäle und Oberste, Männer, die sich ein Leben lang kennen und jetzt im Zenit ihrer Schaffenskraft stehen. Natürlich machen sie Pläne. Es ist ein normales menschliches Streben, sich zu verbessern und der Familie etwas zu hinterlassen. Genau wie Fidel. Er hat die Regierung mit einem legitimen Sohn und einem Dutzend unehelicher Kinder durchsetzt. Diese Männer sind nicht anders.«

»Und dabei ist auch irgendwo Platz für das Kasino?«

»Ich hoffe.«

»Warum erzählen Sie mir das alles?«

»John sagt immer die Wahrheit«, schaltete Walls sich ein. »Die Wahrheit ist eben bloß ziemlich vielschichtig.«

»Kasino, Kampfstiefel, AzuPanama. Was davon ist echt und was nur Schwindel?«

»In Kuba«, sagte O'Brien, »gibt es eine sehr schmale Grenze zwischen dem Realen und dem Absurden. Als kleiner Junge hat Fidel Castro Franklin Roosevelt einen Brief geschrieben und ihn um einen Dollar gebeten. Später haben ihn Talentscouts der Profiliga als Werfer im Auge gehabt. Wir haben es also mit einem Mann zu tun, der um ein Haar ein amerikanisches Idol geworden wäre. Statt dessen wird er Fidel. Der Bericht des Talentscouts lautete übrigens: ›Gutes Baseball, keine Kontrolle.‹ Im Kern, mein lieber Arkadi, ist alles lächerlich.«

Der Mann aus der Bucht war tot, Rufo war tot, Hedy und ihr Italiener waren niedergemetzelt worden, dachte Arkadi. Das war real. Die Kubaner am Tisch hörten mit halbem Ohr zu, während sie weiter den Marsch der Hummer vom Grill und die seltsame Zeremonie mit den wahllos aus einer Glasschüssel gefischten und feierlich verlesenen Zetteln beobachteten. Es schien nicht so sehr darauf anzukommen, wer Hummer bestellt, sondern vielmehr darauf, daß alle bestellt hatten. Arkadi glaubte, daß sich die ganze Gesellschaft, wenn einer der Gäste keinen Hummer bestellt hätte, wie ein Mann erhoben und das Lokal auf der Stelle verlassen hätte.

»Haben Sie etwas dagegen...?« Arkadi wies mit dem Kopf auf Erasmos Tisch.

»Bitte sehr«, erteilte O'Brien seinen Segen.

Tico zerlegte genüßlich sein Schalentier, Mostowoi saugte an einer Schere.

»Derart saftigen Hummer finden Sie nirgendwo sonst auf der Welt.« Mostowoi wischte sich den Mund ab, als Arkadi auf einem leeren Stuhl an seinem Tisch Platz nahm. Der Fotograf ließ durch nichts erkennen, daß er den Brand im Sierra Maestra mit Arkadi in Verbindung gebracht hatte.

Erasmo sagte kein Wort und rührte auch seinen Hummer nicht an. Arkadi erinnerte sich, wie er bei dem Santero *ron peleo* getrunken und sich im Rhythmus von Mongos Trommeln in seinem Rollstuhl hin und her gewiegt oder wie ein bärtiger Freibeuter aus dem Jeep gelehnt hatte. Heute saß ihm ein deutlich zurückhaltenderer Erasmo gegenüber.

»Das ist also der echte Havana Yacht Club«, sagte Arkadi zu ihm. »Kein Mongo, kein Fisch.«

»Es ist ein anderer Club.«

»Offensichtlich.«

»Das verstehen Sie nicht. Dies sind alles Männer, die zusammen in Angola und Äthiopien gekämpft haben, Seite an Seite mit Russen.«

»Bis auf O'Brien.«

»Und Sie?«

»Ich?« Arkadi konnte sich nicht erinnern, in einen Club aufgenommen worden zu sein. »Wieso ich?«

Erasmos Kopf rollte hin und her, als hätte er erfolglos versucht, sich bewußtlos zu trinken. »Wieso? Ein dummer Zufall.

Stellen Sie sich vor, Sie würden ein Stück aufführen und wären gerade im zweiten Akt, und plötzlich spaziert jemand auf die Bühne. Ein Neuling, der den Text nicht kennt. Was machen Sie? Zuerst versuchen Sie, ihn von der Bühne zu schaffen, indem Sie einen Sandsack auf ihn fallen lassen oder ihn in die Kulisse locken, wo Sie ihm möglichst unauffällig eins drüberziehen können, denn das Publikum sieht ja zu. Aber was machen Sie, wenn Sie den Mistkerl nicht von der Bühne kriegen? Sie fangen an, ihn in das Stück einzubauen, teilen ihm die Rolle einer vermißten Person zu, spielen ihm so elegant wie möglich ein paar Zeilen Text zu, so daß der dritte Akt praktisch unverändert über die Bühne geht, so wie er immer geplant war.«

Der letzte Hummer wurde serviert. Auf allen Tellern lagen jetzt Tiere oder gründlich ausgeweidete Schalen, obwohl Arkadi bemerkt hatte, daß viele Gäste ihrem Essen wenig Beachtung schenkten, nachdem es erst einmal aufgetragen war. Ein großer Mann mit Pilotenbrille stand auf und hob ein Glas mit Rum. Es war derselbe Offizier, den Arkadi zusammen mit Erasmo und dem Commandante auf einem Foto gesehen hatte. Der Mann brachte einen Toast auf den »Havana Yacht Club« aus.

Alle außer Arkadi und Erasmo erhoben sich, wobei Erasmo zumindest sein Glas hochhielt.

»Und was jetzt?« fragte Arkadi. »Beginnt jetzt das Treffen?«

»Das Treffen ist vorüber. Viel Glück«, fügte Erasmo flüsternd hinzu.

Tatsächlich verließen die Männer das Lokal, sobald sie ihre Gläser abgestellt hatten. Sie strömten nicht in Scharen nach draußen, sondern schlenderten zu zweit oder dritt unter der Neonsonne hindurch auf die dunkle Straße. Arkadi hörte die gedämpften Geräusche von zuschlagenden Autotüren und startenden Motoren. Mostowoi verschwand wie ein Schatten. Tico schob Erasmo hinaus, der seine Stirn auf eine Hand stützte wie Hamlet, der über seinen Optionen grübelte. Bald hielten sich nur noch die Belegschaft, Walls, O'Brien und Arkadi in dem *paladar* auf.

»Jetzt gehören Sie zum Club«, sagte O'Brien. »Wie fühlt man sich dabei?«

»Ein wenig seltsam.«

»Nun, Sie sind ja auch erst sechs Tage hier. Um Kuba zu verstehen, braucht man ein ganzes Leben. Meinst du nicht auch, George?«

»Unbedingt.«

O'Brien rückte vom Tisch ab und stand auf. »Wie dem auch sei, ich muß los. Es ist fast Geisterstunde, und ich bin, offen gestanden, total groggy.«

»War Pribluda in das hier verwickelt?« fragte Arkadi.

»Wenn Sie es wirklich wissen wollen, kommen Sie morgen abend zu meinem Boot.«

»Morgen abend fliege ich zurück nach Moskau.«

»Es liegt ganz bei Ihnen«, sagte Walls und öffnete das Tor. Der Imperial glänzte am Straßenrand.

»Was ist der Havana Yacht Club?« fragte Arkadi.

»Was hätten Sie denn gern, was es ist?« erwiderte O'Brien. »Ein paar Typen, die mit einer Angelschnur rumhängen. Eine Ruine von einem Gebäude, das darauf wartet, von einem Zauberstab berührt und in hundert Millionen Dollar verwandelt zu werden. Eine Gruppe von Patrioten, Veteranen der Kriege ihres Landes, die zu einem geselligen Abend zusammenkommen. Es ist, was immer Sie wollen.«

24

Der DeSoto parkte vor dem Rosita. Ofelia war auf dem Zimmer. Sie lag eng zusammengerollt unter den Laken. Arkadi zog sich im Dunkeln aus, glitt neben sie und erkannte an ihrem Herzschlag, daß sie noch wach war. Er strich mit der Hand über ihre Brust und den Arm hinunter bis zu der Waffe in ihrer Hand.

»Du bist zurück zu Lunas Lager gegangen.«

»Ich wollte sehen, was er dort stapelt.«

»Bist du allein gegangen?« fragte er und deutete ihr Schweigen als Bejahung. »Du hast gesagt, du würdest jemanden mitnehmen. Ich wäre mitgekommen.«

»Es darf nicht sein, daß ich Angst habe, allein in ein Haus zu gehen.«

»Ich habe oft Angst davor. Was hast du gefunden?«

Sie beschrieb den Zustand des Centro Russo-Cubano, die Lobby und jeden Raum, den sie durchsucht hatte, die Ziege, die Tür zum Speisesaal und die Granate. Sie erzählte weiter, wie sie sich durch die Trümmer der Explosion in einen Speisesaal und eine Küche ohne Öfen, Gefriertruhen oder Kühlschränke vorgekämpft hatte, dann zurück in die Lobby gegangen war, die Leiter an die Galerie gelehnt und die Räume im Zwischengeschoß kontrolliert hatte, wobei sie jede Tür mit einem Besenstiel geöffnet hatte. Sie war auf keine weiteren Bombenfallen oder Ziegen gestoßen, nur auf ihre Exkremente und offene Gefäße mit russischer Haarpomade, die sie leergeleckt hatten. Mittlerweile war der verabredete Zeitpunkt im Park verstrichen, und als sie zum Havana Yacht Club gefahren war, war er nicht erschienen. Sie ließ die Waffe los, küßte ihn auf den Mund und sagte dann: »Ich dachte, du würdest gar nicht mehr kommen.«

»Wir haben uns nur verpaßt, das ist alles.«

Er nahm sie in die Arme und spürte, wie sie an ihm hinunterglitt. Kurz darauf war er in ihr, und sie umfing ihn. Ihre Zunge war süß, ihr Rücken hart, und wo sie sich trafen, war sie unendlich tief.

Sie aßen Bananenbrot und tranken Bier dazu, während Arkadi Ofelia von seinem Besuch in Mostowois Apartment berichtete, wobei er nur das Feuer unerwähnt ließ. Vielleicht war sie empfindlich, was Brandstiftung anging. Er mußte lächeln. Sie war durch seine Verteidigungslinien hindurchgeschlüpft, ein kleiner Vogel auf Stacheldraht. Außerdem bereitete es ihm ein – morbides oder professionelles – Vergnügen, mit einer Kollegin zu sprechen. Und sie war eine Kollegin, auch wenn ihre Ansichten weniger aus einer anderen Welt als vielmehr aus einem anderen Universum zu stammen schienen. Sie war eine Kollegin, auch wenn sie im fahlen Licht nackt mit verschränkten Beinen vor ihm saß.

»Es gibt Gebiete von Havanna, die seit Wochen ohne Strom sind, auch wenn das hier natürlich nicht drinsteht.« Sie wies auf die Zeitung, in die das Brot eingewickelt gewesen war. Auf dem Titelblatt prangte ein fleckiges Bild von Revolutionären, die einen Sieg feierten, und ein rotes Banner mit der Aufschrift »Granma«. »Es ist die offizielle Parteizeitung.«

Arkadi warf einen Blick auf das Datum. »Sie ist zwei Wochen alt.«

»Meine Mutter liest sie nicht, sie kauft sie nur, um Lebensmittel darin einzuwickeln. Jedenfalls, was immer Luna beiseite geschafft hatte – Fernseher, Videorecorder, Schuhe –, es war weg.«

»Er hat versucht, uns in dem Lada umzubringen. Er hat Hedy und ihren italienischen Freund getötet, wenn die Verwendung einer Machete und eines Eispickels irgendwelche Rückschlüsse erlaubt. Und wenn er in Angola Minen entschärft hat, kann er auch eine Granatenfalle aufbauen. Ich denke, der Diebstahl von Rufos Videorecorder ist das geringste von Lunas Verbrechen.«

»Er hat lediglich auf deine Seite des Wagens eingeschlagen«, sagte Ofelia.

»Was?« Das war eine neue Wendung, dachte Arkadi.

»Mich hat er nur in den Kofferraum gesperrt.«

»Er hätte dich ersticken lassen.«

»Vielleicht. Du hast mich rausgeholt.«

»Und dann hat er versucht, den Wagen kurz und klein zu schlagen.«

»Vor allem dich.« Das kam Arkadi wie Haarspalterei vor, doch Ofelia fuhr fort: »Du bist also zum Yacht-Club gegangen und hast mich nicht gefunden. Was dann?«

»Ich weiß es nicht genau.« Er berichtete ihr von dem Hummeressen im *paladar* Angola. »Die Männer sahen aus wie Militärs und nannten sich Havana Yacht Club. Wie ungewöhnlich ist es, daß Armeeoffiziere ein privates Restaurant okkupieren?«

»Es kommt durchaus vor.«

»Und daß sie dort Hummer essen?«

»Vielleicht war es ihr eigener Hummer. Viele Offiziere fischen mit einer Harpune. Außerdem verkauft die Marine auch Hummer. Offiziere essen gar nicht so schlecht.«

»Sie haben einen unglücklichen Eindruck gemacht.«

»Wir leben in der speziellen Periode – außer uns beiden sind alle unglücklich. Was für Autos haben sie gefahren?«

»Geländewagen.«

»Siehst du!«

»Aber mindestens die Hälfte hat ihre Hummer gar nicht angerührt.«

»Das ist seltsam«, gab Ofelia zu.

»Und es wurden keine Reden gehalten.«

»Sehr seltsam.«

»Das dachte ich auch nach allem, was ich über die kubanische

Mentalität gelernt habe. Außerdem waren Walls, O'Brien und Mostowoi da. O'Brien hat mich als den ›neuen Russen‹ vorgestellt, als ob ich Pribludas Platz einnehmen würde. Ich habe das Gefühl, daß sich vor meinen Augen etwas ereignet hat, was ich nicht gesehen habe. O'Brien ist mir immer ein Stück voraus.«

»Er hat kein Verbrechen begangen.«

»Noch nicht.« Arkadi ließ den amerikanischen Haftbefehl und den Zwanzig-Millionen-Dollar-Zuckerbetrug an Rußland geflissentlich unerwähnt. »Warum sollten sich zwanzig hochrangige Kubaner Havana Yacht Club nennen?«

»Vielleicht ein Witz?«

»Das war schon die Erklärung für Pribludas Foto.«

»Glaubst du, das hier ist etwas anderes?«

»Nein, ich glaube, daß es beide Male um dasselbe geht. Aber ich glaube nicht, daß es je ein Witz war.«

»Hatten die Offiziere bei diesem Essen auch Namen?«

»Ich habe keinen Namen mitbekommen. Ich habe nur gesehen, daß sie alle Guayaberas trugen und auf einem Stück Papier, das entfaltet und verlesen werden mußte, Hummer bestellt haben. Einige ließen ihren Hummer einfach stehen, so wie Erasmo, und haben bloß zugesehen und die Hummer gezählt. Sobald der letzte Hummer auf dem Teller lag, war das Dinner vorbei, als hätten sie einen einstimmigen Beschluß über irgend etwas gefaßt. Vielleicht werden wir es morgen erfahren. Ich treffe mich mit Walls und O'Brien, bevor ich abfliege.«

»Solange du dein Flugzeug nicht verpaßt«, sagte Ofelia.

Er wußte, daß sie beobachtete, wie er auf die Erwähnung seiner Abreise reagierte, doch er wußte nicht, was seine Reaktion war. Sie beide hatten sich so weit vorgewagt, daß die kleinste Bewegung sie aus dem Gleichgewicht zu bringen drohte. Sein Blick fiel auf die Zeitung, in die das Bananenbrot eingewickelt war.

»Was hat Changó vor?«

»Wie meinst du das?« Ofelia war noch nicht bereit, das Thema zu wechseln.

Er griff nach der Zeitung, die so gefaltet war, daß ihm das Foto einer schwarzen Puppe mit einem roten Stirnband entgegenblickte. Unter dem Foto stand: *NOCHE FOLKLORICA APLAZADA. Debido a inclemencias del tiempo fue necesario aplazar el Festival Folklorica Cubano para dentro de dos semanas en el Círculo Social de los Trabajadores de la Construcción.*

»Sabado ist Samstag, der Círculo Social der Havana Yacht Club, und irgendwas mit widrigen Wetterbedingungen.«

»›Wegen Regens wird das Folklorefestival um zwei Wochen verschoben‹, das ist alles.«

Arkadi überprüfte das Datum der Zeitung. »Bis morgen.« Er stand auf, um den in der Ecke sitzenden Changó genauer zu untersuchen. Der Arm der Puppe lag schlaff auf dem Stock, die Füße waren ausgestreckt, die Glasaugen in dem nur angedeuteten Gesicht erwiderten Arkadis Blick. Je länger Arkadi die Puppe betrachtete, desto mehr glaubte er, daß es dieselbe war, die aus Pribludas Wohnung am Malecón verschwunden war. Dasselbe rote Stirnband, dieselben Reebok-Schuhe, dasselbe unheilvolle Starren. »Er erinnert mich an Luna.«

»Natürlich«, sagte Ofelia, »Luna ist ein Sohn von Changó.«

»Ein Sohn von Changó?« Wieder hatte Arkadi das Gefühl, daß jedes Gespräch mit Ofelia Falltüren besaß, die sich unvermittelt auftun und einen Menschen in ein Paralleluniversum fallen lassen konnten. »Woher weißt du das?«

»Es ist offensichtlich. Sexuell aggressiv, gewalttätig, leidenschaftlich. Ganz Changó.«

»Wirklich?« Er beugte sich vor, um die gelben Perlen um ihren Hals besser zu sehen. »Und ...«

»Ochún«, sagte sie steif.

»Davon habe ich auch schon gehört.«

»Du bist ein Sohn von Oggún.«

Arkadi hatte das Gefühl, schon halb durch die Falltür zu sein. »Weiter, wer ist Oggún?«

»Oggún ist Changós größter Feind. Sie kämpfen oft miteinander, weil Changó so gewalttätig ist und Oggún ein Wächter gegen das Verbrechen.«

»Ein Polizist? Das hört sich aber nicht besonders amüsant an.«

»Er kann auch sehr traurig sein. Einmal war er so wütend über die Menschen, ihre Verbrechen und Lügen, daß er tief in den Wald ging, wo ihn niemand finden konnte. Und er blieb stumm, so daß niemand mit ihm reden oder ihn wieder herauslocken konnte. Schließlich machte sich Ochún auf die Suche nach ihm und ging durch den Wald, bis sie eine Lichtung an einem Fluß erreichte. Sie spürte, daß Oggún sie aus dem Schutz der Bäume aufmerksam beobachtete. Doch sie beging nicht den Fehler, ihn zu rufen. Statt dessen begann sie langsam und mit ausgestreckten Armen zu tanzen. Ochún hat ihren eigenen Tanz, und der ist sehr erotisch. Als sie spürte, daß Oggún neugierig wurde und näher kam, rief sie seinen Namen noch immer nicht, sondern tanzte ein wenig schneller und dann wieder langsamer. Und als er sein Versteck ganz verließ, tanzte sie weiter, bis er so nah war, daß sie ihren Finger in eine Gurde mit Honig, die sie um ihre Hüfte trug, tunken und über seine Lippen streichen konnte. Noch nie in seinem Leben hatte er etwas so Süßes geschmeckt. Sie tanzte, füllte ihre Hand mit Honig und träufelte immer mehr davon in seinen Mund, während sie ihn mit einem Seil aus gelber Seide anleinte und zurück in die Welt führte.«

»Das könnte funktionieren.«

Nicht Honig, aber das süße Salz ihrer Haut. Keine seidenen Bänder, sondern ihre Arme. Keine Worte, sondern Hände und Lippen. Arkadi zog sie an sich, als Changós Spazierstock plötzlich über das Linoleum kratzte. Die Puppe rutschte nach vorn, ihr Kopf sackte langsam zur Seite wie bei einem Betrunkenen, der die Anstandsregeln endgültig vergaß; ihr Körper rutschte von dem Stuhl und fiel kopfüber auf den Boden.

»Ein seltsamer Zauber«, sagte Arkadi. Bei ihm hatte er gewirkt. Er schwang sich aus dem Bett, hob die Puppe auf und setzte sie wieder auf den Stuhl. Hier war die Gestalt, die ihm durch ganz Havanna gefolgt war, sein schattenhafter Begleiter.

Es war Arkadi schleierhaft, wie er es vorher geschafft hatte, ihn auf den Stuhl zu setzen, denn der Stock rutschte immer wieder in die eine, der bizarr zusammengesunkene Körper der Puppe in die andere Richtung. »Der Kopf ist zu schwer, er bleibt einfach nicht oben.«

Ofelia machte Arkadi ein Zeichen, zurück ins Bett zu kommen. »Laß ihn. Es ist nur Pappmaché.«

»Das glaube ich nicht. Nein.« Der Zauber war gebrochen. Er nahm Changó und trug ihn zum Bett, um sich genauer anzusehen, wie der Kopf am Hemd befestigt war. »Hast du zufällig eine Schere in deinem Kulturbeutel?«

Arkadi zog sich eine Hose an, und Ofelia schlüpfte in seinen Mantel. Weil die Nagelschere zu klein war, mußte Arkadi jeden Faden einzeln durchtrennen, um den Kopf von dem Holzstab zu schieben, der das Rückgrat der Puppe bildete. Er ließ ihren kopflosen Körper zu Boden gleiten.

»Was machst du?« fragte Ofelia.

»Ich sehe mir Changó an.«

Er löste das Stirnband ab, zurück blieb ein roter Streifen aus Klebstoff und Stoffresten. Der Kopf war aus Pappmaché und mit einer firnisharten Lackschicht überzogen wie ein schwarz verputzter, grober Schädel. In einer Schublade in der Kochnische fand Ofelia ein Sägemesser. Arkadi sägte von Ohr zu Ohr, bis er das Gesicht der Puppe abziehen konnte wie eine Maske. Darunter war zerknülltes Zeitungspapier, das ein flaches Oval aus dickem silbernen Klebeband verdeckte. Mit winzigen Schnitten arbeitete Arkadi sich am Rand des Ovals entlang und zog das Klebeband von fünf braunen, wachsweichen Stangen mit der englischen Aufschrift »Hi-Drive Dynamite« ab. Die Stangen waren angewärmt und zu einem festen Paket zusammengedrückt worden, das mit einer Rückwand aus Plexiglas in dem ovalen Hohlraum des Kopfes verstaut war. An der mittleren Stange hing die kreditkartengroße Schalttafel eines Funkempfängers mit einer Antenne und einer eingebauten Batterie in der Größe einer Kopeke. Arkadi schob die Tafel hoch. Die

Drähte waren um das Kabel einer Zündkapsel gewickelt, die tief in dem Dynamit steckte. Er spürte, wie ihm trotz der Klimaanlage der Schweiß ausbrach. Seit fast einer Woche hatten er und Ofelia sich immer wieder in der Umgebung der Puppe aufgehalten. Irgend jemand hätte jederzeit auf den Auslöser der Fernzündung drücken und seinen Ausflug nach Havanna vorzeitig beenden können.

Er legte Schere und Messer beiseite. »Haben wir irgendwas, was keine Funken schlägt?«

Ofelia legte den Kopf der Puppe in ihren Schoß und grub die Zündkapsel behutsam mit den Fingernägeln aus.

So eine Frau mußte man einfach bewundern, dachte Arkadi.

25

Das Licht, das im Morgengrauen durch das Rollo vor dem Fenster fiel, reichte Arkadi, um den auf dem Tisch liegenden Changó zu betrachten. Die beiden Hälften seines Kopfes ruhten auf seiner Brust. Geteilt sah das Gesicht lebendiger und bösartiger aus denn je.

Ofelia lag schlafend unter Arkadis Mantel. Er zog seine alten Sachen an, band seine Gürteltasche um und zog ihr so behutsam wie möglich den Mantel weg. Dies war der Zeitpunkt, an dem sich ihre Wege trennen mußten. Sie hatte selbst gesagt, daß es schon schwierig genug werden würde zu erklären, wie sie in den Besitz der Puppe gekommen war. Einen Russen dabeizuhaben, würde die Sache bestimmt nicht erleichtern.

»Arkadi?«

»Ja?« Er hatte die Tür bereits geöffnet.

Ofelia richtete sich am Kopfende des Bettes auf. »Wo werde ich dich wiedersehen?«

Das hatten sie alles schon am Abend zuvor besprochen. »Auf jeden Fall am Flughafen. Mein Flug geht um Mitternacht. Es ist ein russisches Flugzeug und ein kubanischer Flughafen, also werden wir jede Menge Zeit haben.«

»Du triffst dich mit Walls und O'Brien? Ich will nicht, daß du da hingehst. Zu ihrem Boot? Ich traue ihnen nicht.«

»Ich auch nicht.«

»Ich werde die Situation im Auge behalten. Wenn das Boot

mit dir an Bord ablegt, schicke ich euch ein Polizeiboot hinterher.«

»Gute Idee.« Das hatten sie alles bereits verabredet, doch er kam noch einmal zurück, um seinen Kopf für einen Moment an ihren Hals zu legen und sie auf den Mund zu küssen.

»Was ist mit Blas und dem Foto?« fragte sie. »Ich gehe zu ihm.«

»Überlaß das Foto mir.«

»Und danach?«

»Danach? Danach machen wir einen Einkaufsbummel auf dem Arbat, laufen unter Birken Ski, gehen ins Bolschoi, was immer du willst.«

»Du wirst vorsichtig sein?«

»Wir werden beide vorsichtig sein.«

Ihr Blick ließ ihn los, und Arkadi schlüpfte hinaus in das matte zinnfarbene Licht des Morgens, das das Wasser säumte, während die Laternen langsam verblaßten. Er machte sich auf den Weg, Pribludas Geliebte zu treffen.

An der nächsten Straßenecke traf er wieder auf ein *Socialismo-o-Muerte!*-Plakat mit einem riesigen Commandante in Uniform, der, in der Bewegung erstarrt, in die gleiche Richtung marschierte wie er.

Ofelia brauchte ein wenig länger, um sich anzuziehen, den Kopf der Puppe wieder zusammenzukleben und ihn in ihrer neuen Strohtasche zum Auto zu tragen. Als sie das Instituto de la Medicina Legal erreichte, Blas in einem Obduktionssaal gefunden und ihn hatte benachrichtigen lassen, daß sie ihn im Anthropologiezimmer erwartete, war es acht Uhr. In diesem Raum war man nie ganz allein, dafür gab es zu viele Schädel und Skelette, präparierte Käfer und unter dem Licht zusammengerollte Schlangen. Auf dem Tisch lag ein frisch gesäuberter Schädel unter der Videokamera. Sie schaltete den Monitor ein, und das Bild eines stämmigen Sergej Pribluda am Strand erschien auf dem Bildschirm.

»Noch nicht«, sagte Blas, als er, sich die Hände mit einem Papierhandtuch abtrocknend, das Zimmer betrat. »Keine Vorstellung, bis wir unseren anderen Russen gefunden haben. Criminalista, ich verstehe durchaus, daß Sie für einen ganz bestimmten Dienst so gekleidet sind, aber ich muß Ihnen gratulieren. Sie wirken absolut überzeugend.« Sie trug ihre weiße *Jinetera*-Ausstattung. Blas warf das Handtuch in den Papierkorb und strich langsam über ihre Unterarme, als würde er eine Untersuchung durchführen. »Unwiderstehlich.«

»Ich habe etwas für Sie«, sagte sie.

An wen hätte sich Ofelia sonst wenden sollen? Er war verständnisvoll und kultiviert und hatte Verbindungen ins Innenministerium, zur Armee und zur PNR, die weit über die Ebene von Capitán Arcos und Sargento Luna hinausreichten.

»Ein Geschenk?«

»Nicht direkt.« Sie nahm den in Zeitung eingewickelten Kopf aus ihrer Tasche und stellte ihn vor den Bildschirm.

»Nun, ich bin stets interessiert.« Blas entfernte die Zeitungen und entblößte Changós obsidiandunklen Blick. Die gespannte Erwartung des Arztes verflog. »Was soll das? Sie sollten doch wissen, daß mein Interesse an Santería rein wissenschaftlicher Natur ist.«

»Aber dies ist der Kopf der Puppe, die sich in Pribludas Wohnung befand. Später wurde sie zusammen mit Waren für den Schwarzmarkt in einem Gebäude bei den Docks gefunden.«

»Und? Ich habe in diesem Land schon Hunderte solcher Köpfe gesehen.«

Ofelia zog das Klebeband ab, das die beiden Kopfhälften zusammenhielt. »Sehen Sie selbst.«

Als Blas das Gesicht der Puppe abzog, wurde sein eigenes weißer, als es gewöhnlich war. *»Coño.«*

»Fünf Ladungen achtzigprozentigen Dynamits. Made in USA, aber wir bekommen es ständig via Panama für Sprengungen beim Haus- und Straßenbau. Es gab auch einen Empfänger und eine Zündkapsel, die ich jedoch bereits entfernt habe. Dies ist eine Bombe.«

»Das war in Pribludas Wohnung?«

»Von dort wurde sie meiner Ansicht nach von Sargento Luna weggeschafft, der auch Pribludas Wagen genommen und in dem verlassenen Lagerhaus, in dem auch die Puppe gefunden wurde, abgestellt hat.«

Vieles mußte Ofelia gar nicht erwähnen. In den letzten Jahren hatten Reaktionäre aus Miami in diversen Hotels und Discos Brandbomben gezündet, nur um Terror zu verbreiten. Und dann gab es immer noch das Ziel der Ziele, dessen Namen zu nennen Ofelia nicht wagte: den Máximo Líder, der seit vierzig Jahren Bomben, Kugeln und Zyanidkapseln entkommen war.

»Dies ist eine sehr ernste Angelegenheit. Weiß der Sargento, daß Sie im Besitz der Bombe sind?«

»Ja, er hat versucht, mich aufzuhalten. Das war vor zwei Tagen. Ich habe erst gestern abend herausgefunden, daß es eine Bombe ist. Auf dem Kopf selbst befinden sich offenbar keine Fingerabdrücke, aber vielleicht kann man an den Dynamitstangen noch welche sichern.«

»Überlassen Sie das mir. Sie hätten sofort zu mir kommen sollen. Wenn ich an die arme Hedy denke und dann an Sie.« Blas legte die Maske aus der Hand, um sich die Hände an seinem Laborkittel abzuwischen. »Sie wirken so gelassen. Haben Sie den Empfänger und die Zündkapsel?«

»Ja.« Sie zog sie, in Zeitungspapier eingewickelt, aus ihrer Tasche.

»Es ist besser, wenn ich die komplette Anlage habe. Wer weiß sonst noch von der Sache?«

»Niemand.« Sie hatte vor, Arkadi so lange wie möglich unerwähnt zu lassen. Ein Russe und eine Bombe, wie würde das aussehen? Vor allem mit den Attentatsdateien, die er auf Pribludas Computer entdeckt hatte, würde es alles durcheinanderbringen. Auf dem Kopf würde man schon deshalb keine Fingerabdrücke finden, weil sie sie abgewischt hatte. »Aber wir müssen davon ausgehen, daß auf Lunas Seite weitere Personen in die Sache verwickelt sind.«

»Eine Verschwörung im Innenministerium? Sargento Luna ist ein Niemand, das könnte sehr viel höher reichen. Kein Wunder, daß er und Capitán Arcos eine Ermittlung verweigert haben. Sie bekommen ihre Befehle von einer dritten Person. Die Frage ist nur, von wem? Wer hat sie beauftragt? Wen soll ich anrufen?«

»Sie werden helfen?«

»Gott sei Dank, daß Sie zu mir gekommen sind. Ich habe es immer gesagt, Criminalista, Sie sind ein Juwel. Wollten Sie noch irgendwohin?«

»Zu der Wohnung, in der Rufo gestorben ist.« Sie wollte nicht sagen, zu der Wohnung, in der Arkadi ihn getötet hatte, selbst wenn es Notwehr gewesen war. »Ich glaube, daß ein Schieber wie Rufo ein Handy gehabt haben muß. Bei Cubacell ist er nicht eingetragen, aber –«

»Nein, nein, nein. Bleiben Sie von der Straße. Wir müssen einen sicheren Ort für Sie finden. Sie müssen sich hinsetzen und ein umfassendes Protokoll über sämtliche Fakten verfassen, während ich darüber nachdenke, wie wir das Problem angehen. Der erste Anruf ist der wichtigste. Da sich das Instrument der Zerstörung dank Ihnen in unseren Händen befindet, haben wir eine Minute Zeit zum Überlegen. Der sicherste Ort ist hier. Im Schreibtisch liegen Papier und Bleistift. Sie müssen alles schriftlich festhalten und jeden nennen, der in die Sache verwickelt ist.«

»Ich habe schon mal ein Protokoll geschrieben, *no*?«

»Sie haben recht. Das Wichtigste ist, daß Sie sich nicht vom Fleck rühren, bis ich zurück bin. Versprechen Sie mir das?« Blas setzte die beiden Kopfhälften behutsam wieder zusammen, wickelte den Kopf in eine Zeitung und trug ihn unter dem Arm zur Tür. »Haben Sie einfach Geduld.«

Ofelia war überrascht, daß sich ihre Sorge keineswegs legte, selbst nachdem sie die Puppe in kompetenten Händen wußte. Sie fand das Schreibzeug in einer Schreibtischschublade, wie Blas gesagt hatte, doch sie stellte fest, daß sie sich zu sehr daran gewöhnt hatte, ihre Berichte auf PNR-Formularen zu tippen. Außerdem war es schwierig, mehr als die simple Tatsache festzuhalten, daß Luna mit der Puppe zu tun hatte, ohne Arkadi in die Sache hineinzuziehen. Die Befragung würde noch schlimmer werden. Wer hatte die Puppe als Pribludas identifiziert? Wie war sie entkommen, wenn Luna sie angegriffen hatte? Besser eine kurze Aussage als die ganze Wahrheit oder eine Lüge. Sie wußte, daß sich der ganze Argwohn, dessen Ziel die Russen über viele Jahre hinweg in Kuba gewesen waren, direkt gegen Arkadi richten würde, sobald sein Name fiel.

Pribluda grinste sie vom Bildschirm an. Der Schädel lag unter der Videokamera. Changó und Russen, eine furchtbare Kombination. Ofelia schaltete den Monitor aus und wieder an. Warum wartete sie? Wie sollte sie zu dem Yachthafen kommen, wenn sie in einem Zimmer eingesperrt war? Sie würde sich zugegebenermaßen besser fühlen, wenn sie wüßte, daß Luna verhaftet war. Gleichzeitig nagte eine Erinnerung an ihr, sie dachte daran, wie der Sargento in der Casa del Amor sich über Hedy gebeugt hatte und sein ganzer Körper wie versteinert war. Das wiederum erinnerte sie an Teresa, Lunas andere besondere Freundin.

Zwischen zwei Gefäßen mit konservierten Schlangen stand ein Telefon. Ofelia öffnete ihr Notizbuch und wählte Daysis Nummer. Diesmal nahm jemand ab.

»Ja?«

»Hallo, ist Daysi da?« fragte Ofelia.

»Nein.«

»Wann kommt sie zurück?«

»Ich weiß es nicht.«

»Du weißt es nicht? Ich habe einen Badeanzug von ihr, nach dem sie ständig fragt. Es ist der Badeanzug mit dem Wonderbra, den sie auf Kabel gesehen hat. Sie ist nicht da?«

»Nein.«

»Wo ist sie denn?«

»Sie ist weg.«

»Mit Susy?«

»Ja.« Die Stimme am anderen Ende klang jetzt ein bißchen entspannter. »Du kennst sie beide?«

»Sind sie noch immer im Yachthafen?«

»Ja. Wer ist denn da?«

»Hier ist die Freundin mit dem Badeanzug«, sagte Ofelia. »Entweder ich bring' ihn heute vorbei, oder er gehört mir. Mir steht er, ehrlich gesagt, sowieso besser.«

»Kannst du morgen noch mal anrufen?«

»Morgen rufe ich nicht an. Morgen bin ich verschwunden und der Badeanzug mit mir, und dann kannst du Daysi erklären, warum ihr Badeanzug weg ist.«

Während des Schweigens konnte Ofelia Teresa Guiteras förmlich vor sich sehen, das Haar zerzaust, die Knie ans Kinn gezogen und auf den Fingernägeln kauend.

»Gut, dann bring ihn vorbei.«

»Ich weiß nicht, wo du bist«, sagte Ofelia. »Komm du doch und hol ihn ab.«

»Ich dachte, du wärst eine Freundin von Daysi.«

»Okay, da du offenbar eine noch bessere Freundin von ihr bist, kannst du ihr ja erklären, warum sie ihren Badeanzug verloren hat. Das ist mir recht. Ich hab's versucht.«

»Warte. Ich kann nicht kommen.«

»Du kannst nicht kommen? Na, du bist ja eine tolle Freundin.«

»Ich bin in einem Zimmer in einem Hinterhof an der Chávez zwischen Zanja und Salud, neben dem Kosmetikladen, nach hinten durch, die Treppe hoch bis zum Dach, das rosafarbene *casita.* Bist du in der Nähe?

»Schon möglich. Hör zu, ich muß Schluß machen.«

»Kommst du?«

»Na ja…« Ofelia legte eine Kunstpause ein. »Wirst du da sein?«

»Ich bin hier.«

»Und du gehst auch nicht weg?«

»Nein.«

Ofelia legte auf. Sie unterschrieb ihre Aussage und klemmte sie unter den Monitor. Sie haßte es zu warten. Außerdem wollte sie immer noch wissen, warum der mordgierige Luna sie nicht einfach umgebracht, sondern nur in den Kofferraum gesperrt hatte. Und auf diese Frage hatte Teresa vielleicht die Antwort.

Vizekonsul Bugai kam gegen elf Uhr äußerst entspannt in sein Büro, zog Jacke und Schuhe aus und legte seine chinesische Seidenrobe und seine Sandalen an. Aus einer Thermoskanne goß er sich eine Tasse Tee ein und trat, die Tasse in der Hand, ans Fenster, das im elften Stock lag, gleichsam in Hüfthöhe des Turms, der die russische Botschaft darstellte. Die grünen Palmen von Miramar erstreckten sich bis zum Meer. Satellitenschüsseln wandten ihre Gesichter himmelwärts. Draußen kochte die Stadt in der Hitze. Drinnen röchelte die Lüftung.

»Sie kommen also samstags tatsächlich zur Arbeit«, sagte Arkadi aus einem Stuhl in der Ecke.

»Mein Gott.« Bugai verschüttete etwas Tee und trat einen Schritt zurück, um ihm auszuweichen. »Was tun Sie denn hier? Wie sind Sie hereingekommen?«

»Wir müssen uns unterhalten.«

»Das ist unerhört.« Bugai stellte die Tasse auf einem Packen Zeitungen ab und griff zum Telefonhörer. In seiner Robe war er das Abbild eines empörten Mandarins. »Sie überschreiten Ihre Kompetenz. Sie können nicht einfach in anderer Leute Büro eindringen. Ich rufe den Wachdienst. Die werden auf Sie aufpassen, bis Sie in Ihrem Flugzeug sitzen.«

»Ich denke, sie werden auf uns beide aufpassen und uns beide ins Flugzeug setzen, weil ich möglicherweise meine Kompetenzen überschritten habe, aber Sie, mein lieber Bugai, haben viel zuviel Geld auf einem Konto bei der Bank for Creative Investments in Panama.«

Arkadi hatte einmal gesehen, wie ein angeschossener Milizionär noch zehn langsame zuckende Schritte machte, bevor er sich auf den Boden setzte und vornüber kippte. So ähnlich bewegte Bugai sich, als er den Hörer wieder auf die Gabel legte. Er stieß gegen den Schreibtisch, ließ sich in seinen Stuhl fallen und griff sich ans Herz.

»Sterben Sie mir nicht unter den Händen weg«, sagte Arkadi.

»Es gibt für alles eine gute Erklärung.«

»Aber Sie haben keine.« Arkadi zog den Stuhl an den Schreibtisch, so daß Bugai nur eine Armlänge von ihm entfernt saß. »Bitte machen Sie nicht alles noch schlimmer, indem Sie versuchen zu lügen«, fuhr er leiser fort. »Im Augenblick bin ich mehr an Informationen als an Ihnen interessiert, aber das kann sich ändern.«

»Man hat mir die strikte Wahrung des Bankgeheimnisses zugesichert.«

»Sie als Russe glauben, daß es so etwas gibt wie ein Bankgeheimnis?«

»Aber die Bank ist in Panama.«

»Konzentrieren Sie sich, Bugai. Im Moment ist dies eine Angelegenheit zwischen uns beiden. Wie die Sache weitergeht, hängt ganz von Ihrer Kooperationsbereitschaft ab. Ich werde Ihnen ein paar einfache Fragen stellen, nur um herauszufinden, wie ehrlich Sie sind.«

»Fragen, auf die Sie die Antworten schon wissen?«

»Das spielt keine Rolle. Entscheidend ist Ihre Kooperationsbereitschaft.«

»Es hätte auch ein Darlehen sein können.«

»Hilft Schmerz Ihrer Konzentration auf die Sprünge?«

»Nein.«

»Zu derlei Mitteln wollen wir auch gar nicht greifen. Von wem sind die Schecks, die Ihrem Konto gutgeschrieben wurden?«

»John O'Brien.«

»Als Gegenleistung wofür?«

»Für das, was wir über die AzuPanama wußten.«

»Für das, was Sergej Pribluda über die AzuPanama wußte.«

»Das ist richtig.«

»Und das war?«

»Ich weiß nur, daß er der Sache auf der Spur war.«

»Er war im Begriff herauszufinden, daß die AzuPanama eine betrügerische, von den Kubanern gegründete Handelsfirma war, mittels derer sie ihren Zuckervertrag mit Rußland nachbessern wollten?«

»Ja, sozusagen.«

»Ihre Partner waren besorgt.«

»Ja.«

»O'Brien und ...«

»Das Zuckerministerium, die AzuPanama, Walls.«

»Pribluda mußte also gestoppt werden.«

»Ja. Aber es gab viele Möglichkeiten, ihn zu stoppen. Man hätte ihn beteiligen, bezahlen oder auf eine andere Sache ansetzen können. Ich habe gesagt, daß ich mit Gewalt nichts zu tun haben will. O'Brien war meiner Meinung. Er sagte, Gewalt würde noch mehr Aufmerksamkeit erregen.«

»Trotzdem ist Pribluda tot.«

»Er hatte einen Herzinfarkt. Jeder kann einen Herzinfarkt bekommen, nicht bloß ich. O'Brien schwört, daß er ihn nicht angerührt hat.«

Arkadi ging um Bugai und den Schreibtisch herum und betrachtete den Vizekonsul aus verschiedenen Blickwinkeln. Trotz der Klimaanlage war seine Robe unter den Achselhöhlen und am Kragen durchgeschwitzt.

»Sind Sie je in Angola gewesen?«

»Nein.«

»In Afrika?«

»Nein. Niemand will diese Posten, glauben Sie mir.«

»Noch schlimmer als Kuba?«

»Kein Vergleich.«

»Erzählen Sie mir vom Havana Yacht Club.«

»Was?«

»Erzählen Sie mir einfach, was Sie darüber wissen.«

Bugai runzelte die Stirn. »Es gibt ein Gebäude in Miramar, das früher der Havana Yacht Club war.« Er entspannte sich so weit, daß er es wagte, sein Gesicht mit einem Taschentuch abzutupfen. »Ziemlich imposanter Laden.«

»Das ist alles, was Sie wissen?«

»Das ist alles, was mir dazu einfällt. Und eine Anekdote.«

»Und die lautet?«

»Nun, vor der Revolution hat der alte Diktator Batista eine Mitgliedschaft in dem Club beantragt. Er war der absolute Herrscher über Kuba und hatte die Macht über Leben und Tod und alles, was damit zusammenhing. Doch das spielte keine Rolle, der Havana Yacht Club lehnte seinen Antrag ab. Man sagt, das sei der Anfang vom Ende Batistas gewesen. Das Ende seiner Macht. Der Havana Yacht Club.«

»Wer hat Ihnen die Geschichte erzählt?«

»John O'Brien.« Bugai fand Gelegenheit, sich auf dem Schreibtisch umzusehen. »Warum ist die Gegensprechanlage eingeschaltet? Ich dachte, das wäre eine Sache nur zwischen uns beiden.«

Arkadi machte Bugai ein Zeichen, ihm zu folgen. Sie gingen aus seinem Büro über eine Etage mit leeren Schreibtischen zu Olga Petrowna, die in einem kleinen Arbeitszimmer saß, das sie mit Abziehbildchen und Gemälden ihrer Enkelin zu verschönern versucht hatte. Neben der Gegensprechanlage stand ein Kassettenrecorder, neben dem Tisch ein Mann mit der Art grimmigem Gesicht, an dem man Messer schleifen konnte. Olga Petrowna hatte Pribluda im Lauf der Zeit eher mehr als weniger vermißt, und die bloße Andeutung Arkadis, daß ein anderer Russe Pribludas Arbeit verraten hatte, war für sie Grund genug gewesen, Arkadi mit dem Leiter des Sicherheitsdienstes der Botschaft bekannt zu machen und ihren Kassettenrecorder aufzustellen.

»Wir haben privat miteinander geredet«, sagte Bugai.

»Ich bin nicht ganz ehrlich gewesen«, gab Arkadi zu. »Für den Fall, daß mir sonst noch irgendwelche Fehler unterlaufen sind, hat Olga Petrowna sich Notizen gemacht.«

Und das hatte sie. Pribludas fette Taube beendete ihre Mitschrift mit einem Schnörkel und sah mit einem Blick zu Bugai auf, der Stalin alle Ehre gemacht hätte.

Über dem Gran Teatro de la Habana schwebten schwarze Engel mit Kränzen. Auf dem Bacardi-Haus hockte eine gigantische schwarze Fledermaus. Auf Daysis rosafarbenen *casita,* kaum mehr als ein getünchter Wasserturm, saß eine schwarze *jinetera.*

Als Versteck war der Platz gar nicht schlecht, rundherum nichts als Schornsteine und Tauben. Da der Kessel ausgebaut worden war, mußte man das Wasser nach oben pumpen, doch was Ofelia vom Inneren des Turms sah, wirkte überraschend geräumig, besaß einen gekachelten Fußboden und ein mit Papierblumen verziertes Bett. Teresa hatte einen Stuhl auf das mit einer Leiter zu erreichende Dach getragen und es sich mit einem illustrierten Liebesroman bequem gemacht. Ihre Knie sahen abgeschürft aus, ihre lockige Mähne hing formlos zu einer Seite.

Als Ofelia die Leiter hinaufstieg, blinzelte Teresa nach unten und fragte: »Hast du den Badeanzug?«

»Ich zeig' ihn dir.«

»Kenn' ich dich nicht vom Yachthafen? Oder vom Malecón?«

Ofelia erklomm erst das Dach, bevor sie ihre Brille über die Stirn schob und sagte: »Aus der Casa del Amor.«

Es fiel Teresa wie Schuppen von den Augen. Sie taxierte Ofelia von oben bis unten, schätzte den Wert der dünnen Sandaletten, der weißen Stretchhose, des weißen Oberteils und der breiten Armani-Sonnenbrille. Sie selbst trug noch immer dieselben schmutzigen Kleider wie bei ihrer Festnahme durch Ofelia. »Guck dich doch an, *puta.* Ich glaube nicht, daß man sich vom Gehalt einer Criminalista so anziehen kann, nein, nein, nein. Ich bin doch nicht blind. Ich erkenne Konkurrenz, wenn ich sie sehe. Deswegen bist du ständig hinter mir her.«

Ofelia wollte spontan erwidern: »*Stupida,* es gibt tausend Mädchen wie dich in Havanna.« Sie blickte über die Dächer, die sich bis zum Meer erstreckten, und die Wäscheleinen, so bunt wie Papiergirlanden. Ein Schwarm Spatzen flatterte auseinander, als ein Wanderfalke auftauchte. In wilder Verfolgungsjagd ging es um die höchste Kuppel und weiter zu den Bäumen des Prado. Der Winter war die Habichtsaison in Havanna. Statt dessen sagte sie: »Es tut mir leid.«

»Leck mich doch. Es gibt gar keinen Badeanzug, oder?«

»Nein.«

»Das ist echt komisch. Ich habe meinen Deutschen verloren. Ich habe mein Geld verloren. Nach Santa Clara kann ich auch nicht zurück, weil meine Familie darauf angewiesen ist, daß ich hierbleibe und ihr Geld schicke, sonst wäre ich in der Scheißschule, wie du gesagt hast. Und nachdem du mein ganzes Leben ruiniert hast, bis du selbst eine *jinetera?* Das ist wirklich komisch.«

»Du stehst nicht auf der Liste.«

»Ich stehe nicht auf der Liste?«

»Nein. Ich habe das bloß gesagt, um dir angst zu machen.«

»Weil wir Konkurrentinnen sind.«

»Du bist ein schlaues Mädchen.«

»Leck mich am Arsch.« Teresas Nase lief und hinterließ eine Schnodderspur auf ihrer Oberlippe.

»Teresa –«

»Laß mich in Ruhe. Verpiß dich einfach.«

Doch Ofelia konnte noch nicht gehen. Als Luna Arkadi im Centro Russo-Cubano gesehen hatte, war er vollkommen ausgerastet, während der Sargento sie nur in den Kofferraum des Wagens gesperrt hatte, obwohl es genauso einfach gewesen wäre, ihr die Kehle durchzuschneiden. Warum?

»Setz dich.«

»Verpiß dich.«

»Setz dich *hin.*« Ofelia drückte sie auf ihren Stuhl und trat hinter sie. »Bleib sitzen.«

Teresa folgte ihr mit den Blicken. »Was machst du?«

»Sei still.« Ofelia holte ihre neue Bürste und den Kamm aus der Tasche und strich die schwarze Holzwolle von Teresas Haar nach hinten. »Sitz einfach still.«

Wellen, Locken und kleine Knoten am Haaransatz, fest wie kleine Sprungfedern, hätten Ofelia möglicherweise abgehalten, wenn Muriel nicht beinahe genauso dickes Haar gehabt hätte. Es war nicht damit getan, die Haare einfach nach hinten zu kämmen, sie mußte sie entwirren und auflösen, um ihnen wieder eine Form zu geben.

»Du mußt dich auch um dich selbst kümmern, *chica.*«

Zunächst ließ Teresa Ofelias Bemühungen mit stummem Trotz über sich ergehen, doch nach einer Weile spürte sie, daß Teresa nicht mehr so ablehnend auf ihre Bemühungen reagierte. Haar wie ihres erwärmte sich beim Bürsten, vor allem an einem heißen Tag wie diesem, und glänzte, wenn man es auch nur ein wenig pflegte, wie poliertes Silber. Vierzehn Jahre alt? Seit zwei Tagen allein? Voller Angst um ihr Leben? Selbst ein streunendes Kätzchen mußte hin und wieder gestreichelt werden.

»Ich wünschte, ich hätte Haare wie du. Dann bräuchte ich kein Kopfkissen mehr.«

»Das sagen alle«, murmelte Teresa.

»So sieht es viel besser aus.«

Als Teresa sich ganz entspannt hatte, begannen ihre Schultern mit einem Mal zu beben, und als sie sich zu Ofelia umdrehte, war ihr Gesicht tränenüberströmt.

»Jetzt habe ich mein ganzes Make-up ruiniert.«

»Ich zeig' dir, was ich noch habe.« Ofelia steckte die Bürste zurück in die Tasche. »Das wird dich aufheitern.«

»Was denn? Der blöde Badeanzug?«

»Besser als ein Badeanzug.«

»Ein Kondom?«

»Nein, noch besser.« Ofelia holte die Neun-Millimeter-Makarow-Pistole aus der Tasche und gab sie Teresa.

»Schwer.«

»Ja.«

Ofelia nahm die Makarow zurück. »Ich finde, an jede Frau sollte eine Pistole ausgegeben werden. Nicht an die Männer, nur an die Frauen.«

»Ich wette, Hedy hat sich gewünscht, daß sie so etwas hätte. Kennst du meine Freundin Hedy?«

»Ich habe sie gefunden.«

»*Coño*«, sagte Teresa beinahe ehrfürchtig.

Als Ofelia die Waffe wieder verstaut hatte, blieb sie in der Hocke und senkte ihre Stimme zu einem Flüstern, als ob sie nicht die gesamte Skyline Havannas für sich hätten. »Ich weiß, daß du Angst hast, dir könnte das gleiche passieren, aber ich kann sie aufhalten. Du hast doch eine Ahnung, wer es getan hat, sonst würdest du dich nicht verstecken, *no*? Die Frage ist, vor wem versteckst du dich?«

»Bist du wirklich von der Polizei?«

»Ja. Und ich möchte dich nicht so finden, wie ich Hedy gefunden habe.« Ofelia ließ dem Mädchen einen Moment Zeit, darüber nachzudenken. »Was war mit ihrem Schutz?«

»Ich weiß es nicht.«

»Der Mann, der dich und Hedy beschützt, wie heißt er?«

»Das kann ich nicht sagen.«

»Du kannst es nicht sagen, weil er im Innenministerium ist und du Angst hast, daß er erfährt, daß du geredet hast. Wenn ich ihn vorher erwische, kannst du wieder von diesem Dach runterkommen.«

Teresa verschränkte die Arme und fing trotz der Hitze an zu zittern. »Ich habe nicht wirklich geglaubt, daß irgendein *turista* kommen und mich heiraten würde. Warum sollte er irgendein dummes schwarzes Mädchen mit nach Hause nehmen? Alle würden sich über ihn lustig machen. ›Hey, Hermann, du hättest deine Nutte doch nicht gleich heiraten müssen.‹ Ich bin schließlich nicht blöd.«

»Ich weiß.«

»Hedy war wirklich nett.«

»Weißt du, ich glaube, ich kann dir immer noch helfen. Du mußt mir seinen Namen nicht sagen. Ich werde ihn sagen.«

»Ich weiß nicht.«

»Luna. Sargento Facundo Luna.«

»Das habe ich nicht gesagt.«

»Nein, hast du nicht. Ich habe es gesagt.«

Teresa ließ ihren Blick bis zu den Engeln schweifen, die auf dem Theater balancierten. Eine Brise blies ihr Haar hoch, genauso wie sie die Haare der Engel hochzuwehen schien.

»Er kann so wütend werden.«

»Er ist jähzornig, ich weiß. Aber vielleicht kann ich dir etwas erzählen, was dir hilft. Hast du mit ihm geschlafen?« Als Teresa zögerte, sagte Ofelia: »Sieh mich an.«

»Okay, einmal. Aber eigentlich war Hedy sein Mädchen.«

»Als du mit ihm geschlafen hast –«

»Keine Einzelheiten.«

»Nur eine. Hat er seine Unterhose anbehalten?«

Teresa kicherte, der erste unbeschwerte Moment, seit Ofelia sie gefunden hatte. »Ja.«

»Hat er gesagt, warum?«

»Er hat bloß gesagt, daß er das halt so machen würde.«

»Die ganze Zeit über?«

»Die ganze Zeit.«

»Er hat sie gar nicht ausgezogen?«

»Jedenfalls nicht in meiner Gegenwart.«

»Hast du Hedy danach gefragt?«

»Also...« Teresa wiegte den Kopf hin und her. »Ja. Wir waren echt gute Freundinnen. Bei ihr hat er sie auch nie ausgezogen.«

»Weißt du, was, *chica,* es wäre vielleicht keine schlechte Idee, wenn du noch einen Tag hierbleibst, aber ich glaube, du mußt dir keine Sorgen mehr machen.«

»Was ist mit Hedy?«

»Das muß ich neu überdenken.« Ofelia nahm ihre Tasche und küßte Teresa auf die Wange. »Du hast mir geholfen.«

»Es war nett zu plaudern.«

»Das war es.« Ofelia begann ihren Abstieg über die Leiter und blieb nach einigen Sprossen noch einmal stehen. »Kanntest du übrigens Rufo Pinero?«

»Ein Freund von Facundo? Ich habe ihn einmal getroffen. Ich konnte ihn nicht leiden.«

»Warum nicht?«

»Er hatte eins von diesen Handys, weißt du? Mr. *Super-Jinetero,* ständig am Telefon. Keine Zeit für mich. Und du meinst wirklich, daß ich mir keine Sorgen mehr machen muß?«

»Ja, das meine ich wirklich.«

Denn seit dem Moment, in dem Sargento Facundo Luna sie im Centro Russo-Cubano nicht gleich an Ort und Stelle getötet hatte, hatte Ofelia sich gefragt, ob er ein Abakua war. Es war schwer zu sagen, ob jemand ein Mitglied einer Geheimgesellschaft war. Die PNR hatte versucht, die Abakuá zu unterwandern und das Gegenteil erreicht; die Abakuá hatten die Polizei infiltriert und die größten Machos unter den Beamten rekrutiert, egal, ob schwarz oder weiß. Sie zu erkennen war zu einer regelrechten Kunst geworden. Ein Abakuá war durchaus in der Lage, einen Lkw vom Hof eines Ministeriums zu kapern, doch er würde einem Freund nie auch nur einen Peso stehlen. Er duldete es nicht, daß eine Beleidigung ohne Antwort blieb. Er war zum Mord bereit, würde sich jedoch nie als Spitzel verdingen. Er trug nichts Weibliches, keine Ohrringe, enge Gürtel oder lange Haare. Und nur an einem ließ er sich eindeutig identifizieren: Ein Abakua zeigte niemandem seinen nackten Hintern. Er zog seine Unterhose niemals aus, nicht einmal beim Sex. Für Ofelia war es eine Art Arsch des Achilles.

Und es gab noch etwas, was ein Abakuá nie tat.

Er verletzte niemals eine Frau.

26

Arkadi ging zurück zu Mongos Zimmer auf der Rückseite des Hauses, in dem Erasmo seine Kindheit verbracht hatte. Heute war es ein leeres Haus. Nachdem er höflichkeitshalber geklopft hatte, tastete er nach dem Schlüssel auf dem Türrahmen.

Seit Arkadis erstem Besuch hatte sich nicht viel verändert. Die Fensterläden waren so weit geöffnet, daß man einen freien Blick auf die Bucht hatte, Fischerboote stampften gegen die Strömung an, in ihrem Kielwasser schaukelten *neumáticos.* Am Himmel war keine einzige Wolke, auf dem Meer keine Welle zu sehen. Es war totenstill. Die Kokosnüsse, Plastikheiligen und Fotos von Mongos Lieblingsboxern wirkten unberührt, und ob das Bett so gemacht war wie bei seinem letzten Besuch, wußte Arkadi nicht zu sagen. Doch die oberste CD auf dem Stapel war eine andere als vorher, und die Schwimmflossen, die an einem Haken an der Wand gehangen hatten, sowie der große Lkw-Reifenschlauch über dem Bett waren verschwunden. Arkadi trat wieder ans Fenster und sah drei jeweils etwa fünfhundert Meter voneinander entfernte Gruppen von *neumáticos* unermüdlich paddeln.

Er ging wieder auf die Straße hinunter und marschierte einen Block in westlicher Richtung, bis er ein Café mit Betontischen im Schatten einer Wand erreichte, auf der die Inschrift »Siempre…« prangte. *Siempre* irgendwas, weil eine Bougainvillea Wurzeln geschlagen und den Rest der Parole rot überwuchert hatte. Arkadi hätte es nicht gewundert, wenn Mongo aufs Wasser geflüchtet wäre. Schließlich war er Fischer. Wahrscheinlich hatte man ihm geraten, sich von Erasmos Werkstatt fernzuhalten, solange sich ein russischer Ermittler in der Wohnung darüber befand. Wo konnte man sich besser verstecken als auf dem Wasser? Wenn er mit seinem Reifen in See gestochen war, mußte er früher oder später auch wieder landen, und zwar irgendwo zwischen der Avenida Priméra in Miramar und dem Malecón, einem Gebiet, das Arkadi unmöglich allein im Auge behalten konnte. Doch dann fiel ihm ein, daß ein Mann mit einem Reifenschlauch vor allem Luft brauchte, was seine Chancen, Mongo aufzustöbern, deutlich verbessern könnte. Von seinem Tisch hatte er eine Tankstelle mit zwei Zapfsäulen unter einem modernistisch gestalteten Dach mit vormals blauen Finnen im Blick, die inzwischen die gebrochene weiße Farbe einer Muschel angenommen hatten. Es war eine der Tankstellen, die auf seinem Texaco-Stadtplan verzeichnet war. Neben dem Büro befanden sich ein Wasserhahn und ein Schlauch zum Luftnachfüllen.

Den ganzen Nachmittag kamen und fuhren Autos, manche schleppten sich wie Lungenfische bis zu den Zapfsäulen, um anschließend wieder davonzukriechen. Die *neumáticos* mußten sich mit dem Hund des Tankstellenbesitzers auseinandersetzen, der offenbar einige von ihnen akzeptierte, während er andere verjagte. Arkadi nippte sich durch drei Tropicolas und drei Café Cubano und trommelte innerlich ungeduldig mit den Fingern, unsichtbar im Schatten seines Mantels. Schließlich näherte sich ein schlanker, asphaltschwarzer Mann mit einem Reifenschlauch, dem gerade die Luft ausging. Er warf dem Hund einen Fisch hin, ging ins Büro und kam wenig später mit einem Flikken wieder heraus, den er auf den Schlauch klebte. Als der Kleber getrocknet war, ließ er Luft ein, um sein Werk zu testen. Er trug eine grüne Mütze, offene Joggingschuhe und die Art Lumpen, die ein vernünftiger Mann anziehen würde, wenn er vorhatte, in der Bucht zu treiben. Er balancierte den Reifen mit Netz, Ruten und Spulen auf seinem Kopf, hängte sich die Schwimmflossen über eine Schulter und eine Schnur mit in allen

Regenbogenfarben schillernden Fischen über die andere. Als er Arkadi die Kreuzung überqueren sah, suchten die vom Salz geröteten und brennenden Augen des *neumático* einen Ausweg. Hätte er nicht den Reifenschlauch und seinen Tagesfang zu tragen gehabt, wäre er einem in einen Mantel gehüllten Mann leicht entkommen.

»Ramon ›Mongo‹ Barthelmy?« fragte Arkadi. Er hatte den Eindruck, daß er langsam ein Gefühl für die spanische Sprache bekam.

»Nein.«

»Ich glaube doch.« Arkadi zeigte Mongo das Foto, auf dem er Erasmo und Pribluda stolz einen Fisch zeigte. »Ich weiß auch, daß Sie russisch sprechen«, vermutete er aufs Geratewohl.

»Ein bißchen.«

»Sie zu finden, ist gar nicht so leicht. Trinken Sie einen Kaffee mit mir?«

Der »Wendige Mongo« nahm ein Bier. Schweißtropfen bedeckten sein Gesicht und seine Brust wie Kristalle. Das Netz mit Fischen lag neben ihm auf der Bank.

»Ich habe Sie auf einem Video boxen sehen«, sagte Arkadi.

»Habe ich gewonnen?«

»Bei Ihnen sah es so leicht aus.«

»Ich konnte mich schon bewegen, wissen Sie. Ich konnte mit jedem mithalten, ich mochte es einfach nicht, getroffen zu werden«, sagte Mongo, obwohl seine Nase so schief war, daß es ihn wohl doch ein paarmal erwischt haben mußte. »Als ich aus der Mannschaft geflogen bin, wurde ich in die Armee eingezogen, und, *oye,* plötzlich war ich mit Russen in Afrika. Die Russen können Afrikaner und Kubaner nicht auseinanderhalten. Da lernt man verdammt schnell Russisch.« Mongo grinste. »Als erstes: ›Nicht schießen, ihr Arschlöcher!‹«

»Angola?«

»Äthiopien.«

»Sprengstofftrupp.«

»Nein, ich habe einen gepanzerten Truppentransporter gefahren. So bin ich Mechaniker geworden, ich mußte die Scheißkarre am Laufen halten.«

»Haben Sie dort auch Erasmo kennengelernt?«

»In der Armee.«

»Und Luna?«

Mongo betrachtete seine großen, kräftigen Hände, schwielig vom Trommeln und vernarbt von Angelhaken. »Facundo kenne ich schon aus der Zeit, als er nach Baracoa kam, um sich dem Boxteam anzuschließen. Er hätte Boxer oder Baseballspieler werden können, aber er hatte keine Disziplin, weder beim Trinken noch bei Frauen, deshalb blieb er auch nicht lange in der Mannschaft.«

»Baracoa?«

»Das ist in Oriente. Aber er konnte zuschlagen.«

»Waren er und Rufo Freunde?«

»*Claro.* Aber was sie gemacht haben, weiß ich nicht.« Mongo schüttelte so nachdrücklich den Kopf, daß die Schweißtropfen flogen. »Ich wollte es nicht wissen.«

»Und Sie waren Sergej Pribludas Freund?«

»Ja.«

»Sie haben zusammen gefischt?«

»*Verdad.*«

»Sie haben ihm beigebracht, mit einem Drachen zu fischen?«

»Ich habe es versucht.«

»Und Sie haben ihn gelehrt, ein *neumático* zu sein?«

»Ja.«

»Und was ist die wichtigste Regel, die ein *neumático* befolgen muß? Gehe nachts nie allein aufs Wasser. Ich glaube nicht, daß Pribluda an jenem Freitag vor zwei Wochen allein war. Ich glaube, er ist mit seinem guten Freund Mongo aufs Wasser gegangen.«

Mongo ließ sein Kinn auf die Brust sinken. Schweiß strömte von dem Mann, als wäre er ein Brunnen. Es war kein Angstschweiß wie bei Bugai, sondern der Schweiß der in ihm arbeitenden Schuld. Es war schon spät. Arkadi bestellte ein weiteres Bier, damit Mongo noch ein wenig mehr schwitzen konnte.

»Er sagte, es wäre, als würde man im Eis nach Haien fischen. Er sagte, ich sollte nach Rußland kommen, dann würde er mit mir eisfischen gehen. Ich sagte, nein danke, Genosse.«

»Um wieviel Uhr sind Sie aufs Wasser gegangen?«

»Etwa gegen sieben. Auf jeden Fall nach Einbruch der Dunkelheit, weil er wußte, daß ein Russe in einem Reifenschlauch Aufmerksamkeit erregen würde. Auf dem Wasser tragen die Stimmen so weit, daß er selbst ganz draußen immer nur geflüstert hat.«

»Wie war das Wetter?«

»Es hat geregnet. Trotzdem hat er nur ganz leise gesprochen.«

»Ist das eine gute Zeit zum Fischen, wenn's regnet?«

»Wenn die Fische anbeißen, schon.«

Eine echte Anglerweisheit, dachte Arkadi und fragte: »Wo sind Sie rausgefahren?«

»Westlich von Miramar.«

»In der Nähe der Marina Hemingway.«

»Ja.«

»Wessen Idee war das?«

»Sonst habe ich immer gesagt, wo wir ins Wasser gehen, nur dieses eine Mal nicht. Sergej meinte, er habe die Nase von Miramar und dem Malecón voll. Er wollte etwas Neues ausprobieren.«

»Und als Sie im Wasser waren, sind Sie dort geblieben? Oder sind Sie weitergepaddelt? Nach Norden oder Osten?«

»Wir sind halt auf dem Wasser getrieben.«

»Nach Osten, weil dorthin die Strömung zieht, vorbei an Miramar und dem Malecón auf die Bucht von Havanna zu.«

»Ja.«

»Und auf dem Weg dorthin vorbei an dem Yachthafen? Wessen Idee war es, in den Yachthafen zu paddeln?«

Mongo sackte an der Mauer in sich zusammen. »Dann wissen Sie es schon.«

»Ich glaube, ja.«

»Wir haben echt Scheiße gebaut, was?« Mongo trommelte

nervös auf die Bank, beruhigte seine Hände wieder und brach den Rhythmus ab. »Ich sagte: ›Sergej, warum sollen wir im Yachthafen fischen, wo uns die *guardia* wegscheuchen und vielleicht ein Boot durchkommen kann? Der Kanal wird noch benutzt, es ist dunkel, und die Boote sehen uns nicht. Es ist verrückt!‹ Aber er ließ sich nicht abhalten. Die *guardia* hockte wegen des Regens in ihrem Wachhäuschen. Und wenn man sich dicht am Ufer hält, können sie einen sowieso nicht sehen, nicht nachts in einem Reifenschlauch. Also bin ich Sergej in den Kanal gefolgt, etwas anderes blieb mir gar nicht übrig. Er wußte offenbar ganz genau, wohin er wollte. Es gibt dort auch Laternen, aber deren Licht reicht nicht so richtig bis zum Wasser. Niemand betankte sein Boot. Die Disco war wegen des Regens geschlossen. Wir konnten ein paar Leute an der Bar hören, sonst nichts. Und dann waren wir in einem Kanal, wo ein Boot neben dem anderen lag, und Sergej steuerte ein Boot an, das ich zuerst gar nicht gesehen habe, weil es so flach und dunkel war. Sehr elegant, ein altes Schiff, aber schnell, das konnte man sehen. In der Kabine brannte Licht, und an Deck waren Amerikaner, das hörte man, aber wir konnten nicht sehen, wer. Ich wußte sofort, daß das irgendeine Dienstangelegenheit von Sergej war, in die er mich da hineinzog. Ich habe ihm gesagt, ich hau' ab, aber er wollte an Land klettern, um zu sehen, wer sich an Bord befand, was schwierig war, weil das Dock leicht überhing. Ich hatte schon abgedreht, als das Licht auf dem Boot ausging. Mein ganzer Körper vibrierte. Sergej war etwa fünf Meter entfernt zwischen dem Boot und dem Anlegesteg und zitterte, zitterte, zitterte. Sie haben die beschissenen Stromleitungen ins Wasser hängen lassen. Ich konnte nicht näher ran. Dann habe ich an Deck des Bootes Taschenlampen gesehen und mich versteckt.« Mongo nickte in trauriger Selbsterkenntnis. »Ich habe mich versteckt. Sie kamen an Deck, um zu sehen, ob der Strom nur auf ihrem Boot oder im ganzen Yachthafen ausgefallen war. Während sie hin und her redeten und sich mit einem dritten Mann in der Kabine verständigten, wurde Sergej hinausgetrieben. Er zitterte nicht mehr. Sie haben ihn nicht mehr gesehen und mich auch nicht, weil ich im Schatten geblieben bin.

Sobald sein Schlauch an mir vorbeigetrieben war, wollte ich Sergej bergen, aber bevor ich ihn erreichen konnte, kam ein anderes Boot auf dem Kanal daher. Es ist ein ziemlich enger Kanal. Das Boot fuhr vorüber, und dann trieb Sergej vorbei. Manchmal ziehen Boote Taue hinter sich her, müssen Sie wissen, obwohl sie das nicht sollten, und Sergej hat sich mit dem Netz seines Reifens darin verhakt. Er wurde schneller mitgezogen, als ich folgen konnte. An der Art, wie er saß, habe ich erkannt, daß er tot war. Sie sind gemeinsam aus dem Kanal ausgelaufen, das Boot und der Schlauch. Ich wußte, daß die Besatzung, wenn sie die *guardia* passiert hatte, den Motor aufdrehen, die Leine spüren und Sergej entdecken würde. Oder der Haken würde das Netz durchtrennen.

Oder vielleicht würden sie Sergej entdecken und einfach die Leine kappen, denn wer will schon etwas mit einem toten *neumático* zu tun haben, *no*? Das wäre eine Geschichte, die sie in einer Bar in Key West erzählen könnten, von dem verrückten Kubaner, den sie einmal gefangen haben. Ich weiß es nicht, ich habe nur gesehen, wie mein Freund in die Dunkelheit hinausgezogen wurde, bis ich ihn nicht mehr ausmachen konnte. Als ich mich an der *guardia* vorbeigeschmuggelt hatte, konnte ich nicht einmal mehr das Boot sehen.«

»Haben Sie den Namen erkannt?«

»Nein.« Mongo trank den letzten Schluck von seinem Bier und starrte auf seine Fische. »Nicht einmal das.«

»Wem haben Sie davon erzählt?«

»Niemandem, bis Sie aufgetaucht sind. Dann habe ich es Erasmo und Facundo erzählt, weil sie meine *compays* sind, gute Freunde.«

Das Wasser war nicht nur glatt, es war auch so glasig, daß die Pelikane über ihr eigenes Spiegelbild gleiten konnten. Trotz der angestauten Hitze des Tages fühlte Arkadi sich mit seinem kalten Bier und seinem warmen Mantel seltsam wohl.

»Haben Sie die Männer erkannt, die an Deck des Bootes mit dem Stromausfall gekommen sind?«

»Nein, ich habe nach Sergej Ausschau gehalten oder versucht, mich zu verstecken.«

»Hatten Sie Pistolen?«

»Wissen Sie«, sagte Mongo, »es spielt keine Rolle. Da war Sergej schon tot, und es war ein Unfall. Er hat sich selbst getötet, es tut mir leid.« Mongo betrachtete seinen Fang. »Ich muß diese Fische frisch halten. Danke für das Bier.«

Ein Unfall? Nach all dem? Aber das ergab durchaus einen Sinn, dachte Arkadi. Nicht nur der Herzinfarkt, sondern auch die allgemeine Verwirrung. Morde wurden viel besser vertuscht. Dann war er zur gleichen Zeit aus Moskau eingetroffen, als die Leiche in der Bucht gefunden wurde. Kein Wunder, daß Rufo sich als sein Übersetzer vorgedrängt hatte und daß Luna von dem Foto des Havana Yacht Club so unangenehm überrascht worden war. Niemand hatte gewußt, wo Pribluda war.

Als Mongo seine Mütze und den Reifenschlauch wieder auf den Kopf setzte und seine Schwimmflossen und Fische zur Hand nahm, dachte Arkadi daran, wie Pribluda auf seinem Gummireifen aus dem Yachthafen in tiefere Gewässer hinausgeschleppt worden war – in den Golfstrom, wie O'Brien gesagt hatte –, wo er sich entweder losgerissen hatte oder von einem zweifelsohne ärgerlichen Fischer abgeschnitten worden war. »Heute nacht beißen die Kubaner wieder!« Ob das ein Witz gewesen war? Dann die lange Fahrt im Regen, vorbei an Miramar, am Malecón entlang bis zur Mündung der Bucht, einem »Sack von einer Bucht«, wie Kapitän Andres von der stolzen »Pinguino« gesagt hatte. Weiter unter dem Strahl des Leuchtturms von El Moro hinweg und in einem Bogen auf das Dorf Casablanca zu, wo der Schlauch inmitten des Zivilisationsmülls und wurmzerfressenen Anlegestellen gestrandet war und eine Leiche unentdeckt wochenlang im Regen liegen konnte.

Arkadi holte Pribludas Foto aus seinem Mantel und fragte: »Wer hat dieses Foto gemacht?«

»Elmar.«

»Elmar wer?«

»Mostowoi«, sagte Mongo, als hätte es in ihrer Gruppe nur einen Fotografen gegeben.

Eine Beichte war stets kurz und an bestimmte Bedingungen geknüpft, und beide Männer wußten, daß Arkadi keineswegs die Autorität besaß, irgend jemanden zu befragen. Doch um Mongos Reaktion zu beobachten, las Arkadi trotzdem die Rückseite des Fotos vor. »›Der Havana Yacht Club‹. Sagt Ihnen das was?«

»Nein.«

»Ein Witz?«

»Nein.«

»Ein gesellschaftlicher Club?«

»Nein.«

»Wissen Sie, was heute abend dort passiert?«

Mit dieser Frage hatte Arkadi den Bogen offenbar überspannt. Der »Wendige Mongo« zog sich auf die Straße zurück und verfiel in einen schnellen Trott, wobei seine Kopfbedeckung mit jedem Schritt schwankte, eine Einmannkarawane, die an blauen, pink- und pfirsichfarbenen Mauern vorbeizog, bis ihn der Schatten einer Gasse zu verschlucken schien.

Seit sie Rufo auf dem Boden hatte liegen sehen, war Ofelia nicht mehr in dem Botschaftsapartment gewesen. Sie erinnerte sich an die ägyptischen Ornamente von Lotosblüten und Henkelkreuzen, an einen Hauch von Nil in Havanna. In der Dämmerung strahlte selbst der im Vorgarten stehende Wagen die stumme Größe einer Sphinx aus. Farbflecken bildeten einen roten Ring um den Wagen. Salz hatte das einst blitzende Chrom zerfressen, die Fenster hatten sich den Elementen geöffnet, die Polster waren rissig und zerschlissen, und die Kühlerfigur fehlte – aber hatte nicht auch die Sphinx die Nase verloren? Und obwohl sie auf Holzböcken standen, waren die Räder gründlich eingefettet, in der Hoffnung, daß sich das Ungetüm eines Tages wieder erheben würde.

Ofelia suchte nach Rufos Telefon. Arkadi hatte gesagt, daß ein Schieber in Moskau sich eher auf einem Bein auf den Weg machen würde, als sein Haus ohne Handy zu verlassen. Wenn dies eine richtige Ermittlung wäre, hätten sie eine Liste mit Namen, die im Zusammenhang mit Rufo aufgetaucht waren, zu Cubacell bringen und aus ihren Anrufen Rufos Nummer erschließen können. Statt dessen war sie gezwungen, das Telefon zu finden. Irgendwo mußte es sein. Für die Aufgabe, jemanden mit einem Messer zu ermorden, eine Arbeit, die durchaus schmutzig hätte werden können, hatte Rufo sich vorsichtshalber andere Schuhe und über seine Kleider einen einteiligen silbernen Jogginganzug angezogen; Goretex war luftdurchlässig, aber feuchtigkeitsabweisend. Handys waren ebenfalls empfindliche, nur gegen Dollar erhältliche Waren, die ein umsichtiger Mensch vor Schaden zu schützen suchte. Rufo plante im voraus, der Trick war, so zu denken wie er.

Ofelia betätigte den Türklopfer der Wohnung im Erdgeschoß, und eine weiße Frau in einem tristen Hauskittel, aber extravagant frisiertem hennagefärbtem Haar öffnete die Tür. Ofelia hatte den Eindruck, daß die Hälfte der Frauen Havannas sich ihr Leben lang für eine Party zurechtmachten, die nie stattfand. Die Frau in der Tür musterte Ofelias *Jinetera*-Outfit säuerlich, bis jene ihre PNR-Marke präsentierte.

»Typisch«, sagte die Frau.

»Ich bin hier, um mir noch einmal den Tatort im ersten Stock anzusehen. Haben Sie einen Schlüssel?«

»Nein. Da können Sie sowieso nicht rein. Es ist russischer Staatsbesitz, da darf niemand rein. Weiß der Himmel, was die da machen!«

»Zeigen Sie es mir.«

Die Frau führte sie mit klappernden Pantoffeln die Treppe hinauf. Selbst in dem schwachen Licht des Flurs sah das Schloß neu und glänzend aus. Ofelia erinnerte sich an die Durchsuchung des Wohnzimmers, sie hatte *Fidel y arte* und andere Bücher aus dem Regal gezogen, ein Sofa und eine Anrichte untersucht, jedoch nur einen flüchtigen Blick in die anderen Zimmer geworfen, aus Angst, die Konfrontation zwischen Luna und dem Russen könnte außer Kontrolle geraten. Das Handy könnte sich theoretisch noch in dem Apartment befinden, aber das war ziemlich unwahrscheinlich. Sie stellte sich auf die Zehenspitzen und tastete nach Nischen unter den Stufen, in die Rufo das Telefon geschoben haben könnte. Nichts.

»Sie haben hier nicht zufällig etwas gefunden?« fragte Ofelia.

»Hier gibt's nichts zu finden. Die Russen lassen die Wohnung oft wochenlang leerstehen. Gott sei Dank.«

Als Ofelia die Treppe wieder hinunterging, strich sie mit der Hand über die Setzstufen. Als sie wieder aus dem Haus trat, hatte sie nichts außer schmutzigen Händen.

»Ich habe es Ihnen ja gesagt«, meinte die Frau.

»Sie hatten recht.« Die Frau begann Ofelia an ihre Mutter zu erinnern.

»Sie sind schon die zweite.«

»Ach? Wer war denn noch hier?«

»Ein großer Neger aus dem Innenministerium. Wirklich schwarz. Er hat überall nachgesehen. Er hatte auch ein Handy. Er hat eine Nummer gewählt und gar nichts gesagt, sondern nur gehorcht, aber nicht auf sein Telefon, verstehen Sie?«

Natürlich, dachte Ofelia, weil Luna Rufos Nummer gewählt und versucht hatte, das Klingeln zu hören. Das war das Problem, wenn man ein Handy versteckte, früher oder später würde jemand anrufen, und das Telefon würde sich selbst verraten.

»Hat er irgendwas gefunden?«

»Nein. Arbeiten Sie denn nicht zusammen? Mit euch ist es wie mit allem anderen in diesem Land. Alles muß zweimal gemacht werden, *no?*«

Ofelia trat auf die Straße hinaus. Es war ein Block mit alten, durch die Revolution umgewandelten Stadthäusern, dem Idealismus waren Ermüdung und der Mangel an Farbe und Putz gefolgt. Ein Vorgarten war ein Parkplatz für Fahrräder, ein anderer ein Open-air-Schönheitssalon.

Sie versuchte eine Rekonstruktion der Fakten und stellte sich dieselbe Straße bei Nacht vor. Arkadi war oben, Rufo unten in seinem frisch übergestreiften Jogginganzug. Er mußte improvisieren, weil niemand mit der Ankunft eines russischen Ermittlers gerechnet hatte. Vielleicht mußte er noch einen letzten Anruf tätigen, bevor er mit der Absicht, den Russen zu erledigen, das Haus betreten hatte und die Treppe hinaufgestiegen war. Wo zwischen diesen beiden Straßenecken war der beste Ort, sein ach so kostbares Handy für ein paar Minuten zu deponieren?

Ofelia erinnerte sich an Maria, den Streifenwagen und Rufos Zigarren und ging zu dem Vorgarten zurück.

»Wem gehört der Wagen?«

»Meinem Mann. Er wollte nur ein paar neue Fensterscheiben dafür besorgen, und das nächste, was ich von ihm hör', ist ein Brief aus Miami. Ich behalte den Wagen, bis er zurückkommt.«

»Chevrolet?«

»Ein 57er, der beste Jahrgang. Manchmal habe ich mich reingesetzt und mir vorgestellt, Ruperto und ich würden an die Playa del Este fahren, eine kleine Spritztour an den Strand.«

»Autoscheiben sind schwer zu bekommen.«

»Autoscheiben sind unmöglich zu bekommen.«

Das Polster war eher ein Rattennest als ein Sitz. Ofelia nahm ein Paar Gummihandschuhe aus der Tasche. »Darf ich?«

»Was?«

Mit Handschuhen griff Ofelia durch das offene Fenster und machte das Handschuhfach auf. Es enthielt eine Zigarrenkiste aus Holz mit einem aufgebrochenen Montecristo-Siegel mit den gekreuzten Schwertern. Ofelia setzte sich auf den Beifahrersitz. In der Kiste befanden sich zehn Zigarrenröhrchen aus Aluminium und ein Handy, das nicht auf KLINGELN, sondern auf VIBRATION eingestellt war.

Ofelia hörte ein Klicken, blickte auf und sah durch das Wagenfenster einen Mann, der sie vom Bürgersteig aus fotografierte. Er war groß, mittleren Alters und trug eine Kameratasche über der Schulter und die Art Weste, die alle Fotografen auf der Welt anhatten, das Ganze gekrönt von einer Baskenmütze.

»Es tut mir leid«, sagte er. »Sie sahen einfach zu schön aus in diesem alten Wrack. Haben Sie etwas dagegen? Die meisten Frauen haben nichts dagegen, wenn ich sie fotografiere, im Gegenteil, es gefällt ihnen sogar. Das Licht ist grauenhaft, aber Sie sahen einfach perfekt aus. Wie wär's, können wir uns ein wenig unterhalten?«

Ofelia verstaute das Telefon in der Zigarrenkiste, die sie zusammen mit den Handschuhen in ihre Tasche steckte, bevor sie ausstieg. »Worüber?«

»Über das Leben, die Liebe, über alles.« Trotz seiner Größe kam er demonstrativ schüchtern durch das Tor. Er sprach fließend Spanisch mit einem russischen Akzent. »Arkadi schickt mich. Ich bin trotzdem ein großer Bewunderer kubanischer Frauen.«

Diesmal steckte Arkadi im Sierra Maestra nichts in Brand und klopfte auch nicht an Mostowois Tür. Statt dessen schob er sofort die Kreditkarte hinter den Schnapper und warf sich mit einem derart lauten Grunzen gegen die Tür, daß es einem ihn beobachtendem Kind den Atem verschlug. In der Wohnung vergewisserte Arkadi sich, daß »der beste Sprengstofftrupp in Afrika« weiterhin der Mittelpunkt der Fotogalerie an der Wand war.

Bei seinem vorherigen Besuch hatte Arkadi sich große Mühe gegeben, keine Spuren zu hinterlassen, an denen Mostowoi erkennen konnte, daß er einen Besucher gehabt hatte. Diesmal kümmerte ihn das nicht. Wo es ein Foto des Havana Yacht Club gab, mußte es auch andere geben, weil ein Mann, der die größten Momente seines Lebens dokumentierte, seine Bilder nicht zerstörte, wenn die falschen Leute auftauchten, er räumte sie nur außer Sichtweite.

Arkadi legte den Mantel ab und machte sich an die Arbeit. Er leerte Schuhkartons und Koffer, räumte Bücher- und Küchenregale leer, stülpte Akten und Schubladen um, zog den Kühlschrank von der Wand und drehte die Stühle auf den Kopf, bis er weitere Fotos gefunden hatte, Pornographie, die weniger athletisch und hübsch daherkam, Videokassetten mit Sex und Leder. Aber jeder hatte einen Nebenerwerb, jeder hatte einen Zweitjob. Der einzige Erfolg, den Arkadi vorzuweisen hatte, war der Schweiß auf seiner Stirn.

Er ging ins Bad, um sich zu waschen. Die Wände waren gekachelt, der Schrank über dem Waschbecken war halb verspiegelt, halb schwarz. Er enthielt ein paar Medikamente, Haarpflegemittel und einen Vorrat an Amylnitrit und Amphetaminen. Als er sich die Hände abtrocknete, fiel Arkadi auf, daß der Duschvorhang zugezogen war. Leute mit kleinen Badezimmern neigten dazu, ihre Duschvorhänge zuzuziehen, sei es um mehr Platz vorzutäuschen oder um kindische Ängste ihrer Besucher zu wecken, was sich möglicherweise dahinter verbarg. Da dies eine Angst war, die Arkadi offen eingestand, riß er den Vorhang auf.

In der mit etwa zehn Zentimeter Wasser gefüllten Wanne schwammen vier Schwarzweißfotos, die weder sportliche Teenager noch Reisen ins Ausland dokumentierten, sondern den Italiener und Hedy zeigten. Das Blut trat schwarz hervor, Teppich und Laken waren blutdurchtränkt und verschmiert. Machetenwunden zogen sich über den Körper des Italieners wie Kiemenspalten. Arkadi kannte ihn nicht, doch er erkannte Hedy, auch wenn ihr Kopf wackelig auf ihren Schultern balancierte. Zunächst glaubte er, daß Mostowoi in den Besitz von Polizeifotos gelangt war, doch diese Bilder waren gerade erst entwickelt worden, die üblichen Markierungen der Beweisstücke fehlten ebenso wie die Schuhspitzen von Ermittlern, die versuchten, der Kamera auszuweichen; und die Dunkelheit der Schatten ließ darauf schließen, daß keine andere Lichtquelle eingeschaltet gewesen war. Am Abend, bevor Ofelia die Leichen gefunden hatte, hatte der Fotograf allein in einem dunklen Zimmer gearbeitet. Es war bestimmt nicht leicht gewesen, die richtige Brennweite zu wählen. Er hatte nur vier Aufnahmen riskiert oder erst vier von einem ganzen Film entwickelt. Ein Bild des Italieners, wie er sich, noch lebend, zur Tür schleppte. Die Fotos von Hedy wirkten durchdachter. Eine Ganzkörperaufnahme aus der Froschperspektive, von den Beinen bis zum Kopf. Ein zweites, in dem ihr Kopf von ihren erschlafften Brüsten eingerahmt wurde. Ein drittes, das nur Hedys Gesicht zeigte, die Überraschung noch frisch in ihren Augen. Der Mann mit der Kamera hatte der Versuchung nicht widerstehen können, dem Moment seinen Stempel aufzudrücken, indem er mit seiner kräftigen weißen Hand in die lockige Mähne des Mädchens gegriffen hatte, um die Lage des Kopfes zu korrigieren.

27

Um acht Uhr herrschte an der Marina Hemingway das emsige Treiben eines kleinen Dorfes am Samstagabend. Eine internationale Schar junger Leute mit langen blonden Haaren bevölkerte den Platz vor dem Laden oder schleppte Tüten aus dem Eisbunker. Vom anderen Ende des Yachthafens dröhnte die Musik der Diskothek herüber und hallte in den Kanälen wider, Licht glitzerte auf dem Wasser. Am Himmel brannte sich der Rand des Mondes durch das grelle elektrische Licht des Hafens. Ofelia war nirgendwo zu sehen, doch Arkadi vertraute auf ihre Angewohnheit, Verabredungen geradezu fanatisch genau einzuhalten.

Die »Alabama Baron« war verschwunden, ersetzt durch eine Yacht, die so neu war, daß sie noch nach Plastik roch. In der Kabine hatte sich bereits eine *jinetera* häuslich eingerichtet und mixte Rum und Cola. Daneben lag die »Gavilan«, Walls und O'Brien saßen im Führerstand und tranken Bier, Revolutionär und Risikokapitalist friedlich vereint. Die neue Leitung aus dem Stromkasten schlängelte sich elegant ins Wasser und an der dunklen Bordwand des ehemaligen Beiboots wieder hinauf.

»Sie sind hier!« Walls blickte zu Arkadi auf.

»Und auf die Minute pünktlich«, sagte O'Brien. »Wundervoll. Und, wie ich sehe, wieder in Ihrem Kaschmirmantel. Kommen Sie an Bord.«

»Ich möchte mein Flugzeug nicht verpassen. Sie haben gesagt, wir wollten über Pribluda reden.«

»Ihr Flugzeug?« sagte O'Brien. »Das ist traurig. Das heißt, Sie schlagen das Angebot aus, ein Teil unseres Unternehmens zu werden? Ich habe mich immer für ziemlich überzeugend gehalten. Anscheinend habe ich bei Ihnen versagt.«

»Der Mann ist eine Enttäuschung«, sagte Walls. »Das meint auch Isabel.«

»Arkadi, ich hatte gehofft, Sie zu überzeugen, weil ich ehrlich geglaubt habe, daß es zu Ihrem Besten sein würde. Ich hatte mich auf die Zusammenarbeit mit Ihnen gefreut. Kommen Sie, lassen Sie uns wenigstens etwas trinken. Ein irischer Abschied. Ihr Flug geht um Mitternacht?«

»Ja.«

»Da haben Sie noch Stunden Zeit«, sagte Walls.

Arkadi trat aus dem Licht und kletterte an Bord, wo er es sich auf einem gepolsterten Sitz im Führerstand bequem machte. Sofort hatte er eine kalte Dose Bier in der Hand. Im Dunkeln schien das Boot noch tiefer im Wasser zu liegen, weil das polierte Mahagoni so schwarz war wie das Meer selbst.

»Sie nehmen die Leiche Ihres Freundes Pribluda mit?« fragte O'Brien. »Das heißt, Sie haben ihn positiv identifiziert?«

»Nein.«

»Sie brauchen ihn nicht mehr zu identifizieren, weil Sie wissen, was geschehen ist.«

»Ich glaube, schon.«

»Nun, das ist tröstlich. Und Ihre Entscheidung abzureisen ist endgültig? Was wir für Sie tun können«, O'Brien tätschelte Arkadis Knie, »ist, Ihnen ein Rückflugticket zu geben. Bleiben Sie eine Woche in Moskau, dieser erbärmlichen Gefriertruhe, die Sie Ihr Zuhause nennen, und wenn Sie Ihre Meinung ändern, kommen Sie zurück. Ist das fair?«

»Mehr als fair, aber ich glaube, ich habe mich entschieden.«

»Warum?« fragte Walls.

»Weil er gefunden hat, wonach er gesucht hat, nehme ich an«, sagte O'Brien. »Ist es so, Arkadi?«

»So ziemlich.«

»Auf einen zielstrebigen Mann!« O'Brien hob sein Bier. »Auf den Mann im Mantel!«

Das Bier war gut, viel besser als russisches. Auf dem Anlegesteg schlich sich eine Gruppe *jineteras* leise wie die Mäuschen zur Disco. Es war schließlich Samstagabend. Die Salsa wurde schneller. Walls balancierte in einem schwarzen Pullover auf dem Kapitänsstuhl und erinnerte Arkadi an den schlanken jungen Radikalen, der einst mit einer Waffe und einer brennenden Fahne aus einem Flugzeug gestiegen war. O'Brien trug seinen schwarzen Overall. Piratenfarben. Er packte eine Zigarre aus, drehte ihre Spitze über einer Flamme und zog genußvoll den Rauch ein. Die Boote seufzten in ihren Ankerplätzen, als eine leichte Dünung sie anhob.

»Sie wissen, was mit Pribluda passiert ist, aber Sie wissen nicht, warum?« fragte O'Brien. »Bin ich der einzige, der das Wort noch nicht gehabt hat?«

»Sie haben schon viel gesagt, aber es hört sich jedesmal anders an.«

»Dann werde ich es Ihnen nicht erzählen, ich werde es Ihnen zeigen. Sehen Sie den Seesack?«

Obwohl die Kabine dunkel war, sah Arkadi im Licht, das durch die geöffnete Tür hineinfiel, die Umrisse eines Segeltuchbeutels.

»Sergejs«, sagte Walls.

Arkadi saß der Treppe am nächsten. Er stellte sein Bier ab und stieg die Stufen zur Kabine hinunter. Als er die Tasche aufhob, wurde die Tür zugeschlagen und abgeschlossen. In dem Hohlraum über ihm sprang der Innenbordmotor an, so daß die Kabine vibrierte, als ob man im Inneren eines Kontrabasses sitzen würde. An Deck tasteten Füße sich vorsichtig vom Bug zum Heck, die Leinen wurden gelöst, die Fender eingeholt. Die »Gavilan« setzte rückwärts aus ihrem Ankerplatz, wendete und nahm Fahrt auf. Als das Boot die Disco passierte, hörte Arkadi Gelächter, und das Stroboskoplicht tanzte auf den Vorhängen. Die Echos des Kanals blieben zurück, und Arkadi hörte Walls in ein Funkgerät sprechen. Arkadi pochte weniger aus Überzeugung denn der Form halber an die Tür; ein derart klassisches Boot war natürlich aus Hartholz gebaut. Er ging um einen Kombüsentisch zur Tür des Maschinenraums, die ebenfalls abgeschlossen war. Er zog den Vorhang vor einem der Bullaugen auf und sah gerade noch die *guardia* vorbeigleiten, ohne irgendwelche Anzeichen dafür zu erkennen, daß Ofelia Alarm geschlagen hatte. Als die Docks hinter ihnen lagen, schnitt sich der Bug der »Gavilan« so glatt durch die Wellen, daß Arkadi nur ein ganz leichtes Auf und Ab spürte und nur am gleichmäßigeren Wellenschlag erkannte, daß sie aufs offene Meer hinausfuhren.

Entlang der Avenida Quinta mehrten sich die Anzeichen eines bevorstehenden Großereignisses, *Brigada Especial*-LKW mit vermummten Truppen des Innenministeriums parkten im Dunkel der Seitenstraßen, Motorradpolizisten mit weißen Helmen und gespornten Stiefeln schwangen sich auf ihre Maschinen; K9-Einheiten beschnüffelten die Menschenmenge, die vor dem Haus der Bauarbeitergewerkschaft anstand, dem ehemaligen Havana Yacht Club. Ofelias PNR-Marke nutzte nichts, doch von irgendwoher zückte Mostowoi einen Ausweis, der ihnen Einlaß verschaffte.

Es gab deutliche Anzeichen dafür, daß die *Noche Folklorica* ein wichtigeres Ereignis war, als Ofelia gedacht hatte. Ein wesentliches Element der nationalen Sicherheit bestand darin, daß niemand wußte, in welcher seiner Residenzen der Commandante jeweils schlafen, geschweige denn, an welchen Veranstaltungen er teilnehmen würde. Doch wenn er irgendwo auftauchte, wurden immer gewisse Versichtsmaßnahmen getroffen. Reifenspuren auf dem Rasen führten zu drei gepanzerten Mercedes, einer Ambulanz, Übertragungswagen von Radio und Fernsehen, zwei Transportern für Hunde, einem Kreis von Soldaten und einem Kordon von Männern in Hemd und Windjacke, die Zeitungen über Funkgeräte hielten und offenbar ziellos herumstanden, jedoch blitzschnell in Aktion traten, sobald ein Gast den vorgeschriebenen Parcour der Auffahrt verlassen wollte. Die beiden imposanten Haupttreppen des Gebäudes vereinigten sich in einer zentralen Veranda, auf der Soldaten ihre kontrollierenden Blicke über die Menge schweifen ließen, die nach Ofelias Ansicht allerdings kaum zu Ausschreitungen neigen würde. Ein paar offiziell anerkannte Santería-Priester waren dabei, doch sie sah vor allem steife Ministerial- und Militärkarrieristen samt Gattinnen, die gehorsam der vorgesehenen Route um das Gebäude zur Meerseite des Clubs folgten. Hin und wieder wurde ein Mann abgetastet oder die Handtasche einer Frau durchsucht, doch Ofelia und Mostowoi wurden durchgewinkt, und der Fotograf drängte sich trotz Kamerataschen so flink durch die Menge, daß sie ihm kaum folgen konnte.

»Warum sollte Arkadi sich hier mit uns treffen wollen?« fragte Ofelia. »Wie soll er überhaupt hier reinkommen?«

»Er war schon einmal hier«, sagte Mostowoi. »Der Mann kommt halt rum.«

Ofelia erinnerte sich, daß die *Noche Folklorica* das Ereignis war, nach dem Arkadi gefragt hatte. Wenn er seine Meinung geändert hatte und doch nicht mehr mit O'Brien und Walls reden wollte, sollte ihr das nur recht sein. Sie sah die hinter den Palmen aufgefächerten Farben der Tänzer, blau für Yemayá, gelb für Ochún. Der Strand wurde von Soldaten bewacht. Am Ende des Anlegestegs hatte ein schwarzes Patrouillenboot festgemacht. Alles Licht und alle Geräusche konzentrierten sich auf einer unüberdachten Bühne am Strand. Die *Noche Folklorica* hatte bereits begonnen. Von den Balkonen des Clubhauses ließen Männer in Zivil ihren Blick über die Menge schweifen. Die meisten Leute standen auf dem Hof um die Bühne, doch es gab auch eine Tribüne mit fünf Rängen für besondere Gäste. Sie erkannte nur die Gestalt in der Mitte der ersten Reihe, einen Mann mit einem flachen, beinahe griechischen Profil, eingerahmt von drahtigen grauen Haaren und einem Bart – das Gesicht, das die zweite Sonne ihres Lebens war. Und daneben ein leerer Stuhl.

Die Tür ging auf, und O'Brien spähte hinein und sagte: »Kommen Sie. Der Abend ist einfach zu schön, um ihn zu verpassen.«

Arkadi stieg an Deck. So weit vom Ufer entfernt schwamm die »Gavilan« unter einem Zelt aus Sternen. Walls hielt das Boot im Schrittempo parallel zum Ufer. Neben seiner Zigarre hielt O'Brien lässig, aber keineswegs nachlässig auch noch eine Pistole in der Hand, deren Lauf durch einen Schalldämpfer verlängert war. Der Yachthafen war nicht mehr zu sehen, doch am Ufer von Miramar erstrahlte ein sehr viel breiteres Band aus Lichtern, Musik und Trubel. Arkadi erkannte den im gleißenden Scheinwerferlicht erstrahlenden Havana Yacht Club. Auf dem Hof, der zum Strand hinunterführte, hatte sich vor einer Tribüne eine Menschenmenge um eine Bühne versammelt.

Außer den Scheinwerfern leuchteten die farbigen Lichter eines Karnevals, doch die beiden Anlegestege des Clubs waren bis auf ein schwarzes Patrouillenboot, das festgemacht hatte, um das Schauspiel zu verfolgen, leer. Als die »Gavilan« sich dem Ufer näherte, deckte Walls die Positionslampen ab, und O'Brien warf seine Zigarre ins Wasser.

»Ein recht imposantes Spektakel«, meinte er und gab Arkadi einen schweren Feldstecher. »Jetzt ist Ihre Kubareise komplett.«

Der Feldstecher war ein Zeiss-Fernglas mit zwanzigfacher Vergrößerung in einem matten Metallgehäuse, und als Arkadi hindurchblickte, schien die Szenerie vor dem Yacht-Club nur wenige Meter entfernt. Eine Gruppe von Frauen mit gelben Schals und Röcken erklomm die Bühne, während eine Combo die Pause mit perkussiven Rhythmen überbrückte, Pfeifen und Glocken, die man selbst auf der »Gavilan« noch hören konnte. Arkadi stellte das Bild der Tribüne scharf, bis er einen großen Mann mit Pilotenbrille im Blick hatte, Erasmos Freund, der Mann, der am Vorabend im *paladar* Angola einen Toast auf den Havana Yacht Club ausgebracht hatte. Arkadi ließ seinen Blick durch den Feldstecher über die anderen Tribünengäste schweifen. Auf den Ehrenplätzen in der ersten Reihe war ein Platz freigeblieben. Daneben saß ein Mann mit einem grauen Bart, der aussah, als sei er einmal groß gewesen, inzwischen jedoch in seiner steifen grünen Drillichuniform geschrumpft. Er hatte den abwesenden Gesichtsausdruck eines alten Mannes, der auf tausend Enkelkinder blickte, deren Namen er nicht mehr auseinanderhalten konnte.

Arkadi schwenkte zurück zu dem Küstenschutzboot. Inzwischen sollte Ofelia mit irgend jemandem Kontakt aufgenommen haben, und obwohl die »Gavilan« tief im Wasser lag, nahm Arkadi an, daß sie auf dem Radarschirm des Küstenschutzboots auftauchen mußte. Ob Ofelia die Besatzung alarmiert hatte oder nicht, die »Gavilan« war jetzt nur noch etwa vierhundert Meter von der Bühne entfernt. Entweder das Küstenschutzboot an dem Anlegesteg würde auslaufen, um die »Gavilan« zu überprüfen, oder ein anderes Patrouillenboot nahte aus einer anderen Richtung. Arkadi war überrascht, daß sie noch nicht per Funk aufgefordert worden waren, sich zu identifizieren.

»Das Wunderbare an Ihnen, Arkadi, ist, daß Sie auf eine geradezu selbstmörderische und unersättliche Weise neugierig sind«, sagte O'Brien. »Das Was war Ihnen nicht gut genug, Sie mußten wissen, warum. Als Sie an Bord dieses Bootes gekommen sind, müssen Sie doch gewußt haben, daß das passieren würde, aber Sie mußten es trotzdem wissen.«

»Und uns dann vielleicht alles vermasseln«, sagte Walls. »Mit einem lodernden Glorienschein untergehen.«

»Vielleicht wollten Sie auch eine Nachricht hinterlassen. Gucken Sie auf den Strand links von der Bühne.«

Arkadi schwenkte das Fernglas und sah Ofelia, die sich von der Menge entfernte. In der Masse hatte er sie übersehen. Sie hatte eine PNR-Marke an ihr weißes Top geklemmt. Er wartete, daß sie sich auf das Küstenschutzboot zubewegen würde. Stattdessen marschierte sie in die entgegengesetzte Richtung. Neben ihr ging der hilfreiche Mostowoi, eine Kameratasche über der Schulter.

»Was wollen Sie?« fragte Arkadi.

»Ich habe, was ich will«, erwiderte O'Brien.

Wall stieß Arkadi an. »Sie verpassen die Vorstellung.«

Arkadi schwenkte mit dem Fernglas wieder zur Tribüne und sah, daß der Mann mit der Pilotenbrille eine mannsgroße Puppe mit einem Stock und einem roten Stirnband zu dem leeren Stuhl in der ersten Reihe trug, wo ein Trommler half, sie aufrecht hinzusetzen und ihr Gesicht zu dem Mann rechts von ihr zu drehen. Changó und der Commandante. Arkadi konzentrierte sich auf das Stirnband und den Spazierstock, die anders aussahen als die, die er bei der Puppe im Rosita zurückgelassen hatte. Zunächst erwiderte der Commandante den Blick der Puppe, bevor er aufschaute und mit seinem Freund mit der Pilotenbrille scherzte, der sich lachend an den Rand der Tribüne zurückzog, wo sich Dr. Blas zu ihm gesellte, der einfach zu dynamisch war, um weiter in der Kulisse zu warten. Arkadi schwenkte zurück zu Changó, zu dem grob modellierten Kopf der Puppe, geflickt und übermalt, aber mit den gleichen glänzenden Augen.

»Das ist Mord«, sagte Arkadi.

»Nicht bloß Mord, bitte«, bat O'Brien. »Dies ist die Elimination eines Individuums, das mehr Attentatsversuche überlebt hat als irgendwer sonst in der Geschichte.«

»Ich finde, das erfordert Respekt«, sagte Walls.

»Und lassen Sie uns offen sein«, fuhr O'Brien fort, »der Tod dieses Mannes ist das einzige Verbrechen, das hier von irgendeinem Interesse ist. Sie können fünf Dollar stehlen oder eine Million, solange er lebt, bleibt es Kleindiebstahl, weil Sie nicht damit abhauen können und weil ihm im Grunde sowieso alles gehört.«

»Sie können es noch aufhalten«, sagte Arkadi. »Sie haben bis jetzt selbst noch keine Gewalttat begangen. Ich weiß, daß Pribludas Tod ein Unfall war.«

»Sehen Sie, ich habe Ihnen doch gesagt, daß wir ihn nicht angerührt haben«, sagte Walls. »Wir hatten keine Ahnung, wohin Sergej verschwunden war.«

»Aber wir könnten es jetzt nicht mehr aufhalten«, sagte O'Brien. »In den letzten vierzig Jahren hat nur eine Generation von Kubanern Gedankenfreiheit geschmeckt, eine Gruppe hat das Kommando auf den Schlachtfeldern geführt und in der großen weiten Welt operiert. In der kubanischen Armee gibt es zweihundertvierzig Generäle, und die Armee wird kleiner und kleiner. Wohin sollen die Ihrer Meinung nach gehen, was sollen die Ihrer Meinung nach tun? Sie stehen in der Blüte ihres Lebens, dies ist ihre Chance.«

»Ihre Zeit, die Würfel zu werfen?«

»Ja.«

»Und Sie haben alle Hummer bestellt.«

O'Brien schenkte Arkadi ein anerkennendes Lächeln und nahm sein eigenes Fernglas zur Hand. »Das ist richtig, sehr gut. Das war die Abstimmung. Sie wollten alle dabeisein.«

Die Darbietungen hatten wieder begonnen. Goldene Röcke und braune Beine verdeckten den Ehrengast in der ersten Reihe. Seine grüne Mütze schien so schwer auf ihm zu lasten wie die Mitra des Papstes. Changós grobe Gesichtszüge neigten sich leicht zur Seite, seine Glasaugen glitzerten im Licht. Neben der Bühne beugte sich der Mann mit der Pilotenbrille hinab, um jemandem die Hand zu schütteln: Erasmo. Der Mechaniker wirkte sehr blaß und besorgt, als er seinen Blick auf die »Gavilan« richtete, obwohl Arkadi wußte, daß das Boot vom Ufer aus unsichtbar sein mußte.

Weitere Gestalten verließen die hinteren Reihen der Tribüne; Arkadi erkannte sie alle aus dem *paladar* Angola wieder. Die ersten Zuschauerreihen wirkten wie verzaubert von den wirbelnden Röcken, den sinnlichen Rhythmen der Trommeln aus den Lautsprechern, die vom Clubhaus widerhallten. Changós Kopf neigte sich schwer in Richtung des bärtigen Mannes neben ihm. »This side to the enemy«, dachte Arkadi. Die Uniform des Mannes saß zum Teil sicher auch deswegen so schlecht, weil er eine gepanzerte Weste trug, die kleinkalibrige Kugeln abwehren würde, jedoch nicht eine Ladung Dynamit. Keine Splitter oder Kugelpatronen, vermutete Arkadi. Sie wollten kein allgemeines Blutbad, sondern nur einen engen Radius mit einer wirkungsvollen Detonation, und wer kannte sich mit Sprengstoffen besser aus als Erasmo?

Er schwenkte das Fernglas und entdeckte Ofelia und Mostowoi, die sich in eine vollkommen andere Richtung bewegten, weit weg von der Bühne am Strand entlang zu einer weißen Mauer, die das Grundstück des Havana Yacht Club von dem angrenzenden Strand abtrennte. Arkadi sah, wie Mostowoi auf die Uhr sah.

»Es ist das La Concha, das alte Kasino« sagte Mostowoi. »Ich persönlich halte es für eine der romantischsten Kulissen in ganz Havanna. Ich habe hier schon bei Tag und Nacht fotografiert, es hat dieses exotische Flair, das Frauen so mögen.«

Er strich mit der Hand über eine Säule. Bei all der Polizei- und Militärpräsenz auf der anderen Seite des Strandes hatten Ofelia und Mostowoi diesen Teil des Ufers ganz für sich allein. Es war jetzt ein Versammlungsort der Genußmittelgewerkschaft, doch sie erinnerte sich daran, daß es vor der Revolution nicht nur ein Kasino, sondern auch eine maurische Phantasie mit Ziegeldach und Minarett, Dattelpalmen und Orangenbäumen gewesen war. Ofelia und der Russe standen unter einer langen Kolonnade hufeisenförmiger Bogen. Die Tatsache, daß sie Mostowoi gefolgt war, bedeutete nicht, daß sie ihm vertraute. Bei all seinen Beteuerungen hatte der Mann etwas Unstetes. Seine Baskenmütze saß schief, sein Haar saß schief, und sein Blick huschte unruhig hin und her, vor allem über sie. Sie hätte nicht eine Minute mit ihm verbracht, wenn er nicht behauptet hätte, daß er wußte, wo Arkadi sie treffen wollte.

»Erst an einen Ort, dann an einen anderen? Warum sollte er hierherkommen?«

»Das müssen Sie ihn schon selbst fragen. Haben Sie etwas dagegen, wenn ich ein Foto von Ihnen mache?«

»Jetzt?«

»Während wir warten. Ich glaube, daß kubanische Frauen die Kinder der Natur sind. Ihre Augen, die warmen Farben, eine

Üppigkeit, die manchmal fast überreif wirkt. Natürlich nicht bei Ihnen.«

»Wohin und wann genau wollte Arkadi kommen?«

»Direkt hierher. Wer kann das bei Renko schon so genau sagen?« Mostowoi zog den Reißverschluß seiner Kameratasche auf und nahm einen Blitz heraus, den er auf seine Kamera montierte. Das Gerät gab beim Aufladen einen leise wimmernden Ton von sich.

»Keine Fotos.« Ofelia hatte sich gerade einigermaßen an die Dunkelheit gewöhnt und wollte sich keinesfalls blenden lassen. »Sie sehen ja dauernd auf die Uhr.«

»Wegen Arkadi.«

Das weiße Licht brannte in ihren Augen. Es traf sie unvorbereitet, weil Mostowoi die Kamera nicht vors Gesicht gehoben, sondern aus der Hüfte abgedrückt hatte. Sie sah nichts außer dem starren Bild des Blitzwürfels und dem Grinsen des Fotografen.

»Wenn Sie das noch mal machen«, sagte sie, »zerstöre ich Ihre Kamera.«

»Es tut mir leid, ich konnte einfach nicht widerstehen.«

War das ein Signal? Arkadi bemerkte, daß Walls die Fahrt der »Gavilan« nach dem Aufblitzen eines Lichts vor dem Kasino beschleunigte und noch näher ans Ufer steuerte. Warum reagierte das Küstenschutzboot an dem Anlegesteg nicht?

»Wenn mein Freund John O'Brien etwas plant«, sagte Walls, »hat jedes i einen Punkt und jedes t einen Strich.«

»Danke, George. Der Teufel steckt, wie man so sagt, im Detail. Und wo wir gerade vom Teufel sprechen...«

Vor ihnen trieb ein *neumático* im Wasser, der mit den Händen eine brennende Kerze abschirmte. Während Walls den Motor wieder in den Leerlauf drosselte, löschte der *neumático* die Kerze und paddelte zum Heck der »Gavilan«, wo Walls ihm an Bord half und den Schlauch über eine Klampe am Heckwerk warf. Luna stand tropfend im Steuerstand. Naß, wie er war, sah er aus wie eine modrige exhumierte Leiche. Er starrte Arkadi erwartungsvoll an.

»Jetzt werden Sie wissen, wie es ist«, versprach Luna.

»Wie was ist?«

»Tut mir leid, Arkadi«, sagte O'Brien. »Es ist an der Zeit, den Mantel aufzugeben. Oder, um genau zu sein, alles aufzugeben. Sie können es selbst machen, oder wir können es für Sie tun.«

Während Walls den Mantel und Arkadis übrige Kleidung entgegennahm, ging Luna unter Deck, um sich umzuziehen, eine Zurückhaltung, die Arkadi überraschte. Der Sargento kam in seiner Uniform wieder nach oben und platzte fast vor Aggressivität. Arkadi fragte sich, wie er es je geschafft hatte, Luna gegen eine Wand zu schleudern. Er selbst war weit jenseits von Hanteltraining oder Gewichtsproblemen. O'Brien befahl ihm, Lunas durchgeweichte Shorts und sein Hemd überzuziehen. Er fühlte sich immer noch relativ sicher, bis er auch die Schwimmflossen überstreifen mußte und ihm bewußt wurde, daß es ziemlich schwierig gewesen wäre, einem Toten Schwimmflossen anzuziehen. Er fühlte sich unsicher und lächerlich. Trotzdem mußte jeden Moment ein Patrouillenboot auftauchen.

O'Brien hielt den Riemen seines Fernglases fest, als er es Arkadi gab und sagte: »Schauen Sie sich an, wie es endet.«

Auf der Bühne bewegte sich ein Gewühl goldener Tänzerinnen in einem schneller werdenden Rhythmus. Töchter von Ochún, dachte Arkadi. Nun, soviel hatte er gelernt. Die Bombe würde nicht durch einen Zeitzünder zur Detonation gebracht werden, weil es bei einem öffentlichen Ereignis wie diesem zu viele Unwägbarkeiten gab. Die hinteren Reihen der Tribüne hatten sich sichtlich geleert. Erasmo fuhr mit seinem Rollstuhl rückwärts von der Bühne. Schweißtropfen flogen von den Körpern der Tänzerinnen. Neben der Bühne blickte ein Dutzend Männer auf ihre Armbanduhren. In der ersten Reihe schienen Changó und der Máximo Líder durch das wilde Treiben auf der Bühne hindurchzusehen. Wie die Tänzerinnen noch schneller werden konnten, war Arkadi unbegreiflich, aber sie schafften es, ihre goldenen Röcke flogen und wirbelten im mörderischen Tempo der Congas. Arkadi stellte sich auf den grellen Blitz einer Explosion ein.

Statt dessen tauchten Männer in Zivil auf. Sie kamen jeweils zu zweit, führten den Mann mit der Pilotenbrille, Dr. Blas und nach und nach all die anderen Männer ab, die Arkadi aus dem *paladar* wiedererkannt hatte. Jetzt wurde ihre militärische Ausbildung deutlich. Im Moment seiner Verhaftung versuchte keiner zu fliehen oder zu schreien. Arkadi suchte nach Erasmo. Doch er wurde nicht in seinem Rollstuhl weggeschoben, sondern schien vielmehr für diese neue Phase verantwortlich. Offenbar hatte kaum jemand im Publikum bemerkt, was vor sich ging, alle Augen starrten gebannt auf die in der Bewegung verschwommenen Hände über den Trommeln und die goldenen Röcke der sinnlichen Yemayas, alle Augen bis auf die des alten Mannes, der in einer zu großen Uniform in der ersten Reihe saß. Er ließ seinen Kopf ein wenig sinken, bis Arkadi erkannte, daß der Führer der Nation unter dem Schirm seiner Mütze auf die Uhr sah.

»Er wußte es«, sagte Arkadi. »Er wußte von der Verschwörung.«

»Viel besser«, erwiderte O'Brien. »Er hat sie selbst mitinitiiert. Das tut er alle paar Jahre, um die Unzufriedenen auszusortieren. Genau wie damals bei Isabels Vater. Der Commandante hat nicht deshalb so lange überlebt, weil er Verschwörungen gegen sich abwartet.«

»Erasmo hat auch geholfen?«

»Im Grunde seines Herzens ist Erasmo ein guter kubanischer Patriot.«

»Sie haben sich um die Einzelheiten gekümmert?«

»Mehr als nur die bloßen Einzelheiten.«

»Und das ganze Gerede über den Havana Yacht Club?«

»Ist alles bis zu einem gewissen Punkt wahr. Tatsache ist, Arkadi, Revolutionen sind eine riskante Angelegenheit, man weiß nie, wie sie ausgehen. Ich persönlich wette lieber mit der Bank, wer immer die Bank ist. Das Fernglas, bitte.« Er nahm Arkadi den Feldstecher aus der Hand und ließ ihn in einen Plastikbeutel mit Reißverschluß fallen, den er in den Seesack packte, der angeblich Pribluda gehört hatte. »Es gibt nichts Komplizierteres als ein Attentat, vor allem ein Attentat, das scheitern soll. Man muß das Instrument der Zerstörung und den Auslöser in den eigenen Händen halten. Und man muß die Verschwörer in den Augen der Öffentlichkeit diskreditieren. Es sind hochangesehene Männer, militärische Helden. Um sie anzuschwärzen, ist es sehr hilfreich, wenn der Mann, der versucht, die eigentliche Explosion auszulösen, kein Kubaner, sondern, sagen wir, ein allgemein unbeliebter Zeitgenosse wie beispielsweise ein Russe ist. Ein toter Russe, um genau zu sein.«

Arkadi wußte, daß Walls und O'Brien nicht bloß warteten, um ihm zu erklären, wie brillant sie waren. Es kam noch etwas. Luna klappte eine Bank im Steuerstand auf und nahm eine Harpune heraus. Er stemmte den Griff in die Hüfte, spannte die Bänder und schob einen Pfeil mit Widerhaken in den Lauf. Arkadi begriff, daß kein Patrouillenboot unterwegs war.

»Warum sollte mich irgend jemand mit der Explosion in Verbindung bringen?«

Walls hielt einen weiteren Plastikbeutel mit Reißverschluß hoch, in dem Arkadi die Fernbedienung eines Fernsehers erkannte. »Erinnern Sie sich noch an den Monitor, den Sie im Riviera für John eingeschaltet haben? Wir haben die Fernbedienung zu einem Funksender umgebaut, doch sie trägt nach wie vor Ihre Fingerabdrücke. Außerdem gibt es Leute, die die Puppe in Pribludas Wohnung gesehen haben, während Sie dort waren. Wir haben vielleicht Sergej verloren, aber wie John bereits sagte, Sie sind so intelligent, daß Sie noch viel besser passen.«

O'Brien beantwortete sein Handy. Arkadi hatte es nicht klingeln hören. O'Brien verlieh seiner Befriedigung Ausdruck und klappte das Telefon zu.

Luna fischte in Arkadis Manteltasche, bis er den Schnappschuß von Pribluda, Erasmo und Mongo gefunden hatte.

»Scheiß auf Ihren Havana Yacht Club.« Er riß das Bild in kleine Stücke und warf sie ins Wasser. Mit einem Tritt beförderte er den Reifenschlauch von der Klampe hinterher. »Los, rein mit Ihnen.«

Sie standen vor den geschnitzten Türen der alten Spielhalle. Ofelia bemerkte die Wähltöne der Tasten und das schwache Leuchten von Mostowois Handy. Der Anruf war binnen Sekunden erledigt.

»Wen haben Sie angerufen?«

»Freunde. Haben Sie je Modell gestanden?«

»Was für Freunde?«

»Bei der Botschaft. Ich habe Ihnen erklärt, daß ich jemandem helfe, was ich nun wirklich versuche. Das mit dem Modellstehen habe ich ernst gemeint.«

»Modell für was?«

»Für etwas ganz anderes.«

Ihre Aufmerksamkeit war halb bei Mostowoi, der in der dunklen Halle auf sie einredete, halb bei dem blassen Streifen Strand. Auf der anderen Seite der Mauer spielte Musik. Eine Rumba für Yemaya.

»Inwiefern ganz anders?«

»Na, anders eben.«

Sie konnte nicht erkennen, was sich in dem Raum befand, aber seine Ausmaße verstärkten alle Geräusche, und sie hörte Mostowoi auf eine unangenehme Art schlucken. Sie sah nur das ölige Auge seiner Kamera und redete vor allem mit ihm, um ihn in der Dunkelheit zu orten.

»Was war früher in diesem Raum?«

Er bewegte sich aus dem Mondlicht, das durch die Tür hereinfiel.

»Was hier war? Es war das Hauptkasino. Kronleuchter aus Italien, Kacheln aus Spanien. Tische für Roulette, Würfel und Blackjack. Es war eine andere Welt.«

»Nun, jetzt ist jedenfalls niemand mehr hier.«

»Ich weiß, was Sie meinen. Glauben Sie, Renko ist direkt zum Flughafen gefahren?«

Würde Arkadi das tun, fragte sie sich. Ohne ein Wort verschwinden? Es war eines der Dinge, die Männer am besten beherrschten. Dafür brauchten sie nicht einmal Flugzeuge, sie verschwanden einfach. Ihre Mutter konnte sie aufzählen: Primero, Segundo und jetzt Tercero. Blas würde Pribludas Leiche zum Flughafen bringen. Vielleicht kam Arkadi ja doch noch hereingeschlendert wie ein müßiger Strandspaziergänger, oder er schritt unter dem Portal von Bogen hindurch, die die Bucht einrahmten, aber es wurde mit jeder Minute wahrscheinlicher, daß er den klassischen Rückzug angetreten hatte, den Abgang ohne Abschied. Sie kam sich sehr dumm vor.

»Ich könnte mir Sie in einer Reihe von Posen vorstellen«, sagte Mostowoi.

Doch dann dachte sie an Arkadis schwarzen Mantel und entschied, daß sein Problem eher darin bestand, daß er niemanden verlassen konnte. Auf die eine oder andere Weise würde er kommen.

»Dort im Mondlicht ist es perfekt«, sagte Mostowoi.

Ofelia hörte den Verschluß seiner Kamera klicken, obwohl das Blitzlicht versagte. Sie hörte es noch zweimal kurz hintereinander klicken, bis sie begriff, daß das nicht der Verschluß der Kamera, sondern der Abzug einer Waffe war, der ins Leere klickte. Sie versuchte ihre eigene Pistole aus der Tasche zu ziehen, doch sie klemmte unter Rufos Handy. Der Abzug klickte erneut. Als Ofelia ihre Pistole fand, war sie in Strohfäden verheddert. Sie feuerte einen Schuß ab, der die Unterseite ihrer Tasche aufriß. Irgend etwas schlug neben ihrem Ohr in den Putz. Ofelia ließ sich auf den Rücken fallen, hielt die Waffe mit beiden Händen und zielte genauer. Ihr zweiter Schuß durch die Tasche tauchte Mostowoi, der mit seiner Pistole ausgeholt hatte wie mit einem Schläger, für einen Moment in grelles Licht. Der dritte traf ihn in den offenen Mund.

Arkadi trieb in dem Reifenschlauch, der mit einer kurzen Leine am Heck der »Gavilan« vertäut war. Das Karibische Meer war warm, das Netz über dem Reifen wie eine Hängematte und der Reifenschlauch selbst sogar recht bequem, doch er hatte das Gefühl vom Grund eines Brunnens zu O'Brien, Walls mit seiner Pistole und Luna mit der Harpune aufzublicken, die ihm den Blick auf die Sterne versperrten. Arkadi hätte gern geglaubt, daß er es war, der Zeit schindete, aber nein, sie warteten nur, nachdem sie ihn auf ganzer Linie ausgetrickst und überwältigt hatten. Ihm blieb die niederschmetternde Erkenntnis: Er hatte nicht nur herausgefunden, wie man Pribluda hereingelegt hatte, er kam sogar persönlich in den Genuß, der Gelackmeierte zu sein, endlich selbst ein *neumático*.

Als sie die Schüsse hörten, hoben sie den Kopf.

»Der Mistkerl sollte doch einen Schalldämpfer benutzen«, sagte Walls.

»Und warum drei Schüsse?« fragte O'Brien.

Aus Lunas Hemdtasche drang das Piepen eines Handys. Er klappte das Telefon auf und nahm das Gespräch an. Er lauschte und blickte langsam zum Strand hinüber.

»Wer ist es?« fragte Walls.

»Sie, die Criminalista.« O'Briens Blick folgte Lunas zu dem Kasino; es war wirklich wunderbar zu beobachten, wie schnell der Mann kalkulierte, dachte Arkadi. »Sie hat Mostowois Telefon. Oder Rufos, und sie hat den Nummernspeicher gedrückt. Leg auf«, befahl O'Brien Luna.

Luna hob die Harpune, um ihn zum Schweigen zu bringen, und preßte das Handy an sein Ohr.

»Nimm ihm das Telefon ab«, sagte O'Brien zu Walls.

Luna zielte mit der Harpune auf Arkadi. »Sie sagt, er hat Hedy nicht angerührt. Ihr habt mir erzählt, daß er hinter mir her wäre. Sie sagt, er hatte es gar nicht auf mich abgesehen.«

»Woher will sie das wissen?« fragte Walls.

»In der Nacht, in der irgend jemand Hedy getötet hat, war sie mit ihm zusammen, sagt sie.«

»Sie lügt«, sagte Walls. »Sie schlafen miteinander.«

»Deswegen glaube ich ihr ja. Ich kenne sie, und sie kennt mich. Wer hat meiner Hedy weh getan?«

»Glauben Sie das?« wandte sich O'Brien an Arkadi wie von einem vernünftigen Mann zum anderen. »George, würdest du ihm bitte das verdammte Telefon abnehmen?«

»Deine blöde Hedy«, erklärte Walls Luna, »war eine Hure.«

Die Harpune zuckte, und ein Stahlschaft an einer Schnur aus weißem Nylon ragte aus Walls Bauch. Als er nach unten blickte, spritzten ihm feine Blutströpfchen ins Gesicht.

»George«, sagte O'Brien.

Walls setzte sich auf den Schandeckel, hob seine Pistole und schoß auf Luna, der zunächst einen Schritt zurückwich, bevor er vorwärtstaumelte. Während Walls noch versuchte, einen zweiten sauberen Schuß anzusetzen, fielen beide Männer über Bord.

Arkadi begann aus seinem Reifenschlauch zu klettern. An Deck hatte O'Brien die zweite Harpune aus einer Bank auf dem Steuerstand genommen und versuchte, den Speer zu laden und die beiden steifen Gummibänder zu spannen, was selbst unter günstigen Bedingungen keine leichte Aufgabe war und jetzt durch die lose Harpunenschnur und das Blut an Deck noch erschwert wurde. Doch als Arkadi sich über den Heckbalken hangelte, gelang es O'Brien zumindest, ein Band zu spannen und den Abzug der Harpune zu drücken. Im nächsten Moment fand Arkadi sich auf dem Rücken treibend im Wasser wieder, der Pfeil hatte seinen Unterarm durchbohrt, die Spitze war nur ganz flach in seine Brust eingedrungen, weil sein Arm die Wucht abgefangen hatte. Die Fangleine führte zu O'Brien zurück, der mit einem Schuh auf dem Heckbalken stand und offensichtlich bereits zehn oder elf Züge im voraus plante. Arkadi riß mit der freien Hand an der Leine. O'Brien warf die Harpune über Bord, doch die Schnur wickelte sich um seinen Knöchel und zog ihn über das polierte Mahagoni. Arkadi zerrte mit beiden Händen an der Leine, und O'Brien rutschte über das Heck ins Wasser.

»Ich kann nicht schwimmen!« schrie er.

Die »Gavilan« lag so tief im Wasser, daß O'Brien sich mit den Händen an die Bordwand klammern und versuchen konnte, sich wieder an Bord zu hangeln. Doch Arkadi zog ihn mit der Leine von dem Boot weg. Daraufhin wandte sich O'Brien dem Reifenschlauch zu, doch mit seinem hektischen Gestrampel, trieb er den Reifen eher von sich weg, als daß sich der Abstand verringerte. Die Harpune trieb auf dem Wasser, doch sie reichte nicht, um einen Mann zu halten.

Die Widerhaken des Pfeils hatten sich über Arkadis Brustmuskel ausgeklappt. Er klappte sie wieder ein, schob sie unter die bewegliche Ummantelung des Pfeils und zog den Schaft aus seinem Arm, solange der noch taub war. Mit seinem gesunden Arm ruderte er unter Wasser. Das Meer war eine Höhle um einen Viertelmond, in der hin und wieder Fische aufblitzten. Auf der anderen Seite des Bootes rangen Walls und Luna immer noch miteinander und versuchten sich auf dem Körper des jeweils anderen über Wasser zu drücken. Aus Walls Pistole stiegen Blasen auf. Luna hatte die Fangleine des Pfeils um den Hals seines Gegners gewickelt. Arkadi tauchte zum Luftschnappen auf und paddelte wieder um das Heck des Bootes. Keinen Meter entfernt tauchte O'Briens Hinterkopf aus dem Wasser auf.

Das Küstenschutzboot hatte sich nicht bewegt, obwohl Arkadi am Strand des Kasinos jetzt Lichter sah. Der Yacht-Club war immer noch hell erleuchtet.

Er hätte sich an Bord der »Gavilan« hieven können, doch in diesem Moment war Arkadi einfach zufrieden damit, sich auszuruhen, die zahllosen Sterne am Himmel zu betrachten und in einer Dunkelheit zu treiben, die ihn trug.

28

Im April schneite es noch einmal so stark, daß die Straßen überzuckert waren und verirrte Flocken über die Kreuzungen tanzten. Lkw krochen mit eingeschalteten Scheinwerfern über die Uferstraße, eine Angewohnheit aus dem Winter, die sich so hartnäckig hielt wie der Winter selbst.

Arkadi hatte das Büro des Staatsanwalts verlassen und ging zur Mole hinunter, weil er hoffte, daß die Luft am Ufer frischer war, doch es gab kein Entkommen vor der allgemeinen Verschmutzung, die übliche Dunstglocke hatte sich mit dem Schnee zu einem beißenden städtischen Gebräu vermischt. Die Laternen brannten, kleine Lichtinseln, die über der Straße schwankten, vom Wind in diese oder jene Richtung geweht. Die Gebäude an diesem Stück der Frunsenskaja waren in einem amtlichen Gelb gestrichen und wirkten unter dem Schnee wie Schemen. Der Fluß leckte träge, unter Schnee und Eisschollen knirschend, an die Steinmauern.

Er war schon ein gutes Stück gegangen, als er bemerkte, daß ein Mann in einem Rollstuhl entschlossen versuchte, ihn einzuholen, was bei diesem Wetter, bei dem die Reifen über den feuchten Bürgersteig rutschten, kein leichtes Unterfangen war. Dazu mußte er auch noch die Schlafsäcke der Gestalten umkurven, die am Ufer ihr Lager aufgeschlagen hatten. Arkadi trat zur Seite, um den Rollstuhlfahrer vorbeizulassen, und erkannte ihn.

»Frühling in der Arktis.« Erasmo hatte sich in einen Parka gehüllt und trug eine Skimütze und feuchte Lederhandschuhe. Er strich sich über den Bart und betrachtete angewidert seinen dampfenden Atem in der kalten Luft. »Wie halten Sie das aus?«

»Man muß immer in Bewegung bleiben.«

In seinem Parka wirkte Erasmo riesenhaft und so gesund, wie nur ein Kubaner in Moskau aussehen konnte. Als er ihm seine Hand anbot, wartete Arkadi, bis er sie wieder sinken ließ.

»Was machen Sie hier?« fragte Arkadi.

»Neuverhandlung des Zuckervertrags.«

»Natürlich.«

»Seien Sie doch nicht so«, sagte Erasmo. »Ich bin nur für einen Tag in Moskau. Ich habe Ihr Büro angerufen, und man hat mir gesagt, daß Sie wahrscheinlich diesen Weg nehmen würden. Bitte.«

»Dann kommen Sie, ich werde Ihnen die russische Perspektive zeigen.« Arkadi ging langsamer, und Erasmo rollte neben ihm her. »Ein 98er Jaguar, ein Bankier, der mit einem Gulfstream-Jet Dollars aus Moskau ausfliegt. Ein 91er Mercedes, ein stellvertretender Minister und kleinerer Mafioso. Der Obdachlose unter der Laterne könnte harmlos sein oder auch ein Geheimdienstoffizier, man weiß nie.«

»Natürlich war ich das«, sagte Erasmo. »Wo sollten wir einen russischen Spion sonst wohnen lassen, wenn nicht über einem unserer eigenen Spione? Das ist elementar. Auf dem Friedhof habe ich versucht, Sie zu warnen. In dem Restaurant habe ich Ihnen geraten, die Finger von der Sache zu lassen. Und nachdem Sie Mongo gefunden hatten, hätten Sie immer noch aufhören können.«

»Nein.«

»Mit Ihnen kann man einfach nicht reden, Sie kennen keinen Kompromiß. Wie geht es Ihrem Arm?«

»Nichts gebrochen, danke der Nachfrage. Es ist meine kubanische Tätowierung.«

»Ich hätte Sie fast nicht erkannt, in einem Parka wie ich. Was ist mit Ihrem wunderbaren Mantel passiert?«

»Es ist ein wunderbarer Mantel, aber ich habe beschlossen, daß ich ihn nicht verschleißen will. Zu besonderen Gelegenheiten trage ich ihn aber immer noch.«

»Nun, Sie leben, das ist die Hauptsache.«

»Wofür Sie am allerwenigsten können. Warum haben Sie das getan, Erasmo? Warum haben Sie Ihre Freunde in eine Falle gelockt? Was ist mit meinem furchtlosen Helden aus Angola passiert?«

»Ich hatte keine Wahl. Schließlich hatten die Offiziere die Planung des Attentats bereits begonnen. Wenn die Bedrohung von Männern ausgeht, mit denen zusammen ich gedient habe und die ich liebe, versuche ich, den Schaden zu begrenzen. Ich versuche, ihre Aktivitäten zu kanalisieren, damit sie sowenig Unheil wie möglich anrichten. Zumindest wurde niemand getötet.«

»Niemand?«

»Nur sehr wenige. O'Brien und Mostowoi haben einige Dinge getan, von denen ich nichts wußte.«

»Aber Sie haben mich ihnen trotzdem als Köder vor die Füße geworfen.«

»Nun, wie sich herausgestellt hat, waren Sie mehr als ein Köder. Der arme Bugai.«

»Er lebt noch.«

»Himmelherrgott, haben Sie eine Zigarette?«

Der Schnee war dichter geworden. Arkadi schirmte mit dem Rücken zwei Zigaretten gegen den Wind ab, zündete sie an und gab eine Erasmo, der tief inhalierte und dann ob der Beleidigung seiner Lungen in heftigen Husten ausbrach. Er ließ seinen Blick über die Straße schweifen und betrachtete die Gestalten, die den Schnee mit Besen aufwirbelten. »Russische Frauen. Wissen Sie noch, wie wir mit dem Jeep über den Malecón gefahren sind?«

»Natürlich.«

»Was glauben Sie, wie lange das noch dauern wird? Nicht mehr sehr lange. Wissen Sie, eines Tages werden wir an die spezielle Periode zurückdenken und sagen, nun ja, es war ein lächerliches Chaos, aber es war kubanisch. Es war der Sonnenuntergang, das letzte kubanische Zeitalter. Vermissen Sie es?«

Sie waren unter einer Laterne stehengeblieben. Schneeflocken glitzerten auf Erasmos Bart und Augenbrauen.

»Wie geht es Ofelia?« fragte Arkadi. »Ich habe versucht, sie über die PNR zu erreichen und keine Antwort erhalten. Ich habe ihre Privatadresse nicht. An jenem Abend hat man nur meinen Arm verbunden, mich in ein paar Kleider gesteckt und zusammen mit Pribluda in ein Flugzeug gesetzt. Ich habe sie nicht mehr gesehen.«

»Und das werden Sie auch in Zukunft nicht. Sie dürfen nicht vergessen, Arkadi, daß Sie eine Menge Konfusion hinterlassen haben. Man wird Criminalista Osorio noch eine ganze Weile beschäftigt halten. Aber sie schickt das hier.« Erasmo zog die Handschuhe aus, griff in seinen Parka und zog ein Farbfoto von Ofelia aus der Tasche. Sie trug einen orangefarbenen Bikini und posierte zusammen mit ihren beiden Töchtern und einem gutaussehenden Mann mit hellbrauner Haut am Strand. Die Mädchen blickten bewundernd zu ihm auf und hielten stolz seine Hände. Über seiner Schulter hing eine Conga. In seinem Gesicht stand ein halb zerknirschtes, halb selbstzufriedenes Grinsen. Im Hintergrund hockte Ofelias Mutter auf einem Handtuch.

»Wessen Vater?« fragte Arkadi.

»Von dem kleineren Mädchen.«

Das Foto wirkte in keiner Weise gezwungen oder gestellt. Arkadi konnte außer den üblichen innerfamiliären Spannungen keine ominösen Schatten oder Anzeichen von Angst oder Sorge ausmachen, doch Ofelia schien vollkommen getrennt von den anderen. Ihr Haar war feucht und in tintenschwarzen Wellen nach hinten gekämmt. Ihre Miene sagte, ja, so ist die Situation, aber die Intensität ihrer Augen hatte nichts mit irgend jemandem auf dem Bild zu tun. Es schien, als würde sie nicht aus dem Foto heraus-, sondern durch es hindurchblicken.

Auf der Rückseite stand nichts geschrieben.

»Sie wirken ja nicht besonders bewegt«, meinte Erasmo.

»Sollte ich?«

»Ja, ich denke schon. Ich wollte Ihnen sagen, daß die Dinge für die Criminalista alles in allem recht gut ausgegangen sind.«

»Ja, sie sehen glücklich aus.«

»Soweit würde ich nicht gehen. Aber wie dem auch sei, Sie können das Foto behalten. Das ist der Grund, warum ich Ihnen in diesem Schneesturm gefolgt bin. Ich wollte Ihnen das nur geben.«

»Danke.« Arkadi zog den Reißverschluß seines Parkas auf, um das Foto in seiner Innentasche zu verstauen, ohne es zu knicken.

Erasmo blies in die Hände, bevor er seine Handschuhe wieder anzog. Er sah mit einem Mal ziemlich elend aus. »Kalte Menschen für ein kaltes Klima, kann ich nur sagen.« Der Schnee auf seinen Augenbrauen und unter seiner Nase fing an zu klumpen. Er wendete seinen Rollstuhl und winkte Arkadi halbherzig zu. »Ich finde den Weg zurück.«

»Folgen Sie einfach dem Fluß.«

Auf dem Rückweg hatte Erasmo Gegenwind. Er stemmte sich gegen die Böen und kämpfte sich vorwärts, ungeachtet des entgegenkommenden Stroms von Autoscheinwerfern, wobei seine Räder auf dem matschigen Schnee immer wieder durchdrehten, was einen Mann, der wußte, wo ein warmes Zimmer auf ihn wartete, jedoch nicht aufhalten konnte.

Arkadis Wohnung lag in der entgegengesetzten Richtung. Autoscheinwerfer fächerten seinen eigenen Schatten vor ihm auf. Lkw holperten dickfellig durch Schlaglöcher. Im richtigen Winter bildeten die Lichter, die sich in dem zugefrorenen Fluß spiegelten, einen erleuchteten Pfad durch die Stadt, aber Schnee so spät im Jahr zerrann nur zu Fäden schwarzen Wassers. Verkehrspolizisten wateten zwischen Wagen umher und winkten einen glücklosen Fahrer an den Rand, dessen Autobeleuchtung für ungenügend erachtet wurde, bis Dollar, nicht Rubel, den Besitzer gewechselt hatten. Es war die Art Abend, an dem jedes einzelne Fenster aussah wie ein Schiff in tückischer See. Der

Kreml lag außer Sichtweite, doch man konnte am Himmel sein scheiterhaufenartiges Leuchten ausmachen. Schnee konturierte Laternenmasten, Gullys und Fensterbänke; er legte sich auf Lkw-Planen, Außenspiegel und Mantelkragen, die die Leute hochgeschlagen hatten, schmolz an den Handgelenken und im Nacken und tanzte in Flocken von Ufermauer zu Ufermauer. Er krönte die Bäume im Park weiß und machte jeden Schritt zu einer sichtbaren Erinnerung, um sie gleich darauf wieder zuzudecken.

Danksagung

Ich möchte mich bedanken in Kuba bei den Schriftstellern José LaTour, Daniel Chavarria und Arnaldo Correa, in Spanien bei Justo Vasco und in Rußland bei Konstantin Tschukowski von der Tass. Sie sind in keiner Weise verantwortlich für politische Ansichten, wie sie in diesem Buch geäußert werden.

In den Vereinigten Staaten haben mir das medizinische Fachwissen von Dr. Neil Benowitz, Nelson Branco, Mark Levy und Kenneth Sack, George Alboffs und Larry Williams' Kenntnisse über Brandstiftungen, die Kamera von Sam Smith, die Texte von Regla Miller, der weltkluge Rat von Bill Hanson und die kritische Lektüre von Bob Loomis, Nell Branco und Luisa Smith geholfen.

Vor allem jedoch schulde ich Dank an Knox Burger und Kitty Sprague, die auf die Geschichte gewartet haben.